KB253972

과수원에
# 먹을
# 포도송이가
## 있을까?

하

# 과수원에 먹을 포도송이가 있을까? 

| | |
|---|---|
| **초판 1쇄 인쇄** | 2013년 10월 18일 |
| **초판 1쇄 발행** | 2013년 10월 25일 |

| | |
|---|---|
| **지은이** | 소쿠리씨 |
| **펴낸이** | 손 형 국 |
| **펴낸곳** | (주)북랩 |
| **출판등록** | 2004. 12. 1(제2012-000051호) |
| **주소** | 153-786 서울시 금천구 가산디지털 1로 168,<br>우림라이온스밸리 B동 B113, 114호 |
| **홈페이지** | www.book.co.kr |
| **전화번호** | (02)2026-5777 |
| **팩스** | (02)2026-5747 |

| | |
|---|---|
| ISBN | 979-11-5585-059-6 04810(종이책) |
| | 979-11-5585-057-2 04810(세트) |
| | 979-11-5585-061-9 05810(전자책) |

이 책의 판권은 지은이와 **(주)북랩**에 있습니다.
내용의 일부와 전부를 무단 전재하거나 복제를 금합니다.

이 도서의 국립중앙도서관 출판시도서목록(CIP)은 서지정보유통지원시스템 홈페이지(http://seoji.nl.go.kr)와 국가자료공동목록시스템(http://www.nl.go.kr/kolisnet)에서 이용하실 수 있습니다.
( CIP제어번호 : 2013020888 )

지혜의 싹이 영혼에 깃들게 될 거라는 생각을,
이야기를 마칠 때쯤
떠올릴 직관이 될 것이다.

# 과수원에
# 먹을
# 포도송이가
# 있을까?

하

소쿠리씨 지음

book Lab

# 목차

# 프롤로그

　이 소설은 누구나 읽어도 괜찮을 책인데 내용이 종교입문서 성격의 전문적 구절을 여럿 담고 있어서 어려울 수도 있겠다. 혹시 무신론자들이, 특히 스스로 이 땅의 석학이라고 자처하는 여럿 무신론자가 이 소설을 읽는다면 깜짝 놀라게 될 것이다. 그래서 한국의 종교인들 특히 기독교인들에게도 읽혀졌으면 하는 바람을 가져보지만 막상 어떤 결과를 가져올지는 모르겠다. 이 소설은 성경이 훌륭한 진리의 말씀을 담고 있어도 그것을 함부로 해석하거나 불순한 의도를 갖고 욕망 충족의 수단으로 삼는 자들에 의해 심하게 훼손되는 오늘의 현실을 돌아보면서 어떻게 해야 참된 진리에의 세계로 우리가 되돌아갈 수 있을까를 스스로 고민하고 탐구하면서 적는 글이다.

　『과수원에 먹을 포도송이가 있을까?』 이 소설은 현재 한국의 불교에서 가르치는 내용의 주된 부분과 붓다의 초기불교의 가르침을 서로 비교해보면서 과연 진리에 어울릴 가치가 무엇이며 현재 한국의 기독교가 갖는 신의 존재에 대한 각성과 신앙체계가 어떠한 형편에 놓였는가를 알아보려는 의도를 갖는다. 작가인 소쿠리씨는 그러면서 여기에 성경의 내용을 다른 각도에서 생각해보고, 성경의 내용을 왜곡하는 주된 요소가 무엇인가를 스스로 되물어, 깊이 생각하는 사유의 자세를 가져서, 비로소 선에 가까이 다가가는 인간의 삶을 살아야겠다는 소망을 가져본다. 바로 이 소설의 주인공인 무씨가 걸어가는 과정을 눈여겨 지켜보면서 자신도 거기에 맞춰 정신적 수행을 이룰 수 있었으면 좋겠다는 생각인 것이다.

　소설에서는 의외로 불교의 비중이 높을 것이다. 불교입문서라고 말해도 어울릴 분량을 할애하는 까닭은, 기독교인이 타종교에 대해 여러 지식을 익히는 과정에서 깊은 사유 속에 사물을 헤아리는 시선이 형성되기를 바라는 마음에서

이고 이것은 정작 불자가 읽더라도 진리에의 접근에 상당한 도움이 되리라 짐
작한다. 본격적인 기독교 관련 글은 속편이라 할 수 있을,『먹을 포도송이가 어
디에 있을까?』에서 구체적으로 적을 생각이다. 작가 소쿠리씨의 의도대로 수행
에 진척이 있어, 이 수행의 결과로 속편까지 적게 된다면 성경을 신학적 차원에
서 살피는 기회가 될 거라는 기대를 가져본다.

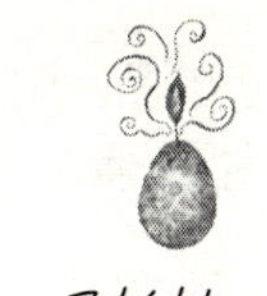

# 생사에 절실하지 못하니

"거사님과 그 여자가 어떤 관계인지는 알고 싶지 않습니다. 마주쳐야 할 무슨 인연이 있었겠지요? 다만 한 가지 말씀드릴 것은 그 여자가 오빠를 언제부턴가 계속해서 쫓아다녔다고 합니다. 그걸 스토커라 하던가요? 오빠가 괴로울 정도였다고 하네요. 말을 듣고 보니 세상이 참 만만하지가 않다는 생각이 듭니다."

"지금 오빠를 스토커 했다고 그랬습니까? 그 여자가?"

무씨는 자기 귀를 의심한다. 잘못 들었겠지. 오빠가 거짓을 말했던지.

"한동안 잠잠하더니 요즘 한국으로 돌아온 후로 부쩍 자기에게 매달린다고 오빠가 그러네요."

"여자가 그것도 남편이 있는 여자가, 아내 있는 남자에게 설마 스토커 행세야 하겠습니까? 뭔가 오해가 있지 싶습니다."

"저는 오빠를 잘 압니다. 거짓을 말할 사람이 아니고, 다른 사람을 괴롭히지 못하는 사람이에요. 어려서부터 어른이 되어서까지 쭉 봐왔기에 잘 알아요, 그 오빠에 대해서는."

그 오빠에 대한 사리풋타의 신뢰가 절대적이다. 사리풋타에게 들어서 아는 사실이지만 생각보다도 무척 고향 오빠를 사랑했던 사리풋타 같다. 아니 어쩌면 아직도 오빠에 대한 사랑의 감정을 제거하지 못한 상태가 아닐까 하는 심정까지 드는 것이다.

"스님에게 그 오빠가 어떤 존재인지 궁금해집니다. 개인의 과거이고 사생활이라기엔 복잡한 내면이 따로 있는 것 같아 살짝 물어봅니다. 아직도 스님의 설법만으로는 풀어지지 않는 인과법이나 윤회, 그러한 불교 법칙과의 연결점이 찾아지지 않을까 해서 묻는 겁니다. 나야, 무시해도 되겠지만 스님의 입장에서는 분명히 그러한 요소를 염두에 두고 계실 것이고 그것에 의해 해답을 찾거나 찾았다고 봐야 하겠기에 그렇습니다.”

“하하, 이런저런 구실로 제게서 많은 것을 알려고 하시네요. 이미 여러 가지를 말씀드린 상태이고 어떤 의문이든 제가 말 못할 이유는 없습니다. 거사님의 속이 시원해질 수가 있다면 알려드려야겠지요?”

어디서부터 말을 꺼내야 할지를 잠시 생각하는 사리풋타다.

“어려서부터 마치 운명처럼 둘이 좋아했습니다. 특히 그 오빠가 끔찍이도 나를 챙겨줬지요. 길에서 나를 본 남학생이 뒤를 쫓아온 날에는 영락없이 오빠의 간섭이 시작되었고, 때로 전화를 걸어오거나 내게 호감을 보이는 남학생들을 차단하면서 마치 내 보호자처럼 항상 주위에 오빠의 손길이 머물렀어요. 길가에 내 방 창문을 향해 매일같이 인사를 건네야 직성이 풀렸다던 오빠와 헤어져 이사를 가던 날, 저도 한참 울었지만 오빠는 나보다도 더욱 애가 탔을 겁니다.

나를 향한 오빠의 관심이 이어져 계속 편지를 보내왔기에 소식을 끊지 않고 살았어요. 오빠는 가끔씩 먼 길을 찾아와 나를 확인하고 가는 것처럼 그랬지요. 결혼 후, 소문을 대충 전해들은 속가 남편이 그걸 두고 풋사랑이라 일컬으며 대수롭지 않게 여겼지만 제가 지금 돌이켜봐도 그건 엄청난 사랑의 발자취였어요. 불같이 이글이글 타오르는 그런 사랑은 아니었지만 마치 고향처럼 문득 돌아보면 언제나 그 자리에 존재하는 그런 사랑이었어요. 의도했거나 운명이었거나, 헤어져도 다시 마주치고 말았고 언제나 서로를 그리는 생각이 그림자처럼 몸에 달라붙은 느낌이었지요.

어렸을 때는 그렇다고 치더라도 성년이 되고서는 얼마든지 육체적 관계를 가질 수가 있잖습니까? 서로를 사랑하고 서로를 그리워하니까 그것은 당연한 몸짓일 텐데도 우리는 서로를 아꼈습니다. 하하, 바보 같네요. 그건 아끼는 것이 아니라 멍청하여 어리석은 것이었을까요? 오빠는 나를 아껴서 애욕을 참았다고는 하는데 참 이상하지요? 저는 그때도 오빠를 사랑한다고 하면서도 성적 욕망을 일부러 일으키지 않아도 될 정도로 그 오빠를 바라만보아도 마냥 편안하고 좋은 감정에 사로잡혔다는 사실입니다. 그 감정만으로 충분하다고 스스로 다독거린 것도 내 마음이니까. 돌아서면 항상 왜 그랬을까, 왜 이럴까? 하고 반문하면서도 그걸 오빠에게 드러내지 못한 것이 너무 아쉬웠어요. 뭔가 둘이서 의논이라도 했다면 제 번뇌가 좀 가라앉지 않았을까요?”

오빠를 품은 마음속 사랑 때문에 오늘 이 자리에 사리풋타가 머무는 것일까? 세상을 살면서 마주치는 뭇 남자와의 만남에 언제나 이별이 뒤따른다는 사리풋타의 진술에 의해서도 파악이 가능한 게 아니겠는가.

“제 자신을 돌이켜봐서 오빠를 사랑한 것이 분명하다면 그건 처음부터 끝까지가 아픈 사랑입니다. 평범하게 결혼한 사람들은 남의 형편을 알기가 어렵겠지요? 경험이 다르기에 말입니다. 저는 거사님처럼 결혼한 분들을 보면서 눈물 흘린 적이 많아요. 누구나 기회는 공평한데도 그 기회를 놓친 사람은 얼마나 아플까? 오빠가 내 근처에 머무를 때는 미처 몰랐던 괴로움이 나를 힘들게 눌렀던 현실을 돌아보면 분명 무슨 이유가 있을 것입니다. 저는 그게 궁금했어요. 내가 잘못 생각을 해서 헤어진 것이라면 그래서 내가 아팠다면 다른 남자에게는 그러지 않으리라고 결심을 했지요. 세상은 내가 이뤄가는 것이기에 말이에요.

결혼하고서 내 남편을 통해 이번에는 물러서지 않겠다고 단단한 결심을 했었어요. 얼마나 노력한지 모릅니다, 헤어지지 않으려고. 하지만 결국 헤어졌잖아요? 제게 문제가 제시됐어요. 이생에서 제가 풀어야 하는 숙제는 남자와의 이별이라는 것, 이게 정확합니다. 불교가 언급하는 괴로움의 종류에서, 사랑과 이별하는 괴로움, 저는 내 아픔을 거론하신 부처님께 깜짝 놀랐어요. 어떻게 종교의 성자가 내 아픔을 알다니! 그 심정이 불교와 인연된 첫 발걸음입니다. 부처님은 사랑과 이별한 괴로움을 해결하겠노라 하셨으니까. 그러니 제 공부가 얼마나 진전이 빨랐겠습니까? 어려운 법의 속뜻이 환하더군요. 부처님께서 무슨 말씀을 하시는지 다 알아듣겠더군요. 만약 부처님의 답을 듣지 못하고 살았다면 이런 세상이 발생한 이유를 모르는 안타까움에 아마 머리에 꽃을 꽂고 들판을 돌아다녔겠지요? 하하하.

세상에서 마음대로 되지 않는 일, 그게 얼마나 죽을듯한 그런 괴로움인지요. 나처럼 사랑과 이별한 괴로움이 아니더라도 원수 문제이거나 구해지지 않는 문제이거나 그런 괴로움의 문제, 더 나아가서 생 노 병 사, 이게 인생의 괴로움이라는 사실을 인식하지 못하는 현대인들로 지금 가득합니다. 그래서 불교가 현대에 접어들어 어려움을 겪는 것입니다. 생사에 절실하지 못하기 때문이지요."

무씨는 더욱 궁금해진다. 대체 붓다로부터 어떤 답을 들었다는 얘기인지 통감을 잡을 수가 없다. 윤회가 있다면, 윤회가 있되 업인과보에 의하는 윤회라면, 이생에서 풀어야 하는 숙제가 남자와의 이별이었다고 하니까 그렇다면 아마도 전생에서 많은 남자와 사귀고 사랑에 빠졌기라도 했다는 얘기인가? 그 버릇에 의해?

"그래서 묻습니다. 사랑과 이별이라는 숙제를 풀기 위해 붓다께 귀의하여 법을 익히 배워 깨닫는다는 것은 잘 알겠습니다. 그런데 남자와의 이별이 왜 생겨나는 것입니까? 그리고 이생에서 그 오빠가 어떤 역할을 하는 것입니까? 어떤 인연이기에 스님과 그리도 끈질긴 관계가 이뤄지나요?"

"그 오빠를 사랑하면서도 내게 감지되는 한계를 알았어요. 그 한계가 어디서 출발한 것인지는 그땐 몰랐다지만 또 다른 사랑마저 이뤄지지 않는 걸로 봐서 오빠와 나와의 관계는 끈질긴 애착이 원인이라는 것을 인정합니다. 오빠에 대한 풀리지 않는 감정이 끊임없이 나를 힘들게 하는데도 서로가 해결하지 못했고 부질없는 사랑의 굴레에서 벗어나지 못하면서도 뭔가 풀어야 하는 숙제였음을 눈치챘다는 것은 그나마 다행입니다. 누구나 인생에서 한 가지 숙제는 받았지만 그것을 절실하게 풀어보려는 의지는 사람마다 다른데."

"애욕을 끊는 도구로서도 오빠가 작용한다는 말씀이시군요?"

"하하. 오죽했으면 전생에 이랬겠지 하는 생각마저 들었을까요? 내가 즐기는 사랑에 방해가 된다 하여 그 오빠를 우물에 밀어뜨려 죽였던, 그런 관계가 전생이 아니었던가 하는."

놀랄 일이다. 그 정도로 서로를 끌어당김의 기운이 강했다는 말인가? 그런 숙명 같은 감정을 뿌리치고 지금 이 자리에 와 있다니! 사리풋타가 일찍이 그랬던 것 같다. 세상은 공평하다고. 그 말은 이생에 살아가면서 갖는 모든 현상 속에는 전생에서 맘껏 누린 것들에 대한 버릇의 결과이니 속상해 할 것이 아니라는 것 같다. 현재의 상황을 즉각 알아차리고 즐겁거나 괴로운 상황이 자신에게 던져진 숙제임을 자각하여, 그 문제에 대한 해답 찾기를 바라는 절실한 심정으로 법 앞에 서야 한다는 것이겠다. 자신에게서 비롯된 숙제이기에 그 해답 역시 자기 속에서 찾아야 한다는 주문으로 들린다.

"존재와 존재를 잇는 그물로 중중무진하게 또는 광대무변하게 연결된 세상입니다. 서로 연결된 세상이죠. 그런 세상의 흐름을 단절시키고 법의 흐름에 드는 것이 예류(sotapanna. 수다원)입니다. 모든 불교인은 그 어떤 흐름에 들어야 합니다."

# 머뭇거리는 몸짓

사리풋타와 헤어지고 돌아오면서 무씨가 번뇌에 잠긴다. 고향 오빠의 얘기를 전해주는 사리풋타의 말이 거짓이 아닐 것이다. 한번 대면한 적이 있는 장경록이라는 그 고향 오빠도 거짓을 말하는 자가 아닐 것 같다. 그렇다면 누군가야가 거짓을 말한 것인가? 무씨 자신을 만나기 전까지는 그 사람을 향하는 누군가야의 감정이 사리풋타가 들려준 말처럼 그랬던 것 같긴 하다. 그 사람을 만나러 커피숍에서 그토록 오래 기다리고 그 사람의 블로그를 매일같이 방문하고 그 사람에게서 많은 지혜를 배웠다고 누군가야가 말한 기억이 새삼 떠오른다.

그렇다면 누군가야가 거짓을 자신에게 들려준 것이 아니라 일찌감치 사실을 말했다고 봐야 한다. 무씨 자기를 만난 이후의 감정은 그것대로 별개이므로, 그런데? 그 사람과의 관계를 끊고 자기와 관계를 맺은 시기에 그 고향 오빠가 누군가야에게 접근한 이유는 무엇일까? 또한 남편을 두고도 그러니까 사리풋타의 속가 남편을 가로채고도 여전히 장경록, 그 사람과의 애정행각을 이어가려한 누군가야의 의도와 심리는 대체 무엇일까? 그리고 무씨 자신에게까지 접근한 이유라는 것이?

사리풋타의 말이 떠오른다. 하나의 대상에 대한 애욕의 집착에서 벗어나기를 작심했다고 하더라도 그 애착의 근본 뿌리를 제거하지 않고서는 역시 다른 대상을 쫓아 그 애욕을 드러내게 된다고 말이다. 이에 의하면 가슴에 품은 그 사람에게서 아무런 애정의 화답을 얻지 못한 집착에의 미련으로 뒤늦게 유사한 다른 대상을 찾아 떠돌게 되었다는 얘기가 되는 것인가? 그 오빠로 해서 다른 대상마저 포기하는 사리풋타와는 다르게 그 사람으로 해서 다른 대상을 탐닉하고 소유하려는 누군가야인 것일까? 무씨는 알 수 없는 짐작에 그 오빠, 장경록의 전화번호를 받아두었다. 만나봐야겠다. 만나서 영문을 살펴봐야겠다. 도대체 어떻게 돌아가는 일인지를. 누군가야는 차후 문제다.

무씨가 모는 승용차가 프로덕션 사무실 부근에 이르자, 헤드라이트 불빛 사이로 여자의 뒷모습이 스친다. 누군가야다. 끼익! 차가 정지하고 급히 후진하자 저편으로 누군가야가 큼직한 가방을 둘러메고 비척비척 다가온다. 사무실에 가는 길이었나? 차창이 열리고 무씨를 발견한 기쁨에 누군가야가 활짝 웃는다.

"무씨!"

무씨가 천천히 차문을 열고 내린다.

"갑자기 어쩐 일이야? 놀랐어."

"이거 좀 들어줘, 무거워."

어깨에 멘 가방을 무씨에게 떠안긴다.

"메모 못 봤어요? 한참을 기다렸는데."

"봤어."

"봤으면서도 연락 안 한 거야?"

누군가야의 표정이 불현듯 굳어진다. 무씨의 몸짓에서 말투에서 이상한 기류를 느끼는 모양이다. 만나지 못한 세월이 흘렀다고 해서 이렇게 되지는 않는다. 필시 어떤 곡절이 생겼나 보다. 아무 말 없이 승용차 앞문을 열어주자 샐쭉해진 누군가야가 동행석에 오른다. 가방을 뒷좌석에 밀쳐놓고는, 무씨가 생각하는 듯 잠시 우두커니 섰다.

"바빠서 나중에 하려고 했어."

대꾸가 없다. 어차피 늦은 대답이고 애정이 식은 소리다.

"저 가방은 뭐야?"

"부산 가려고 나선 길이에요."

"한국 와서는 여기 인천에서 지냈던 거야?"

"여긴 아니고 섬마을 고향에서 좀 쉬었어요. 친정 오빠가 계시니까."

한국에 어쩐 일이냐, 부근에 머물렀으면서 왜 연락이 없었느냐, 부산은 왜 가려 하느냐, 이제 어찌하려느냐? 따위를 묻지 않는다. 아무것도 몰랐으면 궁금해서라도 물을 일이고 사리풋타가 들려준 사실의 확인을 위해서나 누군가야의 진실을 알기 위해서라도 물을 만한 일인데 묻지 않는 것이다. 그건 조문주도 마찬가지다. 사실을 알려서 도움을 청하고 그간의 소식을 들려줄 만한데 말하지 않는다. 왜 묻지 않느냐는 볼멘소리도 없는 것이다.

"역까지만 태워줘."

기차표를 끊고 마치 남처럼 멀뚱한 모습으로 하릴없이 주변을 두리번거리다가 조문주가 출구로 걸어간다. 무씨가 건네주는 가방을 억지로 둘러멘다. 찢어진 청바지 틈새로 살짝 드러나는 허벅지 하얀 살갗에, 짧은 녹색 티가 삐져나와 배꼽이 살짝 드러나면서, 헐렁하게 걸친 청색 재킷이 몸짓에 팔락거린다. 씨잉, 차가운 바람이 조문주의 표정에 머문다.

"미안해. 이렇게 보내서."

"부산엔 안 와요?"

"계획 없어."

'그럴 테지!' 혼잣소리처럼 중얼거리더니 그제야 무씨를 바라본다.

"내가 미안해요. 한국에 온 이유는 그 사람을 만나기 위해서예요. 다른 사람들은 하나씩 잊어져도 잊을 만해도 잊힐 수 없는 단 한사람, 내 영혼은 그 사람을 찾아 부르고 있어요. 잊고 떠날 수 있는 존재라 생각했는데 그러질 못했어요. 그만 갈게요."

'잘 가!' 그 소리가 입속에서 맴돌고 밖으로 나오지를 못한다. 여전히 육감적이며 도발적인 몸짓의 누군가야 육체가 무씨의 시선에 강렬한 매력으로 비쳐져 성큼 코끝에 다가왔지만 무씨의 의식이 그 감각적 느낌을 꺾어 누른다. 막동이 트려는 새벽기운 같은 자각이 이는 것이다. 출구를 빠져나가는 조문주의 뒷모습을 무씨가 지켜보지만, 조문주는 모퉁이 너머로 사라지면서도 돌아보지 않았다.

# 그 사람을 다시 만나다

'봄날이 갔나 했다. 지난밤 폭풍우에 봄날이 그만 벚꽃 지듯 빗물에 선율 되어 흐트러졌나 했는데 아직 봄날이라는 소식에 겹벚꽃이 험한 산길 촘촘히 피어나겠다. 아마도 사월이거나 그날이 오면.'

직원이 좋은 아침이라고 인사하자 슬픈 아침이라는 생각이 불쑥 든다. '이제 이곳을 얼른 떠나야겠다. 가기 전에 장경록이나 만나보자. 집에 돌아가서까지 만나고 싶진 않다. 사리풋타가 정착한 이곳으로 거처를 옮겼다니 전화하면 곧 만날 수 있겠지.' 무씨는 그런 생각에 서둘러 아침 일과를 끝마친다. 점심을 같이하자는 전화였기에 점심시간에 맞춰 장경록이 사무실을 방문한다. 선뜻 만나겠다는 응답을 한 것으로 봐서는 이 사람도 자기에게 긴히 할 말이 있지 않겠느냐는 생각이 든다.

"겨우 두 번째 보는데 낯이 익어버립니다."

"바쁘지 않으세요? 이런 데는 낯설어서. 하하."

탁자에 앉아 차를 마시면서 와 닿는 그의 모습이 전에 봤을 때보다 정갈하다. 얼굴빛이 유난히 하얗고 세련된 도회적 이미지에 캐주얼 정장이 말쑥한 느낌을 주면서, 세상의 파도에 휩쓸려 살더라도 허둥대지 않을 배짱 두둑한 기개가 엿보인다. 자칫하면 잘못된 판단을 가질 수도 있을 선입견이 생겨나지 않아 다행스럽다. 그런 느낌에 무씨의 마음이 누그러진다.

"이심전심이랄까, 오늘 불쑥 만나지 않겠냐는 생각이 들었어요. 연선이도 서로 알고 세상 관심사도 비슷한 구석이 많지 싶은데, 허심탄회하게 얘기 나눌 만한 상대가 아닐까 그랬지요. 하하."

소탈한 목소리가 진심에서 우러나오는 말 같다. 무씨 자신에게 지금 와 닿는 느낌도 정녕코 진솔함이 묻어나는 흥겨움일까? 그 마음을 확인하고 싶어 누군가야를 들먹이려다가 그만둔다. "음식은 어떤 것을 좋아하십니까?"

일식 초밥집 칸막이 된 구석방에 앉아, 공간이 주는 폐쇄성 탓인지 처음부터 잡담이 별로 없다. 장경록이 거침없이 말을 쏟아낸다.

"나는 대승불자라오. 연선이 걔가 스님이 되는 걸 보고 얼마나 고뇌가 깊었으면 머리카락을 깎았을까 그런 마음에, 같이 동질감을 맛보고 싶어서 사찰에서 여는 불교 강좌를 들었지요. 연선이랑 만난 적이 없어서 불교를 놓고 따로 이것저것 물어보진 않았어요. 불교라면 다 같은 교리이고 내용인 줄로만 알았으니까. 처음엔 불경을 이해하기가 참 어렵더군요. 넋두리같이 들리기도 했으니까, 하하. 그런데 어느 날인가, 과학 쪽의 심리학과 생물학, 특히 양자물리학 같은 학문을 무심결에 불경에 대입시켜보니까 알아먹기가 훨씬 쉬워지더군요. 연선이가 주장하는 초기경전 내용과는 어떤 차이가 날지 모르겠지만, 어쨌든 나는 여기 불자이고 대승사상에 입각해서 말을 꺼낼 수밖에는 없겠군요."

"전에 어느 스님과 대화를 나눠봤지만, 확실히 사리풋타 스님의 견해가 한국불교와 무척 다르다는 것을 알게 되었습니다. 나로서는 사리풋타 스님의 견해에 가치를 두고 긍정하는 입장입니다. 하지만 한국불교의 현재 모습을 알아봤으면 좋겠다는 기대도 있었는데 불현듯 이런 자리가 생겨서 나로서는 매우 좋은 기회입니다."

"그랬나요?"

장경록은 마치 오늘을 기다린 사람처럼, 불교의 가르침을 확실히 드러내겠다는 의지를 품은 자세로 진지하게 말에 집중한다. 어쩌면 평소에 갖는 그의 열정이 그런지도 모르겠다. 그는 불교가 과학과 어울릴 유일한 종교라고 장담한다. 생물학을 익히면 생명의 원리를 설법한 붓다의 말씀이 이해되어 설명까지 가능하고, 프로이트의 정신분석을 비롯한 심리학의 이해가 유식설의 파악을 쉽게 할 것이라고 말한다. 대화가 이제 막 시작됐을 뿐인데 벌써 서두부터 불교자랑을 서슴지 않는 그의 행동을 보게 되니 이 맹신적 모습의 그에게서 어떤 객관적 사실과 유익할 불교 얘기를 얻을 수가 있을까 싶어져 무씨의 마음이 어수선해진다. 그는 무씨의 안색을 살핀 듯 어조를 낮추며 조심스레 말한다.

　"여태껏 세상에 살아남은 몇 안 되는 종교 중에서 불교만큼 철학적 사유에 바탕을 두는 종교가 어디 있겠습니까? 다들 믿음만을 강요할 뿐이지요. 이 불교는 특히 반야사상이 우주물리학의 연구 내용과 진리적 이치를 같이한다는 점에서 무엇보다도 큰 매력을 느낄 수 있습니다."
　"그런가요? 궁금해지는군요. 그것이 무엇을 말하는지가."

# 관계의 인식에 의해 존재하는 것들

"사람들은 우주 대폭발에 의해 우주만물이 나타났을 때, 물질이 먼저 생겨나고 나중에 생명이 태어났다고 생각합니다. 아마 학교에서 배운 과학이나 다원진화론의 기억 때문이겠지요?"

"창조설도 물질의 창조가 먼저 일어났음을 말합니다."

"예, 그렇지요. 빅뱅을 말하는 과학이든, 신이 우주를 창조했다는 유신론이든, 물질이 존재한 이후에 생명이 나타났다고 믿지만 그게 아닙니다. 물질은 그 자체의 성질이 생명의 본질이에요. 물질의 가장 미세한 기본입자를 과학이 관찰하니까, 양성자와 중성자로 이뤄진 원자핵과 그 원자핵 주위를 도는 전자로 구성되었음을 알아냈지요. 원자핵과 전자는 각자 지닌 정보를, 광자라는 초미립자의 교환을 통해 서로를 인식하면서 결합 상태를 유지합니다. 미립자들은 에너지와 정보로 이뤄졌는데, 정보들은 상대가 존재해야만 확인이 가능하기 때문에 홀로 있는 입자는 정체성을 상실하여 비존재의 상태로 사라지지요. 제법개공(諸法皆空)이라고, 모든 세계의 일체가 무상하여 공이며 오직 인연화합에 의해서만 나타난다고 주장한 불교의 직관적 사유와 오늘날의 과학적 증거들이 서로 맞아떨어지는 매우 중요한 학설입니다."

이미 사리풋타로부터 들은 내용이고, 양자물리학에서 거론되는 미립자의 문제라서 무씨도 어느 정도는 알고 있다. 물질과 정신이 하나로 얽힌 세계. 정신과의 결합이 있어야만 현상계에 모습을 드러내는 물질이 분명하다면 눈앞에 나타난 물질은 당연히 정신이기도 하겠다. 사리풋타가 말하는 정신의 정체를 여기 장경록은 정보라는 단어로 풀어낸다. 무씨는 무상하여 공이라는 세계의 규정을 명확히 하기 위해 되묻지 않을 수 없다.

　"인간의 육안으로 확인 가능한 상태는 고체와 액체 상태이지 기체 상태에서는 확인이 불가능합니다. 인간의 눈으로 확인할 수 없어도 기체들은 물질로 존재하죠. 심지어는 낱개의 소립자조차도 원자핵과 전자와의 관계로 해서 존재가 이뤄지고 그것이 과학의 힘으로 인간에게 확인됩니다. 선생께서는 이 상태까지를 확인 가능한 존재라 말하는 것이겠고 소립자의 구조까지도 깨어진 상태가 정체성을 상실한 비존재 상태라고 설명한 것이겠지요?"

　"그렇지요. 물질의 해체에서 비롯되겠지만, 그것뿐이 아니라 물질과 정보의 관계까지 끊긴 상태의 세계를 두고 일체가 무상하여 공이라고 말합니다."

　첨단 과학 장비를 동원하여야 겨우 식별이 가능한 소립자의 구조를, 붓다 당시의 사람들이 이미 파악하여 제행무상과 일체개공의 사상을 거론하였다고 볼 수 없다. 공기나 먼지 같은 물질의 흐름과 인간의 자아 상태를 면밀히 관찰하고 사유한 결과에서 도출된 철학적 명제의 범주에 속할 것이라고 무씨는 판단한다. 그 명제가 붓다의 탁월한 관찰과 사유능력에서 비롯되었다고 하더라도 말이다.

　그런데 여기서 눈에 띄는 점은, 물질과 정신은 결코 분리되는 성질이 아니라는 사리풋타의 견해와는 달리 장경록, 즉 대승불교는 물질과 정신의 관계까지 끊기는 상태가 가능하며 그걸 두고서 공의 개념에 연결시키고 있다. 보나마나 '식(識)'의 존재를 믿기에 비롯된 주장이겠는데, 그렇다면 제법개공의 이치 파악도 그렇겠지만 그 밖에 많은 세상 이치의 풀이에 있어서도 붓다불교를 수행하는 스님들의 안목과 매우 상반된 견해를 드러낼 수밖에 없을 것 같다. 앞으로의 대화에 있어 이 점을 눈여겨볼 필요가 있겠다.

　"물질의 상태에서 전자가 원자로부터 떨어져 나와 양전하와 음전하가 골고루 퍼져 있는 것을 플라스마 상태라고 합니다. 인간에게 생명의 빛을 주는 태양이 플라스마이고 우주물질의 99%가 플라스마라는 것이 밝혀져서 이제는 오히려 플라스마를 물질의 일반적인 상태라고 표현할 정도입니다. 선생의 말씀대로라면 이 플라스마 상태를 어떤 것과도 관계 짓지 않은 공의 세계라 불러도 되겠습니까?"

　"정체성을 상실하고 홀로 있는 입자라면 비존재이겠지요."

"비존재인데도 인간의 과학으로 존재의 관찰이 이뤄졌으면 비존재가 아니지 않겠습니까? 이미 인간의 관찰로 해서 인간과 관계를 맺어 인연이 닿은 상태이니까요?"

"내 말이 그 말입니다. 관계가 끊기면 비존재로 사라졌다가도 관찰로서 인연이 닿으면 존재가 되니 색즉시공이고 공즉시색이지요. 이해하기 쉽게 원자핵과 그 주위를 도는 전자라고 말했지만 그것조차도 따져 들어가면 원자는 6개의 가벼운 입자인 전자, 중성미자 등으로 구성된 렙톤과 6개의 쿼크, 그리고 이들의 반입자들로 구성되어 있어요. 그러나 쿼크는 홀로 존재하지 못하고 그 반입자인 반쿼크와 쌍을 이루어 중간자를 만들거나 3개가 한 짝이 되어 중성자나 양성자 같은 강입자를 만듭니다. 이때 쿼크끼리 연결시키는 것이 글루온이라 불리는 게이지 입자입니다. 쿼크라는 놈은 안정된 자연 상태에서는 존재하지 못하기 때문에 인공적으로 만들려면 고에너지가속기로 양성자와 반양성자를 엄청난 속도로 가속해서 충돌시켜야 하지요. 이렇게 충돌하면 양성자 안의 쿼크와 반양성자 안의 반쿼크가 충돌하여 쌍소멸이 일어나는데 이때 높은 에너지를 가진 광자나 Z입자 또는 W입자가 생기며 이 입자가 다시 붕괴되면서 새롭게 쿼크가 생겨납니다."

"그러한 과학 관찰로 본다면 물질 최소 단위의 기본입자는 절대로 소멸되지 않는다는 얘기가 될까요?"

"현재의 인간 능력으로 살피자면 그렇겠지요?"

무씨는 갑자기 성경을 들먹이고 싶어졌다. 한계에 놓인 인간이 과학을 탄생시켜 관찰을 통해 신의 영역이라 할 물질 최소 단위의 세계에까지 이르렀다는 사실에 고무되어서일까.

"성경 창세기를 보면 신께서는 우주공간과 물질부터 만드셨습니다. 마지막으로 인간을 만드셨는데 이 우주만물을 만든 차례가 과학에서 연구한 발생 순서와 대략 일치합니다. 지구에서 발생한 생물 진화 관점의 차례도 비슷합니다."

"그래요? 놀랍군요. 나는 성경을 여러 차례 읽어봤지만 황당한 이야기로 꾸며진 소설같이 인식되던데, 형씨는 그렇게 생각지 않나 보네요?"

무씨의 태도에 대해 장경록이 갖는 의문은 당연하다. 무씨도 역시 마찬가지니까. 브라만교의 유신론적 사상을 비판하는 시각에서 출발한 붓다사상이 후대에 여러 불교경전을 추가로 편찬하게 되면서 아미타불이나 관음보살 같은 신적 개념의 존재가 슬그머니 나타났고, 지옥이나 극락 같은 다른 차원의 공간 개념들이 불교에 속속 등장하였는데, 그와 같은 불교경전의 내용들은 이야기 전개만 살펴도 요즘의 이성과 감각으로는 수용하기 어렵다. 게다가 붓다의 사상과 동떨어진 이질적 내용까지 읽게 되면 그것에 질색하여, 시절에 따라 지어낸 소설이 불교경전 특히 대승불경이라는 생각이 저절로 들게끔 된다.

이것이 불자의 마음이 아닌, 타 종교의 교리가 두뇌에 축적된 심리에서 촉발된 거부감일 수도 있겠는데, 어쨌든 이런 잠재된 의식의 발로처럼 불자나 무신론자들이 성경을 대하는 태도 역시 대체로 광신자들에 의해 작성된 삼류소설 정도로 평가하는 듯하다. 무씨 자신의 생각이, 성경은 역사적 사실과 진리적 가치관에 바탕을 둔 기록이라고 확신하는 마음처럼, 각자 자기네 종교를 믿는 신자들의 마음 또한 비슷한 심리에 처했을 거라 쉽게 짐작해보는 것이다. 이러니 자기가 믿는 경전 외의 모든 종교경전은 믿기 어려운 내용들로 가득한 이야기책이라 어찌 생각이 들지 않겠는가?

"성경 전체를 놓고 보면, 그중 몇 군데가 오류로 비칠 만한 구절이 보이고 구절 간에 서로 충돌하는 모순처럼 비치는 것들이 더러 발견되긴 합니다만, 그럼에도 성경은 경전으로서 완전한 구조를 지녔습니다."

"그래요?"

놀란 채 의외라는 표정이다. 절간에서 스님과 법담 나누던, 그런 무씨 모습과는 다른 분위기를 아마 지금 느끼나 보다.

"원자는 정보를 지닌 존재라서 고유한 성질을 가지는데 다른 원자들과의 정보 교류로 결합하기도 하고 분리되기도 합니다. 원자가 분자가 되고 분자가 모여 훨씬 복잡한 물질이 되면 서로의 정보가 통합되어 기존 원자의 성질과는 전혀 다른 통합된 고유성을 새로이 지니게 되지요. 수소와 산소가 결합하여 전혀 다른 성질의 물 분자가 되고 이 물 분자가 모여 물이라는 독특한 물질을 이루듯이 이러한 정보와 힘을 지닌 물질이 생명으로 이어졌어요."

전혀 다른 성질! 무씨는 얘기를 듣다가 이 말에 주목하였다. 소립자 알갱이

들은 그러니까 미시세계에서는 물질 자체가 생명력을 지닌 정신으로 비쳐지기도 하지만 그것이 정보를 교환하고 어울려 결합을 이루고 그것이 확장하여 가시적인 물질을 이루는 거시세계에서는 결합의 화학방정식 등으로 도출되는 법칙처럼, 그런 작용들에 의해 생명으로 나타나거나 무생물적 존재의 물질로서 형태와 성질이 드러나는 게 아닐까 하는 것이다.

무씨가 이런 생각을 갖는 이유는 간단하다. 오늘날에 과학이 앞장서서 물질 속에서 정신과도 같은 생명현상을 관찰하고 원리를 규정하려는 움직임에 대해, 거시적으로 관찰이 가능한 물질을 내세워서라도 확증되지 않은 주장에 대한 의문을 견지하는 자세가 필요하지 않을까 해서이다. 실제로 바위 같은 물질은 정신적 작용을 보이지 않으니까.

비록 양자물리학이라는 과학이 생명현상과 유사한 움직임을 소립자에서 관찰하였다고 하더라도 아직까지 뚜렷한 입증이 불가능한 상태에서, 마치 물살을 역류하는 연어 떼의 기상처럼 성급하게 고대인의 토테미즘이나 정령숭배를 닮은 원시성으로 도로 거슬러가서야 되겠는가? 그것은 아직까지 엄연히 미신인 것이다. 물리법칙은 미시적 세계와 거시적 세계에 달리 적용되는 요소가 무척 많듯이, 물질과 정신이라는 체계의 관찰이나 사유에 있어서도 그것에 같은 관점을 적용시킨다는 것은 아무래도 무리이지 않겠는가. 무씨가 잠시 엉뚱한 생각에 빠진 상태에서도 장경록의 얘기는 계속된다.

"그런데 이런 문제가 생깁니다. 우주만물이 물질인데 바위처럼 자연물질에는 없는 의식이 인간이라는 생명체에는 존재하는 이유가 무엇이며, 그 의식은 물질과 어떤 관계를 이루느냐는 의문이지요. 이 의식의 세계를 물질계와 대별해서 정신계라 말하는데 이것은 분리되어 존재하는 게 아니라 항상 결합된 상태로 있어요. 물질계의 본질이 에너지이고 정신계의 본질이 정보라서 그 에너지와 정보에 의해 태초에 대폭발이 일어났고 물질이 형성되어 우주가 탄생하였기에 이 둘의 결합은 불가피한 구조라 봐야겠지요."

우주물리학에서는 우주의 기원에 대해 여러 가지 학설을 편다. 완전히 입증 가능한 영역이 아니기에 아직 학설에 그칠 뿐이지만, 그중에서 빅뱅설을 가장 설득력 있는 학설로 다룬다. 이미 응축된 하나의 특이점의 대폭발로 우주가 만들어졌다는 얘긴데, 그 특이점이 어디서 어떻게 생겨난 것인가라는 문제가 여전히 의문으로 남는다.

그러다보니 요즘은 우주막이라는 개념까지 등장하여 두 개의 우주막이 거세게 다가와서는 마치 파도와 같은 물결의 부딪힘으로 우주가 물방울처럼 무수히 만들어졌다는 이론까지 생겨난 상태다. 우주만물은 끈처럼 입자의 파장으로 이어졌다는 끈이론과 빅뱅설보다 확장된 형태의 막이론을 보자면 여러 차원의 다양한 우주의 등장이 불가피하다. 이제는 종교보다도 과학에서 상상력이 풍부하게 생겨난다는 생각이 들 정도다. 그런데 도대체 그 우주막은 어디서 왔는가?

# 유식설이 정신계를 설명하는가

"현재 한국불교가 말하는 의식이 무엇인지는 유식설이 잘 말해주지요. 유식설은 정신활동의 영역을 전오식(前五識)과 후삼식(後三識)의 여덟 가지 식으로 구분하는데, 전오식은 인간의 다섯 가지 감각을 통해 알게 되는 정보를 말하고 육신에 얽힌 정보의 수용과 해석을 의미해요. 눈으로 보고 느끼는 안식, 소리를 듣고 느끼는 이식, 냄새로 느끼는 비식, 맛으로 느끼는 설식, 감촉으로 느끼는 신식, 이렇게 다섯 가지이고 이 전오식 다음의 제6식이 의식입니다."

"그렇습니까? 초기경전이 전달하는 내용을 보면, 붓다가 사용한 제6근(根)의 '의(意, manas)'는 생명체의 자유의지를 뜻하고 '식(識, vijna)'은 서로 다른 것을 식별하는 지혜라고, 사리풋타 스님으로부터 들은 기억이 있습니다."

장경록이 말하는 의식 개념의 해석은 보나마나 초기경전의 내용과 다를 것이다. 왜냐하면 붓다가 사용한 식별은 다른 것을 다르다고 아는 지혜라고 하는데 그 해석으로는 눈·귀·코·혀·몸·뜻의 감각기관을 통하여 사물을 인식하는 것이 식이니까 그러하다. 당장 확인해도 우리의 눈·귀·코·혀·몸·뜻 감각기관 자체가 대상을 인식하는 작용을 한다는 것이며 따로 식을 운운하지 않더라도 누구나 자각한다는 것이다.

이것이 사리풋타가 말하는 유식설의 식에 대한 반박이지만 무씨의 생각은 또 약간 다르다. 감각기관 자체는 대상을 읽고 받아들일 뿐이지 그것의 분류와 인식은 뇌세포에서 담당한다는 것이다. 이 사실은 이미 뇌과학에 의해 밝혀진 것인데도 사리풋타가 달리 주장하는 까닭은 아무래도 유식설에 대한 반발이 아닐까 싶다. 어쩌면 제6근의 의(意, manas)'가 자유의지를 뜻하니 만큼 제5근의 몸에 연결된 뇌세포를 포함하는 것일 수도 있겠다. 그게 아니면 정녕 드러나지 않은 법칙이라도 있다는 것일까? 아무튼 무씨 역시 식의 개념을 따로 설정해서 인간의 정신영역에 걸쳐두려는 대승불교의 유식설에는 회의적이다.

"그래요? 연선이가 그리 말했어요? 뭐 일단 내 견해이자 대승불교 이론에 기초한 것이니 들어나 보세요. 가르침의 차이야 생겨날 수 있는 것이니까. 하여간에 의식은 두뇌를 근으로 하는데 이 여섯 가지의 식은 모두 육신이 근이라서 육신의 죽음과 함께 소멸하지요. 제7식이 말나식인데 이기심의 덩어리여서 자기중심적인 에고(ego)를 지향해요. 말나식은 모든 생명체의 정신활동으로 모두가 이것에 붙들려있어요. 의식에도 영향을 미치고 의식 역시 말나식을 제어하는 힘이 있는데, 이 말나식을 제어하는 존재는 인간뿐이라서 의식은 인간의 것이라는 생각입니다. 제8식이 바로 아뢰야식으로 억겁의 세월동안 윤회를 반복한 모든 삶의 경험이 저장되어 있습니다. 이 저장된 기억에 따라 자기의 삶이 변화하는 업의 자리인 것이지요. 그러면 이제 이 두 식의 근은 어디일까 하는 것인데 말나식은 감각기관과 두뇌를 포함하는 육신의 세포 하나하나에 모두 심어져 있어요. 그리고 아뢰야식은 육신의 주위를 안개처럼 감싸는, 그러니까 육신에 훈습된 어떤 기운 같은 것이지요. 사후에도 존재해서 육신과의 분리가 가능한 유일한 영적 요소라고 봅니다."

사리풋타가 가장 반발하는 대목이겠지만 일찍이 동원스님이 설명했던 아뢰야식의 내용이 확연하게 다가온다. 어째서 아뢰야식이 영혼이 될 수 있는가 하는 의문만큼은 풀리게 된다. 유식설이 주장하는 이 논리의 타당성은 일단 젖혀두고서 말이다.

어쨌든 여기서 사리풋타의 견해는 이러했던 것으로 안다. 인간은 물질과 정신의 결합체인 오온으로 이루어졌으며 6근의 감각기관으로 6경의 인식대상을 인식하여 사물을 파악한다는 것이다. 굳이 식이라는 법을 들먹이지 않더라도 6근의 감각기관으로 대상을 인식하는 그런 이치의 설명이 가능하다고 말이다. 이러한데 오온의 구성 요소를 물질과 정신으로 분리하여 생각한 결과로 인해, 그만 엉뚱하게도 마음이 생겨나고 말나식과 아뢰야식까지 생겨났다고 말한다.

사리풋타의 설명을 들었기에 한국불교의 가르침이 어떠한가는 알겠는데, 여기 장경록이 말하는 내용은 이것대로 좀 다르지 않은가? 오온 중에 색을 물질

로 보고 나머지 수 상 행 식을 정신으로 파악하는 바람에, 덧붙여 마음이나 영
혼과 같은 식까지 만들어낸 대승불교와는 달리 장경록은 물질을 정신과 결합
된 존재로 보고 그것들이 서로 떨어져서는 존재할 수 없는 관계라는 파악까지
는 사리풋타와 비슷하게 끝낸 상태다. 이처럼 사리풋타와 비슷한 논리를 전개
하면서도 장경록은 엉뚱할 정도로 대승불교의 유식학이론을 스스럼없이 받아
들인다. 혹시 장경록이 말하는 정보라는 뜻의 의미가 사리풋타가 언급한 정신
과는 다른 성질의 요소라서 그러할까? 이러한 생각에 미치자 사리풋타와 장경
록의 견해가 서로 비슷하면서도 다르다는 점을 간파하여 무씨가 한마디 거드
는 것이다.

"언젠가 사리풋타 스님으로부터 초기경전에 나타나는 '심(心) 의(意) 식(識)'에
대한 설명을 들었는데, 이 부분을 잘 비교하면 붓다사상과 현재 한국불교가 거
론하는 유식학의 서로 다른 점이 잘 드러나겠습니다. 붓다는 유식사상을 설법
하지 않으셨다고 하더군요. 유식학을 거론했던 유부논사 세친의 견해를 붓다
의 법에 비교하자면 이렇습니다. 종교가 중요한 게 아니라 나의 해결이 더 중요
한 것이니 우선은 인생의 괴로움을 해결하겠다고 강조한 붓다의 법은, 반드시
생 노 병 사의 과정에 겪게 되는 괴로움의 해결에 핵심을 둬야 한답니다.

예를 들어, 현실에서 괴로움을 겪는 할머니가 과연 유식학이라는 학문으로
삶의 괴로움을 치유하겠느냐고 반문할 정도로 사리풋타 스님은 붓다의 법을
강조하시더군요. 붓다가 완전한 열반을 이룬 천년 이후에 만들어진 유식사상
을 놓고 이러쿵저러쿵 해설만 한다면 그건 정당한 법 논쟁이 아니라고 했습니
다. 비판할 것은 정당한 근거를 마련하여 비판하면서, 어쨌든 이 시대의 불교가
이제라도 붓다의 진실한 뜻을 되찾자는 의미에서 유식사상에 접근해보겠다며
사리풋타 스님이 거론한 내용은 이렇습니다.

붓다사상과 달라진 유식사상을 비교하자면, 첫 단추는 아까 말한 '심 의 식'
인데 유식사상이 유식(唯識), 오직 식별뿐이라는 것은 마음 자체가 완전히 해부
되었다는 얘기입니다. 그러니 제6의근에서 그치지 않고 의식이라는 복합어를
만들어낸 것을 시작으로 제7식 더 나아가서 제8식까지 전개가 되더군요. 여기
서 사리풋타 스님이 질문을 던지는 것이, 한국불교에서 마음은 청정하고 허공

과 같다고 하던데 유식사상이 분석하여 들어간 제6의근이 그와 같이 청정하더냐고, 청정한데 왜 더 분석하느냐고 묻더군요. 이것은 마음과 자유의지와 식별이라는 서로 다른 법을 섞어버려 혼란을 가중시켜서 그리됐다고 합니다.

아뢰야식은 아뢰야(Alaya)가 드러눕는다는 뜻이고 함장식이라 하는데, 그렇다면 드러누울 자리와 드러눕는 놈이라는 실체가 있어야 하겠습니다. 그래야 드러누울 자리에 드러누울 것이니까. 붓다가 일관되게 강조한 것은 무아인데도 불구하고 아뢰야식이 성립되기 위한 어떤 실체가 있다면 그게 불교에서 말이 되겠느냐고 스님이 되묻더군요. 이생에서 저 생으로 넘어가는 어떠한 실체가 있다면 그것은 무아에 위배될 테니까 말입니다. 보이지 않고 잡히지 않는 마음을 대체 어떻게 하려고 그 마음을 조각조각 절단 내고 실체를 설정하여 붓다의 뜻에 어긋난 일을 벌이고 말았느냐며 강조하여 묻더군요.

결국 내가 생각을 해봐도 유식론은 '심·의·식'을 모두 마음작용으로만 보면서 마음 자체를 해부하여 유심론의 한계를 드러냈다고 봅니다. 유심론, 그렇다면 존재의 구성 요소로서 몸은 대체 거론조차 못 한다는 것이냐고 하더군요. 말하자면 유심론으로 빠진 그 첫 단추를 잘못 꿴 탓으로 부처님 법에서 중요한 '육육법'에서 거론되는 '촉·수·상·사' 그 4가지 법이 이상하게 변질되었다고 합니다. 촉·수·상·사 4가지 법은 마음의 작용이기도 하겠지만 마음 자체를 해부한 내용이 결코 아닌데도 부파불교에서 무려 몇백 년 동안 4가지 법이 논쟁거리가 되어 결국 후대 논서는 심왕, 심소까지 등장시켰고 그 4가지 법이 거론되는 육육법이라는 법문은 한국불교에서 그 이름조차 소실되었다고 하더군요.

내 생각에도 그렇습니다. 만약 마음을 해부한다면 굳이 제8식에서 머무를 이유가 뭐 있겠습니까? 기왕에 마음을 소립자 정도의 미세한 알갱이로까지 해부해야 하지 않을까요? 사리풋타 스님의 말을 빌리자면, 유식사상의 첫 단추는 역시 세친이라고 하던데 그가 이해한 부처님 법을 드러내어 색에 대한 것을 거론해야 된다더군요. 물질에 대한 여러 논사들 연구에서 색(色)은 다음의 세 종류인, 보이면서 걸리는 색, 보이지 않고 걸리는 색, 보이지 않고 걸리지도 않는 색, 이렇게 나타납니다. 세친이 속했던 유부(有部)의 주장은, 보이지 않고 걸리지도 않는 색을 무표업과 무표색으로 규정하는데 이것이 유부 아비달마를 규정짓는 중요한 교리라고 하네요. 표업은 현실에서 바로 벌어지는 업이라 저 생으로 넘어갈 때 표업은 사라지고, 말 흔적이나 몸 흔적이 심리에 남아서 다음 생으로 넘어간다는 것이 무표업이더군요.

그런데 세친논사는 본인이 속한 부파의 유부이론을 동의하면서도 결국 무표업설을 포기하고 종자설인 유식설로 가버립니다. 종자설? 그건 자이나교 사상과 같다던데 세친이 왜 그랬는지 아십니까? 업(業)은 반드시 보(報)를 가져와야 하는데 이생에서 지었던 모든 업에 대한 과보를 한꺼번에 다 받지 못하겠으니 필시 다음 생에서 과보를 받아야겠고 그러다 보니 그 구조 과정을 설명해야 했던 것입니다. 그래서 현재의 행위가 인간의 심식 깊은 곳에 현훈종자를 발생시키는 것으로 설명하고 말았던 게 유식의 종자설이라고 합니다. 각 부파가 난립했던 부파불교시대에는 뭔가 정확한 설명을 하려고 애쓴 것이 맹점이라고 하더군요. 풀리지 않는다면 그냥 골똘하게 사유하면서 풀릴 때를 기다리는 것이 나았을 텐데 말입니다.

유식사상은 이런 복잡한 과정에 나타난 학파의 불교인 것이지 부처님 사상이 아니라고 사리풋타 스님이 강조하셨는데, 언제든지 다른 학파가 나타나서 그 이론을 뒤집으면 사라져야 할 학문불교가 유식학이라고 합니다. 그리고 내 생각에도 심·의·식이 이렇게 복잡해서야 후대의 수행자들이 어떻게 좋은 수행 결과를 볼까 싶습니다. 종교란 무릇 신앙하는 당사자들이 종교적 유익을 얻기 위하여 교조의 가르침을 신앙하는 것인데, 그런 복잡한 설명으로 어떻게 쉽게 만나지겠습니까?"

그렇다면 여기서 고타마붓다의 '심 의 식'이 과연 무엇일까에 대해, 사리풋타가 무씨에게 들려준 분석을 빌리도록 하자. 무엇이라 말하는가? 마음은 마음이고 의지는 의지이고 식별은 식별로서, 모두가 다른 개념이다. 상쾌하고도 간단하게 마음의 작용을 분석한 것인데, 정작 붓다는 마음을 해부해버리는 어리석은 방법을 사용하지 않는다는 것이 불교의 일반상식이다. 생 노 병 사의 생명체가 마음만을 갖고 윤회하지 않을 것이며 존재가 마음만 아픈 것은 아닐 테니까.

심(心, citta)은 대상을 지향하는 작용으로, 착한 것에 지향하면 착한 마음이고 악한 것에 지향하면 악한 마음이며, 의(意, manas)는 자유의지. 가고 싶으면 가고, 오고 싶으면 오는 의지로서 때로 신(神)도 거부하는 그런 의지. 내 안에 자명하게 느껴지는 생명체 의지를 말하고, 식(識, vijnana)은 마음과 의지를 가진 놈의 변화를 강조한 법이 바로 붓다가 사용한 식(識)인데, 초기경전에서 그런 식별을 지혜라고 설법하였다. 변화한 놈을 변화했다고 알고, 달라진 놈을 달라졌다고, 아는 지혜가 식별이라는 것이다.

어느 날, 이 내용을 무씨에게 일러주고는 사리풋타가 상쾌한 목소리로 노래인 양 불렀다.

"얼마나 명쾌합니까. 얼마나 보편적입니까. 얼마나 큰 발자국입니까. 보이지도 잡히지도 않는 마음을 해부해놓고 오밀조밀 갈피를 잡지 못하는 해석에 비하면 붓다의 심·의·식은 변화를 주제로 한 것입니다. 앞으로 무언가 변화에 대한 큰 이야기를 하실 태세를 갖춘 것이지요. 그게 생명체의 변화를 인정하고 윤회가 사실인가를 짚어가는 불교의 큰 발자국과 일맥상통하겠지요?"

붓다의 심·의·식은 변화를 주제로 하여 그 현상을 설명하는 용어들이라는 것을 사리풋타 스님을 통하여 확인했고, 마음만을 해부하여 그것만을 들여다보겠다면 그것은 프로이드의 정신분석이나 심리학 등에서 해놨다고 말해도 무리가 아닐 것이다. 붓다 혹은 세친이 중요한 것이 아니라 나의 해결이 중요하다는 불교입장에서는, 생명체 속성에서 제행무상이라는 변화를 붓다가 미리 언급하였다면 그 뒤에 나타나는 붓다의 법 역시 변화와 관련되는 법이 거론되어야 함이 마땅한 게 아닐까 하는 것이다.

무씨가 들려주는 얘기를 묵묵하게 듣던 장경록이 천천히 입을 뗀다.

"앞으로 참고하겠고, 따로 스님 설법을 들어봐야겠군요."

"선생 얘기를 계속 듣고 싶으니 마저 설명하시지요?"

장경록은 의기소침한 듯 헛기침을 두어 번 하더니 말을 잇는다.

"생명은 매우 정밀한 상태로 축적된 정보와 그 에너지와의 결합작용에 의해, 가장 복잡한 구조물과 의식이라는 고도의 정보구조에 도달한 존재입니다."

"그러니까 생물학에서 말하는 다윈진화론을 받아들이시는군요?"

"현상계에 나타난 생물의 진화 과정을 따릅니다. 옳으니까요. 하지만 물질만을 다루는 유전이론은 인정하지 않습니다. 거기에 오류가 드러났기도 하고요."

　장경록이 주장하는 논리를 들으니 신께서 말씀으로 우주만물을 창조하셨다는 성경 구절이 저절로 떠오른다. 말씀이라는 것은 하나의 무형이자 정보라고 할만하다. 신이 의도하는 우주 창조는 그대로 신의 정신이 담긴 것이 아니겠는가? 게다가 뇌세포가 활성화된 짐승과 인간에게는 별도로 흙이라는 지구 이 땅의 물질을 사용하여 육체를 빚음으로써 정신에 버금가는 물질의 의미성까지를 설명하였다. 기독교 신자인 무씨 입장에서 이런 얘기를 들으면 얼마든지 떠오를 수 있는 생각들이라 봐야겠다.

# 아뢰야식이 생명의 원천?

"본디 일반 물질들은 개체를 유지하려는 성질이 없어요. 그러나 생명체는 외부 환경에 대해 자기 정체성을 유지하고 존속하려는 노력을 하면서 그것에 필요한 에너지를 밖에서 끌어오지요. 개체 생명의 유지와 복제가 가능하도록 자기에의 집착을 일으키는 겁니다. 아뢰야식은 처음에는 본유종자이다가 유기화합물의 생명체가 생기자 거기에 영향을 미쳐 말나식이 심어졌어요. 부처님이 이것을 무명이라 규정하고 인연의 시발점으로 본 것이라 생각되네요. 이 첫 생명체는 중간 단계의 생명체로, 찰나에 생명체이다가 다시 비 생명체로 돌아가는 그런 존재였겠는데 마치 바이러스와 같은 존재였을 겁니다. 바이러스는 생명체 밖에서는 무생물로 시간에 상관없이 존재하다가 생명체의 세포 속으로 들어가면 비로소 생명체가 되어 신진대사를 하고 자기복제를 행하지요. 이런 어중간한 생명체가 억겁을 반복하는 가운데, 말나식을 강화하는 아뢰야식을 형성해갔을 겁니다."

무씨가 한마디 거든다. "바이러스가 공기 중에서는 무생물이긴 한데 그럼에도 핵산 등을 지니고 있기에 수명의 한계가 분명히 있겠다는 생각입니다만, 그래도 시간의 차원이 다를 수는 있겠지요?"

장경록은 물질의 진화와 마찬가지로 정보의 진화를 지금 말하는 모양새다. 단순정보가 진화에 의해 보다 복잡한 구조의 정보체계로 나아갔고 그것이 말나식을 강화하는 아뢰야식을 형성해갔다는 말에서 찾을 수 있다. 자신이 말하는 내용에 확신을 갖기가 어려운지 말꼬리를 흘리고는 있지만, 그럼에도 그는 아뢰야식이 태초에 이미 정보의 본유종자로서 존재했음을 강조한다.

본유종자! 하기는 이것이 있어야 태초부터 있었다는 물질의 에너지와 함께 결합할 정신의 아뢰야식이 되지 않겠는가. 어쩌면 그때 이미 영적인 출현까지 일으켰다는 얘기를 하는 것만 같다. 불교가 연기법과 윤회를 중요한 법칙으로 삼고 있는 한, 변화에 의한 것이든 생물적 진화에 의한 것이든 물질과 연계되어 결코 떼어낼 수 없는 것이 정보라면, 이 정보 역시 진화의 길을 걷는다고 추론할 수밖에는 없을 것이다. 따로 놀 수 없는 정신이니까.

그러한 논리라면 본유종자도 원래는 아주 미개한 상태의 정보구조였을 것이다. 그러한 원시정보가 생명체가 생겨나자 알아서 말나식을 만들어내어 생명체에 심어 지니게 해주는 과정을 펼쳤다는 것인데, 그게 가능하기나 할까? 정신과 물질은 분리될 수 없다고 하면서도 말나식이라는 정신만은 나중에 따로 생성되어 결합하는 것이 어찌 가능하며, 왜 하필이면 없었던 말나식을 일부러 만들기까지 해서 생명체에 심은 것일까? 적절하여 보기 좋은 정신의 종자가 아닌데도 말이다.

사리풋타는 무명을 풀이하기를, 생명체의 잘못된 구조로 본다. 12연기 이전에 나타나는 몇 가지 연기법에서 붓다께서 해체하고 분석한 결과, 모두가 존재의 잘못된 구조임을 드러냈는데 이전에 나타나는 연기법의 지분 몇 개를 무명에 포함시키고 이전의 연기법을 바탕으로 새롭게 12연기를 설법하셨다고 하였다. 그 말은 무명이라는 것이 태초의 시작점이나 단순히 인간의 무지를 의미하는 내용이 아니라, 인간 의식의 잘못된 흐름을 짚은 것이라고 봐야 한다.

그런데 장경록은 지금 최초로 말나식이 생긴 생명의 시작점을 인연의 시작이자 무명이라고 보지 않는가? 사리풋타가 주장하는 무명의 파악을 일단 접더라도 그의 이런 주장은 아무리 봐도 자기 논리에 어긋나고 보편적 타당성에도 결여된다고 하겠다. 왜냐면 인연의 시작은 빅뱅 이전에도 있어야 할 것이며, 생명이 인연의 시작이라고 인정할 경우에는 생명 자체가 무명이라는 소리가 되어버리기 때문이다. 대승불교는 무명을 인연의 시발점으로 바라보는 것이 아니지 않은가?

# 아뢰야식이 영혼의 경지에

　"양자물리학과 불교의 유식학을 연결하여 설명하는 이론을 가만히 살펴보면요, 모든 물질은 힘의 에너지와 정보로 이루어진 것이라서 그 자체가 이미 생명적이라는 얘깁니다. 에너지는 물질계에서 존재하는 입자들로 나타나 우주를 구성하는 성분이 되고, 정보는 물질계와 교류하면서 생명현상을 일으키고는 생명의 사후에도 아뢰야식으로 남아서 새로운 생명으로 옮겨가는 영혼이 된다고 합니다. 이러니 유식설의 8식이 성립하는 순서를 알 수 있어요. 가장 먼저 물질의 본유종자로부터 말나식이 생겼고, 이 말나식이 기댄 생명에서 아뢰야식이 나왔고, 생명체를 구성하게 된 말나식과 아뢰야식이 외부와의 접촉을 통해 빛과 소리와 냄새와 맛과 감촉을 인식하는 감각기관의 형체를 갖추는 데 작용했지요. 이 기관이 발달해서 그곳에 근을 둔 식을 개발하였고 이것에 의해 외부 정보를 처리한 경험이 마침내 여러 감각을 종합적으로 해석하는 두뇌를 만들게 되고, 뇌가 나타남에 따라 의식이 등장한 것이지요. 이 의식은 전오식과 말나식, 아뢰야식이 갖춰져야만 존재하기에 죽음 이후에는 결코 존재할 수 없습니다."

　현대의 과학은 실험을 통해 생명체의 발생을 시도하고 있지만 아직 아무런 성과를 거두지 못하는 상태다. 생명물질의 조건과 구성 요소를 나름 똑같이 갖췄는데도 박테리아 하나 만들어내지 못하니 무척 초조하기도 하겠다. 장경록의 얘기대로라면 실험실에서의 실패는 당연한 것이며 그것은 말나식 같은 정신을 염두에 두지 않는 실험 과정에 있다고 봐야겠지? 그는 말나식이나 아뢰야식 같은 정신을, 물질의 진화를 이루는 데 작용하는 주체처럼 내세운다. 사리풋타가 강하게 반발하는 이유를 알겠다. 장경록은 물질 자체가 생명적이라면서도 아뢰야식이나 말나식 같은 영혼 개념의 정신을 구태여 생명체에 집어넣는 이유가 뭔지를 생각해보는 무씨다. 유식학에 함몰된 한국불교의 교리체계 탓에 학식과 경험을 자랑한다는 그마저도 무의식적으로 자기 논리에 적용시켜서일까? 무씨가 의문하지 않을 수 없다.

"대승불교는 자아의 실체를 부정하면서도 영혼과 유사한 개념을 가지는 아뢰야식 같은 존재를 설정해 놓고 있습니다. 선생께서도 그 점에서는 마찬가지이군요? 물질 자체가 정신을 품고 있다면 물질의 진화에 어울리게, 결합된 그 정신도 진화하여 서로 여전히 어울릴 수 있겠다, 그렇게 간단하게 설명해도 될 텐데 왜 군이 증명 불가능한 영혼의 존재까지를 엮어서 거론하는지 참 이해하기가 힘듭니다. 그리고 또 하나, 물질의 본유종자에서 최초의 말나식이 생겼다는 얘기는 우주는 정신보다 물질이 먼저라는 주장이시네요? 결국 물질에서 정신이 파생되었다는 말씀처럼 들립니다."

"아, 내 애기를 마저 듣지 않아서 오해가 생기나 싶은데요, 아뢰야식은 존재하기는 하되 물질과 결합하지 않은 상태에서는 즉 생명체의 죽음 이후에는 물질과의 결합이 해체된 상태이기 때문에 눈앞에 보이지 않는 비존재의 존재이지요. 그걸 공이라 말하는데 언젠가는 그것이 물질과 결합하여 새로이 태어나야 하는 존재라서 영혼이라는 용어로 설명한 것뿐이네요. 결코 우리가 일반적으로 이해하는 영혼의 개념과는 다르지요"

"그러니까 기독교에서 말하는 인격적 존재이면서 영원불변하는 실재로서의 영혼이 아니라는 말씀이신가요?"

"그렇지요. 그리고 우주는 무에서 유로의 창조가 있을 수 없습니다. 그러니 본래부터 있는 유는 물질일 수밖에 없습니다. 다만 이 물질 자체가 정보를 지니는 것이라 그것이 오랜 세월을 두고 점차 생명체의 기원이라 할 말나식이라는 정신이 생겨났다는 애깁니다."

그는 아뢰야식을 설명하면서 그것이 영혼은 아니라고 말한다. 일반 사람이 들으면 그게 그거고 그래봐야 영적 존재라는 것이니 그것이 영혼이라고 말들 하겠지만, 장경록은 여느 불자들처럼 그 점에 있어서는 영혼을 철저하게 부정한다. 그건 사리풋타도 마찬가지였다. 무상을 말하고 무아에 더하여 일체 공을 거론하면서도 육체와는 색다른 존재로서의 영적 존재를 은근히 강조하는 것이다. 기독교가 언급하는 영혼만 아니면 또는 힌두교의 절대적 유아(有我)만 아니면 영혼이 아니라는 얘기처럼 들린다.

## 오온으로도 가능하지 않겠는가?

"생명체는 특정한 원소들이 특별한 한 가지 형태로 결합했을 때에만 생명으로서의 지속이 가능해요. 생명체는 세포로 이뤄졌는데 그 구성원소가 탄소(C), 수소(H), 산소(O), 질소(N)이고 그 외 미량의 원소가 다수 있지요. 생체를 이루는 분자로는 탄수화물, 지방, 단백질, 핵산 등인데 핵산은 유전물질로서 DNA와 RNA가 있고 DNA가 바로 특별한 형태인 이중나선형구조로 결합되어 있지요. 박테리아로부터 고등한 인간에 이르기까지 모든 생명체는 같은 물질이 같은 DNA 형태로 모인 똑같은 생명체죠. 이러니 생명은 창조되거나 탄생한 것이 아니라 오직 발전해왔을 뿐이고 따라서 우주의 모든 물질 자체가 본질적으로 생명이라는 얘기지요."

생명체의 구성원소와 형태가 똑같으니 원시 미생물에서 고등동물로의 진화가 당연하다는 얘기다. 하지만 이것이 다윈 방식의 진화를 입증할 근거가 되는 것은 아니다. 신의 생명 창조에 의해서도 얼마든지 똑같은 원소와 구조를 가질 수 있으니까. 더군다나 과학 쪽의 진화적 설명으로는 태초에 번개 방전에 의한 전기에너지나 화산 폭발의 열에너지 등에 의해 대기 속에 함유된 메탄(CH4), 암모니아(NH3), 수증기(H2O) 등이 자발적인 화학반응을 일으켜 간단한 생체 유기화합물인 아미노산, 단당류, 뉴클레오티드를 합성하였고 이것에서 더욱 진화하여 생명체를 구성하였다는데, 생명체의 구성원소가 우주에 형성된 물질 원소의 일부라고 해서 그것들이 저절로 발전하여 진화했을 것이라는 추측에는 많은 문제가 따른다고 봐야겠다.

"우주만물이 똑같은 원소와 구조에 놓였는데 어떻게 해서 인간에게만 마음이라는 것이 형성되었습니까? 모두가 똑같은 입장에서 진화가 이뤄졌을 텐데 말입니다."

아까도 무씨가 유사한 질문을 던졌지만 애매하게 넘어가버린 문제의 갈증에, 계속 입가에 맴돌던 의문을 물어온다.

"진화가 그렇게 이뤄진 걸 어쩌겠습니까? 아까도 잠시 얘기했지만 뇌세포에 근을 둔 의식이 동물과 구별되는 인간의 한 요소인데 그게 진화의 최고점에 위치한 인간이라서 그렇잖아요. 사람들이 영혼, 의식, 정신이라는 말과 섞어서 사용하는 이 마음이라는 놈은 여덟 가지 식의 총체적인 작용을 말해요. 그것을 마음이라고 합니다. 인간만이 여덟 가지 식을 다 가지고 있으니 당연히 마음은 인간의 몫이 되겠지요? 마음은 각 식의 근에 따라 일부는 육신에 뿌리를 두고 일부는 정신계에 있어서 뒤섞인 상태입니다. 아뢰야식은 육체 속에서 전기적 신호나 신경세포를 형성하는 그런 물리적 신호가 아니라 무형의 영적인 신호로서 생명체와 연결되어 있어요. 이러니 마음은 자기만의 영역에 속하여 누구도 남의 마음을 측정하거나 엿볼 수 없잖습니까? 인간의 삶이 복잡해지는 까닭이 그래서이기도 하겠죠."

마음은 인간에게 있어 고유한 세계라고 생각하는 장경록인지라, 이에 의문할 구실을 찾다가 개를 떠올린다. 반려동물이라 하여 요즘은 같은 가족으로까지 대접받는 개가 아닌가?

"예전에 떠돌던 화두를 보면, 개에도 불성이 있는가 하는 의문을 던지는 장면이 떠오릅니다. 제자의 질문에 스승이 어떻게 답했는지 기억에 없는데, 선생은 어떻게 생각하십니까?"

"불성 자체가 없는데 없는 불성을 개가 어찌 갖고 있겠어요?"

뜻밖이다! 대승불교는 불성이라는 존재를 찰떡같이 믿는다. 그런데 그가 대승불자라면서 이를 부정하니 어찌 놀라지 않을쏘냐? 그가 갖는 신념이 그렇다고 치자, 그래도 문제가 풀리질 않는다. 그의 주장대로라면 생명이 발생하면서 말나식과 아뢰야식이 형성되었으니 개도 당연히 아뢰야식을 지닌 존재다. 대승 사상의 불성은 이 아뢰야식과 다르지 않다. 같은 존재의 다른 이름이라고 생각하는 무씨가 틀린 것일까? 마음속에 불성이 있다고 하는데 어차피 그 마음이 아뢰야식 하나로 남지 않는가. 만약에 그러한데도 틀렸다고 주장한다면 불성과 아뢰야식은 필시 다른 것이니 불성은 신, 신성, 혹은 브라흐만이 되는 것이다.

"그러세요? 중국 선종 6조라는 혜능선사의 단경을 읽으면 온통 불성에 관한 언급으로 점철되어 있는데도 선생은 뜻밖에 그걸 인정하지 않으시는군요. 그런데 왜 개나 침팬지 같은 유인원에게 마음이 있다는 것을 인정하지 않으시죠? 그것들은 일반 동물보다 높은 지능의 뇌세포를 가지고 있는데 말입니다. 내 말은 의식까지도 인간 고유의 전유물이 아니라는 말씀을 드리고 싶은 겁니다."

"글쎄요? 뭐라 완전히 단정하기가 쉽진 않지만 뭐든지 변화하고 진화하는 과정에 놓인 존재들이라서 없다고 말하기가 애매한 현상이 때로는 보이겠지요?"

실재하는 자아가 없는 육체에서 끊임없이 변화하는 자기라는 의식을 붙들고 무아라고 부르는 마당에, 마음이라는 놈을 새삼 등장시켜 영적 존재로 다루는 아뢰야식과 연결시킨다면 그 마음이 누구 마음이겠느냐는 거다. 여덟 가지 식의 총체적 작용에 의해 생겨난 마음이 죽은 이후에도 존재한다면 그것은 영혼이겠고 낱개의 정신으로 뿔뿔이 흩어져간다면 그것은 물질의 정신으로 돌아간다는 것을 의미하겠다.

"사람들은 감정이 두뇌의 활동으로 알고 있는데, 마음의 작용입니다. 즉 두뇌의 활동을 조절하거나 제어하는 화학물질의 분비에 의해 좌우되지요. 두뇌에 근을 둔 의식은 두뇌를 지배하는 마음이 아니라 오히려 두뇌의 화학물질에 의해 지배당하는 존재이죠. 그러니 지배자는 두뇌에 있는 게 아니라 두뇌와 교감하면서도 시공간에 존재하지 않는 아뢰야식으로 봐야 합니다."

장경록의 이 말은 듣기에 따라 판단을 달리 할 수가 있겠다. 생물학에서 밝혀진 호르몬 물질들의 분비와 작용으로 인해 일어나는 제반 인체현상의 관찰 결과를 놓고, 교묘하게 의식의 종속성을 부각시켜서 바로 영적 존재라는 식을 표면에 내세우는 것이라 볼 수 있다. 무씨는 여전히 버릇처럼 의문을 들먹인다.

"미립자 하나부터 정보가 물질과 결합됐는데 어찌해서 지배라는 권력구조가 등장하는지 모르겠습니다. 원자도 정신체계인데 어째서 온몸을 형성하는 세포 하나하나에 정신이 깃들지 않고 어쭙잖은 물질에 국한되겠습니까? 굳이 말나식이라는 존재가 새로이 생겨날 근거가 못됩니다. 선생이 말하는 정보체계라는 것이 고도로 정교해져 인간 육체에 걸맞은 정신체계로 이미 구축되어 있어 육체와 결합된 상태에 놓였을 텐데 어째서 또 다른 영적 존재가 필요한지 모르겠습니다. 질병이나 암적 존재의 세포조직이라면 또 모를까, 정상적인 육체의 세포라면 서로가 정보를 교환하면서 생체 흐름을 조절하여 육체의 생장에 도움이 되는 쪽으로 교류가 분명 이뤄질 터인데 지배의 개념을 도입하다니요? 두뇌의 의식 문제도 그렇습니다. 의식이 화학물질에 의해 지배당하는 것이 아니라 물질과 정신의 결합체인 육체 스스로의 필요에 의해 일어난 인간 내면구조의 조율이자 자율신경체계이겠고 또한 화학물질에 영향 받는 의식의 성질은 인간이기에 갖는 육적 한계라 봐야 하지 않을까요?"

차마 입 밖에 꺼내지 못한 무씨의 추가되는 속생각은 이렇다. 물질과 정신으로 결합한 뇌세포가 분명하다면, 어떤 상황의 필요에 의해 화학물질을 분비하여 의식의 흐름을 형성하였을 게다. 그런데 장경록은 따로 노는 의식, 그러니까 뇌세포를 지배해야 하는 정신으로서의 의식에 집착하다보니 논리가 꼬이는 것이다. 물질에 지배당하는 의식을 마음으로 인정할 수 없기에 또 다른 정신적 존재라고 칭하는, 말나식과 아뢰야식을 끌어들일 수밖에 없는 것이다. 육체와 분리된, 시공간에 없는 정신들이 불쑥 나타나 어쩌든지 육체를 지배하여야 속이 풀리나 보다. 현재까지의 대화로 봐서는 아무래도 유식학이 영혼이거나 마음을 억지로 만들어낸 까닭에 붓다사상과 아주 멀어진 모양새로 보인다.

이때 식탁 위에 올려둔 무씨의 폰이 진동한다. 사무실에서 걸려온 전화다. 그러고 보니 점심시간이 많이도 길었다.

"기독교 신자에 어울리지 않게 영혼의 개념까지를 부정하는 발언을 하는군요. 하하, 지금 형씨는 두뇌의 역할을 강조하기에 급급한 인상이신데, 이 마음이라는 놈이 머릿속에 들어 있지 않다는 사실은 선 수행을 거친 수행자에 의해 경험적으로 나타났어요. 머릿속에는 8식 가운데 의식뿐인데 그 의식을 비운 무의식 상태에서도 마음이 활동하는 걸 알 수 있다는 것이지요. 이것은 육신 외에 머무는 다른 식, 그러니까 형씨가 믿는 종교에서 다루는 영혼 같은 그런 존재가 있다는 소리겠지요? 형씨는 아마 선 수행이 뭔지 궁금할 겁니다. 선 수행을 모르면 내 말을 알아먹기가 쉽지 않아요. 일단 간단하게 말하자면 불교의 선 수행에서 첫 번째 과정으로는 의식을 파악하는 것으로, 의식을 쫓아서 그것을 감지하는 것이지요. 두 번째는 그렇게 파악한 의식을 놓아버리는 것인데, 이 무의식 상태가 무아의 경지는 아니에요. 아(我)란 말나식이어서 의식을 놓아버려도 마음으로 존재하지요. 이 말나식의 작용까지 지울 때 무아의 상태가 경험됩니다. 이러고도 아뢰야식은 남는데 오랫동안 자기를 형성해온 모든 것이 담긴 장식(藏識)이라서 이곳에 무명까지 들어 있어요. 이 무명마저 지워버린 상태가 바로 열반이요 해탈입니다. 이 두 식과 두뇌 사이에는 물리적으로 감지할 수 없는 교신체계가 있겠는데, 물질 간의 정보를 전달하는 끈 같은 것이지요."

"의식이 없고 자아가 없는 상태에서 아뢰야식에 있는 무명을 어찌 찾고 누가 그걸 어찌 지운다는 얘깁니까?"

"이것 참! 형씨가 갖는 의문에 일일이 답하자니 시간이 좀 그렇군요. 내가 일일이 다 아는 것도 아니고. 하하, 퇴근 후에 어떻습니까? 저녁이나 같이했으면 하는데."

"아, 좋습니다. 꺼낸 불교 얘기, 끝장을 봐야죠? 일단 사무실에 들어갔다가 바로 연락드리겠습니다."

"그러세요. 나도 볼일 좀 보고 해 질 녘에 만나는 게 좋겠네요, 하하."

## 상처에 관하여

사람들은 살아가면서 여러 형태의 상처를 받는다. 동물들의 상처는 자연에 의지하여 자가 치료를 시도하고, 돌아서면 잊어버리는 단순성으로 내적 상처 또한 이내 소멸된다. 사람들의 상처는 자연적 요법이 포함되는 자가 치료는 물론이고 다른 사람들의 도움에 의한 치료까지를 시도해서 극복하여 나음을 입기도 한다. 사람에게는 외적 상처뿐만 아니라 내적 상처까지 치료의 대상이 된다.

옛날부터 이미 사람들이 갖는 내적 상처의 심각성을 알고 그 예방과 치유를 위한 여러 가지 방법을 모색하여 실행하였다. 하지만 오늘날만큼 섬세하게 전문적으로 사람의 내적 상처를 다루지는 않았다. 그때는 과학이 발달하지 않았을 때라 적절한 치료 방법을 찾지 못한 까닭도 있었지만 지금만큼 심각한 정신적 질환에 시달리지 않았기 때문이기도 하다. 물론 그때도 지금처럼 사람들은 내적 상처를 받았다. 내적 상처란 거의가 사람들과의 관계 속에서 생겨나기 때문이다.

그런데 어떻게 해서 오늘을 사는 사람들과 그리도 많은 차이가 날까? 옛날 사람들은 불필요한 사람들과의 접촉이 별로 없었고 가까운 이웃과 어울려 사랑과 인정을 나누며 서로를 이해하고 살았다. 단순한 삶에서는 그것이 서로에게 이롭고 편한 까닭이기도 했다. 오늘을 사는 사람들은 무수한 사람들과 스치고 부대끼고 다툼을 일으키기도 한다. 상호간의 이해보다는 앞서 자기 실리와 자기 향상에 관심이 쏠려 있어서이다. 이런 사회구조 속에서는 인간성 상실을 거듭 맛보며 크고 작은 상처를 남에게 끼치고 입으며 살게 될 수밖에 없다. 강한 자가 살아남는다는 적자생존의 속설이 진리처럼 세상에 떠돌기 때문이다.

옛날 사람들은 나름대로의 종교심을 가지고 신을 찾는 가운데, 진리와 사랑의 손길을 순간순간 느껴 위안과 치유됨을 그때그때마다 얻었다. 상처는 바로 낫고 건강한 정신으로 신을 찬양하는 삶이었다. 하지만 오늘날의 사람들은 신을 그다지 찾지 않는다. 사람들과 갈등하게 되면 미워하거나 물리치면서 살아간다. 통쾌하게 무찔렀지 싶어도 결국 다른 사람들에게 짓밟혀 내적 상처는 점점 쌓이게 된다.

오늘날 많은 사람들이 자살을 시도하는 까닭은 자기애(自己愛)가 강해서이다. 외부로부터 가해오는 고통과 갈등에 대해 스스로의 나르시시즘이 견딜 수가 없는 것이다. 적당한 자기애는 남을 배려하고 사랑하게 되는 기초가 분명하지만 이것이 내적 상처와 결합하여 농축되면 자기 파멸로의 걷잡을 수 없는 지경에 이르게끔 된다. 사람들은 자살을 두고 말한다. 경제 물질적이거나 사회 관계적인 것에 의한 육체적인 압력에 절망하여 죽음에 이르렀다며, 동정하고 변명까지 거들어준다. 하지만 자살은 남아 있는 사람들에 대한 죄악이며 쓰레기가 된 자기 집착에 불과하다. 자기애만 강했지 다른 사람들에 대한 배려와 관심에는 등 돌리고 살았기 때문이다. 남을 사랑하는 행위는 자기를 살리는 치유이다.

신께 경배를 드리기 위해 사람들은 집회소에 나아간다. 그걸로 충분하다. 그런데 우리들은 종종 이런 말을 하고, 듣는다. 누구 때문에 집회소에 가기 싫다. 누구 꼴 보기 싫어 신도 믿지 않는다. 하지만 어떤 사람들은 상처 받는 사회의 삶에 지쳐 신을 찾기도 한다. 어쩌면 많은 사람들이 이런 상처를 안고 살기에 진리의 말씀을 찾고 신을 찾는다고 봐야 할지 모르겠다. 오늘을 사는 사람에게 가해지는 상처를 누군들 피할 수가 없으니까 말이다. 그래서 내적 상처에 더욱 예민해져 대응하는지도 모른다. 내적 상처는 받을수록 아물어지는 것이 아니라 더욱 깊어지니까.

하지만 알아야 한다, 세상에 나와서 사람 때문에 받는 상처는 신과 아무런 관련이 없으며 상처 또한 스스로 만든 착각이라는 것을. 신은 선하시며 누구도 차별하지 않는다. 가난하고 부유하고 능력 많고 초라하고의 문제는 인간이 만든 굴레일 뿐이다. 그리고 진정으로 신을 찾는 사람들은 누구에게도 상처를 주지 않는다. 설령 부대끼는 사회에서 갈등을 조장하고 설쳐대는 인간들과 한통속이라 할지라도 진리를 알고서야 그런 마음으로 행동할 생각에 교회에 나오지는 않기 때문이다.

그런데 어찌하여 우리는 신을 찾는다면서도 상처 받는다며 더러 고통을 호소하는 것일까? 그것은 오해가 빚는 일이다. 상대방의 뜻을 제대로 헤아리지 않고 자기 성향 위주로 새겨들어서이고 자기애에 몰두해서이다. 사회로부터 받은 상처에 약해져버린 자기 마음이어서 그렇다. 이것은 사회 속에서도 마찬가지이다. 그러니 기도해야 한다. 만약에 우리가 누구로부터 상처를 받았다는 생각이 든다면 신을 향해, 자신을 향해 묵상하여야 한다. 누구도 자기에게 상처를 주지 않았고 아니 상처 주려는 의도가 아니었고 오로지 나의 오해와 착각과 잘못된 판단에 불과한 허상이라는 것을 깨닫고 진리를 향해 나아가야 한다. 사랑과 진리보다도 자기를 더 사랑하였음을 깨달아야 한다.

# 전화 또 전화

무씨는 회사 업무를 다루면서 사람들을 만나 진리를 굴릴 사상을 논하고서도 피로를 몰랐다. 그랬는데, 새삼스레 피로를 몰랐던 그런 기억을 떠올리며 그 까닭이 무엇일까를 궁리하자, 그건 항상 뭔가를 갈구하면서 절실하게 사물을 대하는 버릇 끝에 비롯된 거라는 생각이 지금 아련하게 드는 것이다. 그런 자각이 들자마자 육체의 피로가 몰려오고 정신마저 무기력증에 녹아들어 늪에 빠져들 듯 허우적거리며 정신없이 소파 깊숙이 몸을 묻어버린다.

'열중할 사물이 사라졌나, 귀담아야 할 숙제가 풀렸나, 집에 갈 때가 된 거냐, 뭐야?' 그렇게 중얼거리며 대낮의 곤한 잠으로 빠져들었다 싶었는데, 기척에 눈을 떠니 여직원이 무섭게 내려다본다.

"감독님, 전화 왔어요."

"누군데?"

"여자분인데요."

"없다 그래."

여직원이 사라졌다가 다시 얼굴을 비친다. "조문주씨라네요?"

"없다고 하랬잖아."

"안 계신다니까 전화 달래요."

"알겠어."

"메모 쪽지, 감독님 책상에 뒀어요."

잠에 걸신들린 사람처럼 도로 잠들어버리는 무씨가 꿈결처럼 중얼거린다. '문주? 아, 누군가야! 내 전번 잊어먹었나? 대체 왜.'

장경록과 만날 장소를 정한 뒤, 무씨가 책상에서 몸을 일으킨다. 손을 뻗어

쪽지를 손아귀에 넣어 구겨버린다. 사무실 뒤편으로 난 해안가 길을 따라 걷는 다. 벌써 벚꽃이 바람 타고 마구 흩날린다. 잦은 봄비에 벚꽃이 흥을 잃나 보다. 오선지 악보를 타고 오르내리는 피아노협주곡의 노랫가락처럼 바닷가를 걷는 무씨의 몸이 피아노 건반이 되고, 뱃전에 부딪는 물살과 갈매기 소리에다 왁자 지껄한 뱃사람들의 취한 젓가락 장단까지 온통 관현악기가 되어 무씨의 영혼에 울려 퍼진다. 그게 아니지? 지금 세포마다 정신이 두리번두리번 깨어나고 있다. 그렇지! 세포들이 마구 살아나서 신명에 들떠 어찌하지 못하는 것이리라.

폰을 쥔 손끝에 진동이 오고, 그것은 조문주의 전화다. 손아귀에 쥔 폰을 호 주머니에 쑤셔넣는다. 약속장소 입구에 그가 서 있다.

"왜 여기 서 계십니까?"

"갑자기 생선회가 당기네. 내가 살게, 갑시다."

어리둥절한 무씨의 팔을 잡아 이끈다.

"아까 헤어지고 나서 가만 보니까 왠지 형씨가 끌리더라고. 연선이가 그냥 좋 아한 게 아니야. 하하, 내가 의동생 삼을까?"

"횟집이라면 회사 단골 초장집이 있습니다. 생선 사들고 들어가시죠."

"오케이, 생각보다 시원시원하네? 골치 아픈 건 잊고 한번 진탕 놀아보세."

"아뇨. 하하, 취할 때까지는 아까 얘기 계속 들어야겠습니다. 수업료 지불하 는 셈치고 술값은 내가 쏩니다."

무씨의 어깨를 툭 치는 장경록이다. 단번에 아주 가까운 사이 같은 폼을 취 할 수 있다는 게 묘하지만 남자들이 뜻 맞아 술집을 향할 때는 흔히 일어날 수 있는 심리이고 정서다. 이것이 남자의 세계라고 누가 그랬던가?

"내내 비구니 스님과 대화를 나누다가 이렇게 사나이와 마주치니까 한결 마 음이 시원해지는 기분입니다."

"그렇겠지? 하지만 연선이도 만만찮아. 남자 기질처럼 시원했어. 걔는 어려서 부터 얌전하면서도 남자애들이 따르고 같이 잘 놀았지. 이상하게 계집애면서 또래 여자애들을 멀리하고 친구도 드물었어. 때로 무지 싫어하기도 하던걸? 정 많은 앤데도."

"혹시 그 남자애가 고향 오빠 아닙니까? 어울려 놀았던 기억이 아무래도."

"어, 지금 내 얘기야? 그런 얘기도 나누었나? 하하하."

그러고 보니 말을 놓고 있다. 언제부터지? 마치 오랜 옛날부터 말을 트고 지낸 사이인 양 스스럼없는 분위기가 흐른다. 사람 가려가면서 살아온 인생이었지 싶은 무씨가 짐짓 주춤거린다.

"언제부터 말 놓으셨죠? 아직 의동생 되고 싶은 마음 없는데요?"

"그런가? 술 마시면 저절로 되게끔 되어 있어. 싫으면 나중에 말해, 취소해 줄게. 하하."

비릿한 생선 냄새가 물씬 풍기는 횟집 골목길에 들어서자 여기저기 좌판을 기웃거리는 사람들로 술렁인다. 허공에 매달린 전등 불빛에 사람들의 표정이 활어의 퍼덕거림을 쫓아 익어간다.

"농어, 저게 나을까?"

생선 횟감을 고르며 좌판에 다가서는 중년의 남녀가 무씨 곁에 바짝 붙는다. 마침 인파로 붐벼 골목이 비좁다. 몸을 비껴가며 그 남녀를 바라보다가 무씨가 움찔한다. '어디서 본 여잘까?' 사내는 모르겠는데, 어딘가 안면이 많은 여자다. '김사장 마누라네!' 유심히 살피지 않으면 몰라볼 정도로 그녀는 더욱 세련되어 졌고 그런 만큼이나 곁에 팔짱낀 사내와의 애정이 더욱 깊어진 듯하다. 김사장 부인, 정여사가 콧소리를 낸다.

"자기야! 봄엔 도다리가 최고야! 저걸로 하자."

사내가 고개를 끄덕여 순순히 따라준다. 고집불통이 덕지덕지 달라붙은 김사장의 가무잡잡한 얼굴과는 비교도 안 되게 사내는 나이 들어 보이지만 말쑥한 피부에 사무원 같은 인상이다. 아마 남편 김사장과 비교되는, 저 이질적 모습의 매력에 빠져든 정여사일 것 같다. 이렇듯 지금까지 저 무르익은 애정으로 거리와 시장통을 활보할 정도이면 이들은 살림이라도 차렸다는 얘기일까? 주유소 일이 어떠하고 김사장은 어찌 지내는지 문득 궁금해지는 무씨다. 좌판 아줌마가 막 잡은 생선 횟감을 비닐봉지에 담아 무씨에게 건넨다. 좌판을 빠져 나가는 장경록이 웬일로 자꾸만 뒤를 돌아본다. 그런 기척에 무씨도 뒤를 돌아보다가 곁눈질하는 정여사의 시선과 마주친다. 아까는 아무 낌새를 보이지 않던 그녀가 진작 무씨를 알아본 것일까?

# 생선회를 먹다

초장집 식탁에 앉자마자 무씨가 묻는다.

"사리풋타 스님은 차분하시고 매우 꼼꼼한 분입니다. 여성스럽다고나 할까. 그런데 고향 오빠라고 잘 아신다면서 얘기가 좀 다른데요?"

"잔부터 받게. 여자답기야 하지. 내 말은 여자들이 다소 좀 묘한 구석을 가지고 있잖나? 뭐랄까, 내숭이라 하나? 속마음을 감추고 둘러댄다든지, 질투가 많다든지, 사소한 것에 성질 돋우고 하는 그런 것들이 연선이에게는 없지. 그런 버릇 가진 여자애들을 싫어하더라고. 남자 입장에서야 그런 것들이 귀여운 구석일 수도 있겠는데, 여자인 연선이로선 무지 피곤한 일이겠지."

안주가 들어오기 전에 후다닥 따른 술잔을 들고 장경록이 건배를 청한다.

"한잔해. 우리가 만난 것을 축하하는 의미에서, 위하여!"

머쓱한 기분이지만 무씨는 술잔을 부딪고 쭉 들이켠다.

"스님하고는 왜 결혼을 안 하셨어요?"

"별걸 다 묻네? 결혼이 어디 맘대로 되나, 인연이 닿아야 하지."

빈속에 술이 한잔 들어가자 짓궂은 생각이 드는 무씨다.

"싫다는 스님은 왜 쫓아다니세요?"

"엉? 걔가 그리 말하던가? 하긴 뭐, 내가 더 좋아하긴 했지. 그런데 그게 참 이상하더라고, 서로 사랑하면서도 더 이상 가깝게 다가서지 못하는 운명 같은 인연이랄까? 뭐 이젠 담담해졌지만 연선이와의 순수했던 추억은 잊지 못하지. 하하."

"하하, 그래요. 스님이 말하길, 부처님 말고는 이제 사랑할 만한 남자가 없답디다."

"거참, 서운한 소리까지 다 했군?"

"그런데 여긴 왜 내려오신 거예요? 정말로 스님 때문에 오신 건 아니겠죠?"

"무슨 소리야? 나야 가정이 있긴 하지만 그래도 연선이와 추억을 돌이킬 겸 슬쩍 얼굴이라도 보면 좋지. 하하, 것보다 여기 조그만 대학에서 마침 전임강사 자리가 났다고 해서 온 거야. 감지덕지라 여기면서."

"아, 그러셨군요. 늦었지만 축하드립니다. 잘되신 거죠, 그게?"

"하하, 물론 그렇겠지? 자리가 사람을 만들잖아. 그러니 장돌뱅이 신세 면한 게 어디야. 출세지, 암! 근데 이건 알아둬. 절대 돈 써서 들어온 자리가 아니라는 것. 이래봬도 내가 그리 싸구려는 아니지."

"당연히 그러시겠죠. 인간들 노는 게 대충 다들 그렇대도 빈틈은 있는 법이니까요, 하하."

"뭔 소리야?" 엉뚱한 소리에 그가 갸웃한다.

생선회가 하얀 접시에 담겨오자 젓가락질이 바빠진다.

"먹을 것이 생기니 세상이 다 조용해지네. 천천히 드시게나, 흐흐."

"선생께선 젓가락 놀리는 솜씨가 참 빠르기도 하십니다. 며칠 굶으신 듯합니다. 그런데 아까 말씀 중에 정신계를 언급하셨는데 과연 그런 세계가 존재할까요? 물질은 반대되는 성질의 반물질과의 충돌로 완전 소멸에 이른다는 학설도 등장했는데 그것으로 충분한 이론이지 않겠습니까?"

"아우가 질문하는 것을 보면 유물론자가 하는 소리 같아. 기독교인 맞아? 최소한 종교인이라면 누구나 영혼의 세계나 영적 정신세계를 믿고 추구하게 되지. 내가 정신계에 대해 좀 더 얘기하자면 그 세계는 생명체만의 전유물이 아니야. 만유의 본유종자가 모인 곳이지. 정신계는 시공간적 위치와 넓이를 갖지 않아서 물질계와의 장소적인 구분은 의미가 없어. 둘 사이에는 거리가 없다는 소리지. 존재의 바로 그 자리가 그 본유종자가 있는 자리이고 그 자리는 동시에 우주의 어디에도 있을 수 있어."

"결국은 차원의 문제로군요. 요즘의 일부 과학자 주장으로는 우리가 사는 3차원의 세계에는 11차원의 세계가 공존하는데 10번째까지는 공간의 차원이고 11번째 차원이 시간의 차원으로, 과거 현재 미래가 같이 하는 시간 멈춤의 세계라네요? 이것이 얇은 막의 띠를 형성한 상태로 우리 주위에 걸쳐 있다는 소리를 듣긴 했습니다만, 글쎄요?”

“미립자 알갱이 하나나 우주의 모든 입자들을 합한 본유종자나, 크기에 차이가 없는 이유가 시공간이 아니기 때문인데 위치, 속도, 무게와도 마찬가지로 의미가 없어. 우리가 인식하지 못하는 차원의 세계가 있다는 소리 자체가 정신계를 의미하는 게 아닐까? 어렵게 생각할 게 아니라 우리 눈앞에 보이지 않는 모든 존재의 개념을 정신계라고 생각해 봐.”

“그래요. 물질과 반물질의 충돌에 의해 소멸에 이르러도 그 에너지는 남아 있어야 하는데 그것이 어디론가 빠져나간다면 다른 차원의 공간이 존재할 수 있다는 얘기이겠고 선생이 말한 정신계가 코앞에 펼쳐져 있다는 얘기일 수 있겠지요. 플라톤의 이데아 세계가 새삼 부각되어 내 뇌리를 스쳐갑니다.”

시간이 흐르지 않는 시간의 차원이 있다고 과학이 떠드는 판국에, 차원이 다른 공간에 놓인 존재라면 미립자 알갱이 하나나 우주의 모든 입자를 모은 것이나 크기에 차이가 없다는 말은 사실이겠다. 본유종자든 영혼이든 그러한 개념의 존재가 정녕 존재하기만 한다면.

# 유식설이 말하는 물질의 기원

"도교에서는 우주의 본체를 무극이라 하는데 여기서 갈라진 두 개의 기운을 태극이라 하고 이 양극을 음양이라고 말해. 우리의 태극기가 이런 철학을 형상화한 것이지. 이 양극을 물질과 정신으로 볼 수가 있어. 물질도 시공간도 존재하지 않고 오직 하나의 형태로 뭉친 빅뱅 직전의 상태를 과학에서는 우주의 특이점이라 말하는데 그게 무극이지. 한 점으로 응축된 에너지와 정보의 특이점이 결국은 빅뱅에 의해 시공간을 만들었어. 에너지가 밀어낸 시공간 속에 함께 쪼개진 낱개의 우주정보와 결합되면서 물질의 입자들이 모습을 드러내었지. 이 입자들은 각자의 정보에 따라 다른 입자들과 뭉치고 흩어지면서 인연을 만드는 거야. 이 인연은 다시 통합되어 정신계에 머물면서 이 우주의 모양을 인연의 그물망으로 펼쳐나가는 것이지."

"에너지에서 물질이 과연 만들어지겠습니까?"

"현재 물리학자들은 에너지로부터 물질이 나왔다는 물질의 기원에 관한 이론을 입증하려고 실험 중이지만 흡족한 결과가 없어. 창조된 물질은 시공간에서 존속하지 못하고 곧바로 격렬한 에너지의 방출과 함께 소멸되어버리기 때문인데 이 소멸의 원인에 대해서 궁리한 결과, 반물질이라는 가상의 존재를 설정해서 설명하고 있어. 물질은 반드시 반물질과 함께 창조되고 물질과 반물질이 쌍으로 만나는 순간에 둘은 에너지의 형태로 변하면서 소멸된다고 주장하지.

물리학자들은 빅뱅 당시에 물질이 반물질보다 많이 생성되었다고 말해. 계산 결과 반물질로 해서 소멸된 입자들의 양과 현재 우주에 퍼져 있는 에너지의 양이 일치한다고 그러네? 특이점의 상태에서 한 점으로 응축되었던 우주에너지는 그 10억분의 1로써 물질을 이루고 나머지 대부분은 에너지의 형태 그대로

이 우주에 퍼져 있다는 결론을 내렸어. 하지만 그 결론은 사실이 아니고 추론일 뿐이야. 반물질에 의해 소멸된 것이 아니라 특이점에서 쪼개진 정보의 양과 에너지의 양이 균형을 이루지 못했기 때문이라고 봐.

그러니까 물질 입자의 본유종자가 될 낱개 정보의 수가 물질로 환원될 수 있는 에너지의 양에 비해 10억분의 1 정도였겠지. 에너지가 물질로 변하기 위해서는 반드시 그 물질이 지녀야 하는 정보가 필요하지. 그런데 정신계에 존재하는 이 정보를 가져와서 결합하지 못하는 한, 에너지는 절대로 물질로 나타날 수가 없다고 해. 모든 물질은 에너지와 정보의 결합체인데도 물리학자들은 에너지 하나만으로 물질을 만들려고 애쓰니까 물질이 그 모습을 드러내지 않는 것이지."

"놀라운 주장이군요. 반물질이 아니라 정신과의 결합이 없어 물질이 되지 못한다면 이미 드러난 모든 물질은 확실히 정신을 지닌 존재가 되겠네요? 그러면 물질보다 정보가 부족한 이유는 무엇입니까?"

"글쎄? 최초의 특이점은 어떻게 나타났느냐, 최초의 원인으로서의 신은 어디서 왔느냐는 의문과 비슷할 것 같은데? 불교에서도 최초를 거론하지. 종교는 최초 원인을 다루는 영역이기도 하니까."

"혹시 정보가 부족해서가 아니라 지금도 만들어지는 과정이라고 본다면 어떨까요? 별이 계속 만들어지고 우주가 팽창하고 있으니까요."

"그렇게 볼 수도 있겠네? 태초에 비해서 우주가 넓어지고 별이 많아지고 물질도 풍족해져가니까. 더구나 인류의 숫자가 폭발적으로 증가하잖아, 하하."

참말로 이게 웃을 일인가? 세상에서 윤회를 주장할 때 부딪히는 문제 중의 하나가 인류의 증가이다. 윤회에 의해 인간이 태어난다면 근대에 들어 폭발적인 인류의 증가가 어떻게 해서 이뤄지는가가 큰 의문이 되곤 한다.

사리풋타 스님이 종종 그 점을 거론하면서 반야심경의 부증불감을 들먹였고, 불교에서 말하는 윤회는 각 생명체끼리의 일대일의 윤회가 아니라는 말을 했던 것으로 기억이 나는데, 그건 아마 자유의지에 따라 생명체의 숫자가 늘기도 하고 줄기도 하겠지만 근본적으로는 늘어나지도 줄어들지도 않는 본질의 자리가 이미 설정되었다는 얘기이겠다. 동물들이 설령 아무리 도를 닦았다 한들 그런 엄청난 숫자가 인류에 편입될 수는 없으니까 말이다.

그래서 궁여지책에 등장한 다른 속설로는, 외계의 별에서 온 우주인일 거라는 소리까지 들리나 보던데 그게 타당성이나 가지겠는가? 그에 비하면 아직까지 여전히 우주는 결합하여 탄생되는 도중에 있다고 해야 어울릴 주장 같겠다. 그렇겠지 싶어 무씨가 말을 꺼냈는데 이런 속을 아는지 모르는지 장경록이 너스레를 떨며 웃는다.

"물질의 기원은 일단 그렇게 에너지와 정보의 결합에 의해 형성되었다고 합시다. 그렇게 형성되어 정교해진 물질과 정보는 대체 서로가 어떤 연관을 가지기에 마주치고 결합되어 새로운 물질로 거듭나는 것입니까?"

"질문 잘했어. 물질의 입자는 정보를 각기 가지고 있잖아. 그걸 가지고 자기와 남을 구별하고 상대방과의 만남에 반응해. 이 입자들이 어떤 상대는 밀어내고 어떤 상대는 받아들이면서 하나의 원자를 구성하지. 이 원자는 다시 끼리끼리 만나 훨씬 복잡한 분자로 변해. 이 결합의 근원적 힘은 물질계의 중력(重力)과 정신계의 업력(業力)의 작용 때문에 가능한 거야."

# 진화는 정신계의 통합성에서

"그러니까 중력과 업력에 의해 입자들이 만나고 결합하여 물질이 생겨나서는 그것이 진화를 거듭한다는 얘기군요? 업력이라고 하니까 바로 아뢰야식의 윤회가 떠오르네요. 이 영혼 닮은 아뢰야식에 저장된 버릇이나 기억에 의해 일어난 업력의 인연에 어울려 생명이 새로이 결합되어 윤회하게 된다는 설명이겠군요?"

"대충 말하면 그렇고, 자세히 설명하자면 복잡해지지. 아우야, 내가 하나 물을 테니 답해봐. 하나의 본유종자인 아뢰야식이 비물질의 정보로 정신계에 있다가 다시 이곳의 생명체와 결합하여 유전하게 된다면 그 결합 시점은 언제이겠나?"

"그건 나도 평소 궁금해 하는 의문인데 쉽게 풀릴 문제가 아니더군요. 인간의 영혼은 수정되는 시점에 형성되어 인간의 성장과 더불어 영글어가는 존재라고 유추해 봅니다만."

"그건 유물론적 발상 아닌가? 그럴 경우엔 육신과는 별도로 존재할 사후의 영혼이 아예 없어야 하지 않나? 육신에 기대어 발생한 영혼이니 육체의 소멸과 함께 그것도 사라져야 하는 게 아닐까?"

"그렇지는 않습니다. 신께서는 인간의 육체를 먼저 빚으신 후에 생기라는 영혼을 불어넣으시어 비로소 인간의 형상을 이루었으니까요. 인간의 영적 결실에 따라 신께서 거둬가는 것이 당연한 이치의 모습입니다."

무씨의 이 얘기에 장경록이 다시 주춤거린다. 어디서 이런 말들이 나오는가 싶은 모양이다.

"거참, 어디까지 얘기했더라? 글쎄, 내가 마치 영혼처럼 묘사하는 이 아뢰야식이 새로운 생명체와 결합되는 과정은 훈습의 형태를 띠게 돼. 그리고 그 시기는 모체 안에서 수정된 직후부터니까 그건 자네 얘기와 같아. 이때부터 수정란이 세포분열 과정을 거치면서 원시적인 초기동물의 단계에서 점차 고등동물의 단계로 진화되어 가잖아. 거기에 맞춰 각 단계에 해당하는 정보가 차례대로 훈습되는 것이지.

영혼의 훈습은 두뇌 속에 입자처럼 들어가는 것이 아니라 생명체의 주위에 정보들이 들러붙어 모인다는 의미가 가장 적합해. 그리고 점차 생명체의 두뇌가 의식을 형성하면서 이 훈습된 영혼과 측정할 수 없는 교신으로 교감을 이루는 것이지. 인간의 성장에 맞춰 의식이 발달하면 영혼은 의식과의 상호작용을 통해 영향을 주기도 하고 받기도 하면서 영혼의 내용이 바뀌기도 해. 이게 자네가 말하는 영혼이 영글어간다는 의미와 비슷할 거 같네. 영혼의 훈습은 출산 이후에도 어느 정도까지는 지속된다고 봐."

무씨가 생각하는 영혼의 발생시점과 영혼의 성장에 있어서는 장경록의 견해와 유사하다고 하겠다. 그럼에도 뚜렷한 차이점은, 이미 오랜 세월 동안에 모든 기억을 저장한 아뢰야식과는 달리 백지상태의 영혼이 깃든다는 것이고, 그러기에 훈습의 모양새를 띠지 않는다는 점이다. 그러니 사후의 영혼에 대한 견해 역시 장경록이나 사리풋타의 주장과 다를 수밖에 없다. 버릇이나 기억을 담고 있어 언뜻 보면 인격체처럼 비칠 수가 있을 아뢰야식이나 정신이 아니라 순수한 결정체, 그러니까 살아서 자신이 형성한 영혼의 모양대로 깊이와 넓이로 자라난 영혼이 각자의 어떤 결정체가 되어 신의 공간으로 옮겨진다는 것이다.

무씨는 그렇게 벼락 치듯 생각을 떠올렸다. 영혼의 자라남! 이 하나만을 붙들고 다른 어떤 견해에도 확증을 가지려 하지 않고 뇌리 속에 많은 주장들과 견해들을 담아뒀다가는 흔들어 섞고 뭉쳤다가 흩치는 시간을 보냈는데 지금 불현듯 생각이 뭉쳐버린 것이다. 무씨는 술잔을 기울이면서 머리를 일부러 세차게 흔들어본다. 다시 흩트려놓겠다는 듯이.

"사람들은 불교가 다윈의 진화론을 지지하는 걸로 착각하는데 그렇지가 않아. 멘델은 실험을 통해 획득형질은 유전되지 않는다는 결과를 밝혔어. 생물의 진화는 자연선택이나 용불용설 따위가 아니라 아뢰야식의 작용이라고 봐야

해. 그러니까 유전인자의 변화는 개체의 경험이 정자나 난자의 유전정보에 새로이 기록되어 다음 세대에 전해지는 것이 아니라 영혼의 전승을 통해 이루어지고, 이 본유종자의 변화가 오랜 세월에 걸쳐 생물의 유전인자를 변화시키는 것이지. 이것이 진정한 진화의 원리야.”

이 같은 주장은 무씨도 평소에 의문을 가졌던 내용이다. 만약에 부모 개체가 가지는 유전인자가 생식세포에 의해서 유전된다면 출산이 끝난 부모 개체가 갖는 경험적 요소는 죄다 쓸모없는 것이 되어버린다. 그렇다고 영혼의 전승을 인정하겠다는 얘기는 아니다.

여기서 인간의 진화를 놓고 잠시 생각해보자. 기독교는 어류가 양서류로 변모하거나 원숭이 같은 유인원이 인간의 형태로 점차 바뀌어갔다는, 다른 종류로의 대진화를 인정하지 않지만 동일한 종의 테두리 안에서 변화하는 소진화는 받아들인다. 하지만 거기서 그칠 뿐이지 진화의 발생 이유와 발생 과정에 대해서는 아무런 이론체계가 없는 실정이다.

고대 기독교의 아우구스티누스 같은 신학자들이 성경을 해석하는 과정에서 언급된 창조섭리 속의 진화론적 개념들이 차츰 시대의 변천에 따라 자연현상에서 나타나는 생명체들의 형태와 작용에 관한 관찰로 이어지면서 진화론이 일반 대중들에게 인식되었다. 이러한 사회적 분위기에 편승하여 일부의 극단적인 창조론에 맞서는 진화이론이 하나 둘씩 나타나다가 마침내 실증에 기초했다는 다윈진화론이 등장하여 세상을 떠들썩하게 만들기에 이르렀다.

가톨릭교회의 타락한 교리와 행태에 반발하던 많은 사람들이 마치 창조설에 근본적으로 대적하는 인상을 주는 다윈진화론의 등장에 맹목적으로 열광하였고 한 시대를 풍미하는 기세등등한 사상으로 고착되어 오늘에 이르고 있지만, 최근 들어 다윈진화론에 대한 과학적 의심이 뒤따르면서 부정적 시각 또한 예리해졌다.

다윈진화론이 과학기술의 발달에 따른 새로운 과학적 검증에 의해 그 주장의 내용에 있어 오류가 하나씩 밝혀지는데도 아직은 많은 부분에서 사실적 타당성을 확보한다는 이유로 여전히 다윈진화론을 과학적 사실의 산물로 규정짓는 생물학계이다. 이러다보니 이런 현실에 반박하려는 흐름이 새로이 생겨났고 마침

내 창조설을 믿는 기독교계 과학자가 주축이 된 새로운 학회가 조직되어, 다윈 진화론에 구체적으로 맞서는 창조과학이라는 이론을 세상에 소개하고 있다.

불교는 창조설이 아니고 오로지 진화론만을 받아들이기는 하되, 아뢰야식이라는 영적 존재의 윤회에 의한 진화만을 인정하며 하나의 이론체계로까지 구축해놓고 있다. 이런 불교가 기독교의 창조설에 이의를 제기하면서 학술적 구체성을 가지고 단호하게 맞서 나아온다면, 기독교에서는 뭐라 대꾸할 것인가? 창조설이 사실이니 무조건 믿어라? 이것은 있을 수 없는 일이다.

결국 이론 전개의 한계로 해서 불교의 윤회론에 기반을 둔 진화설에 굴복할 수밖에는 없을 것 같은데, 과연 이런 지경에 처했을 경우에 순순히 물러날 기독교일까? 아마도 이러한 상황이 도래하면 기독교인들은 다윈진화론을 이론으로 들고 나올 것 같다. 어차피 가톨릭 교황에 의해 다윈진화론이 인정되었고 진화론 내용 중에서 다른 종으로의 진화와 같이 납득하기 어려운 부분적인 이론을 제거한다면 기독교의 창조설에 포함되는 진화적 개념과 조금도 어색하지 않을 테니까. 육체가 소멸되어 다른 세계로 떠난 영혼은 더 이상 윤회의 과정이 일어날 수 없으며, 진화란 오직 몸이라는 물질의 변화에 의해 일어나야 하는 성질이니까 말이다.

한편으로 획득형질은 유전되지 않는다는 멘델법칙은 물질 자체만으로는 진화가 가능하지 않다는 얘기다. 한 개체가 경험했거나 변화한 요소는 그 개체에 머물 뿐 유전되어 상속될 수 없다는 얘기다. 유전자가 돌연변이를 일으켜 유전될 확률이 거의 없고, 어쩌다가 자식 개체에 이어졌대도 다른 종으로 진화할 가능성은 아예 없다고 봐야 한다. 돌연변이 같은 특별한 사례의 유전변이가 어쩌다가 발생하더라도 인간에게 있어 그것은 열성으로서 도태될 수밖에 없는, 진화의 축이 될 가능성이 지금까지 없었고 없을, 육체의 세포에 파고든 질병의 범주에 속하는 것이다.

인간의 진화를 이끌어온 실제적 과정은 인류학적 관찰로도 충분히 파악이 가능하다고 하겠는데, 부모들은 아무런 유전인자의 변화 없이 자식을 낳고 존속시켜왔다. 부모가 자식을 낳는 시기는 거의가 20대에서 30대, 이 시기에 국한해서 일어나지만 인생의 경험과 변화의 과정은 대개 80세에까지 이른다. 인류의 진보와 변화가 생식세포에 의해서 이뤄질 수 없다는 추론의 근거다.

　유전할 수 없는데도 경험과 변화에 의해 형성된 부모세대를 닮아서 자식세대들이 비슷한 사고와 습관을 가진다. 멘델의 실험이 무색할 정도로 인간들은 닮아가면서 진보하는 자식개체를 양산하고 있다. 같은 혈연의 친족이나 같은 지역의 부족과 민족의 그 같은 동일성들이 어찌 물질적 진화로서 설명이 가능할 것인가? 차라리 유사한 성질끼리의 끌어당김에 의해 일어나는 연기의 윤회가 오히려 그 설득력을 확보하는 것은 아닌지?

　요즘 들어, 물질의 생명력은 단순한 구성 요소가 수많은 방식으로 상호작용하여 점차 복잡한 형태로 구성 요소를 재조직하면서 능동적으로 적응해나간다는 복잡적응계원리이론이 과학계 일단에서 나타났는데 복잡성이론에서는 눈송이나 전기회로처럼 단순히 복잡한 물체와 구별하기 위하여 이들을 통틀어 복잡적응계(complex adaptive system)라고 일컫는다. 그것은 혼돈과 질서가 균형을 이루는 경계선상에서, 완전히 고정된 침체 상태나 무질서의 혼돈 상태에 빠지지 않고 끊임없이 환경에 적응하여 새로운 질서를 형성하고 유지할 수 있다고 하는데, 이 복잡성이론 같은 여러 다양한 과학이론으로 과연 다윈진화론의 설명이 가능하기나 할까? 어쩌면 신의 창조에 근거한 진화가 이에 부합되는 것이 아닐까? 우레와 같이 뇌리를 뒤흔드는 무씨의 의문에 화답하겠다는 듯, 장경록의 얘기가 정신계라는 존재에 의해 일어나는 진화의 설명으로 뻗어나간다.

　"정신계는 개별적인 영혼이 모인 곳이지만 그 개별적인 정보는 통합되어 공유하지. 모든 물질입자의 정보와 윤회 속에 체득한 경험과 지식의 모든 것이 통합된 존재가 정신계야. 이것을 불법, 신, 선자체, 이데아, 이렇게들 부르잖나? 정보의 통합성은 육체에서도 확인돼. 인간의 몸은 수조 개에 달하는 세포로 구성됐는데 그 하나하나는 독립적인 핵과 염기와 단백질들로 구성된 독립적인 생명체잖아. 세포들은 동일한 유전정보를 지닌 DNA를 가졌지. 심장세포, 피부세포 등 그 각각은 모두 동일해. 세포 하나마다 각자의 역할을 다해 활동하지만 단위세포를 통합하는 육체의 통제를 받지. 육체가 하나의 유기체로 통합되듯이 이 육체를 정신계로 보고 세포들을 그 속의 개별적인 영혼으로 놓고 보면 정신계의 통합성을 이해할 수 있어. 이 통합체의 유지에는 의식이 관여하지 않고 자동적인 정보체계에 의해 기능하지. 정신계의 어떤 총체물이 개별적인 영혼들에게 지령을 보내거나 활동을 감시하고 통제한다는 생각은 엉터리라는 얘기야. 인간의 의식이 인체의 각 세포들을 직접 관리한다는 생각이 틀린 까닭과 같아. 인체에 훼손이 있을 경우에 의식이 개입할 여지는 전혀 없어. 그러한 지령체계를 가지고 있지도 않아. 훼손된 부위의 세포들이 자동적으로 필요한 조처를 취하지.

이렇듯 정신계도 그 통합성 내에서 개별 영혼들이 자발적으로 활동하지. 이 법칙이 불교에서 말하는 인연법이야. 이렇듯 생물의 진화에도 반드시 통합된 정신계의 힘이 작용하지만 생물의 진화에 의도해서 개입하지는 않아. 오히려 변화의 요구에 직면한 생물의 절실한 영혼들이 필요한 정보를 가져가서 진화가 이루어져. 훼손된 신체의 세포들이 복원의 정보가 없으면서도 치유할 수 있는 까닭은 신체라는 통합적인 정보체계 내에서 필요한 정보를 가져갈 수 있기 때문이야.”

무씨는 그의 설명이 갖는 독특한 발상에 감탄하면서도 억지스러운 구석이 자꾸만 엿보여 웃음이 새어나온다. 장경록은 정신계의 존재를 기정사실화하려는 듯, 이를 입증할 만한 근거를 모조리 뒤지는 모양이다. 낱개의 세포물질이 지닌 낱개 정보가 엮여 통합된, 신체의 통합정보를 다루면서 덩달아 정신계의 영역을 확증하고 통합된 정신계로의 확장을 사실화하려 한다.

하지만 통합물질인 신체의 설명에 있어 적절치 않은 부분이 엿보인다. 세포의 기본적인 정보는 세포핵에 들어 있어 훼손된 세포의 치유와 복원은 주변의 활성세포가 지닌 세포증식과 생장에 의해 자동적으로 이뤄지는 것이며, 신체의 구체적 통합정보는 거의가 뇌의 몫이다. 신체의 뇌는 신경세포가 하나의 큰 덩어리를 이루고 있으면서 동물의 중추신경계를 관장한다. 본능적인 생명활동에 있어서 뇌가 중요한 역할을 담당하는데 여러 기관의 거의 모든 정보가 일단 이곳에 모여, 여기에서 여러 기관으로 활동이나 조정 명령을 내린다. 또한 고등 척추동물의 뇌는 학습의 중추이다. 뇌는 대부분의 행동을 관장하고 신체의 항상성을 유지시킨다. 즉 심장의 박동, 혈압, 혈액 내의 농도, 체온 등을 일정하게 유지시키고 인지, 감정, 기억, 학습 등을 담당하는데 뇌와 척수가 연합 뉴런으로 이루어져 자극의 처리와 가공을 담당한다.

장경록은 과학으로 밝혀진 뇌의 기능을 구체적으로 언급하지 않고 신체의 통합성이 따로 있다는 사실만을 강조함으로써 정신계의 통합성을 강조하였다. 이런 논리의 속마음은 상당히 복잡하겠다. 생명물질 진화의 한계에 따르는 보충적 설명이겠고 통합된 체계의 명령이 아닌 개별 영혼의 자유의지를 강조하려는 뜻이겠다. 하지만 설명의 주안점은 말나식과 아뢰야식을 강조하는 유식학의 정당성을 확보하려는 묘한 끈질김이라 봐야 하지 않을까? 어찌해서 한국불교가 유식학에 의하지 않고서는 아무런 교리체계 하나 세우지 못한다는 것인지? 이런 무씨의 마음을 아는지 모르는지 장경록의 얘기가 계속된다.

"아뢰야식이 개체와 결합되어 개별적 영혼을 이뤄내면서도 영혼의 집단은 상위체계로 작용하지. 이러한 집단영혼은 시공간에 나타나는 모든 물질에 작용한다고 볼 수 있어. 비생명체인 물질계와 생명계는 정신계를 매개로 해서 밀접하게 결합되어 자연과 우주의 법칙으로 나타나는 것이야."

"아무래도 선생께서는 정신계를 떠나면 논리 자체가 무너지겠습니다. 확인이 불가능한 정신이고 영혼이니 마음껏 주장하셔도 괜찮겠습니다만 그것이 과학적 학설로 정착되기엔 한계가 있습니다. 선생이 전개하는 논리를 살펴보면 결국 우주를 움직이는 정신, 즉 불법 같은 거대한 존재가 있다는, 있지 않을 수 없다는 소리가 되기에 부처라는 이미지에까지 연결됩니다. 대승불교가 신은 없다고 주장하면서도 따로 부처를 모시고 기도에 매진하는 행위의 이유가 떠올려집니다. 아마도 우주의 모든 물질과 생명에 밀접하게 결합되면서 자연과 우주의 법칙으로 나타나는 존재가 있음을 의식하는 설명으로 들립니다. 하지만 증명하지 못하는 이런 주장을 나로서는 받아들이기가 어렵습니다. 다만 사리풋타 스님도 설법을 통해 이와 유사한 견해를 드러냈기에 이런 논리에 긍정하려는 마음이 일어나기는 합니다."

## 아뢰야식의 정체

"아마도 자넨 유식학을 몰라서 정신세계에 대한 몰이해가 일어나는 것 같네. 영혼이나 정신세계가 자네가 생각하는 것만큼 그렇게 단순한 것이라면 인류의 진화가 이렇게까지 이뤄질 수 없는 거야. 어떻게 생물의 유전자 체계만으로 급속한 변화가 가능했겠나? 생식세포가 생명체의 무수한 기억들을 입력하여 저장하는 것이 가능하겠나?"

"인간의 잠재의식 같은, 오랫동안 누적되어 응축된 기억이나 부모와 유사한 경향의 버릇과 행위를 살펴보면, 그처럼 간단하게 생식세포에 의해 유전된다는 것에 한계가 보이긴 합니다. 하지만 한편으로 태곳적부터 형성됐다는 유전인자 DNA 염색체가 당시의 형태와 구조를 그대로 유지한다는 사실을 놓고 보니, 어쩐지 선생의 주장을 받아들이기 어렵게 됩니다. 선생의 견해대로 정보가 진화하여 달라져왔다면 그 정보와 어울려야 할, 물질인 염색체 또한 달라졌어야 마땅하지 않겠습니까?"

"아니, 달라지지 않았다고 누가 그러지?"

"아까 점심 때 그러지 않으셨어요? 같은 물질이 같은 형태를 띤 똑같은 생명체라고요?"

"아, 그건 외형적 형태가 그렇다는 얘기이고 염색체 내용으로 들어가면 생명체 종류별로 다들 다르잖아. 각 종자마다 염기서열이 달라서 유전정보도 각기 다르게 입력되어 있지."

"알겠습니다. 하지만 지금 말씀을 달리 생각하면 이런 유추도 가능하지 싶습니다. 정신계의 정보가 염색체라는 물질의 외형적 모양에 변화를 주지 못했다는 사실입니다. 그리고 첨단과학의 연구에 의해 드러난 염색체의 내용물이 각기 다르다는 것은, 눈에 보이지 않는 식 같은 영적 존재에 의해서가 아니라 눈으로 관찰 가능한 물질의 내용물이 다른 그 자체로도 전혀 다른 형태와 성질을 나타낸다는 사실입니다. 지금 내 말은 물질과 분리가 가능한 아뢰야식 같은 존재가 없더라도 물질과 결합되어 분리가 불가능한 정신 존재 그 자체만으로 얼마든지 충분하게 인연과 윤회가 이뤄질 수 있겠고 그 설명이 가능할 것이라는 생각을 말하는 것입니다."

자, 이쯤이면 궁지에 몰릴 만도 한데 장경록은 오히려 이것을 해명하겠다는 심정인지 얘기에 더욱 열을 올리는 모습이다.

"아무래도 아뢰야식에 관한 설명이 더 있어야 되겠어. 내 말 잘 들어 봐. 유식학에서 전오식과 의식, 말나식은 육신이 근이기에 분리될 수 없어. 그러니 육신이 기능을 멈추면 같이 소멸될 수밖에 없어. 전오식과 의식은 죽음이 아닌, 수면이나 마취 중에도 잠시 움직임을 멈추고 의식은 정신질환이나 뇌의 충격으로도 손상을 받지만 말나식은 온몸의 세포 하나하나에 심어진 것이어서 생명체가 죽어야 활동을 멈추고 소멸하게 돼. 이러니 육신과 분리되어 사후에도 정신계에 존속할 영혼은 아뢰야식 외에 달리 찾을 수가 없어."

결코 소멸될 수 없다던 정신이 아뢰야식 하나를 살리기 위해 다들 죽어가고 있다.

"결국 윤회의 주체를 찾다보니 아뢰야식으로 이어진 것이네요?"

"아뢰야식은 수십억 년의 진화를 통한 모든 경험과 지식을 담고 있는 장식이라서 사람들이 생각하는 영혼의 개념과 어떤 면에서는 일치해. 하지만 흔히 말하는 영혼의 개념은 육신에 분리된 마음과 다를 바가 없는데 마음이란 여덟 가지 식 전체의 총체적인 활동이니까 일곱 개의 식이 결여된 아뢰야식과는 결국 판이하게 다를 수밖에 없지."

"백번 양보하여 만약 무언가가 있다면, 영혼 같은 아뢰야식 하나만으로 족한 것인데 어찌해서 의식까지도 따로 노는 정신으로 가져가려 하시는지요? 선생께서도 이미 잘 알고 있어 언급했듯이 뇌의 충격으로도 손상 받는 것이 의식이라 하지 않았습니까? 그것이 무엇을 의미하겠습니까? 바로 의식은 뇌세포 작용에 의해 일어나는 현상이라는 사실을 말하고 있습니다. 이렇듯 사실을 올바르게 설명하고서도 끝까지 물질과 분리되는 식들을 찾으려는 까닭은 아무래도 유식설을 어찌됐거나 떠받들고야 말겠다는 망상의 집착같이 여겨집니다. 거참, 사리풋타 스님이 유독 유식설을 혐오하는 까닭을 알 듯합니다.”

하지만 장경록은 무씨의 충고를 무시한 채 자기가 드러내고자 했던 말을 이어나간다. 그로서는 유식설의 꾸준한 설명만이 무씨의 그릇된 선입견을 벗길 방법이라고 생각하는 듯하다.

“방금도 말했지만 사람들은 영혼이 마음과 다를 바가 없다고 생각하고 있어. 하지만 분명히 달라. 죽음을 통해 말나식이 소멸된 상태이니까 영혼은 자기에 대한 집착을 갖지 않아. 또한 의식의 소멸에 의해 자기 인식이 불가능해. 인식은 생명의 단계에서만 가능하지. 그리고 감각기관을 근으로 삼는 전오식이 끝났으니 육체를 벗어난 영혼은 외부와의 교감이 불가능해. 결국 본유종자인 아뢰야식은 마음과 다를 수밖에 없어”

무씨는 반박하거나 의문할 생각을 버렸다. 그의 뜻대로 일단 다 들어보고 판단하겠다는 것이다.

“중유(中有)를 인정하는 북방불교의 한국은 예부터 사람이 죽은 후 49일 동안은 이승을 떠돈다 하여 49재를 하나의 의식으로 치루고 있어. 이 49일은 죽은 인간의 식들이 잔상을 지우는 데 걸리는 기간이야. 맨 먼저 안식이 소멸되는 데 일주일 걸려. 이렇게 이식, 비식, 설식, 신식이 걸리는 기간이 총 35일이야. 이어 의식이 소멸되고 제7식인 말나식이 소멸되어 비로소 한 인간 생명의 흔적이 이 세계에서 완전히 사라지지. 이제 제8식인 아뢰야식만 남는데 육신에 근을 두지 않아서 육신의 소멸 후에도 여전히 존재해. 아뢰야식은 생의 기억을 고스란히 더한 채로 정신계에 있다가 그 맺는 인연에 따라 다시 새로운 생명의 원인이 되는 거야. 그렇게 생은 반복해서 윤회하게 되는 것이지.”

자기 말에 수긍하나 어쩌나 싶어 무씨의 얼굴을 멀뚱히 바라보지만 무씨가 아무런 대꾸를 하지 않자, 앞에 놓인 술잔을 집어 든다. 여태 잊고 있었다는 듯이 벌컥 술을 들이켜고 술잔에 주르르 들이부어 또 들이켠다. 무씨는 취기가 올라 더 이상은 마시기 힘든지 젓가락으로 횟감을 더듬는다.

“홀로 남은 아뢰야식은 고뇌의 존재가 아니야. 인연에 의해 다시 일곱 가지식이 더해져 생명이 될 때까지, 그것은 고요한 세계이고 적막의 바다에 흐르는 물결이고 기운일 뿐이야. 그럼에도 불안에 사로잡힌다면 식의 덩어리가 완전히 소멸되지 않은 까닭이지. 이것들이 바로 구천을 떠도는 귀신이 되지. 49재는 그러한 잔상들을 깨끗이 지우기 위해서야. 그래야 평온한 영혼이 가장 깨끗한 아뢰야의 바다에 한 송이 연꽃으로 떠 있게 돼. 육체와 영혼이 분리되어 일부는 영원히 사라지고 일부는 원래의 곳으로 돌아가는 상태가 죽음이야. 육체는 형태가 바뀌어 시공간이라는 물질계로 돌아가 다른 생명체의 육신이 되고 영혼도 형태가 바뀐 채 정신계로 돌아갔다가 새로운 생명의 원인이 되는 것이지."

확실해졌다. 장경록은 사리풋타가 갖는 견해와 비슷한 논리 구조로 물질과 정신을 놓고 사유를 시작했지만 결국은 저마다 다른 세계로 각기 돌아가는 물질과 정신의 분리된 체계를 확인하게 되었다. 죽어서도 결코 떨어질 수 없다는 사리풋타의 물질과 정신에 비해, 장경록의 물질과 정신은 분리가 가능하고 더러는 소멸하면서 각기 다른 공간으로 돌아가는 별개의 두 존재이다.

아무래도 장경록이 이런 견해를 구축한 데에는 불교의 유식설이 지대한 영향을 미쳤다고 봐야겠다. 사리풋타의 지론으로는, 현재의 물질과 정신이 분리된 별개의 두 존재가 아닌데 왜 굳이 죽음과 더불어 그 정신과 물질이 이분화되겠느냐고 항의한 점이 새삼 떠오른다. 허허, 이것을 어쩌랴! 물질과 분리되는 식이다보니 육체라는 근도 없이 귀신으로 따로 놀다가 별수 없이 일곱 가지 식은 죽어서 사라졌다. 49재로 깔끔하게 소멸시켜야 하는 것이다. 그런데 대체 그 식들은 죽어 어디로 갔는지 물어볼 수가 없다. 아무도 모를 것이므로!

# 귀신은 존재하는가

장경록이 화장실에 가느라 자리를 비우자, 무씨가 전화를 건다. 주유소에서 알게 된 이형, 바로 그 사람이다.

"깨가 좀 쏟아졌어요?" 전화상으론 분위기가 좋다. 목소리가 쾌활하게 들렸고 결혼생활이 만족스러운 모양이다. "주유소는?" 공사 중이던 레스토랑 빌딩이 건설대금 체납 등의 빌미로 시행사인 건설업체가 재판을 청구하여 현재 법원에 의해 가압류된 상태라고 한다. 목 좋은 곳에 땅만 있는 지주를 노려 감언이설 끝에, 결국은 땅과 건물을 깡그리 빼앗는 브로커의 손아귀에 걸려든 게 틀림없다며, 도무지 헤어날 기미가 없겠다고 덧붙인다. 은근슬쩍 김사장의 동태를 묻자, 껍데기에 불과한 결혼생활로 부부가 각자 따로 논다는 거다. '역시 그랬구나!'

"남들이야 어쨌거나 늦게 만난 인연이니 행복하게 잘 사시오"

이형은 아무 때라도 자기 집에 놀러오길 바란다며 전화를 끊는다.

"한잔 들어가니 전화 걸 곳이 생각나고 그렇지?" 들어오면서 통화 내용이 들렸나 보다.

"어찌 사나 가끔 사람들이 궁금해지기도 하지요."

대화 분위기를 바꾸려는 모양이다. "슬슬 취하나 본데 내가 귀신 얘기를 하나 해주지. 자넨 귀신은 믿겠지? 기독교 신자니까."

"믿지 않습니다. 귀신은 없으니까요."

"그래? 그거 참, 그럼 도대체 자네가 믿는 게 뭔가? 아무것도 없다고 줄곧 그러네. 그렇담 신의 존재는 믿는 거야?"

"하하. 당연하지요. 신은 존재하니까요."

"어허! 일단 술부터 한잔해야겠어. 자, 들게나."

다시 술잔이 부딪힌다. 말을 많이 해서 목마름이 심할지도 모르겠다. 물마시 듯 단숨에 훌쩍 들이켜고는 무씨에게 잔을 건넨다.

"간염이니 뭐니 그러는데 우정의 표시로 한 잔만 받게. 이게 습관이 되다보니 저절로 잔이 건네지네그려. 이미 나는 낡은 세대야."

군소리 없이, 건네는 잔을 받아들고 따르는 술을 받는다. 무씨도 단숨에 들 이켜고는 잔을 그에게 건넨 뒤 술을 따른다.

"세상엔 진리가 있고 진리가 신의 속성이니 신이 존재한다는 말이겠지? 심심 풀이로 귀신 쎗나락 까먹는 소리나 들어 봐. 인간의 전오식과 의식과 말나식이 모두 꺼지고 아뢰야식만이 저승으로 돌아가야 하는데, 어떤 이유로 해서 의식 과 말나식이 정신계에 잔상으로 남을 때 이것이 귀신으로 나타나게 돼. 사람들 이 때로 영혼은 인식과 사유의 주체라고 착각하는데 그건 귀신과 구별하지 못 해 생긴 인식의 혼란일 뿐이야."

"그러니까 인간이 죽어야 생기는 존재가 귀신이군요? 그렇다면 인간 외에 괴 물 같은 형상의 귀신이나 마귀와 같은 위력적인 귀신은 없겠네요?"

"엉? 가만, 당연히 없겠지? 갑자기 물으니 좀 헷갈리긴 하다만, 자연에 들러붙 는 식 외엔 없다고 봐야겠지? 어쨌든 의식의 잔상은 전오식이 소멸되었으니 온 전한 의식이 아니고 왜곡되어 비뚤어진 상태야. 귀신은 생명체일 때 한순간도 애착을 버리지 못했던 의식주와 자식에 대한 집착이 두드러져. 단순하고 압축 된 집착으로 욕망을 추구하지."

"지금 얘기로 봐서는 귀신치고 온전한 것들은 없다고 봐도 되겠군요?"

"그렇지. 귀신이 달리 할 게 뭐 있겠나?"

"그런데요, 동양에서는 옛날부터 귀신을 음양설에 빗대어 풀이했는데 한국은 유학자들이 말하기를, 생명체는 음과 양의 두 기(氣)로 이뤄졌고, 이것의 영(靈) 이 떠나는 경우에 혼(魂), 백(魄), 정(精), 신(神) 또는 귀신이 된다고 했습니다. 유 학자들은 음양설에 근거하여 우주적 신과 조상신만을 인정했지만, 무속신앙은 시베리아 샤머니즘에 뿌리를 뒀기에 모든 귀신을 인정해왔습니다. 유교든 무속 이든 호상(好喪)으로 죽은 조상귀신은 떠받듦을 받는데, 후손들은 풍수지리설에 따른 묏자리를 잘 보고 제사에 공을 들이면 음덕을 입는다고 생각했나 봅니다. 유교의 조상 숭배는 이런 의미로 조상귀신에게 바쳐졌는데 어찌 귀신이 고작 잔상으로 남은 비뚤어진 의식과 말나식이겠습니까?"

"자네는 지금 한국의 전통풍습에서 드러난 귀신을 말하고 있는데, 설마 그 언급이 내 견해를 반박할 근거가 된다고 보는 건 아니겠지? 상식적으로 그런 주장은 미신이 확실하지 않겠나? 아무리 귀신에 대해 뚜렷한 증명을 내세울 수 없다고 하더라도 현실적으로 와 닿는 감각이나 사실적 논리 타당성 정도는 갖춰야 되겠지?"

"논리로 따지자면 할 말이야 더욱 많지요. 한민족의 천신사상과 민중의 귀신 섬김이 시대의 변천에 따라 나중에는 조상귀신과 역사적 인물의 원귀까지 숭배의 대상이 되었어요. 샤머니즘은 악귀의 위력이 클수록 효험이 큰 귀신으로서 무당의 수호신이 되곤 했는데, 도령 같은 미성년자나 공민왕, 사도세자, 최영 등이 무당의 신 또는 마을의 서낭신으로 모셔진 이유가 바로 그러하지요. 이래저래 생각해보면 석가모니와 같은 성자들을 설법 외에 신으로도 섬기는 인간의 원시적 행위가 이것과 어떤 차이가 있을까요?"

"원귀는 죽은 이의 넋이면서도 저승에 가지 못하기에 죽음도 삶도 아닌 어중간한 상태야. 이런 귀신이 무엇을 한다는 것은 있을 수 없어. 하지만 위대한 성자의 정신계는 어마어마하기에 그들 원귀와는 차원이 다르지."

아무래도 장경록은 천도재나 49재 같은 불교의례를 염두에 두다 보니 세상에 떠도는 속설의 속절없는 귀신까지도 여하튼간에 인정하여 붙들어놓고 싶은가 보다.

"그렇다면 귀신으로 떠돌 때 아뢰야식은 대체 어디에 머뭅니까?"

"귀신은 사후에 마땅히 끊어야 할 집착과 욕망이 남은 상태라서 윤회를 위한 다음 단계인 저승으로 돌아가지 못해 환생이 안 되는 것이지."

"여전히 귀신과 같이 머문다는 얘기로군요?"

"그렇지, 그래서 절의 천도재나 무속의 천도굿은 모두 이러한 귀신들을 저승으로 보내기 위한, 생명체의 의식과 말나식을 완전히 지워주는 제사인 것이지."

"서낭제, 푸닥거리, 고사 등의 굿이 요즘도 가끔 목격이 되는데, 예부터 귀신과 질병은 불가분의 관계가 있다 하여 민간의 고대 치료법으로 귀신을 쫓는 굿이 있었고, 천신 외에 귀신을 섬기는 경우는 그것의 혜택보다는 해를 입을 것을 두려워해서였다고 합니다. 이러한 굿의 행위가 천도재와 유사한 의미일까요? 어차피 쫓는 거나 지워주는 거나.”

“액땜하기 위해 굿을 했으니 천도재와는 성격이 많이 다르지. 사람들이 3대까지 제사를 모시는 이유로는, 도를 닦지 않았거나 청렴결백한 삶을 살지 않은 중생일 경우에 저승으로 곧바로 돌아가지 못하고 귀신으로 머무는 기간을 대략 삼대 정도로 봐서 그렇다네. 이런 귀신들도 일정한 기간이 지나면 의식의 잔상이 희미해지고 집착도 약해져서는 결국 저승으로 돌아가서 다시 환생하는 과정을 밟지.”

“조상의 혼백을 위해 삼대까지 제사 지낸다는 발상은 유교에서 따온 모양새로 비칩니다. 불교의 무아사상에 견주어봤을 때, 여전히 인간이 귀신으로 잔류한다는 발상은 지나쳤다고 봅니다. 게다가 삼대가 지나면 저절로 사라질 귀신을 굳이 제사로 모실 이유가 뭐겠습니까?”

“우주 천지간에는 기(氣)가 있고 양기정영을 혼(魂), 음기정영을 백(魄)이라 하여 혼백의 조화가 있어야 생이 가능하다고 했어. 사람의 죽음은 양기의 산화이니 산화한 혼 가운데에 승천하지 못한 것은 음귀가 되어 인간 세상에 여러 가지로 영향을 미친다고 하였으니 그 때문에라도 잘 모셔야 했겠지?”

“귀신 덕 보겠다는 발상은 아무래도 불교라고 할 수 없겠어요. 어쨌든 제사라기보다는 돌아가신 부모에 대한 추모의 마음 정도로 생각하는 게 낫겠네요.”

“이것 참! 술안주 삼아 심심풀이로 들으라는 얘기가 골치 아파지는걸? 가벼운 농담거리인 줄 알았는데 말이야, 하하.”

그냥 지나칠까 하다가 아무래도 짚고 넘어가야 할 문제인 것 같아 기분 좋아야 할 술자리이지만 다시 시비를 걸어보는 무씨다.

“아무리 심심풀이라도 그러네요. 불교가 내세우는 사상은 분명 무신론이 확실할 텐데도 그만 아뢰야식의 덫에 걸려 그 존재를 수호하려다 보니 자꾸만 악수를 두게 됩니다. 아뢰야식이 있으려면 그것은 설령 변할지라도 실재로서 존재하는 것이어야 하고 어디선가에 머물다가는 다시 윤회의 씨앗이 되어야겠기에 결국 귀신의 개념마저도 수긍하는 처지에 놓인 것 같습니다. 사리풋타 스님 말씀대로 그놈의 유식설이 원인을 제공한 것이긴 하지만 따지고 들면 불교의 큰 축인 윤회사상도 이에 자유롭지는 못합니다. 윤회하려면 윤회할 무엇이, 씨 앗이라도 있어야 한다는 생각 때문이겠지요. 이것을 스님도 개탄한 기억으로 있습니다. 물질과 정신은 따로 떨어질 수 없는 화합의 상태에서 인간이라는 몸을 이루다가, 때가 다하면 원소로 흩어져서 윤회할 존재는 다시 새로운 몸의 결합을 이룬다는 그 설명으로 가능한데도 불구하고 따로 영혼의 아뢰야식을 설정했다고 말입니다."

"그렇다면 자네는 연선이의 주장을 받아들인다는 얘긴가, 지금?"

"꼭 그렇진 않습니다. 예를 들면 불교의 천도재 같은 의식이 죽은 이를 추모하는 인간의 심성을 다스려준다는 점에서는 긍정적 효과를 갖겠지만 그것이 사실에 입각한 법칙이 될 수는 없습니다. 없는 것들이, 아닌 것들이 진리에 이를 수는 없는 것이니까요. 무당의 천도굿과 다를 바 없는 그러한 대승 한국불교의 여러 오류에 대해서만큼은 스님의 견해가 일단은 논리적이고 일말의 타당성을 갖는다는 얘기지요. 내가 봐도 석가모니의 무아론하고도 크게 어긋납니다."

"그럼, 자네 견해는 뭔가? 인간이 죽으면 어찌 되는가?"

"나는 신을 믿는 유신론자로서 특히 기독교 유일신의 존재와 권능을 믿는 입장에서 지금 귀신이나 사후의 문제를 놓고 언급하기가 곤란합니다. 죽음 이후의 고찰이 중요하기는 하지만 쉽게 주장의 근거를 찾을 방도가 없기에 아직은 논리 전개 자체가 무리입니다. 다만 귀신은 없고, 죽어 어디론가 영혼이 옮겨간다는 것을 사실로 믿을 뿐입니다."

"옛날 사람들은 귀신을 쫓아내는 힘이 신명(神明)에게만 있는 것으로 알았어. 귀신이 사람에게 위험한 해를 끼치는 음습한 존재라면 신명은 원만하고 깨끗하고 밝은 것을 좋아하여 잘 모시면 도움을 주는 존재로 믿었지. 신명은 귀신을 부릴 수 있고 명령할 수도 있고, 그 생사여탈의 권력까지 지닌 존재로 알고 있었어. 최근까지 각 마을에서 동제(洞祭)를 지낸 이유도 천지신명의 위력으로 귀신을 막으려는 데 있었고, 무당굿이 신 내림을 받는 이유도 잡귀를 쫓아내고자

한 것이야."

"우리네 풍습에 조상의 그런 종교 성향이 깃들어 있기에 기독교가 뿌리내릴 기반이 됐던 걸까요? 성경의 내용과 유사한 심성이 한국인의 귀신론에서 발견되니까요."

"구약의 사무엘 시대에 북방의 시베리아 샤머니즘이 남하하여 무당에 의한 강신굿이 이스라엘 민중에게 퍼졌을지도 모를 흔적의 기록이 있어. 성경의 선지자는 접신의 행위를 부정하다고 하여 율법으로 금하였지만 그것이 예수의 신약시대에 퍼진 걸로 봐서 오랜 세월 동안 유대 민중 속에서 그 명맥을 유지했을지도 몰라. 혹시 우리 조상의 갈래인 우랄알타이 북방민족이 이곳저곳 떠돌다가 유대세계로 들어갔거나, 아니면 유대의 한 일파가 북방루트 몽고초원을 거쳐 한반도로 들어왔을지도 모르지. 그래서 유사한 천신 관념이 형성될 수 있었던 게 아닐까?"

"글쎄요? 당시에 박수무당은 애굽에도 성행하였고 아마 인류 전반에 보편적으로 퍼져 있던 우상숭배의 놀음인 미신의 일종이 아니었을까 하는 생각이 들 뿐입니다. 나는 그것보다 제사장 아론이 만들어 입었다는 제사장복의 묘사가 얼핏 보기에 이 땅의 무당의복처럼 매우 현란한 모양새가 닮았다는 생각을 해 보긴 했습니다만."

"한국의 기독교를 보면 귀신에 민감한 것 같아. 귀신의 이미지가 사탄과 겹쳐서일까? 노골적으로 귀신을 들먹이는 목사들도 있나 보던데?"

무씨가 술 마신다는 핑계로 이 말에 아무런 대꾸가 없자 자신도 말을 끊고는 이것저것 안주를 집어먹기에 바빠진다. 거나하게 술이 취한 무씨가 졸리는지 눈을 끔벅이며 묻는다.

"그런데 아까 말씀 중에 자연에 들러붙는 식이 있다고 하셨는데 그게 산신령 같은 것인가요?"

"그렇지. 오랜 기간을 이승에 머문 귀신은 산이나 물 또는 나무와 같은 자연물의 식에 결합되는 경우가 많아. 이런 귀신들을 무속에서는 신(神)이라 부르지. 이미 저승으로 돌아갈 가망이 없는 존재들이야. 귀신은 경계에 위치한 불완전하고 일시적인 중간 존재일 뿐, 영혼의 정체가 아니야. 사후의 영혼은 생명계와는 관계가 소멸된 아뢰야식으로 존재하기에 자유의지, 생각, 희로애락에서 떠났다고 누차 말했어."

"귀신은 있고 인간의 의식과 말나식의 잔상이라고 하셨는데, 귀신의 발생에 관한 인류의 생각은, 귀신은 본래부터 있다는 생각과 어떤 물건에서 발생한다는, 두 가지 생각으로 나뉘는 걸 볼 수 있습니다. 호수, 수풀지대, 바위틈과 같이 음기가 잔뜩 차 있어 사람에게 스산한 감촉을 일으키는 곳에 귀신이 있고, 천공에 도사린 자연의 거대한 힘에도 있다는 생각을 했습니다. 그 중심은 천둥과 번개에 있다는 것이지요. 고대인들에게 공통될 자연에의 경외랄까요. 형님이 계속 귀신의 존재를 주장하신다면 이런 인류의 귀신론에 관한 반박이 필요할 테지요?"

"아, 알겠어. 귀신 얘기는 이제 그만하세. 현대로 넘어오면서 옛날에 그리도 숱하게 보였다고 하던 귀신들이 꼬리를 싹 감춘 걸로 봐서는 설득력이 무지 떨어지긴 해. 내 얘긴 이걸로 마무리 짓겠네. 아! 생각난 김에 딱 하나만 말하지. 자네는 아까부터 귀신은 없고 영혼이 어디론가 옮겨간다는 얘기를 했는데, 그 견해는 인정할 수가 없어. 뭐냐면, 사후에 존재하는 영혼인 아뢰야식은 살아 있는 생명체일 때도 육신 속에 머무는 것이 아니라 육신의 바깥에 존재하면서 두뇌와는 광자의 파동 같은 정보의 공조에 의해 연결되어 있기 때문이지. 그러니 죽음은 영혼이 육신을 떠나는 게 아니라 그들 사이의 정보가 단절되어 막혔다는 개념으로 봐야 해. 정신계의 존재인 아뢰야식은 살았을 때나 죽은 이후나 그 존재하는 장소는 변함이 없어. 영혼은 그저 거기에 있을 뿐이야. 생명체와 교감을 이루는 상태냐, 교감이 단절된 상태냐의 차이로 보는 게 정확한 개념이겠지."

술이 몸에 들어가자 정신이 흐트러져 귀신 얘기로 숨을 돌려볼까 했는데도 골치 아픈 얘기로 되돌아갔다. 생각을 요하는 말들이라서 술이 더욱 취하는 것인지 술이 취하기에 두개골이 지끈거리는 것인지 알 수 없지만 이제는 이심전심이랄까, 갑자기 서로가 말을 그치고 묻지도 않고 생선회에 쌈을 싸고 술잔을 기울이고는 서로 따라주기만 한다.

그러면서 무씨는 생각한다. '인간이 살면서 형성한 모든 정보를 오롯이 지녔다는 아뢰야식이 인간이 죽고 난 이후에도 그 단절만 있을 뿐, 여전히 정신계에 남아 있고 머무는 장소가 변함없다면서 어찌 저승으로 돌아가지 못했다고 말하는가? 위치가 변함없다는데 다른 자연물의 식과 어찌 중복결합이 가능하겠는가? 물질을 벗어날 수 없다던 말나식이 물질인 육신에서 이탈되었어도 태연히 인간의 의식을 붙들고 귀신이 되어 있다니? 더군다나 귀신도 정신이라면서 보이겠는가? 그러니 귀신은 죽어도 없다!'

## 영혼이란

　이미 세상에 널리 퍼져 있는 영혼에 관한 갖가지 주장들은 이러하다. 인류는 생명체의 비물질적 요소로 영혼을 이해하였는데, 인간에게 개성을 부여하고 인간성을 지닐 수 있게끔 하면서 대개 육체가 죽은 뒤에도 생명을 지니는 존재로 간주한다. 이집트인은 죽은 후에도 숨은 육체 곁에 살아있지만 영은 저승으로 간다고 믿었고, 고대 히브리인들은 육체에 기대어 숨 쉬는 호흡 정도로 영혼을 생각하다가 나중에 영혼사상이 구체적으로 형성되었다. 고대 그리스의 피타고라스는 신으로부터 영혼이 기원했으며 사후에도 존재한다고 하였고, 에피쿠로스학파는 영혼도 육체처럼 원자들로 구성되었기에 죽으면 육체와 영혼이 모두 사멸한다고 하였다.

　플라톤학파는 영혼이 비물질적 실체이지만 변화하고 생성하는 세계의 일부라고 보았는데, 아리스토텔레스는 육체와 분리될 수 없는 형상이 영혼이라고 하였다. 플라톤과 소크라테스는 영혼불멸성을 받아들였지만, 아리스토텔레스는 영혼의 일부인 누스(지성)만이 불멸성을 지닌다고 보았다. 초기의 기독교는 신에 의해 창조된 존재가 영혼이며 임신 때 육체 안으로 주입된다고 생각하였다. 아우구스티누스는 영혼이 육체에 올라탔다고 말함으로써 분명하게 구분했으며 영혼이 참된 인간을 대표한다면서도 육체가 없는 영혼을 생각할 수 없다고 하였다.

　토마스 아퀴나스는 영혼은 육체에 동기를 부여하는 원리이며 육체에서 독립되어 있지만 인간을 이루려면 육체라는 실체를 필요로 한다고 보았다. 이슬람교는 육체와 동시에 영혼이 존재하며 독자적인 생명을 지니는데 육체와의 연합은 일시적인 상태라고 한다. 힌두교는 각각의 아트만(atman)이 태초에 창조되어 있다가 태어날 때 육체에 갇히게 된다고 보았는데, 영혼이 열반에 도달하여 절대아인 브라흐만과 융합되는 범아일여를 이루기까지는 죽음과 환생이 영원히 지속된다고 한다.

불교는 개인 영혼이나 자아에 대한 의식은 모두 착각이라고 주장함으로써 아트만 개념을 부정한다. 자이나교는 본래의 영혼이란 모든 자각과 지식을 갖췄지만 시공간의 제약을 받는 육체 안에 감추어져 있어서 불완전할 수밖에 없으며, 오직 열반 속에서의 영혼만이 완전하고 완성된 절대적 진리를 갖는다고 한다. 근대에 들어와서 스피노자는 육체와 영혼이 단일실체의 두 가지 면을 구성한다고 보았고, 칸트는 윤리와 종교를 위해 영혼의 존재가 필요하겠지만 이성을 통해서는 증명할 수 없다고 하였다. 윌리엄 제임스는 영혼은 존재하지 않으며 심리현상의 수집물에 지나지 않는다고 하였다.

장경록이 입속에 음식을 잔뜩 넣고 씹으며 묻는다.

"신이 생명체를 창조했다면 굳이 왜 먹게끔 만들었을까? 그러니까 왜 먹고 살아야 그 생명체 존재가 유지되게끔 창조하셨느냐는 얘기지."

"아, 그 문제는 나도 전부터 심각하게 고민하던 의문이었어요. 일부 신학자의 추측에, 그래야 생명체가 긴장감 속에 자기 발전을 이룰 수 있지 않을까 그랬다는데 그건 내가 봐도 별로 설득력이 없네요. 뭐랄까 지금 딱히 무어라 확신할 순 없지만 죄악 때문에 비롯되었다고나 할까요?"

"기독교는 묘한 것이, 의문을 물을 때마다 성경에 나오는 용어인 죄악, 믿음, 보혈, 은혜, 구원, 신의 뜻, 그와 같은 단어들을 사용해서 해결하려 들더군. 내가 듣기로는 죄다 그게 그 소리 같던데?"

"의문에 대해 정확하게 답을 짚어내지 못하는 어려움의 반영이기도 하겠지만, 모든 인간적인 회의나 모순들이 신께서 말씀하신 주요한 몇 개의 진리적 요소의 이탈에 의해 일그러졌기 때문일지도 모르겠네요."

"그래? 그렇담 설명해줄 수 있겠나? 죄악에 의해 약육강식이 벌어진 생명체의 생존 양태에 대해서 말이야."

"나 자신이 아직까지 확신할 수 없는 숙제라서 대략 말씀드릴게요. 처음 창조 때에는 인간과 동물들 모두가 식물만을 먹었습니다. 그것은 분명히 약육강식의 세계라고 볼 수 없는 것이지요. 그것이 선악과를 따먹은 이후에 죄악이 인간에게 들어왔고 그 죄악이 창궐하여 노아의 방주로 상징되는 대홍수사건을 치르고부터는 동물을 음식으로 먹게 되었다고 성경에 기록되어 있습니다. 그것에 근거하여 일단은 이 정도로 말씀드릴 수밖엔 없네요."

"그런가? 성경에 그렇게 기록된 게 사실이라면 성경적으로는 그런 해석이 가능하겠는데도 지금은 확신할 수 없다는 얘기는 또 뭔가?"

"그렇다고 하더라도 신께서는 얼마든지 다른 방법으로 인류의 죗값을 치르게 할 수 있었을 텐데 굳이 그런 약육강식의 자연법칙을 가져온 까닭이 무엇인지를 채 알지 못하겠기에 그렇습니다."

"듣고 보니 참 어려운 숙제일세. 내가 아는 불교에서도 뚜렷한 해답은 없어. 순간적 추측으로 말하건대, 인간이나 동물의 육체가 갖는 감각이 본래 그러해서가 아닐까? 미각과 같은 감각기관의 기능이 있는 까닭이 그러할 테고."

"맛볼 수 있는 감각에다 그러한 대상이 존재한다는 자체가 이미 필연적으로 먹을 수밖에 없게끔 창조되었다는 얘기로 들립니다. 그건 어쩌면 영적 세계 역시 그런 감각적 작용이 있다는 뜻일까요?"

"먹어야 에너지를 얻을 수 있는 만유의 원리를 생각할 수밖에는. 물질과 따로 떼어낼 수 없는 영혼이거나 영적 세계가 따로 존재한다면 그것 또한 원리에 어긋날 수 없지 않을까? 내가 주장하는 불교처럼 물질과 완전히 분리되는 영적 존재와 그 영계라면 우리가 쉽게 상상하기 어려운 작용이 따로 있다는 것이겠지만. 그건 그렇고 아우는 귀신은 없다고 하면서도 영혼의 존재는 인정하던데 대체 영혼을 뭐라 규정짓기에 그런 주장이 가능한 것이지?"

"영혼은 인간의 육체활동과 그 정신체계에 연계되어 활성화하되 비이성적, 비물질적 존재이겠고 육체의 죽음 이후에는 거기서 완전히 분리되어 신이 인간의 창조 때에 설정한 다른 세계로 옮겨가는, 신의 숨결과 같은 존재라고 봅니다."

"그게 귀신이 없다는 근거가 될 수 있겠나?"

"귀신도 비물질적 존재여야 할 텐데 육체 없이도 인간의 눈에 띤다는 얘기 자체가 우스꽝스럽지 않습니까?"

"눈에 보이지 않으면 귀신으로 인정할 텐가?"

하하하! 아직도 귀신을 붙들어놓고 싶은 장경록처럼 비쳐져 무씨가 한바탕 웃는다.

"눈에 보이지 않더라도 우리 인간에게 귀신으로 회자되는 것들은 이미 이성적 개체처럼 우리가 인식하고 있습니다."

그렇게 시간이 흘러가는데 식탁에 올려둔 무씨의 폰이 무섭게 진동한다.

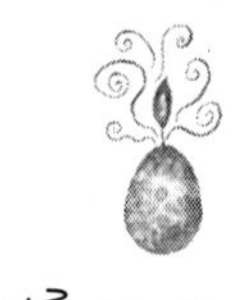

## 장경록의 그 여자는

"전화 안 받나?"

"모르는 전화네요. 술 삼매가 깨지면 곤란하죠." 꺼버린다.

"아까 낮에 연선이 개한테서 전화가 왔었어."

말을 잇지 않고 술잔을 기울이자 무씨가 궁금해져 묻는다.

"왜요? 무슨 일로?"

"중국의 전남편은 어찌 지내나 알아봐 달라네. 이혼한다고 하니 걱정되어서일까?"

"네, 그렇군요." 아직 속세 일을 끊어내지 못한 사리풋타인가 싶어 무씨가 얼렁뚱땅 대답한다. '내색하지 않아 그렇지, 아무래도 속으로는 전남편이 안타까운가 보네? 그건 그렇고, 먼저 귀국하고서 줄곧 여기 장경록을 찾았다는 누군가야가 왜 새삼 그날에야 나를 찾아오고, 오늘 이처럼 전화에 매달리는 건 또 무슨 까닭일까? 그리고 이혼은 왜 하려는 것일까?' 그런 생각에 답답해져 누군가야 얘기를 꺼낼까 하는데 그가 먼저 말을 걸어온다.

"조금 전 전화, 혹시 조문주 아냐?"

"맞아요. 내게 왜 전화를 할까요?"

장경록이 잠시 궁리하다가, "이제는 아니겠지만 한때 나를 오해도 했을 거야. 나는 누구를 쫓아다니고 그러는 사람이 아니야. 심지어 좋아하는 연선이도 놓아주었어. 가끔 먼발치서 지켜보기는 했지만 그것도 그럴만한 일이 생겨 도와야 할 때였어. 대학 후배 소개로 조문주를 만나긴 했지. 그렇지만 그때는 순수한 총각 심정으로가 아니라 그쪽에서 시를 배우고 싶다기에 가끔 만나줬던 게 다야. 내 머릿속은 온통 연선이로 가득 찼으니까. 그게 불만인지 뭔지 문주는 내게 이상한 행동을 보이곤 하다가 한때는 소식을 끊기도 했지. 그러다가도 결혼한 나를 불쑥불쑥 만나려 하질 않나, 하여간 뒤죽박죽이었어."

말을 그치고 술잔을 들이켰지만 이번엔 안주를 먹지 않는다.

"불교에 대해서 아직 말을 다하지 못했는데 그건 다음에 하세. 마저 다해야지?"

"아, 알겠습니다. 언제든지 연락주세요. 시간이야 많으니까."

"이 술과 안주, 아우가 산다니까 이차 노래방은 내가 낼게."

술 먹는 코스에 익숙한 듯 처음 갖는 술좌석에서 거리낌 없이 이차를 들먹인다.

"하하, 그러죠 뭐. 오랜만에 고함 좀 질러봐야겠어요."

"병이야, 병!"

"에, 그게 무슨?"

"조문주라는 여자 말이다. 아무렇게나 이혼하고 남자나 밝히고 그게 뭐냐, 병이 아니고!"

"형님은 그 여자를 정말로 좋아하지 않으셨어요? 설마 남녀지간에?"

"사람을 잘못 골랐어. 알다시피 연선이가 내 전부인 시절이었어. 게다가 남녀 사이는 밀고 당기고가 있어야 하는데 그 여잔 일방적으로 내게 매달렸어, 스토커처럼 말이야. 지금 생각하면 내가 너무 쌀쌀맞아 반발심에 그랬는지 모르겠지만. 그런데 아우는 왜 전화를 안 받지?"

"어차피 끝난 사이인데 굳이 미련을 둬서."

"전화 오면 피하지 말고 받아. 전화했다는 사실은 해야 할 사정이 있다는 소리가 아닐까? 듣고 판단해서 결정하는 게 좋겠지?"

"듣고 보니 그러긴 하네요."

앞에 놓인 술잔을 들이켜고는 건넨다. "내 잔, 한 잔 더 받으세요. 문주가 요즘은 형님을 찾지 않나요?"

"찾다마다. 내 블로그에 글 남겼더라. 한국에 돌아왔다면서 한번 만날 수 있느냐고. 딱 잘라 거절했지."

"왜 그러셨어요, 그녀가 그렇게나 좋아하는데. 게다가 형님도 사랑의 시를 직접 써서 올리셨으면서 너무 매정한 거 아닌가요?"

"그래? 별 거 다 아네, 하하, 그 여자가 그랬겠지? 그 시는 연선이를 향한 시였어. 물론 마음속에는 그 여자에 대한 부담이 있었지만 그런다고 시를 올리지 못하면 어떡해? 남녀의 사랑은 서로 오가는 교감이 있어야만 가능한 거야. 나는 조문주에게서 그걸 느낄 수 없었어. 인연이 아닌 것이지."

"걸려오는 전화는 어찌 하십니까?"

"내 뜻을 짧고 분명하게 말해주면 당분간 전화 없어. 자존심은 있는 여자지."

장경록의 얘기대로라면 조문주가 일방적으로 그를 쫓은 것이 된다. 피할수록 다가가려는 스토커는 그녀가 되는 것이다. 이게 사실이라면 조문주는 무씨에게 고의적으로 거짓을 말했거나, 상황의 오해에서 스스로를 착각하는 정신적 불안정 상태에 놓인 것이 되지 않겠는가? 서로의 얘기가 상반되니 사실 여부를 가늠하기가 어려운 일이겠지만 무씨의 추측으로는 장경록의 말이 설득력을 갖는다. 한국에 들어와서 맨 처음 찾은 사람이 장경록이었고 조문주의 과거 행적으로도 짐작이 가능하달까?

무씨는 그런 예감으로 해서 조문주를 향한 감정이 차갑게 되었다고 봐야 한다. 그녀의 소식을 사리풋타로부터 처음 들은 것이나 그녀가 장경록을 먼저 찾았다는 것들이 식어가는 애정에 찬물을 확 끼얹은 것이다. 조문주를 사귀면서 짙게 드리웠던 남자의 질투와 시기심이, 이제 그 당사자를 앞에 놓고는 보글보글 물거품처럼 꺼지는 것이다.

"하나 물어보겠습니다. 진지하게 답해주세요."

"이 사람이? 내가 싱겁이인 줄 아나? 하하, 귀신 얘기를 코웃음 치며 들은 모양일세."

"비가 오면 사람들은 왜 막걸리와 부침개가 생각날까요?"

"오, 술좌석에 어울리는 질문이야. 하하, 내가 즉흥시로 답해주지. 어디 보자? 흠흠, 자연과 몸은 일체라, 그대가 비에 젖는데 어찌 응축된 막걸리로 몸을 적시지 않으리. 부추 끄트머리에 매달려서라도 잎사귀 붙잡은 빗방울을 따르지 않으리."

"장난으로 여쭌 소리를 문학적으로 푸시네요? 거참, 대단하십니다."

"벌써 취하나? 기분 좋을 때 얼른 자리 옮기세, 하하하."

부를 노래를 찾아 목록을 뒤적이는데 주문을 마친 장경록이 들어와 맞은편에 앉는다.

"자네 맘에 드는 스타일로 먼저 골라."

뒤따라 맥주 두 상자가 테이블 앞에 놓이고, 짧은 치마의 젊은 여자 둘이 간들간들 무대 앞에 선다. 정신이 알딸딸한 무씨는 이게 뭔 소린가 했다. '웬 여자들이지?'

# 누군가야에게 이별을 말하다

꿈이던가? 어둑한 문이 열리자, 언뜻 한 여자가 욕탕 속에서 교태를 부리며 장경록과 목욕하는 모습이 뿌옇게 나타난다. 얼른 문이 도로 닫히고, 무씨가 눈을 뜨자 어둑한 공간이 낯설게 내려앉는다. 혓바닥이 타들어가는 심한 갈증에 몸을 일으켜 둘러보니 모텔 방이다. 바닥에는 장경록이 뒤엉킨 이불을 끌어안고 잔다. 아무 기억이 나지 않는다. 그중에서 못나 보이는 여자를 선택하여 곁에 앉혀 노래를 목청껏 부르다가, 거품이 부글부글 끓는 맥주잔을 힘차게 부딪치고는, 기어코 트로트 가요에 몸을 비척거리며 마구 끌어안고 춤을 춘 기억까지에서, 끊겼다! '별일이야 없을 테지?'

점심 무렵이 되어서야 사무실에 들어선 무씨는 그래도 문제가 되지 않는다. 자기가 한 일은 이제 끝났고, 쉬면서 며칠 있어 달라는 후배의 언질에 사무실에서 잠시 머물 뿐이다. 무씨는 장경록과 해장국으로 늦은 아침을 먹고 헤어지면서 조만간에 다시 만나기로 했다. 시간 있을 때 불교 얘기를 마저 끝내자는 서로의 생각이 통한 것이다. 무씨는 지난밤의 무리한 음주 탓에 느릿느릿 하루를 움직이며 커피를 진하게 타서 마신다. 마음의 응어리를 이제는 서로가 남길 수 없다. 미련이든 집착이든 원망이든 말을 뱉어내는 것으로 휘이휘이 저어 풀어야 한다.

"나를 왜 피하는데?"

"지금 하고 있잖아."

무씨가 전화를 걸었다. 끝을 보려는 전화지만 마음에서 눈을 떼지 말아야 한다며 속으로 다독거린다.

"부산엔 언제 와?"

"글쎄 모르겠어. 근데 무슨 일이 있나?"

"내 전화 왜 안 받아?"

"아, 손님이랑 술 마시느라 그랬어. 지금 말해, 무슨 일이야?"

"근데 목소리가 왜 그래, 화났어?"

"난 괜찮은데? 피곤해서 그런가."

일부러 대화의 핵심을 서로가 피하고 있든지, 할 말을 잃어 주절대는 모양새이겠다. 이러다간 다람쥐 쳇바퀴 돌듯이 맴맴 겉돌다가 끊지 싶다.

"나는 이제 괜찮아. 누군가야가 누구를 사랑하든 만나든 구속하려 들지 않겠어. 앞으로 하는 일들이 잘됐으면 해."

조용하다. 이것은 이별을 통보하는 그럴듯한 메시지다. 얼마 전에 마주친 무씨의 모습과 이 말로도 충분히 피부 깊숙한 곳을 찌를 상처다. 비록 조문주가 아직도 장경록을 잊지 못하고 사랑하는 것이래도, 게다가 아직까지 만나기를 간절히 바라는 처절한 심정에 빠졌다고 하더라도, 여자는 여자다. 여자는 그런 것이다. 원래 여자는 그럴 것이라고 무씨가 직감한다. 관심도 없는 남자가 이별을 말하면 그제야 관심이 생기는 게 여자이니까. 그런 여자에 대한 화풀이 비슷한, 아직 채 사그라지지 않은 남자의 질투에 순간적으로 무씨가 마음을 놓쳐버린다.

"지금 내게서 상처받았다고 생각하겠지? 자신이 일으키는 행위가 얼마나 상대방을 낭떠러지로 몰아가는지는 생각도 없이 자신의 이기심에 불붙이고서 분노에 몸을 떨고 있겠지?"

"아직도 그 사람 때문에 이러는 거야? 자기 병은 여전하구나. 그러자, 이젠 다 끝낼 때가 된 것 같아. 사실 이번에 나, 남편하고 돌아섰지만 그런다고 달리 갈 곳이 있어서가 아냐. 홀가분하게 내 인생을 내 방식대로 살고 싶어서 이러는데, 자기하고도 이렇게 매듭이 지어졌으니 산뜻하네. 잘 살아, 끊을게."

"잘 지내."

"참, 하나 궁금해!" 재빨리 말을 찔러놓고서는 조용하다. 너무나 쉽게 이별을 통고하는 무씨에 대한 원망을 지금 삭이는 중인 걸까? 이대로 전화를 끊기에는 미련이 많을 침묵이 허공에 감도는 기척이다가.

"이전에 내게 편지 쓴 거, 기억나? 꽃을 꺾다가 가시에 찔려 상처 나면 오라고
한 거. 사랑을 찾아 이곳저곳 다니다가 지쳐서 다가오면 입술로 상처를 핥겠다
고 한 말들, 나는 거짓인 줄 진작 알았어. 무씨에게 내 전부를 걸 수 없었던 이
유일 거야, 아마도!"

딸깍! 전화가 끊긴다. 생각해보면 인간의 말처럼 무책임하고 가치 없는 말도
드물 것 같다. 분명히 그때 그랬으니까! 사랑에 들떠 감히 휘갈겨 쓸 수 있었던
힘의 원천은 무엇일까? 사랑이라는 속절없고 헛된 물거품 같은 감정 그 하나로
써 모든 거짓을 다 토해내어도 철따라 모양과 색깔을 바꾸는 자연처럼 이 사랑
도 도도하게 그러하다는 것일까! 사랑, 이것도 도깨비라니? 무씨는 생각 끝에 이
젠 완전히 집으로 돌아가야겠다는 결정을 내린다. 장경록과의 대화는 언제 어
디서든 이어질 수 있을 것이다. 사리풋타 스님에게는 안부를 묻지 않기로 했다.

# 인간과 사회

　인간이 모여 사회를 이룬다. 인간 홀로가 외로워 신께서 짝을 만드셨든 홀로는 존재할 수 없어 인연 따라 짝이 맺어졌든 인간들은 함께하는 짝과 사랑을 나누고 닮은 자식을 낳고 그런 행위들이 창조이든 진화이든 한 개체에서 또 다른 개체로의 번식행위가 거듭되면서 생육하고 번성하여 사회를 이룬다. 인간 개체의 모습을 들여다보면 대개 착하고 어질다. 순수의 그늘에서 사랑과 이해로 세상을 바라보고 선한 행위의 고단함에 잠시 쉴 수 있는 존재가 인간이다. 유유자적하는 모습은 혼자여도 간혹 누가 다가와 곁에 머문다 하여 달라지지 않는다. 그래서 평화로운 삶의 흔적을 나누기도 하면서 즐거워하는 것이다. 하긴 혼자 있으면서 악해진들 무슨 소용이 있겠는가. 상대가 있어야 성질도 부릴 수가 있으니까.

　인간들은 무엇 때문에 무리지어 모이면 악해질 가능성이 높아지는 것일까? 선악을 알기에 행위로서 드러낼 자유의지가 선택을 그리하였거나 어떤 행위가 원인이 되어 결과를 빚었거나 그럴 것이다. 인간들이 떼를 지어 몰려다녀도 선할 경우가 있지만 그것은 공동의 유익을 위해 약속한 서로의 방편일 뿐이지, 무리에 묻혀 살면서 깃드는 마음이 인간 본래의 선한 양심일 수가 없다. 연결된 개체끼리의 상호관계가 엉켜 생성된 덩어리에서 삐져나온 악한 기운은 덩치가 크거나 강력한 협약에 의해 이뤄진 조직일수록 더욱 예리해지고 심각해진다.

　인간에게 악한 행위가 표출되는 까닭이 대체 뭘까? 자기라는 존재를 유지하고 종족 번식을 꾀하려는 본능적 욕구가 상대자와 사회적 관계를 형성하게 되면서 자기도 모르게 방어기제가 갖춰져서이거나 상대자의 희생을 거쳐서라도 자기 욕망을 충족하려는 본능이 불현듯 일어나서일지 모른다. 자기에의 집착이 없는 자연과 벗하면 심신이 평화롭고 고요해지지만 인간의 무리 속에 섞이면 저절로 긴장과 갈등에 휩싸이는 까닭이 이를 입증하는 게 아닐까? 서로가 탐욕과 집착의 끈을 놓지 않는 인간이기에 그들이 모여 사회를 이루게 되면 누구랄 것도 없이 모두가 혼탁한 세계를 방황하는 것이겠다.

인간은 사회관계를 떠나서는 살아갈 수가 없다. 이러하니 인간 고유의 선한 본성을 그대로 지니면서 사회 속의 사람들이 제대로 어울려 살아가는 방법은 과연 없는 것인가? 가정과 학교의 교육에 의해서, 종교의 가르침을 거쳐서, 법의 통제를 통해서, 이렇듯 사람들의 의지와 행위를 조절하고는 있지만 이것으로 충분치가 않다. 악이 더욱 돋아나고 정의가 숨죽이며 선한 양심의 가치 기준이 날로 변해가는 것이다. 이러한데 오직 인간 고유의 의지와 행위에 의해 세상이 움직인다면 인류가 살아남기나 할까. 인류문명을 이뤄가며 궁극의 선을 향해 나아갈 의지가 깃들기나 하겠나?

# 아내와 나들이

산비탈 동네의 후미진 어둠 속에 연탄재가 파묻혀 처박혔다. 이런 동네라야 눈에 띄는 연탄재가 이번에도 술주정뱅이의 취한 발길질에 으끄러져 땅바닥에 나뒹군다. 호주머니에 손을 푹 찔러 넣고 휘청거리며 부근을 지나던 무씨가 속으로 뇌까린다. '그래, 연탄재 발로 차라! 서러운 인생이 그래서 서글픈 재를 대갈통에 희뿌옇게 얹힐 수만 있다면!'

무씨가 문득 잠에서 눈을 뜬다. 눈은 떴지만 침대에서 일어나지 않는다. '몇 시쯤 됐지? 옛날의 흔적을 다 꿈꾸다니!' 무씨는 집에 완전히 돌아온 이후로 며칠을 밤낮 없이 먹고 자고 하였다. 그동안에 쌓였던 고독인지 여독인지가 온몸에서 풀려나는 느낌을 가만히 살피며 아무 생각 없이 그날그날을 숨죽였다. 몸살이 덕지덕지 낀 몸뚱이를 천천히 일으켜 거실로 나오다가 깜짝 놀란다.

"당신, 어쩐 일이야? 학교 안 갔어?"

아내가 소파에 앉아 책을 읽고 있다. "오늘, 노는 날이잖아. 더 자지 왜?"

"애는?"

"학교 갔지. 자율학습하잖아."

토요일, 주 5일 근무. 세상 참 좋아졌다.

"실컷 잤어?"

"응, 푸지게 잤어. 큰애는 집에 한번 안 내려온다던?"

"곧 중간고사가 있고, 학교에 적응하기 한창 바쁠 때야."

무씨가 아내 곁에 앉는다. 살짝 열어놓은 베란다 유리창에 햇살이 달라붙어 두리번거린다. 풍년초, 사랑초, 수국, 선인장, 이름 모를 화초들이 울긋불긋 여러 꽃을 피우고 소나무에 발그레한 암술이 돋고 더덕넝쿨이 파릇파릇 힘차게

89

유자나무 줄기에 기어오르는 베란다 풍경을 바라보면서 무씨가 빈정거린다. '저것도 그래, 흥이 돋겠지?' 꽃을 피운 석곡은 푸른 새싹의 기운이 감돌고 치자나무가 가지마다 꽃망울이 달려 맺히는데, 이게 웬일이지? 풍란 이것들이 유독 조용하다. 인적이 끊긴 바닷가 바위틈에서 풍파에 허물어진 돌 부스러기를 껴안고 고요하게 자랐던 기억이 피어날라치면 갈라진 암석과 소나무 밑동에 붙은 푸른 이끼를 더듬으며 간지러운 뿌리를 쭉 뻗는 잎줄기 다부져 고고한 풍란 군락! 이것들은 언제나 5월 이맘때가 되면 하얀 빛깔이 순수하여 하늘거리는 새치름한 꽃을 피우고 늘 살짝 감추려는 꽃향기가 달빛에 묻어와 코끝에 아른거렸다.

이럴 때에 치자나무는 항상 한발 늦게 꽃을 피우지만 꽃 생김새가 날선 바람이 깎은 조각품 같아 저절로 화려해지는 마음을 어쩌지 못해 시선이 머무는데도 욕심 많고 시샘하는 치자꽃이라 질투를 멈추지 않는다. 깔끔하고 풍만한 귀부인의 요염한 자태에다 치장을 더해 밤공기에 꽃향기를 흩뿌려놓는 것이다. 달빛에 흔들리는 여린 몸짓의 풍란 꽃향기에 가늘게 눈 흘기며 움쩍도 않는 도도한 자태의 향기를 뿜고서 치자꽃은 맘껏 뽐내지만, 그래도 무씨는 안다. 치자꽃은 남몰래 향수를 뿌렸다. 달짝지근한 꿀물의 감촉으로 코에 묻어난다. 바람이 없어도 파도치며 알갱이가 혀끝에 녹아내린다. 무씨는 겨우 안다. 치자꽃의 시새움에 향기의 낌새를 분간 못하여도 바람이 일라치면 꽃들이 일제히 흔들려 허공에 웃음을 나풀거리고는 귀에 다가와 속삭이듯 눈과 코와 혀를 간질이는 입김처럼 무씨 살갗에 아른거리는 것이다. 아아, 풍란 꽃향기가!

"꽃들이 참 예뻐 죽겠어. 날도 좋은데 모처럼 나들이나 갈까?"

"내가 그 말이야. 부부가 참 오래되어 같이 걸어보겠네?"

"11시가 넘었구나? 나가서 점심 먹자."

"씻어. 나는 옷만 입으면 돼."

무기력한 기분에서 금방 몸이 살아난다. 햇살과 봄꽃들이 사람의 신명을 흔들어 깨웠다. 무씨가 몸을 일으키며 길게 기지개를 튼다.

"아, 좋다. 당신, 절에 가도 괜찮나?"

"구경? 괜찮지. 생각나는 곳 있어?"

“봐둔 데가 있어. 작은애는?”

“작은애는 마치면 친구랑 놀다가 먹고 올 거야. 전화해 둘게.”

오랜만에 갖는 부부 나들이라 흥겨운 모양이다. 승용차가 교외로 빠져나갈수록 아내가 곧잘 바깥 풍경에 시선을 던진다.

“나무 잎사귀가 연한 연둣빛으로 돋아나는 게 참 좋네. 왜, 막 피어나는 생명이 보기에 더 좋을까?”

“애처로워서 그럴까?”

승용차가 사찰 부근에 진입하자 널찍한 공터를 마련해놓고 입구에서 주차비를 받는다. 2천 원, 돈이 싸서일까? 청년이 밖에 나와 떡하니 버티고 서서 현금을 연신 손가방에 쑤셔 넣는다. 저만치 떨어진 임시 매표소 창문에 안내문이 친절하게 붙었다. 영수증이 필요하면 여기서 받아가라고.

“이런데도 돈 받네? 기도하면 소원 잘 들어준다고 소문난 절이라 다르네.”

“토요일이라 그런가? 사람이 너무 많아.”

“놀러온 사람이야, 불자야? 여긴 관광지도 아니고 소문만 났을 뿐인데?”

# 소문난 사찰

불자가 아닌 무씨의 귀에까지 소문이 들릴 정도면 웬만한 사람들은 알 만한 절간이겠다. 그래서인지 공휴일이라지만 사람들로 북적댄다. 주변의 경치가 수려한 것도 한몫했으리라. 절간으로 향하는 길목이 장터 같다. 양 옆으로 행상과 조립식가게가 즐비한데 산나물을 팔고 기념품을 팔고 절에서 사용할 염주 불상 등, 불교용품을 팔고 어묵, 떡볶이, 국수 등 하여간 있을 만한 것들은 다 펼쳐놓은 분위기다. 낯선 환경에 신기한 듯 어리둥절한 무씨를 아내가 안기듯이 팔짱을 낀다.

"새 구둔데 돌에 다 까이겠어. 울퉁불퉁해."

그러고 보니 아내는 옥빛 뾰족구두를 신었다. 휘청거리며 무씨에게 기댄 몸짓이 연인 사이로 비지기에 충분하겠다. 신혼도 아닌 중년의 어느 부부가 이런 곳에서 이렇게 다정한 모습으로 길을 걷는단 말인가? 오르내리는 좁은 오솔길을 걸으며 무씨가 불교를 놓고 주절거린다. 무씨 나름으로는 절에 왔으니 불교에 관한 지식을 알려주고 싶은 것이겠고 아내로서는 남편의 얘기가 더러 까다롭지만 산새의 솟구치는 울음같이 청량하게 들려오겠다.

여러 불상이 놓인 자리를 지나 여래입상이 놓인 곳에 이르자, 불자로 보이는 아줌마와 아가씨들이 엎드려 기도를 드린다. 불교 옷을 참하게 차려입은 한 여자 불자가 땀을 뻘뻘 흘리며 불상 주변을 합장하면서 도는 모습도 보인다. 주변 풍경을 즐기며 거니는 사람들과 줄지어 약수터로 향하는 사람들, 그리고 참배하는 사람들로 북적거려 절간 분위기가 쾌적하다고 할 수가 없다. 잠시 쉬자는 아내 말에 돌멩이와 작은 나무들로 동산처럼 꾸며놓은 불상 뒤편으로 걸음을 옮긴다.

"엄마, 누가 우리 동자승 손댔어."

소리에 돌아보니 한 아가씨가 폰을 귀에 대고 통화 중이다.

"우리가 해놓은 거랑 다른데? 동자승들을 한군데 모아놓고 누가 염주로 둘렀어. 위치도 다르고, 동전도 없어졌어. 이래도 돼?"

뭔가 짜증스럽다는 듯 볼멘소리로 투덜거린다. 주변에 앉아 쉬던 노파가 말에 끼어든다. 행랑어멈인 듯 남루한 옷차림에 무거운 배낭을 걸쳤다.

"다들 그렇게 하는 거유, 괜찮아."

그 소리에 아가씨가 어리둥절한 눈동자로 곁의 무씨를 흘깃 본다. 무씨의 의견을 듣고 싶다는 듯이.

"합력해서 선을 이룬다고, 어차피 뭔가를 비는 기도일 텐데 다른 사람들의 기도와 염원까지 합쳐져서 행해지면 아마 더욱 소원 이루기가 쉽지 않을까요? 아무래도 불교니까 빌고자 하는 에너지가 강해져 나아갈 테니까."

아가씨가 돌아서며 통화를 마무리 짓는 기색이다.

"다른 사람이 동전 놔두기도 하고 딴 거 놓기도 하고, 다 그러는 거유."

노파는 자기 할 일을 마친 기분이 드는지, 무씨 들으라고 한마디 던지곤 주섬주섬 배낭을 등짝에 매달고 인파속으로 떠나간다.

"우리도 그만 갈까?"

"어이구, 어째 할머니랑 주눅이 맞네, 호호. 자기, 불교에 대해 잘 안다?"

"아는 게 아니라 상식으로도 그렇지. 놓인 모양이 좀 달라졌다고 달라질 게 뭐 있나?"

아내가 굽 높은 구두 때문에 다리가 피곤한가 보다. 아이스크림 먹자는 핑계로 매점 의자에 제대로 앉는다.

"구두 벗고 다리 쭉 뻗고 있어, 뭐 어때. 내가 가서 사 올게."

시중 같으면 천 원 정도일 텐데 2천 원이란다.

"여긴 절이라서 그렇습니다. 죄송합니다."

온화한 부처상 닮은 얼굴로 바가지를 씌우니 꼼짝 못하겠다. 승복 비슷한 옷을 입고 차분하게 말을 건네는 여인네 앞에서 왜 작아지는 것일까? 군말 없이 아이스크림이 담긴 검정 봉지를 들고 아내 곁에 앉는다.

"안 먹어?"

"목마르다면서, 내 것도 먹어. 약수 마시려고 사람들이 저리 줄선 거 봐."

"기생충 있을지도 몰라, 먹지 마. 나중에 보고 사람이 뜸하면 손 좀 씻어야겠네."

이제 오는 사람들의 옆줄 따라 절간을 등지고 걸으면서 무씨는 생각한다. 주차비 징수, 행상 수입, 행운의 동전 던지기, 기도 불전함, 대웅전 불전함, 학업성취불 불전함, 사찰 매점 수입, 연등 기왓장 불사 명단 접수처 등등, 온통 돈 떨어지는 소리를 듣고 본 게 여기 절간에 들른 전부 같기만 하다. 사리풋타에게 붓다사상을 익혀 불교에 대해 긍정하게 된 무씨가 오늘 같은 묘한 절간의 기운에 빠져 잠시 어색한 기분이 든다. 이게 아닌 것 같은데.

"저녁까지 먹고 들어가자. 근사한 데 가서."

"됐어요, 이걸로도 행복해. 작은애랑 집 근처서 먹든가."

아내가 대꾸하면서 무씨 품에 안겨든다.

# 돈과 종교인

등허리에 바람이 드니 기분이 시원하다. 무씨가 베란다에 우두커니 서서 셔츠를 걷어 올리고 솔솔 불어오는 바람의 감촉을 즐긴다. '벌써 여름이 오려나?' 따가운 햇살 사이로 비집고 다니는 바람결의 정체를 빗대어, 만물이 공이라 했다 하여도 들어줄 만한 오늘이라고 무씨는 생각한다. '이런들 어떻고 저런들 무엇 하리. 사람이 살아가는 데 진리, 그게 무어 중요한 사실일까? 알든 모르든 순수하고 올바른 감정 하나 지니고 살면 그만이지, 지혜로 산다는 것이 혹은 삶의 잘못된 구조를 깨닫는 것이 무어 그리 중요할까?'

"거기서 뭐 해? 남들 다 보게."

"누가 나를 쳐다보겠나? 바쁜 세상에 여유 없는 사람들이."

베란다 창을 닫고 들어온 무씨가 소파에 몸을 묻는다. 티비 뉴스 보도에서 도박하는 스님들이라며 찍은 화면이 나온다. 속옷 바람에 여럿이 둘러앉아 담배 꼬나물고 양주잔 기울이면서 포커도박에 빠진 까까머리 모습이다. 조폭이겠지? 잠시 멍하니 바라보던 무씨가 하반신만 카메라에 잡힌 승복 차림의 스님이 밖에서 들어와 잠시 시중드는 장면에, 그제야 놀란다. 기자의 보도를 귀로 듣기는 했지만 도무지 실감나지 않던 상황이 사실로 닥쳐서이다. 유명 사찰의 주지와 그쪽 종단 간부스님 등, 여럿이가 호텔에서 펼친 향연이라니? 뒤숭숭해져 티비를 꺼버린다. 호텔이라, 도박이 끝나고 술이 거나해지면 잠잘 방에서 잠잘 여자가 기다리지 않는다고 누가 장담하겠는가? 담배 연기에 인상 찡그리며 남의 손에 쥐어진 속셈을 노려보던 스님들!

추악한 욕망과 타락의 가지에는 돈이 항상 달려 대롱거린다. 오늘날의 우상은 돈이다. 성경속의 모든 우상은 사라졌고 멸절하였지만 돈은 살아남아 더욱 기세등등하다. 돈 아래 인간들은 머리를 조아리고 그것은 직업종교인도 예외가 아니다. 우상의 더러운 발바닥을 혓바닥으로 싹싹 핥는 것이다. 그러면서 강력하게 부정하느니, 돈은 우상이 절대 아니라고. 물질의 풍요를 허락하신 신의 축복이고 살아서 누려야 할 전생의 과보라고 말이다. 웬만한 사찰의 주지가 되려면 경력이나 연륜은 기본이고 덧붙여 2억 정도가 준비되어야만 가능하단다. 남들 보기에 능력자는 많고, 그러니 돈으로 결판내자는 것이겠지?

이런 매관매직의 풍조는 비단 불교에만 해당되는 것이 아니라 기독교, 학교, 직장 등등, 하여간 인간들이 떼 지어 모인 곳이면서 그것이 이익과 명성을 차지할 수 있는 자리라면 필수적으로 뒤따르는 미덕으로 둔갑되었다. 아니지? 인간의 오랜 역사를 두고 본능처럼 차곡차곡 쌓아올린 버릇이다. 인간은 이것에서 벗어날 수 없고 종교인도 인간이라서 예외가 되지 않는가? 수행과 기도는 거짓을 감출 수단으로 전락된 지가 오래다. 몇몇의 진정한 수행자가 있다고 해서 어찌 온전하다 할 수 있으랴.

기독교의 목사들을 봐도 기가 찰 일이 많다. 그저 받았으니 그저 주어라고 성경은 말하지만 돈 없이 살아갈 수 없는 오늘이기에 사례비를 받고 여러 수당까지 챙기는 거야 당연하다 할 수 있겠다. 하지만 사고치고 쫓겨나가면서도 전별금이라는 이름으로 거액의 돈을 요구하고 성추행을 하고서도 돈을 챙기고 간음을 일삼고도 태연하게 버티면서 돈을 걷어가니, 대체 이런 일이 어떻게 해서 가능하단 말인가? 돈으로 매수해 얻은 직장이라서 그냥 물러가지는 못하겠다는 얘긴지, 길바닥으로 쫓겨나가면 먹고 살길이 막막하니 도와달라는 간절한 호소인지, 도무지 감을 잡지 못하겠다.

하나님께 의지하면 모든 것을 이루리라, 평소에 큰소리친 목사들이 막상 자기에게 고난이 닥치니까 사실은 신이 아니라 돈에게 의탁해야 마땅하다면서 이제야 실토하겠다는 몸짓 같아 당황스럽고 황당하기까지 하다. 불교가 저러하고 기독교도 이러한데 무슨 권능으로 노골적으로 돈을 바라는 무속굿을 탓하고 사이비 종교를 감히 나무라겠는가. 도토리 키 재기인데? 중들 대다수가 썩은 땡중이라는 사찰 주인의 한숨 소리가 들려오고 국가 예산 타먹고 복지 선교하는 것들 거의가 야바위꾼이라는 현직 목사의 넋두리가 벼랑에 선 그들의 자조적인 생생한 증언인 것이다.

# 뼛속에 박힌 고루한 사상

"일가친지들이 모인 날, 특히 제삿날에 종교하고 정치 얘기 꺼내지 않으면 싸울 일이 없다던데?"

무씨가 뉴스 보고는 한소리 하자 아내가 툭 던진 얘기다.

"그 정도로 민감한 문제라는 얘기겠지. 종교와 정치에 대한 자기 신념이 골수에 박힌 상태라서 그것에 시비 걸면 마치 자기 목숨을 건드렸다는 흥분 상태에 빠지니까."

"세상 사람들을 보면 마치 인류가 두 갈래에서 진화한 것 같아. 꼭 두 종족으로 나뉘었어. 남녀도 반반이지 좌우 사상도 반반이지 생각조차 반반으로 나뉜 것 같아. 똑같은 사건 하나를 놓고 똑같이 바라보면서도 어쩜 그리도 서로가 완전히 반대로 생각이 들고 행동하는지 정말 두렵고도 신기할 따름이야."

아내는 신실한 기독교 신자이지만 진화를 들먹이지 않으면 안 될 정도로 인간의 삶이 모순적으로 비치나 보다.

"물론 세상살이는 관점에 따라 여러 다양한 풀이가 나올 수 있는 것이 많긴 해. 무엇을 어떻게 선택하고 행동하든 간에 그다지 문제가 되지 않는다는 얘기지. 그러니 각자의 사고체계와 이기심의 작용에 맞춰 무엇을 주장하고 관철시키려고 애쓰겠지. 그래서 정치가 중요해지고 좌파와 우파의 노선 추구와 힘겨루기가 펼쳐지는 것이겠지. 대체로 세상살이에 명확한 하나의 답이 있는 것이 아니라는 소리가 되겠지. 하지만 그럼에도 오직 하나의 답을 요구하는 세상의 문제 또한 많아. 찬찬히 살펴보면 하나의 답을 언제든지 충분히 쉽게 찾을 수 있는 것들이 많고 말이야. 그런데 사람들의 문제점이 뭐냐면 아주 쉬운 것조차도 답을 찾지 않거나 자기 이기심의 충족에만 빠져 엉터리 답을 제 마음대로 내리고는 서둘러 행동한다는 것이지.

다윈진화론 측면에서 주장하는 약육강식이나 적자생존 같은 이기적인 유전자가 왜곡된 신념체계와 엉겨 붙으면 인간의 행위가 극한으로까지 치닫기도 해. 주로 탐욕적 요구에 의해 발생하는 살인 음모 강도 사기 강간 폭력 등등, 본능에 의해 재빠르게 움직이는 동물들도 한발 빼는 더러운 죄악마저 스스럼없이 저지르는 것이 인간이야. 바로 뇌세포 작용의 결과이지. 왜곡과 조작이 손쉬우니까. 인간으로서 올바른 답을 찾지 않고 잘못된 가치체계에 이성작용이 함몰되어 일어나는 서글픈 현상이지. 뉴스 따위를 보면 그런 세상 조짐들이 숱하게 일상에서 목격되잖아. 분명히 답은 이것이고 이것을 향해야 하는데도 모두들 다르게 움직이려고 하지."

"내 말이 그 말이긴 한데, 자기 말 들으니까 너무 심각하네. 구체적으로 어떤 일들에 그런 현상이 나타나는 거야?"

"인생사 대부분이 그러한데 이것저것 뭐 따질 거나 있나? 세상 문제를 놓고서 정치적으로 나뉜 좌파와 우파를 눈여겨봐도 알 수 있잖아. 정치인들의 다중적인 행태를 지켜봐도 바로 알지. 일반 국민들 역시 자기편이다 싶으면 무조건 휩쓸리고 일부러 눈감지. 골수에 맺힌 사상은 앞뒤와 물불을 가리지 않아. 참과 거짓의 분별을 시도하지 않는다는 말이지. 하나의 신념이나 가치체계에 주먹을 불끈 쥐면 그렇게 보이고 그렇게 생각되고 그렇게 듣고자 하지. 사람들이 경험한 인식은 즉각 해석이 되어버려. 편향된 굳은 신념이 이기주의와 결합하면 간단한 뜻조차도 왜곡된 해석을 내리고 의아할 행동으로 움직이지. 그건 가히 조작 수준이야."

"사람 사는 일이 다 그런 거 아닐까?"

"그렇겠지? 수행을 했다는 고승들조차 도박 문제가 입에 오르내리자 그랬다더라. 치매 예방에 좋아서라나. 변명을 그렇게 하니까 더 당황되잖아. 그럼 대체 스님들의 선 수행은 어디에 좋은 것일까?"

# 어떻게 살아야 하나

구두 뒤축 꼭지에 실밥이 터졌다. 게으른 탓에 며칠을 두고 그냥 신었더니 조금씩 슬금슬금 터져나가는 정도가 심해지기에 무씨는 바늘과 실을 떠올린다. 이제 겨우 5년 정도 신었는데 벌써 떨어져나가서야 될 일인가. 무씨는 잠시 동안 바늘에 꿴 실로 구두 깁는 장면을 떠올리다가 고개를 가로젓는다. 제대로 기워질 리 없을 것 같고 무엇보다 바늘 끝을 억지로 누를 엄지손가락이 생각만으로도 통증이 화악 와 닿는 것만 같아서이다. 무씨는 쉽게 결정을 내린다. 그래, 순간접착제로 붙이자. 무씨는 가벼운 걸음으로 현관문을 나서지만 그때뿐이고, 며칠을 두고 현관을 나설 때마다 거듭 되뇐다. 오늘밤은 꼭 붙이자. 오늘밤만큼은! 발등이 훌렁훌렁 빠지는 착각을 받고서야 무씨가 접착제 찾아 서랍을 뒤적거린다. 분명 아직 남았을 텐데, 어디 뒀더라? 무씨는 또다시 내일은 사서 꼭 붙이자고 마음먹는 수밖에 달리 방도가 없다.

길거리에 승용차를 세워두고 아내가 부탁한 김밥을 사들고 나오다가 웬일로 구두수선점이 눈에 띄었다. 아, 무씨는 그렇게 하려고 했던, 마치 하루 일정 속에 이미 포함된 일처럼 스스럼없이 허술한 구두수선점의 작은 유리 미닫이문을 연다. 구두 뒤축 실밥이 풀렸는데 이거 얼마죠? 사나이는 대답으로 손가락 V를 만들어 보인다. 무씨는 고쳐달라며 얼른 구두를 벗어 건넨다. 구두는 사나이 손으로 넘어갔고 무씨는 미닫이문을 닫아준다. 생각보다 싸다는 생각에 무씨도 호의를 베푼 것일까? 저녁 어스름이 내리깔린 바깥 골목거리는 왠지 스산하였고 아직도 채 떠나지 못한 겨울바람이 동네 어귀에 휴지 나부랭이를 휘감고 몰려다녀 바라보기에도 절로 옷깃이 여미어지는 날씨였으니.

나이가 꽤 들어 보이는, 아니 어쩌면 젊은 날의 부대낌으로 해서 삭아버렸을

지도 모를 사나이는 무씨의 구두 뒤축 실밥 주변을 자세히 뒤적거려보더니 능숙한 손놀림으로 본드를 바른다. 그냥 바늘로 기울 줄 알았더니 먼저 본드를 붙이는구나. 그러면 더 야무겠다. 무씨는 속으로 만족스러워진다. 붙인 구두를 곁에 내려놓고 사나이는 여러 가닥의 실을 매만지고 훑고 그런다. 저걸로 깁겠구나. 그런데 뭔 실을 저리도 만지작거릴까, 조금이면 될 텐데. 사나이는 무씨의 추측대로 바늘귀에 실을 넣고는 갈라진 가죽 틈의 끝에 그리고 시작 곧 꼭지에 저마다 가는 바늘을 밀쳐가며 실을 홈친다. 실은 가윗날에 끊어지고 사나이는 살펴보더니 구두를 쇠뭉치에 걸치며 망치로 다독거린다. 사나이가 섬세하기도 하지! 구두도 야물어지겠구나. 무씨는 흡족하였고 한편으로 미안하다는 생각이 든다. 저렇게 하고서도 겨우 2천 원이라니.

지갑에서 지폐 두 장을 꺼내는데 구두 수선이 아직 끝난 것이 아니었다. 사나이는 구두를 다시 쥐어들고는 재봉틀 쇠뭉치에 갖다 대었고 그러고는 기계 바늘로 드르륵 박는다. 살펴본 사나이는 가윗날로 여러 가닥의 실을 끊고 그런 뒤에 가스라이터로 실밥이 사그라지게 만든다. 다시 그것을 다듬기 위해 쇠망치에 걸치고 망치로 똑똑 다듬어나간다. 다시 안팎으로 구두를 살펴본 사나이는 그제야 제대로 됐음을 확신하는지 구두를 다소 거칠게 바닥에 내려놓는다. 속 시원하다는 듯이! 무씨는 조그만 유리 미닫이문을 열고 부끄러운 지폐 두 장을 건넨다. 아저씨, 고맙습니다. 수고하세요. 바람이 들어갈세라 얼른 문을 닫고 구두를 신으면서 무씨는 자꾸만 어색해지는 자기의 마음을 알게 되었다.

낡은 구두라서 2천 원이지만, 사회에서 천하게 보기 쉬운 일자리이기에 2천 원이지만, 마음이 착해 아니 어쩌면 이거라도 불러야 손님이 맡길 것 같은 예감에 그거라도 받아 쐬주 한 병이라도 사들고 김치찌개랑 먹으려는 마음으로 무작정 손가락 세웠던 2천 원인지도 모르지만, 어쨌든 그렇게 고작 2천 원을 부르고는, 축적된 노하우와 원재료, 공간, 수고와 섬세함의 정성을 들여 그렇게 첨단기술을 발휘한 사나이였다. 그렇게 2천 원에 만족하기에 그렇게 여전히 수선을 하는. 허름한 옷차림에 허술한 공간을 두르고 머리통이 닿는 천정 아래에서 고개가 꺾인 채 몸을 수그리며 그렇게 일을 하는 모습 앞에서 무씨는 자기조차도 싫어지는 순간을 맛보았다. 세상에는 얼마나 많은 이들이 전문가랍시고 배웠답시고 간단한 말 한마디와 손가락 하나 움직임만으로도 부당한 많은 돈을 요구하고 있을 것인가. 틈만 나면 닥치는 대로! 아아, 무씨는 그럼에도 웃돈을 건넬 명분이 없었고 자리를 떠나면서 자꾸만 읊조렸다. 어떻게 살아야 할 것인가. 대체 어떻게.

# 무씨, 일상 속을 거닐다

소설 쓰는 하루하루가 시작되었다. 집으로 돌아와 서재에 처박혀 소설작업을 하는 마당에 살림살이를 외면할 수가 없다. 남자도 집에 머물면 돈 버는 아내를 대신해서 주부로 움직여야 당연한 도리이겠고 요즘 세상의 추세다. 무씨는 익숙한 솜씨로 살림의 일부를 맡아나갔다. 대충 살피면 이러하다. 세탁기에 빨래 돌려서 널고 걷어서 개기, 베란다 화분에 물 주고 물청소하기, 청소기로 집안 청소에 널브러진 옷가지 등 정리정돈하기, 화장실 청소하기, 설거지와 쌀 씻어 밥 앉히기, 재활용품과 음식쓰레기 버리기, 행정서류 관련 처리하기 등등의 잡다한 일들이 무씨의 몫이다. 아내는 일을 마치고 돌아오는 저녁이면 하루 먹을 반찬과 국거리 등, 입맛 돋울 요리를 하고 한 번씩 무씨와 함께 마트에 들러 부식물과 생활용품을 구입한다. 이런 일들에 무씨가 흥겨움을 느끼고 이런 남편의 모습에 절로 정겨움이 묻어나는 아내다. 하루하루가 평화로이 흘러간다는 얘기다.

딸아이 둘도 각자의 자리에서 일상의 몫을 순조로이 살아나간다. 이렇게 가족의 모습을 바라보는 일상이, 무씨에게는 소설 쓰는 감흥이나 고뇌보다도 더 즐거운 것이다. 이러니 아무리 열심히 글을 적는다 해도 하루 5시간 이상을 책상에 앉기가 어렵다. 무씨는 소설 작업에 5년을 생각했지만 이보다 더 길어진들 뭐 어떻겠는가 싶다. 하루의 일상을 가슴 깊숙이 숨 들이쉬는 관조에 만족하는 것이다.

무씨가 아파트 단지 안에 있는 산책길을 걷는데 화단에 물 뿌리는 경비아저씨가 눈에 띈다. 날이 가물었구나. 비를 무척 좋아하는 무씨인데도 눈치채지 못했다. 잠시 비를 잊고 살았다. 새삼스레 하늘을 올려보고 물빛 닮은 바람결을 피부로 느껴보려 했지만, 둘러보는 세상은 여름이 다가선 듯 후끈한 열기를 품었고 나무 이파리들이 축 처져 서로 의지하듯 기대어 붙었다.

아는 친구 몇 없는 무씨가 지난날을 떠올린다. 최근에 누굴 만났지? 사리풋타, 장경록, 누군가야, 또 누가 있더라? 맞아, 준태! 서글픈 준태는 지금 어떻게 지낼까? 영육의 고통 속에 무슨 생각을 하고 어떤 심정으로 하루를 보내는 것일까? 얼마 전에 문자를 보내고 전화를 했지만 받지를 않았다. 시들어가는 자신의 모습을 남들에게 보이고 싶지 않은 게 인간의 마음이겠지. 그런 심정을 헤아려야 하겠지. 연락이 오지 않는 한, 급박한 일이 아니면 상대방이 갖는 마음을 따라야 하니까.

그러고 보니 청년시절에 같은 교회의 청년부에서 활동하면서 친했던 한 교우로부터 전화가 오긴 했다. 당시의 청년부 회원들, 어쩌다가 가끔 만나 당일치기로 경치 좋은 곳을 찾아 나들이 가고는 했는데, 이제 몇 년 만에 놀러가자는 거다. 무씨는 소설 작업을 핑계로 약속을 미뤘다. 젊었을 때는 서로가 갖는 신앙에 아무 문제가 없었다. 오히려 성경 공부와 예배가 서로를 친밀하게 엮어주었고 그들 중에는 커플이 되어 결혼하는 짝까지 생겨날 정도로 젊은 날의 아름다운 꿈이기도 하였다.

그러했던 그들이 세월이 흘러 세파에 휩쓸리면서 젊음을 잃어갔고 각자 흩어져 연락이 끊기고서는 마침내 신앙의 색깔과 모양이 달라져 저마다의 영혼이 다른 소리를 내는 것이다. 자주 만나야 할 말도 많아지고 공감대가 형성되는 법이다. 그러지 못한 데서 오는 생각의 어수선함이 있겠지만 어느 목사의 어떤 설교에 영향을 받느냐에 따라 같은 기독교 신앙이라 하여도 뚜렷한 차이를 보이곤 한다. 이제 그들과는 성경 해석상의 견해뿐만이 아니라 세상을 바라보는 시각과 더불어 행위의 어긋남이 그 후에 만나면서 확실히 느껴졌고 그래서 만나기를 주춤거렸다.

어쩌면 이 기억 때문에 만남을 주저하는지도 모르겠다. 언젠가 부처님 오신 날에 모처럼 나들이를 즐기기로 하였다. 일요일에는 주일예배를 드려야 하기에 평일에 끼는 공휴일이 아니면 다들 시간을 내기 어려워서 그날을 선택하였고, 이곳저곳 풍물을 따라 떠돈 것까지는 좋았는데 우연히 들른 사찰에서 문제가 생겼다. 고풍스러운 돌다리를 건너 졸졸 흐르는 개울가를 따라 이어진 오솔길을 시원스레 걷는 무씨의 눈으로 저만치 길모퉁이에 탑처럼 쌓인 돌무더기가 확 들어온다 싶더니 와르르! 거기를 걷던 교우가 발을 쭉 뻗어 돌탑을 마구 짓밟아 뭉개버리는 것이다.

"이게 무슨 짓이지?"

무씨가 놀라 소리치듯 말을 뱉자 그런 무씨의 언성에 흥분하여 들뜨는 교우다.

"무형, 방금 그 말에 하나님이 기뻐하시겠어?"

"이게 그것과 무슨 상관이 있다는 것이지? 남의 집에 와서 이러는 것은 나쁜 짓이야."

"내가 불상 목을 자른 것도 아니고 절간에 불을 지른 것도 아니잖아. 하지만 이건, 돌 쌓고 하는 이런 짓거리는 미신이야. 이걸 보고 내가 밟았기로서니 잘못된 게 아니잖아?"

아무 일도 없었다는 듯이 시치미 떼며 가던 길을 마저 걸으면서도 아까 있었던 일에 대해 둘의 실랑이가 콩 볶듯 하자, 같이 걷던 다른 교우들이 어수선한 발길을 재촉한다. 무씨도 들뜬 목소리로 말을 서두른다.

"돌무더기에 돌을 하나 더 얹는다는 것은 농담이거나 심심풀이일 수가 있고 무엇인가를 간절히 빌고 바라는 마음이기도 해. 그것을 짓밟는 행위는 절대 옳은 행위가 아냐."

"그게 미신이래도 그러네, 거참!"

"설령 그 모양이 미신처럼 비칠지언정 누구도 그 마음을 우그러뜨릴 수는 없어. 돌 놓는 몸짓은 그 자신을 파멸로, 또한 타인을 불행에 빠뜨리는 행위가 아냐."

그러고서 무씨는 이렇게 말을 덧붙이려고 했다. '신께서는 자신의 뜻을 왜곡해서 벌이는 인간의 행위를 기뻐하시지 않아. 돌탑을 우그러뜨렸다고 기뻐하실 쫀쫀한 신은 더욱 아니야. 세상 사람들이 하나님 보기를 우습게 여기게 될, 오히려 신을 모독하는 행위가 될 수도 있어.' 그들은 그렇게 일행 중의 누가 농담을 던질 때까지 침묵 속에 길을 걸었다.

무씨는 시원스럽게 호스에서 뿜어져 나오는 물줄기를 바라보다가 다시 하늘로 시선을 옮긴다. '아무래도 비가 곧 와야 하겠다. 내릴 테지? 집을 떠나면서 한동안 끊겼던 바닷가 밤 산책길을 다시 밟아야겠다. 걸으면서 조금씩 내 영혼의 숨통을 터야겠다.'

## 리처드 도킨스와 대화를

무씨는 한국교회, 특히 대형교회 목회자 일단의 설교와 행위에 대해 참으로 실망한 상태에서 붓다사상을 만나는 세월을 보내다 보니 문득 신에게서 멀어지는 자신의 감각적 모습을 깨닫는다. 게다가 창작의 감흥마저 일지 않는 요즘의 권태를 어찌 추스를 것인가? 그리하여 무씨가 마을도서관을 찾는다. 아무렇게나 눈에 들어오는 책을 뽑아들다가, '그래! 성경이 아닌 일반 책에서 엮는 신을 잠시라도 만나보자. 그들은 신을 뭐라 말하는가?' 이것저것 한참을 뒤적이다가 도킨스를 떠올린다. '아, 그 양반. 시간이 흐르고 흐른 지금에 와서 그 양반은 어떤 모습으로 내게 다가오려는지, 몇 년 전 그때와 어떻게 달라진 목소리로 내게 웅변할 것인지……' 무씨는 무척 궁금해진다. 도킨스를 만나면 그날과 지금의 자기가 어떻게 달라졌는지를 뚜렷이 알겠기에 그러하다.

"몇 년 전에 도킨스 당신이 쓴 『만들어진 신』이라는 책을 읽었습니다. 그런데 오늘 이렇게 그 책의 내용을 가지고 대화를 나눌 수 있게 되어 기쁩니다. 당신은 무신론자이고 종교해체를 강력하게 주장하고 있습니다. 나는 기독교 신자로서 당신의 여러 주장을 처음 접하고는 참으로 어이가 없었던 기억으로 있지만 지금 현재의 느낌으로는 긍정의 감정을 상당히 지닙니다. 종교인들의 행태가 오죽했으면 그렇게나 신 없음의 감정까지 불끈 일어났겠느냐고 말입니다. 하지만 당신의 주장 중에는 거칠게 왜곡된 요소들이 매우 많기에 그것을 짚어보지 않을 수가 없습니다. 편협한 감정에서 나온 주장이 사실처럼 둔갑되어서는 안 되겠지요?"

그랬다. 도킨스는 인터넷사이트, 방송진행, 서적출판, 토론회, 재단운영과 회원확장 등을 통해 구체적이고도 조직적으로 종교 없는 세상을 만들려는 사회

운동을 추진하고 있다. 무씨가 도킨스의 책을 처음 접했을 때는 무척이나 당황스럽고 어처구니가 없었다. '이런 녀석이 어떻게 영국 옥스퍼드대학에서 생물학교수를 맡을 수 있고, 방송프로그램을 진행하면서 심지어 그가 쓴 서적들이 베스트셀러에 오르기까지 하는 것이지?'

언젠가 무씨는 진리에 어울릴 자료를 찾아 인터넷을 유영하다가 때마침 종교를 놓고 치열하게 논쟁을 펼치던 토론방을 발견하여 그곳에 깊숙이 파묻힌 적이 있었다. 그곳 토론에 참여한 종교인은 짐작컨대 불자가 다수였고 기독교 신자와 소수의 다양한 종교인이 있었다. 하지만 종교인들은 거의가 자기의 종교를 구체적으로 밝히기를 꺼렸는데 이유는, 토론방을 장악한 세력이 종교 안티, 그러니까 무신론자들이었고 이에 종교인이 걸려들면 물불 가리지 않고 억지 주장과 욕설을 마구 지껄여대서였다. 종교안티들은 공동체 성격을 띠면서 결속하여 자기들이 원하는 무신론사상의 방향 쪽으로 대화가 소통되지 않으면 직접 만나 테러를 가하겠다는 식의 언어폭력까지 서슴지 않는 자들도 있었다.

반면에 종교인들은 개인적 견해의 경전해석과 취향에 따라 각자 움직였고 사회적으로 이미 사이비로 지목된 신흥종교의 신자들이 신분을 감춘 채 암암리에 활동하였으니 종교인의 결속은 아예 엄두도 낼 수 없었다. 무씨는 처음에 토론방의 분위기를 몰라서 기독교인이라 밝혔고 진리적 사상, 특히 도무지 알지 못할 불교에 관해 공부하고 싶다는 얘기를 필요할 때마다 알렸다.

그 후로 무씨는 무신론자들의 견제와 압박에 번번이 시달려야 했는데 지금 생각하기에 그때 그들의 거칠고도 투박한 주장에 대해 반론과 검토의 과정을 되풀이하는 시간을 보내면서 점차로 무씨 자신의 사상이 다져지게 되었다는 사실이다. 또한 불자들로부터 붓다사상은 물론이고 대승 한국불교의 주장까지 알게 되어 의문하여 되물으면서 하나씩 불교를 익혔고 여러 종교인들의 다양한 주장과 갖가지 종교의 모습을 두루 살피게 되었으니 참으로 유익한 시기였다고 하겠다. 그럴 때에 무신론자 중에서 토론 지향적이던 누가 그랬다. 도킨스를 아느냐고. 그가 쓴 위대한 책, 만들어진 신을 읽어봤느냐고.

도킨스는 영국 BBC방송 다큐멘터리인, '모든 악의 근원은?'이라는 제목의 프로그램을 통해 무씨에게 기억된 인물이다. 종교의 해악을 시청자에게 알리기 위해 자기의 주장에 유리할 근거의 촬영과 자료의 편집을 동원하는 진행과 말솜씨를 보인 기억으로 있다. 기독교 신자 입장인데도 그것을 볼 때만큼은 거기에 말려들기에 충분할 지경이었지만 다시 돌이켜보면 뭔가 매우 거칠면서 억지스럽게 밀어붙였다는 느낌을 지울 수 없는 프로그램이었다. 그런 도킨스가 쓴 책이라니? 그것을 자랑스레 추천하는 무신론자를 보고 무씨가 어찌 그것을 읽어보지 않겠는가!

그 당시에 무씨는 책갈피를 몇 장 넘기지 않아 벌써 슬슬 화가 치밀어 오르고 비웃음이 저절로 입술에서 새어나오면서 즉각, 도킨스라는 자의 지적 수준까지 의심되는 지경에 이르렀다. 그래도 끈기 있게 끝까지 다 읽고는 생각하기를, '지금껏 토론방에서 무신론자들이 주장한 내용들의 거의 전부가 이 책갈피에 우글우글 모여 있다니. 재단을 설립하여 헌금을 요구하면서 모은 돈으로 사회운동을 확산시키려고 작정한 도킨스의 저의가 정녕 의심스러울 정도로 책에서 펼치는 주장들이 황당하고도 억지스러운 게 아닌가! 마치 이곳의 무신론자들처럼 말이다. 무신론이라는 종교의 교주처럼 도킨스가 비쳐지고 무신론자들은 무지의 지경에 빠져 교주의 말씀을 열렬히 추종하는 신자가 아니던가. 욕설과 폭력을 서슴지 않는 무지한 광신교도가 분명하겠다!'

그랬던 무씨가 오늘 이렇게 도킨스와 책 속에서 다시 마주하고는 그간의 심정이 많이도 달라진 자신을 깨닫는다. 세월의 흐름 따라 인생을 살아온 여유로운 정신의 작용도 있겠지만 무엇보다도 소설 작업의 영향이 클 것이다. 글을 쓰면서 무씨는 고뇌와 사유를 하였고 그러면서 갖춰진 사고들의 하나하나가 점차 몸에 배어들어 자신의 종교관을 슬그머니 바꾸게 된 거나 아닐까 하는 의혹을 조심스레 해보는 것이다. 하지만 설령 그렇더라도 무씨는 염려하지 않는다. 과거의 자기는 완전한 것이 아니었으며 지금도 그럴 것이고 그러하니 이러한 자기의 사상은 물질로 이루어진 육체만큼이나 변하고 변할 것이며 그게 자연스러운 것이고 올바른 길로 나아가는 도중이라는 확신만큼은 분명하였으니까. 더군다나 어떠한 편견과 왜곡 없이 각자의 주장을 나눌 온전한 의식이 절실히 요구되는 이 자리이니까.

"도킨스 당신은 아인슈타인이나 호킹 같은 유명한 물리학자들이 대화나 논문 중에 신이라는 단어를 언급하는 것조차 두려워합니다. 그 발언을 핑계로 유신론자들이 신의 존재를 당연시하는 근거로 삼을까 싶어 그런 것 같은데, 과학자들이 무심결에 내뱉는 신이라는 단어 들먹임에 그토록 예민하게 반응하면서까지 무신론에 유리한 쪽으로 굳이 그들을 몰아갈 필요가 있겠습니까?"

"아인슈타인이 종교적 발언을 하자, 유신론자들이 협박성 편지를 마구 보낸 사실이나 아인슈타인 자신의 얘기를 봐서도 그가 종교적인 인물이 아니라는 사실이 명확합니다. 그런데도 그가 발언한 내용을 왜곡하여 마치 신의 존재를 인정했다는 식으로 떠드는 행위를 막기 위해서이고 한편으로 신의 존재를 인정하는 듯이 비칠 수 있는 발언을 우리 과학자들이 조심해야 한다는 취지에서 말한 것입니다. 나는 말합니다. 앞으로는 물리학자들이 비유적인 의미로도 신이라는 단어를 사용하지 말았으면 합니다. 왜냐하면 물리학자들의 비유적인 또는 범신론적 신은 성경에 나오는 신과 판이하게 다르기 때문입니다. 둘을 일부러 혼동시키는 것은 지적인 반역행위입니다."

확실히 도킨스는 강력하다. 그의 사상이 탁월하다는 의미라서가 아니라 그가 내뱉는 단어의 구사와 느껴지는 어감에서 이미 돌이킬 수 없는 투쟁적 전사의 이미지가 화끈 다가오는 것이다. 그가 드러내어 말하는 이 의미 외에도 이런 말을 흘림으로써 아인슈타인을 은근히 무신론자인 자기편으로 끌어들이는 효과를 거두고 있고 거의 모든 물리학자들이 무신론자라는 암시를 독자에게 주입시키는 것이다. 마치 과학적이고 지성적인 인물일수록 신이 존재하지 않음을 확실히 알고 있다는 식의 말투인 것이다. 과연 그러할까?

"도킨스 당신은 아인슈타인이 다음과 같이 말했다고 했습니다. 〈경험할 수 있는 무엇인가의 배후에 우리 마음이 파악할 수 없는 무엇인가가 있으며, 그 아름다움과 숭고함이 오직 간접적으로만 그리고 희미하게만 우리에게 도달한다고 느낄 때, 그것이 바로 종교다. 그런 의미에서 나는 종교적이다.〉 나는 이 말에서 종교적 성향의 아인슈타인을 봅니다. 자신의 말마따나 느껴오는 마음, 그것이 바로 신에게로 향하는 무엇이니까요. 그런데 어찌하여 도킨스는 말을 교묘하게 돌리십니까?"

"내가 그의 말을 왜곡했다는 얘기입니까?"

"당신은 책에서 그랬습니다. 〈그런 의미에서 나 역시 종교적이다. 파악할 수 없다는 이 말이 영구히 파악이 불가능하다는 의미가 아니라는 조건을 달아야 하지만 말이다. 하지만 나는 스스로를 종교적이라고 말하지 않을 것이다. 오해를 불러일으킬 수 있으니까. 그 오해는 파괴적이다. 대다수 사람들에게 종교는 초자연적인 것을 의미하기 때문이다.〉 그렇게 말했습니다."

"아인슈타인은 신을 순수하게 비유적, 시적인 의미로 사용하고 있습니다. 이는 호킹도 마찬가지이고요, 이따금 종교적인 비유를 사용하는 물리학자들도 대부분 그렇습니다. 아인슈타인은 범신론의 수준을 벗어나지 않습니다, 최소한!"

"그렇군요? 최소한 무신론자는 아니라는 실토로 들립니다."

도킨스는 모든 종교가 모든 악의 근원에까지 이르는 깃은 아니지만 인간의 삶에 절대적으로 불필요한 개념의 잔재이기에 반드시 청산되어야 할 가치체계에 종교를 둔다고 선언하였음에도, 범신론적 종교만큼은 종교적 가치인식에서 제외시키려고 애쓴다. 그의 말대로 초자연적인 지성의 존재만을 신으로 설정하고 그 신을 섬기는 집단의 행위만을 종교로 여기려나 보다. 아니나 다를까 도킨스는 토론이 전개되면서 마침내 기독교의 신만을 신으로, 종교로 다룬다. 신이 신이고 종교가 종교다워서가 아니라 없어져야 할 종교 중에서 가장 가증스럽기 때문이며, 자신이 기독교 영향권에서 자라났기에 접근하기 용이한 성경과 야훼의 기독교를 종교해체의 대상으로 삼았다고 실토한다.

"도킨스 당신은 종교가 모든 것을 이긴다고 말합니다. 종교가 국교인 일부의 특정국가에서 더러 그런 현상이 나타날지는 몰라도 내가 아는 한, 특히 한국에서의 종교 특권은 찾아보기 힘듭니다. 더욱이 민주사회가 정착된 서구의 유럽이나 미국에서 그런 편향된 일들이 일어나겠습니까? 물론 당신은 인간을 대할 때보다도 훨씬 높고 두꺼운 존경의 벽을 쌓아 보호받는 게 신앙이라 말하면서 양심적 병역거부, 전쟁, 사회적 논쟁거리, 금지약물, 인종차별, 동성애자, 종교모욕 등에 있어 회피하고 싶은 문제에는 어김없이 빠져나가고 권리를 차지해야 직성이 풀릴 문제에는 가차 없이 간섭하여 달려드는 것들이 바로 종교라고 외쳐 당신 주장의 당위성을 내세우고는 있습니다."

"역사를 두고 살펴봐도 종교가 저지른 해악은 이루 헤아릴 수가 없습니다. 십자군전쟁, 마녀사냥, 아메리카 인디언 학살, 아니 당장 눈앞에 펼쳐진 세상의 모습만을 봐도 곳곳에서 목격이 됩니다. 북아일랜드 집단끼리의 전쟁, 유고슬라비아와 이라크 전쟁 후의 인종청소, 미국의 911 테러 등, 무수한 사건들이 일어났지만 종교라는 이름을 꺼려 모두 완곡하게 표현을 바꿔 그렇게 명명했습니다. 미국에서 동성애자 차별을 금지하는 법안에 반대하여 그 차별을 정당화하는 법적 수단으로 소송을 걸면서 언론의 자유 대신에 종교의 자유를 내세워 종교의 강력한 힘을 노골적으로 드러냅니다. 이상하지 않습니까? 지극히 세속적으로 흐르는 우리 사회에서 어찌하여 종교가 걸맞지 않은 특권을 누립니까? 우리 사회가 통상적인 존중보다 더 과장된 존중을 종교에 표한다는 사실입니다."

"역사를 바라보는 시선의 차이일 수 있겠습니다만 나는 그것이 종교에서 비롯된 종교만의 문제가 아니라고 봅니다. 오히려 형식적으로 눈앞에 펼쳐진 것이 종교라는 이름이었지 실상은 인간 내면에 도도히 흐르는 그릇된 이성과 감정, 그것이 전쟁과 분쟁과 살육을 일으킨 장본인이라고 말하고 싶습니다. 인간 근원의 문제입니다."

인류의 역사를 돌아보면 살육의 전쟁이 은하수 별빛처럼 명멸하였다. 종교가 있든 없든, 같은 종교든 아니든, 민족이 같든 다르든, 지역이 같든 다르든, 문명을 가꿀 능력이 있든 없든, 인간은 틈만 나면 싸움으로 세상을 살다가 갔다. 그러한 인류의 삶은 누가 봐도 쉽게 이해 가능한데도 어떤 목적의 집착에 빠질 경우에는 눈이 어두워져 사물이 왜곡되어 보이는 것이다. 인류가 살아갈 수많은 요소 중의 하나에 불과한 현상조차도 전체로 비쳐져 그리로 질주하느니.

# 신은 망상인가

이제 막 시작된 토론이라 그런지 도킨스가 유별나게 힘주어 말한다. 어쩌면 이 토론이 계기가 되어 무신론자가 대량으로 만들어지리라는 자신감일지도 모르겠다.

"구약성경의 신은 모든 소설을 통틀어 가장 불쾌한 주인공입니다. 시기하고 거만한 존재, 좀스럽고 불공평하고 용납을 모르는 지배욕을 지닌 존재, 복수심에 불타고 피에 굶주린 인종청소자, 여성을 혐오하고 동성애를 증오하고 인종을 차별하고 유아를 살해하고 대량학살을 자행하고 자식을 죽이고 전염병을 퍼뜨리고 과대망상증에 가학피학성 변태성욕에 변덕스럽고 심술궂은 난폭자로 나옵니다. 어릴 때부터 그의 행동 방식을 주입받은 우리 같은 사람들은 그런 행위들이 빚어내는 공포에 둔감해졌을 수 있겠지만 때 묻지 않은 사람들이 성경을 읽는다면 아마도 끔찍할 정도로 흥분할 것입니다. 하지만 나는 특정한 신의 구체적인 성격을 공격하지는 않겠습니다. 신 가설을 방어하는 형태로 정의할 생각인데 그것은 〈우주와 우리를 포함하여 그 안의 모든 것을, 의도를 갖고 설계하고 창조한 초인적 초자연적인 지성이 있다.〉라는 가설입니다. 나의 주장은 그 가설에 대해 반박할 것인데 즉 〈무엇인가를 설계할 정도로 충분한 복잡성을 지닌 창조적 지성은 오직 확장되는 점진적 진화 과정의 최종 산물로 출현한 것이다.〉라는 견해입니다. 진화된 존재인 창조적 지성은 우주에서 나중에 출현할 수밖에 없으므로 우주를 설계하는 일을 맡을 수 없다는 것입니다. 이 정의에 따르면 신은 망상이고 그것은 유해한 망상입니다."

앞서도 언급했지만 도킨스에 대한 무씨의 인식이 어느 정도 바뀐 것은 분명하다. 소설을 쓰면서 사유한 여러 다양한 사상에 의해 무씨의 사고방식과 행위에 어떤 변화가 온 것은 누가 봐도 눈치챌 만하다 할 것이다. 그럼에도 토론 초반부터 도킨스가 강한 어휘를 구사하면서 신을 몰아붙이는 상황이 되자, 무씨의 온 신경이 곤두서기 시작한다. 장난이 아닌데? 말의 전쟁이 예감되자 무씨는 도킨스 논리의 오류와 거짓을 치밀하게 따져야겠다는 생각에 이른다. 하지만 몇 년 전의 격앙된 감정과는 다르게 더욱 차분해져 공손해지는 기색이 된다. 냉정하여 차가울 정도로!

"도킨스 당신은 성경을 이 시대의 감각으로 읽으면서 어떠한 해석의 시도도 없이 성경 구절을 문자 그대로 받아들이나 봅니다. 설령 그렇게 액면 그대로 읽더라도 이미 고등교육을 받으셨고 교수직에다가 지성인이라 자처하는 당신이 그렇게 말할 수 있는 근거의 힘은 분명히 무지에서 비롯됐다기보다는 편견의 집착에서 파생된 증오의 불길이 활활 타올라서가 아닐까 그런 생각을 해봅니다. 그렇지 않고서야 유구한 세월을 많은 선각자들의 편집과 집필과 수용을 거쳐 갈고 다듬어져 형성되고 전해 내려온 종교의 경전을, 그리고 그 속에 자리한 신의 성격을 그토록 일방적으로 자기 주관에 휩쓸려 매우 거칠고도 어수선하게 엮는 묘사가 가능했겠습니까?"

"나는 지금 예술적 표현을 시도하는 것이 아닙니다. 성경에 묘사된 신의 모습을 그대로 드러냈을 뿐입니다. 거칠고 어수선하게 신을 묘사하여 무지스러워 보인다면 그건 성경의 탓으로 돌려야 합니다. 그대가 말했듯이 성경 구절의 내용을 그대로 옮긴 것이니까 말입니다."

"내 말이 그 말입니다. 무신론의 관점에서 무신론자 도킨스의 견해에 의해 성경을 해석하거나 옮겨왔다고 해서 그 견해가 반드시 올바른 것은 아니라는 사실입니다. 그건 인정하시겠지요? 누구나 보는 관점의 차이가 있는 것이고 그것의 인식 또한 갖가지 모양을 띨 가능성이 높은 것이니까. 문제의 해답은 그렇다면 과연 성경 구절의 해석을 무신론자의 뇌에 의해 파악하는 것이 최선이냐, 그렇지 않으면 유신론자의 심성에 의해 바라본 해석이 그나마 올바른 것이냐 하는 것입니다. 제삼자의 시선도 물론 있겠지만 하여간 누구의 해석이든 간에 필수적인 사항은 성경과 기독교의 세계를 최소한 기본적으로는 알아야 한다는 사실입니다. 아무것도 모르고서는 읽기만을 읽을 수 있을 뿐이지 그 뜻을 헤아리기는 불가능에 가깝지 않겠습니까? 앞으로의 토론에 의해 밝혀질 문제이 겠지만 내가 볼 때 도킨스는 성경과 기독교에 대해 아무것도 모르는 수준에 머 물렀지 싶습니다."

도킨스의 태도가 조금 어수선해진다. 아마도 자기를 무시한 것이 분명할, 무 씨의 말투에 자존감이 긁혔을지 모른다.

"나는 생물학을 연구하는 과학자입니다. 구체적인 연구 실험과 실증된 근거 를 가지고 논증을 시도합니다. 판단의 정당성이나 확실성에 의한 전제를 바탕 으로 올바르게 추론하는 사람과, 단순히 믿음을 믿는다는 유신론자의 주장을 같이 둔 채로 상호간의 견해 차이를 인정해야 한다는 말이 정당하겠습니까?"

"도킨스 당신은 마치 다윈진화론이 우주의 총괄하는 법칙이라도 되는 것처 럼 신 가설에 대입시킵니다. 어떻게 해서 점진적 진화 과정의 최종 산물로 나타 나야 하는 존재가 신이어야 합니까, 그게 대체 신이겠습니까?"

"그건 토론이 전개되면서 하나씩 드러날 것입니다. 우선 이것을 짚어보지요. 다신교에서 일신교로의 변화가 왜 진보라고 가정되어야 하는지 영문을 모르겠 습니다. 가톨릭 백과사전을 보면 다신교와 무신론을 똑같은 어조로 내칩니다. 〈형식적인 독단주의적 무신론은 자체 논박되며 사실상 상당히 많은 사람들로 부터 합당한 동의를 얻은 적이 결코 없다. 다신교도 그것이 아무리 대중의 상 상력을 사로잡는다고 할지라도 철학자의 정신을 결코 만족시킬 수 없다.〉 이런 가정에 대해 이븐 와라크가 재치 있게 말했습니다. 〈다음에는 일신교에서 신이 하나 더 삭제되어 무신론이 될 것이다.〉 어때요? 일신교 우월주의는 다신교와 차별하여 일신교에 한해서만 비과세 혜택을 주는 자선법 등 서구 국가들의 정 책에서 얼마든지 찾아볼 수 있습니다. 진보한 가치라는 일신교에서 대체 삼위 일체의 수수께끼는 어떻게 설명되어야 할까요?"

기독교인들은 삼위일체에 대해 잘 안다기보다는 의심 없이 잘 믿고 있다. 삼 위일체이어야 예수가 온전히 신인 것이며 기독교인이 존재할 근거를 갖는 것이 니까. 이에 반해 무신론자들은 삼위일체를 맹렬히 비웃는다. 역사적으로도 엉 터리이고 좋게 봐주어도 논리상 다신교일 뿐이라는 것인데, 바로 이 점을 노리 고 도킨스가 삼위일체를 들먹이는 것이다. 무씨도 말문이 막힐 기막힌 문제가 아닌가?

# 삼위일체의 정체

　말을 받지 않고 그대로 지켜보자 도킨스가 빙그레 웃으며 말을 이어가려는 찰나에 무씨가 말을 가로챘다.

　"하하, 누가 다신교에서 일신교로의 변화가 진보라고 주장했는지 모르겠습니다. 변화도 진보도 아닙니다. 애초부터 신은 하나지만 인간들이 그걸 알지 못해 많은 신들이 있을 거라는 무지에서 비롯된 다신교일 뿐입니다. 이성이 깨어나면서 신은 하나라는 자각이 일어난 사실을 놓고 변화요 진보라고 했다면 말이 되겠지만 그것이 마치 다윈진화론에 입각하여 변화와 진보를 거친 진화 과정의 물질처럼 다신교와 유일신을 설명한다면 그건 어리석은 일입니다. 철학적 사유로도 용납되지 않으며 성경에서도 일찌감치 신은 하나라는 사실을 알렸습니다. 삼위, 즉 성부 성자 성령으로 나뉜다고 해서 다신교를 의미하는 것이 아닙니다. 우리 몸이 정신과 육체 그리고 영혼을 언급하면서 그 역할이 다르다 하여 별개의 구성체라고 하지 않듯이 말입니다."

　"그리 간단하게 얼버무려 넘어갈 문제가 아닙니다. 서기 4세기에 알렉산드리아의 아리우스는 예수가 신과 동일 실체라는 생각을 부정했습니다. 그 논쟁으로 기독교계가 한동안 둘로 나뉘어 다퉜고 결국은 아리우스파의 서적들을 모조리 불태우라는 콘스탄티누스 황제의 명령으로 끝났습니다. 기독교계는 쓸데없는 문제를 가지고 따져들다가 분열됐습니다. 하긴 지금까지 신학은 으레 그래왔으니까요. 이에 대해 토머스 제퍼슨이 옳은 말을 했습니다. 〈이해 불가능한 명제에 맞설 수 있는 유일한 무기는 조롱이다. 이성이 작용할 수 있으려면 먼저 개념이 명확해야 한다. 그런데 그 누구도 명확한 삼위일체 개념을 갖고 있지 않다. 그것은 그저 자칭 예수의 사제들이라는 협잡꾼들의 헛소리에 불과하다.〉 또 하나 언급할 것은 종교인들이 어떤 증거도 없을뿐더러 증거가 있을 수가 없는 아주 세세한 것까지 지나치게 확신을 갖고 단언한다는 것입니다. 삼위일체라는 주장이 그렇듯이 말입니다."

토머스 제퍼슨이 정말로 필요한 무기가 조롱이라고 말했다면 이건 충격이다. 그가 그런 말을 꺼낸 사실 자체가 문제가 아니라 그런 의식 속에 무신론자들이 종교를 대할 것이라는 우려 때문이다. 실제로도 무신론자들의 그런 태도가 종종 목격된다. 인터넷상의 대화나 글을 통해서도 그들은 근거가 희박한 왜곡된 자료를 적당히 섞어가며 종교를 마구 비난하고 있기에 그렇다. 자신들의 신념이 추구하는 목적을 이루기 위해 무지한 수단을 감행하는 이유가 드러났다는 것이 무씨의 생각이다. '조롱이 무기라니?'

"얘기 잘하셨습니다. 내가 그렇습니다. 나는 증거 없이 삼위일체를 믿습니다. 마치 뚜렷한 증거 없이 신을 믿는 것과 다를 바 없습니다. 사람들이 과학자 몇 사람의 우주이론을 읽고 마치 우주를 아는 착각에 빠져드는 것과 비슷할지도 모르지요. 그럼에도 내가 삼위일체를 받아들이는 까닭이 있습니다. 다른 많은 기독교인도 그럴 테지만 우선 삼위일체를 알리는 말씀이 성경에 기록되어 있습니다. 우리 같은 기독교인에게는 성경이 하나의 뚜렷한 증거가 될 수 있지만 성경 자체를 믿지 않는 무신론자 앞에서 성경을 증거로 내세울 수는 없겠기에 그냥 참고하라고 말씀드립니다.

성경의 신구약 전체에 걸쳐 신은 유일한 한 분, 하나의 존재라는 것을 알립니다. 예수는 신의 아들임을 신약에서 알립니다. 신구약의 창세기와 요한복음은 신과 그 아들에 의해 우주창조가 이뤄졌음을 알립니다. 예수 스스로가 자신은 하나님의 아들이며 그리스도라고 밝힙니다. 생각해보십시오. 예수를 믿겠다는 우리가 어찌 그의 말씀을 믿지 않을 수 있겠습니까? 그러니 당연히 우리는 성경에서 드러난 삼위일체를 신뢰하는 것입니다. 요한복음 10장 30절을 보면, 〈나와 아버지는 하나이니라.〉 하여 예수께서 직접 신과의 일체, 즉 삼위가 일체임을 선포하셨습니다. 한편으로는 또한 이렇습니다. 성경 속에 드러난 삼위일체를 믿지 않는다면 예수는 신이 아닌 것이 되고 그러하면 여전히 야훼의 유대교에 머무르게 됩니다. 세상의 변화와 이치를 갈파하여 율법의 완성을 노래한 예수의 기독교가 단숨에 물거품처럼 사라지게 되는 것이지요. 이러한데 진리의 세계에 놓인 우리가 삼위일체를 거절하겠습니까?"

"그리하면 왜 안 되는 것입니까? 자신이 기독교인이니 삼위일체설을 부정하면 사라지게 되는 종교라서 사실을 덮어버리겠다니요? 종교인은 그게 문제입니다. 어떻게 구체적 근거 없이도 맹목적으로 믿는 것이 가능한지요?"

"마찬가지입니다. 삼위일체를 부정한 아리우스나 무신론자들 역시 구체적 증거가 없으니까요. 오히려 논리적으로는 아리우스의 주장이 잘못되었습니다. 굳이 성경 구절의 내용이 아니더라도 삼위일체를 부정한다는 것은 예수를 신으로 섬기지 않겠다는 뜻이고 그것은 유대교로 돌아가자는 표시이거나 무신론적 태도이거나 그렇습니다. 아리우스는 결코 기독교인이 될 수 없다는 것을 의미하지요. 신을 믿는 기독교인이라면서 신의 말씀을 부정하고 기독교가 해체될게 분명한 발상의 주장을 하는 그 자체가 이미 정당성을 잃어버렸습니다. 무신론자 도킨스 당신에게는 삼위일체 논쟁 자체가 쓸데없는 일이겠지만 기독교로서는 반드시 해결하고 넘어가야 할 아주 중요한 개념의 문제였습니다. 아마 당신도 그걸 눈치채고 이 문제를 꺼냈겠지요?"

"나는 거기까지 생각하지 않았습니다. 할 필요가 없으니까요. 다만 일신교라면서 삼위일체가 뭐냐는 것입니다. 대체 그런 말이 가능하기나 할까요? 우리는 세 부분으로 된 하나의 신을 지닌 것일까, 아니면 하나가 된 셋의 신을 지닌 것일까요?"

"거듭 말하지만 삼위는 아버지, 아들, 성령을 말하며 그것이 일체를 이룬다는 얘깁니다. 이걸 두고 다신적인 요소라고만 생각하니 생각이 엉켜 풀리지 않나 봅니다. 신은 하나이신데 역할에 인간으로 오시고 인간에게 건네는 선한 입김이 성령이라고 생각해보신다면 좀 쉬울까요?"

"어찌 기독교가 다신이 아니겠습니까? 가톨릭은 한술 더 떠 마리아가 신에 버금가는 기도의 대상이 되어 있습니다. 그 만신전은 성인들이 합류하면서 더 확대되고 네 무리의 천사들과 수호천사 그리고 온갖 기적의 성모들을 등장시키면서도 어째서 다신교를 배격하고 유일신임을 자처하면서 그 우월주의에 빠져 있느냐는 것입니다. 하지만 이게 내 주장의 초점은 아닙니다. 나는 어느 특정한 형태의 유일신이나 여러 신을 공격하는 것이 아니라 어디에선가 날조되었거나 언젠가 날조될 초자연적인 모든 것, 모든 신을 공격합니다. 나는 모든 형태의 초자연주의를 비난합니다."

무씨 생각에 그렇다. 도킨스는 형태를 지닌 물질의 작용과 그 작용에 의해 발생하는 제반 현상을 연구하는 생물학자다. 그러니 세상일이나 종교를 바라보는 사고방식의 틀 역시 거의 물질적 파악에 고착되지 않았나 싶을 정도다. 가톨릭에 많은 성인이 있고 그를 바라보는 기도가 일어난다고 해서 그 성인들이 신인 것이 아니고 신이라고 선포된 것도 아니고 신께 불경을 저지르는 행위가 아닌데도 오직 인간 행위의 외적 현상에만 모두를 걸고 있다. 이러하니 도킨스의 뇌세포로는 도저히 삼위일체의 개념이 이해되지 않는 것이다. 뭐야, 세 개면 세 개지? 그렇게.

신은 인간의 외형을 갖춘 물질이 아니라 정신이며 정신이되 인격체이다. 인간이 물질과 정신 그리고 영혼의 결합체인 까닭은 그러한 인격적 형상을 지닌 존재자가 자기와 닮은 형상의 인간을 만들었기 때문이다. 신 본질의 정신은 하나이되 우주를 주관하는 일에 있어 신의 행위가 달리 일어나기에 달리 표현되는 삼위이다. 그래서 삼위이자 일체다. 나로서는 그렇게 해석해야 옳겠다. 누가 어떻게 말하든 신이라는 존재의 있고 없음을 실제로 밝혀내지 못하는 이상, 신과 관련된 주장은 무신론자들 역시 추론에 불과하다.

그러나 명심해야 할 것은 추론일지라도 신의 언급은 반드시 성경의 내용에 어긋나지 않아야 하고, 신학이나 신앙의 문제는 반드시 신의 본질에 어긋나지 않아야 한다. 이러하니 기독교인의 주장이 무신론자와는 확연하게 다를 수밖에 없는 것이다. 무씨는 한편으로 대화에 열중하는 도킨스의 얼굴을 바라보면서 이런 생각을 갖는다. '신을 모르고 종교를 모르면서 어떻게 신이 없음을 밝히고 종교해체의 타당성을 주장할 근거를 갖출 수가 있다는 말인지. 과학의 하나라는 겨우 생물진화론만으로?'

# 아브라함의 종교

무씨가 생각하느라 말을 멈추고 자신의 얼굴을 바라보기만 하자 도킨스는 자기의 사상을 어떻게든 단시간에 알리고자 말이 빨라진다.

"칼을 휘둘러 신앙을 전파한, 사나운 신을 섬기는 아브라함 종교는 유대교, 기독교, 이슬람교가 있는데 내 목적상 대체로 이 세 가지의 아브라함 종교는 구분이 불가능한 것으로 취급할 수 있습니다. 따로 언급할 때를 제외하고 나는 주로 기독교를 염두에 두겠습니다. 하지만 그것은 그저 그것이 내게 가장 익숙한 형태이기 때문입니다. 내 목적상 유사점들에 비해 차이점들은 덜 중요합니다. 그리고 나는 불교나 유교 같은 다른 종교들은 전혀 고려하지 않겠습니다. 사실 그런 종교들은 종교가 아니라 윤리체계나 인생철학으로 다루어도 될 법하니까요."

토론에 들어가면서 도킨스의 말이 자꾸 바뀐다는 느낌을 받는다. 차라리 속내를 드러내어 '오직 기독교의 말살을!' 그렇게 부르짖는 것이 현실에 어울릴 투쟁이지 않을까? 하긴 도킨스에게는 그럴만한 사정이 있겠다. 자기주장의 바탕에 깔린 사상이 다윈진화론이고 그 진화론에 입각한 주장에는 반드시 모든 종교가 올가미에 걸려드는 구조이기에 그렇다.

방금 말한 얘기 역시 불교나 유교 같은 종교는 인류에게 도움을 줄 윤리적 체계를 지닌 철학 경지의 고상한 세계이니 따로 나무랄 데가 없다는 소리처럼 들린다. 하지만 그 말 속에 숨은 뜻은, 도무지 모를 기독교 성경보다도 더욱 아예 모르니 언급을 회피하겠다는 완곡한 표현으로 새겨들어야겠다.

도킨스의 사고방식으로 종교를 평가하자면 어찌 불교나 유교 또한 온전하게 넘어갈 수가 있겠는가? 그런데도 어물쩍 넘겨버리고 오직 기독교만을 향하겠다는 결의에는 일찍이 생성된 비장한 복수심 같은 어두운 감정의 골이 뇌세포 깊숙한 곳에 파인 듯하다. 그것은 기독교 문화권에서 성장한 데에서 오는 자연적인 증오일 수가 있겠고 그나마 알아차릴 수 있는 종교가 기독교에 한정된 데에 따른 불가피한 선택일지 모른다. 어쨌거나 책을 출간해야 하고 종교말살운동에 필요한 헌금을 거둬야 할 입장인데다가 한편, 부수적으로 따라올 명성과 물질까지도 서구권이어야 크게 얻을 수 있겠기에.

"내가 출발점으로 삼은 신 가설의 단순한 정의를 아브라함의 신에 끼워 맞추려면 꽤 살을 붙여야 합니다. 그는 우주를 창조했을 뿐만 아니라 그 안이나 그 바깥에 거주하면서 불쾌한 인간적인 속성을 지닌 인격신이기도 합니다. 유쾌하든 불쾌하든 인격적인 속성은 18세기 계몽 운동가들의 자연신과 무관합니다. 그들의 자연신은 구약성경에 등장하여 정신병적 비행을 저지르는 신과는 전혀 다른 숭고한 존재입니다. 그는 우주창조에 어울리는 존재로서 고고하게도 인간사에 개의치 않으며 고상하게도 개개인의 생각과 희망과 동떨어져 있으며 우리의 잡다한 죄악이나 중얼거리는 뉘우침의 말에 전혀 관심을 두지 않습니다. 자연신은 우주의 법칙들과 상수들을 설정하고 그것들을 절묘할 정도의 정확도와 선견지명으로 미세하게 조율하고 우리가 빅뱅이라고 부르는 것을 일으킨 다음 은퇴하여 두 번 다시 나타나지 않는 설계자들의 이상형입니다. 신앙이 강했던 시대에 자연신교도는 무신론자와 구분이 되지 않아 매도당했습니다. 오늘날에는 자연신교도가 무신론자와 대조를 이루고 유신론자와 한통속으로 묶이는 쪽으로 상황이 바뀌었습니다. 아무튼 그들은 우주를 창조한 최고의 지성이 있다는 것을 믿으니까 말입니다."

"우주만물을 창조하고 두 번 다시 나타나지 않을 작정이라면 무엇 하러 창조하겠습니까? 심심해서 저지른 한낱 불장난에 불과하겠고 그 장난의 부산물인 인간인데 잘나봐야 이런 삶에 무슨 의미가 있겠습니까? 도킨스라는 존재도 장난의 한 파편일 뿐이겠지요? 아무래도 자연신의 주장은 무리이겠습니다."

"미국을 창건한 국부들은 관습적으로 자연신교도로 간주되었습니다. 그들 각자의 종교관이 어떠했든 공통점은 모두가 세속주의자들이라는 점입니다. 1796년 조지 워싱턴이 초안을 작성하고 1797년 존 애덤스가 서명한 트리폴리

조약에 언급되어 있습니다. 〈미합중국 정부는 그 어떤 의미에서도 기독교에 토대를 두지 않고 이슬람의 법이나 종교나 평화를 결코 적대시하지 않으며 앞서 말한 주들은 이슬람 국가에 대해 어떤 전쟁도 적대행위도 한 적이 없으므로 종교적 견해에서 비롯되는 어떤 구실도 결코 두 나라의 화합을 해치지 못할 것임을 선언하는 바이다.〉 이처럼 세속주의를 토대로 한 미국이 지금 가장 열성적인 기독교 국가가 되어 있는 반면에 입헌군주가 수장인 국교가 있는 영국이 가장 덜 종교적인 국가가 되어 있다는 역설적인 사실이 자주 언급되곤 합니다. 이유가 뭐냐는 질문을 끊임없이 받지만 나도 잘 모릅니다."

"쉽게 생각하면 어떨까요? 영국은 이미 태양이 기운 나라이고 미국은 지금 가장 불타오르는 국가이니까요. 간단할 수 있는 문제의 이유를 모르는 사람들은 아마 기독교 현상 하나만 바라봐서 그렇겠습니다. 영국이 국교가 있든 없든 그것과 상관없이 실재하는 모든 사회현상이 저물어서입니다. 이제 와서 영국이 경제 사회 문화 과학 학문 등에 있어 무엇 하나 활기차게 헤치고 나아가는 게 있습니까? 국력이 기울면 모든 것이 시들해지는 법이지요. 종교라고 예외가 될 수 없겠지요?

지금 도킨스가 그렇습니다. 단순하게 미국 기독교의 움직임을 바라보고는, 종교적 내용의 권력화에 몰두하면서 물질추구에 내달리는 복음전도사들 일단의 행태와 그것에 병적으로 매달리는 광신교도들의 행위에 치를 떱니다. 그러니 당연히 기독교가 득세한 나라로 보이겠습니다. 하지만 그런 현상은 어디를 가나 목격됩니다. 한국도 그러하니까요. 나도 한국의 기독교회에서 온갖 모순과 타락의 행위를 발견합니다.

당신은 불교를 고상한 철학으로 묘사하였지만 한국에서는 누구든지 불교를 종교라고 생각합니다. 불교의 가르침에는 철학적 요소가 뚜렷한 게 분명하지만 그런 불교 역시 종교적 행위를 집행하는 스님들에 의해 심하게 왜곡되었음이 엄연한 사실입니다. 정도의 차이가 있겠지만 종교가 있든 없든 사람들이 모여 집단을 구성하는 모든 사회체제에는 항상 모순과 타락이 발생합니다. 그런 사회적 제반현상을 뭉뚱그려 종교 속에 몰아넣고는 종교에 국한해서 비판하겠다는 선언 아래, 그 중 가장 강력한 종교라는 이유로 즉각 기독교를 표적으로 삼아 화살을 겨누는 행위는 그 자체로서 이미 당위성을 상실했다고 봅니다.

　한쪽 방향만 바라보고 하나의 현상만을 겨누는 도킨스 당신의 시선에는 가장 권력적이고 광신적으로 비치는 미국의 기독교가 무척 꼴불견일 테지요? 현재 미국은 세계 최고의 국가이고 따라서 종교뿐만 아니라 정치 경제 문화 과학 스포츠 등 모든 방면에 걸쳐 활기차고 강력한 힘을 구사하는 구성원들이 자리하고 있다는, 지극히 당연한 사실을 놓치고 있습니다. 마치 미국 안에는 기독교만 있고 인간의 모든 움직임 속에 기독교만이 도사렸다고 보는 것이지요."

　"무씨 당신도 쉽게 생각해보는 것이 어떨까요? 무신론자인 내가 어찌 인간의 타락 요소에 신이 개입되었다고 말하겠습니까? 당연히 인간이 저지르는 일이고 그것은 모든 사회현상에서 발견이 됩니다. 그런 모순들은 각자가 맡은 공간에서 각기 역할을 가지고 해결해나갈 문제입니다. 그렇듯이 나의 역할은 종교에서 생겨나는 해악을 제거하고자 하는 것입니다. 그러니 당연히 내가 처한 지역의 가장 추악한 종교인 기독교를 건드릴 수밖에 없는 것이고 그게 당연한 행위입니다. 내가 기독교 해체를 꿈꾼다고 해서 어찌 문제가 될 것이며 비판받을 일이겠습니까? 당신이 언급했듯이 인간이 개입한 종교 역시 타락한 조직일 뿐 아니라 인간이 살아가는 데 있어 가장 불필요한 체계인데 말입니다."

　"나는 기독교 신자이지만 기독교를 비판합니다. 달라져야 하고 그럴 가능성이 없으면 종교 집단의 해체까지도 용인되어야겠지요. 하지만 도킨스 당신의 주장과는 근본적으로 다릅니다. 정당한 요구에 따른 종교개혁도 좋고 때로는 종교 집단의 해체까지 들먹여질 수 있겠지만 원래의 종교가 갖는 선한 요소와 실제로 드러나는 선한 행위를 애써 외면하면서까지 종교적 사실을 왜곡하고 조작하여 사람들로 하여금 종교에 대한 회피, 아니 신의 선한 손길로부터의 이탈을 꿈꾸게 만드는 도킨스 당신의 행위야말로, 설령 종교의 가장 추한 것들을 찾아서 끄집어내어 호소하더라도 사람들로부터 그 정당성을 얻지는 못할 것입니다. 거듭 말해 당신의 종교관 자체가 심각하게 어그러진 상태라는 얘기지요."

　"결국 대화가 예상한 대로 나타납니다. 명확하고도 타당한 과정을 거쳐 사물을 분석하고 평가해서 확정한 증명을 근거로 종교체계를 평가하여도 이렇듯 유신론자 앞에서는 속수무책으로 광적인 맹신에 휘둘러집니다. 이처럼 과학적 사실에 의한 정당한 종교 평가조차 이해하지 못하는 자들이 유신론자들이고 그런 까닭에 신은 없다는 사실을 알려야 한다는 엄숙한 사명 앞에 내가 선 것입니다. 현재 미국의 무신론자들의 숫자는 일반 사람들이 생각하는 것보다 훨씬 많으며 이들이 결집하여 조직을 이루면 막강한 로비력을 지닌 소수의 유대인들처럼 어떤 일을 해낼 수 있지 않을까 합니다. 그것이 세속주의 미국에 도사린 종교권력에 의해 무신론자가 당하는 무수한 억압을 풀 수 있는 중요한 수단이 될 것입니다."

각자가 품는 고착된 신념을 바꾸기가 사실 어렵다. 그것은 상대방의 주장에 귀 기울이는 것을 방해한다. 자기의 옳은 사상을 이해하지 못하는 상대방에 대한 속 터짐이 마음에 쌓여갈 뿐이지 진정으로 상대방의 사상을 이해하고 긍정하려는 마음가짐을 갖기가 쉽지 않다. 도킨스도 말했듯이 일반적인 사상보다도 종교문제나 교리 쪽의 신념이나 주장에서 그 완강하고 고루한 집착이 더하는 것이 사실이다. 유신론자든 무신론자든 그들이 주장하는 종교적 내용 역시 색깔이 다를 뿐, 종교 성질의 하나이니까. 얘기를 듣는 중에 이런 생각을 하면서도 무씨는 토론을 중단하지 못한다. 각자가 갖는 주장이 무엇이며 주장의 근거가 어떤 것인가를 확인하려는 궁금증이 더하기에 그러하다.

# 신의 존재 증명은?

무씨가 앉은 의자를 당기며 말한다.

"무신론자들이 기독교인에게 요구하는 것들 중에 신의 존재를 증명하라는 주문이 있습니다. 증명하지 못하면 없는 것이나 마찬가지라는 주장이지요. 이럴 때 기독교인이 역으로 신의 부재를 증명하라는 요구는 묵살해버립니다. 신의 존재 유무는 없는 신을 있다고 주장하는 유신론자가 밝힐 문제라는 것이지요. 도킨스 당신도 유사한 주장을 했습니다. 지구와 화성 사이에 타원형 궤도를 따라 태양을 도는 중국 찻주전자가 하나 있다고 주장해도 아무도 그 주장을 반증하지 못하므로 찻주전자에 대해 모두가 불가지론자가 되어야 하는 현실이라면서 빈정댑니다. 당신과 같은 무신론자들은 이미 수용된 독단적 견해는 독단론자들이 아닌 회의론자들이 반증해야 하는 것처럼 말하는 자체가 잘못이라고 주장합니다. 그 이유는 비록 반증이 불가능하지만 존재가설이 비존재가설과 대등한 토대 위에 있지 않기에 그 증명의 책임이 억지 부리는 기독교 신자에게 있는 것이라고 말하고 있습니다."

"나는 불가지론을 두 가지로 구분하는데 하나가 실질상의 일시적 불가지론입니다. 그것은 이쪽 아니면 저쪽이라는 명확한 답이 실제로 있지만 아직 거기에 도달할 증거가 부족할 때 취하는 합리적인 중도적 입장입니다. 저 너머에 진리가 있으며 우리는 언젠가 그것을 알 수 있겠지만 당분간은 모른다는 것입니다.

다른 하나는 원리상의 영구적 불가지론입니다. 우리가 아무리 증거를 모은다 해도 증거라는 개념 자체를 적용할 수 없기에 답을 결코 얻을 수 없는 질문들에 알맞습니다. 철학자들은 미래에 어떤 새로운 증거가 나온다 할지라도 이 질문의 답을 얻을 수 없을 것이라고 말하곤 합니다. 신의 존재 문제는 영구히 접근 불가능한 불가지론에 속한다고 확신하는 것입니다. 거기에 근거하여 신의 존재가설과 신의 비존재가설이 옳을 확률이 똑같다는 비논리적인 연역을 하곤 합니다. 하지만 나는 말합니다. 신의 존재에 대한 불가지론은 명백히 일시적인 불가지론, 즉 신은 존재하든지 존재하지 않든지 둘 중 하나입니다. 그것은 일종의 과학적 질문으로 우리는 언젠가는 그 답을 알게 될 테고 그동안은 확률적으로 어떻다고 강력하게 말할 수 있습니다. 우리가 무엇인가의 존재를 증명하거나 반증할 수 없다고 해서 그것이 존재와 비존재가 동등한 입장에 놓여 있다는 의미는 아닙니다.

찻주전자나 용, 인터넷 괴물 등이 있을 확률이 없을 확률과 똑같지 않지만 그 어떤 합리적인 사람도 그것이 반증 불가능하다는 사실이 흥미로운 논증을 정립시킬 수 있음을 알아차리지 못합니다. 하긴 어느 누구도 익살맞은 상상력에서 나온 온갖 억지스러운 것들을 반증할 의무를 느끼지 못하는 것과 같겠습니다. 하지만 아브라함의 신은 신경 쓸 필요가 있는 것이, 상당한 비율의 사람들이 그의 존재를 강하게 믿기 때문입니다. 하지만 그런다고 논리학상의 입증 책임이 옮겨지는 건 아닙니다. 중요한 것은 신이 반증 불가능하냐가 아니라 신의 존재가 개연성이 있느냐 하는 것입니다."

신의 존재 규명을 떠넘긴다고 해서 해결될 문제가 아니다. 그런데도 도킨스는 입증 책임이 유신론자에게 있음을 강조하고서는 이제 존재의 개연성 여부 문제로 슬쩍 넘기려 한다. 신이 없는 게 확실한데도 잡아떼고 있으니 잡아떼는 유신론자가 신의 존재를 증명해야 한다는 소리다. 그런데 이게 타당한 주장이겠나? 없다는 주장이 독단적일 수 있다는 생각은 왜 못하는 것일까, 어차피 반증하지도 못하면서? 인류가 문자를 가지면서 즉각적으로 신을 기록하였는데 그런 사실은 인간의 본성이 신을 향한다는 고백이자 영혼의 울림이라 볼 수가 있다.

성경을 비롯한 많은 인류의 기록이 신의 존재를 알리는 흔적으로 가득하고 그 인류의 기억은 오늘날까지 계속 이어지고 있다. 누구나 막연하게라도 신, 저세상, 영혼 따위의 상념을 가져보는 것이다. 그런데 이제 와서 새삼 본래부터 없었다고 주장하여 인류의 모든 신 존재 기억과 기록을 지우려고 애쓰는 무신론의 세계로 우리를 몰아가려면 그러한 무신론자가 노력해서 신의 부재를 증명해야 마땅하지 않을까? 과학적 타당성이니 확률이니 하는 용어가 존재 유무를 확증하지 못하는 한, 답답한 쪽이 나서야 마땅할 문제가 아닌가.

"신의 존재 증명은 답답한 쪽이 풀어야 할 문제입니다. 유신론자가 증명하지 못한다 하여 없어질 존재가 아닐뿐더러 그 입증 책임이 유신론자에게 있는 건 더더욱 아닙니다."

"참으로 답답합니다. 유신론자들은 과학적 근거의 사실을 눈앞에 두고서도 도저히 피할 수 없는 지경이 아니면 신앙을 따른다는 맹목적 믿음에 빠져 진리 규명을 외면하고 있습니다."

"아까 인터넷을 떠도는 스파게티 괴물이나 우주의 찻주전자 존재를 설정해놓고서 그것이 존재한다고 우길 경우에도 없다는 반증이 불가능하다는 유치한 예를 들었습니다. 그 얘기를 듣는 중에 이런 생각이 문득 들더군요.

오랜 세월을 조상대대로 살던 유신론자 집에 한 무신론자가 찾아와서 〈당신네 아버지라고 주장하는 사람은 본래 존재하지 않았고 기록된 족보와 집문서는 모두 조작된 엉터리이니 이 집을 부숴야겠소.〉 그러자 당연히 유신론자가 반론을 하겠지요? 〈이 집과 집문서는 조상으로부터 물려받았고 나는 내 아버지가 내 마음속에 여전히 살아계심을 믿으니 그런 엉터리 소리를 계속할 거라면 내 앞에서 증명하시오.〉 그러자 무신론자가 비웃으면서 〈참으로 답답합니다. 없는 아버지의 망상에서 벗어나 인간답게 살기 위해서는 이 허울 좋은 집에서 벗어나는 것이 우선 필요합니다. 당분간은 증명 못해도 과학적 확률로는 그렇습니다. 아버지가 지금 보이지 않고 아니 없었고 게다가 문서 내용의 아버지는 비열하고 추악하고 탐욕스러운데다가 문서 내용의 태반이 표절되고 조작된 게 명백한데도 자기 집처럼 착각 속에 구태의연하게 눌어붙어 있는 그쪽이 확실한 증거를 제시하여야 타당한 이치가 아닐까요?〉 바로 이런 식으로 들렸습니다. 하하하."

"예를 참 이상하게 드는군요. 종교를 집으로 비유하다니요. 그런데 그 집이 계속해서 많은 사람에게 피해를 입히는 상황이라면 망상을 떠나서 그것 때문에라도 부숴 없앨 이유가 되지 않겠습니까?"

"그러니 없다거나 없애려고 애쓰는 쪽이 철거가 타당할 증거를 제시해야겠지요? 없어져야 할 집이더라도 현재 있고 이전부터 쭉 있었던 실상이니 말입니다."

# 과학으로 충분한가

이러다가 궁지에 몰리겠다는 생각이 드는지 도킨스가 은근히 토론의 초점을 다른 데로 돌리며 서둘러 말을 이어나간다. 마주한 둘의 공간이 열기로 후끈거린다.

"신학자들이 대체 어떤 전문지식이 있기에 과학자들이 할 수 없는 심오한 우주론적 질문들을 다룰 수 있다고 하면서도 한편으로 과학자가 신에 관해 논평을 해서는 안 되는 이유가 무엇입니까? 창조적인 관리자가 있는 우주는 그것이 없는 우주와 전혀 다를 것인데 왜 과학적 문제가 아니란 말입니까? 과학은 '어떻게'라는 질문에만 관심을 가져야 하고, '왜'라는 질문에 대답할 자격이 있는 것은 신학뿐이라는 말은 지겨울 정도로 진부합니다. 아마 과학이 영구히 도달할 수 없는, 진정으로 심오하고 의미 있는 질문들이 있을지도 모릅니다. 양자론이 불가해한 무엇인가의 문을 이미 두드렸는지 모르지요.

하지만 왜 사람들은 어떤 궁극적인 질문에 대해 과학이 대답할 수 없다면 종교는 할 수 있을 것이라고 생각하는 것일까요? 도덕적 가치들에 관해 과학이 우리들에게 조언할 자격이 있는지가 의문시된다는 사실에는 동의합니다. 하지만 만일 성경의 신명기와 레위기를 거부한다면, 우리는 어떤 기준으로 종교의 도덕적 가치들을 받아들여야 합니까? 우리에게 적합한 도덕을 가르치는 종교를 찾을 때까지 세계의 종교들을 모두 살펴보아야 할까요?"

"과학자가 사유하는 능력까지 겸비했다면 '왜'라는 질문에 답하셔도 됩니다. '어떻게'와 '왜'를 자유자재로 구사할 능력의 사람이 흔치 않아서일 뿐이겠지요? 사람들은 해답을 찾기 위해 이미 여러 형식의 길을 걷고 있습니다. 성경이 아니더라도 불경이 있고 유교, 이슬람교, 힌두교, 도교, 샤머니즘 등의 종교와 철학과 과학의 서적들이 나름의 가르침을 가지고 기다리고 있습니다. 당연히 사람들은 거기를 기웃거립니다. 적합한 도덕을 찾을 수가 있다면 모든 종교와 사상을 살펴보아야겠지요? 인류가 공통으로 지닌 윤리 도덕적 내용의 정신과 양심을 제대로 가다듬어도 좋겠지요? 그런데 도킨스 당신은 성경 중에서도 특히 신명기와 레위기에 불만이 많은가 봅니다. 오늘날의 사람들이 읽고서 쉽게 받아들이기엔 난해한 표현이 많다는 것을 나도 압니다. 그 시대의 상황에 어울릴, 당시의 사람들에게 요구한 언어였으니 말입니다. 나도 이 문제는 대화에 맞춰 차츰 풀어보겠습니다."

"그러시지요. 앞서 말했듯이 창조하는 초지성체의 존재 여부는 분명 과학적 질문입니다. 종교가 수많은 신도들을 감동시킬 때 활용하는 기적의 진위도 마찬가지로 하나하나 과학적 질문입니다. 나는 많은 신자들이 신앙을 갖게 되는 가장 강력한 이유는 이른바 기적 때문이 아닐까 추측합니다. 그런데 정의에 따라서 기적은 과학 원리들에 위반되는 것입니다. 그런데도 기적이 없는 종교는 신도석에 앉아 있는 대다수 유신론자들에게 받아들여지지 않을 것임을 유념할 때 이걸 어떻게 바라보아야 할까요?"

"그렇습니다, 당신의 추측에 불과합니다. 해병대를 자원할 정도로 건장하고 우직한 사내를 전에 만난 적이 있습니다. 자기들이야말로 순수한 정통 기독교인이라 착각하던데 내가 보기에는 기독교를 빙자한 사이비집단에 불과했습니다. 그런데 그런 사내도 성경의 말씀에 전부를 걸더군요. 〈기적을 보고 교회에 오는 자, 며칠 가지 않는다. 확실히 말씀의 거룩함에 이끌려야 하는 것이다.〉 그 사내에게서 그 말이 나오게 된 이유는 이랬습니다. 그 사내가 다닌다는 교회가 있는데 그곳 교주가 설교 중에 가끔 기적을 보여준다더군요. 나비 그림을 보여주고 말씀을 하시자 그림이 살아서 실제로 나비가 되어 날아가더랍니다. 그럼에도 말씀에 이끌리지 않고 단지 기적만을 본 자들은 이내 교회를 떠나가더라는 경험담을 내게 들려줬습니다. 물론 교주의 그 행위는 속임수 마술에 불과한 짓거리이겠습니다만 과학 원리에 위배되는 점은 똑같습니다. 사람들이 기적만을 바라지 않는다는 사실을 말하려는 내 뜻을 아시겠지요?"

"하지만 기도한다는 것은 한 명의 청원자를 위해 우주의 법칙들을 부당하게 무효화하라고 요구하는 것이 됩니다."

"이기심으로 가득한 기도를 하는 신자들이 많긴 합니다. 인간은 유약하여 쉽게 절망에 빠지므로 그것에의 벗어남을 신께 갈구하는 것이 어쩌면 당연하다고 하겠습니다. 그걸 어쩌겠습니까? 자기 하소연인데요. 기도한다고 해서 신이 그 원망을 다 들어주는 것도 아니고 들어줄 것이라 믿고 기도하지도 않습니다. 자기 바람이자 자기 하소연을 토해내면서 스스로 답을 찾아가는 기도가 많으니까요.

한편으로 성경은 이기심의 기도를 가르치지 않습니다. 오히려 남을 위하는 기도를 권하고 모든 것이 신의 뜻대로 이뤄지기를 간구합니다. 무신론자가 바라보는 기도와는 그 본질이 전혀 다른 것입니다. 물론 특별한 경우에는 신께서 기도를 들어주시기도 합니다. 그게 어떻습니까? 과학 원리에 어긋나게 보일망정 법칙을 만드셨고 법칙을 초월하는 존재의 신께서 그 정도도 못하며, 해서는 안 되는 일이겠습니까? 세상에는 기도가 아니더라도 과학적 원리로는 이해 못할 무수한 일들이 일어납니다. 우연히 발생하기도 하고 돌연변이도 일어납니다. 그러한데 어찌하여 다윈진화론에 함몰된 도킨스 당신이 우주적 원리를 들먹이십니까? 자연선택이라는 묘한 우연의 신봉자께서 말입니다."

"내 발언을 감정적으로 공격하는군요. 유신론자의 기질이겠거니 하겠습니다. 나는 과학 원리에 의해 내 사상을 확립하고 견해를 드러냅니다. 종교인이 행하는 중보기도가 과연 효험이 있는지를 알아보기 위해 미국 보스턴 인근 심신의학연구소의 심장학자 허버트 벤슨 박사가 심장동맥우회술을 받은 환자 1,802명을 상대로 조사하였습니다. 결과는 기도를 받은 환자들과 그렇지 않은 환자들 사이에 아무런 차이도 없었습니다. 이 결과에 대해 여러 의견이 분분했지만 결국 기도가 아무 효과 없다는 사실만큼은 분명하게 드러났습니다."

"말했듯이 신은 인간의 기도를 무턱대고 들어주지 않습니다. 성경 구절을 잘못 읽으면 마치 구하는 대로 이뤄지는 것이 기도인 양 오해합니다."

"성경이 그렇게 말하지 않는다고요? 신자들이 그렇게 이해하지 않는가요?"

"잘못 생각하는 신자들이 많이 있겠지요? 인간적인 갈망과 탐욕이 앞서니까요. 신학은 사람들이 기도해야 하는 이유를 이렇게 풀이하기도 합니다. 어떤 일을 바라고 기도해서 이뤄지면 자신의 능력이 아니라 신의 축복이니 교만과 아집 없이 겸손한 삶을 살게 될 것이고, 이뤄지지 않으면 신의 섭리가 그러하다는 자기 체념에서 오는 깨달음에 허무와 절망을 딛고 일어서는 신앙의 힘을 갖게 된다고 말합니다."

"기도가 그런 것이라면 굳이 야훼라는 신에게 하지 않아도 되는 것이 아닙니까? 이슬람의 알라나 힌두교의 신들에게 기도해도 마찬가지의 효과가 생길 테니까요."

"기도 효과만을 따진다면 그렇긴 하겠습니다. 하지만 줄곧 말씀드린 것처럼 신은 오직 한 분이십니다. 우주에는 유일신만이 존재한다는 얘기지요. 이슬람의 알라나 힌두교의 신이 이름과 예배 형태만 다를 뿐이지 그들의 가르침이나 행위가 정녕 진리를 말하고 그것을 향하는 기도라면 결국은 유일신에게로 이르는 기도일 테니까요."

"지금 무씨 얘기로는 타종교에도 구원이 있을 수 있다는 뜻입니까?"

"그렇습니다. 정당한 행위 안에서 누구나 구원에 이릅니다."

"무씨의 지금 발언은 기독교에서 이단으로 몰리기에 충분하지 않을까요? 무씨가 무엇을 말하든 나야 상관없지만 나는 지금 기독교의 목사들이 설교하는 교리와 다투고 있습니다. 그들과 상대하기에도 피곤할 지경인데 이처럼 이단적 사상과 논쟁하는 것이 부질없어 보입니다."

"성경에 기록된 신의 말씀을 곡해해서 가르치는 일부의 광적인 기독집단과 투쟁하겠다면 그렇게 하십시오. 당연히 피곤하겠지요? 하지만 그들의 왜곡된 주장을 허수아비처럼 흔들면서 성경을 폄하하는 일만큼은 삼가시면 좋겠습니다. 그것이 도킨스 당신에게 내가 토론을 제의한 까닭이기도 합니다."

도킨스가 잠시 궁리에 빠지는 듯, 자리에서 일어나 뒷짐 지고 주변을 어슬렁거린다. 그런 모습을 물끄러미 바라보면서 무씨가 내처 말한다.

"언젠가 내게 무신론자가 묻더군요. 기도하느냐고, 기도하면 이뤄지더냐고. 나는 농담처럼 들려줬습니다. 기도는 똥 누면서도 한다고. 기도하면 120퍼센트 이뤄지더라고. 그랬더니 피식 웃으면서, 〈그건 그렇다 치고, 100도 아니고 120은 또 뭐냐?〉 하더군요. 나의 기도는 내 행위의 다짐을 확인하고 강조하는 역할을 합니다. 특별히 바라는 기도는 신의 뜻에 맡기고, 이뤄질 수 있는 기도를 묻고 되새기며 실행합니다. 그러니 당연히 백퍼센트 이뤄지는데, 미처 내가 기도하지 않았지만 성취되는 일들이 삶 속에서 왕왕 일어납니다. 내가 알지 못하는 내 마음속의 원망을 신께서 이미 아시어 때에 따라 은혜를 베푸시는 것이지요. 한마디로 운 좋은 것일 수가 있는데, 운이야말로 신께서 만인을 위해 하늘에 뿌려놓은 뚜렷한 신의 선물이니까요."

믿는다는 기독교 신자가 이것저것 꺼낸 말 중에 기껏 한다는 소리가 운수 타령까지 들먹이자, 이때 할 말을 마저 해야겠는지 도킨스가 의자를 끌어당겨 앉는다.

"유전학자 제리 코인이 말하길, 〈도킨스와 생물학자 윌슨 같은 과학자들이 볼 때, 진짜 전쟁은 합리주의와 미신 사이에 벌어진다. 과학은 합리주의의 한 형태인 반면, 종교는 가장 흔한 형태의 미신이다. 창조론은 단지 그들이 더 큰 적이라고 여기는 종교의 한 가지 증상일 뿐이다. 종교는 창조론 없이 존재할 수 있지만 창조론은 종교 없이는 존재할 수 없다.〉라고 말하였는데 어떻게 생각하십니까?"

"기독교인 중에는 여러 입장이 있겠지만 나를 비롯한 대다수의 기독교인들은 창조론을 이해하면서 부분적으로 진화론을 받아들이는 입장입니다. 종에서 종으로의 대진화는 결코 생겨날 수 없지만 같은 종에서의 소진화는 얼마든지 가능하다는 사실을 긍정합니다. 이것은 성경에도 나타나고 일찍이 아우구스티누스의 신학에서부터 꾸준하게 계속해서 설명되어진 사실입니다."

# 성경은 진화론을 말하는가

"좀 더 자세하게 설명을 듣고 싶은데요?"

"도킨스 당신이 신봉하는 다윈이 말했습니다. 〈한 인간이 열렬한 유신론자인 동시에 진화론자가 될 수 있다.〉라고요. 다윈 자신이 창조론과 진화론의 양립 가능성을 열어 놓았고 과학자나 신학자들 역시 진화론을 인정하는 것이 곧 무신론의 수용을 의미하는 것이 아니라고 말하니까요. 독실한 기독교 신자이면서 진화론자를 얼마든지 만날 수 있는데, 그들이 바보라서 그럴까요?

조지타운대학의 과학종교연구소 존 호트가 그랬습니다. 성경의 깊은 의미는 도외시한 채, 문자대로 이해하려는 성경문자주의와 마찬가지로 과학을 실험과 관찰에 의해 입증된 것만 가지고 이해하려는 태도인 우주론적 문자주의 역시 본질적으로 자연의 깊이로부터 도망치는 문자주의라고 지적했습니다. 그에 의하면, 진화가 창조의 메커니즘 가운데 일부라고 볼 수 있는 근거로 크게 두 가지를 내세웠습니다. 하나는, 우주는 생명체가 존재하기 오래 전부터 이미 복잡성이 증가하는 쪽으로 자기 조직을 하는 본유적 경향성을 갖고 있다는 사실입니다. 이는 오늘날 유행하는 복잡성과학이 밝혀낸 결과인데 성경에 이르길, '모든 것을 새롭게 하시는' 이런 신의 속성에 합당하다는 것입니다. 진화는 생명 없는 물질에까지 이미 널리 퍼진 자기 조직이라는 신의 창조적 경향 가운데 한 부분일 뿐입니다.

또 다른 근거는, 무한자인 신의 사랑을 유한자인 우주가 받아들이려면 '진화하는 것'이 될 수밖에 없다는 결론에 도달합니다. 신께서 진화가 맹목적적으로 즉 미결정적 방식으로 이뤄지도록 창조한 것도 바로 이 사랑 때문입니다. 다시 말해 세계에 일정한 자유와 우연성을 허락하는 것이, 강제하는 것보다는 설득하기를 원하는 신의 사랑에 합당하다는 얘기입니다."

"지금 무씨 당신 같은 기독교인들의 주장은 그야말로 진화론에 덜미가 잡히자 궁여지책으로 억지로 꿰맞춘 논리에 불과합니다. 아까 얘기로는 성경과 정통신학에도 이미 나타난다면서 어찌된 것입니까?"

"아우구스티누스가 펼친 창조론 해석인데, 그에 의하면 태초에 세계가 시간과 함께 창조되었지만 이때 만물이 모두 '가시적으로 그리고 현실태로' 창조된 것은 아니라고 했습니다. 특히 땅에 거주하는 생명체들은 '감추어진 씨앗의 형태' 곧 나무의 씨앗 속에 시간에 따라 점차 나무로 자라날 모든 것이 비가시적으로 함께 존재하는 것처럼 잠재적으로 창조되었다고 합니다.

그는 이것을 종자적 형상이라고도 불렀는데 이 때문에 생명체들은 이후 신의 섭리에 따라 정해진 시간에 지금 우리가 알고 있는 형태로 나타난다고 합니다. 그는 예를 들어 인류는 세계가 처음 시작할 때에는 가시적 형태로 존재하지 않았고 비가시적으로, 잠재적으로, 인과적으로, 곧 장차 인류가 만들어질 방식으로 창조되었다고 주장했습니다. 이후 정해진 자신의 시간에 실제 형태를 부여받았다는 것입니다.

성경 시편 139장을 보면 이렇습니다. '내가 주께 감사하옴은 나를 지으심이 심히 기묘하심이라 주께서 하시는 일이 기이함을 내 영혼이 잘 아나이다. 내가 은밀한 데서 지음을 받고 땅의 깊은 곳에서 기이하게 지음을 받은 때에 나의 형체가 주의 앞에 숨겨지지 못하였나이다. 내 형질이 이루어지기 전에 주의 눈이 보셨으며 나를 위하여 정한 날이 하루도 되기 전에 주의 책에 다 기록이 되었나이다.'

아우구스티누스에 의하면 땅의 깊은 곳에서 기이하게 지음을 받은 종자적 형상을 실제 형태로 현실화하는 것은 신이 아니라 자연법입니다. 그는 이것을 이렇게 설명했습니다. 〈자연법은 확립된 자신들의 능력과 성질을 지니고 있으며, 물질적인 현세의 요소들이 얼마나 번성할 것인가를 정해주며, 무엇이 무엇으로부터 생성될 수 있는지를 정해준다. 생겨나는 만물이 이런 기원들로부터 존재하는 것처럼, 각자는 자신의 시간에 자신의 종에 따라 자신의 생성 속으로 들어오고 나가며, 제한을 받아서 사멸해간다.〉

이처럼 창조가 신이 직접 그리고 일시에 실행한 사건이 아니라 신이 창조해서 위임한 어떤 원리나 법칙을 통해 점차 이뤄졌다는 이론은 중세를 대표하는 신학자 토마스 아퀴나스에 의해 더욱 분명하고 확고한 이론으로 정립되었습니다."

무씨의 이 말은 창세전에 이미 지은 바 되었다는 성경 구절의 보충적인 설명이지 않은가. 하지만 현실태의 창조가 아니라 종자적 형상으로 지어졌고 그것을 실제 형태로 현실화하는 것이 자연법이라고 한다면 그것은 창세기에 적힌 창조의 모습과는 확연하게 다르다. 성경은 모든 만물을 말씀으로 즉각 가시적으로 만드셨으며 특히 동물과 인간을 흙으로 빚은 묘사로 해서 그것들을 즉시 현실태로 창조하신 신의 모습이 드러난다. 자연법이라는 법칙이 만물을 진화로 이끄는 것이 아니라 신의 창조섭리 속에 내재한 진화의 속성이 모든 만물에 깃들어 있고 만물 자체가 진화의 성질을 나타내는 것이다. 비록 전지전능한 신의 시선에 모든 인간과 만물의 생멸이 한눈에 드러난다고 하더라도 그것은 신의 권능에 포착된 인간과 만물의 모습인 것이지, 자유의지와 변화의 과정에서 도출되는 인간과 만물의 생멸이 이미 정해졌다는 의미가 아니다.

아우구스티누스가 언급한 자연법은 그런 점에서 진화론적 내용과는 미묘한 차이를 보이는 개념이다. 진화보다는 창조의 단계별로 순차대로 나타나는 자연의 현상을 설명한 것이라 봐야겠다. 인간의 탄생과 변해가는 삶, 이윽고 죽음에 이르는 과정이 신께서 정해준 시간과 공간에 의해 결정된다는 이 신학의 주장이 때로 오늘날의 기독교인들을 무척 힘들게 만든다고 봐야 하지 않겠는가?

달리 해석될 수 있을 이런 문제를 파악하는지 어떤지, 무씨는 아무 의문을 느끼지 못하는 사람처럼 얘기를 계속 펼쳐나간다. 아마 기독교 신학에는 이렇듯 진화론의 내용을 담은 가르침이 분명하게 담겨 있다는 사실에 중점을 두고 그것을 강조하기 위해 이러는지 모르겠다. 성경과 신학에도 나타난다는 진화의 원리를 물은 도킨스에 대한 답변이니까. 어쨌든 다윈진화론과 상관없어 보이는 무씨의 얘기에 그만 도킨스의 입술이 빈정거리느라 휘어졌다. 이것을 무시하고 무씨의 얘기가 계속된다.

"토마스 아퀴나스는 모든 운동은 가능태를 현실태로 바꾸는 현실화이며 영혼이 생물에 내재하는 이 현실화의 원리를 성취한다는 아리스토텔레스의 주장을 자신의 신학에 끌어들여 창조를 이해했습니다. 그는 신이 세계를 창조할 때 세계를 숱한 인과 속에서 순차적으로 가능태를 현실태로 변화시키는 원리인 능동인과 함께 창조했다고 생각했습니다.

그는 능동인을 본래적 원인과 우연적 원인 또는 제1원인과 제2원인으로 나누었습니다. 그리고 신은 모든 변화와 운동의 제1원인으로서 복잡한 인과관계 속에서 다양한 방법을 통해 창조를 하는데 어떤 것은 직접 창조하기도 하고 어떤 것은 자신이 창조한 원리, 곧 제2원인에 위임해서 작용하게 한다고 설명했습니다.

그는 모든 것이 필연적으로 일어나는 것은 아니라면서 다음과 같이 말했습니다. 〈만일, 제1원인이 필연적이고 제2원인이 우연적이라고 한다면 이 원인이 우연적이라는 사실은 명백하다. 말하자면 하위의 물체적 사물들에서 생성의 제1원인은 천체의 운동이고 이 운동은 필연적으로 일어날지라도, 저 하위의 생성과 소멸은 우연적이다.〉 이 말의 요점은 만약 신이 직접 창조했다면 모든 것이 필연적이겠지만 신은 제2원인에 위임해서 창조하기도 했기 때문에 신의 섭리가 효력을 지속시키더라도 많은 것이 우연적이라는 얘기입니다.

토마스 아퀴나스가 말하는 제2원인이 바로 아우구스티누스가 언급한 자연법입니다. 토마스 아퀴나스는 신학대전에서 자연법을 이렇게 설명했습니다. 〈그러므로 사물에 대한 실제적 주권자인 신 안에 존재하는 통치 개념이 자연법이다. 그렇다면 신의 정신은 시간 안에서는 생각할 수 없기 때문에 영원의 개념을 지니며, 그의 법칙은 영원법이라 불러야 한다.〉"

그렇구나. 무씨는 지금 아우구스티누스의 계보를 잇는 신학자 토마스 아퀴나스의 사상을 빌려 좀 더 구체적이고도 직접적으로 진화론적 설명에 몰두하는데, 필요에 의한 신의 직접 창조 외에 자연법이라는 진화적 법칙을 만들어 그 틀 안에서의 우연적 과정의 창조를 설명하고 있다.

우연! 이건 평소에 무씨가 흔들림 없이 강조하던 외침이 아니던가. 우연은 있으며 그것은 신께서 베푸는 은혜로운 사랑의 한 표현이라고 말이다. 그 주장의 근거가 평소 그다지 염두에 두지 않았던 여기 토마스 아퀴나스 신학에 담겼나 싶어, 새삼 사실을 확인한 무씨가 놀라기까지 하였다.

자기가 갖는 견해가 외곬일 리 없다는 생각으로 함께할 다른 이들을 살피던 참에, 진화론의 주요 요소에 해당될 우연이라는 실재가 인간의 삶에까지 깊숙이 작용할 요소라는 확신이 울컥 드는 것이다. 예정과 섭리라는 거대한 바퀴에 치여 미신인 양 무시하고 부끄러워 감추려고만 하던 우연의 실체가 토마스 아퀴나스의 신학을 통해 다시금 성경을 살피게 이끈다. 무씨의 얘기가 멈추지 않는다.

"종교 개혁자 요한 칼빈도 같은 주장을 펼쳤습니다. 그는 신의 섭리를 일반섭리, 특별섭리, 성령의 내적 작용, 이렇게 세 가지로 분류했습니다. 그중 일반섭리가 자연법칙인데 신이 모든 행위의 가장 우선적이고 직접적인 목적을 여전히 남겨둔 채, 자신이 창조할 때 부과한 이 일반섭리에 스스로를 일치시키면서 역사한다고 설명했습니다. 〈만물은 하나님께서 부과하신 영원한 법칙들에 복종하고 있기라도 하듯이 그 법칙이 요구하는 대로 어떤 은밀한 인도를 받고 있으며 그것에 의해 하나님께서 일단 명령하신 것이 자발적 성향에 의해 운행되어 나간다는 것은 사실이다.〉

이처럼 창조는 일시적 사건이 아니라 전체적 혹은 부분적으로 신이 직접 개입하지 않은 우연적이고 자발적으로 운행하는 어떤 원리에 위임해서 순차적으로 일어나게 했습니다. 그래서 자연은 신의 직접 통치가 아니라 신이 창조할 때 함께 부여한 어떤 통치의 법칙, 곧 오늘날 우리가 자연법칙이라고 부르는 원칙들에 의해 자발적으로 운행되어 나간다고 합니다."

성경에 녹아 있는 진화 원리가 아우구스티누스의 발견과 토마스 아퀴나스의 해석으로 드러났으며 칼빈에 이르러서는 마침내 자연법칙의 이치가 분명해져 창조섭리 속에 내재된 진화의 실재를 확인하기에 충분하다. 설령, 성경의 내용이 갖는 의미를 필요 이상으로 확대했을 경우라도 그것은 나중에 따로 시비걸 문제이다.

지금 여기서 무씨가 주장하고자 하는 요지는 신의 창조섭리를 담은 성경이 진화론과 전혀 무관하지 않다는 것이며 옛날부터 이미 기독교 신학에서 진화론적 자연법칙이 쭉 설명되어져왔다는 사실에 있다. 그러니까 진화가 무신론의 입증이 결코 아니라는 얘기다. 진화론을 수용한다는 기독교의 선언이 나오는 꼴을 도저히 볼 수 없는 게 도킨스의 솔직한 심정이다. 유신론에 대적할 유일한 무기를 상대방도 쥐고 있다는데, 그게 사실이면 대체 어떻게 유신론자들을 이겨내겠는가?

"그런데 이봐요 무씨, 아우구스티누스가 말하는 종자적 형상은 시간과 함께 전개되는 세계의 진화 과정에서 자발적으로 발전을 이끄는 자연의 원리이긴 하지만 그것은 우연한 변이에 의해 새로운 종을 탄생시키는 다윈주의의 진화가 아니라 창조 때 이미 결정된 종 안에서의 진화를 의미합니다. 그러니 다윈진화론에 어긋나는 주장일 뿐입니다."

"그건 그렇습니다만 자연선택이라는 다윈의 진화 원리 역시 신이 만들어 지속적 창조를 위임한 현실화 원리 내지 자연법 또는 영원한 법칙의 일부로 받아들여도 되지 않을까요? 실제로 1997년 교황 요한 바오로 2세는 진화론을 인정했습니다."

"아까 말했듯이 다윈진화론은 기독교가 승인하는 진화론과 엄연히 다르고 덜미가 잡히자 내린 궁여지책에 지나지 않습니다."

"누구든 사상이 금방 바뀌긴 어렵겠지요? 분명한 사실은, 신은 진화라는 메커니즘을 통해 여전히 창조를 일으킨다고 말할 수 있는 이론적 근거를 이미 오래전에 확보했기에 얼마든지 창조론이 진화론을 수용할 수 있다는 얘기를 하는 것입니다. 모순과 오류가 점차 과학에 의해 밝혀지는 다윈진화론을 붙들고 신의 부재를 증명하려는, 증명이 가능한 것처럼 인식하는 도킨스 당신의 주장과 행위가 참으로 무모하겠다는 생각이 들지 않는지요?"

## 외계생명체의 존재가?

"이걸 생각해보십시오. 우주 곳곳에 태양계가 있고, 다른 세계의 생명체에 관해서는 불가지론을 취해야겠지만 신과 흡사한 수준에 이른 초인들의 외계문명은 있을 수 있다고 봐야 합니다. 그렇다면 가장 진보한 외계인은 어떤 의미에서 신이 아닐까요? 신 같은 외계 생명체와 신의 핵심적인 차이는 그들의 특성이 아니라 기원에 있습니다. 복잡한 지적 존재들은 진화의 산물로서 그들이 아무리 신처럼 보인다고 하여도 확률법칙은 그들이 단순한 선행자 없이 느닷없이 출현했다는 생각을 허용하지 않습니다.

그들은 일종의 다윈식 진화를 통해 등장했을 것이고, 대니얼 데닛의 용어를 빌리면 스카이훅(skyhook)이 아니라 점진적으로 당기는 기중기를 통해서 지금의 모습을 갖추었을 것입니다. 스카이훅은 마법의 주문일 뿐 진정한 설명 장치가 아니지만 기중기는 실제로 설명하는 설명 장치이며 자연선택은 언제나 최고의 기중기입니다. 그것은 생명을 원시적인 단순한 것에서부터 오늘날 우리를 현혹시키는 복잡성, 아름다움, 겉보기에 설계를 갖춘 현란한 것으로 끌어올렸습니다."

"만약 외계인이 존재한다면 신과의 차이가 기원뿐만 아니라 특성도 엄청나게 다르겠지요? 진보했다는 이유로 신이라는 발상을 떠올리는 자체가 인간의 교만이 어느 정도인지를 짐작하게 할 뿐 아니라 무지까지 엿보게 됩니다. 신을 거부하다가 만들기도 하는 인간의 마음까지를 볼 때, 나는 인간의 점진적인 진화만큼은 인정할 수 없습니다. 온전한 창조 없이 인간으로의 변화가 동물에서 일어났다는 것은 상상조차 어려운 일입니다."

"인간은 위대한 존재라는 생각을 멈추기만 한다면 가능하지 않을까요?"

　"나는 인간이 위대한 존재라고 생각해보지 않았어요. 모순과 거짓으로 점철된 추악한 존재의 하나라는 생각이 들 때가 많았을지언정 말이지요. 그럼에도 나는 동물과 확연하게 구별되는 인간의 모습을 봅니다. 이성적 작용의 탁월성이 이에 속하겠지만 무엇보다도 사랑의 감정을 고유하게 지녔다는 사실에 있지요. 그것은 진화로 형성될 성질의 유전자가 아닙니다. 사랑은 동물의 본성에서 진화하는 것이 아니라 창조에 의해 형성된 것이니까요. 교미나 섹스와는 차원을 달리하는, 즉 동물의 본능적 생리구조와 구별되는 특유의 감각이 인간의 사랑이라는 얘기지요."

　"무씨, 자연현상 중에는 우연히 존재하였다고 하기엔 통계적으로 너무나 가능성이 희박한 복잡하고 경이로운 것들이 있습니다. 여기에 창조론자들이 상상할 수 있는 우연의 대안은 오로지 설계뿐입니다. 이 잘못된 논리에 대한 과학의 대답은 언제나 똑같습니다. 설계는 우연의 유일한 대안이 아니라고, 자연선택이 더 나은 대안이라고 말입니다. 자연선택은 누적적인 과정이며 그 과정이 비개연성이라는 문제를 작은 조각들로 나눕니다. 각 조각은 약간 비개연적이긴 해도 심한 정도는 아니며 이 약간의 비개연적인 사건들이 연속해서 쌓이면 그 최종 산물들은 아주 비개연적인 즉 우연이라는 것이 도달할 수 없을 정도로 비개연적이 됩니다. 창조론자들이 지겨울 정도로 재활용하는 논증의 대상이 되는 것들이 바로 이 최종 산물입니다. 그들은 통계상 비개연적인 것의 출현을 단번에 이루어진 사건으로 보아야 한다고 주장하는데 바로 누적의 힘을 이해하지 못해서 그렇습니다."

　"도킨스, 내가 거듭 말하지만 당신은 기독교 중에서도 일부의 광적인 문자주의적 근본주의자들의 주장에 너무 심취하지 않았나 싶습니다. 처음부터 최종 산물이 나오지 않은 사실은 이미 성경에도, 과학으로도 밝혀진 것이라고 내가 말했습니다. 물론 인간은 예외이지요. 만약에 아메바 같은 존재이다가 차츰 점진적 진화의 최종 산물로 만들어진 것이 인간이라면 앞으로는 어떤 모습으로 인간의 진화가 이뤄질까요?"

　"비개연성의 조각들이 모이면 어떤 형태로든 진화를 하겠지요? 그 모습은 아무도 예측 불가능합니다."

"외계인이 나타나면 신처럼 보일 거라는 생각은 여전히 미개 상태에 놓인 인간에게나 해당되겠지요? 도킨스 당신은 우주만물이 점진적 진화에 의해 이뤄졌다고 굳게 믿으니 마치 법칙이 신처럼 보이겠습니다. 법칙을 형성한 주체 없이 저절로 처음부터 존재한 것이니까요. 그 법칙은 어떻게 생겨난 것입니까?"

"빅뱅에 의해 생겨난 소립자의 운동이 우연히 그렇게 굴러갔을 뿐입니다. 우주가 우연히 형성되었고 거기에 적절한 법칙이 과학의 발달로 찾아진 것입니다."

"알겠습니다. 그만 일어나야겠습니다. 틈내어 다시 들르도록 하겠습니다. 이것 한 가지는 말씀드리지요. 만약에 외계인이, 아니 구체적인 생명체가 외계에 존재한다면 신이 없다는 것을 받아들이겠습니다. 성경은 누가 봐도 지구에서의 생명 창조를 말하고 있으니까요."

"외계에 생명체가 존재한다면 당연히 그러하지요. 내가 말한 내용을 잠시 정리하자면, 시계는 시계공이 만든 것이 분명하다는, 같은 논리를 눈이나 날개나 거미나 사람에게 적용하고 싶은 유혹을 느낍니다. 하지만 그 유혹은 잘못된 것으로 설계자 가설은 즉시 그렇다면 설계자는 누가 설계했는가? 라는 더 큰 문제를 제기하기 때문입니다. 우리는 통계적 비개연성을 설명하는 데 있어 기중기가 필요합니다. 지금까지 발견된 것 중 가장 독창적이고 강력한 기중기는 자연선택을 통한 다윈의 진화입니다.

다윈과 그의 후계자들은 경이로운 통계적 비개연성과 설계된 것 같은 모습을 한 생물들이 어떻게 단순한 것에서 시작하여 서서히 점진적으로 진화했는지를 보여주었습니다. 하지만 우리는 아직 물리학에서는 상응하는 기중기를 찾지 못했습니다. 특정한 다중우주이론이 생물학 분야의 다윈주의 같은 설명의 역할을 맡을 수도 있겠습니다. 그러나 설령 다윈주의와 맞먹는 아주 흡족한 기중기가 물리학 분야에는 없다고 할지라도 우리가 현재 갖고 있는 비교적 약한 기중기들도 인본원리로 뒷받침되면 지적설계자라는 자멸하는 스카이훅 가설보다 훨씬 낫습니다."

무씨가 황급히 책을 덮는다. 뭔 말이 저리도 많을까? 종 안에서의 진화를 기독교 신학에서 이미 오래 전에 언급하였다고 하지 않는가. 몇 년 전에 보던 도킨스의 강퍅한 모습까지는 아니지만 그는 여전히 기독교를 향해 칼날을 갈고 있다. 한국 기독교회의 행태에 대해 강한 불만을 갖는 무씨일지라도 엄연히 기독교인이다. 그러한 자기 앞에서의 잘못된 주장을 무작정 용납할 수는 없는 일이다. 불확실하여 견해의 차이가 불가피한 문제조차도 잠자코 들어주기에 사실 버겁다. 이러니 한국 기독교회를 향한 무씨의 자극적 비판에 기분 좋을 목사 또한 누가 있을까 싶어 씁쓰레하게 도서관을 나선다.

'젠장, 말 같은 소리를 해야지. 신을 누가 설계해야 한다면 신이 아니게?' 계절은 벌써 여름으로 성큼 다가섰는데도 무씨는 두 손을 둘 데 없어 호주머니에 푹 쑤셔 넣고 어둑해지는 언덕길을 걸어 내려간다. 그래, 겨울이 아니지만 혹 저녁노을이 눈에 물들려나? 바닷가를 걷다가 오늘은 모래톱에 발까지 빠져보자. 찰박찰박 걷다가 쏴르르 물살 쓸리는 소리에 찬찬히 귀 기울여 오랜 노래의 낡은 기억 하나 더듬어볼까?

## 자연 그대로만이 좋은가

무씨는 바닷가 마을에 산다. 처음 이곳에 이사 왔을 때의 바닷가 풍경은 인위적 흔적 하나 없는 자연 그대로였다. 낙동강에서 흘러온 토사가 기다랗게 모래톱을 이루고 바로 그 옆에는 잠든 바다사자처럼 늘어지게 뻗은 언덕배기가 푸르른 수풀로 우거졌다. 섬인 듯 반도 같기도 한, 야산 언덕배기 오솔길을 자근자근 밟으면 곳곳의 휘어지는 기슭마다 낭떠러지마다 파란 하늘에 두둥실 떠가는 뭉게구름이 나뭇가지에 걸리고 검푸른 바다물결이 바윗돌에 다가와 출렁거렸다. 흙에 박힌 잔돌을 밟는 가벼운 발걸음마다 가까이 둘러서는 나무이파리에 향긋한 물빛이 뚝뚝 듣고 마침내 언덕기슭을 내려서서 저쪽 서쪽하늘이 노을에 물드는 바닷가 갯벌에 두 발을 빠뜨리면 놀라 구멍 속으로 쏙 숨어드는 어린 게들이 정겨웠다.

무씨는 이런 풍취가 좋았다. 이런 자연의 모습 그대로를 언제나 바라보고 빠져들고 누울 수 있기를 바랐다. 꿈틀대는 자연의 그 모양 그대로, 사람이 버려둔 그 풍취 그대로를 온몸에 받았다. 수시로 바다에서 피어나 언덕배기를 꾸물꾸물 기다가 은하수처럼 찬란하게 별빛 타고 흐르는 밤하늘 안개구름에 시선을 뺏기곤 하는 것이다.

그랬던 이곳에 바다가 멀리 내려다보이는 근처의 야트막한 산과 빈터에 아파트 단지가 들어서고 건물이 층층이 올라가자 사람들이 점점 모이면서 흉흉한 소문이 뒤따라 들렸다. 목재부두가 들어선다는 둥, 갖가지 개발 입소문이 기어다녔고 그럴 때마다 아파트 주민을 중심으로 반대의 목소리가 커졌다. 기피산업이라 그랬겠지?

어쨌거나 자연보호단체의 힘이 보태져 모래사장 주변의 개발이 백지화되었고 그 입구에는 자랑스레 자연보호기념비까지 떡하니 세워졌다. 세월이 다시 흐르고 지하철이 들어서는 공사가 시작되면서 개발 움직임이 새로이 일어났는데, 이번에는 전과 달리 관광문화 쪽으로의 개발이었다. 대형 음악분수대가 만들어지고 구경꾼이 모여들면서 주변의 상권이 꿈틀거렸다. 서녘에 해가 떨어지면 도로변까지 어둠 속에 잠기고 차량과 행인의 통행이 뜸하던 고즈넉한 밤풍경이 느닷없이 격랑이 일듯 인파의 물결로 출렁거리는 것이다. 상인들은 재빨리 녹슨 셔터를 올리고 부서진 문짝을 바꾸고 내부를 예쁘게 꾸미고 건물을 폼 나게 치장하는 호들갑을 떨면서 바닷가 마을이 활기로 술렁거렸다. 사람들의 시선에 따라서는 고요하고 아늑하던 노을빛 마을이 네온사인으로 요란스러워진 것이다.

무씨는 집에 들를 때마다 이 광경을 바라보고는 좋다고 생각했다. 고요한 마을은 그것대로, 마을이 활기차면 그것대로, 저마다의 모습을 지녔으니 그것대로 좋지 않은가 싶었다. 주민들이 불어나고 방문객이 갈수록 많아졌다. 젊은이는 데이트 장소로 늙은이는 휴식공간으로 그것은 의미를 지녔다. 수요는 공급이 따른다는 말처럼 뒤이어 해상공원이 조성되고 길 건너의 아담한 바다까지 해수욕장으로 복원하겠다고 한다. 그리되면 아마 뒤엉켜 누운 낡은 단층의 횟집들이 부근의 적당한 장소로 옮겨져 산뜻한 횟집빌딩으로 세워지지 않을까 싶다.

무씨는 생각한다. 길게 뻗은 해안도로와 산책길이 차량과 사람의 통행 증가에 맞춰 확장되고, 해수욕장 모래사장을 흉물스럽게 가로질러 흐른다 하여 억지로 메우기를 매년 반복하던 초라한 물줄기를 차라리 자연의 흐름에 순응하여 큼직하게 물꼬 터서 깊고 넓은 해수천으로 되살려 운치를 더하게 하고, 잘라 없애기에 급급했던 갈대숲이 그대로 되살아나 철새들로 기웃거리게 만드는 일들이 오히려 자연에 어울린다 싶은 것이다.

사람에게 볼거리와 쉴 자리를 마련하려는 인간 행위가, 방치되어 훼손하던 자연을 살펴서 보호하려는 적극적 움직임으로 바꿔놓은 것이다. 이것이 사람과 자연이 공존하는 아름다운 모습이지 않을까? 무턱대고 내버려두는 자연 방치가 자연보호의 능사가 아니라는 사실을, 직접 집을 오가면서 피부로 느끼게 되었는데. 거기다가 주차장, 야외음악당, 분수, 지하철역사 등의 인공물 조성으로 대폭 줄어든 모래사장이 바닷가 방사림의 조성으로 모래가 더 이상 육지 쪽으로 오르지 못하고 그냥 주저앉아버린 것이 되레, 바다를 밀치며 쌓이고 쌓여 마침내 잃어버린 영토만큼의 모래톱이 다시 깔려 서녘하늘의 노을을 맞기까지 한다.

언덕배기의 수풀은 여전히 푸르른 잎사귀를 뻗고 그곳에 깃든 새들과 벌레와 개구리들이 목소리 드높여 하루하루를 즐기겠지. 잊히던 해수욕장이 귀퉁이 바다에 되살아난다면 오랫동안 이곳에 눌러앉았던 공장이 이제 새로이 있어야 할 곳으로 옮길 채비를 차릴 테고 여명의 새벽안개를 걷는 어부의 손길에 어항의 뱃고동이 더욱 힘차게 울릴 테지. 문명의 때가 묻지 않은 아득한 자연이 철따라 그리워져 가슴이 무너지는 사람은 그곳으로 배낭을 멜 테고, 터전에 붙박은 사람에게는 경제적 활기와 문화적 누림이 소중한 삶일 테지.

공장의 기계가 돌아가고 메마른 콘크리트 건물 더미에 묻혀 일상을 살아가는 사람들에게 자연의 인위적 확충과 문화공간의 적절한 배치는 의미를 갖는다. 그것을 매일같이 그곳을 산책하면서 무씨가 절실히 느낀다. 예전의 아담하고 소박한 자연에 비해 무척 풍요롭지 않은가. 황량한 바닷바람이 일으킨 모래먼지를 뒤집어쓰면서 몸을 기울여 거닐던 이곳에 어느 덧 졸졸 실개천이 흐르고 방사림으로 심긴 나무들이 태양의 휴식과 밤 그늘의 산책으로 운치를 더하지 않는가. 해수천을 따라 둑에 박힌 묵직한 돌계단에 잠시 엉덩이를 붙이고는 달빛이 내려앉은 밤바다와 비췻빛으로 영롱한 별들의 밤하늘에 두 눈을 뺏기고 싶지 않겠는가. 늪지 따라 세워진 나무다리를 밟고서 갈대숲 사이를 거닐며 물새 울음과 벌레 소리에 두 쪽 귓불을 잡히고 싶은 것이다. 그러다가 몸에 부딪는 사람들에게 권태가 오고 문명에 짜증이 나서 인적 끊긴 자연이 그리워질라치면 훌쩍 사람이 사라진 곳으로 길을 떠나면 될 일이다. 통통배를 타고 먼 섬으로 숨었다가 슬그머니 돌아오면 될 일이다. 여전히 세상은 안개 자욱한 자연의 땅이니까.

## 여자의 재혼이란

아침밥 준비로 분주하던 아내를 지하철역에 내려주고 작은애가 등굣길에 나서고 나면, 무씨는 자신의 하루를 노트북에 앉아서 시작한다. 글을 많이 적지는 못해도 꾸준히 책상에 앉아 사유에 골똘하기도 하는 것이다. 오늘은 책상에 앉기 전에 무심히 켠 티비의 아침토크쇼에 눈길을 주다가 깜짝 놀란다. 여자들이 재혼할 때 자기 자식을 친정이나 복지기관에 맡기고 홀로 남자 쪽의 가정에 들어가는 경향이 많다는 얘기다. 재혼 생활의 어려움을 토로하는 와중에 불거진 곁다리 얘기지만 무씨가 듣기에 놀라지 않을 수 없다. 왜 이렇지? 남녀 차별이 없어야 하는 세상에서 남녀가 결혼에 실패하여 새롭게 가정을 꾸릴 목적으로 재차 결혼을 하면서 어찌하여 각기 낳은 자식을 차별하는 것일까?

무씨는 언뜻 생각에 남녀가 재혼하면 서로가 낳은 자녀를 모두 끌어안는 줄로 알았다. 그것이 보편타당한 삶이자 사랑으로 맺어질 결합이기에 당연히 그렇게 해서 온전한 가정을 꾸릴 것이라고 여겼다. 그런데 이게 어찌된 일인가? 한번 결혼에 실패한 남녀의 결합에 있어 여자 쪽의 희생을 요구하는 세태라 하니 도저히 이해가 되지 않는다. 여자가 경제적 능력이 있어도 그것은 마찬가지였다.

무씨는 눈앞에서 남자의 더러운 이기심을 확인하고, 여자의 나약한 굴복을 목격하였다. 이혼한 남자의 씨라서 내팽개치는 것은 아닐 테고, 메말라가는 모성애의 뒤틀림도 아닐 것이다. 남자가 요구했거나 눈치가 보여서 그런 것일까? 옛날부터 내려온 잘못된 풍습이 남녀에게 여전히 젖어 있어서라고 봐야겠지? 삶의 이치를 깨달은 상태에서 행동하는 남자가 아니면 전통이려니 무심히 넘겨버리고, 여자는 이치를 알더라도 마음을 감추고는 인간의 습성이려니 한숨 속에 뒤따르는 사회심리구조에서 빚어진 불행사이겠다.

하지만 이렇게 생각해보자. 이혼하는 부부의 결별 사유를 보면 대체적으로 남자의 잘못이 큰 경우가 많다. 여자가 참고 살지 않으면 필시 이혼으로 갈 것이고 오늘날의 이혼 증가율이 그것을 입증한다. 옛날처럼 항상 참는 여자의 세월이라면 이혼율이 그렇게나 증가할 까닭이 없을 테니까. 그런데 그렇게 이혼해놓고서는 다시 혼인을 추구할 여자라면, 그 여자는 대체 어떤 상태에 놓인 것일까? 이제 남자라면 넌덜머리가 났을 법한데도 다시금 남자와 살겠다는 마음은 분명 여자 자신이 바라서이다. 사랑이든지 필요이든지.

흔히들, 여자는 혼자 살 수 있어도 남자는 혼자 살기 어렵다고 말한다. 실제로 그렇게 살아온 사람들의 축적된 체험에서 나온 격언이기에 분명하다고 하겠다. 그렇다면 결혼에 아쉬운 쪽은 항상 남자일 수밖에 없다. 어떤 희생과 조건을 치러서라도 여자를 끌어들여야 하는 쪽은 남자이다. 그런데도 현실은 엉뚱한 방향으로 내닫는 까닭이 대체 뭘까? 하여간, 어떻게 해서 이런 풍토가 생겼고 여태까지 이어져왔는지 모르겠지만 이제는 끝내야 한다. 이제는 더 이상 남녀차별에 원인을 두거나 풍습이나 잘못된 가치관의 탓으로 돌릴 수가 없다.

아이를 재혼가정에 합류시키지 못한 여자의 잘못이 확실하다고 하겠다. 여자의 이기심이 자식을 내팽개치는 것이다. 자식 가지고는 남은 삶을 마저 살아갈 수 없기에 남자를 선택하는 것이며 남자의 습성에 비굴하게 입맞춤하는 것이다. 지극히 당연할 이 말에 저항하려면 벌떡 일어나야 한다. 여자는 남자의 잘못된 가치관을 정당하게 꺾든가 남자의 거짓사랑을 비웃어야 한다. 사랑하는 자식을 버려야 할 만큼 가치 있을 남자는 세상에 없으니까. 여자의 자식을 포용 못하는 남자는 사랑을 도무지 알지 못하니까.

## 티끌만큼이라도

진동에 폰이 미끄러진다. 책상에 놓인 폰을 무씨가 집어 든다.

"여보세요?" 책상머리에 앉아 골똘히 생각에 잠긴 참이라 목이 잠겼다.

"나야, 문주. 목소리가 왜 그래요?"

"어, 뭐 좀 생각하느라. 잘 지내지?"

"잘 지낼 거나 뭐 있어야지? 이혼할 여자가."

잠시 말이 끊긴다. 침묵이 어색하다.

"어쩐 일이야, 무슨 일이라도?"

"아무 일 없어요. 그냥 하는 거야."

달리 할 말도 없으면서 전화라니. "이혼은 왜 하려는 거야?"

말을 비껴가는 조문주다. "무씨보다 그를 먼저 찾아서 화난 거야?"

"상관없어."

"막상 이혼한다 생각하니까 전에 그 여자가 떠올랐어. 한번은 만나봐야지 싶어서 그 사람을 찾았던 거야. 무씨, 혹시 그 여자 알아?"

"나야 모르지."

여자? 아마 사리풋타를 말하는 것이 분명할 테다. 알지만 말이 복잡하게 꼬일 것이 귀찮아 일부러 피한다. 거기다가 아내가 있는 남자를 가로챈 사실을 자기에게 둘러댄 거짓을 놓고 어떤 방식으로든 해올 변명을 새삼 어찌 들어주겠는가. 하지만 여기서 무씨가 오해하는 과거의 일이 하나 있는데, 그것은 조문주와 이연선의 전남편 원호는 결혼 전까지 아무 일도 없었다는 사실이다. 이연선의 추궁이 있자 자존감이 상하는 수치에 벌컥, 원호와 이미 깊어진 연인 사이라도 되는 것처럼 그것도 섹스를 자유롭게 교환하는 관계인 것처럼 얘기 중에 내

비쳤는데 그건 전적으로 순간적 다툼에서 삐져나온 헛소리에 불과했다. 질투에 불이 붙으면 여자의 자존감이나 생명의식은 부질없어지는 것이다. 하지만 무씨는 사리풋타에게서 그때의 얘기를 듣고는 여러 정황을 살펴 그렇게 단정 지어버렸다. 그러니 조문주를 대하는 무씨의 감정이 한결 차갑게 식을 수밖에 없었다. 또다시 얼마나 어떻게 자기에게 색다른 거짓을 말해올 것인가 하는.

"하긴 아무리 세상이 좁다지만 알 겨를이 있었겠나."

꿍꿍이속을 알지 못하는 조문주의 넋두리에 무씨가 단호하다.

"나, 지금 다른 일 하던 중이야. 길게 얘기할 수가 없네."

"사람 마음이 하루에 수십 번도 더 변한다지만 이건 아니잖나? 왜 그렇게 사람이 변한 거야? 무씨 마음에 내가 티끌만큼이라도 남았을까?"

"사라지는 시간처럼 내게서 원초적 감정은 죽었어. 아니, 감정이 사라진 것은 아니지만 시간이 죽어가면서 사랑이 달라졌어. 아니지, 사랑이 변한 것이 아니라 달라지는 시간처럼 사랑이 모양을 달리하는 것뿐이야."

"지난날의 사랑이 어리석었다는 거야?"

"아니, 그때 그 시간에는 그날의 사랑이 사랑이었고 지금 이 시간에는 이날의 사랑이 사랑으로 따로 한다는 얘기야. 그때의 사랑이 최선이었대도 지나가 버린 지금까지도 최선으로 머물진 않다는 것이지."

"말이 어려워. 그딴 거 필요 없고, 유부녀일 때도 불장난하고 놀았는데 이혼하는 마당에 성가실 게 뭐고 두려울 게 뭐 있겠어? 아까 이혼하는 이유, 물었지? 사소한 실수에서야. 그보다 이혼하고서 우리 한번은 만나야겠지?"

"누군가야!"

"내 이름 가르쳐줘도 한번 들어보질 못했어. 나는 문주야, 조문주."

"이젠 기다리지 마."

"알겠어."

짧은 한마디를 남기고 딸깍, 전화가 끊긴다. 마무리가 짧아서인지 마치 이혼 후에 반드시 만나보겠다는 예고처럼 와 닿는다. 그리고 보니 조문주의 이혼은 사소한 실수에서 비롯된 게 맞겠다. 그러니까, 무씨에게 보낼 메일을 작성하던 어느 날 밤이었다.

# 조문주의 눈물

신혼 시절의 조문주는 산다는 것의 즐거움에 몸을 떨었다. 그건 의도적 몸짓이기도 하고 삶의 표현이 두드러진 모양이기도 하였다. 남편 원호와의 둘만이 갖는 사랑이 당당한 것은 분명했지만 가정을 가진 남자를 가로챘다는 정신적 압박에 무의식적으로 줄곧 어둠에 시달렸다. 그녀는 친정 식구의 따뜻한 위로 속에 감정적 풍파를 헤치고 순탄한 가정을 이뤘다고 확신하였다. 그녀는 삶의 근원이랄 영혼에서 샘솟듯 방울지는 감성의 이슬을 글자에 훔쳤고 그것이 어느 날 파드닥, 날개를 달고 시로 날아오를 거라 예감하였는데.

'참으로 내가 행운의 여자라고 다들 부러워하는 삶에서 그대와 인연을 맺고 살을 섞기도 하는 것이 내게 하늘이 내려준 복이라고 생각해. 혼자서는 차마 해결 못할 가슴앓이에 날마다 끙끙거리고 애를 썼지만 힘이 부쳤던 그때, 나를 데리고 바닷가를 거닐면서 내 마음속의 번뇌를 물끄러미 들여다보던 그날의 그대가 온 정성으로 나를 끌어안으며 함께 바다의 검푸른 심연 속으로 빠져들던 그런 기억 너머에는, 나를 아껴주고 나를 위해주는 마음이 아니었다면 불가능했을 거야, 맞지?'

결혼하고서 쉴 틈만 생기면 그야말로 이 바다 저 산골 마음대로 여행할 궁리를 세워놓고, 종종 친지와 친구를 집으로 불러 즐거움을 나누고, 하루가 멀게 사랑을 호흡하면서 그렇게 둘의 사랑이 영글어가던 중에, 아이가 앓아누우면서 그것은 걷잡을 수 없는 세파의 시작이었다. 병간호에 지쳐 조문주가 친정엄마에게 아이를 맡겨놓고 둘만의 여행을 남편에게 꺼냈을 때, 아픈 아이와 일 평계를 아내에게 들이대며 어쩌면 당연할 싸늘한 몸짓을 원호가 보였다.

하지만 조문주는 혼란스러웠고 무작정 달아나고 싶었다. "그대가 싫다면 나

혼자라도 떠날 거야. 마음먹은 대로 움직여야 숨을 쉴 수 있을 것 같아!" 그런 아내의 호소를 묵살하는 남편이었다. 조문주의 행동이 히스테리일 거라 생각한 원호는 말려야 했다. 아내의 격정적인 감정에 덩달아 휩쓸려서는 가정과 아이 문제, 어떠한 세상일도 더 이상 꾸려나갈 힘을 잃겠기에 그랬다. 이런 남편의 마음을 헤아리거나 말거나 조문주로서는 아무 의미가 없었다. 그녀로서는 지금 무조건 이곳을 벗어나서 이 현실의 너머에 우뚝 서서 물끄러미 돌이켜보고자 하였다. 그것만이 자기에게 새로운 힘을 불어넣을 에너지일 것이라 갈구하였다. 혼자 바닷가로 떠나려고 야간열차표를 미리 끊었는데 남편 원호가 처음 보는 험악한 인상이 되어 조문주를 휘어잡는다.

"이 야밤에 출발해서 어쩌자고? 허연 새벽녘에 부산에 도착하는데 그 스산한 곳에서 혼자 어딜 가려고?"

조문주는 깜짝 놀라 그렇겠다는 생각에 고목 무너지듯 몸이 풀려 주저앉으며 여행 가방을 풀었지만 막상 경부선 열차가 떠날 시각이 되자 자신도 모를 슬픔에 엉엉 울면서 다리 길쭉하게 뻗고는 몹시도 서러워하였다. 그녀로서는 통곡이었다. 물론 시간이 흘러 남편과 함께 섬을 찾긴 하였지만 철지난 바다는 조문주의 영혼에 겨울날의 스산한 바람과 거친 파도를 불러들였고 그날의 석양 기척은 애정 몰락을 알리는 조용한 낌새였다. "나는 철 지난 바다가 좋아. 기분 좋은 오늘이야." 남편 어깨에 기대어 소곤소곤 그렇게 말을 띄웠지만 말이다.

"이 세상에서 내 남편 원호씨만큼 나를 잘 아는 사람이 어디 있을까? 내가 하는 짓을 옆에서 다 지켜보고 있으니까. 무엇에나 열정적으로 대하는 내 성격을 좋아하는 원호씨야." 그렇게 남편을 애달피 찬송하고 그런 아내를 묵묵히 지켜보며 저무는 석양을 언제까지나 함께 바라볼 것만 같던 부부 사이가, 도무지 알지 못할 이유로 해서 미세한 균열이 하나 둘 생겨나고 차츰 갈라져갔지만 그때까지도 둘은 몰랐다. 아니, 알기가 두려워 피했다. 조문주가 노트북을 열어둔 채로 방을 비우기 전까지는.

그날에 조문주는 알지 못할 기운에 마음이 갑갑해져 자신의 심정을 잔뜩 담은 글을 휘갈겨 적고는, 이제 겨우 알게 된 무씨에게 보내야지 생각한 그 편지를, 그대로 놔둔 노트북을, 그 노트북을 들여다보는 남편을, 방으로 다시 들어가는 순간의 조문주가 보았다. 그 노트북! 방에 그냥 놓아졌기에 누구나 보는 것이 가능했고 남편 원호도 아무 생각 없이 그냥 고개를 숙여 들여다봤을 게 분명한데.

"언제 왔어? 온 줄 몰랐네?"

그 노트북에 적힌 아내 조문주의 마음을 보고도 남편 원호는 아무 소리하지 않고 방을 빠져나간다. 조문주는 그때 일을 두고 자주 이렇게 읊조렸다.

"그대 마음, 내가 잘 알아. 그분을 잊지 못한 내 마음이 그대를 배신하거나 무슨 바람쟁이 여자라서 그런 게 아니라는 것을 그대가 알아차린 것이야, 맞지? 그건 신혼여행 때 동해안 바닷가와 설악산을 거닐면서 내가 얘기 들려줬던 그때 벌써 그대에게 들켰던 내 마음이니까. 어차피 우리 사랑이 풋사랑이거나 처음 갖는 결혼이 아니기에 그건 문제가 되지 않는다고 봤어. 〈갖지 못한 인상 에서 오는 어설픈 감정일 뿐이야,〉 고백하는 내 애길 듣고는 그렇게 내게 일러 주면서 내 눈에 담긴 그분의 그림자를 안타깝게 바라보던 그때 그런 그대였으 니까, 그렇지? 아이 병치레로 바빴고 아무리 피곤하게 누웠던 날이라도 잠자리 에서 나를 살짝 건드리는 그대 손길에 곧장 반응하던 나를 그대의 여자로 인 정했을 테니까, 맞지?

그분을 그만큼이나 좋아했다면 적어도 한 번쯤은 그분을 안아보는 꿈이라고 꿨을 것을. '아냐! 그건 아니야.' 그대를 향한 내 마음 속의 소리는 언제나 그랬 으니까. 그래서 그분과는 풋사랑일까? 그대 말이 옳아. 그분을 온전한 사랑, 그 런 감정으로 좋아했다면 진작 그대를 떠나 다른 형태의 삶을 살아갔겠지, 그게 정상일 테니까. 언제였지? 그대가 그분 이야기를 다시 꺼내던 그날은 아이가 죽 고 나서 이미 서로가 헤어질 것을 예감한 상태였어. 그대가 그분에게 갖는 질 투심을 그 정도로만 표시한 그대가 지금 생각해도 정말 고마워.

그대야, 내가 바람이 나서 그대를 버리려는 게 아니라는 것쯤은 잘 알겠지? 그리고 그때 글 중에 처음 보였던 무씨라는 이름의 사람은 내게 불어 닥쳤던 세파의 물결에 방울져 튀어 오른 무심결의 파편이었어. 그대도 그걸 알기에 그 날 일절 언급이 없었던 거야. 그게 점점 서로를 갈라놓는 눈에 띌 결정적 단서 가 되었겠지만, 그랬어."

놀라운 일이다. 그 사람에게 갖는 남편 원호의 질투심이 가벼운 것이라고 조문주는 생각하는 듯하다. 여자에게 있어서는 건드려져야 할 숙제가 생기면 쉴 새 없이 바가지 긁는 소리를 내어 속마음을 왈칵 토해내는 게 가능하겠고 그게 대체적인 여자들의 심리일지 모른다. 하지만 남자들, 아니 어쨌거나 남편 원호의 경우는 다르지 않을까? 자신의 자존감을 가장 깊숙이 건드린 그 사람에 대한 질투심이 눌려지고 눌렀다가 간신히 삐져나온 것이라 봐야 하지 않을까? 어쨌거나 한 가지 분명한 사실은 조문주의 삶에 그 사람, 장경록이 미친 영향을 가벼이 볼 수가 없다는 것이고 그것은 남편과도, 또한 무씨와의 관계에도 그 물망처럼 미치었다. 조문주에게 있어서 그 사람의 존재감은 가히 절대적이다. 그녀는 설레설레 고개를 가로저을지라도.

'언제였던가? 자꾸 추워지는 내 손 감촉 잔뜩 붙잡고 그대는 노래를 버렸지요? 손 얼어 오선지 놓쳐 현기증 속으로 선율이 흩어졌지요? 있잖아요, 그대야! 이제는 악보 접혀 무참히 꺾인 선율로만 우리가 남겠지요? 그날처럼 우리가 버린 노래가 되어 말이지요.'

원호를 마주하고서 조문주가 마음속으로 노래한다. 이혼을 합의하고 앞서 한국으로 떠나려고 나선 상해공항에서, 갈라설라치면 서로 원수처럼 싸우는 원수 같은 부부들과는 달리 조문주와 원호는 속닥속닥 대화를 나눈다. 이혼 결심이 서지 않았을 때의 조문주는 그동안에 자기 곁을 스쳤던 가족의 죽음과 사랑의 혼돈으로 마구 할퀸 상처의 고통에 폭삭 주저앉을 뻔했다. 엎친 데 덮친다던가, 자기 탓에 이혼했을 옛 여자, 이연선의 기억까지 때로 음습해오는 것이다.

원호는 이날 조문주에게 이혼 기념으로 검푸른 사파이어 목걸이를 선물한다. 이혼을 또다시 맛보는 심정에 옛날의 많은 기억들이 불쑥 떠올랐을지 모른다. 그래서 공항에 오기 전에, 둘은 극장에서 헐리웃영화를 같이 보았고 식당에서 좋아하는 생선초밥을 같이 먹었다. 출구를 빠져나가는 조문주에게 손짓하는 원호의 모습에서, 마치 사랑을 고백하던 그날 밤의 보름달처럼 손이 하얗게 다가온다. 현기증에 손을 마주잡겠다는 듯이.

비행기에 몸이 실려 둥둥 떠내려가면서 조문주는 먼 옛날의 기억 속에 잠긴다. 남편 원호와 남쪽 바다 야산을 오르던 그날, 욕지도. 그 이름에 궁금증이 생겨 함께 간 섬이다. 섬을 둘러싼 능선을 한나절 걸어도 사람 흔적 하나 만나지지 않던 기억. 바다에 붙은 벼랑 끝에 자일을 붙들고 내려가야 하는 그런 급경사를 만나, 한 발 잘못 디디면 바다에 추락하는 아찔한 순간에 함께 호흡하며 남편 원호와 거뜬하게 자일을 타고 내려왔던 그날의 기억.

 '이제 이렇게 만남과 헤어짐을 이어가는 서로의 마음속에 앞으로도 인생의 좋은 동반자로 남길 바라요. 바다를 무척이나 좋아하던 내 곁에 약간 떨어져서서 언제나 담담하게 나를 지켜보던 사람이었어. 혹시 내가 낭떠러지에 굴러 떨어질까 염려하면서 나를 지키던 그대를 향한 기억이 이 한세상 살아가면서 혹시 겪을지 모를 무슨 일에 힘이 되어 줄 거예요. 그대야, 나는 그렇게 생각해요. 우리가 만난 것도 헤어지는 것도 아름다운 일이라고.' 그렇게 속으로 되뇌며 조문주가 슬픔에 옆으로 스르르 쓰러진다. '나는 이제 그대 마음을 알 것 같은데.'

# 빗속의 대화

후드득 단비가 내린다. 허공에다 가는 금을 긋듯이 내리는 비가 갈증 난 듯 땅의 먼지를 일으키고 바다에서 갓 피어난 안개가 스멀거린다. 현기증을 식히는 선선한 공기가 세상에 차분히 내려앉아 사람들이 잠시 숨 돌렸으면 좋겠는 날이다. 무씨와 아내가 베란다에 놓인 탁자에 앉아서 내리는 비를 구경한다. 은은한 커피향이 촉촉한 습기에 묻어 몸에서 녹는다.

"여긴 비가 와서 다행인데 중부지방은 여전히 가뭄이라 그러네. 논바닥이 갈라지고 저수지가 바싹 마른 곳이 생겼다던데."

유리창에 이슬로 붙었다가 제풀에 흘러내리는 빗방울을 바라보며 아내가 긴 소매 옷을 추스르며 말한다.

"세계 경제가 흔들거려 국내도 어수선하고 정치까지 대선을 앞뒀잖아. 하늘 우러러 고사라도 지내야 할 판 같네. 왕들은 뭐 하냐?"

아내의 얘기에 대꾸하면서 커피를 숭늉 마시듯 후루룩 넘긴다.

"아무래도 자연은 인간들 마음대로 할 수 없나 보다. 정말, 신의 영역도 아닐까?"

"글쎄다? 지금은 나도 잘 모르겠어, 뭐가 뭔지."

"신의 장막을 걷고 이리저리 살펴서 진리 하나 붙들겠다더니 그것도 아직 몰라? 뭐 가지고 소설 적는데?"

"인간 목소리의 주장이지, 아직은. 때로는, 알아보겠다는 발상 자체가 엉터리 같다는 생각이 들곤 해."

그러지 않아도 요즘 들어 무씨의 기색이 주춤거리는 참인데, 사그라지는 불꽃에 물을 끼얹지나 않았나 싶어 아내가 눈치를 본다.

"마음 편하게 먹고 글 적어. 누구든 중간 중간 회의감에 빠진다더라. 쓸데없는 짓을 하는 것만 같고, 엉터리 소리만 늘어놓는 것 같고. 그러면서도 다들 뻔뻔스럽게 책으로 만들어내잖아. 그게 문화야."

무씨는 얼마 동안 글을 적지 못했다. 고요 속에 자연을 바라보는 눈길 하나만으로도 깨칠 수 있는 진리적 감성의 와 닿음이, 자신의 소설에서 그나마 느껴질 수 있을까 하는 의문이 싹터서이다. 헛된 수고를 하는구나! 무씨는 몸을 움츠렸고 잦은 상념을 멈췄다. 제대로 알지도 못하고, 알아도 의미 없을 몸짓들의 인식에 고개를 숙였다.

"그동안 불교에 관해 이것저것 알아보는 과정을 겪다보니 내 마음과 삶에 약간 변화가 온 것 같아. 긍정적 변화인 것 같긴 한데 문제는, 무신론이거나 범신론적 사고의 영향인지 몰라도 신이 내 뇌리에서 많이 뭉개졌어. 주입된 신학이론이나 신앙 같은 감각의 연결고리가 풀려나간다고도 보겠지만 나의 자유의지가 신의 권능과 은혜의 갈망을 거의 바라지 않아. 이게 옳은 신앙이고 신을 향한 경외일까 하는 의구심이 섞이는 요즘이야. 그래서 당분간 글쓰기를 멈추고 신에 대해 묵상하면서 기도하는 개인의 삶이 필요한 시기가 아닐까 싶어 이러는 중이야."

"무슨 말을 하는지 알겠다. 그러면 좋지. 묵상이 필요할 거야. 지식이 아니라 지혜가 담겨서, 살아갈 꿈 하나 오롯이 남는 소설이 가치가 있겠지?"

"내가 쓰는 글 내용과 내 행실과의 괴리감에 심하게 스트레스 받는 기분이기도 해. 구도자 수행승이 아닌 소설가일 뿐인데도 내가 쓰는 글로 인해 내가 초조해지고 있어. 며칠이겠지만 요즘 멈춘 또 다른 이유야."

"잘했어, 억지로 쓰지 마. 쓸 날이 곧 올 테고 그때 써. 저녁에 술 마실까? 좀 됐네."

"나중에, 보고."

"차, 천천히 마셔. 물마시듯 하네? 호호."

주룩주룩 내리는 빗줄기로 시선이 옮겨지면서 둘의 대화가 잠시 끊긴다. 그렇게 한참을 빗속에서 뒹구는 아이마냥 시선을 던지다가 무씨가 말을 꺼낸다.

"요즘 티비를 보면 방송드라마 수준이 참 많이 향상됐어. 재미가 있고 종합적으로 작품성이 뛰어난 게 많아. 놀랐어."

"자기도 그렇게 생각하는구나? 난 처녀시절엔 영화, 그중에 외국영화를 무지 좋아했지. 심야에 티비에서 방송하는 영화는 반드시 보고 자야 직성이 풀렸으니까. 제목이 '주말의 명화'였어. 그런 거랑, 영화관도 자주 찾았지. 결혼하고 한동안 영화를 잊고 살다가 언젠가부터 한국영화와 방송드라마 미니시리즈에 홀딱 빠졌어. 주말이 돌아오면 지나간 것들을 인터넷티비로 한꺼번에 몰아서 보니까 더한층 흥미진진하더라. 어쩜 그리도 잘 만드는지."

"연기도 뛰어나고 연출, 촬영, 편집 하여간 종합적으로 다들 잘해. 작품성이 탁월해졌어. 어떻게 그런 비약적 발전을 이뤘는지 신기할 정도야. 경제적 국력의 상승이 문화예술에 미치기 시작한 결과라 봐야겠지? 역사를 돌아보면 경제적 풍요와 더불어 급속히 찾아드는 것이 문화예술이었으니까."

무씨가 예전에 지녔던 생각을 돌이켜보면, 한국음악에 대한 기대치가 매우 높았다. 민족적 특성에 있어 아악제례 등의 국악에서 볼 수 있는 작곡과 연주의 능력 그리고 판소리에서 뽑아내는 구성진 가창력으로 볼 때 경제적 융성이 일어나는 시대가 오면 이런 국악을 위시하여 한국가요의 눈부신 도약이 일어날 것이라고 예감했다. 그것이 마침내 K-POP의 이름으로 일본과 아시아에 한류 열풍을 불러일으키고 확산되어 미국과 유럽, 남미 등 세계 전체에 걸쳐 그 위세를 떨치고 있다 한다. 인터넷 매체를 통해 삽시간에 전 세계로 정보가 퍼져나가는 글로벌시대의 덕택이긴 하겠지만 문화콘텐츠 자체의 탁월함이 없이는 그것 또한 어려우니 이러한 문화적 능력의 인적 형성과 토양 조성이 어떻게 가능했는지를 잠시 눈여겨볼 필요가 있겠다.

# 문화는 기획의 산물인가

　문화는 거의가 기획에 의해 생성되고 활기를 갖는다. 특히 오늘날의 문화 형성에 요구되는 기획의 요소는 필수적이다. 그러니 요즘 한국에서 일어나는 문화산업의 활기는 당연히 기획의 강력한 추진력에서 비롯되었다고 봐야겠다. 마찬가지로 한국의 문화 글로벌 움직임 역시 우수한 인적자원에서 이뤄졌는데 그것은 국가 경제력에 힘입은 거대자본을 기반으로 하는 끈질긴 기획에 의해 다져온 결과물이다. 기획에 의해 문화적 토양을 지속적으로 배양하고 스타를 양성하고 유행의 성향을 움직이는 등, 다양한 창조적 행위의 꾸준한 반복에 의해 어느 날, 마치 도를 깨치듯 변화가 일어나면서 불현듯 한국음악이 두각을 드러내었다. 그런데 하나 특이한 사실은 무씨의 예상과는 달리 한국영화와 방송드라마까지 일본 및 아시아에서 선풍적 인기를 얻는다는 데 있다. 물론 현재 다들 잘 만들고는 있다지만 도대체 민족전통의 뿌리가 취약한 문화장르까지 탁월하게 창조를 이룰 수 있는 동력의 원천이 어디에서 생겨난 것일까 하는 궁리가 일지 않을 수 없는 것이다.

　아무래도 그것은 앞서 말했듯이 자본을 기반으로 하는 문화산업의 기획력에 의해 일군 꽃의 문화라고 해야겠다. 동서고금을 살펴 알 수 있듯이 문화예술의 형성과 발전은 속성상 그런 것이긴 하다. 민간의 삶에서 뿜어져 나오는 문화 자생력엔 한계가 있으며, 역사상 특출했던 국가들의 문화적 위용에는 항상 거대한 자본과 정치적 지원에 의해 움직이는 기획된 의도와 추진이 동력이었다. 하지만 국가의 경제력이 강력하게 응축되었다고 한들, 그것의 배분까지 국가의 모든 분야에 걸쳐 공평하게 이뤄지는 것은 아니다.

　그렇듯 당연히 한국의 인적자원과 문화콘텐츠 역시 공평한 배분에 기대어 이뤄진 경제력의 결과물이 아니었다. 코스닥이라는 벤처주식시장을 만들어 벤처자본을 조성하겠다는 강력한 국가정책에 의해 과학기술 분야에 야심만만한 많은 벤처회사의 진출이 있었고 그 속에 문화기획회사도 등장하였다. 그들이 인위적 수단까지를 동원하는 전략에 성공하여 형성한 문화자본의 확보가 바로 미래지향적 도전을 가능케 하는 문화기획력을 구축하게 된 원동력이었다. 거기에 국가정책상 전폭적인 지원을 받은 각 방송사들의 거대 성장과 확산이 순조롭게 이뤄졌고 벤처회사들의 영상 IT기술력까지 어우러지면서 문화콘텐츠의 고품격 제작과 즉각적 대량 생산이 가능한 문화구조체계가 갖춰진 것이다.

놀랍고도 대단하여 이러한 문화의 틀을 구축한 문화예술계의 노고에 환호하지 않을 수가 없다. 뛰어난 문화 창조력을 성취하였고 현재도 지속적으로 뻗어가고 있는 것이다. 하지만 무씨는 오늘날의 이런 현상에 무작정 그저 찬동만을 할 수 없는 심정으로 있다. 왜냐? 자연적으로 다져진 탄탄한 토양에다 뿌리를 깊이 박고 자생적으로 줄기와 가지를 뻗어가는 나무의 문화가 아니라 가공의 기획력에 심하게 의존하는 온실 속 화초의 문화풍토에서 과연 얼마나 오랫동안 생명력을 유지할 수 있을까 하는 의구심 때문이다.

무씨가 이런 우려를 갖는 까닭은 앞서 말한 국악과 무용 등의 전통문화가 처해 있는 현재 실태를 바라봐서 더욱 그러하다. 당초 무씨의 예상과는 달리, 민족의 탁월한 전통이자 미적 감각의 극치인 전통음악 요소가 세계적 열풍은커녕 한국에서조차 숨죽이고 있지 않는가? 그것이 말하는 바는, 결코 한류 열풍이라는 것이 음악적 순수가치나 한국적 이미지가 신선하게 부각되어 재해석되면서 나타난, 새로운 감각의 문화기반에서 비롯된 세계적 열풍이 아니라는 판단이 사실 그대로가 아닐까 하는 것이다.

국악을 비롯한 민족문화는 오히려 경제개발 붐으로 나라가 들썩일 시기에 우리의 주체성을 되찾자는 각성에서 꿈틀거렸고 우리의 환호 속에 민족자긍의 신명으로 자리했다. 그랬던 문화양태가 주식발행 등의 수단을 통해 자본력을 걸머쥔 기획회사가 등장하면서부터 민족문화 요소는 그들에게 난처한 애물단지가 되었고 자본의 확대재생산을 확실하게 펼칠 수 있을 만한 문화산업구조의 재편과 확대가 절실해졌다.

이에 문화의 고부가가치 산업화라는 가치를 내세우며 시대에 걸맞은 문화를 창조하여 이끌어야 한다는 구호 아래 문화기획 차원에서 과감하게 상품성이 가능한 쪽으로, 즉 공통언어랄 수 있는 팝스타일로의 가요풍토의 변혁을 시도한 것이다. 현대 팝음악에 어울릴 제작 인력을 구성하여 확산을 이뤘고 달라진 문화양태의 콘텐츠가 방송과 인터넷 등을 휩쓸면서 여론의 환기와 유도를 거쳐 마침내 기획의도에 익숙해진 문화소비자가 등장하면서 거대한 하나의 틀을 갖추게 되었다. 그것이 국악과 한국무용, 씨름 등의 다양한 전통문화가 시들해져간 이유의 큰 부분이겠다.

어쩌면 기획회사나 방송제작자 쪽에서 아무리 고도의 기획력을 갖추고 움직였다고 하더라도 가요와 드라마, 그리고 영상제작물과 같은 높은 수준의 문화적 결과물을 우리 민족문화에서는 얻을 수 없었을지도 모른다. 젊은 세대의 독특하고도 유별난 취향을 따라잡지 못하겠기에, 그러기에 다양한 문화예술 창출 쪽으로의 기획을 접고 그런 방송물도 줄이면서, 이제 그쪽은 포기했으니 너희들이 알아서 꾸려달라면서 민족문화 자체의 케케묵은 자생력에 맡겼지 않았을까? 상업성이 떨어진다는 이유로 어린이 프로그램을 없애버리고는 어른들의 개그마당에 아이들을 불러 앉히는 현실의 목격이 그걸 선명하게 보여주는 것 같아 씁쓰레한 것이다. "애들은 가라." 그렇게 목소리 지그시 깔던 어린 시절의 뱀 장수가 한편으로는 그리운 것이다.

우리의 국악에서 보듯 문화기획에 의해 의도하지 않았고 국가 경제력에 의해 정당하게 배분된 자본이 아닌, 보따리 자생자본만으로는 국내에서도 도저히 꽃을 피우기 어려운 것이 현실이다. 세계적으로 도약한다는 K-POP이나 드라마 영상물들은 강력한 자본의 기획에 의해 만들어졌고 콘텐츠 배포에 의한 수익발생으로 더욱 강력한 자본을 축적하였으며 앞으로 더욱 그러할 게 분명하다. 빈익빈 부익부, 이러한 사회문화 현상 자체를 무조건 그릇된 흐름으로 매도하면 곤란하겠지만 그것을 바라보는 무씨 시선이 어쨌든 곱지만은 않은 것이다. 그것은, 자생력이 없는 문화는 마치 조화로 만든 화려한 꽃 같기만 하여 향기 없이 화사한 꽃을 물끄러미 바라보는 심정 같은 것이다.

"요즘 사람들의 경향이, 웃을 수 있는 것들을 선호하는 것 같아."

침묵을 깨우는 아내 목소리에 후드득 빗소리가 속으로 잦아든다.

"사실 나부터도 그래. 심각한 드라마나 사회성 르포를 보고 있으면 금세 우울해지면서 갑갑하고 화가 치밀어져. 그럴 때면 티비 끄고 딴짓을 하게 되지. 도무지 알 길 없는 현대인의 절망이 영혼에 깃들기라도 하는 것일까?"

"그래서 그럴까? 요즘 드라마 보면 거의가 결말을 해피엔딩으로 끝내. 코믹풍의 연기와 스토리 전개가 범람하고 개그물이 엄청 인기를 얻고 있어. 이게 바람직한 현상인지 무엇을 말하는 것인지 모르겠는데 아무튼 그러네."

"해 아래 새로운 것이 없다는 성경 구절을 묵상하거나 역사는 돌고 돈다는 토인비의 역사관을 되새기면 참으로 그럴지 모른다는 생각이 들어. 물질적 풍요 속에는 항상 신에 대한 조롱이 삶의 희극적 풍자와 뒤섞였던 것 같아. 풍요 속에 몰락이 슬그머니 진행된다는 사실을 사람들은 도무지 알지 못하고 다만, 역사를 관통해야 반복적으로 일어나는 세계의 현상을 겨우 확인할 수가 있어. 하지만 그걸 자각하더라도 설마 이 시대의 우리들까지? 그런 의문과 부정 속에 역시 마찬가지의 행태를 연출하면서 역사의 한 부분을 장식하겠지. 우리라고 예외가 될 수는 없으니까. 고대 그리스와 로마가 그랬고 흥했던 역사 속의 모든 강력한 국가가 그랬어. 이제 미국도 같은 길을 이미 걸었어. 쾌락과 희극이 흘러넘치고 도박과 스포츠에 열광하는 사람들로 인해 그쪽에서 맹활약하는 스타들은 분수에 넘치는 거액의 돈을 벌어들이고 있지. 갈퀴로 긁어모은다는 표현이 너무 단순하겠지?"

"인기 따라 소득 격차가 큰 것도 문제는 많아. 일의 수고는 비슷한데 운수에 휘말려 매겨진 그 묘한 인기의 차이는 법칙과 윤리에 어긋나."

그 말에 무씨가 호들갑스럽게 웃는다. "하하하, 당신이 심심풀이로 티비 보는 건 아니었구나. 유럽 등지의 나라는 지나친 고소득에 대해서는 무거운 세금을 매기지. 그렇게 회수된 돈으로 소외된 사람들의 사회복지정책 등에 필요한 예산으로 쓰기도 해. 분명히 그게 건강한 사회겠지? 한국은 제반 국가정책이나 경제운용 등에 있어 많은 것들이 미국 방식의 자본주의를 추종한다는 생각이야. 안타까운 일이지."

"무턱대고 추종하면 문제겠지만 우리가 후발국이니 그들의 장점을 취하는 거야 괜찮겠지. 뭐든 지나치면 이로울 게 없겠지만."

"몇 년 전에 유럽제국이 고도의 경제성장을 구가하고 있을 때, 한국의 유명한 경제학자들 모두가 언론매체에 등장해서는 그 당시 정부의 경제정책을 맹렬히 비난했어. 늙은 유럽도 달성하는 고성장경제를 아직 팔팔 뛰어야 할 한국이 손 놓고 뭐 하냐는 것이었지. 그런데 지금 그 유럽이 세계 전체를 공황의 늪에 빠뜨리고 있어. 부글부글 끓어오르던 거품이 단번에 흘러내리면서 가라앉는 중이야. 그런데 이제 와서는 그 누구도 어두운 경제에 대한 해법을 제시하지 않아. 다들 숨었어. 대학교수니 경제연구소 뭐니 하면서 자기들의 화려한 경력과 외국대학 학력, 그리고 선진지식을 마구 뽐냈던 경제전문가들이 자신들이 말한 그때의 헛소리에 대해서는 침묵으로 일관하고 있어. 보나마나 매스컴을 슬슬 피할 뿐, 여전히 밥줄을 지키며 거들먹거리고 있겠지? '자식들, 내 말대로만 하면 경제가 춤출 텐데!' 여전히 그러면서 말이야. 이래저래 우스운 세상이야."

"자기 말 들으니 정말 큰일이다. 그렇게나 어려운 상태야? 하기는 자영업자들이 하나 둘 부도나고 빚더미에 앉는다던데?"

"그러게. 나라가 선진국으로 나아가든 풍요로워지든, 삶 자체를 놓고 보면 언제나 참으로 살기 힘든 세상이야. 세상이 그러한데도 억지로 스타 만들기에 정신없는 연예기획사들을 보면 한심해 죽겠어. 억지춘향이의 스타 탄생이 기획 차원에서 마구 다루어져. 기획 만능시대 같아. 시청자는 이미 식상했는데도 여전히 침 바른 언론플레이 홍보 속에 태연히 스타의 자리를 누리려고 버티는 꼴을 왕왕 보기도 하지. 눈 가리고 아옹 하는 스타들이 죽치는데도 시청자들은 멀뚱멀뚱 바라보는 것을 보면 아직까지 마음에 들어 그런 것인지, 으레 다 그러려니 하고 무기력에 눈감는 것인지 도통 이해하기가 어려워."

"자기 취향이 아니라고 남들까지 싫어하라는 법이 있나?"

"그랬으면 좋겠는데 방송 제작자들에게 건네는 은밀한 뇌물 공세의 힘으로 버티는 것만 같아서 왠지 불쾌한 느낌이 들 때가 많아. 능력이 딸리면 물러나서 재충전을 해야 하겠고 항상 그런 기회의 때를 목말라 기다린 다른 자들에게도 한 번쯤 능력 발휘의 시간을 줘야 하는 게 아닐까? 만들어진 대형 스타들에게 목돈 몰아주기식의 이상한 출연료의 세계라면 더욱 그리해야겠지. 술수로 버티겠다는 모습이 꼭 뭐랄까, 능력 없이 탐욕에 집착하는 몰골 같아 불쾌하기까지 해."

"아마 일부가 어쩌다 그렇겠지. 가수가 히트하는 노래 없고 배우가 탁월한 연기 없이 언제까지나 주목받기는 어려울 테니까."

"대체적으로 그렇긴 하지. 하지만 피상적으로 살펴도 티비 방송국 예능프로그램 쪽에서 내가 말하는 현상이 두드러져. 작위적 냄새가 심해."

남편 무씨의 물러서지 않는 방송 비판에 아내가 슬그머니 동조한다.

"그건 내가 봐도 그렇던데? 스타 만들기까지는 잘 모르겠지만 바로 눈에 띄는 게 뭐냐면, 프로그램이 분명히 예능이고 연출에 의한 것이 확실한데도 마치 자연적으로 발생한 다큐처럼 꾸미는 걸 자주 보게 돼."

"맞아, 나 역시 그리 보여. 그런 행위는 시청자를 우롱하는 기만행위야. 생각하기에 따라서는 용서 못할 범죄적 작태지."

"후후, 이러다가 좋은 날에 기분만 잡치겠다. 그만 일어날까? 저녁 준비해야겠어."

## 다신의 세계

다신교가 추구하는 무수한 신들을 과연 신이라 할 수 있을까? 이렇게 회의하는 의문에 잠기다가 생각을 돌이켜, 유일신을 믿는 기독교의 세계를 살피자니 그렇다면 신은 반드시 하나여야만 하는 것일까 하는 의문 역시 잠시나마 깃들게 된다.

오늘날의 무신론자들은 이렇게 장담한다. "기독교는 매우 독선적이고 편협한 사상에 빠진 교리체계를 가졌는데도 그것을 전도라는 이름으로 세상에 마구 퍼뜨린다. 그래서 거기에 맞서 기독교의 해악적 요소를 낱낱이 들춰내어 사람들로 하여금 종교의 무가치를 알아차리게 할 것이고, 더 나아가 기독교의 해체까지를 목표로 삼겠다." 이렇듯 그들이 열거하는 주장들의 사실적 타당성 여부에는 전혀 개의치 않고 줄기차게 노골적으로 종교해체의 운동을 펼쳐나가는 상태다.

그들은 계속해서 말하기를, "하나의 신만을 추구하는 기독교는 자기네들이 믿는 신 외에 다른 신들을 일절 인정하지 않으며 그러한 배타성을 지닌 탓에 참된 진리 또한 오직 기독교의 경전과 가르침 속에서만 나타난다고 고집하여 타 종교와 타 민족의 문명까지를 파괴하였고 지금도 여전히 파괴의 역사 가운데 놓여 있다." 그러면서 기독교의 경전에 담긴 근본사상을 맹렬히 비판한다.

그런데, 과연 그럴까? 인류의 역사를 되돌아보고 세상의 현실을 살펴보더라도 그들의 주장과 달리 기독교는 결코 진리를 독점하고 있지가 않다. 삶의 이치를 제대로 들여다보면 절대 그렇게 될 수 없는 것이다. 절대선의 신이기에 그 속성이 절대진리를 내포한다는 기독교의 근본 가르침은 사람들에게 일반적으로 적용되어 행해지는 단순진리와는 그 차원이 다른 것이다. 그러니 절대진리

자체를 부정하는 무신론자들의 사고체계와는 근본적으로 차이가 생길 수밖에 없다. 거기에서 오는 인식의 차이가 빚은 오해인 것이다.

일반적인 단순진리는 세상에 널리 다양하게 퍼져 있는 까닭에, 수많은 사람들은 종교와 사상을 통해 부분적으로 혹은 대체적으로 저마다 자기 나름의 삶 속에서 진리를 익힐 수 있으며 그렇게들 살아간다. 그렇게 빤히 눈앞에 나타나는 현상을 목격하면서도 그것을 인정하지 않겠다는 기독교가 아니다.

물론 유대인이 이해하는 존재만을 신으로 섬겨야 한다는 말씀이 구약시대의 성경에 언급되고는 있다. 하지만 그 내용의 본뜻은 진리의 속성을 지닌 다른 존재에 대한 견제의 편향이 아니라 헛된 우상숭배의 놀이에 빠져 허우적거리는 무지한 자들을 향한 경고였던 것이다. 무지한 자들이 직접 자기들의 손으로 사물을 만들어놓고서는 마치 그것이 신이라도 되는 존재인 양 어이없이 그 앞에 무릎 꿇는 거짓된 우상의 것들을 도저히 인정할 수 없다는 뜻이었다. 언뜻 들으면 이런 얘기 역시 마찬가지로 진리적 편향을 드러낸 배타적인 발상이 아니냐고 할지도 모르겠지만 실상 그 성격이 확연하게 다른 것이다.

누누이 말해왔지만 신은 하나이다. 하나일 수밖에 없는데도 어떻게 해서 무수히 많은 신이 있을 수 있다는 발상이 인간에게 생겨났을까? 신은 분명 하나여야 하는데도 인간에 의해 묘사되는 신은 무수히 많으니 대체 무엇이 신적 존재로서 참된 진리를 지녔다는 얘기일까? 그리하여 각기 다른 신들을 믿고 섬기는 인간들 중에 어느 누가 참된 길을 걷는다고 감히 자신 있게 말할 수 있을 것인가? 신이 많아야 할 이유를 도무지 찾을 수 없고 논리적으로 설명할 수 없으니 말이다. 왜냐, 궁극의 진리는 하나이니까. 신의 절대선에서 나오는 절대적 권위는 여럿일 수가 없으니까.

신은 하나이고 따라서 절대진리도 하나일진대, 전혀 다른 길을 가는 자를 이러니 어찌 수긍하겠고 그 믿는다는 대상의 존재를 인정할 수 있겠는가? 그 존재의 인정은 그것이 내포하는 가치까지도 수용하겠다는 뜻이 되므로 결국 유일신 신앙에서 나오는 그 절대진리를 포기하는 행위가 되어버리는데 말이다. 그런 의미에서도 유일신 사상의 기독교는 절대진리이자 절대선의 신 이외에 그 어떤 무신론이나 다신론적 사상을 수용할 여지가 없는 것이다. 절대선은 오직 하나의 정신일 수밖에 없으며 그것을 신이라고 해야 합당한 이치이니까. 그렇지만 이것이 세상사에 도도히 흐르는 진리에 어울릴 보편적 가르침마저 물리치겠다는 의미는 결코 아니다.

대체 다신교의 의미가 무엇일까? 요즘도 신을 섬기는 종교로서의 역할을 제대로 하고 있는지부터가 의문이다. 시대의 변천에 따라 이제는 신을 믿는 종교가 기독교 외에는 없다고 봐야 할 정도이겠다. 신적 존재가 하나씩 점차 연기처럼 사라졌으니 말이다. 불교는 신을 믿지 않겠다며 일찌감치 선언하였고, 여태껏 남았다고 할 만한 힌두교의 무수한 신들은 인간들이 생활하면서 관계하는 다양한 삶의 양식의 다른 표현이라고 해야 옳겠다. 설령 우상으로 대접할지라도 그렇게나 수두룩한 잡신들에게 한결같이 동등한 권위를 부여하려는 발상은 문젯거리가 되니까, 그렇게나 잡다한 절대진리는 없으니까 말이다.

궁여지책에 따로 최고의 신을 두겠다는 발상 역시 결국은 나머지의 것들을 신이라 이름붙일 수 없게 만드는 패착에 불과하다. 사실상 다신은 고대의 인간들이 뇌세포에 떠올린 개념의 형상화에 지나지 않는 것들이다. 이집트와 그리스, 로마의 신화에 나오는 잡다한 신들이 바로 인간들의 철학적 기반 위에 상상적 이야기를 더해 만들어진 창작물이었고 그런 까닭으로 해서 오늘날에는 아무런 종교적 흔적 하나 남김없이 소멸하여 오로지 신화적 내용만을 담은 소설로 남게 된 것이다. 모든 다신론적 개념들이 그러할진대 그것들을 향해 엎드려 경배하고 목 놓아 복을 빌고 온갖 제물을 갖다 바치는 행위에서 과연 어떠한 가치를 발견할 수 있을는지 의문이 들 수밖에 없는 것이다. 분명, 자기 위로이거나 최면적인 만족감에 그치겠지?

어쨌든 인간들이 만든 무수한 우상들을 신으로서 인정할 수 없는 지경이라 할지라도, 그럼에도 그것들을 믿겠다고 나부대는 인간들의 인간성까지 무시하는 일은 결코 없어야 하겠다. 그래야만이 진리적 행위로서 마땅한 일이며 그것이 기독교의 정신이다. 하지만 그러한데도 무신론자들과 더러 편향된 사고를 지닌 종교인들은 마치 기독교가 타 종교의 문화와 사상을 구축한 사람들의 가치를 존중하지 않았기에 인류 역사상 무수한 충돌이 일어났고 비극을 빚은 것인 양 여전히 주장하고 있다. 이것은 기독교 자체를 부정하려는 자들의 모순된 사고 발상에 의해 만들어진 솔깃한 주장으로서 인류의 삶에 대해 무지하거나 인류의 역사를 왜곡하려는 사악한 생각에서 빚어진 고의적 술수에 불과하다고 하겠다.

살펴보면 인류 역사의 비극적 요소는 죄다 인간들의 꿈틀거리는 탐욕과 거짓이 빚어낸 짓거리의 결과물이었다. 모순투성이의 존재, 우리 인간들이 저지른 죄악이었던 것이다. 도무지 기독교를 알지 못하던 먼 태고의 고조선시대부터 조선후기시대까지 그리고 현재에 이르기까지의 모든 죄악들, 피를 가르는 치열한 민족사적 투쟁과 참혹한 전쟁들이 어찌 신 때문에 초래된 일이었겠는가?

불완전하여 늘 불안해하면서 어두운 그림자를 달고 다니는 인간들의 요구에 의해 형성된 다신교에 등장하는 신들은 도무지 신이라기보다는 인간적 삶의 한 표현이라고 말했다. 이것들은 삶 속에 나타나는 다양한 진리적 요소의 파편한 조각씩을 채택하여 신격화한 것에 지나지 않으므로 사상의 조형물에 불과하다. 인간이 갖는 갈망과 번뇌가 다양하다는 이유로 다채로운 신을 설정하고서, 인간 스스로가 가질 '어떻게 살 것인가' 하는 문제의 다양한 열쇠를 찾겠다는 힌두교나 불교와 같은 철학적 종교 집단의 길은, 결국 진리에 속할 어떤 한 요소들을 죄다 삶에서 붙잡겠다는 얘기가 되어버린다.

이러니 살아가면서 부딪치는 까다로운 인생의 문제를 두고서 그렇게 이 신과 저 신을 찾아다니며 잡다한 열쇠를 구할 바에는, 차라리 통합된 진리 속에서 사유하면서 진리를 깨달아가는 과정이 바쁜 일상을 살아가는 게으른 현대인에게 차라리 필요하지 않을까? 홀가분한 단순성에서 진리에의 길을 발견하기가 정녕 쉽지 않을까 하는 것이다. 그런 이유에서라도 절대진리의 속성을 지닌 유일신을 향하고 거기에 기대어 가르침을 구해, 점차 지혜를 얻어가는 삶이 확실히 낫지 않겠는가 하는 것인데, 어떠한가?

일부의 사이비집단이 내세울 만한 교리이거나, 그럴 거라고 지레짐작에 몰아세울 내용을 놓고 하는 말이겠지만, "불완전한 인간이 신의 뜻에 합당한 삶을 살지 않으면 지옥이라는 무시무시한 천벌을 내리고 이방인에 대한 배타성을 끝내 놓지 않으며 삶의 다양성마저 간섭하려는 살벌한 가르침의 종교 집단 속에서 더 이상 무엇을 기대할 수 있겠느냐?" 이렇게 말하는 사람들을 요즘도 종종 발견한다. 그래서 그들은 강권하는 신의 권능을 바라고 매달리기만 할 뿐인 인간들의 예속된 삶을 벗어나서 인간의 자유의지에 의해 스스로 수행하고 진리를 터득하여 성자의 위치에 이르고자 나름의 길을 묵묵히 걷는다고 말한다. 인간 스스로의 힘으로 부처라는 신의 경지를 찾듯, 그렇게 참 진리를 구하고 삶에 있어 온전한 길을 걷겠다는 의도처럼 그럴싸한 것이 또 있을까 싶은 것이다.

그런데 아까의 불만에 대해 이렇게 달리 생각해보면 어떨까. 자유의지에 따라 탐욕과 거짓의 죄악에 빠져서 잘못된 인생을 살아가는 사람들을 신이 두둔하고 지켜줘서 뭐하겠는가 하는 것이다. 그런 존재가 신이겠는가, 그런 신이 존재해야 할 이유가 뭐겠는가? 신은 잘못된 길을 가는 자들의 책임을 물을 수밖에는 없다. 그래서 자칫 위협하고 강제하는 신처럼 비쳐질 수가 있겠지만 오히려 이것에서 신의 예정과 섭리를 뛰어넘는, 인간의 자유의지를 기꺼이 수용하는 신의 사랑이, 용서가 더욱더 느껴지지는 않는지?

성경을 정독하면 시시각각으로 와 닿는 진리의 가르침에 새로운 감흥이 일어난다. 성경은 모순으로 가득한 소설이라고 무신론자들이 감히 묘사할 정도로 성경에는 신의 다양한 말씀이 기록되어 있다. 그럼에도 불구하고 인간이 갖는 사상의 다양성이 철저히 억압당한다고 느끼는 까닭은 수박 겉핥기처럼 성경을 건성으로 파악하는 바람에 그 참된 가치의 요소를 놓쳐버린 데서 빚어진 무지에 지나지 않는다. 물론 신의 뜻을 적확하게 파악하지 못한 상태에서 성경 구절을 그릇되게 해석하고서는 그것을 제 마음대로 사람들에게 마구 퍼뜨리는 사이비 종교인들과 일부의 기독교 목회자들에 의해 자극 받은 결과이기도 하겠지만 말이다.

어쨌거나 생각해보자. 탐욕과 거짓에 찌든 인간들이 무슨 마음으로 자기들을 간섭하고 벌줄 것이라 확신되는 신에게 다가가 엎드리겠는가, 성경의 말씀에 따르겠는가? 더욱이 요즘은 능력과 재력을 지닌 인간일수록 신의 간섭 아래 세상을 살려 하지 않는 경향을 띤다고 한다. 오히려 인간들이 자발적으로 만든 법률에 묶여 정죄 받고 감옥가고 심지어 사형에도 처해지는 요즘 세상이다. 그런데도 신이 인간에게 규정된 행위를 강요하고 있다는 그릇된 인식에 빠진 상태라면 그것은 종교를 비난하거나 해체하려는 집착된 주관에 사로잡힌 까닭에 성경의 진리적 말씀을 제대로 살피지 못한 결과에서 비롯된 것이라 해야겠다. 사람들이 종교를 받아들일 마음과 행위가 일어나는 이유는 종교를 통해 드러나는 진리의 가르침과 축복 속에서 사람들이 자유로우니까 즐거우니까 믿는 것이고, 그래야 하는 것이다. 그리하여 종교에서 참된 진리를 발견하는 것이다.

# 종교의 뿌리

그새 두 달 가까이 시간이 흘렀나 보다. 가뭄에 단비를 애타게 기다린 날들이 엊그제 같은데 계절은 벌써 잦은 비를 뿌리는 장마철에 성큼 들어섰으니, 청춘남녀가 낭만을 만끽할 여름휴가의 푸른 바다가 머지않아 가슴에 넘실거릴 테지. 무씨는 그동안 글쓰기를 멈춘 채 일상에 몸을 맡겼다. 생각을 비우고 마음이 가는대로 움직이는 평온한 일상의 삶도 쳇바퀴 돌 듯 돌아가면 지치는 것일까, 지겨워진다고 할까?

무씨는 살짝살짝 몸에 배기는 권태의 무게를 이기지 못해, 지금이라도 훌훌 털어내겠다는 듯 장마 끝에 삐져나온 따가운 햇살과 싱거운 바람을 흠뻑 껴안으며 마을 도서관으로 찾아든다. 물론 도킨스를 만나기 위해서다. 낭떠러지 밑으로 검푸른 바다 물결이 한눈에 바라보이는 말간 통유리의 열람석에 앉아 잠시 시선을 빼앗기고 생각을 잊는다. 무씨가 책갈피를 손끝으로 하나 둘 넘기자, 도킨스가 기다렸다는 듯이 나타나서는 그전에 나눴던 대화를 이어간다. 확실히 책 속의 공간은 시간을 초월하는 세계인가 보다. 마치 방금까지 얘기 나누다가 잠시 한숨 돌린 사람처럼 덥석 의자를 끌어당겨 앉지 않는가.

"종교가 어디에서 왔으며 왜 모든 인류문화가 그것을 지니고 있는가에 대해 사람들은 나름대로 이론을 갖고 있습니다. 종교는 위안과 평안을 제공하고, 집단에 연대감을 부여하고, 왜 우리가 존재하는가를 이해하고 싶다는 우리의 열망을 충족시킵니다. 우리가 다윈진화의 산물임을 알기에 우리는 처음에 종교적인 욕구를 충동질한 자연선택의 압력들이 무엇이었는지 질문해야 합니다. 다윈주의가 본래 경제성을 따진다는 점을 생각하면 그 질문은 긴요한 것입니다. 종교는 너무 낭비적이고 너무 사치스러운데도 묘하게 도태되지 않았으니까요. 습

관적이라 할 정도로 다윈의 자연선택은 낭비를 표적으로 삼아 제거하는데도
말입니다."

　잠시 잊었던 냉정한 생존의 세계를 새삼 떠올리는 무씨다. 세상이 비록 암울
하고 비열하여도 그것은 일부의 사람들에 의해 저질러지는 범죄적 행위에 다
름 아니라고 무심결에 생각한 것들이 지금 무참히 짓밟히는 감각을 맛보게 된
다. 진화의 세계가 그러하다면 약육강식의 생존경쟁, 그것은 인간들도 결코 헤
어날 수 없는 법칙이자 진리이지 않겠는가? 인류 근대사를 풍미했던 민족우월
주의의 침략행위와 착취를 용인한 자본주의의 만행에 시름겨웠던 인류의 엄청
난 고통이, 이 다윈주의 진화론의 정신에 뿌리내려 일어난 시대적 풍조였다는
역사적 기억이 새삼 떠오르는 것이다. 후반 토론이 시작되자마자 도킨스는 일
격을 가하려는 듯 냉정하고도 잔인한 다윈주의 진화론의 자연선택을 꺼냈고,
이에 무씨가 우울해져 빈정거리고 싶어졌다.

　"만물이 다윈진화의 산물이라면 유독 인간만이 종교를 지녔다고 주장할 근
거가 없습니다. 우리가 확인할 수 없을 뿐, 입 안에 서식하는 무수한 종류의 박
테리아들도 자기들만의 독특한 종교가 있을 법하지 않겠습니까? 만약에 이런
주장을 가볍게 여긴다면 인간의 뇌세포 진화 도중에 어떤 문제가 생겼거나 인
간은 결코 진화의 꼭대기에 위치해 있는 것이 아니라는 근거가 되지 않을까요?
마치 태곳적 본성을 그대로 지닌 악어 같은 존재가 어찌 진화의 최종 산물이
라 하겠습니까? 적자생존 방식의 자연선택이 철칙이라면 아마도 박테리아가 진
화의 꽃이지 싶습니다."

　"표현이 지나치군요. 미생물과 인간을 견주다니요? 단세포에서부터 점차 복
잡한 구조로의 점진적 진화가 다윈진화의 본모습입니다. 유전인자를 결정짓는
염색체의 복잡성에 대해 아무 생각이 없으시군요?"

　"그래서 내가 하는 말입니다. 도킨스 당신의 표현을 빌리자면 한갓 퇴물에 불
과한 종교인데 그것을 여태껏 사람들이 붙들고 있으니 그게 제대로 된 진화이
겠습니까? 오히려 잡다한 종교나 문화를 집어치우고 순수 생존만을 향해 유유
자적하는 미생물 박테리아가 다윈진화 법칙에 어울리는 존재로 비쳐지니까요."

　"다윈이 말한 이타주의의 혜택에 대해 모르고 있군요. 그것이 생존에 유리

한 입장을 제공하기도 하지요. 무씨가 방금 비틀어 말한 바와 같이 인간이 창조한 모든 문화는 시간을 소모하고 부를 소비하고 적대감을 자극하는 의식행사와 반사실적이고 반생산적인 종교적 환상들을 갖추고 있습니다. 우리는 모두가 종교적 문화에서 자랐기 때문에 일부 교양인들이 종교를 버리겠다는 결정을 내릴 때에도 대개 의식적으로 이루어지곤 합니다. 종교적 행동은 이성에 대해 갖는 사랑처럼 인간의 보편적인 행동이라고 부를 수 있습니다."

아직까지는 차분하게 대화를 풀어가는 도킨스다. 그런데 종교적 행동이 사랑처럼 인간의 보편적 행동이라고 말한다면 이제는 인간의 종교행위를 이해하고 긍정하겠다는 소리일까? 그것이 아니다. 다윈진화론의 자연선택 법칙에 맞춰서 문화를 버려야 할 사치와 낭비로 몰아가고 그 문화 요소에 종교적 환상까지 깃들었다고 하는 걸로 봐서 분명히 사랑도 그런 불필요한 행위의 의미로 파악하여 종교와 대입시킬 것이 확실하겠다.

"인류가 창조한 문화의 근원에는 종교성이 짙게 깔려 있다는 얘기 같군요. 그건 어떻게 말하든 상관없습니다. 인간의 종교성이 어디서 비롯되었든, 숨길 수 없는 인간의 본성이 문화로서 분출되었다는 것을 의미하니까요. 그런데 그 문화를 다윈주의 진화에 적용하자니 아무래도 거추장스러운 공작새의 깃털 수준일 수밖에 없겠습니다. 먹고 살려고 투쟁하는 말초적 행위 외에는 모두가 다윈진화 원리 앞에서 꼬리를 내려야 하겠습니다. 동물에서 진화한, 동물에 불과한 인간들이 갖고 있는 허영의 문화가 이제 마지막으로 도태되어야 할 숙제가 되겠군요? 당신 같은 다윈진화론자들의 입장에서는 말입니다."

"얘기 잘 꺼냈습니다. 살펴보면 종교적 행동은 빗나간 것입니다. 그러니까 다른 상황에서는 유용하거나 혹은 과거에는 유용했던 심리적 성향의 불운한 부산물일지 모른다는 것입니다. 이 견해에 따르면 우리 조상들에게서 자연적으로 선택된 성향은 종교 자체가 아니었습니다. 그것은 다른 어떤 혜택이었고 그것이 부수적으로 종교적 행동으로 발현되었을 뿐이라는 것입니다."

"아, 언뜻 듣기에 무슨 소린가 했는데 대충 알겠습니다. 하하, 그러니까, 이런 얘기겠지요? 무심결에 한 행동이 의외의 좋은 결과를 가져왔을 때 이후로 그 행동을 반복하게 되면서 미신으로 굳어지는 인간심리 같은 것이지요? 이를테면 어떤 큰일을 치르기 전에 목욕재계하는 그런 습성이거나 하늘을 향해 원망을 쏟아냈더니 속이 후련해지면서 일이 잘 풀리는 것 같아 그 후로 걸핏하면 빌게 되더라는 그런 행위들 말인가요? 하하하."

　무씨의 얘기는 도킨스가 말하고자 하는 요지와 다르다. 무씨가 이 차이를 모르는 것은 아니지만 그렇게 말하고 싶은 것일 게다. 그것이 삶의 미신적 요소가 고착되는 중요한 계기일 테니까. 사람들이 종교를 갖는 한 요소일 테니까. 그래서 도킨스가 이해하는 종교는 결국 미신에 불과한 것일 수밖에 없을 테니까. 그래서 그렇게 말을 던지고는 허망하게 웃어보는 것이다.

## 종교 선택은 어른이 되어서?

"인간이 살아가면서 체득한, 생존에 필요한 내용들을 다른 사람이나 아이들에게 대를 이어가며 가르치는 과정에서 형성된 실천적 행위가 하나의 종교적 양식으로 발전해나갔을 것이라고 유추해서 말한 것입니다. 종교 자체는 애초에 없었고 생존 방식의 부산물로 종교적 행동이 생겨났다는 얘기지요. 자연선택은 아이들의 뇌에 부모나 다른 어른이 어떤 말을 하든 믿는 경향을 심어놓았습니다. 그렇게 믿고 따르는 것은 생존에 매우 유익한 것인데 마치 나방이 달을 기준으로 나아가는 것에 비유할 수 있습니다. 그것이 달빛을 따라 이동하도록 진화했는데 문명의 불빛이 증가하면서 그만 호롱불에 뛰어드는 참상이 빚어졌습니다. 이 관찰에 의해 자동적으로 도출되는 한 가지 결과는 아이에게 좋은 조언과 나쁜 조언을 구분할 방법이 없다는 것입니다. 세계, 우주, 도덕, 인간본성에 관한 말들도 마찬가지입니다. 그리고 그 아이가 자라서 아이를 갖게 되면 똑같이 엄숙한 방법으로 그 가르침들을 통째로 전달할 가능성이 아주 높습니다."

애기를 곰곰이 들으면서 짐짓 놀라는 무씨다. 종교 발생의 기원에 관한 도킨스의 주장이 기독교의 성경 같은, 오늘날 인류정신사의 중요한 종교로 자리한 4대종교를 염두에 둔 착각에서 비롯된 오류라는 생각에서다. 생존에 필요한 내용들을 기록하여 아이들에게 가르치는 행위가 파생되어 종교적 행위로까지 이어졌다는 얘기가 그러하다. 유대인들이 별도로 탈무드라는 문서를 만들어 아이들의 교육에 적극 활용할 정도였으니까. 하지만 그 4대종교를 제외한 대부분의 종교는 교육적 가르침의 파생에 의해 생겨난 것이 결코 아니다. 이해하기 어려운 제례의식과 파격적 행위들을 취하면서 알지 못할 우주적 절대존재를 향하는 경배의 제사를 올렸을 뿐이다.

한국의 무속신앙만 봐도 그렇다. 무당의 격렬한 몸짓과 제사의식을 통해 접신을 시도하거나 인간의 삶이 만사형통하기를 절절히 비는 형태다. 비록 한국의 시베리아종교 하나를 예로 들었지만 이것이 인류에게서 발생한 원시종교의 전형적인 형태라고 말해도 무방하다. 심지어 4대종교의 발생 근원도 이것과 그다지 다르지 않았다. 이것이 무엇을 의미할까? 종교는 교육적 차원이 아니라는 것이다. 처음에는 달리 가르칠 것이 없었고 가르쳐서 생겨난 종교가 아니라는 얘기다. 종교성은 인류의 시작과 함께 있었고 점차 인류문명의 변화와 인간의식에 맞춰 종교도 그것에 어울릴 진리적 가르침을 알려주었다는 사실이다. 무씨는 이런 속내를 드러내지 않은 채 도킨스의 말을 잇는다.

"그러니까 목적은 따로 있었는데 수단의 부분들이 고착되어 종교적 행위로 형성되었다는 얘기지요? 달리 말해 인간생존 차원의 교육이 부질없이 종교화되었다는 얘기군요. 하긴 그렇겠습니다. 나는 도킨스 당신이 주장하는 견해가 더러 타당성을 갖는다고 봅니다. 물론 그런 논리를 놓고 각자가 동상이몽식의 해석을 내릴 게 틀림없겠지만 말입니다.

그러한데 이렇게도 한번 생각해보세요. 다윈진화 방식의 생존전략이었든 창조섭리에 의한 인간발달사였든, 인간을 향한 교육은 삶에 있어 절대적인 필수조건이라고 할 수 있습니다. 세상에 존재하는 뭇 생물처럼 그저 단순히 먹고 살려는 생존본능에 의해 그것을 유지하려고 생겨난 교육이었을망정 인간이 채택해서 사용하는 부산물은 참으로 다양합니다.

세상에는 종교만 있는 것이 아니잖습니까? 정치, 역사, 문화, 과학, 철학, 경제, 문학, 법률, 예술 등등이 있고 이것들을 보다 세분화할 경우엔 이루 헤아릴 수 없이 다양한 인간문명의 양태가 나타납니다. 사람들은 이것들을 적성이나 역할에 따라 직업으로 혹은 교육이나 취향의 경지에서 가르치고 쭉 이어나갑니다. 과연 정말로 이러한 인간들의 모양이 부질없는 꼴이고 그걸 추구하는 행위들이 덧없는 짓일까요? 혹은 다른 것들이야 그럭저럭 괜찮겠지만 유독 종교만이 나쁜 것이며 진화의 부스러기에 불과한 것이겠습니까?"

도킨스가 티셔츠 두 번째 단추를 끄른다.

"나는 아직 판단 능력이 없는 아이들에게 세뇌될 가능성이 농후한 가르침을 중단하자는 얘깁니다. 비단 종교만을 두고 말한 것이 아니라 유사하게 영향을 미칠 수 있는 것들 곧 세계, 우주, 도덕, 인간본성에 관한 학문들도 언급했습니다. 아이들이 옳고 그름을 구분할 능력이 생긴 이후에 즉 어른이 되고나서 그 때 그것들을 스스로 선택하여 결정할 수 있도록 하자는 것입니다."

"종교만을 공격하면 편향적 사고에 빠진 무모한 견해라고 비판받을 여지가 충분하겠기에 인류문화를 희생양으로 끌어넣는다는 느낌을 떨칠 수가 없네요. 현실의 교육에서 종교 외에 본성이나 도덕 같은 문제를 구체적으로 다루는 교육이 따로 있던가요? 교육을 유보하자고 말한 그 가르침의 내용들은 종교에서나 설명되어지는 것들입니다. 혹시 그런 관념론적 과목들이 실제로 분류되어 교육 현장에서 가르친다면 그것이야말로 아이들의 폭넓은 사유를 가능케 할 훌륭한 가르침이 된다는 것이 내 생각입니다. 사유의 능력 없이 어떻게 지혜로운 삶을 살아갈 것이며 인류의 밝은 미래를 지속적으로 열어나가겠습니까? 사유 없이는 우주물리학도 없을 요즘입니다. 차라리 종교말살이 목적이라는 속내를 솔직하게 털어놓고서 대화에 임하는 것이 보기에 좋지 않을까요?"

"판단 능력 없이 세뇌된 교육을 받은 아이들이 계속해서 대를 이어 가르쳐야 한다는 얘기입니까?"

도킨스가 다소 격앙된 모습을 보인다. 의사소통이 제대로 되지 않는 대화에서 오는 답답함이 크겠지만 자기의 주장이 번번이 무씨의 반박에 의해 차츰 설득력을 잃어가는 모양새가 되자 아마 그게 불쾌해서일지 모른다.

"가만히 교육 현장을 둘러보십시오. 우리가 아이들에게 가르치는 학문이 무엇입니까? 종교만을 가르칩니까? 국어, 수학, 과학, 외국어, 사회, 역사, 경제, 기술, 음악, 미술, 무용, 체육 등등, 참으로 많은 과목들이 있으며, 그렇게 인간이 쌓아올린 숱한 문명의 기억들을 아이들에게 찬찬히 가르치고 이후, 배운 것을 응용하여 새로이 창조해나가면서 다시 아이들에게 물려줍니다.

혹시 도킨스 당신이 보기에 그것들은 실생활에 필요한 기술이자 객관적인 과학이니까, 자기 주관과 아집에 빠지기 쉬운 관념적 교육과는 뚜렷한 차이가 있는 것이라고 주장할지 모르겠습니다. 하지만 과학으로 분류된 학문들도 얼핏 보기에 객관성을 띤 것처럼 비칠 뿐인 것이지, 실상은 어느 학문이든지 모두 주관적 판단으로 해석을 하면서 가르치고 받아들이는 것입니다. 어떠한 학문이든 말이지요.

물질적 현상 하나를 과학적으로 분석해놓고도 과학자들 사이에 이견이 발생하는 경우가 뭐겠습니까? 동일한 역사적 사실 앞에서 바라보는 시각과 해석이 각기 다른 까닭이 뭐겠습니까? 세상이 이러한데 어찌하여 관념론적 학문영역이라는 이유만으로 세계관, 인생관, 도덕관을 설파하는 학문을, 마치 인위적으로 뇌세포에 주입시켜 세뇌에 이르게 하는 불온한 가르침이라는 식으로 몰아가려 하다니요? 보기에 그리 보일 뿐, 인간이 공유하는 모든 문화와 과학이 그러한데도 세뇌교육을 제거해야 한다는 구실 아래 종교해체를 주장한다면 그거야말로 매우 부조리한 사건이 될 수밖에요.

당신의 견해가 그나마 힘을 얻으려면 인류의 모든 학문을 모두 소멸시켜버릴 운동에 나서거나 혹은 아이들이 어른으로 성장해서 스스로 판단하여 받아들이고 익힐 때까지 세상의 모든 교육이 멈춰져야 타당할 것입니다."

"무씨 당신의 주장이 무척이나 억지스럽습니다. 아이들에게 종교 교육이 중단되길 바라는 이유를 왜곡하는군요. 수학, 물리 등의 자연과학들은 주관적 개입이 거의 없는 순수과학입니다. 이 객관적 과학이론 외에도 많은 다른 학문들이 거의 과학적 논리와 증명에 기반을 두는 이론체계라서 잘못된 오류의 주관에 빠질 위험성은 없다고 봐야합니다. 혹시 오류가 일부 드러난다고 해도 그것은 즉각 수정되고 대체 가능한 학문입니다."

"도킨스, 생각 좀 해보세요. 어려서부터 교육받지 않으면 언제 교육받을 충분한 시간이 있겠으며, 아이들이 교육받았다고 해서 그게 세뇌로 이어지겠습니까? 물론 기억에 남아 인생에 어떤 영향을 미칠 수가 있긴 하겠지요. 하지만 같은 교사로부터 아이들이 역사교육을 배웠다고 해도 나중에 정립되는 그들의 역사관은 개인마다 조금씩 또는 확연하게 달라집니다. 교육은 결코 말초신경을 건드리는 세뇌교육이 될 수가 없다는 얘깁니다.

가장 세뇌성이 높아 보이는 것으로 착각하기에 충분한 종교만 해도 그렇습니다. 같은 목사로부터 같은 설교를 들어도 받아들이는 방식이 다르고 취하는 행동 역시 다릅니다. 무엇을 가르치고 무엇을 배우든 간에 인간의 속성은 동물적 반사신경의 감각과 행동이 아니라, 신이 창조한 형상에 어울리게끔 고유의 창조성을 지닌다는 얘깁니다. 똑같은 사물과 사건이라도 그것을 바라보는 시각과 해석을 제각기 달리 가져갈 정도로 독창적인 존재가 인간이라는 것이지요. 이러한데 누구든지 종교를 익히고 믿을 자유가 있는 현실을 부정하고 편견과 고정관념에 빠져 무리한 견제와 종교말살에 나선다면 그것은 인류의 불행을 스스로 불러들이는 참담한 결과만을 가져오게 될 것입니다.”

타닥타닥 장작이 타들어가면서 검댕이가 풀풀 허공에 날리는 분위기다. 자기 신념을 굽히지 않는 무신론자와 유신론자의 대화가 영혼과 육체를 뜨겁게 달군다. 그들이 쌓아올린 장작이 완전히 연소될 때까지 불길이 혀를 날름거리며 활활 피어오를 것이다.

# 종교는 뇌세포의 메커니즘

"무씨 얘기를 들으니 마치 종교는 세뇌를 일으키지 않으며 설령 세뇌현상이 일어나더라도 아무런 부작용이 없을 듯이 말하는데 들어보세요. 이원론자는 물질과 마음이 근본적으로 다르다고 보는 반면에 일원론자는 마음이 물질의 한 표현이며 물질과 따로 존재할 수 없다고 믿습니다. 종교는 그런 본능적인 이원론의 부산물입니다. 인간 특히 아이들이 타고난 이원론자인데다가 또한 사람들의 천성이 창조론자의 성향을 지녔고 아이들은 모든 것에 목적을 갖다 붙이기를 좋아하는데 바로 그 천성적 이원론과 천성적 목적론에 적절한 조건이 주어지면 종교로 향하게끔 우리에게 성향을 부여합니다. 그렇다면 그 특성들의 다윈주의적 이점은 무엇이었을까요?"

"종교적 성향이 도태되지 않은 이유를 설명하겠다는 얘기로군요? 그런데 본능이자 타고난 천성이라는 이원론과 목적론이 신의 존재와 인간의 창조를 규명하는 근거의 제시가 되는 게 아니라 오히려 다윈진화에 있어 이점으로 작용한 근거의 설명으로 사용되다니 참으로 기묘합니다. 마음이 따로 존재하며 행위가 목적성을 띤다는 인식은 상대의 마음을 먼저 읽어 상대가 취할 행동을 예측할 수 있으므로 맹수의 공격이나 자연재해로부터 자기를 지키는 데 보다 유리하였을 거라는 얘기겠지요?"

"그렇습니다. 그런 인지능력 자체는 생존에 유리한 조건입니다. 문제는 그런 이성적 작용의 한 부분이 종교적 성향에 빠지게 되는 요소라는 것입니다. 종교의 비합리성이 뇌에 들어 있는 한 가지 특정한 비합리성 메커니즘의 부산물이라는 얘기지요. 유전적 이점을 지녔을 법한 것이긴 한데 바로 사랑에 빠지는 성향입니다. 사랑에 빠질 때 뇌세포의 신경활성물질들이 매우 특이하고 특징적인 상태를 이룬다는 것을 과학자들이 찾았습니다.

　이처럼 종교 신앙도 사랑에 빠지는 것과 같은 특징을 지니는 것이 분명합니다. 신경심리학자 존 스미티스는 그 두 열병에 활성화되는 뇌 영역이 서로 상당히 다르다며 차이를 강조하면서도 몇 가지 유사점이 있다고 했습니다. 〈종교의 여러 얼굴들 중 하나는 초자연적인 인물 즉 신에 대한 강렬한 사랑과 그 인물의 아이콘에 대한 존경심이다. 인간의 삶은 대체로 우리의 이기적 유전자와 강화 과정을 통해 추진된다. 종교는 많은 긍정적인 강화작용을 일으킨다. 마찬가지로 실제 인물에 대한 낭만적인 사랑은 똑같이 강렬하면서도 긍정적인 강화를 보여준다. 사랑에 빠지면 아궁이가 꺼지도록 한숨을 내쉬는 등의 많은 심리적 증상들이 수반된다.〉 이렇게 말했습니다.”

　도킨스의 얘기에 무척 놀란 듯 무씨가 잠시 주변을 두리번거린다. 쓸데없이 옷을 고치고 자세를 고쳐 앉는다.

　“사랑을 뇌세포의 비합리성 메커니즘으로 바라본다니 정말 놀랍습니다. 도킨스 당신은 벌레에서 차츰 동물로 진화한 까닭에, 사랑을 모를 동물적 인간에게 어울릴 사상을 갖춘 것 같아 경이롭기까지 합니다. 실제 행위에 있어서도 그러하신지요? 어쨌든 종교가 사랑과 같은 특징을 지닌 비합리적 요소일 거라 말하려다 보니 그만 종교의 긍정적 요소를 강조하는 설명이 되어버렸습니다. 사랑의 모습이 아무리 어리석어보여도 대부분의 사람들은 사랑을 긍정하고 몰입까지 하니 말이지요.”

　“나는 종교가 사랑과 같다고 말한 것이 아닙니다. 특징이 같다는 것으로 그것들은 뇌세포에서 분비된 신경물질의 작용에 의한 것이라는 설명이었습니다. 종교 역시 사랑처럼 뇌세포 물질작용에서 생겨난 현상에 지나지 않는다는 얘기입니다.”

　“사물의 현상을 바라보고 해석하는 시각이 확실히 다릅니다. 이런 말들이 있습니다. 신은 사랑이라 하고 사랑은 진리라 하고 인간 존재이유의 궁극적 삶이 사랑이라 말하기도 합니다. 이렇듯 인간에게 있어 최고의 가치에 사랑을 둘 수가 있겠는데 이런 사랑과 똑같은 특징으로서 종교와 엮다 보니 그만 사랑마저도 비합리성 메커니즘으로 퇴물 취급을 받고 있습니다. 도킨스 당신은 빈대를 잡을 수만 있다면 초가집도 태울 준비가 된 사람 같습니다."

물러서지 않겠다는 기세로 거세게 반박하는 도킨스다.

"그렇군요. 한 가지 현상을 두고서도 이토록 판이한 주장을 펼치니 미처 몰랐던 것은 아니지만 유신론자의 고착된 신념이 거듭 확인되는 것만 같아 안타깝습니다. 건설적인 비합리성 개념의 일반화, 즉 비합리적인 강한 확신이 마음의 변덕을 막는 감시자일 수 있겠는데 그것은 일부 상황에서 설령 새로운 증거나 추론이 변화를 선호한다고 할지라도 그냥 비합리적 믿음을 고수하는 편이 낫다는 의미를 함축합니다. 그렇듯 비합리적 고집을, 비합리적인 종교적 행동의 주요 측면들을 설명할 수 있는 심리적 성향의 부산물로 봅니다. 유쾌한 자극은 받아들이고 불쾌한 자극은 무시함으로써 자신을 보호하려는 지각 방어가 종교에서의 갈망하는 사고와 관련이 있습니다. 종교를 우연한 부산물, 즉 유용한 무엇인가가 빗나간 것이라고 보는 일반론을 그래서 내가 옹호하는 것입니다."

"다윈진화론자들은 한때 진화의 근거로서 인체기관의 하나인 맹장을 언급했습니다. 이제는 기능을 잃어버린 퇴화기관이라고요. 그러한 주장을 신뢰하여 일부러 맹장을 제거하는 사람들도 있었습니다. 그런데 뒤늦게 안 것이지요. 맹장이 인체의 면역기능을 강화하는 역할을 한다는 사실을 말이죠. 하나의 사례였지만 이렇듯 과학으로는 미처 깨닫지 못할 것들이 우주만물에 무수히 펼쳐져 있습니다. 그런데도 도킨스 당신 같은 일부의 과학자들은 물질로서 모든 우주적 현상을 분석하여 설명하려고 애씁니다. 최소한 언젠가는 설명할 수 있을 거라는 장담까지 합니다. 과연 그렇게 될까요? 정신세계를 전혀 이해하지 못해 뇌세포의 신경물질 분비가 사랑을 만든다는 어리석은 사고에서 허덕이는 사람이 말입니다."

"아니? 신경물질의 분비로 인해 사랑의 감정이 생성되는 과학적 사실을, 무씨는 지금 부인하겠다는 것입니까?"

"내가 거듭 말하지만 같은 현상을 놓고 반대의 생각을 품는다는 지적을 한 것입니다. 갑자기 밑도 끝도 없이 신경물질이 왜 분비되겠습니까? 사랑할 만한 대상을 만났기에 그것을 이룰 물질이 뇌세포에서 흘러나와 사랑의 화살을 쏠

에너지를 비로소 얻는다는 생각은 왜 못하는 것인지요? 수단이 목적을 결정짓는다는, 매우 어리석은 관념에 빠져 허우적거리는 존재가 다윈진화론자들의 세계라니요?"

무씨의 머리가 갑자기 찌근거린다. 아내가 퇴근하기 전에 얼른 집으로 돌아가야겠다는 생각에 미쳐 자리에서 벌떡 일어난다. 아무렇게나, 내일 다시 오면 되니까. 서둘러 밖으로 나서는데 날이 무덥다. 잠시 잊었던 여름날의 열기가 후끈 몸에 달라붙는다. 장마도 지나고 이제 본격적인 무더위가 온다던데 그래도 이번에 별다른 홍수 피해 없이 비가 그쳐 다행이다. 9월이나 10월 태풍 때에 유독 물난리가 심했다는 기억으로 있지만, 어쨌든 말이다.

# 폭염에 찾아온 장경록

찐다. 바람 한 점 없고 비도 오지 않는다. 이글거리는 적도의 도시보다도 기온이 높다는 뉴스가 솔솔 나올 정도다. 올해는 숨죽이고 넘기나 싶던 풍란이 이 무더위를 헤치고 순백색의 꽃을 한들한들 곳곳에 피워낸다. 하지만 이번에는 꽃향내가 코끝을 적시지는 못하니, 머릿속이 설친 잠에 뒤엉켰고 처진 눈꺼풀에 후각까지 시들해져서일까? 어쩌면 바람에 흔들리지 못한 풍란의 권태 탓일지도 모른다.

'하루 종일 무슨 생각을 하시나요? 생각이 일어나면 그 생각을 바라보세요. 생각이 일어나면 그 다음 생각으로 따라가지 마세요. 앞선 생각을 즉각 알아차리고 쳐다보세요. 아, 내가 이 생각을 했구나. 그 생각을 쳐다보면, 보면 사라집니다. 마치 비눗방울 터트리듯 톡 사라집니다. 앞생각에 끌려가서 다음 생각을 만들어내지 마세요. 앞생각을 바라보세요. 알아차리세요. 아, 내가 이런 생각을 하는구나. 그 생각을 쳐다보면, 보면 사라집니다. 사랑쟁이 생각은? 온종일 사랑만 생각할 것입니다. 하루 종일 사랑이라는 생각에 끌려 다닐 것입니다. 무엇에 대한 생각을 많이 하는가? 그 무엇과 생각은 번뇌입니다. 많이 하면? 버릇이 됩니다.'

무씨는 폭염에 녹초가 되어 노트북을 닫는다. 이 무더위가 지나갈 동안만이라도 시원한 에어컨 바람을 쐬고 찬물을 끼얹고 한창 열정을 더할 런던올림픽 경기 쪽에 시선을 옮기자는 생각이다. 생각하기에 따라 인간의 행동이 얼마든지 달라질 수 있다니 놀랍기만 하다. 종일을 빈둥빈둥 유유자적하면서도 자신의 살아있음이 절절히 와 닿는다. 오히려 한가해야 깨닫는 실존의 느낌? 게으른 자들만이 인식하는 어중간한 의식의 흐름인 것일까?

천덕꾸러기 휴대폰이 너부러진 책들 틈새에 처박혀 진동한다. 잊고 있었던 장경록이다. 반갑고 소식이 궁금했고 보고 싶었다고, 생각도 안 한 말들이 무씨의 입술에서 철철 흘러나온다. 아내와 이탈리아를 다녀왔단다. 일본을 거쳐 이곳 부산의 모친 댁에서 며칠 묵는 참에 생각나서 전화했단다. 물론 만나자고 했다. 만나자는 말과 생각은 졸졸 샘솟는 본심이었다.


    내 마음속의 그녀


    내 마음속의 모퉁이를 돌아가면
    아담한 오두막이 머무는데,
    거기엔 나를 위한 Beer가 마련되었고
    나를 향한 노래가 흘러나오니,
    나는 그 Beer를 마시고 불러주는 노래를 듣고
    나를 향한 사랑에 취해가나니,
    취하여 그녀를 가만히 보듬고 삶을 떠올리자면,
    내 마음속의 기억을 놓쳐
    여기가 어딘지 그녀가 누군지


장경록 곁에 앉은 부인의 외모가 무척 고혹적이다. 나이를 묻진 않았지만 희끗희끗 흰 머리카락이 보이는 장경록에 비해 부인의 얼굴 피부는 아직도 탱탱하여 청춘을 품은 여인으로 보기에 족하다. 이러니 둘이 어떻게 만났는지 궁금증이 일지 않을 수가 없지만 참는다. 어떤 사연이 그들과 뒤엉켜 있는지 혹, 애증의 기억에 생채기가 날지도 몰라 그렇다.

"형수님하고 같이 나오실 줄은 미처 몰랐습니다. 이럴 줄 알았으면 아내랑 같이 왔을 텐데요, 하하."

"허어, 이 사람이, 둘러대기는."

그러고 보니 이전에 사리풋타가 이 부인의 모습을 궁금해 했다는 얘기가 문득 떠오른다. 사리풋타가 고향 오빠의 아내에 관한 언질을 줬어도 그때는 아내 쪽에 아무런 관심을 두지 않았던 무씨가 이제 새삼 이들의 모습을 직접 보니 이들이 살아온 애정의 흔적과 삶의 궤적이 무지 궁금해질 수밖에. 그러한데 불쑥 장경록이 맥주에 흥거워졌는지 흥얼거리듯이 바로 '내 마음속의 그녀'라는 시를 읊조렸던 것이다.

"옆에 이 사람을 만나러 갈 때마다 마음속에 일어난 노래였어."

"아, 그러셨어요?"

무씨가 무심한 척 대꾸하며 부인의 표정을 살핀다. 아까부터 미소 띤 얼굴로 조용히 무씨를 바라보는 모습이 원래부터 말이 없는 여자 같다. 처음 만나 인사를 나눌 때에도 나지막한 음성으로 짧게 "안녕하세요?" 그랬을 뿐이다.

"시가 참 아름답고도 슬픈 느낌이네요. 낭송을 들으면서 형수님과의 애틋한 사랑이 전해졌어요. 멋진 사랑을 나누셨나 봐요?"

무씨 자신이 먼저 말을 꺼내지 않으면 어물어물 넘어갈 것 같아 넌지시 시에 대해 꼬투리를 잡는다. 하하하, 술이 거나해진 장경록이 호탕하게 웃어젖히고는 호프 잔을 들어 건배를 청한다.

"연선이랑 가끔씩 연락하나?"

"회사를 떠난 이후로 연락 안 했습니다. 잘 지내시겠지요?"

"그래? 자네가 먼저 해보지 그랬어?"

뭔가 걱정되는 기색의 장경록이다. 그가 아내 옆에서 이연선 얘기를 태연하게 꺼내는 걸로 봐서 아내는 그들의 사이를 알고 있는 것 같다. 그건 그렇고, 지금 이 말은 사리풋타가 무씨의 소식을 궁금해 하기라도 한다는 것일까?

"스님에게 별일이야 있겠습니까? 수행에 있어 번뇌의 티끌이 될까 싶어 연락을 삼갔습니다."

"하기는, 그래야겠지?"

장경록의 어둑한 표정이 가시지 않는다. 무씨가 대꾸 없자 혼잣소리처럼 중얼거린다.

"하긴 별 탈이야 있을라구?"

이 말에 이것저것 생각하느라 무씨가 말없이 술잔을 기울이자, 장경록이 요즘 한창 경기 중인 올림픽 얘기로 화제를 돌린다.

"나는 스포츠가 별로라서 올림픽 경기라 해도 일부러 시간 내어 보진 않아. 근데 며칠 전에는 우연히 펜싱경기 보다가 충격 먹었어."

"아 그게, 심판의 이상한 경기 진행에 대한 얘기로군요? 나도 마침 봤는데 깜짝 놀랐습니다. 인간이 지속적으로 움직이는 공간에, 시간이 멈추는 차원이 있을 줄이야."

## 멈춰진 1초

　장경록이 마시던 호프 잔을 덜컥 탁자에 놓는다.

　"나는 심판의 오심이나 독단적 행위에 놀랐던 것이 아니야. 모든 잡념을 끊고 그 경기 자체에 집중해서 지켜보자니 그만 인간 한계의 절정을 맛볼 수밖에 없었어. 폐부 깊숙이 찌르는 부조리한 인간의 무모한 권력과 그것에 무기력한 인간의 굴종이 뒤섞이는 순간의 숨죽여지는 전율에 무지 떨었지. 나는 그만 못 볼 것을 보고 만 거였어."

　"형님 말을 들으니 그날 기억에 숨이 차네요. 나도 와락 느꼈지만 자리를 털고 비시시 일어났지요. 이후에 인터넷에서 누리꾼들이 뭐라 하던데, 일부러 거들떠보지 않았어요. 오늘 이처럼 속상할까 봐서요, 하하."

　"세상에는 온갖 권모술수와 권력암투가 인간에게 일어나고 득히 성치석 성향의 인간에게서 두드러질 부조리한 사고방식과 행동거지를, 알 만한 사람들은 다들 알고 있지. 그러나 그것들은 어둑한 밤하늘의 박쥐처럼 쥐도 새도 모르게 먹어치우거나 물밑에서 해파리처럼 독소를 잔뜩 내뿜지. 보편적 삶을 사는 인간들이 보지 못할, 아니 보기를 애써 외면하는 가시권 밖의 세계에서 마치 다른 종의 인류처럼 음모를 꾸민다는 것이지. 그러나 이번 펜싱 사건은 두 눈 벌겋게 뜬 관객과 인류의 무수한 시선이 꽂힌 자리에서 일어났다는 데 있어."

　"그럼에도 형님이 놀란 것은 누구나 알 만한 상식과 규칙을 무시하면서까지 어떤 음울한 의도 하에 편파적 판정을 끝까지 밀어붙였다는, 그 단순한 사실에 있는 것이 아니겠군요?"

　"그렇지. 내가 정녕코 놀란 것은 눈앞에서 보란 듯이 일어나는 펜싱 심판관들의 무지막지한 집행을 통해서, 부조리한 권위적 인간들이 휘두르는 행정과 사법의 집행이 지금도 세계 도처에서 숱하게 자행되고 있다는 현실의 각성이 꿈틀거렸다는 것에 있지. 진작 몰랐던 것은 아니지만 그것이 마치 상황극처럼 펼쳐지니 온몸에 전율이 감돌 수밖에 없었어."

"이상한 판정에 호소하는 선수의 절망도 안타깝지만, 바라보는 관중과 시청자들의 어찌하지 못하는 무기력증에서 숨죽일 인간혐오가 그때 치솟았습니다."

"이상한 판정을 내리는 이질적 권위임에도 불구하고 그것에 무기력하게 굴복할 수밖에 없는 선수와 관중의 태도에서 나는 절망감을 맛봤어. 결정이 이상하더라도 집행을 추진할 소수의 뜻에 맞게 동요와 무질서의 충동을 억제하려는 다수 인간들의 유약한 가치관에, 파묻힐 적막이 감돈 날이었지. 지금은 물론, 생각과 감각이 도로 무뎌졌지만."

"잊어먹을 건 바로바로 잊어야 그럭저럭 살 만한 세상이잖습니까."

"하긴 보편적인 삶을 사는 다수의 사람들이 억울해 할 세상일은 그다지 많진 않겠지? 바람에 눕는 갈대처럼 살아가니까. 항상 부러지는 것들은 권력놀음에 신났던 몇몇의 인간들이었으니까. 여전히 저항할 소수의 몫이니까."

조금은 시사성을 띤 얘기를 나누는 중에도 장경록의 아내는 말이 없다. 한잔 술에 미소가 옅어지면서 취기가 감돈 얼굴이다. 여종업원이 구운 오징어를 쟁반에 담아오자 먹기 좋게 손으로 찢는 부인이다.

"형님, 그런데 그 뒤에 벌어진 배드민턴 사건을 아십니까? 자국 선수끼리의 경기를 피하기 위해 일부러 시합을 져준 경기 말이에요."

"알지. 중국이 먼저 저지르고 흉내 내어 한국도 저지르고. 심판관들 표정이 가관이더군. 시합 조작행위가 잘한 짓은 아니지만 이상한 경기들에 대한 심판관의 태도가 참으로 묘했어. 심판관이 저지르는 의도된 오심은 권위를 내세울 정도로 당당하였고, 그런 심판관들의 권위를 조롱한 져주기 경기에는 관객을 구실로 내세워 강력하게 불쾌감을 드러내더군. 올림픽 정신이 그때야 살아나는 줄 미처 몰랐어."

"벌레 씹은 심판들의 모습에서 더한 우울감이 살짝 왔었습니다. 부조리한 권위와 타락한 권력이 어느 수위까지 인간들 속에 내재해 있는가 하는 것이었어요."

"신이 있다면 대체 뭐 하고 있나 몰라. 성질나게!"

장경록의 거친 말에 무씨도 그냥 넘어가고 싶지 않아졌다.

"신이 그나마 계셔서 망정이지, 이런 인간들의 틈바구니 속에서 풀어가야 하는 인생이라면 아마도 부조리한 삶에 짓눌려 숨이 턱턱 막혔겠지요?"

"말씀들 나누세요."

불쾌감을 안주삼아 시원하게 호프를 들이켜자 장경록 아내가 말할 틈을 기다린 듯 미소 지으며 자리에서 일어난다.

"아, 벌써 가시게요?"

"집사람이 여독이 풀리지 않아서 그런가, 몸이 불편해서 오래 있지 못해. 술이 끝날 때까지 있기는 사실 무리야. 하하, 잠시 택시 태워주고 올 테니까."

호프집 문밖까지 나가서 배웅하는 무씨에게 말없이 몸을 굽혀 답례하고는 남편을 따라 큰길로 나선다. 확실히 말수가 없는 조용한 여자다. 돌아온 장경록이 갑자기 말수가 줄었다. 밤을 새워서라도 무씨와 얘기 나눌 기세이더니 아내를 보내고 와서는 말없이 맥주만을 벌컥벌컥 들이켠다. 그러더니 불쑥 영수증을 들고 카운터에 가서는 계산을 치르고 돌아온다.

"오늘, 밤새도록 마셔볼까 했는데 안 되겠어. 피곤해선지 영 기분이 나지 않구먼."

"그러세요, 얼굴에 피로가 다닥다닥 붙었습니다. 들어가서서 쉬세요."

"그래야겠어. 부산 떠나기 전에 한 번 더 만나세, 들려줄 얘기도 있고."

아내를 바래다준 짧은 순간에 혹시 무슨 일이라도 있었던 것일까? 그는 갑자기 서두르는 몸짓으로 남은 맥주를 마저 들이켜고는 자리에서 일어난다. 장경록이 손을 들어 씩 웃으며 휘적거리는 몸을 털썩, 택시 뒷좌석에 던져 그곳을 떠난다.

## 사이비 종교의 두 여자

무더위에 늦잠 자느라 아내와 늦은 아침을 먹고는 커피를 마신다. 방학이라 잠시 집에 들른 큰애는 일찌감치 친구를 만나러 나갔고 작은애는 교회에서 여는 수련회 참가로 떠났다.

"애가 이제 겨우 대학 1학년인데 벌써 화장하고 애가 야해졌어!"

엄마이자 같은 여자로서 걱정부터 앞서는 게 당연하겠다.

"지금부터 살살 화장도 연습해 둬야지, 직장 다니면서 그때 꾸미려면 한발 처지지."

이럴 때는 아내의 부질없는 걱정도 덜어줄 겸 아이를 두둔해줘야겠다는 생각에 그리 말한다.

"화장 안 해도 예쁜 얼굴인데 오히려 얼굴이 죽었어."

"말간 얼굴 보다가 화장이 어색해서 그렇던데 곧 나아질 거야. 다 그렇게 배우는 거지."

대학생이 되고 성년이 되면 자기의 인생을 스스로 열어나가야 한다. 어른들은 그런 아이들의 사고와 의지에 의해 일으키는 갖가지 행동에 대해 믿음의 눈으로 바라볼 필요가 있다. 아이를 신뢰하는 만큼 아이가 알아서 취할, 자기 개성과 매력 창출의 시도에 격려와 조언을 아끼지 않아야겠다는 게 무씨의 생각이다.

한편, 어른 없어도 얼마든지 곧잘 생활하는 아이들이 요즘 아이들의 한 유형이겠다. 어른이 제때 돈을 공급해주기만 한다면 육체와 정신적 요소에 필요한 자양분을 알아서 흡수해나갈 존재처럼 비쳐진다. 어른이 구축한 삶의 기반이 아이의 의식과 행동에 영향을 끼쳤는가?

아내는 모처럼 오랜 친구들을 만나러 외출하였다. 여자들은 결혼을 하고 나면 친구와의 만남이 뜸해지는 게 대체적인 경향이다. 남자들은 술 핑계로라도 만남을 자주 이어가는데 말이다.

무씨는 권태로운 기분이 들어 거실에서 빈둥거리는데 초인종이 울린다. 한 젊은 여자가 현관문에 바짝 붙어 카메라를 뚫어지게 응시하는 게 아닌가? 가만히 살펴보니 영락없이 여호와의 증인 같은, 기독교 쪽을 흉내 내는 사이비 종교 기척이다. 보나마나 문 귀퉁이에는 카메라를 피한 일행이 갸웃거릴 게 뻔하다. 무씨는 집에 돌아온 이후로 가끔씩 이런 해프닝을 목격하였고 그럴 때마다 시치미 떼고 아무도 없는 척하였다. 그들과 마주친다는 것은 두통과 짜증이 지끈지끈 생겨나기에 충분한 골칫거리이지 싶었다. 그러한데 오늘은 묘하게도 그들과 마주앉아 대체 그들이 주장하는 얘기가 무엇인지를 곰곰이 들어봐야겠다는 생각으로 꿈틀거렸다.

현관문을 열자, 눈빛이 짙은 다소곳한 모습의 젊은 여자가 약간 경직된 얼굴로 목례한다. "안녕하세요?" 아니나 다를까 넉살 좋아 보이는 중년의 여자가 바로 현관문에 나타나 빙긋 웃으며 말을 걸어온다. "다른 게 아니라 잠시 설문조사 좀 하려고 합니다. 응해주셨으면 하는데, 3분 정도로 금방 끝납니다."

무씨는 두 여자를 안으로 끌어들이고 싶었다. 커피라도 나누면서 두 여자가 소속된 종교 집단에서 심사숙고 끝에 마련한 나름의 주장을 찬찬히 듣고 싶었다. 하지만 두 여자는 안쪽을 흘낏 들여다보고는, 남자만 있다는 생각이 들었던지 반쯤 열린 현관문에 발을 뻗친 채로 스마트폰에 내장된 자기네의 홍보물을 들이댄다. 홍보 영상에서 흘러나오는 성우의 해설과 자막의 질문에 따라 손끝으로 클릭하기만 하면 되었다.

두 여자는 자신들의 종교를 일부러 밝히지 않고서 성경 구절을 이용하여 점차적으로 접근하는 방식을 취하는, 정체를 감추는 사이비 종교 집단이 분명했다. 성경 구절의 의미를 놓고 시비 거는 식으로 접촉한 뒤에 차츰 그들의 의도대로 마음을 현혹시킬 수 있는 가장 손쉬운 상대가 아무래도 기존의 기독교인이다. 그러하기에 현관문에 붙은 교회마크를 쫓아 초인종을 누르는 전략을 세운 집단이 이른바 신흥종교이자 사이비집단이다.

그 행위 하나만 보고서도 그들을 사이비집단이라 불러도 괜찮다. 무신론자를 향하는 힘겨운 전도가 아니라 이미 신과의 세계에 밀접한 이들에게 들러붙어 뭔가 의도한 바를 손쉽게 이루려는 추악한 게으름이 엿보이지 않는가? 그 꿍꿍이속에는 어떤 음흉한 목적이 어둠너머 도사렸다고 봐야 한다. 무씨는 이들의 술수에 대해서는 아무것도 모르는 사람처럼 홍보 영상이 설명하는 내용에 따라 그중의 하나를 선택하여 클릭한다. 동영상이 금세 끝나자 중년여자가 묻는다.

"보시고 나니 어떠세요?"

"간단하게 대답할 수 있는 성질의 내용이 아니네요. 내 얘기를 듣고 싶다면 안으로 들어가시지요. 납치 같은 무서운 일이 생길까 걱정하지 마시고요."

"아니에요, 그 때문이 아니라…… 아니! 잠시 들어갈게요."

자신들이 믿는 존재의 권능을 믿지 못하는 것처럼 상대방에게 비칠까 염려해서인지 하던 말을 되돌리고는 집 안으로 성큼 들어서는 중년여자다. 머뭇거리던 젊은 여자도 얼른 뒤를 쫓는다. 두 여자의 엉거주춤한 뒷모습을 바라보면서 무씨가 현관문을 세게 닫는다.

# 짙은 눈매가 말하는 것은

　어색한 몸짓으로 두 여자가 거실에 놓인 앉은뱅이책상 부근에 적당히 알아서 앉는다. 그러고는 방문기도를 드리는데 그 모양새가 정통 기독교인과 닮았다. 보나마나 어지간한 것은 유사하게 흉내 낼 게 분명하다. 무씨가 책상에 앉자 중년여자가 좀 더 다가앉으며 소지한 성경책을 펴든다.

　"장로님이세요?"

　"장로 아닙니다. 서리집사입니다."

　"성경 창세기를 보면 최근까지도 풀리지 않은 의문의 말씀이 있습니다. 신학자들이 아무리 해석하려고 해도 하늘의 비밀이 밝혀지지 않았는데 그것이 바로 '우리'라는 단어입니다. 창세기 1장 26절에 이런 말씀이 있습니다. 〈하나님이 이르시되 우리의 형상을 따라 우리의 모양대로 우리가 사람을 만들고〉 여기서 '우리'라는 것이 과연 무엇을 말하는 것일까요?"

　"'우리'라는 낱말은 삼위일체를 뜻하는 말씀입니다."

　"삼위일체라고요?"

　놀라는 중년여자의 얼굴에 박힌 까만 눈동자가 어수선하게 구른다. 하지만 그 표정은 무씨로부터 처음 들어 당혹스러워하는 기척이 아니라 기독교인들과 마주칠 때마다 수시로 들어야 했던 삼위일체 소리이기에 생기는 의기소침같이 보였다. 그러나 사이비 종교에 빠진 여자의 특징이랄까, 어떠한 형태로든 구축해놓은 신념을 쉽게 꺾을 리가 없다. 중년여자는 서둘러 성경 구절 중에서 별도로 형광펜으로 색칠한 부분을 찾아 재빠른 손놀림으로 뒤적거린다.

　"그럼 여기를 보세요. 요한계시록 22장 17절에 〈성령과 신부가 말씀하시기를 오라 하시는 도다 듣는 자도 오라 할 것이요 목마른 자도 올 것이요 또 원하는 자는 값없이 생명수를 받으라 하시더라.〉 여기서 성령은 하나님이시잖아요. 그렇다면 신부는 누굴까요? 성령과 신부라고 했는데, 이게 우리잖아요."

무씨의 마음이 금방 불편해진다. 이런 식으로 성경 구절을 짜깁기해서 멋모르는 사람들을 현혹시킬 작정을 하였나? 여기에 당하는 사람이라도 있다는 것일까? 이 여자는 남녀양성의 하나님을 주장하려나 보다. 그 우리.

"여기서의 신부는 교회나 의로움을 입은 신자를 비유로 말했습니다. 이것을 두고 말 그대로 신부이니 여자일 거라는 생각은 어리석습니다."

"이걸 왜 비유라고 말하세요? 물론 성경엔 많은 비유들이 있지만 이렇게 구체적으로 말한 것까지 비유라고 해서야 되겠어요?"

"물론 성경은 많은 비유와 사실적 표현이 섞여 있습니다. 그것들은 그 구절 전체와 문장 전체와 성경 전체의 흐름을 잘 읽어서 해석해야 합니다. 그런데 요한계시록이 무엇입니까? 이것은 예언서로서 앞으로 일어날 일을 기록한 것이고 따라서 그 내용이 무척 난해하고 애매하여 오늘날까지도 요한계시록의 정확한 의미를 파악하지 못하고 있습니다. 게다가 요한계시록은 사도요한이 꿈이나 환상을 통해 보았거나 들은 것들의 기록이기에 온통 비유와 상징일 수밖에 없습니다. 그러한데 그것을 비유라고 하지 않고 사실 그대로의 낱말풀이로 해석하는 어리석음을 저질러서는 곤란하겠지요."

"아, 그렇다면 왜 신부가 생명수를 받으라고 했을까요? 성령은 하나님이니 당연하지만 말이에요. 신부도 하나님이니 줄 수 있는 것이 아닌가요?"

"그렇게 말한 구절의 앞뒤 문장까지를 잘 읽어보세요. 성령은 삼위일체의 하나이긴 하지만 성령 자체가 신의 권능으로서 직접 생명수를 내리는 것이 아닙니다. 성령은 인간에게 내려온 신의 기운, 입김과 같은 존재이며 인간을 신의 선한 성품으로 이끄는 역할을 합니다. 그러니 당연히 신부도 생명수를 주는 것이 아니지요. 내 말을 선뜻 이해하기 힘든 표정 같으신데 이렇게 예를 들겠습니다. 손님이 찾아와서 내 아이에게 용돈을 주려고 할 때 아이가 받아도 되는지 머뭇거립니다. 그때 내가 그러지요. 〈주시는 거니까 감사히 받아라.〉 어때요? 내가 받으라고 말했다고 해서 그것이 내가 주는 것이겠습니까? 이렇듯 이 구절의 뜻은 그러합니다. 신부는 여자 하나님이 아니라 교회나 신실한 교인 정도의 뜻으로 보시면 됩니다."

중년여자의 손이 성경책을 이곳저곳 뒤적이느라 바빠진다. 젊은 여자는 의아한 표정을 감춘 채 둘의 대화를 물끄러미 지켜만 보고 있다.

"장로님 아니 집사님, 그럼 이것은 뭐겠습니까? 갈라디아서 4장 26절에 적혀 있습니다. 〈오직 위에 있는 예루살렘은 자유자니 곧 우리 어머니라.〉 하늘에 우리 어머니가 있다고 말하잖아요. 이것은 비유라서 위에 있는 예루살렘은 천국을 말하는 것이고 그곳에 어머니 하나님이 계신다고 말씀하고 있잖습니까?"

"그렇군요. 기독교를 표방하는 유사 종교는 성경 구절을 놓고서는 입맛대로 이것을 갖다 붙이고 저것을 도려내고 그렇게 풀이하더군요. 안타깝습니다. 이 글귀도 마찬가지로 어머니는 여성을 말하는 것이 아니라 본향의 의미입니다. 우리는 조국을 모국이라 칭하지 않습니까? 그런 뜻입니다."

"밑 구절에 약속의 자녀라 하였고 잉태라는 말도 있는데 그러려면 어머니가 있어야 되잖아요. 이것도 비유라고요?"

"무슨 말씀이신지? 우리가 나라를 떠나 외국에 가 있으면 대한민국을 모국, 어머니 나라라 부르지 않습니까? 그런다고 대한민국이 여자이겠습니까? 상징적 의미의 표현을 두고 의도에 꿰맞추기 위해 왜곡해서 풀이하면 정말 큰일 날 일입니다. 잉태 그리고 약속의 자녀라는 낱말은 사라처럼 잉태하지 못하는 자들도 이삭과 같은 약속의 자녀를 낳듯 우리 믿는 형제들이 그와 같나는 표현을 한 것입니다."

중년여자는 궁지에 몰린 분위기를 만회하겠다는 생각인지, 무씨를 어떻게든 자기들의 올가미에 걸고야 말겠다는 의도인지, 계속해서 열심히 뒤적거려가며 성경의 구절들을 제시하고 주장하였지만 번번이 무씨의 반박에 몰려 꿀 먹은 벙어리 신세가 되었다.

"목사님 아니 장로님, 아버지 하나님이 계시는데 어찌 어머니 하나님이 없으시겠습니까? 짐승들도 다 짝이 있고 짝이 있어야 자식이 생기잖아요? 성경에 어머니 하나님을 설명하는 구절이 더 있긴 한데 보여주기가 좀 그러네요. 없다고 하시니 더 이상은 보여드릴 필요도 없겠고."

무씨가 중년여자의 말을 끊는다.

"마치 이 땅, 이 대한민국에 어머니 하나님이 실제로 살아있기라도 하는 것처럼 강조해서 말하는 것이 느껴집니다. 왜들 이러는지 모르겠습니다. 기독교라는 종교가 제대로 잘만 이어지면 아무 문제가 없고 인류에게 도움을 줄 것이 분명한데도 이런 식으로 성경 구절을 놓고 엉뚱한 논리를 내세워 교리를 펴고 새로이 종교를 만들고 하는 현상들을 볼 때 안타까워 죽을 지경입니다. 이처럼 왜곡되게 떠들 바에야 차라리 없었으면 더 좋았을지도 모른다는 생각이 지금 불쑥 일어날 정도로 참담합니다. 신을 알아감에서 오는 자유가 아니라 도리어 고통과 절망으로 몰아넣는 삶이 이렇듯 있지 않을까 해서입니다. 제대로 잘 믿는다는 것이 이리도 어려운 일인가요?"

중년여자가 곁에 앉은 젊은 여자를 바라본다. 젊은 여자는 여러모로 보나 사이비 종교의 늪에 빠진 지 얼마 안 된 신참이겠다. 아직까지 상황이 어떻게 돌아가는지 파악이 채 되지 않는 기색이다. 어쩌면 짙은 눈빛이 절망의 깊이일지도 모른다는 생각이 불현 듯 드는 무씨다. 삶의 번뇌를 주체하지 못해 사이비 종교에 빠져들었고, 여전히 풀리지 않는 번뇌에다가 정작 신앙하게 된 사이비 종교 자체에서 조여 오는 색다른 압력에, 이 유약한 여자의 절망이 더욱 깊어졌을지도 모른다. 만약 그렇다면 이 절망은 잠재의식의 눈치챔을, 의식이 화들짝 놀라 철저히 억누르는, 절망의 절정 상태일지도 모르겠다. 무씨가 말을 잇는다.

"세상의 많은 생명이 짝을 이뤄 번식에 이른다고 해서 신도 그러하리라는 생각은 참으로 치졸한 발상입니다. 한갓 미물처럼 신도 그러해야 한다면 그게 신이겠습니까? 하물며 만물은 짝 없이도 번식하고 생장하는 무수한 것들이 존재하는 마당에 말이지요. 우리가 신을 아버지 하나님이라고 부른다고 해서 그것이 성별을 의미하는 것은 아닙니다. 생명과 만물의 근원으로서의 절대적 존재를 향한 표현이라고 해야 옳겠습니다. 다만 그럼에도 아버지라는 표현을 쓰게 된 것은 지금도 마찬가지지만 당시의 인간 의식 구조는 남성 위주였습니다. 그러니 남성의 대표 격인 아버지를 표기할 수밖에요. 최고 권력을 의미하는 왕이라는 칭호도 있고 주님이라는 표현도 있잖습니까. 이런 비유의 상징적 낱말 표기에 얽매여 신을 참으로 그러한 존재로 착각해서는 곤란한 것이지요."

"예수님이 실제로 인간으로 오셨고 남성이잖아요?"

"내 말이 그 말입니다. 여자로 오셨으면 세상 사람들이 알아차렸겠습니까? 발언권 하나 제대로 없을 시기인데요. 그렇다고 세상에 존재하지 않는 중성적 인간이나 이상한 형태의 모습으로 오실 수가 있겠습니까? 신께서 직접 만드신 만물의 이치와 진리에 의해 움직이는 분께서 말입니다. 비록 예수님은 가장 적절한 인물로 적당한 시공간에 오셨지만 성별이나 지역을 초월하십니다. 혹시 기존의 종교가 남성 위주의 편향에 사로잡혀 있다고 판단하여 그런 여자에 대한 멸시의 교리를 떨쳐버리고 싶어 이런 이상한 궤변의 종교에 빠지셨다면 이제부터라도 정신을 바짝 차리고 차분하게 잘 생각해보세요.

절망과 삶의 고통 때문에 신을 찾겠다고 덤벼든 종교가, 희망을 주고 새로운 삶의 의욕을 안겨주는 것이 아니라 여전하거나 더욱 심한 절망으로 몰아간다면 누군들 그 심정이 어떠하겠습니까? 신은 이런 일에 어떠한 참여도 하지 않으셨는데 제풀에 신을 왜곡하고 결국은 제풀에 신을 원망하거나 저버린다면 신은 어떤 입장이 되겠습니까? 인간의 자유의지에 의해 신을 제대로 알아가기를 바랐을 뿐인 신을 탓해야 할 문제이겠습니까? 이제라도 우리는 성경을 잘 읽고 신의 뜻을 잘 헤아리는 삶을 살아야 하는데 그게 그리도 어렵다니요? 어렵다는 사실에, 이런 모습을 목격할 때마다 나도 절망감에 빠집니다. 어찌해야 할지가."

휴! 길게 내뿜는 무씨의 한숨에 잠시 침묵이 흐른다. 선풍기 바람이 속절없이 공간을 휘젓고 돌아다닌다. 정녕 안타까운 심정이 되어 무씨가 입을 닫고 두 여자를 주시한 채로 있자, 중년여자가 슬슬 몸을 일으킨다.

"우리가 그렇다고 자유롭지 못한 적은 없었지? 우리는 문제없이 잘 살고 있잖나?"

다짐을 얻듯 젊은 여자에게 거듭 묻자, 굳은 표정의 젊은 여자가 고개를 끄덕인다. 일어나다가 갑자기 생각난 듯 중년여자가 묻는다.

"하나만 더 물어볼게요. 저번에 무슨 기독교 신문에서 한 신학자가 그랬다던데요? 토요일이 안식일인데 왜 일요일로 바뀌게 됐는지 모르겠다던데요? 예배를 일요일에 드리는 것은 왜 그런지 설명해줄 수 있겠어요?"

"일요일을 주일로 정하고 예배드리는 것은 당연합니다."

"어마, 왜죠? 이유를 말해보세요. 성경에도 없고 아무도 모르겠다는데 장로님이 어찌 아세요? 설마 성경에 적혀 있다고 말씀하시려는 건 아니겠지요?"

"하하, 성경에 적혀 있습니다."

중년여자가 다그치는 기색으로 당겨 앉는다.

"지금 당장 보여주세요, 어디 있는지. 그러면 장로님 말씀대로 한번 생각해볼게요."

"잠시만 기다려보세요." 무씨가 성경책을 펴들고 빠르게 이리저리 뒤적거리다가,

"갑자기 찾으려니까 보이지 않네? 구약의 레위기 아니면 민수기 어딘가에 있을 텐데, 일단은 대충 말로 설명할게요."

"그러세요, 나중에 제가 따로 찾아볼게요."

"일요일을 예배일로 정한 기록은 신약에서도 찾을 수 있습니다. 바울은 매주 안식일 첫날에 신자들과 모임을 가졌어요. 지금의 주일에 갖는 예배와 같은 성격의 모임이었어요. 부활하신 예수를 기리는 예배이기도 하고요. 구약을 살펴봐도 안식일 첫날에 하나님께 제사를 드렸습니다. 지금 우리가 갖는 주일예배는 신께 향하는 경배와 찬양이지만 가톨릭에서 드리는 제사 형식의 미사를 보더라도 구약의 안식일 첫날에 드린 제사와 부합된다고 하겠습니다."

"정말로 안식일 첫날에 그랬어요?"

"상식적으로 생각해도 당연하지 않겠어요? 안식일, 쉬어야 하는 날에 무슨 제례적 절차를 행했겠습니까? 보면 요즘, 토요일에도 많이들 쉬잖습니까, 안식일인 양. 그리고 첫날 일요일에 예배를 드리는 것이죠. 어때요, 매우 자연스럽지 않겠어요?"

"그러고 보니 목사님 말씀 맞다나 안식일에 제사 드리진 않았을 것 같기도? 이따 구약성경에서 찾아볼게요."

현관문을 나서면서 중년여자가 가볍게 목례를 하고 젊은 여자는 얼른 엘리베이터 버튼을 누른다. 무씨가 미소를 지으며 한마디 덧붙이듯 말한다.

"남녀가 중요한 것이 아니겠지요? 신은 한 분이시니 아무쪼록 신의 축복이 있으시기를 바랍니다. 안녕히 가세요."

어색한 몸짓으로 허둥지둥 엘리베이터를 타고 사라지는 두 여자의 모습을 지켜보다가 무씨가 현관문을 닫는다. 그러면서 생각에 잠긴다. '그들도 처음에는 누군가에게 전도를 당했겠지? 그러면서 이제는 누군가를 전도하려고 시도한다. 아무래도 중년여자는 사이비 종교의 허구와 사기에 대해 이미 잘 알고 있는 듯하다. 나 같은 자를 만나더라도 시간만 약간 날릴 뿐이고, 요행으로 거짓의 사기에 눈먼 자가 걸려들면 호박이 넝쿨째 굴러오듯 손아귀에 돈다발을 움켜 쥘 그날의 꿈을 꾸며, 오늘도 열심히 전도에 나서는 것일지도? 돈이 목적이 아니라면 황당한 교리에 놀아나는 사이비 종교를 만들고 추종할 이유가 없다. 이 폭염에 땀 뻘뻘 흘리며 헉헉거리고 돌아다닐 이유가 없는 것이다.

나돌던 풍문이 얼핏 떠오르는데, 자기가 아버지 하나님이라고 뻥치면서 이상한 교회를 창시한 교주가 냉면 먹다가 장난처럼 죽어버리자 애인이라 했던가, 그 밑에 제자라는 여자가 그 조직을 추슬러서 어머니 하나님교회를 만들었다는 소리가 들렸다. 아까 두 여자에게 묻지는 않았지만 말하는 어리석음으로 봐서 그 사이비 종교의 소속이 아닐까 싶다.

싸구려 인간을 신처럼 떠받드는 신천지와 같은 사이비 종교 집단의 꼬임에 빠져 얼마나 많은 무지의 인간들이 돈과 정열과 육체와 가정을 파괴시키면서까지 절망과 고통을 기어코 붙들고 달려갈 것인지!' 문득 이 짓거리를 내버려두는 신의 의도가 궁금해져 속이 터질 지경이 되어버리는 무씨다. 아까 두 여자에게 실컷 떠들어놓고는 언제 그랬느냐는 듯 잊어먹고서 신에게 원망을 쏟아놓고픈 심정이 되어버린다.

# 다윈주의와 도덕의 뿌리

생각과 달리 마을 도서관을 일주일이 지나도록 가지 못했다. 그러는 와중에 비 한 방울 오지 않고 바람 한 점 불지 않는 푹푹 찌는 폭염의 열대야현상이 시원한 바닷가 마을까지 덮쳤다. 아내는 한 달가량의 짧은 방학이지만 유달리 이번에는 보충수업과 연수교육 없이 꼬박 놀고먹을 수 있는 절호의 여름이라 한편으로 즐겁다지만 뭐, 그래봐야 특별한 이벤트가 따로 있는 것도 아니니 그냥 홀가분한 몸짓으로 하루씩의 시간을 떠나보내는 것으로 만족할 수밖에는. 물론 그렇다고 분위기를 부추겨 외지로의 휴가 같은, 멋진 낭만을 바람 잡을 무씨가 아니다. 짬짬이 직장 동료의 길흉화복 소식과 집 근처의 간단한 외식 등이 기다릴 테지만, 집 떠나면 개고생이라는 말을 찰떡같이 믿는, 이제는 권태에 익숙해진 중년인 것이다.

전기료 아낀다며 에어컨을 잠재우고서 선풍기 바람만이 후끈하게 열대야의 열기와 다투던 어느 날, 마침내 더위에 지친 무씨가 마을도서관을 다시 찾았다. 가을이 오기 전에 도킨스와의 토론을 마무리하려는 것이다. 토론을 할 때마다 느끼는 생각이지만 도킨스와 무씨의 주장이 항상 대립각을 세우는 모양새로 봐서는 무신론자와 유신론자의 뇌세포 구석이 근본적으로 다른 구조가 아닐까 하는 강한 의혹을 갖게 된다. 그것은 마치 정치 이데올로기의 좌파와 우파의 충돌만큼이나 선명하다. 어떻게 이런 구도가 가능하게 되었는가? 뜨거운 한여름에 또다시 살얼음판 위를 걷는 그들의 대화가 이어진다.

"유전자가 다른 유전자들에 대해 자신의 이기적 생존을 도모하는 가장 확실한 방법은 각 생물이 이기적이 되도록 프로그램 하는 것입니다. 사실 각 생물의 생존이 그 안에 든 유전자들의 생존을 선호할 상황들은 많지만, 그러나 상황마다 각기 다른 전술이 선호되는데 생물이 이타적으로 행동하도록 유전자가 영향을 미침으로써 자신의 이기적 생존을 도모하는 상황들도 있습니다. 친족이 같은 유전자의 사본을 공유할 가능성이 통계적으로 높기에 자신의 유전적 친족을 선호하는 친족 이타주의, 서로 간의 필요와 그것을 충족시킬 능력의 비대칭 때문에 서로 다른 종 사이에서 유독 더 잘 나타나는 공생관계의 호혜적 이타주의, 관대하고 친절하다는 평판을 얻음으로써 누리게 되는 다윈주의적 혜택, 과시적 관대함은 속일 수 없는 지배나 우월을 드러내는 진정한 광고의 역할이 그것입니다."

"다윈진화론에 따르다 보니 결국 이타주의도 이기주의의 한 방편이 되어버리는군요. 다윈진화론의 자연선택에서 오는 적자생존 법칙이 세상을 참 우울하게 만듭니다. 요즘의 사람들은 창조론보다는 다윈진화론을 따르는 사고방식이 일반적이라 봤을 때, 수많은 사람들이 출렁거리는 거친 이기주의와 생존경쟁의 파고에 그만, 물먹고 가라앉아 세상 밑바닥에서 허우적대며 살아가지 않나 싶습니다. 이러니 이 다윈진화론이야말로 우리가 힘써 내버려야 할 세뇌된 사고가 아닐까 하는 마음이 강렬하게 일어납니다.

세상의 많은 사람들이 이기심과 탐욕에 몰두하는 현상을 보인다고 해서 그것이 진화의 산물일 거라는 추측은, 정말로 인간 본질의 파악 없이 심리와 행위로 표출되는 현상만을 관찰하여 추론한 억지이론에 불과하다는 생각까지 더해져 매우 암울해집니다.

그런데 있지요? 도킨스 당신의 방금 얘기에서 희한한 주장을 하나 발견합니다. 그것은 인간 몸속에 내재하는 유전자를 서슴지 않고 인격화한다는 점입니다. 마치 유전자가 이성적 판단 하에 의지를 가지고 인체의 각 세포에게 명령과 조정을 내려 생존에 적절할 조직체계를 갖추는 일에 골몰하는 실재적 자아처럼 묘사했습니다."

"생물 개체가 생존본능을 지닌 것이 사실로서 관찰되지 않습니까? 생존하려는 본능은 이기적일 수밖에 없으며 그 이기적 생존을 이루기 위해서 형성된 프로그램은 바로 유전자에 의해 구축되고 축적되었습니다. 그러니 유전자의 역할을 아무리 강조하여도 지나치지 않습니다."

 과수원에 먹을 포도송이가 있을까? 하

"네. 그렇군요. 영혼이 인간의 육체를 움직인다는 유신론적 주장처럼, 유전자가 영혼으로 내게 성큼 다가옵니다. 대체 무슨 차이가 있을까요?"

정신이 물질의 작용이든 물질과 화합한 정신이든 물질과 분리되는 정신이거나 영혼이든 간에, 물질과 대비되는 정신이라는 존재의 인식은 누구나 갖는 것이다. 무신론자라고 자랑하는 도킨스 역시 물질의 하나인 유전자를 두고 다른 물질에 비해 남다른 권능을 부여하고 있지 않은가. 그러한 권능은 그것을 영혼자체 또는 정신자체라고 불러도 충분할 정도로 푸짐하게 대접하고 있다.

"무씨, 내 얘기를 마저 들어보시오. 선사시대 내내 인류는 네 가지 이타주의 모두의 진화를 강력하게 선호했을 조건하에 살았지만 이제는 대다수가 더 이상 친족으로 둘러싸이지 않은 대도시에 살고, 매일 두 번 다시 만나지 않을 사람들과 마주치는 오늘날에도 우리는 왜 그렇게 서로에게, 심지어 외집단에 속한다고 여겨지는 사람들에게까지 잘하는 것일까요?

여기서 자연선택의 범위를 오해하지 않는 것이 중요합니다. 선택은 '당신의 유전자에 좋은 것이 무엇이다'라는 인식의 진화를 선호하지 않습니다. 그런 인식은 인간이 특정한 인지 수준에 도달한 20세기에야 이루어졌으며 지금도 이를 완벽하게 이해하는 사람은 소수의 과학 전공자들뿐입니다. 자연법칙이 선호하는 것은 경험법칙들로서 그것들은 실질적으로 그 법칙들을 구축한 유전자들을 퍼뜨리는 일을 합니다. 경험법칙들은 본래 종종 빗나가곤 하는데 인간들이 작고 안정적인 무리로 살아가던 시대에 자연선택은 인간의 뇌에 성적 충동, 굶주림 충동, 이방인 혐오 충동 등과 함께 이타적 충동도 프로그램 해놓았습니다."

도킨스의 얘기는 그러니까 자연선택은 인식의 진화를 가져오는 것이 아니라 경험을 구축한 유전자의 확산을 선호하기 때문에 개별 생명체의 유익과는 별개의 경험들도 얼마든지 뇌세포에 축적될 수 있음을 말하고 있다. 영혼이나 정신이 존재할 수 없고 오직 물질만이 있으며 그것의 진화만이 있을 뿐인 다윈진화의 세계에서 하긴, 물질이 경험한 것 외에 달리 무엇이 축적될 수 있겠는가? 그러하니 진화의 태곳적부터 형성되고 축적되었던 본능들이 여전히 축적된 경험의 흔적으로 남아서 빗나간 행위를 여전히 하고 있다는 얘기다. 그런데? 그렇다면 아메바에서 어류로 다시 인간으로의 진화 과정을 거치면서 엄청난 외형의 변화를 가져왔는데도 불구하고 경험된 본능은 왜 진화하지 않는다는 것일까? 분명히 유전자가 확 달라졌는데도 말이다.

"지적인 부부는 다윈진화론을 읽고 성적 충동의 궁극적인 이유가 출산임을 알아차릴 수 있지만 현재 임신할 수 없다는 것을 알면서도 성욕은 그 자체로 존재합니다. 그것의 힘은 궁극적인 다윈주의의 압력과는 별개로서 독립되어 존재하는 강한 충동입니다. 나는 친절함, 이타주의, 관대함, 감정이입, 측은지심 등의 충동도 마찬가지라고 주장합니다. 고대에 우리는 가까운 친족과 잠재적인 보답자에게만 이타적일 수 있었고 오늘날 그 제한 조건은 사라지고 없지만 그 경험 규칙은 남아 있습니다. 왜 사라지지 않았을까요? 그것은 성욕과 마찬가지입니다. 우리는 어쩔 수 없이 이성에게 욕망을 느끼는 것과 마찬가지로 울먹이는 불행한 사람을 볼 때 어쩔 수 없이 측은지심을 느낍니다. 둘 다 빗나간 사례이자 다윈주의적 실수입니다. 그러나 그것은 다행스럽고 고귀한 실수입니다."

"생존과 상관없이 인간에게 항상 일어나는 성욕이나 측은지심 등의 감정 문제를 동물의 일반적 현상에서 찾을 수 없다 보니 진화의 실수로 돌리고 있습니다. 어떠한 인간의 현상도 다윈진화론에 대입시켜 설명하지 못할 것이 없는 과학이라는 교만을 붙들기 위해, 갈수록 논리에 어긋나는 패착을 두고 있습니다. 스스로 언급한 질문처럼 왜 사라지지 않았습니까? 인간이라는 물질의 외형도 변했고 DNA 같은 핵산조차도 염기서열을 달리한 마당에 왜 인간의 낡은 감정이 원숭이 시절에 있었다는 꼬리뼈처럼 인체에서 사라지지 않은 것일까요?"

무씨가 이렇게 반문하는 까닭은 이미 다른 생각을 품어서이겠다. 진화에 의해 생겨났다가 소용이 다했는데도 사라지지 않은 요소라고 주장하는 이타주의, 친절함, 관대함, 측은지심, 감정이입 같은 정신들은 사실상 인간이 갖는 고유하고 독특한 가치체계라 할 수 있다. 그것은 동물에게서는 찾아볼 수 없는 인간의 고유성이기에 그것으로 해서 인간이 동물과 구별 짓는 중요한 근거가 되기도 한다.

이러한 요소가 환경이 달라져 소용이 다하였으니 자연선택의 원리에 따라 사라져야 마땅한 것이지만 사라지지 않았기에 이른바 다윈진화론자의 입장에서 논리적으로 변명을 찾지 않을 수 없는 처지의 발언으로 비친다. 그런데 그 인간적 요소가 자연선택에 맞춰 사라지면 대체 인간은 무엇인지, 동물과 어떤 차이를 갖는 것인지?

동물과 확연하게 다른 인간의 고유성 때문에, 동물에서 진화한 인간이라는 주장에 어떤 타격이라도 받는다는 생각에서일까? 도킨스는 스스로 생각하기에도 자가당착에 빠지는 논리를 펼쳤다는 강박관념에 허덕이며 그것을 만회할 논리를 찾느라, 여전히 궁지에서 헤어나지 못할 인간 본성의 문제를 건드린다.

"성적 욕망은 인간의 야심과 투쟁 중 상당히 많은 것들의 배후에 있는 추진력이며, 그중 상당수는 빗나간 것들입니다. 이것이 조상들의 생활에서 유래한 빗나간 결과라면, 관대해지고 연민을 느끼려는 욕망에도 같은 말이 적용되지 말라는 법이 없습니다. 자연선택이 우리 조상들의 시대에 그 두 종류의 욕망을 구축한 최선의 방법은 뇌에 경험법칙을 설치하는 것이었습니다. 그 법칙들은 오늘날의 우리들에게까지 영향을 미치고 있으며 심지어 원래의 기능에 맞지 않은 상황에서도 그렇습니다. 그런 경험법칙들은 칼빈의 결정론적인 방식이 아니라 문화와 관습, 법률과 전통, 그리고 종교라는 문명 요소들의 영향을 받아 걸러지면서 여전히 우리에게 영향을 미칩니다. 원시적인 뇌의 성욕 법칙이 문명이라는 여과지를 거치면서 문학 속의 연애장면이 되어 등장하듯이 말입니다."

"성적 욕망이 인간의 창조나 야망 등을 자극하는 힘의 근원이라는 주장을 종종 듣습니다. 일면, 타당성을 갖습니다. 어차피 인간의 삶 중에 나타나는 다양한 조건들이 구체적 행동을 갖게 만드니까요. 하지만 그렇다고 해서 그것이 사라지지 않게 된 이유라고 얘기하면 곤란합니다. 아까 얘기 중에서 자연선택은 인식의 진화를 선호하지 않는다고 하였는데 그렇다면 인간의 창조나 야심, 투쟁과 같은 정신적 관념의 추진력을 위해 본능적 경험 요소에서 그 힘을 얻을 이유가 없는 것이지요. 출산 목적 때나 써먹을 성욕의 에너지가 진화의 부산물이자 없어져야 할 퇴물에 불과한 문화나 종교 등에 의지하여 문학 속의 연애 장면처럼 인간적인 모습으로 거듭나야 할 하등의 이유는 더더욱 없는 것입니다."

어떤 동물들과도 확연하게 구별되는 인간의 인격성은 신의 형상에서 비롯되었다는 창조론의 주장에 맞서야 하는 입장이 무신론자이다. 다윈진화의 자연선택에 어긋나지 않게 그 인격성을 설명하자니 그만 도킨스의 논리가 뒤엉켜 뒤죽박죽된 모양새다. 자연선택의 적자생존과 이기심 충족의 방편으로 이타주의 등을 유전자에 끌어들였고 인간정신의 근원적 운동력으로 성욕 등을 여전히 뇌세포에 살아남게 하였는데 그것은 다윈진화의 고귀한 실수로서 문명의 여과지를 거쳐 동물이 아닌 인간으로의 존재가 가능하게 되었다는 말이, 이게 옳은 소리인가? 어떻게 이것이 객관적 논증과 실제적 증명을 기반으로 한다는, 과학 냄새가 폴폴 나는 주장이 되겠는가.

형이상학적 논리보다도 더한 추측의 남발로 인간의 정신세계를 설명하느라 정신이 없는 도킨스다. 퇴물을 유전자에 가득 쌓아올리는 인간으로의 진화가 다윈진화이고 그게 실수라니? 자기의 전공이자 이걸로 교수의 자리까지 챙긴 도킨스가 생물학을 응용한 다윈진화론을 내세워 야심만만하게 논리를 펼쳤지만 오히려 무씨의 반론에 설득력을 잃고 궁지에 몰리는 처지가 되자, 드디어 칼자루를 빼들어야 하는 심정이 됐는지 성경의 부도덕성에 유독 자신감을 보였던 이전의 자세로 되돌아가 다시 그 문제를 슬그머니 꺼낸다.

"칸트는 이성적인 존재를, 동의 없이 어떤 목적을 위한 수단으로 사용해서는 결코 안 된다고 원리를 설명했습니다. 종교인들과 무신론자들의 도덕적 직관이 서로 다른지를 실험을 통해 살펴보았는데 만약 우리의 도덕이 종교로부터 나오는 것이라면 양측의 도덕은 분명히 서로 달라야 합니다. 하지만 그렇지 않은 듯합니다. 이것은 우리가 선하거나 악하기 위해서 신을 필요로 하지 않는다는, 나의 견해와 들어맞는 듯합니다."

"얼마 전에 성경의 부도덕성을 질타하던 그때의 모습과 사뭇 다르군요. 기가 많이 꺾인 모양입니다. 나도 부드럽게 얘기하지요. 도덕의 근원은 종교에서 나오는 것이 아니라 신의 형상에서 나온 것입니다. 신의 형상으로 인간을 만들었다는 창세기 구절에 이미 신성을 닮은 인간의 도덕성 부여가 언급되어 있습니다. 그러니 전제가 잘못된 논리의 결론 역시 잘못된 것이겠지요? 도덕이 종교에서 나온 것이 아니기에 신을 필요로 하지 않는 게 아닌 것입니다. 신과 종교는 엄연히 다른 존재의 개념입니다. 신은 스스로 있는 존재이지만 종교는 인간이 필요해서 만든 것이니까요. 실험을 통해 양측의 도덕에 차이점이 없었다는 결과가 의미하는 것은, 바로 근원의 도덕이 어디서 비롯되었는가를 설명하는 하나의 표본이 될 수 있습니다. 물론 신의 형상과는 별도로, 종교는 인간이 갖춰야 할 도덕의 원리를 기록하고 가르치긴 합니다."

"이봐요, 무씨. 1969년 몬트리올에서 경찰이 파업했을 때 엄청난 무정부 상태에 빠졌습니다. 신이 지켜보지 않고 치안 유지를 안 할 때조차도 사람들이 선한 상태로 남아 있을 것이라고 자신했던 한 무신론자가 그때 큰 충격을 받았는데 나 역시도 인간의 선한 심성을 믿는다는 점에서 극도로 낙천주의자일 것입니다. 그런데 말입니다. 몬트리올 주민의 대다수가 분명 신을 믿었을 것인데 어째서 그들은 속세의 경찰이 잠시 눈앞에서 사라졌다고 해서 신까지 두려워하지 않게 된 것일까요? 몬트리올 경찰의 파업은 신에 대한 믿음이 우리를 선하게 만든다는 가설을 검증하기에 아주 좋은 자연적인 실험이 아니었을까요?"

대체 도킨스 이 사람은 무엇 하는 사람인가? 생물학 교수이면서 책을 출판하고 방송에서 토론을 전개할 정도로 박학다식한 지성인이겠지 싶은데도 그가 제시하는 주장들을 들으면 참으로 유치하고 초라한 경지가 아닐 수 없다. 몬트리올 주민이 유럽에서 건너간 백인이면 다들 기독교인인가, 성경책 들고 교회에 출입하면 다들 신을 믿는 존재들인가, 그리고 폭동을 일으킨 자들이 신을 믿었다는 근거가 있는가, 신을 믿지 않으면 선해지는가? 도대체 무엇 하나 진리에 바탕을 두는 논리 전개는커녕 말조차도 되지 않는 말을 주구장창 해대지 않는가. '이봐요, 도킨스. 폭동을 일으키고 싶은 사람이 일으켰고 일으킨 사람이 선하지 않아서야. 사람들 모두가 선한 상태일 수는 없으니까, 그렇지 아니한가?' 무씨가 이런저런 생각에 입을 다물자 도킨스는 아까보다 좀 더 소리 높여 얘기를 계속한다.

"참호에는 무신론자가 없다는 빈정거리는 말을 흔히 듣습니다. 나는 감옥에는 무신론자가 거의 없지 않을까 추측하고 싶습니다. 그렇다고 무신론이 반드시 도덕을 함양한다는 말은 아닙니다. 인본주의는 그럴지도 모르지만 말입니다. 무신론이 더 높은 수준의 교육이나 지성이나 반성 같은 제삼의 요소와 관련이 있을 가능성도 상당히 있고 그런 요소들이 범죄 충동을 억누를지 모릅니다. 그런 연구 증거들은 신앙이 도덕과 긍정적인 상관관계가 있다는 일반적인 견해를 지지하지 않는 것이 분명합니다."

"빈정거리는 말처럼 들리긴 하군요. 참호 같은 그런 표현은 위기에 처하면 인간은 누구나 절대적 존재를 향하게 되는 본능적 태도를 지적한 격언 같은 것이겠지요. 감옥에 무신론자가 거의 없다는 도킨스 당신의 언급은 유신론자가 죄를 짓는다는 빈정거리는 말로 들리긴 합니다만, 하하. 이것도 오히려 참호 얘기와 유사하지 싶습니다. 감옥에 갇히면 유신론자로 돌변해서 혹시 있을지도 모를 신의 은총에 기대려는 얄팍한 심리일 수가 있겠고, 그게 아니면 주기적으로 방문할 종교인으로부터 작은 혜택이라도 하나 더 생기길 바라는 심정에서일지 모르지요.

그런데 참고로 말하자면 한국에서 발생한 범죄자 통계는 연도에 따라 조금씩 다르긴 하지만 대체적으로 절반 이상의 죄수가 무종교인이었습니다. 하지만 나는 도킨스 당신의 사고방식처럼 유신론자가 반드시 도덕을 함양한다는 말을 하지 않겠습니다. 더 높은 수준의 무신론 지성이 교묘하게 법망을 빠져나가는 삶을 살 가능성이 상당할지라도 말이지요. 성경에도 믿는 자가 도덕과 긍정적인 상관관계가 있다고 말하지 않습니다. 반드시 선해지는 것도 아니고요. 그러니까 사람들이 배웠다고 해서 반드시 행위로 이어지는 것이 아니라는 얘기지요."

"좋습니다, 무씨. 그렇다면 성경의 내용을 가지고 구체적으로 따져봅시다."

도킨스가 책상 위에 성경책을 탁 내려놓는다. 팽팽한 신경의 줄이 공간에 울리는 듯하다.

# 구약성경의 노아 이야기

"바빌로니아의 우트나피쉬팀 신화와 몇몇 문화의 더 오래된 신화로부터 유래한, 아주 사랑받는 노아 이야기가 나오는 창세기부터 시작해봅시다. 동물들이 쌍쌍이 방주에 탄다는 전설은 재미있지만, 노아 이야기에 등장하는 도덕은 끔찍합니다. 신은 인간을 탐탁찮게 생각했기에 한 가족만 빼고 아이들까지 포함하여 모조리 익사시켰고 덤으로 아마도 죄가 없었을 나머지 동물들까지 익사시켰습니다. 물론 신학자들은, 우리는 더 이상 창세기 내용을 곧이곧대로 받아들이지 않는다며 화를 내고 항변할 것입니다. 바로 그것이 내가 말하고자 하는 요지입니다. 우리는 성경에서 어느 부분은 골라서 믿고, 어느 부분은 상징이나 우화로 간주합니다. 그렇게 취사선택하는 행위는 무신론자가 절대적인 근거 없이 이 도덕 규정이나 저 도덕 규정을 따르는 것과 마찬가지로 개인적 판단의 문제입니다. 어느 한쪽이 직감에 좌우되는 도덕이라면 다른 한쪽도 그렇습니다."

무신론자들은 성경 이야기가 나오면 가장 먼저 기록의 표절과 허구성을 들먹이면서 값싼 삼류소설이 성경이라고 주장한다. 도킨스 역시 성경 기록이 주변 민족의 신화를 베꼈다는 것으로 말을 시작하고 있다. 성경은 신과의 교감을 담은 인간의 기록이다. 그러니 어느 지역의 어떤 사람들로부터 구전되었거나 이미 다른 곳에도 기록된 문서의 내용이라 하더라도 그것이 신의 말씀이거나 신의 간섭에 의해 형성된 역사적 사실이라면 당연히 성경에도 기록되어야 합당한 것이다.

더군다나 가장 많이 무신론자들의 시빗거리에 오르는 수메르지역의 신화나 문학의 흔적이 성경에도 나타나는 까닭은, 믿음의 아버지라 하는 아브라함의 조상들이 살던 지역이었고 아브라함도 그곳에서 오랫동안 살다가 떠나온 고향이기에 그곳에서 일어난 일 또는 그곳의 기록들이 전해질 수 있었고 성경에 기록되어도 마땅할 근거를 갖는 것이다.

만약에 한민족의 단군신화 기록이 새겨진 돌이 우랄 알타이지방 어느 곳에서 발견된다면 한민족의 삼국유사가 그것을 표절한 것이겠는가? 한민족의 조상들이 본래부터 살던 지역에서 발생한 신화가 전해져 내려와 기록된 한민족의 신화인데도 말이다. 무씨는 도킨스에게 세세하게 반론할 시간이 부족함을 깨닫는다. 해가 느릿느릿 서쪽 산등성이 너머로 가라앉고 있다.

"노아 이야기의 도덕은 끔찍합니다. 하지만 도킨스 당신의 의도와는 달리, 나로서는 인간의 타락이 얼마나 극심했는지를 추측할 수 있겠습니다. 신의 홍수 결정은 도덕을 초월합니다. 부패한 땅에 대한 신의 권능은 절대적이기 때문입니다. 동물들도 죄가 없었던 것이 아니니 덤으로 죽는 것이 아니었지요. 창세기 6장 11절, 12절을 보면 〈그때에 온 땅이 하나님 앞에 부패하여 포악함이 땅에 가득한지라 하나님이 보신즉 땅이 부패하였으니 이는 땅에서 모든 혈육 있는 자의 행위가 부패함이었더라.〉 이런 기록으로 봐서 동물도 죄 없다고 할 수 없을 것입니다. 그리고 도대체 창세기 내용을 이제는 곧이곧대로 받아들이지 않는다고 항변할 신학자가 누구일까요? 항변할 수준인데 신학자이기나 할까요? 도킨스 당신의 주장을 살펴보면 항상 전제를 엉터리로 제시하고는 논리의 비약을 통해 결과를 도출합니다. 어느 누가 성경 구절을 취사선택해서 어느 부분은 골라서 믿고 어느 부분은 상징이나 우화로 간주할까요? 당신이야말로 마음 내키는 대로 성경을 읽고서는 직감에 좌우되는 도덕이라고 단정합니다."

"무씨, 2004년 발생한 허리케인 카트리나 지진 해일이 판구조의 변동인데도 불구하고 인간의 죄악에서 비롯되었다고 설교한 미국의 성직자들과 아시아의 성직자들에 대해서, 노아 이야기에 깊이 물들고 성서의 가르침 외의 다른 것에는 무지한 그들을 과연 누가 비난할 수 있을까요? 자신들이 받은 교육 때문에 그들은 자연재해를 지각판 같은 자연적인 무엇인가가 아니라 인간의 비행에 대한 응징으로 보게 되었습니다. 즉 인간사와 얽혀 있다고 보는 것입니다."

"나도 그 시기에 한국의 대형교회 한 불량 목사가 그런 헛소리를 설교한 것을 들어 압니다. 하지만 대체 왜 그러십니까? 기독교 사상이 그런 어리석은 자들의 한소리에 규정지어져야 하는 것입니까? 무신론자의 헛소리 하나에 도킨스 당신을 포함한 모든 무신론자와 다윈진화론까지 싸잡아 비난해야 온당하겠습니까? 상당히 많은 수의 기독교 신자들이 자연재해에 대해 신의 간섭이 혹시 있지 않았을까 하고 생각을 떠올려보는 것은 사실입니다. 그들 틈에서 그런 주장의 소리를 나도 가끔 들었으니까요.

물론 성경 해석의 차이로 해서 그런 주장이 나올 개연성이 있는 것을 인정하겠습니다만 그렇다고 해서 그것이 노아 이야기에 자극받은 발상이거나 성경의 가르침에 의해 그렇게 생각이 굳어진 것은 아닙니다. 신께서 우주만물을 주관하고 역사하신다는 권능의 예정설에 의거해 추측하였을 가능성이 높습니다. 어쩌면 타락해가는 세상 사람들의 행위를 보고는 울화통에, 신이 제발 그래줬으면 하고 볼멘소리로 아무 생각 없이 떠든 것일 수가 있고 혹시 겁을 주어서 두려워하는 자들을 교회로 끌어들이려는 술수일 수도 있겠습니다.

어찌됐건 내가 도킨스 당신에게 알려주고 싶은 말은, 성경은 그렇게 가르치지 않는다는 것입니다. 구약의 한때에 인간의 죄악을 징벌하거나 경계하기 위한 조치로 그런 역사적 사실에 대해 신을 향하는 인간의 관점에서 기술한 적이 있었습니다만, 신약시대에 예수께서 오셔서 그것은 더 이상 죄의 징벌이 아니라 자연재해라고 분명하게 말씀하셨습니다. 일부 무지한 자들의 말에 솔깃하여 성경을 왜곡하거나 신의 자애로운 권능을 깎아내리는 일은 이제 없었으면 합니다."

"그래요? 금시초문의 소리군요. 무씨 당신은 나와의 대화에서 기독교인답지 않은 발언을 종종 행한 기억으로 있고 그것은 이단으로 내치기에도 충분한 것이었습니다. 그런 사상을 지닌 발언으로 기독교를 두둔한다고 해서 성경의 내용이 새로워지거나 기독교의 바탕이 달라지겠습니까? 예수가 정녕 언급하였다면 여기서 그 근거를 밝혀주십시오."

"정확하게 신약성경에 기록되어 있습니다. 하지만 지금은 밝히고 싶지 않습니다. 나중에 상황을 봐서 알려드리지요."

"그래요? 그렇담 그러세요. 어차피 구약성경에 대한 비판이 끝나면 바로 신약성경으로 이어집니다. 그때 필시 언급될 것이라 생각하고 내 얘기를 마저 하겠습니다."

# 롯 이야기

　　잠시 숨을 고르는 듯 구약의 창세기 부분을 무씨가 뒤적거리자 도킨스도 그쪽으로 눈길을 힐끔 주며 말을 계속한다.

　　"소돔과 고모라가 파괴될 때 유독 정직하다는 이유로 가족과 함께 구원을 받게 된 노아에 상응하는 인물은 아브라함의 조카 롯이었습니다. 남자 천사 둘이 롯에게 천벌이 닥치기 전에 도시를 떠나라고 경고하기 위해 소돔으로 왔습니다. 롯은 천사들을 극진히 집으로 맞아들였는데 얼마 뒤 소돔의 모든 남자들이 몰려들어 천사를 내놓으라고 하였습니다. 롯은 남자 둘 대신 딸이 둘 있으니 그들을 내어놓겠다고 했습니다. 이 기이한 이야기가 다른 어떤 의미를 지닐지는 몰라도 이 강력한 종교가 여성들을 어떻게 대접하는지는 확실하게 말해 줍니다. 롯의 가족들이 피신하는 와중에 롯의 아내는 운이 나빴습니다. 그녀가 어깨 너머로 불길이 치솟는 광경을 보는 바람에 신은 그녀를 소금기둥으로 변하게 했습니다. 우리는 별것 아니라고 생각할 수도 있습니다."

　　"도킨스 당신이 고의로 성경의 참뜻을 해치려고 작정한 것이 아니라면 당신은 참으로 무지한 사람에 속합니다. 성경 구절의 상징적 의미를 제대로 헤아리지 못하는 사유능력은 그렇다고 하더라도, 적힌 그대로의 사실적 풀이로도 파악이 가능한 문장을 두고서 그렇게나 황당한 생각에 빠질 수 있다니 당황스럽습니다. 과학자들이 우주를 수리와 물리법칙으로 풀어도 우주의 진리적 이치를 맡지 않으려는 까닭을 조금 알 것 같습니다.

　　그 사건이 일어난 시대는 창세기의 태고에 가까운 무렵입니다. 그때 인간들이 여자를 어떻게 대접했겠습니까? 도킨스 당신이 스스로 밝혔듯이 인류가 여성이나 흑인, 노예 등에게 참정권을 주고 해방을 부여하고 인간으로 제대로 대접한 시기가 언제였습니까? 인류의 선각자로서 시대를 앞서나갔다는 시대정신의 인물들이 당시에 가졌던 생각과 행동은 어떠했습니까? 불과 수십 년 차이의 시간만으로도 그들의 선각적 글을 되돌아 읽어보면 낡은 보수와 편견과 시대에 뒤떨어지는 가치관에 당황된다고 하면서, 이것이 시대가 갖는 정신의 특별함이라고 도킨스 스스로 감탄하지 않았던가요? 나날이 달라지는 시대정신에 맞춰 이제는 낡은 종교에서 벗어날 시점이 되었다고 강조하지 않았던가요?

종교 없이도 신의 간섭 없이도 알아서 잘살 것이라는 인간들의 사고와 행위가 이제 겨우 달라지기 시작했을 뿐인데 어찌 태곳적 인간의 행위를 놓고 이상하다고 하시는지요? 종교가 여자를 어떻게 대접하는지 확실하게 알만하다고 하시니, 그렇다면 종교가 없었으면 사람들이 그때부터 여자 대접을 잘했을 거라는 얘기입니까? 그리고 도킨스 당신은 아버지가 딸을 내어놓겠다는 말에만 집착하여 성경이 부도덕하다고 주장하고 있습니다. 하지만 오히려 나는 이 성경 구절에서 어떠한 도덕의 근거를 발견하게 됩니다. 차분히 들어보시겠습니까?"

당황하여 허둥대는 도킨스가 얘기를 도중에 끊을까 봐 의향을 묻고는 가만히 지켜본다. 잠시 잡념에 빠진 도킨스가 의외로 재빠르게 말을 꺼낸다.

"계속 말하세요, 듣고 있을 테니까. 누가 말리던가요?"

"알겠습니다. 도킨스 당신 의견대로 여자를 푸대접한 건 사실입니다. 비록 최근까지도 여자에 대한 푸대접이 여전했지만 말입니다. 말씀드릴 하나는, 롯을 찾아온 손님은 어쨌거나 천사입니다. 분명히 신으로부터 특별한 사명을 부여받고 찾아온 존재입니다. 우리는 객관적 판단으로도 당시로서는 그 천사들의 존재가치가 딸보다도 아니 롯보다도 탁월한 존재임을 인정하지 않을 수 없습니다. 그런 존재를 그곳의 주민들이 해치려고 찾아왔는데 내어주겠습니까? 멸망이 마땅할 정도로 포악한 주민들로부터 천사들을 보호하기 위해서는 사랑하는 딸이지만 어쩔 수 없이 내어주는 방법을 궁여지책으로 내세울 수밖엔 없었겠지요? 주민들은 같은 지역에 거주하는 여자들을 함부로 다룰 만큼 죄악이 가득했다는 암시도 느껴집니다.

어쨌든 그럼에도 주민들은 난폭하게 자기들 버릇대로 행동합니다. 창세기 19

장 9절 기록에, 〈그들이 이르되 너는 물러나라 또 이르되 이 자가 들어와서 거류하면서 우리의 법관이 되려고 하는도다 이제 우리가 그들보다 너를 더 해하리라 하고 롯을 밀치며 가까이 가서 그 문을 부수려고 하는지라〉 이 구절에서 파악되듯이 그들은 평상시에도 의로운 롯으로부터 자주 잘못을 지적받았습니다. 그것을 성가시게 생각할 정도로 자신들의 죄악을 전혀 모른 채 옳은 소리에 대해 심한 거부감을 갖고 있음이 그들의 말에서 나타납니다. 그들에게는 어떠한 권유도 받아들여지지 않는 정신 상태였습니다.

또 하나는, 당시에는 나그네가 묵을 숙소가 따로 없었습니다. 그래서 길을 떠나는 자들의 보호와 휴식의 제공 등은 매우 중요한 풍속이랄 수 있습니다. 그러한 전통을 갖추지 않고서는 길을 떠나는 두려움에 왕래가 드물게 되어 결국 물물교환에서 얻게 될 인류의 문화 창조와 사상적 진보가 더뎌졌을 것이 분명합니다. 한편으로는 유목민족이나 대상들이 자구책 차원에서 거주민을 역습하는 악순환이 발생할 수도 있는 것입니다.

다시 말하자면 소돔의 주민들은 도덕적 타락이 이미 극에 달하여 외지에서 찾아든 손님도, 올바른 이의 충고도, 여자들에 대하여도, 그들의 추악한 손아귀에서 내키는 대로 다뤄졌다는 사실을 성경은 말하고 있습니다. 누구나 쉽게 알 수 있는 이러한 성경 구절의 내용을 외면하고는 부질없이 여자 대집 문제를 놓고서 물고 늘어져 성경의 비도덕성을 주장하려는 것이야말로 지나친 무지의 횡포라 아니할 수 없습니다. 성경이 비도덕적인 것이 아니라 곧 망할 인간들의 죄악을 드러내면서 인간이 갖춰야 할 도덕성을 제시한 도덕적인 구절인 것입니다.

그리고 도킨스 당신이 별 것 아니라고 생각한 롯의 아내의 소금기둥사건은 이렇게 봐야 합니다. 돌아보지 말라는 경고는 죄악의 결과로 멸망하는 것들에 대한 미련과 집착을 끊고 죄악에서 멀리하라는 말씀입니다. 망할 것에 대한 아쉬움은 도로 그러한 악의 세계로 침잠할 가능성이 크다는 것이니 그것의 엄중한 결과를 상징적으로 보여준 구절이라 하겠습니다. 신이 그녀를 변하게 한 것이 아니라 그녀의 행위가 소금기둥으로 만들었습니다."

성경 구절을 놓고서는 기독교 신자인 무씨와 토론 상대가 될 수 없음을 비로소 직감하는 도킨스다. 그는 방송에 종종 출연해서는 노쇠한 성공회사제 등을 상대로 멋진 말솜씨를 선보여 유신론을 압도하는 무신론 체계를 드러내 보인 것을 자랑스럽게 생각하였다. 물론 제대로 된 기독교 신학자들의 질의나 반론 등은 적당히 토론을 피하면서 그럴듯하게 글로 논박하면 그뿐이었다. 그랬는데 우습잖게 가벼운 상대로 생각한 무씨와의 토론에서 그만 곤경에 처하게 된 것이다. 하지만 무신론자들의 주목과 찬양을 받는 도킨스가 이대로 물러설 리가 없다. 어차피 답이 없는 종교의 세계인데 때로 이렇게 억지 부리면 어떻고 저렇게 잡아떼면 뭐 어떨까, 답 없기는 매한가지 아닌가? 이런 생각에 도킨스의 말이 허둥댄다.

"주장이야 뭔 말인들 못하겠습니까? 내 얘길 들어보세요. 롯의 두 딸은 아버지 롯을 취하게 만든 뒤에 임신하였습니다. 이 일그러진 가족이 소돔에서 가장 도덕적인 사람들이라면 신의 천벌에 대해 공감하고 싶은 사람도 있을 것입니다."

"창세기 19장 31절, 32절에서 큰딸이 작은딸에게 말했습니다. 〈우리 아버지는 늙으셨고 온 세상의 도리를 따라 우리의 배필 될 사람이 이 땅에는 없으니 우리가 우리 아버지에게 술을 마시게 하고 동침하여 우리 아버지로 말미암아 후손을 이어가자 하고〉 내가 이렇게 구절을 읽어주니 느낌이 어떻습니까? 도킨스 당신도 알다시피 소돔의 주민들은 도덕적 타락으로 멸망하였습니다. 배필이 없는 그 땅에서 후손을 이어야 한다는 절박한 심정에 아버지를 선택한 것입니다. 탐욕이나 이성적 타락이 아니기에 잠시 술의 힘을 빌리는 행위를 봐서도 알 수 있습니다. 누가 두 딸의 이런 행위를 비난할 수 있겠습니까? 설마 다윈진화론을 추종하는 자들이 근친상간적 번식 없이는 생물이 진화와 번성을 이룰 수 없었다는 것을 모르진 않겠지요?"

## 레위인 이야기

물러설 수 없다는 듯 도킨스의 태도가 눈에 띄게 경직되었다.

"당시의 사람들이 여자를 무시하는 상태였다면 왜 종교 차원에서 그것을 고치지 않고 태연하게 성경에 기록하였을까요? 신의 뜻이 그러했던 것은 아니었을까요? 롯과 소돔 이야기는 사사기 19장에서 섬뜩하게 반복되는데 여기서도 여성 혐오가 노골적으로 드러납니다. 나는 '욕보이든'이라는 구절에 특히 몸서리쳐집니다. 집주인인 노인이 〈내 딸과 사제의 첩을 마음껏 욕보이고 강간해도 좋지만 남성인 내 손님에게는 적절한 존경을 보여 달라는〉 것이었습니다. 손님인 레위인은 첩을 폭도에게 넘겼고 폭도는 밤새도록 그녀를 집단 강간했습니다. 아침에 그녀는 죽어 있었고 그래서 그는 〈칼을 들어 첩을 뼈째로 열두 조각으로 잘라서 이스라엘의 모든 해안으로 보냈다〉 그렇게 적혀 있습니다. 내가 잘못 읽은 것이 아닙니다. 이번에도 관대하게 그것은 성경에 흔히 등장하는 기이한 이야기일 뿐이라고 해둘까요?"

"이방 손님에 대한 예우 문제는 앞에서 설명했습니다. 인간의 자유의지가 악을 선택하여 여자를 무시하고 강간을 일삼았습니다. 에덴동산의 선악과 사건에서 인간이 선악의 분별과 행위를 선택하였으니까요. 신께서는 웬만하면 인간 스스로 선택하고 고쳐나가기를 바라는 것이지 무조건 강제로 신 자신의 뜻으로 이끌지 않습니다. 창조 섭리 속에 포함되는 진화의 의미가 올바른 방향으로의 인간의 선택을 바라는 것이니까 말입니다.

레위인은 당신이 생각하는 것보다는 기이한 인물이 아닙니다. 레위인이 첩을 맞이하였는데 그 첩은 간음을 일삼다가 남편을 떠나 친정아버지 집으로 돌아가서 지내는 상태였습니다. 레위인 남편은 그녀에게 다정하게 말하고 다시 데려오려고 하인 한 사람과 나귀 두 마리를 데리고 그녀에게 찾아갔습니다.

도킨스 당신이 보기에 어떻습니까? 요즘 시대에도 여자가 남편을 두고 따로 간음을 일삼을 경우에 그 여자를 제대로 대접할 남자는 드뭅니다. 그런데도 그 레위인은 그녀가 타고 돌아올 나귀까지 준비해서 다정하게 말을 건네고 같이 돌아옵니다. 놀랍지 않으세요? 도중에 날이 어두워 유숙할 지경에 처했을 때 한 노인이 그들을 맞이하지요. 이방 손님에 대한 풍속을 지키는 신실한 사람이었습니다. 그런데 그 성읍의 불량배들이 집을 에워싸고는 〈네 집에 들어온 사람을 끌어내라 우리가 그와 관계하리라〉 하였습니다.

사사기 19장 23절에 〈집 주인 그 사람이 그들에게로 나와서 이르되 아니라 내 형제들아 청하노니 이 같은 악행을 저지르지 말라 이 사람이 내 집에 들어왔으니 이런 망령된 일을 행하지 말라〉 그러면서 당신이 몸서리쳐진다는 딸과 첩을 욕보이든지 하는 말을 하게 됩니다. 손님을 지키려는 당시의 도덕관을 엿보게 됩니다.

당신은 여자를 함부로 무시하고 폭행하여 처참하게 살육하는 것에만 초점을 두고서 그것을 기록한 성경을 비난할 뿐입니다. 성경 자체가 비도덕적 기록물이라는 것에 중점을 두려다 보니 이런 현상이 빚어졌습니다. 도킨스, 이렇게 생각해보세요. 불량배들은 노인인 어른의 도덕적 조언에 아랑곳하지 않는 비도덕적 악한 존재들입니다. 그들은 손님인 남자를 겁탈하려는 동성애적 성욕을 드러내고 있습니다. 많은 세월이 흘렀음에도 불구하고 소돔 때의 인간들과 하나도 다를 바 없는 악한 모습을 그들은 지녔습니다. 이성과의 간음보다도 배격되어야 할 동성과의 성행위를 강하게 질타하는 도덕관을 성경이 보여주고 있습니다.

오늘날에도 동성애는 존재하며 도킨스 당신은 그들의 성행위를 지지하고 있습니다. 기독교인들이 성경에 근거하여 동성애를 반대하자 당신이 반대의 부당함을 강하게 언급한 것을 압니다. 동성애의 요즘 행태에 대해 나는 판단을 유보하겠지만 당시로서는 동성애를 절대적으로 반대해야 할 상황입니다. 만약에 동성애가 삶의 전형적인 유형으로 정착됐을 경우에 인류가 제대로 번성을 이뤄나가기나 했겠습니까? 진화론자인 당신도 이것에 대해 함부로 반대의견을 펼치지는 못할 것입니다. 당시의 성경기록은 이방 손님에 대한 보호의 필요성 강조 외에 동성애 풍조에 대한 강력한 경고의 메시지를 던졌다고 봐야 합니다.

　이러니 노인은 폭도들의 위협을 막을 수 없다면 딸이나 첩의 희생을 통해서라도 허물어지는 도덕을 완강히 지키고 싶었을 테지요. 소돔 때의 롯도 마찬가지 심정이었으니까요. 그런데 사태가 불리하게 돌아가자 결국 레위인은 첩을 폭도에게 내어줍니다. 도킨스 당신이 보기에 어떻습니까? 이기적 유전자를 들먹이면서 이기적 생존을 위해 이타적 생각도 이기주의를 충족시키기 위한 방편의 하나로 이용된다며, 다윈진화론 법칙에 의거하여 주장했습니다. 그런 가치관으로 바라봤을 때 이 레위인을 비난할 수가 있겠습니까? 당연히 살아남기 위해 레위인은 첩을 폭도에게 넘길 수밖에요. 첩의 결말은 레위인에 의해 일어난 것이 아니라 순전히 폭도들의 몫입니다. 죄에 대한 벌도 철저히 폭도들의 몫이어야 하지요. 그래서 레위인은 이런 참상을 이스라엘에 알리기 위해 사체를 열두 마디로 나누어 이스라엘 사방에 두루 보냈던 것입니다.

　도킨스 당신에게 추가로 얘기할 것은 성경이 기이한 게 아니라 당시 인간들의 행위가 기이한 것이었고, 그래서 그 기이한 모습을 기록하여 후세의 인간에게 도덕적 교훈을 전하고자 했던 것입니다. 성경 구절의 일부를 자기 의도대로 곡해해서 독자에게 전달하려는 당신의 태도와 마음가짐이 오히려 내가 보기에 기이하게 여겨집니다. 오늘날에도 기이하게 살아가는 많은 사람들이 여전히 존재하듯이 말이지요."

# 아브라함 이야기

"좋습니다. 그렇다면 이런 문제도 풀이할 수 있는가 어디 봅시다. 롯의 삼촌인 아브라함은 세 위대한 일신교의 창시자였습니다. 그는 족장이라는 지위 덕분에 신보다 약간 낮은 역할모델로 받아들여집니다. 그러나 현대의 도덕주의자들이 그를 본받고 싶어 할까요? 아브라함은 기근에서 벗어나고자 아내 사라와 함께 이집트로 갔습니다. 그는 자신의 목숨이 위험하다는 것을 깨닫고는 아내 사라를 여동생인 체하기로 했습니다. 미모에 힘입어 아내는 파라오의 하렘에 들어갔고 아브라함은 덩달아 총애를 받아 부자가 되었습니다.

신은 이런 속편한 타협을 못 마땅하게 여겼고 파라오와 그 일가에게 전염병을 퍼뜨렸습니다. 왜 아브라함에게 퍼트리지 않았을까요? 당연히 화가 난 파라오는 아브라함에게 왜 사라가 부인이라는 말을 하지 않았는지 알아야겠다고 했고, 그는 결국 그녀를 아브라함에게 돌려주고 이집트에서 내쫓았습니다.

기이한 점은 그 부부가 나중에 또 다시 똑같은 술수를 쓰려고 했다는 점입니다. 이번에는 그랄의 왕 아비멜렉이 대상이었는데 그도 아브라함의 권유로 사라와 혼인했고 그 역시 그녀가 아브라함의 아내가 아니라 여동생이라고 믿었습니다. 그도 파라오와 거의 똑같은 말로 분노를 표현했고, 우리는 두 사람에게 공감하지 않을 수 없습니다. 이 유사성이 원문을 신뢰할 수 없다는 또 다른 지표일까요?"

얘기를 듣던 무씨가 잠시 심호흡을 하고 숨을 가눈다. 뭔가 매우 불쾌한 심정을 참는 기색이 뚜렷하다.

"원문을 신뢰하셔도 됩니다. 성경 구절은 하등의 문제가 없으니까요. 아브라함이 왜 부인이라 하지 않았는지 글을 읽으면서도 모르겠습니까? 부인이라 할 경우에, 추악한 왕은 자기 욕정을 채우기 위해 남편을 죽이고 아내를 자기의 첩으로 삼습니다. 이런 비도덕적인 자들에게 당신이 공감하지 않을 수 없다니 참으로 어처구니가 없군요. 토론하는 나로서도 화가 슬슬 치밀 정도입니다. 무지가 용감성을 얻으면 세상이 어두워집니다.

창세기 20장 11절에서 13절까지 이렇게 기록되었습니다. 〈아브라함이 이르되 이곳에서는 하나님을 두려워함이 없으니 내 아내로 말미암아 사람들이 나를 죽일까 생각하였음이요 또 그는 정말로 나의 이복누이로서 내 아내가 되었음이니라 하나님이 나를 내 아버지의 집을 떠나 두루 다니게 하실 때에 내가 아내에게 말하기를 이후로 우리의 가는 곳마다 그대는 나를 그대의 오라비라 하라 이것이 그대가 내게 베풀 은혜라 하였었노라〉

어떻습니까? 이런 글을 못 본 척 무시하고 자기 의도에 유리할 구절 하나만을 붙들고 성경을 비난하는 행위야말로 비도덕적이고 추악한 마음의 발로라는 생각이 들지 않는지요? 남의 아내를 함부로 탐하는 못된 인간들의 시대풍조를 바로잡으려는 신의 의지가 엿보이는 대목입니다. 인간의 자유의지가 만든 비도덕적 요소를 의로운 자를 통해서라도 인간의 풍속을 선한 도덕으로 바꾸겠다는 말씀이지요. 도킨스 당신이 억지 부리는 비도덕적 성경의 이미지와는 정반대로, 성경은 인류가 나아갈 올바른 도덕관을 제시하고 그것을 이루기 위해 애쓴 기록이랄 수 있습니다."

"이봐요, 무씨! 미리 속단하여 성경의 모습을 규정짓지 마시오. 아직 할 얘기가 많으니까요. 아브라함 이야기에서 그런 불쾌한 일화들은 자신의 아들인 이삭을 희생시키는 유명한 일화에 비하면 사소한 과오에 불과합니다. 신은 아브라함을 유혹하고 믿음을 시험했을 뿐입니다. 현대의 도덕주의자들은 그런 심리적 외상을 아이가 어떻게 극복할 수 있었는지 궁금해 하지 않을 수 없습니다. 현대의 도덕 기준들로 보면 이 수치스러운 이야기는 아동 학대이자 비대칭적인 권력관계에서 발생하는 핍박이자 뉘른베르크 전범재판 때 나오는 것 같은 변명이 처음으로 기록된 사례입니다. 〈나는 명령에 따랐을 뿐이다.〉 하지만 그 전설은 세 유일신 종교의 중요한 기반이 된 신화들 중 하나입니다."

"아이를 신의 번제물로 삼으려고 했다는 사실을 가지고 문제 삼지 않으니 이상하군요. 아마도 그 당시 인간의 풍습을 눈치챘나 봅니다. 인류의 역사를 살펴보면 아이를 번제물로 삼았던 사실들이 속속 나타납니다. 그만큼 인간들은 도덕적으로, 지적으로 깨치지 못한 상태에 머물렀습니다. 다윈진화론자의 주장처럼 아직 동물의 상태에서 채 벗어나지 못한 미개한 원숭이 수준이라 그랬는지도 모릅니다. 이삭을 번제물로 바치라는 신의 명령은 인간들이 스스로 우상을 모셔놓고는 자신들이 설정한 방식으로 아이를 제물로 바치던 반인륜적 식인풍습을 제거하기 위한 조치였습니다.

아브라함이 신의 명령에도 당황하지 않은 이유 중에는 아이를 번제물로 바치는 풍조가 당시에 아무 거리낌 없이 만연했음을 의미하기도 합니다. 역사를 통해서도 입증된 사실이니까요. 이러한 사실을 도킨스도 알기에 아이 번제를 문제 삼지 않고 다만 아이가 가졌을 심리적 외상을 걱정하고 있는 것입니다. 어이없게도 비대칭 권력관계라는 용어에다가 전범재판 상황까지 연결시켰습니다.

나는 이 성경 구절 하나만 거론하면서 넘어갈까 합니다. 창세기 22장에는 당신이 말한 번제 장면이 나오는데 아브라함이 그의 아들에게 번제로 쓸 나무를 지우게 하고 자기는 불과 칼을 손에 들고 동행합니다. 7절에서 〈이삭이 그 아버지 아브라함에게 말하여 이르되 내 아버지여 하니 그가 이르되 내 아들아 내가 여기 있노라 이삭이 이르되 불과 나무는 있거니와 번제할 어린 양은 어디 있나이까?〉

이삭은 나무를 등에 질 정도로 육체적으로 성장하였고 아버지에게 의문을 물을 정도로 정신적으로 성숙한 상태였습니다. 이삭은 아버지가 칼을 잡고 자기를 잡으려 할 때에도 저항하지 않았습니다. 아버지가 신에게로 향한 믿음과 순종을, 그 아들도 아버지를 향해 복종과 신뢰의 태도를 굳게 지녔던 것입니다. 그러니 도킨스가 우려하는 외상이 아들에게 전혀 없었다고 말할 수 있습니다. 성경 구절이 그렇게 기록하고 있으니까요. 만약에 끝까지 외상이 있었노라고 고집하고 싶다면 도킨스 당신이 성경 구절을 첨가하거나 왜곡시켜야 할 것입니다. 신은 아브라함에게 아이가 아닌 숫양으로 번제물을 대체할 것을 보여줍니다. 이후로 인간들은 점차 인간이 아닌 동물을 번제물로 대신하게 되었지요."

## 입다 이야기

　차분하게 논리적으로 대응하는 무씨의 태도에 이미 기가 꺾인 도킨스다. 그럼에도 그는 끝까지 물러서지 않겠다는 의지를 다지는 기색이다.

　"도덕적인 교훈으로? 하지만 이 끔찍한 이야기로부터 어떤 종류의 도덕을 이끌어낼 수 있단 말인가요? 기억해두겠습니다. 지금 내가 입증하려는 것은 오로지 우리가 경전으로부터 도덕을 이끌어내지 않는다는 것뿐입니다. 혹은 만일 거기에서 도덕을 이끌어낸다면 우리는 경전에서 멋진 부분만 취사선택하고 불쾌한 부분은 거부한 것입니다. 그렇다면 우리는 어느 것이 도덕적인 것인지를 판단하는 어떤 별도의 기준을 지녀야 합니다. 그 기준은 어디에서 나오든 경전 자체에서 나올 수는 없으며 우리가 종교인이든 아니든 이용할 수 있어야 할 것입니다.

　변증론자들은 심지어 이 통탄할 이삭 이야기에서 신의 관용을 도출하려고 시도합니다. 막판에 이삭의 목숨을 구한 것이 신의 미덕이 아니고 무엇이겠는가 하고요. 독자들 중에 누군가가 이 특별한 변론이 담긴 지긋지긋한 이야기에 설득당하는, 있을 법하지 않은 일이 일어날지도 모르니, 불행으로 끝나는 인간 제물 이야기를 하나 더 하겠습니다."

　"잠시만, 도킨스. 말귀가 참 어둡군요. 신이 아브라함의 믿음을 시험하기 위한 조치로 아이를 번제물로 바칠 것을 명령하셨지만 역사 기록으로 보아도 당시의 사람들은 아이를 번제물로 바치는 일들이 흔했습니다. 이에 신은 그 과정을 통해 숫양으로 번제물을 대체하게 하셨고 그런 풍속의 변화 과정을 묘사한 기록이 성경 속에 있다고 내가 이미 말했습니다. 그런데도 아직 어떠한 교훈도 도덕적 가치도 이끌어낼 수 없다고 주장하면 내가 여태껏 말한 것들이 뭐가 되겠습니까, 제대로 듣기라도 한 것인지요? 나는 성경에서 멋진 부분만 취사선택하라고 말한 적이 없으며 그럴 필요도 없으니 기준을 별도로 설정할 이유가 없습니다. 아시겠습니까? 그리고 얘기 막판에 신의 미덕 운운은 억지 잡담에 불과하며 설령 어느 변증론자가 그렇게 말했다면 그들에게 따지십시오. 성경이 기록한 본래의 의미를 왜곡한 변론에 시비 걸 일이 아닙니다. 그리 알고 얘기하세요."

"무씨, 이것을 마저 들어야 합니다. 사사기 11장에 등장하는 입다는 신과 거래를 했습니다. 암몬군을 이기도록 해주면 〈제가 집으로 돌아갔을 때 누가 맨 처음 문을 열고 마중을 나오든〉 그를 번제물로 삼겠다고 철석같이 약속했던 것입니다. 결국 외동딸을 불태웠는데 이번에는 말리지 않았습니다. 신이 인간을 번제물로 받아들인 것이 아니고 무엇이겠습니까?"

"사람을 불에 태워 제물로 사용하는 것은 율법에 금지되어 있었습니다. 신명기 12장 31절에 〈네 하나님 여호와께는 네가 그와 같이 행하지 못할 것이라 그들은 여호와께서 꺼리시며 가증이 여기시는 일을 그들의 신들에게 행하여 심지어 자기들의 자녀를 불살라 그들의 신들에게 드렸느니라.〉

당시의 암몬 족속들은 몰록 우상을 섬겼는데 그들은 자녀를 불살라 우상에게 바치는 미신에 빠져 있었습니다. 입다는 신을 향한 마음 자체는 순수했으나 암몬 지역에 오랫동안 살다보니 타성에 젖어 자신의 딸을 인신 제물로 바치는 어리석음을 범하게 된 것입니다. 신은 십계명에 〈너는 네 하나님 여호와의 이름을 망령되게 부르지 말라〉고 하여 거짓 맹세를 죄 없다 하지 아니하리라 하였습니다. 그런 까닭에 내버려두었습니다. 신은 인간을 번제물로 받아들인 것이 아니라 맹세의 이행 여부를 보셨습니다. 구약의 시대에 해당할 율법이긴 합니다만 오늘날의 기독교인들도 신에게 헌물이나 헌신의 맹세를 함부로 하지 않습니다. 지키지 못할 맹세와 거짓을 말하는 맹세는 하지 말아야 하며 맹세는 지켜져야 옳기 때문입니다."

# 질투하는 신

"그렇다면 이건 어떻습니까? 자신의 선민 종족이 경쟁자 신에게 알랑거릴 때마다 신은 성적 질투심에 못지않은 엄청난 분노를 보였고, 여기서도 현대의 도덕주의자들에게는 신이 좋은 역할모델로 보이지 않을 것이 분명합니다. 성적인 부정행위의 유혹은 그것에 굴복하지 않는 사람들도 쉽게 이해할 수 있으며, 셰익스피어 극에서부터 야한 익살극에 이르기까지 소설과 드라마의 주된 소재입니다. 그러나 그에 비해 외래의 신과 노닥거리고 싶은 짓에 거역할 수 없는 유혹을 느낀다는 것은 우리 현대인들에게는 좀 공감하기 어려운 부분입니다. 나의 소박한 관점에서 '나 이외의 다른 신을 섬기지 말라'는 것은 지키기가 수월한 계명처럼 보입니다. '네 이웃의 아내를 탐하지 말라'에 비하면 무척 쉬운 일같이 여겨집니다."

도킨스는 물질을 연구하는 생물학자로서 무신론사상까지 가지다보니 아무래도 육체적 쾌락이나 물질적 풍요의 추구에 민감하여 그것에 적극적으로 행동하나 보다. 동성애에 친밀감을 보이고 간음이나 애욕의 감정에 우호적인 자세를 갖는다. 어째서 남의 아내를 탐하는 충동이 참기가 어렵고 다른 신을 섬기는 충동이 견디기가 쉽다는 말인지? 아무래도 계명에서 말하는 신의 의도를 모르는 데서 빚어진 무지의 오해가 아닐까 싶다.

"우리는 도킨스의 생각과는 달리 의외로 남의 아내를 탐하려는 충동을 쉽게 포기할 수 있습니다. 하지만 다른 신을 섬기는 문제는 참으로 어려운 숙제입니다. 앞서도 얘기했듯이 신은 유일한 한 분이라고 성경에서도 말하고 실제로도 그렇습니다. 그런데도 다른 신을 섬기지 말라는 말씀을 하셨으니 그게 대체 무엇을 의미하는 가르침일까요? 도킨스 당신은 출애굽기 20장에 열거된 십계명을 보고 얘기하였으니 그 부분인 3절에서 5절까지 마저 읽어보겠습니다. 〈너는 나 이외에는 다른 신들을 네게 두지 말라 너를 위하여 새긴 우상을 만들지 말고 또 위로 하늘에 있는 것이나 아래로 땅에 있는 것이나 땅 아래 물속에 있는 것의 어떤 형상도 만들지 말며 그것들에게 절하지 말며 그것들을 섬기지 말라 나 네 하나님 여호와는 질투하는 하나님인즉 나를 미워하는 자의 죄를 갚되 아버지로부터 아들에게로 삼사 대까지 이르게 하거니와〉 자, 이렇습니다. 다른 신의 의미는 그것은 진정한 신이 아니라 우상, 즉 인간 자신이 필요해서 만든 헛된 형상에 불과한 미신이라는 것이지요."

"그렇다면 더욱더 그깟 우상에 빠져들 필요 없이 당신네 신을 섬기기가 쉽지 않겠습니까?"

"그렇지 않습니다. 인간은 미신이나 속임수, 사기 등에 쉽게 함몰되는 경향을 보입니다. 그게 당장은 상대하기에 좋고 자기에게 즉각 이익을 가져다줄 것처럼 보여서 그렇겠지요? 하지만 실제로는 어떻습니까? 결과는 대개가 비참해지고 곧잘 멸망으로 치닫습니다. 쉽게 얻을 수 있는 과실은 없는 법입니다. 신은 그런 인간의 무지와 게으름을 걱정하시어 강한 어조로 인간에게 환기시킨 것입니다. 그 당시 사람들의 우매함에 비해 오늘날의 사람들은 많이 깨어나 지성적이 되었다며, 시대정신을 거론할 정도로 도킨스 또한 자신하고 있지만 실상이 그렇습니까? 미신과 우상이 여전하고 특히 돈을 향한 우상숭배는 가히 절대적입니다. 자신의 탐욕이 부른 사기에 속고 기승을 부리는 사이비 종교에 넘어가고 잘못된 사상에 여지없이 복종합니다. 이제는 해체되었지만 한때 맹위를 떨쳤던 공산주의 사상도 하나의 대표적인 현상이었지요."

도킨스는 잠시 생각에 잠기다가 묻는다.

"그렇다면 현재 다른 종교의 신들은 어찌 됩니까? 섬겨도 되는 존재인지 아니면 우상에 불과한 것일까요?"

"다른 종교에 신은 없습니다. 불교는 무신론이며 방편으로 부처를 섬긴다고 하였으니 실상 없는 것입니다. 힌두교의 신들은 인간과 숫자가 비슷할 정도로 무수히 많아서 헤아릴 수 없을 지경입니다. 인간의 상념이 만든 우상일 뿐이지요."

"그럼, 그 종교들을 여전히 배척해야겠군요?"

"네게 두지 말고 섬기지 말라고 말씀하셨지, 그것들을 일부러 없애라는 뜻이 아닙니다. 참 진리가 무엇인지를 깨달아 그것을 향하면 저절로 없어지는 것이 바로 우상 아니겠습니까?"

## 아론의 금송아지 사건

"무씨, 그렇다면 이건 어떻습니까? 아론은 사람들이 지녔던 금을 다 모아 녹여서 금송아지를 만들었습니다. 그런 다음 제물을 바칠 수 있도록 그 새로 만든 신을 위해 제단을 설치했습니다. 그 결과의 벌로 모세는 금송아지를 빼앗아 불태운 뒤, 가루로 만들어 물에 푼 다음에 사람들에게 마시게 했습니다. 그런 다음 그는 사제부족인 레위인들에게 칼을 들어 되는 대로 사람들을 죽이라고 말했습니다. 죽은 자는 약 3,000명에 달했으나 신은 만족하지 않았습니다. 그가 내뱉은 말은 〈그들이 아론을 시켜서 송아지를 만들었기 때문에〉 남은 사람들에게 전염병을 보내겠다는 것이었습니다."

"하하, 금송아지를 없앤 것이 문제가 되지는 않겠지요? 모세가 레위인들에게 되는대로 사람들을 죽이라고 말한 것이 아닙니다. 출애굽기 32장 26절을 보면, 〈이에 모세가 진영 문에 서서 이르되 누구든지 여호와의 편에 있는 자는 내게로 나아오라 하매 레위 자손이 다 모여 그에게로 가는지라〉 레위 자손이 모세의 말대로 행하여 이날, 백성 중에 삼천 명가량이 죽임을 당하였다고 기록하였습니다.

이 성경 구절에서 알 수 있듯이 사람들을 해치기 전에 우상이 아닌 여호와의 편에 서기를 촉구한 사실이 있었고 우상숭배를 포기하지 않은 자들과의 전투였음이 드러납니다. 권력투쟁 차원에서 살피자면 모세가 잠시 시내산에 올라간 틈을 노려 쿠데타가 일어났다고 볼 수도 있습니다. 살육의 개념으로 보면 3,000명이 결코 적은 숫자가 아니지만 애굽에서 탈출할 때의 백성 숫자가 200만 명을 넘었다고 봤을 때는 매우 적은 숫자에 지나지 않습니다. 그 정도의 숫자로 봐서는 백성을 향한 살육이 아니라 대적세력과의 전투였다고 보는 것이

타당하겠습니다.

전투가 끝난 다음날에 모세가 백성에게 말하기를, 〈너희가 큰 죄를 범하였도다. 내가 이제 여호와께로 올라가노니 혹 너희를 위하여 속죄가 될까 하노라〉하였습니다. 그러고는 출애굽기 32장 31절과 32절에서 〈모세가 여호와께로 다시 나아가 여짜오되 슬프도소이다 이 백성이 자기들을 위하여 금신을 만들었사오니 큰 죄를 범하였나이다. 그러나 이제 그들의 죄를 사하시옵소서. 그렇지 아니하시오면 원하건대 주께서 기록하신 책에서 내 이름을 지워버려 주옵소서.〉

이렇게 모세는 자신의 이름을 걸고 신께 호소한 결과로 백성들이 벌에서 잠시 벗어나게 됩니다. 그것은 그들이 다시 범죄를 저지르면 지금의 죄를 묻겠다는 연기의 의미였습니다. 어쨌든 모세가 백성을 위하여 신께 자신의 이름을 걸고 죄 사함을 간청한 것으로 봐서도 그것은 살육이 아니었고 우상을 향하는 거짓된 인간의 마음을 바로잡으려는 전투요 투쟁이었습니다. 사람들을 덜 죽인 불만족을 채우기 위해 그 후에 신께서 살아남은 백성들에게 전염병을 보낸 적이 결코 없으니 참고하십시오."

## 미디안 전투

감춰둔 비장의 무기를 이제는 꺼내들어 무씨의 끊임없는 반박이 멈춰지게, 숨통을 끊고야 말겠다는 듯 도킨스의 목소리가 굵게 깔리며 떨리기까지 한다.

"그럼 이것도 설명해보세요. 민수기에는 신이 모세를 부추겨서 미디안인들을 공격하도록 한 이야기가 나옵니다. 모세의 군대는 순식간에 미디안의 도시들을 모두 불태우고 모든 남자들을 살해했지만 여자들과 아이들은 죽이지 않았습니다. 병사들의 이 자애로운 행위에 분개한 모세는 남자아이들과 처녀가 아닌 여자들을 모두 죽이라고 명령했습니다. 민수기 31장 18절에 〈하지만 남자를 알지 못한 여자아이들은 너희를 위해 살려두어라.〉 아니 모세는 현대의 도덕주의자들을 위한 위대한 역할모델이 아니었습니다. 현대의 종교 저술가들이 미디안인 대량 학살에 그 어떤 상징적이거나 알레고리적 의미를 붙이든 그 상징주의는 정반대 방향을 가리키고 있습니다. 성경에 나온 이야기로부터 유추할 수 있는 것은 불운한 미디안인들이 자기 고장에서 대량 학살된 희생자들이라는 것입니다. 그러나 그들의 이름은 기독교인들이 애창하는 찬송가에 삽입되는 바람에 살아남았어요. 가엾도다. 비난받고 살육당한 가여운 미디안인들이여! 이 보시오, 무씨. 어떻게 해서 그들이 빅토리아시대 찬송가에 보편적으로 나타나는 악의 상징으로 기억되어야 하다니요?"

신이 모세를 부추겨서 전쟁을 치르게 하였다고 도킨스가 말한다. 실제로 성경은 그 사실을 기록하고 있다. 이 기록을 놓고서 빈정거리는 도킨스를 나무라기가 어렵다. 성경 특히 구약에서 빈번하게 나타나는 신의 등장과 지시로 인해 오늘날의 많은 기독교인들이 세상에 역사하시는 신의 권능과 주관을 굳게 믿게 된 근거의 하나가 되고 있으니 말이다.

성경 구절을 놓고 편리한 대로 취사선택하는 기독교인들의 이중적인 사고방식에 진저리를 치는 무신론자들이라 하니, 무씨가 굳이 이 문제를 도킨스에게 꺼내지는 않겠지만 성경 속에 등장하는 신의 역사적 주관에 대한 무씨의 생각은 다르다. 모세 또는 선지자를 통해 나타나는 신의 명령은 신의 뜻에 합당할 의로운 결정이기는 하였지만 그것이 매번 신이 직접 내린 현신의 명령이라고 할 수는 없다. 유독 전쟁을 치를 때에 번번이 나타나서서 지시하는 신의 모습을 보면 알 수 있지 않겠는가? 이 전쟁에 신이 직접 개입하였다는 소식을 병사에게 들려줬을 때의 그 사기충천은 대체 어떠한 경지일까?

오늘날에도 군인들의 사기가 전쟁에 미치는 영향이 엄청남을 알기에 심리전이 동원되고 종교적 최면까지 군대에 불어넣는 것이 현실이다. 이러한데 옛날의 군사들이야 오죽했겠는가. 더군다나 모세가 이끄는 이스라엘은 단일종족도, 같은 부족도 아니었다. 애굽에서 탈출한 이후로 무리의 이탈과 합류가 유랑 중에 수시로 일어난 사실을 성경 기록에서 살필 수가 있는데 그럼에도 그들이 이스라엘 부족으로 뭉치게 된 힘의 근원적 공통점은 야훼라는 신의 말씀에 따르는 삶을 살겠다고 작정한 정신에 있었다. 결심한 그들은 어느덧 진리의 신을 따르고 신의 정의로운 섭리에 의해 움직이는 선택된 민족이라는 선민사상이 자연스럽게 스며들었고 모세의 정당한 지시가 거룩한 신의 뜻과 합일된 모습으로 비쳐져 그렇게 성경에 기술되었다는 것이 무씨의 생각이다. 이런 속사정까지를 일일이 다 말할 수 없기에 무씨는 달리 적절한 말을 찾느라 또박또박 신중하게 말을 꺼낸다.

"인간의 자유의지에서 오는 한계가 전쟁을 일으키게 하였습니다. 그 방법 밖에는 없었으니까요. 도킨스 당신이 생각하는, 가장 진화하였다는 요즘의 인간들도 국가 간에 협상이 결렬되면 경솔하게 전쟁이라는 수단을 선택하곤 합니다. 서로가 지향하는 목적을 이루기에 가장 손쉬워 보이니까요. 신이라면 어떤 이유로라도 전쟁이라는 폭력적 행위를 사용하지 않습니다. 전지전능한 신은 뜻한 대로 이룰 수가 있으니까 말입니다. 그렇지만 정의와 가치라는 관점에서 살피기는 하시지만 인간들의 행위에 일일이 대응하지는 않습니다. 창조섭리에 깃든 인간 스스로의 진보적 변화가 신의 뜻에 포함되어 있으니까요. 이런 까닭에 모세가 내리는 여러 형태의 전쟁에 관한 결정도 그냥 지켜보시는 것입니다. 정의는 모세 쪽에 있었고 당시의 인간들이 할 수 있는 최고의 정의구현이 전쟁에 있었으니 말입니다.”

“전쟁을 통해 목적을 달성하려는 인간적 행위 자체를 문제 삼지는 않겠습니다. 내 말의 요지는, 필요 이상으로 죄 없는 자기 땅의 사람들을 대량 학살한 모세의 비도덕적 행위를 따지자는 것입니다.”

“모세도 참으로 어려운 결정을 하였을 것입니다. 의로운 자임에도 불구하고 사람들을 죽이라는 명령을 내렸으니까요. 미디안인은 이스라엘과 상존이 어려운 부족인 것은 분명해 보입니다. 이스라엘이 애굽을 탈출하였을 때에도 길을 내어주지 않아 돌아가야 했고 광야 생활을 할 때에 비슷한 유목 생활을 하던 미디안인들이라 불가피하게 중복되는 영역의 충돌 문제로 끊임없이 투쟁 관계에 놓였을 것입니다. 하지만 모세가 치른 전쟁은 미디안인 중에서도 일부의 부족에 지나지 않았습니다. 미디안의 다섯 왕을 죽였다는 걸로 봐서 소규모로 구성된 유목민의 다섯 부락일 거라 봅니다.

모세가 죽고 난 이후에 기록된 사사기 6장을 보면, 가나안에 정착하여 살던 이스라엘이 미디안인의 침략 속에 7년을 고통으로 보내는 시기가 있었고 여전히 지속적인 갈등과 대립의 관계로서 미디안인이 등장합니다. 고대 역사에서 중국의 한족과 끊임없는 투쟁을 겪은 우리네 북방민족의 경우와 비슷하다고나 할까요, 당신네들 영국과 프랑스의 지난 역사를 생각해도 이해되지 싶습니다.

한편으로 모세가 그 당시에 전쟁을 일으킨 이유는 이랬습니다. 자녀를 제물로 바치는 우상숭배의 미신에 빠진 모압 족속과 동맹한 미디안인 역시 우상숭배에 빠졌을 뿐 아니라 이스라엘에도 우상을 숭배하도록 강요한 자들이었습니다. 민수기 25장 1절에 〈이스라엘이 싯딤에 머물러 있더니 그 백성이 모압 여자들과 음행하기를 시작하니라.〉 아마도 모압 여자들이 우상숭배의 사제 역할을 맡았거나 우상숭배 차원에서 성적인 욕망을 스스럼없이 채우는 음란한 상태에 처한 것이 분명했습니다. 신의 진노라고 표현한 염병으로 죽은 자가 이만 사천 명이었다고 9절에 기록된 걸로 봐서 이것은 이스라엘의 운명을 가늠할 엄청난 재앙임에 틀림이 없겠습니다.

아직 가나안 땅에 들어가지 못하고 떠돌이로 유랑의 세월을 보내는 부족의 지도자 입장에서 당연히 어떤 해결책을 찾아야 했겠지요? 자기 땅에 빌붙어 지내는 이스라엘이라는 이유로 미디안인 자신들의 그릇된 미신을 강요하는 것을 무작정 방치할 수는 없는 일입니다. 게다가 더욱 중요한 문제가 생겨났습니다. 대체? 염병의 정체가 뭐냐는 것이지요. 그것은 음행의 결과로 빚어진 성병이거나 에이즈 같은 질병이 분명하겠다는 생각입니다. 거주 지역 내에 머문 모든 미디안인을 다 죽이되 사내를 알지 못하는 여자아이들을 살려둔 이유가 그렇습니다. 당시에 많은 사람이 죽을 정도의 염병이라면 당연히 전염병을 의심해야 마땅할 텐데도 모세는 성병임을 눈치챘기에 사내를 아는 여자들을 다 죽인 이유가 됐던 것입니다. 물론 남자아이를 죽인 행위는 염병의 감염, 또는 원수를 곁에 두어서 생길 후환을 없애겠다는 의례적인 조치였다고 봐야 하겠습니다."

# 성경이 현대 도덕과 단절된다니?

"경쟁 신인 바알은 끈덕진 유혹자였습니다. 무씨가 방금 말한 민수기 25장에는 많은 이스라엘인들이 모압 여성들의 꼬임에 넘어가서 바알을 섬겼다는 내용이 나옵니다. 신은 특유의 분노로 대응했습니다. 그는 모세에게 〈그들의 지도자들을 모두 잡아다가 한낮에 신 앞에 효시하라. 그래야 신의 진노가 이스라엘에서 떠날 것이다〉라고 명령했습니다. 경쟁 신을 섬기는 죄에 유독 엄격하게 대하는 그런 태도에 우리는 놀라지 않을 수 없습니다. 우리 현대인의 가치관과 정의관에 따르면 그것은 이를테면 자신의 딸을 집단 강간하라고 내놓는 것에 비하면 사소한 죄인 듯합니다. 성경의 도덕과 현대의 도덕 사이의 단절을 보여주는 사례입니다."

"당시의 피치 못할 상황을 오늘의 시각으로만 바라봐서는 안 됩니다. 이미 내가 충분히 설명하였기에 더 이상 언급하지 않겠습니다."

같은 말을 반복하는 행위는 피곤하다. 그것이 지성인이라고 자처하는 자를 상대로 하는 반복적 설명이라면 더욱 짜증나는 일이겠다. 무씨가 귀찮아져 말수를 대폭 줄이자, 말문이 막혀 그런 것이러니 생각한 도킨스가 성경의 도덕과 현대의 도덕 사이의 단절 문제를 더욱 강조하느라 말꼬리를 붙든다.

"물론 세월이 흐르면서 많은 것이 변했으며 오늘날의 그 어떤 종교지도자도 모세처럼 생각하지 않는다는 것을 압니다. 그러나 그것이 바로 내가 말하려는 요점입니다. 내가 입증하고자 하는 것은 현대의 도덕이 어디에서 나오든 간에 성경에서 나오지 않는다는 사실입니다. 변증론자들은 종교가 선과 악을 정의하는 내면의 길이며 무신론자는 이용할 수 없는 특권적인 근원을 제공한다고 주장하여도 이 문제를 회피할 수가 없습니다. 설령 취사선택한 성경 대목을 문자 그대로가 아닌 상징적으로 해석하는 기교를 부린다고 할지라도 과연 어떤 기준으로 어느 대목을 상징적으로, 어느 대목을 글자 그대로 받아들일 것인가요?"

"성경이 선과 악을 정의하는 근원을 제공한다는 얘기는 옳은 소리입니다. 어느 대목이 상징적이고 어느 대목이 글자 그대로인가 하는 해답의 열쇠는 성경 공부를 통해서 터득하게 됩니다. 무신론자들은 종교를 비난하기 위한 도구로만 성경을 이용하기 때문에 결코 이러한 진리적 가르침에의 접근이 불가능한 것입니다. 모두지 이해 못할 글자의 나열로 보일 뿐이겠지요. 성경의 도덕이 현대와 단절된 인상을 받는 이유는 도덕의 일부가 이미 성취되었기 때문이겠고 말했듯이 무신론자들은 알아먹기가 어려워서 그렇습니다."

"도덕이 이미 성취되었다니요?"

"지금 당장 떠오르는 대로 열거하자면, 최소한 일주일에 하루씩 휴식을 취하는 노동의 배려와 세금이나 이자가 대개 십일조 정도의 이율로 매겨지는 것, 간음이나 불효가 나쁜 행위라는 자각이 일어나고 이웃의 소중함을 깨닫는 것, 강도나 살인이 얼마나 끔찍한 이기적 범죄인가를 본능으로 깨우치는 것 등, 이루 헤아릴 수 없이 많습니다. 비단 십계명처럼 구체적으로 명시한 격언이 아니더라도 성경의 신구약 전편을 묵상하면 차츰 선한 영혼이 생성되는 것이 바로 도덕의 근원을 밝히는 근거라고 하겠습니다."

말이라도 못하면 밉지나 않지, 도킨스가 이제 화나는 모양이다. 그의 말이 급격히 빨라지며 톤이 무척 올라간 상태다.

"이보시오, 무씨. 모세시대에 시작된 인종청소는 여호수아서에서 피비린내 나는 결실을 맺습니다. 여호수아서는 집단학살과 그것을 부추기는 이방인 혐오증이 가득하다는 점에서 두드러집니다. 하지만 이번에도 신학자들은 항변할 것입니다. 그런 일은 없었다고 말이죠. 사람들이 외치고 뿔나팔을 부는 소리에 성벽이 무너진다는 것은 말이 안 되므로 실제로 그 일은 일어나지 않았다는 것입니다. 하지만 요점은 그것이 아니라 요점은 사실이든 아니든 성경이 우리의 도덕적 원천으로 우리에게 제시되고 있다는 것입니다. 그리고 여호수아가 예리코를 파괴한 이야기를 비롯하여 약속의 땅을 침략하는 과정을 담은 성경의 이야기는 히틀러의 폴란드 침략이나 사담 후세인의 쿠르드족과 습지 아랍인의 대량 학살과 도덕적으로 구분할 수 없습니다. 성경이 인상적이고 시적인 소설작품일 수도 있겠지만 그것은 당신이 자식들에게 도덕을 함양하라고 줄 만한 책은 아니라는 것입니다."

성경은 결코 도덕적인 책이 될 수 없다는 불같은 신념을 지닌 도킨스가 이에 대한 무씨의 반론에 시달리게 되자 매우 불쾌한 심정에 놓였다. 이 상황을 무씨가 모르지 않지만 절대 물러설 기색이 아니다.

"이스라엘이 정착해서 살 만한 땅 없이 떠돌다가 그냥 소멸하였기를 바랍니까? 자기들의 치부라고 할 수도 있는 전쟁사의 기록을 일일이 역사 기록에 남긴 그들의 고뇌와 수고를 인정해주고 싶진 않은가요? 적자생존의 자연선택에 의해 생명이 진화하였고 그것은 인간도 예외가 아니라고 말한 다윈진화론자인 도킨스 당신이 이스라엘을 향해서는 그들의 생존법칙을 아예 무시해버리는군요? 그들도 생존법칙과 진화의 틈바구니에서 살아남아야 신이 지시한 또는 모세가 설정한 도덕의 가르침과 행위가 인류에게 점차적으로 뿌리를 내릴 수 있지 않겠습니까? 오늘날에 와서는 어떠한 강력한 국가도 영토 확장이나 경제적 실리를 노린 침략행위를 조심스러워합니다. 그만큼 의식의 진보가 있었다고 볼 수 있습니다. 하지만 과거의 역사로 내려갈수록 침략전쟁은 무수히 일어났습니다. 침략과 승리는 민족융성의 절대적 가치였습니다. 종족 간에 자행되는 치열한 탐욕적 행위에서 각자가 살아남을 자구책으로 무엇이 있었겠습니까? 국가나 국경의 개념이, 도덕적 가치나 삶의 목적이, 그 무엇 하나 뚜렷한 의식을 갖지 못한 인간들의 삶에서 그들이 정녕 바랐던 것은 무엇이었겠습니까?"

## 신은 괴물이라는 생각까지

"그래요, 이 토론이 어디까지 나아갈지 갈 데까지 가볼까요? 레위기 20장과 민수기 15장을 펼쳐보세요. 오늘날 내게 충격을 안겨주는 것은 그런 이야기들이 실제로 일어났다는 것이 아닙니다. 아마 그런 일은 없었을 것입니다. 내 입을 쫙 벌어지게 만드는 것은 오늘날의 사람들이 야훼 같은 섬뜩한 역할모델을 자기 삶의 기반으로 삼고 있으며 설상가상으로 나머지 사람들에게 사실이든 허구든 그 사악한 괴물을 받아들이라고 강요한다는 점입니다."

드디어 신은 괴물이라는 표현을 서슴지 않는다. 그것은 무씨와의 대화에서 차츰 논리를 잃어버려 대화를 전개시킬 힘이 상실해간다는 의미이다. 궁지에 몰리면 욕이 튀어나오는 법이다. 그것을 무신론자들은 곧잘 조롱이라 표현하고는 그것만이 무기라며 항변하고 있다지만 말이다.

"나도 그러한 일이 실제로 일어나지 않았기를 바랍니다. 도킨스 당신은 레위기 20장에서 드러난 반인륜적 범죄행위에 대한 가혹한 처벌이 실제로는 아니었기를 바라는 것이지만, 나는 그 반대입니다. 사형에 처하겠다는 엄중한 경고를 사람들이 받아들여 무지막지한 반인륜적 작태가 일어나지 않았기를 바란다는 얘기입니다. 하지만 그럼에도 그 경고는 종종 무시되었고 종종 사형대의 이슬로 사라졌을 것이라고 봅니다. 인간들이 얼마나 도덕적 관념이 형성되지 않았으면 그러한 반인륜적 작태가 범죄가 아닌 일상적 쾌락 정도로 다뤄졌을까요? 당시 인간들의 도덕관념이 그런가 싶어 끔찍한 생각에 몸이 움츠려집니다.

오늘날의 관점으로 봐도 타락한 행위가 분명한 그 인간들을 감싸고 두둔하는 도킨스의 도덕은 어디까지입니까? 음욕과 쾌락을 자연선택의 하나로 보고, 최대한 그것을 즐기는 상태인가요? 죽이겠다는 경고가 단순히 기분이 나빠 그런 것인지 나로서는 참으로 궁금해집니다. 그리고 민수기 15장 기록을 들먹이는 이유는, 신이 요구한 제물들의 과다한 사치와 낭비를 지적한 것 같은데요? 그것은 땅의 지분을 받지 못한 제사장 무리인 레위지파의 소득원이라고 보시면 됩니다. 그들도 먹고 살아야 하니까 말입니다. 제물 내역과 방식을 놓고 흥분하지 마시고 그들의 직무수행에 따르는 구성원들과의 공정한 소득분배라 생각하면 좋겠습니다. 한편으로 그들은 신에 대한 경배가 끝나면 그 제물을 같이 나누어 먹곤 하였습니다. 잔치가 끝나면 마을사람끼리 음식을 나눠먹는 공동체적 결속은 요즘도 나타나는 현상이 아니겠습니까? 미풍양속의 하나이지요."

민수기 15장의 내용 중에는 무씨가 말한 그것 외에도 죄를 범한 자가 신께 바치는 속죄 제물에 관한 언급이 있다. 아마 이 문제 또한 도킨스는 염두에 뒀을 것이 분명하다. 하지만 무씨가 미처 놓치고 언급이 없었음에도 시비를 걸어오지 않는다. 아마도 무씨가 그 문제의 해답까지를 알고 있을 거라는 생각이 들어서인지 모른다. 민수기 15장의 다른 한 부분은 속죄 제물을 다루고 있는데 〈부지중에 죄를 범하였거든〉이라는 단서가 붙는 범죄에 대해서 속죄 제물을 어떻게 바쳐야 하는가를 기록한 것이다. 인간의 연약한 마음이 또는 실수에 의해 자기가 알지 못하는 가운데 일어난 범죄일지라도 피 흘림이 없이는 죄 사함이 없다는 속죄 원리에 따라 속죄 제사를 드려야 했다. 물론 이 속죄 제물의 제사를 통해 신의 용서를 얻는다는 것이지 실제적인 처벌까지를 면죄 받는다는 의미는 아니었다. 죄는 미워하되 인간은 미워할 수 없다는 인간 사랑의 정신이 녹아 있다고 봐야 하겠다.

"노벨상을 받은 미국의 물리학자 스티븐 와인버그는 이런 말을 했습니다. 〈종교는 인간의 존엄성을 모독한다. 그것이 있든 없든 선한 사람은 선행을 하고 나쁜 사람은 악행을 한다. 하지만 선한 사람이 악행을 한다면 그것은 종교 때문이다.〉 파스칼도 비슷한 말을 했습니다. 〈사람은 종교적 확신을 가졌을 때 가장 철저하고도 자발적으로 악행을 저지른다.〉 여기서 내 주된 목적은 우리가 성경으로부터 도덕을 이끌어내서는 안 된다는 것을 보여주려는 것이 아닙니다. 그것이 비록 내 견해이긴 하지만 말입니다.

내 목적은 우리 그리고 대다수 종교인들이 성경에서 도덕을 이끌어내고 있지 않다는 사실을 보여주는 것입니다. 우리가 거기에서 도덕을 이끌어냈다면 우리는 안식일을 엄격하게 지킬 것이고 지키지 않는 사람은 누구든 처형하는 것이 옳다고 생각할 것입니다. 우리는 신랑이 신부에게 만족하지 못했다고 선언한다면 자신이 처녀임을 증명할 수 없는 신부를 돌로 쳐 죽일 것입니다. 우리는 말을 듣지 않는 아이들을 처형할 것입니다. 우리는! 잠깐만, 내가 좀 편파적인 듯합니다. 훌륭한 기독교인들은 내 말을 들으면서 계속 항변했을 것입니다. 구약성경의 내용이 아주 불쾌하다는 것은 누구나 안다고 말입니다. 예수의 신약성경이 명예를 회복하고 바로잡았다고 말입니다. 과연 그럴까요?"

"도킨스 당신은 참으로 이상한 사람입니다. 당시의 인간들과 시대의 상황을 이해하지 않고 지금의 왜곡된 시각으로만 글을 읽겠다니요? 당신이 전에 그러지 않았습니까? 시대를 앞서는 선각자의 글이래도 지금 읽는다면 링컨조차도 골수 인종차별주의자라고요. 시대감각에 어울릴 새로운 시각의 해석이 당신에게 절실히 요구됩니다. 안타까운 일입니다. 종교인에 미치지 못하는 다윈진화론자의 사유 그 한계일까요?"

해가 저문 지 한참 지났다. 무씨는 배가 고파서도 자리에 앉아 있을 수가 없다. 토론의 자리는 또 있을 거니까.

# 준태의 죽음

 길고 긴 폭염 탓일까? 에어컨의 냉기에 의존해 밤잠을 청해서인지 비가 내리는 날, 그것도 폭우로 시작하는 첫 비가 내리는 날에 무씨가 심하게 두통을 앓는다. 어깻죽지 위로 목덜미에 와 닿는 심줄 땅기는 통증이 뒷골을 타고 열처럼 찌근거리더니 머리 앞쪽 전두엽에까지 통증이 퍼지는데 손가락으로 눌러보면 마치 두개골 뼈가 둔기로 맞은 양 아픔이 전해오는 것이다. 무씨는 이 상태에서의 글쓰기는 무리라는 생각이 들었지만 멈출 수가 없다. 수정해야 할 이전 글들이 뇌리에 하나씩 떠올라서이다. 그것을 다시 끄집어내어 사유하고 고쳐나가면서 물결처럼 부딪히는 통증에 힘들어 하였다. 폭염은 폭우로 바뀌어 사흘째 계속되자, 개학한 아내의 퇴근에 맞춰 일부러 같이 장보러 나섰다. '비에는 막걸리와 파전이라고 누가 말했던가.' 생활용품과 부식 외에 막걸리를 두 통 사고 홍합과 방아, 매운 고추, 부침용 밀가루, 그리고 주인공인 부추를 한 묶음 치켜들고는, "오늘 술은 머리통 아픈 거 가라앉히기 위해서야." 농담처럼 아내에게 슬쩍 말하였다. 더위 먹어 생긴 혈압 상승일 거라 추측되지만 운동부족으로 근육이 뭉쳐서일지 모른다는 생각이 언뜻 들기도 한다.

 "내일이라도 병원에 가 봐."

 "일단 술 한번 먹어보고."

 병원에 가서 진료 받으라는 아내의 말을 자가진단 흉내의 말로 얼버무린다. 병원은 누구나 가기를 꺼려하는 공간이다. 가야 살고 수명이 연장되는 곳이라고 다들 인정하는 마당에서도 말이다. 몸에 무리가 와서인지 얼마 먹지 않아도 얼큰해진 술기운에 하룻밤을 푹 자서일까, 무씨는 상당히 완화된 통증에 만족하면서 소설 작업에 들어가는데 모르는 번호의 전화가 폰을 흔든다. 어쩔까 망설이다가 받아보니 고교 동창 김진수다. 진수는 한때 준태와 함께 술친구로 어울렸다. 더러 개똥철학도 논하고 시국에 관한 서로의 견해차로 다투기도 하면서 온갖 케케묵은 정이 들만큼 들었다 할 친구였다. 비록 지금은 서로의 갈 길이 달라 발길이 뜸한 상태에서 간간이 안부를 묻는 소원한 사이로 멀어지긴 하였지만 그렇게 다져왔던 지난날의 기억만큼은 고스란히 남은 존재의 친구들, 준태와 진수였던 것이다. 그 진수가 정말로 오랜만에 무씨에게 전화를 걸어오자, 반갑지만 알지 못할 긴장감에 초조해진다.

"아, 진수네? 오랜만이다. 어쩐 일로 전화를 다 하고?"

우수에 젖은 듯 진수 목소리가 낮게 깔렸다.

"준태 있잖아, 준태가 어제 죽었다."

준태는 보름 전인가, 참 오랜만에 연락을 취한 딸아이 인희로부터 전부터 다니던 병원에 아빠가 입원 중이라는 소식을 접하고서 병문안 간 적이 있다. 그는 폐기종까지 걸려 허파에 구멍을 내고 호스로 연결해 있었다.

"폐기종은 젊은 사람도 걸리는 병이라네요. 인터넷으로 검색해보니 그다지 심각한 병은 아녔어요."

남편을 간호하느라 피곤한 기색의 준태 아내가 무씨를 반기며 일러주었다.

"네, 다행입니다. 언제부터 입원했습니까? 집에서 요양하는 줄 알았는데 다시 입원한 걸 알았으면 일찌감치 들러볼 걸 그랬습니다."

"입원과 집을 오가면서 치료받고 있어요. 보험 적용기간 문제도 있고, 또 한 곳에서만 머물면 지겨우니까."

준태는 하얀 수염을 노인처럼 기르고 비스듬히 침대에 기대어 스마트폰의 인터넷 세상을 즐기고 있었다.

"준태야, 몸은 좀 어때? 보기에 괜찮아 보이네?"

"응, 며칠 폐가 애먹여서 그렇지 좋다. 바쁠 텐데 안 와도 되는데 뭐 하러 오나. 와 봐야 만날 이 모습인데."

준태 아내가 무씨에게 음료수를 건넸다. "드실 것도 없고."

"아, 아닙니다. 별로 먹고 싶지가 않네요."

"마셔라. 점심은 먹었나?"

준태가 몸을 반듯하게 세우며 이것저것 먹을거리를 챙겨주었다. 몸이 아프고 정신마저 성가실 환자가 친구의 편리를 생각하는 행동 앞에 아무것도 거절할 수가 없다. 무씨는 주책없이, 건네는 수박을 먹고 음료수를 마시고 빵까지도 입으로 가져갔다.

"울 딸애가 이번에 고등학교 들어갔는데 학교 자습실에 들어갔다."

학교 자습실이라면 전교에서 일정 수준의 성적이 되어야 들어가서 공부하는 장소로 알고 있다. 떠드는 학생이 없는 정숙한 곳에서 좀 더 집중하여 공부할 수 있게 하려는 학교의 의도이겠다. 인희는 아빠 준태의 권유로 중학교까지 수영선수로 활동한 아이다. 공부보다는 수영으로 인생의 길을 걷겠다는 의지였는데 그것이 준태에게 찾아온 질병으로 인해 무산되고 아이는 이제 공부의 길을 선택한 상태다. 일찌감치 초등학교 때부터 시작한 수영선수의 생활을 접고 다시 공부에 전념한다는 것이 어디 쉬운 일이겠는가? 그런데도 아이는 전교에서 상위권에 드는 성적을 거두고 있다 한다. 무씨가 보기에 준태의 아이는 범상치가 않았다. 수영으로 체력과 끈기 있는 의지를 형성하였고, 아버지의 느닷없는 불행이 어린 마음에도 절절히 와 닿아 생각에 깊이를 더하게 되니, 그것은 어리지만 자아의 성장을 일으키기에 충분하였다. 다른 표현으로, 일찍 철이 들었다고나 할까. 이러한 인희의 태도를 보고 무씨의 아내와 큰애가 이구동성으로 말하였다. 그렇게 반듯한 아이는 드물다고.

"우리 아이 성적 나온 거, 다 네 덕분이다. 고맙다."

"너를 보나 네 집사람을 보나 본래 머리가 영특할 거잖아. 다른 아이들의 공부를 일찌감치 따라잡은 걸 보면 네 아이의 노력이 컸겠어."

"우리 애가 그러던데, 언니 집에 다녀오고 나서 그대로 했더니 공부가 되더라고 하더라. 그래서 길잡이가 중요하고 선생님이 필요한 거야."

'내가 집으로 돌아오기 전에, 일러준 대로 인희가 집을 찾아갔다더니 그 얘기로구나. 그때 아내가 고교 과정에서 공부해야 할 참고서적과 조언을 건넸고, 큰애가 고교 삼 년 동안 가져야 할 자세와 공부하는 방법을 나름대로 알려줬다고 하더니 그 얘기로구나.'

무씨는 준태가 자기 아이의 장래에 어떤 기대감을 보이며 아이가 다니게 될 대학이나 직업 관련의 얘기를 꺼내는 등, 의욕을 보이는 모습에 맞장구를 쳐주었다. 이렇게 어른들은 살아가는구나, 그랬다.

"퇴근하고 6시쯤 갈 생각이다."

"알겠다. 나도 그쯤 되어 병원 갈게. 그때 보자."

전화가 끊긴다. 올 것이 왔구나, 죽음!

그런데 전화를 끊고 나자 갑자기 멍한 기분이 든다. '내가 방금 뭐 하던 중이었지? 그렇지, 소설을 쓰려고 노트북을 열던 참이었지!' 하지만 앉아 있을 수가 없어 무씨는 뒤쪽 베란다로 걸음을 옮긴다. 갑자기 기운이 가라앉고 우울해지면서 심장이 저려온다. 저절로 숨이 가빠지며 허둥대는 기색이 된다. 이것이 죽음의 소식을 들은 자들의 심정일까, 앞으로도 무수한 사람들이 죽어갈 테고 그것의 소식을 들어야 할 텐데 어떻게 일일이 그것을 감당하며 살아가는 것일까, 사람들은 말이야. 무씨는 장모의 죽음을 안았으면서도 면역성 없이 색깔을 달리 하며 불어오는 표현 못할 감각의 베임에 숨을 몰아쉰다. 어떻게든 진정이 필요하겠기에!

# 자연으로 돌아가느니

　비가 그쳤다. 하늘은 이제 가을이 성큼 왔음을 기별하려는 듯 뭉게구름을 피우고 저쪽 양털 닮은 실구름이 시원한 바람에 실려 어디론가 빨리도 떠나간다. 줄기차게 빗줄기를 내리더니 이렇게 계절의 순환을 일구려고 나부댔던 것이었을까. '자주 이곳을 찾는구나, 얼마나 더 이곳을 오갈 것인가!' 낯익은 풍경의 병원 장례식장을 찾는 무씨의 발걸음이 무난하다. 서두르지 않고 경솔하지도 않을 걸음을 하나씩 떼며 입구에 들어서고 화환의 무덤을 지나 모퉁이의 안쪽 구석에 이른다. 잠시 신발 정리를 놓쳤던가, 어수선하게 너부러진 신발들의 틈을 비집고 들어선 무씨가 신발장에 구두를 다소곳이 올려놓을 때까지만 해도 아무렇지 않았다. 누구나 죽어가는 것이며 친구가 조금 일찍 그 길을 걸을 뿐인 것을. 그렇게 마음을 다잡으니 울컥했던 감정도 두근거리던 심장도 차분히 가라앉아 평온을 이룰 수 있게 된 것이다.

　빈소에 들어서니, 유족의 모습이 언뜻 비치고는 바로 어둠이 온통 주위를 덮쳐버린다. 비교적 젊은 날의 모습이 영정으로 내려앉아 거기서 환하게 웃는 준태의 얼굴만이 무씨의 시선에 꽂힌다. 준비한 봉투를 부조함에 넣는 손이 바둥거리고 향을 피우는 떨린 손끝에 연기가 휘청거린다. 무씨가 숨을 몰아쉬는데 그 거친 숨결이 바람을 일으켜 눈동자에 방울방울 맺히는 맑은 이슬을, 엎드려 절하는 돗자리 바닥으로 우두둑 떨어뜨려버린다. 무씨의 북받치는 행동에 유가족도 눈시울을 짙게 붉혔다. 누구도 소리 내어 울지는 않았지만 돌아가는 죽음의 자리에서 모두가 슬퍼하였다. 무씨는 유가족과의 위로 인사를 마치고도 준태의 영정을 바라보며 한참을 우두커니 서 있었다. 대체 무슨 생각들이 그의 뇌리에 주마등처럼 스쳐갔을까, 거친 숨결을 길게 내뿜고 또 내뿜으면서.

진수는 문상객과 어울려 술을 마시고 있다. 곁에 앉으니 자기도 방금 왔다며 반가운 듯 덥석 무씨의 손을 잡는다. "근데, 너는 교회 다니지 않나?"

보나마나 준태 영정 아래 무릎 꿇고 절 올리는 모습을 봐서이겠다. 먹먹한 심정에 아무 말도 하지 못하는 무씨가 곁에 놓인 술잔을 홀짝 들이켜니, 입속에 소주의 쓴 맛이 싸하게 퍼진다. 벌써 취기가 오는지 친구 진수가 너스레를 떤다.

"그래그래. 자, 한잔 받아. 술 먹는 신자가 못할 게 또 뭐 있을라고? 길지도 않은 인생, 하고 싶은 것 해가면서 살아야지."

쓴 맛을 보겠다는 듯 안주 없이 거푸 술을 삼키는 무씨다.

"숭배가 아니라 조문이니 괜찮아. 고인의 취향에 맞춰줬을 뿐이야."

준태의 육체는 화장되어 자연 속에 흩뿌려졌다. 무씨의 손에 움켜진, 채 식지 않은 한줌의 회색빛 재가 이제 돌아가는 것이다. 무엇이 어디로 돌아가는 것인가. 아직은 이른 친구의 죽음에, 여럿의 다른 친구들도 상념에 골똘해진 기색이 얼굴에 머물렀다. 그들은 무엇을 생각하는가? 분명, 같이 웃고 울고 술 마시던 같은 세대의 죽음은 필시, 어른이나 아이들처럼 다른 세대의 죽음과는 또 다른 심정이 되어 죽음을 바라보는 것일 게다. 자기와도 무관하지 않을 죽음에의 자각이 불현듯 가슴에 출렁이며 격랑이 이는 것일지도 모르겠다. 사식의 죽음을 눈앞에서 차마 볼 수 없었던 준태의 노모는, 마음이 아파 도저히 이 자리에 못 있겠다며, 초상 첫날에 본가로 돌아간 이후로 끝내 모습을 보이지 않았다. 무신론자인 준태는 제사도 성묘도 거부했던 것일까. 시리도록 푸르른 하늘빛 아래의 숲에 뿌려지는 재의 향내가 무씨 코끝에 짙게 풍겼다. 비교적 긴 병간호에 지친 까닭도 있겠지만, 고통을 진통제에 의존한 채 그간의 삶이 지탱됐던 준태의 처절한 고뇌가 이제 비로소 해방되어 풀려났다는 안도감이 유가족에게는 더욱 컸으리라.

"아빠가 돌아가셔서 앞으로 슬프지 않겠니?"

무씨의 질문에 인희가 짧게 대답한다.

"아빠는 이제 자유를 얻으셨어요."

'가을 먼데 잎사귀 허공에 날면 그거 병이야. 고백해 하나 남김없이, 파랗게

핀 꽃이 하늘에 물들지 않았다니? 호흡에 영혼이 가벼워져, 숨결이 영혼에 심겨져서. 누가 저 하늘 해 그려놨을까? 번뇌에 상심을 보태니 겨우 바람이 속삭인다. 당신이 그렸잖아, 내가 누굴까? 바다겠지, 저 해 품고 달빛 머금은 은하수 끌어안고 떠오르는 내 삶의 파도겠지. 귓가에 들리는 파도 소리와 저리도 붉은 태양!'

## 장경록의 사랑 이야기

초상집에서 밤새워 마신 술이 지나쳤을까, 무씨는 쓰려오는 배를 어루만진
다. 계절은 황급히 가을을 알렸고 아침저녁으로 서늘한 공기가 팽개친 이부자
리를 끌어당기게 이끌었다. 그동안의 폭염이 지나쳤음을 자연도 알아차렸는지
폭우를 이끄는 태풍이 한반도를 지나간다는 기상예보다. 이런 성가신 날에 장
경록이 전화하였다. 서재 창문이 한바탕 덜컹거린다.

"아직 가지 않으셨어요?"

"어머니가 편찮으셔서서 아내가 쭉 머물렀어. 학교 일 보다가 아내 데리러 잠시
온 거야."

"얼굴 보고 올라가세요."

"그래야지, 어니서 만날까?"

신문지 쪼가리와 나뭇가지 나부랭이들이 돌풍에 정신없이 나뒹굴다가 구석
에 처박히는 음식점 골목거리에서 장경록을 만난다. 이번에는 혼자 나왔다. 간
간이 흩뿌리는 빗발을 피해 근처의 식당으로 들어간다.

"올해는 태풍이 잦네?" 이번에도 어김없이 술잔이 앞에 놓였다. 이글거리는
숯불 위 석쇠에 돼지 삼겹살이 오글오글 녹아든다. 그는 작정한 듯 자기 아내
얘기를 꺼낸다.

"내 마누라 이름은 홍정숙이야. 아이는 여자애가 하나 있는데 다 커서 대학
생이고 지금은 영국에 유학 가 있어. 물론 걔는 내가 낳은 아이가 아냐. 전남편
의 씨지. 하하, 그렇다고 이상하게 생각할 건 없어. 아이 가진 여자를 내가 사
랑한 것이고 그래서 결혼한 것이니까."

"네, 그러셨군요. 잔이 비었네요. 한잔 따르겠습니다."

"그러세, 아우하고 술 마시면 기분이 참 좋아져. 좋은 인연이라서 그렇겠지?"

"구색이 맞는다 할까요? 술꾼끼리 안 맞은들 뭐 어쩌겠습니까마는."

허어, 그렇긴 하네? 둘은 잠시 말을 잊고 고기를 뒤적이며 먹는 일에 열중한다. 펄펄 끓는 멸치젓갈에 적셔진 삼겹살이 배추 우거지에 휘감겨 입속으로 삼켜진다. 쓴 소주가 입 안을 적시자 장경록이 절로 탄성을 쏟아낸다.

"캬! 그래, 이 맛에 쐬주 먹는 것이지, 하하."

"이상하게 형님하고 술 마시면 모든 안주가 맛있어집니다. 분위기랄까요?"

"기왕이면 맛나게 먹는 게 좋겠지? 인생 별거 있나, 하하."

오늘은 매우 기분 좋은 기색이다. 아내와 얽힌 지난 옛이야기를 스스럼없이 꺼낼 기세다.

"자네 앞에서 내 지난 얘기를 못할 게 없겠다는 생각이 들어. 아우가 소설가라서 그럴까? 내가 시를 쓰면서도 나는 여태 나의 지난 일들을 남에게 꺼내본 적이 없었어. 아무에게도 들려주지 않았지. 간간이 시로 남기곤 추억이랄까, 나의 오랜 기억으로 표구했었지. 지금의 내가 자꾸 달라져가듯 이제는 나의 지난 삶들도 박제된 짐승처럼 멈춘 채로 두고 싶지가 않아졌어. 누군가가 문학으로 나의 지난 기억에 생기를 불어넣고 새로이 살아나서 남들 가슴속에 꿈틀거리게 해주면 어떨까, 좋겠다는 생각이 들었지. 그래서 자네를 떠올렸어. 회색빛처럼 흐릿해진 내 과거의 생김새를 새롭게 채색하고 움직여서 언제나 현재로 돌려놓고 싶은 거야. 삶을 반추하여 삶이 뭔지, 무슨 의미로 삶을 사는지를 알아보자는 것이지. 그래서 자넬 여기 앉혔어. 내 얘길 들어보겠나?"

"네." 무씨는 짧게 대답할 수밖에 없다. 의미심장하다 싶을 정도로 자기 이야기에 의미를 불어넣으려는 그의 말에 무슨 사족이 필요하랴. 목을 추스르는 듯 술을 벌컥 들이켜고는 자신의 이야기를 하나씩 풀어나가는 장경록이다.

# 홍정숙을 처음 본 그날

마누라 홍정숙을 처음 만난 그날을 나는 잊지 못하지. 그날은 연선이가 울면서 내 곁을 떠난 날이야. 하필이면 프러포즈를 하려던 날에 말이다. 내가 뭘 잘못했는지, 아마 내가 사랑을 고백하려던 걸 직감했을 거야. 그래서 내 품을 뿌리쳤고 나는 멀뚱하니 바라볼 뿐, 붙들 수가 없었겠지. 나는 연선이를 떠나보내고 점점 슬퍼져서 견딜 수가 없었어. 여기가 어딘지 저기가 어딘지 갈피를 못 잡고 휘적휘적 떠돌아다니다가 집으로 돌아오는 길이었지. 나는 그때 필동에서 자취하고 있었어. 방값도 쌌지만 몇 걸음만 옮기면 남산기슭이 엎어지고 무엇보다 아름드리나무들이 집 안팎 곳곳에 눌러앉은, 오르막길의 오래된 저택들이 보기 좋았어. 그런 집을 지나치면서 대문 안쪽을 배죽 들여다보곤 했지. 여긴 뭐가 있을까, 하고. 그곳을 지나치면 바로 내가 자취하는 일본식 낡은 이층집이 있었어. 나는 거기 이층에 세 들어 살았지. 말이 자취였지, 조그만 잡지사에 다니면서 대학원 박사과정을 밟을 때라, 먹는 건 밖에서 다 해결하고 거의 잠만 자는 집이나 마찬가지였어.

그날도 나는 왼편으로 쭉 대갓집 담벼락처럼 쌓은 돌무더기에 엉기성기 붙은 넝쿨을 건드리다시피 걸어 올라갔지. 철따라 피어나는 장미꽃도 황홀하지만 오랜 돌 틈에 끼인 검푸른 이끼들이 참 좋았어. 눈으로 보기에도 좋았지만 뭐랄까, 습하고 촉촉한 냄새가 그리도 좋았어. 띄엄띄엄 손을 뻗어 돌에 야무지게 달라붙은 이끼를 내 손가락으로 문지르곤 하였지. 융단 같기도 한 것이 그럴 때면 내 오랜 기억의 흔적을 더듬는 기분에 빠지곤 하였어. 게다가 그날은 그렇지, 오늘과 비슷한 날씨였나 보다. 바람이 솔솔 불고 빗발이 간간이 눈물처럼 뿌려대어 이마를 적시는 호젓한 밤길이었는데 불쑥 내 눈 앞에 한 술집이

나타난 거야. 나는 그날 처음 보았지. 통나무로 만든 집 벽면에 'Blue Rain'이라
는 하얀 글씨에 블루 빛 배경의 네온사인이, 술집 전체를 안개처럼 뿌옇게 훈습
하는 모양새로 길가 모퉁이에 떡하니 자리를 잡았더라고. 나는 순간, 길을 잘
못 들었나 했어. 주위를 두리번거려 문득 낯설어 보이는 주변 풍경에 주춤거렸
지. 순간적 공황 상태랄까, 나는 갈 길을 잃고 멍청하게 그 자리에 우뚝 선 채
로 있었지. 그러곤 작은 뜰의 잔디를 밟고 그 술집에 들어선 거야. 홀린 듯 말
이지. 일단, 술을 한잔 마시자. 집을 찾아가야 하니까. 그렇게 중얼거린 기억으
로 있어.

〈언제 이 술집이 생겼나요?〉

날씨가 그래서 그런가, 술집엔 손님 하나 없고 아가씨 혼자 덩그러니 앉아 있
더구나.

〈오픈한 지는 몇 달 됐다던데요? 저야, 여기 온 지 한 달도 안 됐지만.〉

아, 그렇군요. 호프를 시키고 실내를 둘러봤지. 살펴보니 가정집을 개조해서
술집으로 만든 거였어. 내가 사는 자취집과 구조가 비슷한 것이, 방을 트고 새
로 실내장식해서 꾸민 아담한 카페 같은 모양새였지. 일제 강점기 때, 아마도
같은 건축업자가 지은 집이겠다는 생각이 들 정도로 집 구조가 닮아 있었어.
나는 연선이와의 이별을 잊으려고 일부러 이것저것 바라보면서 술기운을 빌려
잡생각에만 몰두했지. 아가씨가 저만치 테이블에 앉아 다리를 포개자 짧은 스
커트 밑으로 허연 허벅지가 유별나게 드러나는 광경을 집요하게 쳐다봤던 것
같아. 그런데도 아가씨는 딴전 부리듯 손에 쥔 문고판 책을 힐끗힐끗 들여다보
는 걸로 시간을 때우고 있더라고. 〈여기 마른안주 하나!〉 아가씨는 안주 팔 생
각이 없었는지, 잊었는지 묻지도 않다가 내가 주문하니까 그제야 몸을 일으켜
주방으로 가더라.

"그 아가씨가 지금 형수님이었어요?"

아니, 그때 한쪽 모퉁이 이층 계단에서 한 여자가 나타났지. 나를 힐끗 보는
듯하더니, 근처의 스위치를 조작하여 실내조명을 어둡게 바꾸더라. 아가씨가
건네는 안주접시를 들고 내게로 와서 테이블에 가만히 놓더구나. 〈즐거운 시간
되세요.〉 살짝 미소를 지어보이는 여자의 눈망울이 짙고 큼직했어. 온갖 우수

가 그쪽에 다 몰렸다는 충동이 일었지. 얼굴 뒤로 비친 조명의 그림자 탓에 더욱 짙었을 거야.

"술기운 탓은 아니고요?"

아우는 농담처럼 그렇게 대꾸하지만 내 말이 그다지 과장되지 않았다는 생각이 들 거야. 세월이 훌쩍 흘러도 매력적인 눈매를 가졌지 않던가, 젊은 날의 이미지를 짐작하고도 남음이 있지 않던가? 나는 묘한 충동에 술을 연거푸 주문했어. 안주도 더 시켰던가? 어떻게 집에 돌아왔는지 솔직히 아직도 기억나지 않아. 연선이에게 받은 충격 때문이었는지, 그 여자를 향하는 호기심에 이끌려서 그랬는지, 하여간에 술을 마셔댔고 다음 날 종일 방 안에서 끙끙 앓으며 뒹굴었지. 나중에야 알았지만, 그 여자 이름이 홍정숙이고 지금의 내 마누라야.

# 술집, 푸른 비

월요일, 출근하면서 그 술집이 바로 눈에 띄었어. 매일같이 지나는 길인데도 여태 몰랐던 거야. 어떻게 이런 일이? 아마 관심 없는 일반주택처럼 무심결에 지나쳤던 것이겠지. 그날 이후로 길을 오갈 때마다 신경이 쓰였어. 그 여자는 지금 무엇을 하고 있을까? 결혼은 했을까? 어디, 들어가 봐? 생각은 꿀떡 같았지만 생각하면 할수록 발걸음이 그쪽으로 옮겨지지 않았어. 박봉의 호주머니 형편을 무시할 수도 없었고.

그런데 어느 날부턴가, 밖에서 친구들과 술 마시고 돌아오는 길이면 나도 모르게 어김없이 그 술집에 들어가서는 맥주를 마시고 술에 취해서 집으로 향하게 된 거야. 때로 기억나지 않는 순간들도 있었지. 혹시, 내가 간밤에 무슨 실수라도? 그 여자에게 무슨 헛소리라도 한 게 아닐까 하는 공포감이 엄습할 정도로, 그 여자의 이미지가 나의 마음을 장악하기 시작한 것이야. 그때 나는 여러 편의 시를 쓰고 블로그에 올리면서 차츰 연선이를 내 삶의 자리에서 떨쳐내기 시작했어. 연선이가 다른 남자를 만난다는 사실을 알았어도 나는 비교적 태연할 수가 있었지. 조문주의 급작스런 치근거림에도 냉정하게 나를 다스릴 수 있었던 힘은, 지금 생각해보니 연선이를 향하는 감정에서 우러나온 것이 아니라 새롭게 내 마음에 도사리기 시작한 홍정숙의 느낌에 이끌리던 시기였기에 그렇게 됐다고 봐.

"아직은 낯설, 술집 여자에게 오히려 친밀감을 보이셨다니? 형수에게 어떤 마력이 숨었던 걸까요?"

슬픈 감각이었어. 그녀를 훔쳐보면 아니, 계산을 치르면서 내게 건네주는 영수증을 받지 않고 술 취한 척 눈싸움을 한판 벌리면 살짝 당황하는 그녀의 눈빛에서 깊은 슬픔이 불꽃처럼 터져 나를 힘들게 만들었어. 그 여자는 나를 미치도록 슬프게 만들고 측은지심을 껴안게 만들고 동정하는 사랑에 빠져들게 만들었어. 그래서 그녀를 사랑했지.

"묘하네요. 그래서 사랑하게 됐다니? 혹시 홀로 애 키우는 젊은 여자라서 동정하게 됐나요?"

그때까지는 몰랐어. 박사논문 마무리로 한동안 가지 못했어. 그랬다가 날이 추워지려는 어느 깊은 가을밤에 거길 들렀지. 마침, 손님이 아무도 없더구나. 하긴 전부터도 손님이 별로 찾지 않는 한적한 주택가 카페였긴 하지. 그날따라 그녀가 보이지 않아 궁금했지만 묻진 않았어.

〈언니는 조금 있음 오실 거예요. 오빠는 샌님 같아, 맞죠? 학교 샘이시죠?〉

〈아닙니다. 그저 평범한 회사원입니다.〉

〈아니에요? 호호, 어쨌거나 오빠 내 스타일이 아니야. 호호, 이 동네는 옛날부터 가난한 선비들이 살던 마을이래요. 어쩐지 후졌어! 지나가는 사람들 보면 옷차림도 구질구질하고 다들 못생겼어. 어? 오호호, 오빠 얘기가 아니에요. 오빠 얼굴이 희고 가냘픈 몸매에 배운 티가 폴폴 나요. 킥킥, 뭐, 그랬거나 오빠 내 스타일이 아니야. 도대체 어디가 좋은 거지?〉

평소와는 달리 그날따라 맞은편 의자에 마주앉아서는, 안주로 내놓은 땅콩을 하나씩 하나씩 까먹으며 묻지도 않은 소리를 잘도 해대더라고. 나는 순간적 생각에 나를 놓고 둘이서 무슨 얘기가 오갔다 싶었지. 그래서 대뜸 물었어.

〈주인 언니, 아직 결혼 안 했어요?〉

〈몇 년 전에 결혼했다나 봐요. 여자애가 하나 있는데 작년인가, 남편이 교통사고로 죽었대요. 그래서 이 집 뜯어고쳐 술장사하나 보던데요? 나도 세세한 것까지는 몰라요.〉

그랬구나, 그 말을 듣는 순간에 나는 기분이 묘했어. 알지 못할 야릇한 감정이 내 온몸의 세포 구석구석을 스멀스멀 돌아다니는 느낌 같기도 하고, 미래의 청사진 같은 흐릿한 그림들이 마구 뇌세포에 들락거린다고나 할까, 그런 감정에 휩싸여 도저히 그 자리에 죽치고 앉아 있을 수가 없어서 그곳을 박차고 빠져나왔지. 그래서 그 여자의 영혼이 슬펐던 것일까? 그 영혼 속에 내가 자리할 공간이 있기나 하다는 걸까? 허우적거리며 밤이슬에 축축해진 돌담을 거슬러 올라가는데 그만, 그녀와 마주친 것이야.

〈어머! 어디 가세요?〉

나는 아무 말도 못하고 멍하니 바라보기만 하였지.

〈한잔하셨나 봐요? 피곤하시겠다, 들어가 보세요.〉

목례하고 지나치려는 그녀 손목을 붙들었지.

아얏! 그때 내가 세게 잡았는지, 놀라고 아파서 얼굴 찡그리던 그녀의 모습이 지금도 생생해. 달빛에 일렁이는 그녀 모습이 내 눈동자에 들어오자 나는 무슨 말이든 지금 꺼내지 않으면 놓친다는 생각에 허둥지둥 말했지.

〈내가 싫지 않다면, 나랑 사귀어봅시다.〉

순간, 그녀는 이게 무슨 소린가 싶어 어리둥절해하는 것 같더니,

〈나를 어찌 보고 이러세요?〉

분명, 나는 가만 있은 것 같은데 그녀가 내 품에 힘없이 안겨드는 거야.

〈아아!〉

그녀의 외마디 소리에 이어, 내 눈에 별이 오락가락 했어. 그녀가 내 뺨을 사정없이 후려친 거지. 그녀가 또 놀랐는지 놀란 토끼눈으로 나를 빤히 바라보다가는 허겁지겁 골목길을 내려가더라.

휴! 그 짧은 시간에 대체 무슨 일이 일어났던 것인지 몰라, 그 곳에 얼어붙은 듯 한동안 서 있었지.

"아마도 형수가 손목을 빼려다가 그 힘의 반작용 때문에 안긴 거였겠네요, 낄낄."

웃지 마! 그 일이 마음에 걸려서 꼼짝없이 치한으로 몰렸겠다 싶더라고. 한동안 그 골목길을 피해 다녔어.

"그 정도였어요? 형님 이제 보니 정말 순수파였네요? 아하하."

그때는 아직 순진하기는 했지. 연선이도 어쩌지 못할 지경이었으니, 뭐.

## 토라진 그녀

"그래서 그 후로 어떻게 됐습니까?"

논문 심사도 대충 통과되었고 대학 측으로부터 신학기 강좌 배정도 언질 받았지. 한편으로 마음이 놓이니까 불쑥 그 여자 얼굴이라도 한번 봐야겠다는 생각이 들더라고.

"아, 그동안 그 여자, 형수를 잊고 지내셨군요?"

결혼은 물 건너갔다고 생각했지. 더군다나 아이 딸린 과부라는 사실이 마음에 걸리기는 했어. 나야 찬밥 더운밥 가릴 생각이 없었지만 고향의 노모 생각도 해야 했으니까. 어쩌면 차라리 잘됐다 싶기까지 했지. 생각보다 나는 마음이 여린 놈이야. 술 때문에 이상한 짓이 그날 일어났다 싶어서 맨 정신으로 거기 들어가서는 적당히 마시고 나오려고 그랬지. 그런 마음으로 술집 입구에 들어서니까 괜히 쑥스러운 기분이 들면서 묘하게도 사춘기 소년처럼 가슴이 쿵덕거리고 폐가 가빠지더라고, 하하. 긴장되어 문을 삐꺼덕 열고 들어서는데, 맞은편 정면 테이블에 그녀가 앉아서는 나를 빤히 쳐다보고 있지 뭐야?

"놀랐겠어요?"

놀랐지! 내가 무슨 죄 지은 사람이라도 된 것처럼 아무렇게나 테이블에 웅크려 앉으며 시선을 외면했지.

"내 말은 형수가 놀랐을 거라고요. 아무렇지 않아 하던가요?"

그 여자가? 글쎄다, 나를 빤히 쳐다보기만 하던데? 호프 잔을 내려놓고 안주를 내려놓는 폼이 아주 무성의했어. 기분이 은근히 상할 정도이던데?

"토라진 거로군요?"

토라져? 그날, 토라진 건 나였어. 웬 이상한 중년 남자가 들어오자 단골이라도 되는지 아주 상냥하게 맞아주고 병맥주를 직접 쫄쫄 따라주기까지 하더라고. 나는 '그래봐야 내 일 아니다' 그렇게 마음을 다독이며 술만 먹었지. 얼른 마시고 일어나야겠다 싶어서. 그런데 있지. 그녀가 그 남자의 안주를 손으로 집어먹는 거야, 그것도 아주 태연하게 말이야. 그럴 수 있는 자연스런 행동에 불과한데도 나는 그것이 아주 불쾌했어. '어째서 손님 안주를 함부로 말없이 집어먹는 거야? 어떤 관계야, 이상하잖아?' 그런 생각으로 부글부글 끓었어.

"질투였을까요?"

질투? 하여간 나는 그 단순한 모습에도 피가 거꾸로 도는 현기증을 느꼈어. 그것이 그날의 마지막 기억으로 남았지.

"화가 나서 술을 들이켰고 그래서 그 후의 일이 기억에서 사라진 것이로군요?"

내가 눈을 뜨고 다시 기억이 돌아왔을 때가, 어둑한 새벽이었어. 어디서 찬송가 소리가 멀리서 들려오는 거야. 처음에 나는, 술 취해 어디 잘 데를 찾다가 교회당에 기어들어간 줄로 알았어. 그러지 않고서야 이런 소리가 날 리 없으니까. 이 지경을 어쩌지? 스스로 한심한 생각에 빠끔 눈을 뜨다가 깜짝 놀랐어. 그녀가 나를 빤히 내려다보고 있지 뭔가?

〈놀래라! 갑자기 눈을 뜨면 어째요. 몸은 괜찮아요?〉

그만, 술 취해 그녀 집에서 자버린 거였어. 어떻게 해서 자게 됐는지 알려주지 않더라고. 나도 잘한 짓이 아니다 싶어 묻지 않았지.

"그래도 대충이라도 알 게 아녀요? 궁금하네요."

나중에 들은 얘기와 얼핏 떠오른 기억을 더듬으면, 이랬어. 술을 마시다가 내가 벌떡 일어나더라는 거야. 화장실로 가더니 속엣 것을 토해내고 돌아와서는 양주를 시키더라는 것이지. 아주 점잖게 앉아 술을 홀짝이는가 싶더니 자기를 부르더라는 거야, 같이 마시자고. 종업원 아가씨가 부추겨서 마지못해 셋이 같이 앉기는 했는데, 자기로서는 불안해서 어쩌지 못했다고 그러데? 이 사람이 이렇게 술 퍼먹다가는 무슨 일이 생길지도 모른다는 생각이 들었겠지. 단골손님이었을 뿐인 중년 남자는 이미 나간 상태였고 술집엔 아무도 없었다네. 심지어 마칠 시간이 되니까 아예 대문을 걸어 잠그고는 아가씨와 내가 주거니 받거니 정신없이 시시덕거리며 술을 마시더라나?

"형수는 그때 뭐하고요?"

아직 술집 경험이 얼마 없을 때니까, 노련한 여종업원에게 뒷일을 맡기고 먼저 이층 방으로 올라갔다고 하더라고. 그런데 나중에 내가 너무 취해버리니까 부축도 못 하겠고 그러니 아가씨도 어쩌지 못하고 그냥 자기 집에 훌쩍 가버리더래, 나를 놔둔 채로.

"아, 그러니까 술집 소파에서 주무셨구나?"

이층 그 여자 방에서 그 여자 옆에서 잤어. 새벽에 대충 보니까 그런 상황이더라고. '에라! 모르겠다.' 하고선 도로 자버렸지. 갈 데까지 가보자는 막무가내 심정으로 누워 있으니까 마음이 편해지면서 잠이 다시 쏟아지더라.

"어, 그러셨구나? 무지 착한 여자셨네."

# 산뜻한 오후

다시 눈을 떴을 때가 점심 무렵이었지. 구수한 된장국 냄새에 일어났어.

〈아, 일어나셨어요? 대충 씻고 식탁에 앉으세요.〉

참말로 이게 뭔 조화인가 싶었어. 쫓겨나도 시원찮을 판에 웬 호강까지나?

"그때 이미 형수는 마음에 두셨구나."

정말 오랜만에 가족 같은 분위기에서 맞는 식사였어. 나는 속으로 마음을 굳혔어. 별 탈 없으면 이 여자와 결혼해도 되겠다, 하고 싶어, 그렇게 말이야. 남쪽의 열린 창으로 쏟아져 들어오는 햇살이 뚝배기 된장찌개에 모락모락 김을 피워 올리더라고.

〈아이는 어디 갔어요?〉

〈어마, 아시는구나? 울 애, 연홍이는 지 외할머니 댁에 잠시 보냈어요. 내가 이거라도 하다 보니까.〉

〈그랬어요? 보고 싶겠네요, 한창 재롱 피울 땐데.〉

밥알 뜨는 젓가락에 힘이 빠지는 순간이 엿보였어. 그녀는 나의 덧없는 얘기에도 모성애가 자극받을 정도로 여려져 있었던 거야. 나는 젓가락에서 그녀의 입술로 눈동자로 시선을 천천히 옮겼지. 그녀가 나를 쳐다보고 있었어. 말간 두 눈이 나를 향해 웃는 것이야.

〈그 마음, 여전하세요?〉

〈네? 그게 무슨?〉

나는 바보처럼 말뜻을 바로 눈치채지 못했어. 잠시 생각하는 듯 대답을 기다리는 듯하다가,

〈아녀요. 어서 식사하세요.〉

식사를 마치고 차를 마시면서 이것저것 얘기를 나눴지만 그건 아주 일상적인 가벼운 얘기들이었어. 그다지 기억에 남지 않은. 나는 아쉬움을 뒤로 하고 집을 나섰어. 해야 할 말이 분명 있는데도 하지 못한 원망과 후회가 줄곧 그림자처럼 나를 따라다녔지. 기회가 자연스럽게 줄줄이 오는 게 아니잖아.

"안타깝네요. 어차피 해결된 일인데도 당시를 떠올리자니."

한동안 가지 않았어. 그러던 어느 날, 나는 깨달았지. 망설이는 이유의 원인을 파악한 것이야. 어머니 생각, 그것이었어. 아이 딸린 여자와의 결혼을 과연, 기쁘게 승낙하실 것인가 하는 문제였던 거야. 그걸 알아차리자 나는 단숨에 달려가서 어머니에게 사실을 고했지. 이러저러한데 어쩔까요, 하고.

〈휴! 네가 좋다는데 난들 어쩌겠나. 시방 네 나이도 생각해야지. 너 아버지가 여태 살아만 계셨어도 반푼어치도 어림없는 이야기다만, 막상 살아보니 인생이란 게 눈치 재고 아등바등 살 게 아니더구먼. 서로 좋다면 그게 다겠지? 어디 한번 그 여자 데리고 와 봐라. 근데, 너는 먹고 살 준비해 놓고 이러는 거냐?〉

그렇게 간신히 승낙을 얻고는 다시 단숨에 그녀에게 달려갔지. 그런데 말이야, 이상한 일이 생겼어.

# 어두움은 싫어

불이 꺼져 있는 거야. 당연히 문도 잠겼지. 이층 가정집도 어둠 속에 잠겼어. 여종업원이라도 출근해야 하지 않나 생각되니까 왠지 불길한 예감이 드는 거야. 별수 없이 돌아서면서 절로 탄식이 새어나오는 거야. 여자를 어찌 해보겠다는 놈이, 이름도 전화번호도 모르고 있었던 것이야. 순간, 생각했지. 이것이 정상적 만남일까? 여태 이름 하나 모르면서 대체 무슨 결혼을 하겠다는 것이지? 서로에 대해 알지 못하고 만남 자체가 술집 손님과 주인으로 어색하게 만나진 인연 하나 가지고 이 험난한 세상을 순조롭게 살아가기나 할까? 온갖 잡생각을 머리에 잔뜩 이고 골목길을 걸어 집으로 향했지.

생각은 생각을 낳고 꼬리를 문다고, 생각을 핑계로 그녀를 찾아가지 않았어, 얼마동안을. 그러다가 미련의 집착인지 그녀의 매력에 의한 것인지 나는 다시 감정의 굴레에 단단히 얽혀 그녀가 있을 술집을 찾았지. 그러나 여전히 그녀의 집은 어둠 속에 잠겨 있었어. 다음 날도 그다음 날도! 한 보름쯤 지났을 거야. 지치고 지친 나머지, 부근의 가게에서 사온 소주를 새우깡에 홀짝홀짝 들이켰지. 폐가의 잡초더미에 드러누운 나그네처럼 그녀의 뜰에 놓인 납작한 바윗돌에 주저앉아 청승을 떨던 밤이었어.

〈여기서 뭐 하세요? 일부러 기다렸던 거예요?〉

소리에 놀라 고개를 쳐들고 바라봤지. 그녀는 먼 길을 돌아온 방랑자처럼 무척 피곤해보였어.

〈여기 앉아요. 한잔합시다. 자리가 좀 초라하지만요.〉

의외로 그녀는 망설임 없이 잔디 풀숲에 풀썩 주저앉았어.

〈한잔 주세요.〉

아! 잔이 없다.

〈입 대고 드셨죠? 아, 더러워.〉

병 꼭지를 손바닥으로 싹싹 문지르고는 병나발 불듯이 한 모금 들이켜더니 캑캑거리더라.

〈아! 목, 목에 술이 걸렸어. 캑캑.〉

그녀 몸에 손대는 짓이 쑥스러워 머뭇거리며 등을 두드려줬지. 퍽, 퍽.

〈어떠세요? 좀 괜찮아요?〉

〈휴, 좀 나은데 좀 더 두드려주세요.〉

그녀는 연신 휴, 휴, 길게 한숨을 내쉬기만 했어.

"무슨 곡절이 있나 본데, 얘기 않던가요?"

곡절이고 뭐고, 그만하면 됐다는 소리는 해줘야지?

〈등 두드려준다는 사람이 그게 뭐예요? 이상한 스킨십 같아.〉

나는 하마터면 도로 주눅들 뻔했지, 그 소리에.

〈언제부터 계셨어요?〉

〈보름도 더 넘었습니다.〉

병을 집어 들고 나도 벌컥벌컥 들이켰지.

〈속이 상하겠어요. 안으로 들어가요. 안주하고 같이 마셔요.〉

그녀가 일어서고 나도 뒤따라 일어났어.

〈어마, 취했어!〉

그녀가 얼른 내 몸을 부축하더구나.

# 억울한 인생들

〈더 마셔도 괜찮겠어요?〉

〈이 정도는 까딱없습니다.〉

〈아닌데? 무슨 자랑처럼 들려요. 하지만 오늘은 나도 마셔야겠어요. 전에처럼 책임지지 못하니 알아서 적당히 드세요.〉

우리는 처음으로 둘이 마주앉아 건배를 했지.

〈법원 다녀왔어요.〉

술이 확, 깨더구나.

〈남편 교통사고 재판인데 졌어요. 결국은 가해자래요, 남편이. 휴우!〉

〈뭐가 잘못됐나 보죠?〉

〈세상이 이상해요. 사람들이 죄다 이상한 존재들로 보이고요.〉

잘못되어도 뭔가 크게 잘못됐다는 생각에, 그녀에게서 시선을 뗄 수 없었어. 그녀는 술기운 때문인지 크게 상심하여, 허물어지려는 진흙 담벼락처럼 벽면에 몸을 엉기성기 붙이곤 멍하니 나를 바라보았어.

〈이야기를 해보세요. 내가 도울 일이 있을지 모르잖습니까?〉

〈이젠 다 끝났어요. 항소가 있다고 하긴 하던데 부질없는 짓이란 걸 알겠어요.〉

애써 담담한 표정을 지으며 미소 짓는 그녀의 표정이 슬프도록 아름다웠지. 그래서 평소 이런 모습을 보였던가? 도무지 홀로 맞설 수 없는 커다란 벽 앞에서 깊은 절망감에 휩싸였기에, 그 시름의 골이 패어 눈동자를 깊숙한 심연으로 빠트린 것일까?

〈말씀드릴게요. 이제 끝났지만, 끝났기에 말할 수 있는지도 몰라요.〉

소리 죽이다가 더러는 분노에 치를 떨다가 그러면서, 그녀가 내게 들려준 이
야기는 대충 이랬어. 재작년인가 여름철에 그녀와 남편은 바닷가로 휴가를 갔
다네. 아이가 너무 어려 외갓집에 떼놓고 가는 여행이라 신혼같이 달콤한 여행
이었을 거야. 휴가를 끝내고 돌아오는 승용차 길에서 마침 가랑비가 흐트러지
는 어둑한 2차선 국도를 지나가는데 사고가 터졌어. 뭔가가 승용차와 부딪히
면서 차체가 요동치고 바로 정신을 잃었다는 거야. 눈을 떴을 때는 병원이었고,
자신은 기브스를 하고 링거주사를 꽂은 채 병실 침대에 드러누운 상태라는 것
이야. 경찰이 다녀가고, 보험회사 직원도 찾아왔다고 하네.

〈집으로 돌아가는 길이었는데, 느닷없이 뭔가와 부딪혔다 싶더니 차가 굴렀
다는 기억이 있어요.〉

〈네, 이미 조사 결과, 그러셨더군요. 아무쪼록 몸조리 잘하시고, 일은 잘 처
리될 테니 염려마시고 빠른 회복 바랍니다.〉

그렇게 교통사고 처리는 그녀 손을 떠났고, 남편 잃은 상실감에 넋이 나간
나날이 계속되었지. 악몽 같은 몇 달이 지나고 그럭저럭 몸과 마음이 기력을
찾아갈 즈음에 뜻하지 않은 일이 벌어졌다는 거야. 병원 치료비 중간정산 문제
로 보험사 직원이 다시 찾아오면서였어. 남편이 가해자라는 얘기야. 청천벽력
같은 소리 앞에 그녀는 온몸이 떨려 자그마한 몸뚱이 하나 가누지 못할 지경이
었지.

〈그게 대체 무슨 소리에요? 그이가 가해자라니요? 피해자라 해도 억울하고
원통해서 견디지 못할 지경인데 누가 누굴 어쨌다고요? 아아!〉

그녀는 다시 쓰러졌고 나중에 일어나서도 상황은 달라지지 않았어. 여전히
남편은 가해자였고 그것은 움직일 수 없는 사실로 결정되었던 것이야.

〈있을 수 없는 일이야. 어떻게 내 남편이 가해자가 돼? 무슨 근거로! 나는 내
눈으로 똑똑히 봤어요. 우리 앞에는 아무 차도 없었고 교차로가 아니라서 옆
으로 차가 달려올 수도 없어요. 뒤통수에 눈이 달리지 않아서 보지 못했을 뿐
이지, 트럭이 뒤에 달려와서 우리 차를 들이박았던 거야. 그게 분명해. 억울해.
누가 제발 진실을 밝혀주세요! 제대로 다시 조사해주세요. 네!〉

그녀의 소리는 아무도 듣지 않는 메아리로 끝났어. 재판도 죽은 남편을 가해

자로 낙인찍었지.

"도대체 어디서부터 일이 꼬인 걸까요?"

경찰의 조사 결과는 이랬어. 남편이 졸음운전으로 중앙선을 침범하여 맞은 편에서 오던 트럭과 충돌한 후 튕겨나가 언덕 비탈에 굴러 떨어진 것으로 추정된다고, 그렇게.

"그렇게 추정할 만한 증거가 있었나요?"

경찰과 보험회사 직원이 근거로 내세운 것이 바로 트럭 기사의 진술이야. 사고가 나자 기사가 바로 경찰에 알렸고 경찰이 현장에 바로 달려와서는 진술을 토대로 교통사고 상황을 조사했다고 그러네. 남편과 그녀는 혼수상태라서 진실을 알릴 목소리를 내지 못했지. 목격자도 없었어. 결국 남편은 죽고 아내는 다치고, 피해자인 트럭 기사는 앞 우측 범퍼만 약간 긁힌 걸로 끝났어. 그게 다야.

"트럭 기사의 진술에만 의존했다는 것이 꺼림칙하지만 나름대로 경찰 조사를 신뢰해야 하지 않을까요?"

나도 그녀의 얘기만을 듣고 판단한 것이라서, 달리 할 말은 없어. 억울하다는 말속에 진실이 가득하다는 것은 알겠지만 그것이 사건의 사실까지를 의미하기는 힘드니까.

"트럭 기사가 거짓말을 했을까요? 죽은 자는 말이 없으니까 말입니다."

그녀는 만나주지 않는 기사에게 수차례 전화를 걸어 사실을 말해주길 호소했고 재판석에서도 마지막까지 양심에 호소했다던데 눈도 꿈쩍 않고 태연했다더군. 그런 모습들에서 인간적 환멸을 느꼈다는 거야. 거짓 진술한 그놈도, 무능력하게 수사한 경찰관도, 무기력하게 판결하는 판사도, 주판 굴리기에 우선을 둔 보험사 직원도, 자기 일이 아니라서 아무런 관심조차 없는 언론의 사람들도, 그것이 죄다 세상의 본모습인 것만 같아 견디기가 힘들다면서, 그때 그날 밤에 나와 술을 퍼마시면서 토해낸 것들이야. 끝내는 울음을 터뜨렸지.

'알 수 없는 일이다. 세상에는 왜 이리도 억울한 일들이 무수히 발생하는 것일까? 억울하게 범죄자로 몰려 아까운 목숨을 잃는 사형수부터 사기를 당하는 물질적 피해까지 그 유형의 파악만으로도 수를 헤아리기 힘든 지경이다. 그러나 타인의 탐욕과 이기적 행위로 인해 자신이 해를 입었다고 해서 그게 반드시 억울할 이유가 되는 것은 아니다. 탐욕이 죄를 낳고 그것이 사망에 이르게 한다는 성경 구절이 있다고 해서 탐욕을 억울한 지경의 원인으로 삼기에 적절하기나 할까? 설령 자신이 남들보다 선량하고 악의를 품지 않으며 남을 돕고자 하는 마음으로 살아가더라도 마찬가지가 아닐까? 인간이 갖는 욕망과 이기심의 덩어리를 자신도 일정 분량, 지녔을 테니까. 더군다나 적자생존, 정글의 법칙, 이기적 속성 등의 다윈진화설에 영향 받은 현대인들의 사고방식을 감안한다면 그 게임에서 졌다고 하여 억울해 할 이유는 더더욱 없다. 졌으니 승복만이 남을 뿐이지. 그렇다면 단지 하나, 하나만이 간단하게 남는 꼴이다. 반칙? 세상을 살면서 반칙에 의해 상처가 생겨났을 경우에 인간은 억울해 하는 것 같다. 보통의 피해 망상적 억울함이 억울한 것이 아니라 반칙에 의해 빚어지는 행위의 결과를 두고 억울해 한다고 봐야겠다. 그렇지 아니한가? 홍정숙, 그녀는 정말로 반칙을 당했던 것일까, 어떻게?'

## 사건의 추리

"형님은 그 교통사고에 대해 어떤 줄거리를 갖습니까?"

나는 아내의 말을 신뢰해. 신뢰에 바탕을 두고 추리하면 이러해. 트럭 기사가 순간적으로 졸음운전을 했어. 약간 오르막에 접어드는 고갯길이라 앞 승용차의 속도가 늦춰진 걸 모르고 트럭은 그 속도를 유지했던 것이지. 아니, 어쩌면 고갯길에 대비해 미리 가속페달을 세게 밟은 상태일지도 모르지. 그때 순간 졸음이 왔고 아차 하는 순간에 승용차 뒤를 들이박은 것이지. 졸았다고 말한 것은 고의로 들이박을 사람은 없다고 봐서이고 트럭 기사가 진술하기로, 아마 승용차가 졸음운전으로 중앙선을 넘었을 것이라 주장했는데 그 말에 힌트를 얻었지. 자기가 처한 실제 상황을 상대방에게 전가하여 투영된 상태라는 생각이 들어서지.

"금방 탄로 날 거라는 생각 없이 태연하게 거짓말을 했을까요?"

자기 앞 범퍼가 약간 찌그러졌고 문제의 상대방 피해 차량은 한 바퀴 빙 돌아서 반대편 도로 비탈에 추락했으니까 쉽게 그런 진술이 나왔겠지?

"그랬어요? 그렇담, 사실이 왜곡될 가능성이 컸겠는데요? 경찰 역시 사고 정황을 파악하기가 어렵겠고요."

뒤에서의 단순한 추돌이 사망사고로까지 이어졌으니 트럭 기사 입장에서는 이판사판이었겠지? 운 좋게도 거짓말이 먹혀들어간 거야. 경사진 오르막이라 남편은 마침 가속페달을 밟고 있었을 거야. 그런데 갑자기 들이박히니까 당황하여 핸들이 돌아가고 가속페달에 더욱 힘이 들어갔겠지? 차가 빙글 돌고 반대편으로 역주행하면서 가로수를 들이박고는 언덕 비탈 자갈밭으로 추락한 것이지.

"현장을 목격한 사람처럼 상세하게 설명하시네요? 그런 추리가 경찰에게는 없었는가요?"

경찰은 가로수가 현장에 있는지, 거기에 부딪힌 흔적이 있는지도 살펴보지 않았을 거야. 남편 차량의 앞부분이 심하게 찌그러졌고 자갈에 구르는 바람에 차량 측면과 뒷부분까지 차체 전부가 심하게 우그러졌겠지. 심하게 파손된 차량 앞부분을 보고는 트럭과의 정면충돌을 증거물로 판단했을지도 모르지. 내가 가로수와의 충돌을 가정한 것처럼 말이야.

"현장에서 증거 확보가 어렵겠다는 생각이 듭니다."

공교롭게도 목격자가 없었고 차바퀴 자국조차 없었어. 충돌을 감지하지 못했다는 걸 암시하니까 졸음운전도 설득력을 얻었겠지.

"그래도 그런 사실만 가지고 죽음에 이른 피해자를 가해자로 단정했다는 게 수긍하기가 힘듭니다. 아무리 수사와 재판이 엉망이라고 하더라도 말이지요."

그게 미스터리인데, 차량이 추락한 그쪽 방향이 집으로 돌아가는 길이었다는 사실이야.

"네? 그게 무슨 말씀이세요? 집 방향이라니요?"

트럭은 도로 우측에 그대로 서 있고 승용차는 도로 좌측 아래로 떨어졌으니까. 거기서는 도로 양 폭이 좁아서 트럭이 반대편으로 돌릴 수도 없어. 그러니 그 방향으로의 운행이 사실인 것이고, 한편으로 승용차가 위치한 그쪽 길이 집으로 가는 방향이었다는 것이지. 그 이유는 그녀도 알지 못했고 설명도 하지 못했어. 그게 가해자로 둔갑된, 하나의 결정적 이유가 됐지.

"낯선 지역이라 남편이 길을 잘못 접어들었던 것일까요? 아니면 형수의 착각에서 빚어진 오해일까요?"

나도 진실 자체는 모르지. 다만 그녀의 말을 신뢰하는 입장에서 추리하자면 남편이 교차로에서 길을 잘못 꺾은 거야. 운명의 핸들을 잘못 돌렸다고나 할까.

"어쨌거나 안타깝습니다. 그런 사소한 일들이 인간의 생명과 영혼에 깊은 상처를 안겨주니 말입니다."

재판의 결과를 받아들고 돌아온 그녀는 허탈과 분노의 고통에 힘들어했어. 실컷 그녀의 하소연을 듣고서도 위로할 말을 찾지 못했지. 장고 끝에 악수를 둔다고! 나는 또 바보 같은 소리를 하고 말았어. 울 엄마를 만나러 같이 가자고.

〈사랑이 장난 같으세요? 남편을 잃은 게 겨우 2년 남짓이에요. 재판은 이제 끝났고요.〉

너무하세요, 그 소리에 나는 옴짝달싹 못했지. 하하.

〈아 아뇨, 지금 당장 어떻게 하자는 얘기가 아니라 그게, 그러니까…….〉

〈말씀은 잘 알겠어요. 위로의 말로 새겨들을게요. 저도 그쪽이 호감이 간답니다. 그냥 친구로 지냈으면 해요. 참, 아직 이름도 모르네? 저는 홍정숙입니다.〉

〈네, 장경록입니다. 늙어가는 총각이랄까요? 무작정 서두르는 이 버릇을 헤아려주십시오.〉

풀풀, 그녀가 수줍게 웃더라. 농담처럼 가볍게 웃으면서 말해야 할 것을, 굳은 표정으로 딱딱하게 말하니까 그게 아무래도 우스웠겠지? 나도 덩달아 웃어댔어, 술을 들이켜면서.

"그래도 그때 마침 마주쳤고 같이 붙어서 술 마시길 잘하셨어요. 위로가 필요한 날에 딱 들어맞았으니. 아님, 아직도 노총각 신세일지 또 모르죠."

내 생각도 그래. 어쩌지 못할 비구니만 바라봤겠지? 하하. 그 후로 그녀는 나를 친구처럼 대했지. 나는 그게 불만이었지만 어쩔 수 없었어. 사랑하는 사람을 억울하게 잃고서 쉬이 마음이 돌아서는 여자를 나 역시도 좋아하긴 어려울 테지? 연홍이가 7살이 되어서야 혼인신고를 하고 결혼식을 조촐하게 치렀지.

## 상실의 인간들

장경록은 이제 귀찮은지 자기가 알아서 술을 따라 마신다.

"형수는 기독교 신자인가요?"

"신자이긴 했는데 남편 따라 교회 다니다가, 막상 그렇게 되니까 그 뒤론 다니지 않았어. 찬송가는 지금도 좋아해서 가끔 듣곤 하더라."

"남편 따라 지금은 불교에 심취하진 않는가요?"

"그렇지는 않아. 불교는 내가 단순히 학문적 관심 차원에서 궁리할 뿐이야. 아내 얘기는 오늘 이 정도로 하고 다른 얘기나 하세."

"겨우 이걸로 끝내시려고요?"

"길게 하면 뭐든 지겨운 법이야. 오늘만 날인가? 하하."

바람이 점차 거세어지고 빗발이 뿌려대서인지 손님의 발길이 끊겼다.

"태풍이 온다니까 우리도 일찍 나서야겠어."

한산한 식당 테이블에 지그시 방석 깔고 앉은 손님들의 두런거리는 목소리가 뿌옇게 허공으로 퍼져나가고, 석쇠에 얹힌 고깃살이 익어가면서 지글지글 연기 속에 요란도 하다.

"형수는 왜 교회를 끊었을까요?"

"끊어? 흠, 광신자가 아니라서 그럴 거야. 광신자는 충격 먹고도 끊기가 어렵겠지?"

"글쎄요, 과연 그럴까요? 고난 속에서도 신께 의지하고 믿음을 굳게 하는 신자들이 광신이라서 그렇다는 생각엔 회의적입니다. 잘못 알아듣고는 추종하여 빠져드는 신앙을 광신이라 정의할 경우엔 더욱 그렇습니다."

"그건 광신이 아니라 맹신이라 해야 하지 않나? 광신은 종교의 올바른 가르침을 수용한 상태에서 열렬하여 미친 듯이 신앙의 경지에 빠져드는 것을 의미하지 않을까?"

"그렇지 않습니다. 맹신은 옳고 그름의 분별없이 무조건 믿는 것이라 봤을 때, 광신은 그것에 노골적으로 믿음의 강도가 더해진 상태를 말한다고 봐야겠습니다. 올바른 가르침의 수용이 일어났다면 결코 광신으로 전이될 까닭이 없습니다. 광신은 잘못 알고 믿을 경우에 구체적으로 형성되는 감정입니다."

"그전에 티비에서 기획보도를 본 적이 있는데, 아우 견해가 어떤지 듣고 싶네. 그게 뭐냐면, 평소 친하게 지냈던 사람들의 거짓 속임수에 넘어가 그들의 말을 철석같이 믿음으로써 발생한 사건들이라네. 만신창이 창녀가 되고 질병을 얻고 자기 아이들을 무참히 살해하고 노예처럼 부림을 당하면서도 꾸역꾸역 살아가는 군상들의 모습을 담은 보도였지."

"나도 봐서 그 사건들을 압니다."

"그 사건들은 평범한 사람들이 눈 깜짝할 사이에 악마의 화신으로 둔갑하여 똑같은 이웃의 사람들을 절망의 구렁텅이로 몰아넣는 현상에 초점을 둔 것이 아니었어. 주술자의 말을 무조건 맹신하고 절대적으로 복종하는 인간들의 심리 상태를 분석하려는 의도였지. 왜 그랬을까? 너무도 어처구니없는 주문임에도 불구하고 정상적인 사고방식을 지녔던 평범한 사람들이 앞뒤 가리지 않고 노예보다도 더한 복종심을 표출하는 힘의 근원이 뭘까 하는 것이었지. 가만히 지켜보니까 한번 맹목적 복종심을 갖게 되면 스스로의 최면과 요행심 등이 작용하여 결국은 헤어나지 못하고 갈 데까지 가보게 되는 인간심리의 극한을 보여주려고 애쓴 보도 같더군."

"종교적 색채가 짙은 사건을 먼저 보여주고 그 후에 비슷한 유형의 일반적 삶의 사건들을 걸쳐서 보여주니까, 맹신적 행위가 얼마나 삶을 피폐하게 만드는가 하는 경각심을 불러일으키게 하더군요. 일반적 삶도 맹목적 추종과 그릇된 신념을 갖고 접근하면 매우 위험할 지경인데 하물며 종교 집단의 주술이나 교리에 휘말릴 경우에는 그 폐해가 얼마나 심하겠느냐는 암시를 던져주기에 충분했습니다."

"내 말이 그 말이야. 종교가 보면 말이야, 특히 이슬람 같은 아브라함종교 계통의 교리에는 이 광신적 행위에 빠져들게 하는 위험 요소가 많이 내재되어 있다는 것이지. 제대로 믿는다고 할수록 광신에 빠져드는 것이 아닐까?"

종교는 의외로 예민한 문제다. 학술적 관점의 토론은 이론의 타당성을 검증하려는 마음가짐에서 출발하여 쭉 진행되기에 쉽사리 무리가 일어나지 않지만, 이렇듯 일상사를 거론하는 마당에 불쑥 종교적 행위의 적절성을 들먹이노라면 자칫 감정의 용광로에 기름을 끼얹는 일이 될 수가 있다.

"그들은 신과 성경의 뜻을 잘못 이해해서 그렇습니다. 마치 석가모니 설법을 곡해하여 유식설까지 만들어야 했던 후대의 불제자 같다고나 할까요? 어쨌든, 구더기가 징그럽다고 메주까지 싫어할 수야 없잖습니까. 하루는 어느 불자를 만나 이런저런 얘기 끝에 내가 그랬어요. 〈아무래도 불교는 자기 수행이 아니겠습니까? 그러니.〉 다만 그랬을 뿐인데 바로 불자가 얼굴을 붉히며 말을 가로막기를, 〈복 주시는 부처님은 오늘도 살아계셔서 우리를 돌봐주시는데 무슨 소리를?〉 그 소리에 그만 할 말을 잃었답니다. 누굴 탓하겠어요? 빌 데가 있어야 아들도 낳게 해달라고 빌고, 돈도 벌게 해달라고 빌겠지요? 가르치는 직업 종교인이 엉터리인지 배우는 무리가 엉망인지는 쉽사리 알기 어렵겠지만, 성자의 가르침을 잘못 이해하고 있다는 사실만큼은 확실하겠지요? 불교든 기독교든, 그 어떤 종교라도 말입니다."

"어떤 종교든지 성자의 메시지가 왜곡된 것이 사실이라면, 종교는 더 이상 필요하지 않다는 자들의 주장과 비슷하지 않을까?"

"그럼에도 종교는 필요합니다."

"왜지?"

"지금은 진리가 가려져 있어도 종교가 있어야만 언젠가는 드러날 가능성이 높아지는 것이겠고, 그래도 아직까지는 종교가 해악보다 선한 역할이 무척 많기에 그렇습니다. 세상에는 유해한 문화들도 많지만 그것의 무조건적 말살보다는 해로운 요소를 하나씩 수정하고 유익한 요소를 더욱 향상시키면서 좋은 방향으로 이끌어가려는 의지를 품고 있습니다. 이러한데 하물며 문화 예술적 측면만 살펴도 인류에게 유익할 요소로 가득한 종교를 유독 일부러 말살할 이유가 뭐겠습니까? 종교가 사라졌을 때의 사상적 공백을 인간은 감당하기 어려워할 게 분명합니다. 정신적 공황 상태에 처한 인류는 동물적 속성이 미덕으로

화하는 그릇된 사상에 빠져, 어느 날 그것이 참 진리라도 되는 양 착각과 망상 속에 인류문명이 전개될지도 모를 일입니다. 그것은 궁극적으로 인류 멸망을 의미하는 것이겠지요?"

"얘기가 좀 지나치지 않나? 그렇다면 아마 지금쯤 인류의 태반이 그럴진대, 그 무종교 상태에 빠진 사람들은 어찌 되는가? 그들은 지금 어떤 정신의 상태로 살아가고 있다는 말이지?"

"자신은 종교 없이 살아간다고 생각하는 사람들도 실상은 종교 사상의 교육과 체계 속에서 여태 살아왔고 앞으로도 살아갑니다. 이런 힘에 의해 인류정신이 유지되었다고 해도 과언이 아닙니다. 내가 주장했던 것은 바로 이러한 종교적 가르침이 전통이 되어 전해져온 사상체계가 점차 인류로부터 잊히고 사라져서 전혀 다른 체계의 사상으로 대체되었을 때의 세상을 우려해서였습니다. 인간을 인간이게끔 이끈 힘의 원천은 모든 인류문명, 그러니까 사상, 학문, 예술과 같은 것의 토대 위에서 자라나고 구축되었는데, 이것은 종교경전과 인간의 종교성 그리고 종교행위에서 일궈지고 뻗어나가 마침내 오늘날의 인류문명을 꽃피웠다고 보는 것입니다."

장경록은 무엇을 생각하는지 대꾸 없이 무씨의 눈을 들여다보고는 술잔을 든다.

"한잔하세, 자신의 관점에서 바라보는 세계는 사람마다 무척 다양해. 이것저것 다 추려 듣다보면 어느 것이 정답에 가까운 것인지 헷갈리기까지 하지. 아우 얘기도 마찬가지겠지? 나야 뒤늦게 한국불교에 입문한 불자이네만 종교 자체에 대해 탐탁지 않게 생각하는 쪽이긴 해. 금방 모든 사고방식이 바뀌긴 어려울 테니까. 좀 더 살아보고 사유에 참선을 더하면 어떤 깨달음이 내게 불어올 것인지가."

술잔을 기울이는 장경록의 표정이 참참하다. 무씨는 술잔을 반쯤 비우고는 유리창 밖을 바라본다. 어둑한 거리를 비추는 가로등이 비를 맞고 섰다. 비를 좋아하는 무씨지만 오늘은 을씨년스러운 마음에 서럽다. 아득한 꿈결처럼 들려오는 우우, 바람의 곡소리에 오늘도 상실해갈 인간군상의 모습이 비에 젖은 유령처럼 유리창에 어른거린다. 주룩주룩 흘러내리는 유리창의 빗물처럼 밤빛이 짙어가면서.

# 가족 해체

장경록이 어두운 낯빛으로 소곤거린다. 풀죽은 몸짓이 술 탓만은 아니다.

"얘기가 이상한 방향으로 빠졌네. 기획보도에서 드러난 인간의 행위를 보고는 사실, 이런 생각에 잠겼어. 사건의 피해자 모두가 공교롭게도 아이가 딸린 주부들이라는 점이지. 나는 그것을 주목했는데, 여자라서 마음이 여린 탓에 타인의 요구를 거절하지 못했거나, 의심보다는 믿음이 앞서는 마음이라서 타인의 강권에 따랐던 행동이, 이렇듯 어처구니없는 비참한 결과를 빚었다고 보진 않아. 물론 광신적 신앙에서 불거진 불상사는 더욱 아니라고 봐. 그렇다면 무엇 때문일까? 가해자의 주문에 순종하여 시키는 대로 실천에 옮기면 자기 아이가 병치레 없이 잘 자라고 자기도 신령한 능력을 가질 수 있고 사회적으로 힘 있는 여성으로 살아갈 수 있다는 감언이설에 완벽히 속아 넘어가서일까?"

"재밌는 얘기로군요. 그러한 것들이 아니라면 대체 무엇일까 궁금해지는데요?"

"가족 해체의 징후라고 봐. 피해 당사자들은 이것을 극구 부인할지 모르겠어. 본인들이 의식하지 못하는 가운데 빚어진 불행이니까. 묘하게도 피해를 입힌 가해자들도 가족 간의 불화 속에 갈등하거나 이혼하여 생활이 불안정한 상태였고, 거기에 끼어든 피해자들도 비슷한 삶의 구조에 처한 상태였다는 것이지. 일부러 그러한 자들을 골라서 사기행각을 감행한 것이 아니라 유유상종하는 심정에 같이 지내다 보니 어느 날 불쑥 악마의 속삭임 같은 악한 기운이 마음속에서 거칠게 솟아나 감히 생각도 못했던 끔찍한 짓을 저지를 계략과 행위가 떠오른 것이지. 상대방의 영적 기운이 무의식중에 동조되어 감지됐던 것이야. 어쩌면 자기 내면이 그대로 투영된 상대방의 모습이 무지 혐오스럽고 저주

스러웠는지도 몰라. 그래서 멸망의 구렁텅이로 몰아갈 불을 지폈고 피해자가 뛰어들었는데, 여기서 주목해야 할 피해자의 결정적 취약점은 바로 남편과의 불화와 갈등으로 마치 기름을 걸머진 형국이라는 것이야."

"오, 놀라운 얘기네요. 어떤 장면에서 그런 유추가 가능하셨는지요?"

"아우 말대로 이건 추측이긴 해. 사건의 원인이 완전히 다를 수도 있어. 하지만 내가 살펴보건대 모든 사건의 진행 과정에서 남편의 역할이 아주 미미했다는 것이지. 아내가 뚜렷한 이유 없이 가정을 겉돌고 이상한 행동을 보이는데도 이 사건을 다루는 취재 과정에서 남편이라는 자는 애정이나 관심이라고 할 만한 구체적 움직임은커녕 아내의 행동에 대해 일말의 제재조차도 취하지 않았다는 사실에 근거한 것이야. 그것이 무엇을 의미하는 것이겠나? 아무 까닭 없이 아내가 이혼하자고 해도 받아주고 창녀로 만신창이가 되어도 방치하고, 또 누구는 아내가 아직 어린 자식들을 데리고 가출해도 찾을 생각조차 없고 가족 모두가 몸이 엉망진창이 되어 집에 돌아와도 병원 데려갈 생각 하나 없는 남편이자 아빠인, 그런 남자들이 들러붙은 집구석이라면 어느 여자인들 남의 달콤한 유혹에 넘어가지 않을까? 몰라서도 속고, 속은 걸 알아도 체념하고, 영혼과 육체가 상해도 끝까지 가보자는 죽음의 예감과 결단까지를, 스스로 내렸다고 봐야 하지 않겠나?"

"타인의 손을 빌린 자살 행위라는 말씀이신가요?"

"어, 글쎄다? 음, 표현이 직설적이네. 뭐, 다르지 않겠지?"

장경록우 가해자와 피해자로 분별하여 그들을 법의 심판대에 세운다고 해서 이런 유형의 사건들이 해결될 문제가 아니라는 점을 강조해서 말한 듯하다. 생각에 따라서는 모두가 피해자일 뿐인, 뿐일 수밖에 없는 이러한 가족 해체 성격의 범죄가 발생하지 않기 위하여, 가족 구성원이 사랑 가운데 화평의 삶이 온전히 펼쳐지는 가정을 지속적으로 꾸려나갈 수 있도록, 국가적 관심과 치유 그것의 지원과 구축을 내심 바라는 것이리라.

"나는 형님 견해가 이상하거나 억측이라는 생각이 들지 않습니다. 가족 간의 신뢰와 사랑이 무너질 경우에 닥칠 인간성의 상실과 황폐를 짐작으로도 알겠습니다. 얼마 전에 나는 이런 일을 목격했습니다. 승용차를 몰고 아파트단지로 들어섰지요. 모퉁이를 도니 한 엄마가 아직도 한참이나 어린 아들을 데리고 앞서 걷고 있더군요. 나는 차를 살살 몰며 그 모자가 아파트 건물 입구 쪽으로 발걸음을 옮기길 기다렸어요.

그때 젊은 엄마가 내 차를 힐끗 보더니 아이에게 걸음을 재촉하더군요. 그것도 잠시, 그 엄마는 즉각 아이의 뒤통수를 손바닥으로 내리쳤어요. 이상하지요? 아이는 놀라지도 않고 울지도 않고 묵묵히 걷는 길을 태연히 걸으니까 급기야 엄마가 화를 버럭 내면서 더욱 세게 아이의 뒤통수를 내리치더군요. 아이가 그때는 놀랐는데 엄마가 아이의 팔을 잡아끌며 강제로 끌다시피 데려가서랍니다. 나는 많이 놀랐어요. 내가 잘못을 저지른 것 같은 심정이 되었지요. 나는 경적을 울리지 않았고 차로 위협한 것이 아니고 그냥 기다려주는 자세였는데도 말입니다.

그 엄마는 아이의 행동에 화를 내고 때렸지만 그게 단순히 아이를 향한 분노의 표출이었겠습니까? 비록 요즘 세대의 젊은 여자에게서 모성이 사라져간다는 안타까운 소식이 들려오긴 합니다만, 모성의 상실만은 아니었을 겁니다. 그게 바로 형님이 말씀하신 남편과의 갈등에서 오는 분노의 표출이 아이를 향했다는 것이겠지요. 부부가 다투고 이혼하면서 누구도 아이를 맡지 않으려고 하는 바람에 할 수 없이 고아원에 던져지거나, 아니면 아직까지는 인정과 한을 간직한 우리네 늙은 어른들이 버려진 손자를 끌어안고 키워내는 모습을 왕왕 보게 됩니다. 자식을 키워내고서도 자식의 자식까지 덤으로 키워야 하는 지독한 세상이 목격되어야 하다니요? 낳은 부모는 내팽개치는데 말입니다."

"옛날에는 시부모나 남편에게 문제가 많아도 인내하고 사는 여인의 삶이었지. 이제는 남편과의 사소한 다툼조차도 참지 못하는 여인이 되어버렸어. 이제는 더 이상 모성으로 품는 엄마가 아니라서 아이에게 가혹한 형벌이 내려지기도 하지. 아이 키우기를 힘들어 하고 살림 사는 일에 싫증을 내는 세대가 도래한 것 같아 우울하다네."

"어떻게 이 문제를 풀어야 할까요? 사회제도의 지원과 가족관계나 삶의 방식에 변화를 주는 것으로서 해결의 실마리를 찾을 수 있을지가 의문입니다."

"우리가 사회를 이끌어가야 할 어른이니 당연히 나름의 묘책을 살펴야겠지만 우선은 그 방면의 전문가들에게 맡기고, 우리는 우리끼리의 삶만이라도 잘 살아야 하겠지? 그런 면에서 나는 무난하게 삶을 살았어. 가족과 갈등 없이 사랑으로 살아가고 있지."

"그러시군요. 나도 잘 살아야겠어요. 늙어가는 육체가 의식되니까 삶을 자꾸 되돌아보게 됩니다. 길을 떠나면서 막연하게 품었던 삶과 죽음의 문제가 겨우 내 육체를 거쳐 정신에 깃든다는 각성이 일어납니다."

## 사리풋타의 요즘

"연선이가 얼마 전에 내게 메일을 보내왔더군."

"그랬습니까? 어떻게 지내시던가요?"

"스님의 일상이야 거기서 거기겠지? 별다른 일 없이 무난하게 지내나 보던데, 아우도 읽어볼래?"

그러면서 폰을 열어 여기저기 접속해 들어간다.

"아우는 불교 공부 잘되는가?"

"공부가 끝이 있겠습니까마는, 소설작업에 몰두하려고 잠시 멈춘 상태입니다."

"그건 나도 그러네. 애들에게 가르칠 강의 준비하느라 짬이 나질 않아. 이건 스님으로부터 들은 얘긴데, 불교 이해가 밝으려면 실상과 허상의 구분을 잘하면 된다던데? 아함경에서 '오온은 무아다.'라고 하는데 '허상으로' 오온의 본질은 무아더라, 그런 뜻이야. 오온은 허상이지, 가짜 나. 반야심경에서 '오온의 자성이 비었다.' 즉 공(空)하다고 하는데, 오온이라는 허상은 스스로 홀로 서지 못하기에, 자성이 없기에, '근본 실상에서 보니까' 공이더라, 그런 뜻이야. 공이라는 실상을 '근본 실상'으로 표현한 것은 공(空) 이전에 나타나는 실상도 있다는 것이야. 그 대표가 명(明)이라네? 무명의 상대어로, 한국불교가 모르는 그 명을 드러내려고 출가했다던데, 연선이가 말하기로는."

아, 여기 찾았어. 장경록은 자신에게 온 사리풋타 스님의 메일을 공개한다.

"앎과 신앙, 지적 앎과 정서적 신앙심. 불교는 거기에 의지적 노력을 더하는 것입니다. 3가지 박자가 맞아야지요. 어제는 사찰을 방문한 어느 거사님이 '초월지혜'와 '반야지혜'에 대한 질문을 하더군요. 지혜라고 한자로 번역하지만 지난번에 언급한 대로 지혜는 앎을 뜻합니다. 앎의 한자 번역이 지혜. 삼매에서 얻은 뛰어난 앎을, 불교에서 신통이라고 하는 것과, 앎과 봄을 깨달음이라고 하는 것과, 앎에도 무수히 종류가 많아서 vijna. abhijna. parijna. samjna. sarvajna. 이 jna가 앎의 뜻입니다. prajna가 반야지혜입니다. 나아가서 jna를 뛰어넘는 앎도 나타납니다.

그런 앎은 무엇일까요? 진리에 이르게 만드는 앎은 무엇일까요? 대체 무엇을 알아내야 진리를 맛볼까요? 세상에서 흔히 말하는 그런 지혜로는, 진리를 찾지 못함은 인정하겠지요? 진리에 이르게 하는 방법, 길을 알아야. 일단, 그 길을 걷고 난 다음에 진리를 맛볼 것입니다. 당연하겠지요? 부처님의 '10력(力)'은 진리에 도달한 성자의 앎입니다. 부처의 앎은 sarvajna, 일체지입니다. '초월지'는 인간의 범위를 넘어서는 성스러운 앎인데, 불교 수행자는 경험합니다. 이것을 트집 잡는 사람들은 불교 수행론을 잘 모르기에 그렇겠지요? 부처님만 갖는 특유의 법 18가지, 18불공법(不共法)은 이렇습니다.

먼저 '10력(力)'입니다. 경우와 경우 아닌 것을 사실대로 아는 지혜의 힘, 행위와 그에 대한 결과의 열매를 사실대로 아는 지혜의 힘, 이것은 범부. 4선(禪), 3삼매, 8입정, 8해탈, 완전한 해탈에 이르는 과정의 해탈, 이것은 수행자. 중생들의 근본 힘이 높고 낮음을 사실대로 아는 지혜의 힘, 중생들의 의욕과 성향에 대해서 사실대로 아는 지혜의 힘, 중생들의 다종다양한 계층에 대해서 사실대로 아는 지혜의 힘, 어떤 수행으로 어떤 길의 결과에 나아가는가를 사실대로 아는 지혜의 힘, 중생들의 이전 생을 사실대로 아는 지혜의 힘, 중생들이 어디에 태어날 것인가를 사실대로 아는 지혜의 힘, 모든 '역류함'의 번뇌를 완전히 제거했음을 사실대로 아는 지혜의 힘.

이제 '4두려움 없음'입니다. 일체를 다 아는 성자임을 선언하는 데 절대적 자신감. 모든 '역류함'의 번뇌를 완전히 제거했음을 선언하는 데 절대적 자신감. 모든 '역류함'의 번뇌를 완전히 제거하지 못하는, 잘못된 길마저 선언하는 데 절대적 자신감. 모든 '역류함'의 번뇌를 완전히 제거하는 길을 설법할 수 있는 절대적 자신감. 그리고 '3기억'입니다. 중생들이 붓다를 불신하여 비방해도 슬픈 마음을 내지 않고 바른 마음가짐에 둠. 중생들이 붓다를 믿고 찬탄해도 기쁜 마음을 내지 않고 바른 마음가짐에 둠. 위의 첫째와 둘째의 마음을 거듭하여 바른 마음가짐에 둠. 이제 마지막으로 '큰 슬픔'입니다. 중생의 슬픔을 붓다의 슬픔으로 여기는 애정, 대비심(大悲心).

요즘 제가 목이 아프면서도 부처님께 아침 문안인사를 하러 갑니다. 예불을 모시면서 문득문득 드는 생각이 한글 의식에 대한 것을 강조하고 싶네요. 의식은 그렇다 치더라도 부처님 설법 자료 자체가 한글 번역이 제대로 안 된 이런 상황에서 무슨 불교가 제대로 되겠습니까? 부처님 당시에 인도 전 지역으로 불교가 전달되면서 드넓은 대륙에 갖가지 언어가 사용되었잖아요, 지역에 따라서 말이지요. 그때 비구가 묻습니다. 〈부처님 설법을 다른 지역에 전달할 때, 부처님께서 사용하신 마가다 언어로 전달할까요?〉 〈그래서는 안 된다. 같은 사물을 지칭하는 언어가 각 지역마다 다른데.〉 비유를 드시면서, 접시에 대한 사투리를 약 10개 넘게 열거하십니다. 그러시고는 〈그 지역 언어로 고쳐서 전달하라. 아니면 악작 죄다.〉

악작 죄는 교단에서 다루는 큰 악행입니다. 문제는, 저 설법조차 한국불교는 모릅니다. 안 보니까. 불교는 성불이 목적입니다. 법화경에서, 아라한 혹은 보살을 이루는 것이 수행의 끝이 아니라 아함 혹은 니카야의 아라한이 되는 방법론과 반야부(部)의 보살의 수행거론에서 부처가 되어야 한다고 강조하시는데, 부처님의 저 말씀에 놀란 수행자들이 그 자리에서 일어나 나가버리자 부처님께서 말씀하시길, 〈쭉정이는 다 나갔고 알맹이만 남아 이 설법을 듣는구나.〉 그러십니다.

부처가 되는 한줄기 길, '일승' 법화경 주제가 펼쳐집니다. 불교에서 인사로 '성불하십시오.' 저 말은 헛말이 아니어야 합니다. 부처님의 약속이기에. 그런데 이 지구에서 성불? 그건 불가능합니다. 거사님도 아시잖습니까, 인간이 부처? 그건 대승에서, 부처님의 어떤 뜻을 모르면서 그냥 하는 말입니다. 어떻게 중생이 부처와 같습니까? 말도 아닙니다. 지구 중생은 내면에 욕심 분노 어리석음을 제거하는 일만 실천해도 커다란 목적을 달성한 것입니다. 맞겠지요, 거사님?

그렇다면 언제 부처가 될까요? 언제, 부처의 일체 지(知)를 얻게 될까요. 그 장소가 바로 극락입니다. 부처가 되는 법이 나열됩니다. 범어 극락장엄 경에서. 부처가 되는 방법론이 그때야 거론된다는 것입니다. 이렇게 부처님 설법은 앞뒤 좌우를 맞추십니다. 거짓말을 하지 못한다는 것입니다. 기독교의 천국과 비슷한 불교 개념은 육도윤회의 천(天)입니다. 저 천(天)과 극락은 아예 다른 개념입니다. 극락, 수행자가 가는 장소입니다. 제가 반드시 가야만 하는 그런 곳입니다. 오늘 아침에 제 꿈은 오직 하나라는 것을 새깁니다. 그 꿈을 이루기 위하여 세상일은 아무 것도 두렵지 않네요. 거사님, 건강하세요. 여긴 벌써 춥습니다."

"아, 두 분께서는 어느덧 불교를 놓고 말씀 나누시는군요? 멋진 대화가 이어지겠습니다."

"연선이가 아참, 내 정신 좀 봐. 이젠 스님이신데도, 하하. 스님이 바라보는 불교가 어떤 것인지 하도 궁금해서 물어봤더니 그 답의 일부로 온 거야."

"스님이 좋은 말씀을 들려주시긴 하셨는데, 왠지 극락 얘기가 마음에 걸리는군요. 제법무상에 극락이 있다 한들 어찌 덧없지 않겠으며 부처가 된다 한들 무슨 쓸모가 있겠습니까?"

"고타마붓다가 이 세상에서 부처가 되었으니 스님의 주장을 수긍하기가 어려운 게 사실이야. 만약에 이미 부처였는데 환생한 거라면 그게 신이 아니고 뭐겠어. 예수와 비슷한 존재가 되어버리지."

바람 소리가 더욱 거세어가고 석쇠를 벌겋게 달궜던 숯의 불꽃이 사그라졌다. 이제는 자리를 걷고 일어나야 할 분위기다.

"신이 있다면 태풍은 왜 만든 것일까? 태풍은 신의 주관 하에 놓인 것일까?"

"아, 내가 답해야 하나요?"

"모를 테니 안 해도 돼, 하하."

"주관이 아니라 창조원리에 의해 자연적으로 움직인다고 봐야겠지요. 어느 어부가 그러더군요. 한 번씩 태풍이 벌떡 일어나 바다 속을 확 뒤집어놔야 고기가 잘 잡힌다더군요. 육지 역시 발칵 뒤집어져야 공기가 맑아지고 만물이 깨끗해진다는 느낌을 받습니다. 그렇다면 태풍의 발생도 지구의 적절한 순환작용이라 볼 수가 있겠는데, 이것에 인간이 제대로 대처하지 못해 피해를 입는 것이랄까요?"

"매년 허리케인에 속수무책인 미국의 뉴올리언스 같은 지역은 어쩌면 백인들이 자초했다고 봐야지. 아메리카 원주민들은 자연의 순리에 따르느라 그곳에 살지 않았다더군. 아참, 아내가 자네를 만났으면 하더라. 들려줄 얘기가 있나 봐."

"그래요? 무슨 얘긴지 모르겠지만 언제든 좋습니다."

"내가 모르는 집사람만의 얘기도 있겠다 싶어 권했지. 망설이지 않고 승낙하더라. 우리 집 근처에서 봤으면 하네만, 점심이나 같이 하세. 시간도 얼마 없고 하니 내일 어떨까?"

그렇게 다시 만나기로 하고 둘은 식당을 나선다.

# 의도적 살인의 요인

　그렇지, 태풍! 그냥 스쳐갈 비바람이 아닐 모양이다. 우산을 펼치기는커녕 몸을 가누기도 버겁다. 둘은 식당 입구 안쪽으로 도로 몸을 피한다.

　"오오! 비바람이 이 정도일 줄 몰랐네?"

　"이래도 내일 약속 괜찮겠어요?"

　"글쎄다? 내일 보고 다시 연락하세."

　그런데 택시를 잡아야 하는데 도로에 개미 한 마리 얼씬거리지 않는다.

　"형님, 내가 콜택시를 부를게요!"

　폭풍우의 험악한 분위기에 묻혀 둘의 목소리가 거칠게 커진다.

　"아우야! 사람들이 삶을 살아가면서 반드시 선에 어울릴 진리를 추구하여야 한다고 봤을 때, 그렇다면 진리에 역행하는 인간의 행위로는 대체 무엇이 있을까?"

　"아! 내가 적는 소설의 주된 요소가 건드려졌네요. 그것은 생명의 움직임에 진리가 있으니까, 그 생명을 꺾는 행위, 생명의 찬탈에 있다고 봅니다. 인간의 보편적인 삶에 있어 가장 치명적인 반진리의 영역으로 의도적 살인행위를 둡니다."

　"그렇긴 하겠어. 자네 소설이 그걸 묘사한다는 것이야?"

　"잔혹한 살인행위의 사건 묘사에 의미를 두는 게 아니라 살인에 이르게 하는 요인이 뭔가를 고민했어요."

　갑자기, 장경록이 처마 바깥으로 몸을 옮긴다. 금세 온몸이 비에 젖었다! 그대로 선 채 짧게 묻는다.

　"그래, 찾았는가?"

　느닷없는 장경록의 행동에 무씨가 당황한다.

"형님, 왜 이러세요? 후딱 들어오세요!"

무씨가 급히 팔을 잡아끌자 아까처럼 나란히 밖을 바라보고 섰다.

"어, 시원하네. 갑자기 폭우 속에 서고 싶었어. 옛날 도인들은 일부러 폭포수 밑에 좌정하기도 했잖아, 하하하."

"에이, 장난이 짓궂으십니다. 하긴 택시 잡으려면 어차피 다 버리긴 하겠네요."

"그래, 살인에 이르는 요인이라고 했던가? 그 동기가 뭐지?"

"바로 섹스(sex)와 마니(money)입니다."

"의도적 살인에 이르는 폭력의 정신구조에 음란, 돈, 그 두 가지가 뿌리 깊이 박혔다는 얘기겠지?"

"그렇지요. 성적 음란의 버릇과 물질을 향한 탐욕에의 집착이, 그 심리구조에 얽혀 연결된 자와의 관계성에 의해 살인의 충동을 드세게 불러일으킵니다. 이 터질 것 같은 충동을 해소하려는 착오에서 살인의 폭력이 실제로 감행되는 것이지요."

"무서운 얘기로군. 인간은 이것에 자유롭지 못할 텐데?"

"애욕과 탐욕은 누구나 일정 분량을 지녔겠지만 이것을 상쇄하고도 남을 진리에의 접근이 그래서 필요하고 인간은 거의가 이에 따른다고 봐야 합니다."

"살인이 사탄의 장난은 아닌가?"

"하하, 슬슬 또 장난 걸고 싶으신 거죠? 사탄은 없고 인간의 악한 기운을 상징함이니 전적으로 인간의 몫입니다. 인간의 뇌세포 중의 어떤 부분이 그런 충동에 영향을 미친다는 과학적 연구 결과가 있더군요. 꾸준히 누적되는 정신적 욕망이 심지에 불붙이듯 육체의 힘을 빌려 폭발하는 현상이라고, 과학이 판단할지라도 내 견해와 다르지 않습니다."

호출한 콜택시가 연달아 입구에 도착한다.

"내일 연락 취하세."

"조심해서 들어가세요."

둘은 허겁지겁 우산을 접은 채로 각자 정차한 콜택시에 뛰어든다. 다음 날, 약속은 취소되었다. 질풍노도와 같은 매서운 태풍이 대지를 휩쓸고 다녀서이다.

## 지식이나 지혜냐

무씨가 집에 머물자 소문을 듣고 옛 친구들이 짬짬이 안부를 물어온다. "뭐해, 한잔할까?" 만나서 한잔하자는 소리를 비껴갈 이유가 없다. 그간에 끊겼던 삶의 이 모양 저 모양이 궁금하고 안개 속을 헤치듯 회포 푸는 몸짓들이 무척 즐겁기도 하니 말이다. 그러니 무씨는 만나기를 마다하지 않았고 권하는 술을 마시면서 이야기꽃을 술술 피웠다. 하지만 차츰, 친구와의 해후로 만들어진 술자리가 질펀해지고 바닥에 나뒹구는 술병이 자꾸 늘어나면서 일말의 자책이 무씨의 마음에 삐죽 고개를 들곤 하였는데. 술이 술을 들이켜는 술타령에 정신이 어지럽고 육체가 망가지겠고 이러다간 분명 적는 글의 문장 꾸러미마다 어김없이 고얀 술 냄새로 뒤엉키지 싶겠다. 돈 한 푼 못 벌면서 아내의 피땀을 짜내어 주정을 거르는 거나 아닌지? 간밤의 숙취가 채 사그라지지 않은 몸뚱이를 소파에 파묻고 이런저런 상념을 염주 굴리듯 뒤척이는데 폰이 진동한다.

"어, 진수가 어쩐 일이야? 한잔하자고?"

당분간 술을 끊고 사색에 집중하자며 다짐하던 생각이 전화 한 통에 연기처럼 혹 사라져버린다. 친구 준태를 자연 속으로 떠나보내고 돌아서는 길에서 "언제 한번 볼까?" 그러고선 이렇다 할 약속 없이 헤어진 진수는 준태와 단짝친구였고 무씨와도 비교적 가까이 지냈다. 그러니 청춘시절을 놓쳐버린 친구끼리 만나자는데 어찌 멍석 깔고 거나하게 대작하지 않을 수가 있겠으며, 그리하여 흥에 겨운 신명으로 한 꺼풀씩 허물을 벗겨내며 젊은 날의 추억을 곱씹지 않으리오. "아, 그래. 언제 한번 만나야지. 지금 당장 보자고?"

현관문을 나서다가 발에 뭔가 툭 걸린다. 보나마나 신문일 게다. 이놈의 신문은 넣지 말라고 해도 막무가내다. 쓰레기를 이렇게 남의 집에 함부로 투기해도 되는 것인가? 싫어도 치워야 하는 게 쓰레기인지라 별수 없이 허리 굽혀 접혀진 신문지를 집어 든다. '왜 넣지 말라면 넣지 말 것이지 말을 듣지 않는 걸까?' 엘리베이터를 타고 내려가면서 무씨는 힐끗 신문 1면을 바라본다. 이놈의 궁금증이란.

곧 대통령 선거를 치르다보니 헤드라인이 다름 아닌 정치에 관한 것이다. 한국의 유력한 신문들은 거의가 보수 성향이 짙은데 아무래도 자본을 움직이는 세력의 영향권 아래 놓였기 때문이겠다. 보수적 사상이 그릇된 사고체계라고 말해서는 아니 되지만 한국에 있어서의 자칭 보수라는 용어는 고유한 의미의 보수사상이라고 말할 수가 없다. 일제 강점기의 친일파 잔재가 광복 이후에 정치적으로 세력화하면서 기득권층이 되었고, 그 오랜 독재의 세월을 거치면서 고착화된 정치집단이 오늘날 이른바 보수파를 자처하는 입장에 우뚝 서 있는 형국이다. 이 땅의 보수는 일그러진 이미지가 뒤엉킨 채 지방색마저 휘감으면서 하나의 거대 정치세력으로 버티는 존재인 것이다. 무씨는 민족 역사의 운명적 흐름에서 빚어진 소산이니만큼 어찌할 수 없다는 생각이지만 그렇다고 해도 보수라는 정치세력을 굳이 두둔하고 싶지는 않은 것이다. 청산하지 못하고 끝나버린 과거의 역사만큼이나 청산되지 못하고 여전히 맥을 잇는 정치집단. 그래서 무씨는 평상시에는 정치에 그다지 관심을 보이지 않는다. 알아서 하라지? 그 생각은 선거 날이 되면 잠시 달라지긴 한다. 보수정치를 꺾을 인물을 향해 표 하나 찍는 일을 빠트리지 않는 것이다.

무씨가 이른바 보수성향의 신문을 향해 갖는 불만은 아주 간단하다. 왜 올바른 보도를 하지 않느냐는 것이다. 잘나가는 유력 신문의 기자는, 아마 몰라도 탁월한 학력과 뛰어난 능력을 겸비한 자들이 서로 치열한 경쟁을 거쳐 선발된 인물일 것이다. 그러한 그들이 사실을 왜곡시키기에 충분한 기사를 쓰고 조작에 가까운 이미지를 던져줄 사진을 지면에 삽입한다. 자신의 사상에 입각한 소신이든, 상부의 압력이든, 그것을 탓하기에 앞서 일말의 사실성마저 손쉽게 저버리는 그런 보도자세가 과연 어디서 비롯되었겠는가 하는 문제다. 지식으로는 결코 진리에 이를 수 없다는 사실을 웅변하는 것이다.

다윈진화론의 약육강식처럼 물어야 하고, 뜯어야 하고, 그러기 위해서는 어떻게든 짓밟아야 한다. 그것에 철저한, 그런 지식으로 무장했기에 무엇이든 감행할 수 있는 것이리라. 한쪽의 승리를 위해서 말이다. 결국 국민을 향하는 언론지인지 특정집단을 향하는 기관지인지, 도무지 오리무중의 신문매체로 전락하는 것이다. 여기서 그렇다면 이른바 좌파라는 세력은 어떠할까? 무씨는 그쪽 역시 헤아리고 싶지 않은 입장이지만 유독 발에 밟힐 신문지조차 눈에 띠지 않으니 그들의 신문기사는 어떤 억지를 부릴지 통 알지 못한다. 무씨는 다만 인터넷 포털사이트 머리기사를 통해 혹은 저녁 티비 뉴스를 통해 정치판의 흐름을 대략 가늠할 뿐이다. 누가 옳다거나 정의롭다는, 그와 같은 편견에 목매는 주장을 떠나서 사실에 입각하여 올바른 기사를 써달라는 얘기다. 그게 그리 힘들어 죽겠는가?

# 동창을 만나다

　버스에서 내린 무씨가 주변의 낯선 풍경을 둘러보며 걷는다. 일교차가 큰 환절기 날씨에 대비해 겉옷을 손에 걸쳤다. 성호가 산다는 동네를 약속 장소로 잡았는데, 성호 이 친구는 준태 장례식장에서 처음 만나 진수로부터 소개받고는, 약간 과장된 몸짓으로 "친구야!" 반갑다며 요란스럽게 포옹과 악수로 다가왔던 고교 동기동창이다. 요즘 이 동네에서 진수와 함께 인테리어 공사 중인데 마침 오늘은 오전 작업만 하고 마쳤다는 거다. 보나마나 낮술이 예상되는 만남이겠는데, 마치 소금에 절이는 김장 배춧잎처럼 서서히 대낮부터 심야까지 인간을 알코올로 절이는 지독한 음주의 시작이 바로 이 낮술이라는 놈일 게다.

　진수가 일러준 대로 고층아파트와 단독주택들이 얼기설기 뒤엉켜 있는 주택가를 얼마 걷지 않아 멀리 재래시장이 눈에 띈다. 거기 입구 쪽에 진수와 성호가 나란히 서서 애들 마냥 시시덕거리며 장난치고 있다. 늙어가도 친구와 까부는 재미가 솔솔 나겠지. 저마다 나잇살 먹어갈수록 자신의 얼굴을 가끔씩은 유심히 뜯어보지만 실감나지 않는 자잘한 주름살과 처져가는 살갗이, 마주치는 친구들의 얼굴에 도드라져 있어 새삼 서로가 놀라게 된다. '나도 실상은 저런 몰골일까?' 중년의 삭막한 세월 속에 허우적대며 허망한 바람을 쐬는 사람의 마음이, 죄다 친구의 모습에서 인생의 덧없음을 목격하는 것이다.

　"어디로 갈까?" 진수가 묻자, 무씨와는 아직 서먹한 성호가 앞장서서 걷는다.

　"여기 시장통 안쪽에 고기 잘하는 단골집이 있다. 육질이 살살 녹는 게 맛이 기막혀."

　주변의 상인들이 성호를 잘 아는 듯하다. 붙임성 있게 그들과 인사를 나누며 농담도 섞는 폼이 영락없이 이곳 터줏대감 행세다. 나중에 안 사실인데 성호는 이곳 시장 안에 건물 세 채를 가졌고 임대하고 있단다. 요즘은 돈벌이가 별로라며 술좌석에서 투덜거렸다. 한우라는데? 고기값이 만만찮을 금싸라기가 그릇에 수북하게 담겼다. 자기가 내겠다며 주문하는 걸 막아 뭐 하리! '한우 맞나? 다들 속인다던데?' 돈 많은 친구가 한턱 쏘겠다면 성의와 체면을 생각해서 잠자코 따라줘야 한다고 했던가?

어쨌든 비싸게 돈 주고 감쪽같이 속는다는 불편한 심정에 차마 먹기를 꺼려 하던 한우 살코기를 오늘에야 아무 거리낌 없이 맘껏 먹을 절호의 기회가 왔다는 듯이 진수가 나서서 고기를 석쇠에 올리고 뒤적이고 친구들 접시에 잘 익은 살점을 얹어주면서 자신도 열심히 먹어댄다. "많이들 먹어. 이때 아니면 언제 또 먹어보겠냐?" 마치 자기가 선심 쓰는 자리처럼 생색내는 진수다. "맛이 환상 그 자체네! 입안에서 그냥 녹네, 녹아!" 감탄사를 잊지 않고 열중해서 먹던 진수와 무씨는 어느 정도 배가 불러지자 그제야 젓가락질이 뜸해지며 술잔을 부딪고 잡담을 풀어놓는다.

"성호야, 너 왜 안 먹어?" 무씨 얘기에 거드는 진수다.

"야는 원래 입이 짧잖아. 오늘은 그래도 많이 먹는 편이야."

"어이 친구, 그렇게 말하기 있나? 니들 많이 먹으라고 참는 거잖아."

무씨 보기에 둘은 주눅이 맞는 것이 아마 술친구로 자주 만나는 모양이다. 특히 성호는 여윳돈이 많아서인지 친구들에게 술과 요리를 대접하는 일에 뿌듯한 감정을 지닌 듯하다. 종교적 보시인지 정치적 우월의 표시인지가 애매하긴 하지만 어떤 것이든 이런 친구 하나 있으면 동창 모임이 활기를 띠게 되고 어디서나 윤활유 역할을 하는 꼭 필요한 인물로 등장하게 된다. 서로가 음주를 부추기는 술잔이 몇 번 오가고 술기운이 서서히 돌자, 낮술을 즐기는 백수들의 으르렁거림으로 이것저것 세상 이야기가 너부러진다.

"그런데 시종아, 동기 모임에도 좀 나오고 그래라."

동기회에서 총무를 맡는다는 성호가 술잔을 가볍게 맞대며 말한다.

"직장이 먼 타지라서 그리 됐다."

"마음먹으면 그깟 거리가 문제 아니지. 나이 들어가니까 고등학교 친구가 최고더라. 만만하고 좋잖아. 자주는 아니더라도 모임에 얼굴 좀 비치고 그래라."

"알겠다. 시간 내보도록 할게."

말은 그렇게 했지만 결코 참석할 생각이 없는 동기 모임이다. 이렇게 만나서 한잔 술에 회포를 풀고 세상 돌아가는 이야기를 나누면 되는 것이지, 집단이 일정한 조직을 결성하여 세력을 과시하는 모양새로 휩쓸려 만나서 대체 무엇 하겠냐는 것이 무씨의 생각이다. 그러고 보니 깜빡하고 잊었던 옛날 동기 모임 때 일어난 우스운 일화가 뇌리에 스친다. 그때가 30대 후반이었지? 고교 동기 몇 명이 어울려 말하기를, "이제 사회적 기반도 구축하여 어느 정도 안정기에 들었고 나이가 한 살씩 더 먹어가니까 철없이 놀던 친구들이 무지 생각난다. 그때가 좋았지. 그래서 우리도 이제 동기 모임을 매달 한 차례 가져 우정을 나 누려고 하는데 친구들의 적극적인 참여가 있었으면 한다." 그렇게 해서 시작한 동기 모임이 다행히 흐지부지 끝나지 않고 결속을 더한다는 어느 날, 저녁 모임 에 가봤던 기억이 나는 것이다.

그래! 나는 그때 일식집으로 기억되는 모임 장소에 늦어 허겁지겁 문을 열고 들어서서는 종업원의 안내를 받아 한 공간에 들어섰어. 나이 먹고 세월 흘러 만나는 동기들이라 친한 친구 외에는 안면조차 없는 사람들로 가득하였지. 마 침 아는 친구도 보이지 않고 해서 둘러보다가 부근 빈 좌석에 넙죽 앉았어.

"다들 반갑다. 근데 아는 친구가 없네?"

나의 인사에 그 테이블에 쭉 둘러앉은 동기들이 당황하는 기색을 보였어. 그 때 그들 중에 누가 말을 꺼냈지.

"처음 보는데? 우리 38기 맞나? 이 자리에 누구 아는 사람 있나?"

"모임에 처음 와서 그런지 아무도 모르겠네. 나도 38기야."

"기수는 맞네. 친구야, 너는 뭐 하는데?"

"나? 어느 조그만 프로덕션에 다닌다."

'앉아 숨 돌릴 새도 없이 묻는 질문에 좀 당황스러웠지만 고분고분 알려주었 고, 묻는 동기의 눈빛이 금세 달라졌어.'

"프로덕션? 그거 뭐 하는 건데? 너는 거기서 뭐 하고?"

친구를 무안하게 만드는 데 소질이 있는 동기 같았지.

"그냥 티비광고도 만들고 기업홍보물도 만들고 영상이라면 이것저것 잡동사니 다 만들어. 나는 거기서 감독하고 있네."

계속 질문하던 동기가 갑자기 옆자리에 앉은 동기를 향해 술병을 들었어.

"영감님, 약주 한잔 받으시지요."

옆 동기가 술잔을 들자 점잖게 술을 따라주고는 내게도 술을 권했어.

"친구야, 이거 한잔 마시고 딴 데 가서 앉을래? 여긴 오기로 한 친구가 있어서 미리 챙겨놓은 자리야."

그래! 어쩐지 공기가 수상쩍다 했어. 내가 있을 곳이 못 되는 자리였어.

"알겠다. 나는 그것도 모르고……."

술잔을 단숨에 들이켜고는 벌떡 그 자리를 빠져나가 주위를 살피니 맨 구석에 처박혀 술 마시는 동기 몇 명이 눈에 띄어 거기로 갔지. 걔들도 안면은 없었지만 문전박대는 없을 거라는 확신 같은 직감이 들어서였지. 걔들은 구석에 처박힌 인간답게 고분고분하고 순수한 종자들 같았거든. 술을 나누고 이야기를 섞으면서 알게 됐는데, 한 명은 군인으로 선임중사이고 한 명은 보험회사 영업사원이고 또 누구는 학원 강사라 하고 나머지는 기억이 없는데 하여튼 중소기업에 잘들 다닌다고 하였지. 같은 학교서 같이 공부하고 뒹굴던 친구들이 나이 들면서 직업이 다르다고 하여 마치 출신성분까지 달라진 인간처럼 술 먹자고 만난 자리조차 달리하여 앉았으니 이보다 기막힐 일이 또 있을까 싶었지. 하여간 나는 술을 주는 대로 마셨고 그들에게도 마신 만큼 권하였던 기억이 나네. 그때 그 군인이라는 친구가 그랬지.

"너, 아까 그 자리 잘못 앉았다."

"왜?"

"너 바로 앞에 앉은 애가 서울지검 부장검사이고 그 옆에 애가 대기업에 무슨 부장이라던데? 하여간 그쪽 테이블은 목에 힘깨나 주는 애들이 앉았더라."

술이 취하고 마음이 어수선한 내가 그 말에 대꾸하지 않을 수 없었지.

"그래? 하마터면 지저분한 데서 술 처먹을 뻔했구나. 같은 친구끼리 영감님 그러고 깍듯이 존대하기에 웬 놈들인가 했네. 저 녀석 자리도 만만찮을 텐데 아부하느라 딸랑거리는 짓 보면 참 피곤한 세상이야. 그리 살아 뭣에 쓰려고? 아하하."

“듣겠다, 우리가 조용히 찌그러져 있자. 흐흐.”

쓸데없는 소리로 뭔가 억눌린 감정을 풀려고 나부댄 그때 기억이 젖은 짚단에 불 지피듯이 피어나다니. 어쨌든 그러고서는 동기 모임에 일체 발을 끊었고, 지금 생각해도 그것이 잘한 결정이라는 생각엔 변함이 없는 무씨다. 선거철만 되면 강력하게 위력을 발휘하는 모임 따위에 무슨 의미를 둘 것인지. 짧게 스쳐가는 생각에 잠시 대화를 놓치자 진수가 어깨를 툭 건드린다.

“시종아, 뭐 해? 한잔 안 받고.”

“아, 그래. 마셔야지.”

“근데 이번에 대통령은 누가 될까?”

여기 경상도 사람들은 대부분 우파 쪽이다. 진수는 대화하는 상대에 따라 정당 지지의 색깔을 바꾸는 모습을 종종 봐왔기에 그의 속내를 정확히 알지 못하지만 그래도 무씨가 추측하기로는 골수에 가까운 우파일 것이라고 생각한다. 짐작에 불과한데도 강한 확신까지 갖는 이유는, 정치와 관련된 그의 주장에는 보수 성향의 극단적 표현이 많아서이다. 어쨌든 진수가 우파 정치세력을 지지하는 까닭이, 정당의 정책이나 사상적 가치추구에 나름대로 깊은 신뢰를 가져서가 아니고 단순히 지방색에 의존하여 추종할 뿐인 것 같은데, 냉정히 생각하면 많은 사람들이 이런 지역감정에 의거해서 정당을 지지하고 선거 때마다 이에 해당하는 후보를 투표하는 꼴이다. 전라도는 전라도끼리, 경상도는 또한 그들대로, 각 지역마다 인물의 자질과 수행능력을 살피지 않고 마구 선출하는 결과로 해서 지역 살림이 엉망으로 흘러가고 있다. 국회의원, 도지사, 시장, 군수, 구청장, 누구 하나도 인물 평가에 의해 뽑히지 않으니 공천에 비리가 따르고 무능력자가 돈에 의해, 인맥에 의해, 국가와 국민을 어디론가 거침없이 몰고 가는 것이다.

무씨는 자기가 경상도 사람이고 교회 다니고 나이 들어가고 돈 좀 있고, 그러니 무엇 하나 우파에 휩쓸리지 않을 까닭이 없건마는 언제나 좌파에 쏠려 움직이는 경향을 띤다는 사실을 안다. 그가 중도를 취하고 오직 진리에 의해 움직인다고 장담하더라도 심정적으로는 좌파적 인물과 정책에 동조하게 되는데 그것은 자칭 보수파라고 하는 우파, 즉 수구세력의 정치 행태에 강력히 반발하는 심리에서 비롯된 것임을 무씨 자신도 감추지 않는다. 그러니 이곳 친구들이 그저 농담 비슷하게 물어도 그 말에 섞이려고 하지 않는다. 종교와 정치만큼 민감한 주제가 없음을 잘 알고 있을 뿐만 아니라, 이들이 우파세력의 주장에 맹목적이라 할 정도로 함몰된 상태라는 것을 잘 알기 때문이다.

"글쎄, 될 사람이 되겠지?"

독재자의 딸이 되어서는 나라 망신이라는 소리를 친구 사이에 차마 꺼낼 수가 없다.

"극좌파들은 확실히 빨갱이가 맞아."

진수가 술기운 탓에 내뱉는 말이 아닌 것은 분명하다.

"그건 좀 심한 소리 같다. 요즘에도 그렇게 말하긴 좀 그렇잖나?"

성호가 진수의 얘기에 대꾸한 것이긴 하지만 그는 의외로 우파의 외골수적 발언에는 반발하는 태도를 취한다. 하긴 좌파를 지지해도 직성이 풀리지 않을 진수가 오히려 대놓고 좌파세력을 배타하는 마당에, 반대로 성호가 중도적 경향을 띤다고 해서 이상할 것은 없다. 인간의 심리적 작용은 물질적 요소에 의해서만 좌우되는 것이 아닐 테니까. 경제 물질적 이해득실을 따지지 않는 고유한 정신세계의 유지라는 측면에서는 자기 현실적 처지와 다른 가치관을 갖고 그에 맞춰 정당을 지지하는 행위에 이의를 둘 이유는 없겠다. 하지만 자신의 사상이 그런 입장이라고 해서 자기와 비슷한 경제적 어려움에 처한 많은 이들의 정치적 이해득실까지 왜곡시켜 포기하게 하려는 작태는 심각한 문제가 아닐 수 없다.

성호는 건축업을 표면에 내세운 임대업자이다. 진수는 다니던 직장이 부도가 나서 실직 상태에 있다가 몇 해 전부터 궁여지책에 잠시 이것저것 잡일하면서 인부로 쫓아다녔던 모양인데, 그것이 그만 여태까지 막일꾼으로 생계를 유지하는 처지에 놓였다는 것을 조금 전에야 알게 되었다. 게다가 요즘은 성호가 소개한 일감을 맡아 근근이 일한다는 사실이, 취해서 내뱉는 그들의 대화에 드러나서 알겠다.

이런 진수가 자기와 같은 노동자들의 입장을 살펴서 정책으로 추진하는 정치세력을 거리낌 없이 빨갱이로 매도하고 적대시하면서 가진 자들의 삶에 우선을 두는 정당을 지지한다는 이 야릇한 상황 앞에, 더군다나 진수의 이런 개인적 정치 취향이 일부의 사람에게만 한정되지 않는다는데 바로 심각한 불행이 도사렸다고 봐야 하겠다. 우리가 남이가! 이에 호소하여 지역감정을 선거철만 되면 버릇처럼 끄집어내는 정치세력의 이 불량한 짓의 실상을 아는지 모르는지 진수가 또다시 장난처럼 말을 내뱉었던 것이다. 정녕 자기의 생존에 유익할 정치집단이 누군지를 몰라서는 아닐 것이다. 하긴 자기의 사상이 우파적 경향에 쏠려서 이러는 거라면 별수 있겠는가, 자기 사상의 사치를 향유할 권리도 있을 것이다. 혹시 말을 꺼내기조차 싫은 자신의 현실적 환멸이 과거의 삶에 대한 망상을 불러와서는 그것을 놓치기 싫다는 무의식의 표출로 이러는 것은 아니겠지?

"가진 자에게 붙어야 떡고물이라도 생긴다는 미신은 이제 버릴 때도 되지 않았을까?"

무씨의 이 넋두리에 살짝 기분이 잡치는 진수인가 보다. 성호가 이를 눈치채고 분위기를 바꿀 생각에 껴든다.

"시종아, 너는 교회 다닌다면서 좌파 편드네? 목사가 사탄이라고 안 하던가? 하하, 빨갱이 소리는 그것에 비하면 약과이긴 한데, 뭐 다 집어치우고 시종아, 한잔하자. 우리가 이것 갖고 얼굴 붉힐 거나 있나. 이번에는 야릇하게도 좌파 후보가 부산 출신 아이가, 하하하."

"그래, 우리끼리 언쟁할 문제가 못되지." 무씨의 얘기에 진수도 술잔을 들고는 너스레를 떤다.

"맞다 맞아, 우리야 애새끼들 노는 거 구경이나 하면 되지, 하하. 자, 술이나 마시자고."

"없는 것들이 제 손으로 있는 세력을 뽑아주는데 말이야, 이러니 있는 것들이나 나나 양심꺼릴 것 없이 맘껏 혜택을 누려도 당연하잖나?"

그러면서 성호가 술잔을 들어 가볍게 홀짝 마신다. 셋은 다시 빈 술잔을 채우고 건배한다. 무씨도 분위기에 어울려 거침없이 술을 들이켠다.

"시종이도 오랜만에 만났는데 이따 나가서 노래방 갈까? 오랜만에 몸 좀 풀어보자."

진수가 맞장구친다. "거 좋지, 한곡 뽑아보자. 시종아, 차 놔두고 왔나? 아니면."

"버스 타고 왔다."

성호가 갑자기 생각난 듯 말에 끼어든다.

"아, 나는 요즘 차 몰기가 겁나서 대중교통으로 다니잖아. 불편해 죽겠네."

"아니, 왜?"

"그놈의 차가 급발진이 일어나서 하마터면 죽을 뻔했어."

"요즘 간간이 뉴스에 나오던데 그런 사고는 운전자 부주의가 아닌가?"

"시종아, 넌 아직 실감나지 않아서 그러는 모양인데 나도 예전엔 그랬다. 운전자가 뭔가 잘못 조작했겠지 그랬는데 막상 내가 실제로 닥치고 보니 그게 아니더라고. 시발새끼들! 자동차 회사가 쳐 죽일 놈들이야."

갑자기 성호가 흥분하여 자동차 회사를 욕하고는 벌레 씹은 표정이 된다.

"하도 놀라 직영 정비공장에 가서 따지니까 차는 아무 문제없다는 거야. 완전히 뉴스 때 나오는 소리와 똑같았어, 열불 터져서! 그때 조수석에 증인도 탔지만 얘기가 묵살됐지."

갈증 나는 사람처럼 술잔을 단숨에 벌컥 들이켜는 성호다.

"그래서 어떻게 결말났는데?"

"어떻게 되긴? 차는 중고시장에 똥값으로 팔아 넘겼고 그냥 끝났지. 우리 같은 피라미가 대기업을 상대해가지고 이기겠나? 똥 밟았다 생각해야지."

"그 차, 중고시장에 넘겼으면 도로 다른 사람이 타겠네? 안전에 아무 문제 없을까?"

"다치거나 말거나 내 알 바 아니지. 차는 문제가 없다는데 내가 어떡해? 그걸 그냥 폐차해? 이거야 원, 뭐가 발칵 뒤집어져야 진실이 바로 밝혀지든가 하겠지. 그거 참!"

하긴 그렇다. 급발진한 차가 운전자의 부주의와 실수에서 비롯된 것이고 차량 자체는 아무런 문제가 없다는 주장으로 일관하는 마당에, 사고 난 차량을 수리해서 다른 사람에게 넘긴들 무슨 문제가 있으랴. 운전자가 조심하기만 하면 되는 일인데. 매스컴을 통해 보도되는 차량 급발진 사고의 내막을 살펴보면, 차량 부품의 결함에 의한 오작동일 가능성이 매우 높다. 그런데도 당사자인 자동차회사는 물론이고 국민을 보호해야 할 정부 차원에서 오히려 쉬쉬하는 표정들이다. 그것은 마치 음모처럼 다가온다. 자동차산업을 활성화하기 위해서는 어쩔 수 없다는 논리 하에 모두가 작당하여 침묵으로 일관하는 것일까? 극소수의 급발진 사고이니, 재수 없어 병 걸려 죽는 인간처럼 그렇게 재수 없어 걸러든 급발진 사고일 테니, 그렇고 그런 심정으로 사고를 가매장하는 것은 아닐까? 모든 것을 운명으로 돌리고서 말이다. 하지만 이것은 운명이 아니니 체념할 이유가 없다. 어떻게든 원인을 밝혀내야겠지만 우선은 차량에 이상한 증세가 감지되면 얼른 기어를 정지로 밀고 시동 키를 빼면 되겠다. 동력 없이 움직일 기계는 없으니까?

"아! 시발, 잠시 용 좀 썼다고 팔이 또 아프네. 오십견이라는데 왜 이리 안 낫냐?"

성호가 얘기 중에 팔을 휘두르더니만 통증이 오는 모양이다.

"언제부터 그런 거야?"

"한 달도 더 됐는데 당최 안 낫네? 만날 물리치료 받으러나 다니고, 신세가 영! 몸이 벌써 고물 다 됐어."

무씨가 한소리 거든다.

"오십견은 나이 든 사람에게 자주 나타나는 증세라서 그리 이름 붙여진 것이지만 젊다고 해서 없는 통증이 아니라고 하네. 이유 없이 어깨가 아프고 팔을 들어 올리지 못하게 되면 대개 오십견이겠는데 의사 처방으로는 다들 물리치료를 권하지, 몇 달 갈 거라면서. 하지만 그건 일종의 무지야. 무지는 종종 인간을 고통으로 몰아가지. 돈만 들고 낫지 않은 채 고통이 오래 가게 돼. 그럼, 치료방법이 뭐냐? 오십견은 철봉에 매달리면 돼. 매달렸다가 아프면 손놓고, 다시 매달려서 참다가 아프면 다시 내려오고, 그렇게 서너 차례를, 일주일 정도만 해도 감쪽같이 낫는다네. 내가 이런 방법을 몇몇 사람에게 소개했고 그들은 그렇게 해서 나았어. 돈 한 푼 들지 않고 통증 기간도 무지 짧게 해서 사라져. 이러니 생활에서도 안다는 건 역시 소중한 것이지. 나 역시도 아플 때 이 방법을 어느 의사로부터 듣고 알았어. 그런데 지금도 의아한 게 뭐냐면, 왜 대부분의 의사들은 이걸 모르는 걸까 하는 것이야. 치료가 원시적이라서 그럴까?”

“그런가? 방법이 굉장히 단순해서 유치할 정돈데? 철봉에 서너 차례, 일주일 정도? 하하, 시종이 말대로 한번 해보든지 할게. 자, 한잔해.”

말투가 미지근한 것이 아무래도 오늘 지나면 잊어먹을 분위기다. 실천하여 낫기 전까지는 도무지 믿기 어려운 소리니까, 미신은 저리 가라 할 지경으로 들리겠지?

# 환락은 어디까지

결국은 낮술이 어둑한 저녁을 지나 밤까지 이어졌다. 소주에 맥주, 지금은 양주를 마신다. 무씨의 육체는 절인 배춧잎처럼 숨이 죽었는데도 정신은 또렷하다. 친구들도 자기와 비슷한 상황일 거라 짐작되건만 녀석들은 몸까지 펄펄 살아나 도우미로 온 여자들과 잇달아 춤추고 있다.

자리에 죽치고 앉은 무씨를 부추겨 양주를 홀짝홀짝 비워내는 여자는 아까 자기소개로 30대 후반이고 주부라고 그랬다. 그때 무씨는 취한 술이 도로 확 깰 정도로 자극적인 소리처럼 들렸는데 실상은 그것뿐만이 아니었다. 유흥지대도 아닌 소시민이 거주하는 주택가에 노래연습장이 있고, 간판에는 버젓이 '청소년출입가'라는 글자가 박혔는데도 노래 부르는 방에는 보란 듯이 술과 여자가 등장하는 광경에 놀랐다. 술을 돌리고 흥이 돌자 여자들이 치마를 걷어 올려 팬티 입은 엉덩이를 자랑스레 앞뒤로 보여주며 자기소개를 하였다.

노래연습장에서까지 이러다니. 은근히 팁을 바라는 여자들의 행동에 놀라고 음란에 가까울 정도로 끌어당겨 춤을 추는 모습에 놀랐다. 술 먹고 뒤풀이로 치르는 놀이로만 알았던 무씨로서는 놀라지 않을 수 없는 광경의 연속이다. 사창가가 사라지고 법률적으로 매춘행위를 금하게 만든 조치가 이렇게 이런 식으로 동네 깊숙이까지 스며들 줄이야 누가 알았으리. 언젠가 장경록과 함께 보낸 노래방처럼, 그것은 번화한 유흥가에 위치하고 도우미는 그저 노래를 선곡하고서 같이 부르고 가볍게 어울려 춤추는 정도의 역할일 것이라 생각한 자체가 완전히 어리숙하고 순진한 발상에 지나지 않았다고 할 수밖에는.

노래연습장에 들어서자마자 여주인을 불러 흥정하고는 미리 유흥금액을 계산했던 성호가 술김에 흥이 돈 것인지 원래 기질이 그런 것인지, 인심 후하게도 여자 셋 모두에게 배춧잎 지폐 여러 장을 브라와 팬티 속에 쑤셔 넣는다. 그러자 모두들 좋아서 어쩔 줄 모르겠다는 양 교태를 부려대는 여자들이다. 이러는 이들이 참으로 주부라면 정말 놀라운 일이 아니겠는가? 설령 소싯적에 술 팔던 여자였더라도 마찬가지로 놀라운 것이, 세월이 흐른 만큼의 인생을 살아왔으면 아무리 육체가 덧없더라도 정신적 변화와 각성에 의해 인간 자체를 다룰 가치관 정도는 달라졌어야 하지 않겠나? 인생을 살아가면서 정신과 육체의 훼손을 대수롭지 않게 생각하는 삶이 지속되었다는 사실이 놀랍기만 하다. 현실 생활의 경제적 궁핍과 좌절이 이 여자들을 이런 곳으로 몰아넣었다는 설명이 가능하기나 할까? 돈 몇 푼이라도 벌어보려고 힘겨운 일을 마다하지 않는 수많은 여자들의 땀과 고뇌는 무엇이란 말인가!

무씨는 취한 기색을 일부러 내보이면서 자리에서 어기적거렸다. 블루스도 추지 못할뿐더러 팁을 제대로 줄 수 없는 입장이 난처하기도 한 까닭이다. 이런 노래방인 줄을 미처 생각지 못한 당혹이 더욱 컸다고나 할까. 하지만 지금까지 무씨가 놀란 것은 약과에 불과하였다. 진수가 트로트가요를 구성지게 부르는 와중에 성호가 여자와 뭐라고 귓속말을 나누더니 그녀를 뒤에서 끌어안고 춤을 추는데, 그녀는 언제 벗었던 것인지 이미 하의가 실종된 상태다. 여체의 심벌인 음부가 거웃에 묻혀 드문드문 드러나고 성호의 아랫도리가 그녀의 둔부를 강하게 압박한 채 돌고 또 흔든다. 이 광경에 무씨는 놀라지만 술김의 객기인지 곧바로 담담해진다. 자기 옆의 파트너는 어쩌나 싶어 바라보니 파트너 여자의 시선이 춤추는 그녀의 아랫도리를 향하고 있다. 무씨의 즉흥적인 기분인지 모르겠지만 여자는 고무된 표정으로 마치 그러한 기교를 익히려는 열망처럼 눈빛이 반짝거려보였다.

무씨는 아득하게 느껴지는 옛날 일이 저절로 떠올랐다. 처음 직장 생활을 할 때였으니 거의 20여 년도 더 지난 어느 날인가 보다. 그때 직장의 직속 팀장이 어디서 눈먼 돈이 굴러들어왔는지 마치 전리품을 할당하는 의기양양으로 팀원들에게 회식을 주재하면서 어두운 밤 골목 요릿집을 이리저리 싸돌아다닌 기억이 있다. 그때는 마음 내키는 대로 요리와 술을 마구 주문하였고 주체하지 못할 탐욕에 팀원 모두가 널브러지게 마셔댔다. 거리를 비틀거리며 노래 부르듯

삼차, 사차를 외치다가 급기야는 어느 호텔 룸살롱에까지 들이닥쳤는데 지금 기억으로도 그곳은 광란의 현장이었다. 밴드의 현란한 기타 연주와 정신없을 사이키조명이 실내 분위기를 혼란으로 몰아가고, 육감적인 미모의 어린 콜걸이 홀딱 벗고 나타나서는 양주잔이 나뒹구는 테이블 위에 실오라기 하나 걸치지 않은 전신 나체로 기어 올라가 맘껏 욕망을 흔들어대었으니 말이다. 당시로서는 엄청 큰돈이었던 배춧잎 지폐가 그녀의 몸뚱이를 향해 집요하게 던져졌고 추풍낙엽처럼 흐드러졌으니! 아아, 어쩌면 인간의 육체는 시간의 소모에 시들어가도 정신은 타락의 공간에서 여전한 것이런가.

여주인이 복도까지 따라나서며 무씨 일행을 뜨겁게 환송한다. 진수의 짓궂은 몸짓에도 간드러지게 웃으며 포옹으로 화답하는 그녀의 마음속은, 어서 이들을 자기네 단골로 삼고 싶다는 생각이 꿀떡 같을지도 모르겠다. 밤거리를 비틀비틀 걸으면서 진수가 그런다.

"시종아, 아까 그건 양반 짓이다. 어쩌는지 아나? 빈방에 여자 데려가서 테이블에 엎어놓고는 뒤로 개같이 해댄다. 아니지. 다들 쳐다보거나 말거나 지퍼 끄르고 노래 끝날 때까지 사타구니에 대가리 처박고 자지를 죽어라고 빨아대는 년도 있다. 그래도 좋다지, 돈 생기는데. 세계 어딜 가도 공통적으로 팁이 100불이면 되는데, 한국 년들이 돈맛은 알아가지고 스무 장 이상을 내놔라고 난리다. 한국이 창녀 몸값 다 올려놨지, 낄낄."

성호도 눈에 띄게 취했다. 어찌 보면 오늘의 이 해프닝은 막일꾼 십장이 베푸는 찬란한 향연인지도 모른다.

"친구야, 그리 말하면 섭섭하지. 실컷 잘 놀고서 뭔 소리고? 흐흐, 시종아, 다음에 또 만나세. 어디보자, 이놈의 택시가?"

성호는 취한 몸을 휘적거리며 쌩쌩 지나치는 택시를 잡느라고 도로가에 위태롭게 섰다.

# 술도 끊고

　무씨는 그날 이후로 술을 끊었다. 십여 년 전에 담배를 끊었듯이 술도 그렇게 끊었다. 좀처럼 끊기 어렵다는 술과 담배를 단번에 끊는 것이 가능한 무씨다. 일찍이 30대와 40대 시절에도 술과 담배를 단번에 끊은 적이 몇 번 있는데 이른바 끊는 데서 오는 금단현상이라는 것의 극복이 매우 쉬운 무씨다. 금단현상은 사람에 따라 여러 유형으로 나뉘어 나타나는 것으로 아는데 무씨의 경우는 좀 특이하다. 때로 어질어질해지면서 약간의 환각 상태에 빠진다는 두드러진 특징이 있다. 이런 시기에는 사람이 무기력해지고 명석한 판단을 내리기가 쉽지 않는 대신에 한곳에 집중하는 정신력이 강해지면서 생각에 있어 독특한 발상이 종종 떠오르기도 한다. 이것이 한두 달 지나면 완전하게 금단현상이 사라지는데, 그렇게 수차례 먹기와 끊기를 반복한 무씨가 이제는 술을 끊는 과정에서 아무런 금단현상도 일어나지 않는다. 수많은 세월을 마시고 취하고 그랬는데 금단현상이 나타나지 않다니? 아무래도 그것은 자신이 걷고자 했던 고행의 길과 무관하지 않겠다는 생각에 스스로 고무적인 느낌을 갖는 무씨다.

　물론 금단현상과 상관없이 중독된 습관을 끊는 과정의 결심과 실천은 별도의 의식이 필요한데 무씨는 그것을 쭉 실행에 옮겼다. 그것이 무엇이냐? 그것은 짧게라도 반드시 기도를 하는 것이다. 신에게 금주한다는 사실을 알리고 신에게 도움을 요청하는 기도를 드린다. 그리고 결심이 흔들릴 때나 금단현상이 피어날라치면 다시 마음속으로 짧게 기도한다. '하나님, 술을 끊게 해주세요.' 그렇게! 미사여구나 잡다한 말들을 없애고, 그렇게 기도하면 심장에 불이 붙고 그 불기운은 중독과 버릇의 욕망을 차단시킨다. 무씨는 그것이 성령일지 모른다고 생각했다. 성령은 그렇게 기운이며 자기 마음과 육체에 뜨겁게 닿아서는 소망의 기름에 불을 지핀다. 그 불길 아래 어떠한 욕망이나 허물이든 태워지지 않을 수 없는 것이다. 그런데, 무씨는 그 기도를 그런 바람 외에는 거의 쓰지 않는다. 욕망의 기도는 들어주지 않는 신이므로 해서.

무씨가 술을 끊는 구체적 이유는 이렇다. 술을 먹게 되면 이성적 판단보다는 감정적이고 본능적인 감각에 쏠리게 됨으로써 진리적 행위에 멀어지게 된다는 생각에서다. 그렇다고 하더라도 술을 먹거나 술 취해 벌이는 행위가 죄악이라고 생각지는 않는다. 사람의 선택에 따라 술과 담배를 얼마든지 즐길 수가 있으며 자기의 책임 아래 어떠한 행위도 용납되는 것이다. 결코 성경적으로나 윤리적으로, 또는 인간적 잣대로도 죄악으로 몰아갈 성질의 행위가 아니다. 물론 그 행위로 해서 남을 해치는 죄악에 빠지는 경우는 제외해야겠지만. 그럼에도 무씨는 이러한 행위들에서 피곤을 느끼고 진리적 부적절에 주춤거려졌다. 육체적으로도 질병을 유발할 만한 동인으로 충분히 작용할 흡연이겠기에 끊었고, 그나마 삶의 위로가 되기도 하는 음주의 버릇까지를 이제 끊고자 하는 것이다. 무씨는 만족하였다. 좀 더 맑은 정신으로 사물을 바라보게 되는 것 같고 올바른 사유와 판단을 할 수 있게 되는 것만 같다. 본래의 자기로 돌아온 느낌 같아 흡족한 나날을 보내는 무씨다. 친구들과의 만남도 건강을 핑계로 당분간 멈췄다. 무씨는 도킨스와의 남은 토론을 마무리 짓기 위해 다시 마을 도서관을 찾는다.

# 신약성경 속의 예수

도킨스는 태연히 구석 그 자리를 지키고 있다. 무씨가 없는 시간엔 얼마나 따분할 것인가? 하지만 여기 조그만 바닷가 마을의 도서관에서나 그렇지 전 세계적으로는 매우 바쁘게 하루를 살아갈 인물임에는 틀림없겠지? 그의 사상이 허점투성이어도 무신론이라는 사상에 무작정 목을 매단 이들에게는 훌륭한 언어로 추앙받을 거다. '제길, 인간의 사상은 이런 것이냐!' 책을 펼치면 항상 그가 먼저 시비를 걸어온다.

"실존인물이었다면 예수가, 실존인물이 아니었다면 그의 언행을 창작한 누군가는 역사상 위대한 혁명가 중 한 명이었음이 분명합니다. 산상수훈은 시대를 앞서 나간 것이었습니다. 〈다른 뺨도 내밀어라〉라는 그의 말은 간디나 마틴 루터 킹보다 2,000년이나 앞섰습니다. 그러나 예수의 도덕적 우월성은 정확히 내가 말하려는 것을 뒷받침합니다. 예수는 자신의 성장배경이었던 성경에서 윤리학을 도출하는 데 만족하지 않았습니다. 그는 그것과 뚜렷이 갈라섰는데, 한 예로 그는 안식일을 어기는 것에 관한 무시무시한 경고를 무시했습니다. 〈안식일이 인간을 위해 있는 것이지, 인간이 안식일을 위해 있는 것이 아니다.〉 그 말은 의미가 확장되어 슬기로운 격언으로 받아들여졌습니다. 여기서 내가 말하려는 주된 주제는 우리가 성경에서 도덕을 이끌어내지 않으며 그래서도 안 된다는 것이므로 예수는 바로 그 주제에 알맞은 모델로서 존중을 받아야 한다는 것입니다."

"안식일이 인간을 위해 있다는 사실을 깨닫지 못한 사람들에게 들려준 말씀입니다. 성경에 바탕을 둔 진리의 말씀이라고 예수 스스로 밝혔습니다. 성경의 완성, 올바른 이해를 말씀하신 신의 아들이셨습니다."

"인정해야 할 것은 예수에게 가족의 가치가 중요한 것이 아니었다는 점입니다. 그는 자신의 어머니에게 퉁명스러울 정도로 무뚝뚝하게 대했고 사도들에게 가정을 버리고 자신을 따르라고 했습니다. 〈누구든지 자기 부모와 처자와 형제자매와 더 나아가 자기 자신까지 미워하지 않으면 내 제자가 될 수 없다.〉 줄리아 스위니는 일인극 '신을 떠나보내라'에서 자신이 느낀 당혹스러움을 표현했습니다. 〈대체 무슨 종파가 그런가? 당신을 가르칠 테니 가족을 버리라고 하다니?〉 가족의 가치에 대해 다소 위험한 견해를 취하고 있긴 해도 예수의 윤리적 가르침들은 적어도 구약성경이 윤리적으로 재앙의 수준임을 감안하면 찬탄할 만합니다. 하지만 신약성경에는 선한 사람이라면 누구도 지지해서는 안 될 가르침들도 있습니다. 특히 기독교의 핵심교리인 원죄의 속죄가 그렇습니다. 신약성경의 핵심을 이루는 이 가르침은 아브라함이 이삭을 불태우려고 했던 이야기만큼이나 도덕적으로 혐오스럽습니다."

"예수에게 가족의 가치가 중요하지 않았던 것이 아니라 가족의 가치보다 우선해서 진리의 가르침을 따르라는, 제자들에 대한 당부였습니다. 〈자기 자신까지 미워하지 않으면〉 이 말씀에서 알 수 있듯이 자기 주변의 것들에 대한 애착과 자기 아집을 버려야만 진리에 다가갈 수 있다는 말씀이셨지요. 베드로에게는 가정이 있었고 그걸 알면서도 제자로 받았습니다. 베드로의 집에 들어가 열병으로 앓아누운 그의 장모를 낫게 한 일이나 많은 이들의 질병을 고친 기적들은 가족 사이의 사랑과 유대를 염두에 둔 배려였습니다. 가나안의 혼인잔치에 참석하여 하객들의 무르익은 흥을 돋우기 위해 포도주를 만들 정도였습니다. 그것은 가족과 친지의 가치를 누구보다도 잘 아는 예수의 모습이 아니겠습니까?

또한 당신은 예수가 어머니를 무뚝뚝하게 대했다고 말하는데 실상은 그렇지 않았습니다. '여자여'라는 호칭은 당시에 부인에게 쓰던 가장 높은 존칭어로 매우 정중하고 예의바른 표현이었으며 황후를 부를 때 사용되기도 하였습니다. 요한복음 19장 26절과 27절에 〈예수께서 자기의 어머니와 사랑하시는 제자가 곁에 서 있는 것을 보시고 자기 어머니께 말씀하시되 여자여 보소서 아들이니이다 하시고 또 그 제자에게 이르시되 보라 네 어머니라 하신대 그때부터 그

제자가 자기 집에 모시니라.〉 이런 기록으로 봐서도 어머니와 가족의 가치에 대한 예수의 마음이 어떠하셨는지 짐작하고도 남을 만한 것입니다. 여기서 도킨스 당신에게 묻고 싶은 의문이 하나 있는데, 원죄의 속죄가 어찌해서 도덕적으로 혐오스럽다는 얘기인지요?”

“무씨, 당신은 구약에 이어 신약성경에 대해서도 사사건건 내 얘기에 대꾸하면서 반론을 펼칠 작정인가 본데요, 좀 지나치다는 생각이 들진 않는가요?”

“무슨 소리를 하는지 모르겠습니다. 잘못된 견해에 대한 적절한 반론은 토론에 있어 반드시 필요한 덕목이 아닐까요?”

“좋습니다. 어디 한번 토론의 끝이 어떤 결론을 맺는지 계속 이어가도록 해봅시다. 원죄 자체는 구약성경의 아담과 하와의 신화로부터 직접 도출됩니다. 금지된 나무의 과실을 먹은 그들의 죄는 그저 꾸지람을 듣고 끝낼 정도에 불과해 보입니다. 그러나 그 과일을 훔치는 탈선행위를 한 그들은 모든 죄악의 부모가 되기에 충분한 상징성을 지니고 있었습니다. 선악의 지식, 그러니까 현실적으로는 자신들이 벌거벗었음을 알게 된 것이지요. 그들과 그들의 모든 후손들은 에덴동산으로부터 영구히 추방되었고, 영생이라는 선물을 빼앗기고, 대대로 밭에서 일하고 출산을 하는 고역에 처해졌습니다. 이렇게 보니 응징이 너무 심하지만 구약성경에서는 흔한 일이었습니다.”

“그러니까 원죄 자체도 지나친 응징인데 그것의 속죄까지 거창하게 들고 나올 이유가 어디 있느냐는 얘기인지요?”

“일면 그렇기도 하지만 신약성경은 구약성경조차도 따라올 수 없는 악의가 담긴 새로운 가학피학증을 완성함으로써 새로운 불의를 추가합니다. 생각해보면 특정 종교가 고문 및 처형 기구를 신성한 상징으로 채택하고 그것을 때로 목에 걸기도 하다니 놀랍기만 합니다. 모든 아이들 심지어 태어나기 전의 아이들까지 까마득히 먼 조상의 죄를 물려받는다고 주장하는 윤리철학은 대체 어떤 것일까요? 스스로 죄에 관해 일가견이 있다고 여겼던 아우구스티누스가 바로 원죄라는 말을 만든 인물입니다. 그 이전에는 그것을 조상의 죄라고 했습니다. 아우구스티누스의 선언과 논의는 초기 신학자들이 죄에 병적으로 몰두했음을 드러내는 것입니다. 그들은 별이 반짝이는 하늘, 산맥과 초록빛 숲, 바다와 새들의 아침 합창을 찬양하는 저술과 설교 활동에 몰두할 수도 있었습니다. 그런 것들도 이따금 언급되긴 하지만 기독교인들은 압도적으로 죄, 죄에 초점을 맞춥니다. 그런 역겹고 사소한 것에 몰두하느라 인생을 낭비하다니요. 신은 유전되는 아담의 죄를 속죄하기 위해 예수라는 인간이 되어 고문당하고 처형당했습니다. 바울이 이 혐오스러운 교리를 상세히 다룬 이후로 예수는 우리의 모든 죄의 대속자로 숭배를 받아왔습니다."

"인간의 죄를 대신 짊어지시고 죄로부터 인간을 자유롭게 만드신 예수의 행위를 혐오스럽다고 표현하니 내가 당황스럽습니다. 신의 충고를 물리치고 선악의 행위를 선택한 인간이 어찌 죄가 없다 할 것이며 죄를 짓지 않을 수 있겠습니까? 인간은 선과 악의 분별과 선택권에 의해 항상 죄에 노출되어 있는 상태입니다. 죄를 짓지 않는 내가 아니듯 도킨스 당신도 마찬가지입니다. 사람들이 죄에 대한 불감증에 빠져 일상을 살아간다고 해서 그것이 죄에서 벗어나는 삶이 되는 게 아니고 자유로운 인간의 삶인 것도 아닙니다. 누구든 막연한 불안과 공포를 갖는 마음 상태가 인간의 삶입니다. 선악과 사건으로 해서 누구나 죽을 수밖에 없는 인간의 생명을, 원죄를 대속하시어 영원한 생명의 길에 들어설 수 있는 기회를 열어주신 말씀이 어찌 자애로운 신의 사랑이 아니겠습니까. 도킨스 당신은 죽으면 죽는 인간의 동물적인 생명에 여전히 만족한다는 얘기입니까?"

"인간은 죽으면 그걸로 끝입니다. 그걸 부정하고 싶은 것이 종교이겠지만 사실을 사실로서 받아들였으면 합니다. 이건 왜 그렇습니까? 예수의 대속은 아담의 죄만이 아니라 미래의 죄도 마찬가지입니다. 후손들이 죄를 저지르든 그렇지 않든 말입니다."

"오해가 계속되는 모양새인데 예수의 대속이 있었다고 해서 인간이 지금 짓는 죄까지 없어지는 것은 아닙니다. 죄의 용서가 있을지라도 죄를 저지르는 행위의 결과는 인간의 몫입니다. 구약에서 속죄 제물은 인간 사랑을 가르치신 것이며 예수의 대속은 인간 구원을 이루신 것입니다."

# 보혈의 피가 의미하는 것

"그렇다면 이 문제는 어떻습니까? 많은 사람들은 가롯 유다의 배신이 우주적 계획의 필수적인 일부였음에도 불구하고 그가 역사적으로 부당한 대접을 받았다고 생각했습니다. 사라진 유다복음서라고 주장되는 문서가 최근에 해독되어 널리 주목받은 바 있습니다. 저자가 누구든 그 복음서는 유다의 관점에서 쓰였고 유다가 예수를 배반한 것은 오로지 예수가 그 역할을 맡으라고 요청했기 때문이라고 말합니다. 예수를 십자가에 매달리게 함으로써 인류가 대속 받을 수 있게 하려는 계획의 일부였습니다. 그러한 교리도 못마땅하지만 유다가 그 뒤로 쭉 비난을 받아왔다는 점도 불쾌감을 심화시킵니다."

"죄의 사함 없이 그냥 방치하는 삶이 옳다고 말하고 싶은 것입니까? 반성이 없고 용서가 없는 삶은 인간의 정신을 황폐화시킬 뿐입니다. 구약시대에도 자신이 미처 알지 못하는 가운데 저지른 범죄를 사할, 속제 제물의 제사가 있었다고 아까 당신에게 말했습니다. 원죄와 그러한 종류의 모든 죄들로부터 벗어나 구원에 이를 수 있는 길을 열어주신 예수의 뜻을 왜곡해서는 아니 되는 것입니다. 신약시대 이후로 동물을 제물로 바치는 행위가 그친 이유가 그러하기도 합니다. 물론 아직도 예수를 알지 못하는 사람들은 돼지나 양, 기타의 동물을 제물로 바치는 미신 상태에 놓였지만 말이지요. 그리고 가롯 유다가 비난을 받는 까닭은 유다의 자발적인 배신이라 그렇습니다. 배신을 아셨지만 그것을 조종하지 않았습니다. 유다복음서는 유다의 입장을 추측하여 쓴 조잡한 위경일 뿐입니다."

"나는 기독교의 핵심교리인 속죄가 악의적이고 가학 피학적이며 혐오스럽다고 말했습니다. 또 우리는 그것을 개가 짖는 소리로 다뤄야겠지만 그것에 너무 익숙해져서 객관성이 무뎌져 있습니다. 신이 우리의 죄를 용서하고 싶다면 스스로 고문당하고 처형당하는 대가를 지불하지 않고 그냥 용서하지 않은 이유가 무엇일까요? 굳이 그렇게 함으로써 먼 미래 세대의 유대인들이 그리스도 살해자라고 박해받고 학살당하도록 한 이유가 무엇이란 말인가요? 또 그 유전되는 죄는 정액에 담겨 전달되었을까요?"

"신은 말씀으로 세상을 창조하셨지만 창조 이후의 세상, 특히 사랑이나 용서와 같은 고도의 정신적 요소에는 그냥이라는 것이 있을 수가 없습니다. 반드시 합당할 의미와 행위를 통해서만 실현된다는 우주적 진리를 몸소 보여주신 것이지요. 신이라고 해서 무조건 아무렇게나 세상을 움직여나가는 것은 아니니까요. 전지전능이 만용이나 법칙의 묵살 같은 것을 뜻하지 않는다는 것쯤은 알고 있겠지요? 유대인 학살은 독재자 한 인간이 만든 핑곗거리였고, 유전되었던 죄는 정액이 아니라 유전자 DNA핵산에 의해 전해진 걸로 해둡시다. 생물학자에게 던지는 적절한 답이 아니겠습니까?"

후손에게 미칠 원죄의 속성이 육체를 통해 유전되어야 하는 성질의 것이 아닌데도 다윈진화론자인 도킨스는 그것을 간과하여 정액을 들먹였고 무씨가 빈정거리느라 육체의 유전자로 대꾸하였다.

"유대인 학자 베르메스가 명확히 밝혀냈듯이 바울은 피 흘림 없이 속죄도 없다는 유대교의 오래된 신학적 원리에 푹 빠져 있었습니다. 사실 히브리서 9장 22절에서 바울은 그와 흡사한 말을 했습니다. 오늘날의 진보적인 윤리학자들은 무고한 사람을 처형함으로써 죄인의 죄를 대신 갚도록 한다는 희생양이론은커녕 어떤 형태의 응징적인 처벌이론도 옹호하기 어렵다고 봅니다. 아무튼 궁금한 것은 신이 과연 누구를 감동시키려고 했느냐는 것입니다. 아마 그 자신일지 모릅니다. 희생자이자 재판관이자 배심원인 자기 자신 말입니다."

"도킨스, 그렇다면 생각해봅시다. 죄인이 자신의 죄를 스스로 용서합니까? 오늘날에도 그런 법은 없습니다. 그러니 인류의 죄를 사할 수 있는 권능의 자가 누구여야 할까요? 앞에서 말했듯이 행위 없는 용서는 아무 의미가 없습니다. 게다가 당시 인간들의 사고방식에는 희생양 관념이 보편적이었습니다. 그런 인간들의 보편적 사고체계에 따르지 않는 용서의 행위를 신이 펼친다면 과연 그게 인간에게 이해가 되기나 할까요? 신의 의지를 눈치채고 거기에 맞는 삶을 계획하게 되었을까요? 바울이 유대교의 오래된 신학적 원리에 푹 빠져 있었던 것이 아니라 그렇게 하지 않을 수 없는 신의 섭리에 푹 빠져 있었습니다. 진보했다는 오늘날에도 자식을 위해서는 죽음을 대신할 수 있는 것이 부모의 마음입니다. 자식들이 감동하거나 말거나에 상관없이 말이지요. 또한 중요한 점은 구약성경의 예언을 따라야만 그 예언의 성취를 통해 비로소 성경의 참된 가치를 인간들이 알아차리게 됩니다. 성경기록에 의하지 않고서는 어떠한 신의 말씀도 없다는 사실을 의미하기도 합니다.”

“무씨, 이봐요. 이른바 원죄를 저질렀다는 죄인인 아담은 우선 존재한 적도 없습니다. 그것을 바울은 몰랐을 테지만 아마 전지한 신 그리고 예수는 알고 있었을 테니 좀 이상한 일이 아닐 수 없습니다. 그것은 아주 불쾌한 그 이론 전체의 전제를 근본적으로 훼손합니다. 아, 물론 아담과 하와 이야기는 그저 상징적인 것에 불과하지 않은가요? 상징적? 그렇다면 스스로를 감동시키기 위해서 예수는 존재하지 않는 사람이 저지른 상징적인 죄를 대신 처벌받겠다고 스스로 고문당하고 처형당했던 것인가요? 앞서 말했듯이 지독히 불쾌할 뿐 아니라 개가 짖는 소리 같습니다.”

“도킨스 당신은 자신의 주장이 먹혀들지 않자 히스테리 비슷한 증세를 보이는군요. 거친 단어를 구사하면서 억지에 가까운 논리까지 동원하고 있네요. 아담이 존재하지 않았고 그저 상징적인 이야기일 뿐이라고 누가 그럽디까? 혼자서 억지스러운 전제를 깔고 이상한 욕설까지 서슴지 않는군요. 개가 짖는 소리는 무신론자들이 주로 내는 소리가 아닐까요? 종교를 풍자한다는 명목을 내세워 스파게티 괴물을 신으로 만들어 숭배하는 행위가 그것을 드러냅니다. 비록 신이 없고 조작됐음을 주장하려고 풍자하여 만든 신이라지만 어쨌든 신을 만들었고 스스로 만든 우상을 신으로 모시고 있습니다. 고대 미개인들이 우상을 스스로 만들고 우상숭배에 빠졌던 그때의 풍속과 다를 것이 뭐겠습니까? 당신네 다윈진화론자들이 주장하는 미개한 동물일 때의 흔적이 남아 있어 그 버릇이 울컥울컥 뇌세포에서 기어 나온 결과라고 볼 수밖에요. 그 어리석은 행위를 멈추라는 명령이 신의 의지였습니다."

"왜 말을 피해가지요? 그러니 아담이 실존했다는 얘깁니까? 정확하게 말하세요."

"갑자기 다수의 인간이 등장합니까? 다윈진화론자의 주장을 봐도 인간은 돌연변이의 소산입니다. 그 돌연변이가 다수에게 일어나겠습니까? 인간의 창조든 진화든, 아담 같은 한 존재로부터 출발할 수밖에 없습니다. 인류가 동일 유전자를 지닌 것이 그 근거의 증명이지 않을까요? 그러한데도 어찌하여 인류의 조상이 존재하지 않았다고 주장하다니요?"

교만에 들뜬 사람들은 토론하다가 상대방의 설명에 반박할 구실을 찾지 못하면 그에 대한 수긍보다는 어물쩍 미리 준비한 다른 자료로 넘어가서는 새로운 문제를 제기하는 태도를 종종 취한다. 도킨스도 예외가 아니다.

"기독교인들은 구약과 신약 양쪽에서 권하는, 타인에 관한 도덕적 내용들의 상당수가 원래 협소하게 정의된 내집단만을 고려한 것이었음을 좀처럼 알아차리지 못합니다. 〈네 이웃을 사랑하라〉는 말은 원래 우리가 생각하는 의미가 아니었습니다. 그것은 오로지 〈다른 유대인을 사랑하라〉는 뜻이었습니다. 미국의 의사이자 진화인류학자인 존 하텅은 그 점을 통렬하게 지적합니다. 그 이면에는 외집단에 대한 적대감이 깔려 있었음을 강조합니다."

"참으로 한심합니다. 성경의 내용을 비난하다 못해 궁지에 몰리니까 이제는 멀쩡한 글귀를 두고서도 시비를 거는군요. 게 눈에는 가재가 보인다는 속담에 어울릴 정도로 정신 상태가 황폐화된 것 같습니다. 무신론자들에게는 〈네 이웃을 사랑하라〉는 가장 단순하고 명쾌한 말씀조차 어그러지게 들리다니요? 하하."

# 네 이웃을 사랑하라

"그래요? 그럼 내 얘길 들어보세요. 타마린은 8세에서 14세의 이스라엘 아이 1,000여 명에게 여호수아서에 나온 예리코 전투 장면을 읽어주었습니다. 결과는 거의 찬성 쪽이었지요. 타마린은 실험을 할 때 흥미로운 대조집단을 설정했습니다. 168명의 이스라엘 아이들로 된 별도의 집단에 여호수아서의 같은 대목을 읽어주면서 여호수아라는 이름 대신에 린 장군, 이스라엘 대신에 3,000년 전의 중국왕조를 넣었습니다. 결과는 정반대였지요. 린 장군의 행동에 찬성한 사람은 7퍼센트에 불과했고 75퍼센트는 반대했습니다. 다시 말해 유대교라는 요소를 고려사항에서 제외시키자 대다수 아이들은 현대인의 다수가 지닌 도덕적 판단과 일치하는 의견을 냈습니다. 여호수아의 행동은 야만적인 집단 학살 행위였습니다. 그러나 종교적 관점을 취하면 모든 것이 다르게 보입니다. 그리고 그 차이는 삶의 초기부터 나타나기 시작하는데 아이들에게 대량 학살을 비난하거나 용납하게 하는 등, 견해의 차이를 빚어내는 것이 바로 종교였습니다."

"한 가지 매우 중요한 사실을 간과하고 있군요. 이스라엘은 유대교가 국가이고 민족 자체입니다. 하물며 민족차원에서 치렀던 고대역사의 모든 전쟁에 대해 찬성하지 않을 같은 민족의 사람은 없습니다. 아이든 어른이든 누구를 막론하고 말이지요. 그러한 민족적 행동을 종교로 탈바꿈시키다니요? 종교의 충돌 없어도 한국은 고대부터 무수한 전쟁을 치렀습니다. 그렇지만 한민족은 그런 전쟁 행위에 대해 긍정할 뿐 아니라 당당한 입장입니다. 그것은 왜일까요? 민족적 자긍이자 민족의 토대를 구축한 의로운 전쟁이라는 역사의식을 지니고 있으니까 그렇습니다. 영국 당신네들의 식민지침략전쟁에 대해 도킨스는 어떤 생각입니까? 야만적인 행위를 저지른 역사가 무척 부끄럽고 죄송스러워 식민지 지배 속에서 고통을 받은 사람들에게 사죄의 감정, 속죄의 행위를 한 번이라도 해보셨나요? 아니 그런 생각이 깃들기나 하던가요? 천만에요, 어쩌면 당신은 이 말을 듣는 이 순간에도 해가 지지 않았던 영광스러운 조국, 대영제국의 지난 행위를 자랑스러워할 테지요. 먼 고대적 일도 아니고 최근에 일어난 난폭한 침략전쟁이었음에도 불구하고 말이지요. 그 전쟁은 종교를 내건 짓이 아니라서 괜찮다고 발뺌할 생각은 아니겠지요? 집단 학살은 없었다는 거짓말도 하지 마세요. 집단 학살 없는 전쟁은 존재하지 않으니까요."

"이보세요, 예수는 구약성경에서 당연시했던 바로 그 내집단 도덕의 신봉자였다는 것입니다. 예수는 충실한 유대인이었을 뿐이고, 유대인 신을 이교도들에게 받아들이게 한다는 착상을 떠올린 사람은 바울이었습니다. 하텅은 나보다 더 퉁명스럽게 말합니다. 〈바울이 자신의 계획을 불결한 자들에게 적용하리라는 것을 알았다면 아마 예수는 무덤에서 돌아누웠을 것이다.〉라고요."

"신약성경 전체에 걸쳐 인류를 향한 복음의 전도사명이 나타나기에, 나는 여기서 하나의 성경 구절로 압축하겠습니다. 마가복음 16장 15절에서 예수께서 이렇게 말씀하셨습니다. 〈또 이르시되 너희는 온 천하에 다니며 만민에게 복음을 전파하라.〉"

무씨가 성경의 한 구절을 언급하는 것으로 그쳤지만 그의 생각은 이러하다. 네 이웃을 사랑하라는 예수의 말씀을 두고서 무신론자들은 그것이 유대인을 향한 소리, 즉 유대인을 사랑하라는 메시지였다고 줄기차게 주장한다는 것을 알고 있다. 예수가 살던 땅이 이스라엘이니 당연히 네 이웃이 유대인일 거라는 유치한 발상까지 동원하는 속내에는 어떡하든지 예수 가르침의 거룩한 가치를 훼손하고자 하는 의도에 목매달기 때문이다. 예수는 유대인들이 천대하는 갈릴리지방에서 주로 설교하시면서 유대인의 히브리어가 아닌 아람어 위주로 사용하셨다. 사마리아인도 만나고 다양한 계층의 남녀노소를 두루 만나신 신의 아들이 이웃의 뜻을 그토록 편협한 의미로 사용하였겠는가.

대체 이웃이 뭘까? 지금 네 주위에 있는 사람들을 말한다. 그들을 사랑하지 않고서 어찌 평화가 오겠는가. 성경 신구약에 걸쳐, 이웃은 사랑해야 할 대상으로 누누이 가르친다는 사실에 눈 감는 이들에게서 진리는커녕 어떠한 사실 하나라도 기대할 수 있겠는지? 성경 구절에서 이르기를, 네 이웃을 사랑하라는 말씀에 내 이웃이 누구냐고 유대인 율법학자가 묻자 누가복음 10장 37절에서, '자비를 베푼 자'이며 너도 이와 같이 하라고 예수가 말씀하신다. 사랑해야 이웃이 되는 것이다.

　"하팅은 봉인된 사람의 수가 14만 4000명이라고 한정하는 요한계시록의 내용에 초점을 맞춥니다. 하팅의 요지는 그들이 모두 유대인이라는 것입니다. 즉 열두 부족에서 각각 1만 2000명씩 뽑은 것이라는데, 캔 스미스는 더 나아가 선택된 14만 4000명이 〈여자에게 더럽혀지지 않았다.〉라는 점을 지적하면서 그것은 그들 중에 여자는 전혀 없다는 의미라고 말합니다. 자, 이에 대해서도 말해 보세요."

　"어느 누가 읽어도 요한계시록은 꿈과 환상 등을 통해 본 것들을 기록한 내용이라서 당연히 알아듣기 어려운 비유와 상징으로 이뤄져 있습니다. 그 까닭에 상징적 이미지로 나타나는 열두지파를 두고 모두 유대인이라고 한다면 마치 흙을 두고 인간이라고 말하는 것과 다를 바 없게 됩니다. 여자라는 용어도 마찬가집니다. 여자에게 더럽히지 않았다는 글귀만으로 여자가 전혀 없는 남자만으로 구성된 14만 4천 명이라니요? 도킨스 발언을 여태 쭉 지켜봤지만 아무래도 당신은 페미니스트라서가 아니라 여자들을 자기편으로 끌어들일 필요가 있어 전략상 이런 주장을 시도한다고 봅니다. 요한계시록 17장 18절에 〈또 네가 본 그 여자는 땅의 왕들을 다스리는 큰 성이라 하더라.〉라고 기록하여 어떤 제국을 암시하고 있습니다. 그런데도 느닷없이 인간의 여자를 들먹이다니요?"

　"하팅은 이렇게 말했습니다. 〈성경은 대량 학살, 외집단의 노예화, 세계 지배에 대한 명령들을 구비한 내집단 도덕의 청사진이다. 그러나 성경이 악한 목적을 지닌 것도, 살인이나 잔혹 행위나 강간을 찬미하는 것도 아니다. 사실 고대의 많은 작품들이 내집단 도덕을 담고 있다.〉 예를 들자면 일리아드, 아이슬란드 전설, 시리아의 옛 이야기, 고대 마야인의 암각화 등이 그렇습니다. 하지만 일리아드를 도덕의 토대로 판매하는 사람은 없습니다. 문제는 바로 거기에 있습니다. 성경은 사람들이 삶을 어떻게 살아야 하는가에 대한 안내서로 판매되고 구매됩니다. 그리고 그것은 전대미문의 세계적인 베스트셀러가 되어 있습니다."

"고대에는 모두가 내집단 도덕에서 출발한다는 사실을 이제 실토하는 양상이 되었군요. 일리아드가 도덕의 토대로 판매되지 않는 까닭은 적절한 도덕을 담고 있지 않아서입니다. 성경은 도덕의 근원으로서 충분한 역할을 하였고 오늘날 인류의 사상적 기반이 되었습니다. 물론 인류에게는 신으로부터 받은 형상과 양심이 있어 유사한 도덕을 형성하며 살 가능성이 있긴 하였지만 보다 실제적이고도 구체적인 신의 간섭으로 인해 떳떳한 도덕관이 이뤄질 수 있었습니다. 요즘도 기독교 사상이 취약한 지역을 가만히 살펴보면 아직까지 미개한 상태와 비도덕적 관습에서 헤어나지 못하는 모습들이 관찰되지 않던가요? 성경은 인간이 걷는 길을 밝히는 종교서적이니 그것을 필요로 하는 사람들에게 읽히는 것이 마땅합니다."

"종교는 분명히 분열을 조장하는 힘이며 그것이 종교에 가해지는 주된 비난 중 하나입니다. 그러나 전쟁 그리고 종교 집단이나 종파 사이의 다툼이 실제로 신학적 견해 차이에 관한 것인 경우는 거의 없다는 말도 들리며 그 말이 옳습니다. 종교는 내집단과 외집단 사이의 증오와 불화의 꼬리표이며 피부색, 언어, 좋아하는 축구팀 같은 여타 꼬리표들보다 반드시 더 나쁜 것은 아니지만 다른 꼬리표들이 없을 때 종종 이용되곤 합니다. 종교가 내집단과 외집단을 가르는 지배적인 꼬리표라고 장담할 수는 없지만 그럴 가능성이 아주 높습니다."

"종교도 인간에 의해 이뤄진 집단이라서 분열이나 분쟁이 없을 수 없습니다. 내집단과 외집단 사이의 갈등이 아니더라도 말이지요. 당신이 말했듯이 국가적 다툼이 가장 우선됩니다. 그 외에 언어, 피부색, 지역성 등을 놓고 불화가 생기다가도 다른 꼬리표가 없을 때 종교를 슬그머니 이용한다고 해서 그것까지 어떻게 하겠습니까. 그것을 이용하는 인간 자체의 문제인데요? 종교에 대한 강박관념이 자꾸만 매사에 종교 탓으로 돌려지나 봅니다."

어쩐 일로 도킨스가 긍정하는 말을 불쑥 내뱉는다.

"나는 인간이 종교가 없다고 할지라도 내집단에 충성하고 외집단을 적대하는 강한 성향을 보이리라는 사실을 부정하지 않습니다. 맞수인 두 축구팀의 팬들이 그 현상의 축소판이라 할 수 있으니까요."

## 도덕적 시대정신

무씨로서도 그다지 반론하고 싶지 않은 얘기를 도킨스가 계속해서 말한다.

"문명국가가 성경과 역사 속에서 오랜 기간 당연시되었던 노예제도를 폐지한 것은 19세기의 일입니다. 현재 모든 문명국가들은 1920년대까지도 널리 받아들여지지 않던 것을 수용하고 있습니다. 바로 여성에게 남성과 동등한 참정권을 부여하는 것 말입니다. 현대의 계몽된 사회에서 여성들은 성경 시대와는 달리 더 이상 재산으로 간주되지 않습니다. 현대의 법 제도는 아브라함을 아동학대 죄로 기소할 것이지만 당시의 관습에 따르면 그의 행위는 신의 명령에 복종하는 것이었기에 전적으로 찬사를 받을 만한 것이었습니다.

종교인이든 아니든, 무엇이 옳고 그른가에 관한 우리의 태도는 크게 변해왔습니다. 이 변화의 본질은 무엇일까요? 그리고 그것의 추진력은 무엇일까요? 어느 사회든 다소 수수께끼 같은 합의가 존재하며 그것은 수십 년에 걸쳐 변화합니다. 독일어에서 유래한 시대정신이라는 말을 써도 결코 잘난 척하는 것이 아닙니다. 나는 여성의 참정권이 현대 민주주의 국가에서 보편적인 현상이라고 말했지만 이런 개혁은 사실 놀라울 정도로 최근에 이루어진 것입니다."

아마도 변화의 본질에 유독 힘을 주며 되물은 것으로 봐서 그것의 추진력은 인간 인식의 진화에서 오는 것이며 그것은 더 이상 신의 존재를 필요로 하지 않는다는 자신감의 피력이 아닐까 추측될 뿐, 일단은 묵묵히 그의 말을 듣기만 하는 무씨다.

"뛰어난 역사가들은 자기 시대의 기준으로 과거를 판단하지 않는 것이 상식입니다. 링컨도 헉슬리처럼 시대를 앞서 나간 인물이었지만 인종에 대한 그의 견해는 우리 시대에는 인종차별주의자의 말처럼 들리는 것이 사실입니다."

무씨가 평소 생각하고 말해왔던 내용들이니 수긍이 가는 얘기다.

"시대정신은 대단히 빠르게 변합니다. 그리고 그것은 세계 전역에서 넓은 전선을 이루어 나란히 전진합니다. 그렇다면 이와 같은 사회 의식상의 조화롭고 꾸준한 변화들은 어디에서 비롯되는 것일까요? 그것은 내가 답할 성격의 질문이 아닙니다. 나로서는 그것들이 분명히 종교에서 비롯되지 않았음을 지적하는 것만으로도 충분합니다. 이론을 내놓으라고 강요한다면 나는 그것에 대해 다음과 같은 식으로 접근할 것입니다.

우리는 변화하는 도덕적 시대정신이 대단히 많은 사람들 사이에 널리 동조현상을 보이는 이유를 설명해야 합니다. 그리고 우리는 그것이 비교적 일관된 방향을 지니고 있는 이유도 설명해야 합니다. 그것은 어떻게 그 많은 사람들 사이에서 동조현상을 보이는 것일까요? 그것은 술집과 저녁 모임의 대화를 통해, 책과 서평을 통해, 신문과 방송을 통해, 오늘날에는 인터넷을 통해 이 정신에서 저 정신으로 퍼져나갑니다. 도덕적인 분위기의 변화는 사설, 라디오 대담, 정치연설, 코미디언의 입담, 연속극의 대본, 법률을 만드는 의회의 표결과 그 법률을 해석하는 판사들의 결정을 통해 알려집니다.

그것을 이론화하는 한 가지 방법은 밈풀에서 밈의 빈도 변화를 토대로 삼는 것이겠지만 나는 더 이상 깊이 파고들지는 않을 것입니다. 우리 중 일부는 변화하는 도덕적 시대정신이라는, 전진하는 물결에서 뒤처지고 일부는 약간 앞서나갑니다. 그러나 21세기의 우리 대다수는 같은 무리에 속하며 아브라함 시대나 중세 더 나아가 좀 더 최근인 1920년대의 인물들보다 더 앞서 있습니다. 물결 전체는 계속 움직이며 이전 세기에 선봉에 섰던 헉슬리 같은 사람들도 다음 세기에는 그 시대의 뒤처진 사람들보다 더 뒤처집니다. 물론 그 전진의 경로는 매끄러운 비탈이 아니라 구불거리는 톱니와 같습니다. 하지만 더 긴 시간대를 두고 보면 진보적인 경향이 뚜렷이 나타나며 그 경향은 계속될 것입니다. 그것을 일관된 방향으로 추진하는 것은 무엇일까요? 자신의 시대를 앞서 나가면서 남들에게 동참하라고 나서서 설득하는 개별 지도자의 역할을 무시해서는 안 됩니다."

의식의 개혁이 종교에서 비롯되지 않았다고 자신하는 도킨스다. 그건 누가 봐도 알만하다. 우주만물이 신의 창조섭리 속에 놓여있는데 어찌 인간이 만든 종교의 그 가르침에 의해서만 인류의 모든 변화와 진보가 결정되겠는가? 도킨스는 빠르게 변화하는 시대정신이 바로 전진하는 문명의 확산에 의한 것이지만 선봉에 선 개별 지도자의 역할에도 주목해야 한다는 얘기를 힘주어 하고 있다. 이것은 다분히 자신의 존재를 부각시키는 발언이기도 하다. 무신론에 입각하여 종교 비판 서적을 출간하고 종교해체운동 단체를 만들어 무신론사상의 확산에 몰두하는 자이니까, 그것의 선봉에 선 지도자라고 스스로 생각하고 있으니까 말이다. 무씨가 가볍게 한마디 하고 넘어간다.

"도저히 이해하기 어렵겠지만 인류의 동조현상은 시대의 흐름에 따르는 의식의 변화가 유사한 까닭이며 그것은 우주만물을 조율하는 신의 정신에서 비롯되었기 때문입니다. 오늘날과 같은 통신과 교통의 발달이 없었던, 미미한 문명 상태의 아득한 고대에도 세계에 걸쳐 유사한 정신의 흐름은 있어왔습니다. 시대정신이라는 것이 현대문명과 인류 인식의 진보에 의해 비롯된 게 아니라는 얘깁니다. 각 시대별로 비슷한 시기에 다수의 성자들이 폭넓게 출현하였고 그러한 가르침 중에는 오늘날의 사대종교를 일으킨 사상들도 발생하였다는 사실에서 확인할 수 있습니다."

"교육 수준의 향상과 함께 우리 각자가 다른 인종 및 성별에 대해 같은 인간성을 공유한다는 인식의 확산도 그렇습니다. 흑인과 여성 그리고 나치스 독일 치하에서 유대인과 집시가 제대로 대우를 받지 못한 한 가지 이유는 그들이 완전한 인간으로 인식되지 않았기 때문입니다. 철학자 피터 싱어는『동물해방』에서 우리가 인간적인 대우를, 그것을 이해할 두뇌 능력을 지닌 모든 종에게로 확대시키는 '후기 종 중심주의'로 옮겨가야 한다는 견해를 설득력 있게 펼칩니다. 아마도 그 견해는 도덕적 시대정신이 앞으로 수백 년 동안 나아갈 방향을 시사하고 있는 듯합니다. 그것은 노예제도 폐지와 여성해방 같은 이전의 개혁들을 자연스럽게 확장시키는 방향이 될 것입니다.

도덕적 시대정신이 넓게 조화를 이루어 진행하는 이유를 설명하기 위해 더 깊이 파고드는 것은 내 아마추어 심리학과 사회학의 범위를 넘어섭니다. 나로서는 시대정신이 변한다는 것이 관찰된 사실이며 종교가 그것을 이끌지 않는다는 것을 말하는 것만으로도 충분합니다. 그것은 중력 같은 단일한 힘이 아니라 컴퓨터 성능의 기하급수적 향상을 가리키는 무어의 법칙을 추진시키는 것과 같은 다양한 힘들의 복잡한 상호작용일 것입니다. 원인이 무엇이든, 시대정신의 진행이라는 명백한 현상은 우리가 선하기 위해 또는 무엇이 선한지 판단하기 위해 신이 필요하다는 주장을 무너뜨리고도 남습니다."

"결국 본론적인 말이 나오네요. 내 예상대로 선의 추구에 신이 필요하지 않다는 주장이로군요. 종교는 인간이 이끄는 것이라서 때로 시대에 따라 변해야 하는 정신을 이끌지 못할 경우가 많습니다. 나도 이것을 불만스럽게 생각합니다. 그렇다고 해서 그것이 신의 부재를 의미하는 것은 아닙니다. 태초에 인류의 도덕적 근원을 마련하고 행위를 이끌었던 유대교가 어느 시기에 이르러서는 집행하는 책임에 놓인 종교인들의 무지와 타락으로 인해 더 이상 시대적 변화에 적절히 대응하지 못하자, 예수께서 직접 오셔서 율법의 완성을 이루시고 새로운 지평을 여셨던 것입니다. 인류가 엮어가는 세상 역사가 신의 뜻에 어긋나게 되면 항상 선지자를 등장시켜 그것을 바로잡도록 하셨습니다. 구약시대의 선지자와 예언자가 그러했고 신약시대의 신학자의 등장이 그러했습니다.

예수께서 설파한 복음의 메시지는 영원히 유효할 뿐 아니라 세상 끝 날까지 인류가 지켜나가야 할 진리의 가르침입니다. 도킨스는 시대정신이 이제야 겨우 인종차별과 성차별 등을 깨뜨려내어 완전한 인간인식이 이뤄졌다고 자랑하면서 그것이 종교와 무관한 시대적 지도자들의 가르침에 의한 인간진보의 성과라고 으쓱거립니다만, 천만의 말씀입니다. 신께서 인류에게 부탁하신 오랜 충고와 부탁을, 이제 겨우 인간이 인식하기 시작했다는 것을 의미할 뿐이니까요. 이제 겨우 신의 말귀를 약간씩 알아듣기 시작했다는 얘기입니다. 그러니 교만에 빠져 다시 톱니바퀴 속으로 함몰되는 인류적 역행을 피하려면 겸허한 마음가짐과 행위로서 신의 정신을 올바르게 제대로 잘 헤아려야 할 것입니다."

"시대정신은 변합니다. 그 변화는 일반적으로 진보를 향하지만 앞서 말했듯이 그것은 매끄러운 개선이 아닌 톱니같이 진행되는 개선이며 때로는 오싹한 역행의 사례도 있습니다. 20세기의 독재자들은 심각하고 끔찍한 역행 사례들을 제공하였습니다. 중요한 것은 스탈린과 히틀러가 무신론자였는가가 아니라

무신론이 사람들로 하여금 나쁜 짓을 하도록 체계적으로 영향을 미쳤는가에
있습니다. 그렇다는 증거는 손톱만큼도 없습니다. 스탈린과 히틀러는 각각 교
조적이고 교리화한 마르크스주의와 바그너의 음악 같은 광기가 엿보이는 비과
학적인 우생학을 도용하여 극도의 만행을 저질렀습니다. 종교전쟁은 실제로 종
교의 이름으로 하며 역사적으로 끔찍할 만큼 빈번하게 일어났습니다. 그러나
나는 무신론의 이름으로 벌어진 전쟁이 있었다는 소리는 못 들었습니다. 일어
날 이유가 어디 있단 말인가요?"

"이보세요, 도킨스. 무신론은 어차피 뭔가가 없다는 말이니 아무것도 없는
것에 기치를 내걸고 싸울 일이 어디 있단 말입니까? 이런 말도 되지 않는 소리
를 당당하게 하시다니요? 도킨스 당신이 방금 스스로 실토했듯이 무신론사상
에 빠진 독재자가 엄청난 전쟁을 일으켰습니다. 당신 말대로 무신론자가 문제
가 아니라 무신론이 영향을 미쳤는가에 있듯이 종교의 이름을 내건 것이 문제
가 아니라 유신론이 영향을 미쳤는가에 있어야 합니다. 다윈진화론자들의 그
릇된 우생학적 접근으로 해서 무수한 인종청소가 자행되었지만 그것을 두고
진화론 자체를 비난하는 자는 아무도 없습니다. 그런 이론을 악용하는 인간에
게 문제가 있는 것이지 이론 자체가 구체적으로 나쁜 짓을 지시한 것이 아니니
까요, 당신의 주장처럼 말입니다. 나쁜 인간들이 우생학을 도용했을 뿐이지요.
그런데 그러한 가치 판단을 왜 종교에는 적용시키지 않는 것입니까? 자신의
사상을 취사선택해서 사물이나 현상에 적용해야 하는, 그것이 적자생존 원리
에 어울리는 적절한 이기적 본능의 발로여서 그런가요? 그리고 아무것도 없는
사상이니 무신론 깃발을 내걸고 전쟁을 치를 수야 당연히 없겠지만 그것에 물
든 정신이 전쟁을 수행하는 것입니다. 신을 모르니 사랑도 모르고 평화적 감각
이 없는 동물에서 진화한, 아직도 채 동물성을 간직한, 적자생존에 익숙한 인
간이 저지르는 전쟁인 것입니다. 그런 전쟁의 기록은 인류 역사에 숱하게 나타
납니다. 시간 나시면 우리의 한반도 전쟁사부터 한번 살펴보시지요? 생물학자
가 종교를 비난하기 위해 멋모르는 인류의 역사까지 들먹이느라 참으로 고생
이 많으십니다."

# 도킨스가 종교에 적대적인 이유

"아마 과학자들은 진리라는 것의 의미를 어떤 추상적인 방식으로 정의한다는 점에서 근본주의자일 것입니다. 하지만 사실을 사실이라고 말할 때 근본주의자가 아니듯이 진화가 사실이라고 말할 때에도 나는 근본주의자가 아닙니다. 문제는 근본주의와 열정을 혼동하기가 아주 쉽다는 것입니다. 나는 근본주의 창조론자에 맞서 진화를 옹호할 때 열정적으로 보이겠지만 그것은 진화를 지지하는 증거가 압도적으로 강력하고 내 반대자가 그것을 보지 못한다는, 아니 대개는 그것이 자신의 성스러운 책과 모순되기 때문에 그것을 보지 않으려고 한다는 점이 몹시 안타깝기 때문입니다. 그 때문에 나는 열정적이 되는 것입니다. 당연하지 않겠습니까? 하지만 진화에 대한 내 믿음은 근본주의가 아니며 신앙이 아닙니다. 나는 무엇인가 내 마음을 바꿀 수 있음을 알며 불가피한 증거가 나온다면 기꺼이 마음을 바꿀 것입니다."

"내가 봐도 도킨스 당신은 과격한 행동을 취하는 무신론자로 비쳐집니다. 종교 근본주의자와 유사한 행동을 보여서 실제로 그런 말이 떠도나 봅니다. 자기가 아는 사실이 반드시 진리일 것이라는 확신 아래 신념을 절대 굽히지 않는 완고한 행위를 서슴지 않는다는 점에서 그들과 비슷합니다. 대체 진화에 있어 성경과 무슨 모순이 일어난다는 것입니까? 창세기의 창조론은 종의 창조를 말하는 것이고, 우주만물의 생성 차례가 현대의 우주물리학의 연구 결과와 일치하는데 무슨 문제가 있다는 것인지요? 소진화를 거부하는 것도 아니고 그것을 인정하고 수용까지 하는 마당에 대체 무엇과 모순된다는 말입니까? 우주의 생성 과정과 생물의 종의 진화가 다윈진화이론에 의한 것이라는 뚜렷한 증거가 있으면 제시하라고 하여도 제시하지 못하면서 기독교의 창조론을 무조건 배격하는 것이 진리입니까? 자신이 보기에 진화의 증거가 분명하며 압도적이라 생각되니까, 정열적으로 종교말살운동을 펼쳐도 괜찮다는 것입니까? 도킨스, 정신을 가다듬으세요. 잘못된 열정은 악의 기운을 모락모락 피어오르게 만들 뿐입니다."

"과학자로서 나는 근본주의적 종교에 적대적입니다. 그것이 과학적 탐구심을 적극적으로 꺾으려고 하기 때문입니다. 그것은 우리에게 마음을 바꾸지 말고, 알아낼 수 있는 것들을 알려고 하지 말라고 가르칩니다. 그것은 과학을 전복시키고 지성을 부패시킵니다."

"당신이 말하는 몇몇의 근본주의자 말고는 과학자들의 탐구심을 꺾을 사람이 아무도 없습니다. 능력껏 하세요. 나도 제발 어떤 형태로든 과학적 성과가 나타났으면 좋겠습니다."

"절대론은 오늘날 대단히 많은 사람들의 정신을 지배하며 이슬람 세계와 초기 신정국가 단계에 있는 미국에서 가장 위험한 형태를 띠고 있습니다. 그런 절대론은 거의 언제나 강력한 종교 신앙에서 비롯되며 그것이 종교가 악의 세력이 될 수 있다는 주장의 주요 근거가 됩니다. 구약성경에서 가장 가혹한 형벌 중 하나는 불경죄에 가해지는 것이었습니다. 일부 국가에서는 지금도 불경죄에 가장 심한 형벌이 가해집니다."

"기독교를 비판하면서 이슬람의 불경죄를 슬그머니 집어넣지 말았으면 합니다. 아까 내가 말했듯이 강력한 종교 신앙이 악의 세력이 될 수 있다는 당신의 주장처럼, 잘못된 열정적인 행위도 악일 수가 있으며 실제로 강력한 무신론의 세계였던 공산주의가 악의 세력으로 인류를 뒤흔든 역사를 가지고 있습니다. 무엇이든 지나치면 모자라는 것만 못하다는 우리네 격언이 있듯이 종교와 사상, 인간의 모든 행위가 이에 해당되겠지요."

# 인간 생명의 존엄성은 어디까지?

"동성애를 보는 태도는 종교 신앙에서 비롯된 도덕이 어떤 것인지를 드러냅니다. 마찬가지로 낙태와 인간 생명의 존엄성에 대한 태도인데, 인간 배아는 인간 생명의 한 유형입니다. 따라서 절대론적인 종교관에 따르면 낙태는 무조건 잘못된 것이고 전적으로 살인이라 말합니다. 나는 배아를 죽이는 것에 열렬히 반대하는 사람들 중 상당수가 어른을 죽이는 행위에는 보통 이상으로 열광하는 듯이 보이는 것을 어떻게 이해해야 할지 잘 모르겠습니다."

"그걸 왜 이해하지 못합니까? 실험실에서 많은 배아를 놓고 실험 대상으로 삼다보니 하나의 생물학 재료로 보일 뿐이던가요? 인간 배아도 엄연히 고귀한 인간이라는 종교적 가치관에 따라 누구든 반대를 할 수 있는 것이고, 그럼에도 낙태를 서슴없이 자행하는 의사에게 비록 그가 성장한 어른일지라도 응징의 행위를 표시하는 자체야 있을 수 있는 일이 아니겠습니까?"

무씨의 입장으로는 낙태에 대해 중립적인 태도다. 마음 놓고 인간 배아를 실험 대상으로, 낙태해도 좋은 존재로 대하는 것은 아니지만 인류의 미래지향적인 생물학적 성과를 위해, 그리고 산모의 건강과 행복이 추구되는 방향으로의 낙태는 인정해야 한다는 쪽으로 생각하고 있다. 인류 생존의 궁극, 그리고 산모의 행복에 우선을 두는 것이다. 그런 무씨지만 도킨스의 얘기에 반론을 펼치는 이유는, 도킨스는 한결같이 극단의 선택을 지향한다는 점이다. 좌로도 우로도 치우치지 말라는 성경 구절이나 중용을 설파한 붓다의 설법이 새삼 떠오르는 것이다.

"무씨, 당신은 인간 배아의 생명을 지키기 위해서 어른의 인간을 죽여도 괜찮다는 말입니까?"

“괜찮다는 말이 아니라 인간 배아는 아무 말도 하지 못합니다. 말할 수만 있다면 분명히 드러냈을 자신들의 주장을, 대신해서 낙태반대론자들이 한다고 봐야 하기 때문입니다. 어른의 인간은 알아서 잘들 주장하고 잘들 실행하고 있지 않습니까? 나는 다만, 절대적 약자 입장에 놓인 인간 배아의 심리와 현실을 헤아려보고 싶은 것입니다.”

“낙태된 배아가 고통을 겪는다고 해도 그것은 그들이 인간이기 때문에 겪는 고통이 아닙니다. 얼마만큼 자랐든 인간의 배아가, 같은 발달 단계에 있는 소나 양의 배아보다 고통을 더 겪는다고 가정할 이유는 전혀 없습니다.”

드디어! 도킨스가 무시무시한 주장을 펼친다. 이것은 무씨로서도 충분히 예상할 수 있었던 소리다. 다윈진화론에 빠져 과학이라는 핑계로 그것을 추종하는 무신론자들의 사고에는 언제나 이러한 동물적 논리가 뇌세포에 깔려 있을 수밖에는 없는 것이다. 마침내 인간과 동물의 존엄성에 동일가치를 내세워 신을 공격하려고 한다. 무씨가 놀라는 중에도 도킨스의 얘기는 계속되고 있다.

“그리고 인간이든 아니든, 모든 배아가 도살장에 있는 소나 양보다 고통을 훨씬 덜 느낀다고 가정하는 것이 어느 모로 보나 합리적입니다. 특히 종교의식에 쓰이기 위해 목이 잘릴 때까지 온전히 의식을 유지하고 있어야 하는 동물들에 비하면 더욱 그렇습니다. 고통은 측정하기 어렵고 자세히 들어가면 논란이 있을 수 있지만 그것은 내 주된 논지에 영향을 미치지는 않습니다. 나는 세속적인 결과론적 도덕철학과 종교적인 절대론적 도덕철학의 차이에 관심이 있습니다. 한 사유학파는 배아가 고통을 느낄 수 있는지에 관심을 가집니다. 다른 사유학파는 배아가 인간인지에 관심을 가집니다. 종교적 도덕주의자들은 이런 질문을 갖고 논쟁할지 모르지요. 〈발생 중인 배아가 개인, 즉 인간이 되는 때는 언제인가?〉 세속적인 도덕주의자들은 이렇게 질문할 가능성이 더 높습니다. 〈그것이 인간인지의 여부에 신경 쓰지 마라. 작은 세포덩어리에게 그것이 대체 무슨 의미가 있단 말인가? 그보다는 어떤 종이든, 발생 중인 배아가 고통을 느낄 수 있는 시기가 언제인지에 관심을 가져라.〉”

무씨가 천천히 입을 열었다.

“무섭습니다. 모든 생명체의 살육 기준에 고통을 둔다는 것이로군요? 고통만 없으면 인간의 살육도 괜찮을 거라는 논리를 접하니 무신론자 혹은 다윈진화론자의 세계가 두렵기만 합니다. 결국은 이런 사상이 당신 소원대로 번창한다면 인류의 미래가 어찌 될지 까마득해집니다."

"말을 가지고 하는 체스게임에서 낙태반대론자들의 다음 수는 대개 이런 식으로 전개됩니다. 〈요점은 인간 배아가 현재 고통을 느낄 수 있느냐 없느냐가 아니다. 요점은 그것의 잠재력에 있다. 낙태는 장차 완전한 인간의 삶을 누릴 기회를 박탈한다.〉 이렇게 말을 갈아탑니다."

"인간의 존엄성이 우선되어야 하는 것이지 어찌 고통의 정도에 따라 모든 생물의 생명가치가 결정되어야 한다는 말입니까?"

"임신중절 합법화 반대가 반드시 생명을 위한다는 의미가 아니라는 점에 유념합시다. 그것은 인간의 생명만을 위한다는 뜻입니다. 호모사피언스 종의 세포들에 유독 특별한 권리를 부여하는 태도는 진화라는 사실과 조화시키기가 어렵습니다. 물론 진화가 사실임을 이해하지 못하는 많은 낙태반대론자들은 그 점을 별로 걱정하지 않을 것입니다. 진화적 관점은 아주 단순합니다. 배아세포의 인간다움은 그것에 절대적으로 불연속적인 도덕적 지위를 제공할 수 없습니다. 우리는 침팬지와 더 멀리 지구의 모든 종들과 진화적으로 연속성을 띠고 있기 때문입니다. 진화적 연속성은 절대적인 구분은 없다는 것을 보여줍니다. 절대론적인 도덕적 차별은 진화라는 사실과 마주칠 때 치명적으로 파괴됩니다. 이 불편한 사실이 바로 창조론자들이 진화를 반대하는 주요 동기 중 하나일 수 있습니다. 진화의 도덕적 결과들을 믿어야 할지 모른다는 두려움이 그렇습니다. 그들이 진화를 반대하는 것은 잘못되었지만 어쨌거나 도덕적으로 바람직한 것에 대한 생각이 현실세계에 관한 진리를 뒤엎을 수 있다니 정말로 이상한 일이 아닐 수 없습니다."

"그건 도킨스 당신의 망상에 불과합니다. 단순히 바람직한 도덕을 유지하기 위해 현실에 불어 닥친 진리를 뒤엎는 것이라니요? 도킨스 당신에게 하나 물어봅시다. 아까부터 진리, 진리 그러는데 대체 진리가 무엇입니까?"

"진리를 어렵게 생각해서 뭐합니까? 진화 자체가 진리 아니겠습니까? 객관적 증거가 무수하고 과학으로도 증명 가능한 사실이니까, 그것을 진리라고 해야겠

지요. 객관적 사실이 현실 세계에서 확보된 것들은 죄다 진리의 범주에 들어간
다고 봐야 합니다."

"도킨스, 다시 하나 물어봅시다. 그렇다면 참으로 진리라는 것이 이상한 괴물
이지 않겠습니까? 어떻게 진리라고 하면서 도덕적으로 바람직하지 않은 것들이
포함될 수 있는 것인가요?"

"방금 말했듯이 진화적 연속성은 절대론적인 도덕적 차별을 부여하지 않습
니다. 인간이라는 종이라고 해도 다른 생물과 절대적 구분이 없는 만큼 인간
존재를 사유의 바탕에 두고 진리를 규정할 수는 없다는 얘깁니다."

"아까 도킨스의 말대로, 나 역시 정말로 이상하게 생각하지 않을 수 없습니
다. 다윈진화론에 빠진 인간 도킨스가 참으로 이상하게 보입니다. 서로가 마찬
가지일까요? 종교와 신에 빠진 인간 역시 이상하게 보이는 것일까요?"

무씨의 몸이 가볍게 떨린다.

"종교 신앙 때문에 내가 말한 도덕적 시대정신이라는 계몽된 합의를 넘어서
는 사람들도 있습니다. 그들은 내가 종교적 절대론의 어두운 이면이라고 한 것
을 대변하며 종종 극단주의자라고 불립니다. 하지만 여기서 내가 초점을 맞추
는 부분은, 부드럽고 온건한 종교도 극단주의가 자연스럽게 번성할 수 있는 분
위기를 제공하는 데 일조한다는 것입니다. 우리의 정치가들은 종교의 언급을
피하며, 대신에 자신들의 싸움을 테러와의 전쟁이라고 규정짓습니다. 마치 테러
가 자체 의지와 정신을 갖춘 영혼이나 힘인 것처럼 말입니다. 또한 그들은 테러
리스트들의 동기가 순수한 악에서 비롯된다고 규정짓습니다. 그러나 그들의 동
기는 악에서 나오는 것이 아니며 정신이상자가 아니고 자기 나름대로는 합리적
인 종교적 이상주의자입니다. 그들은 자신들의 행위가 선하다고 봅니다. 어떤
뒤틀린 개성 때문도 아니고 사탄에 사로잡혔기 때문도 아닌, 요람에서부터 철
저하고도 의문 없는 신앙을 갖도록 양육되었기 때문입니다."

"지금 중동에서 벌어지는 종족분쟁의 자살폭탄 같은 테러를 염두에 두는 말
인가 봅니다. 그들 집단이 종교를 정신무장에 필요한 수단으로 사용한다는 사
실은 인정합니다만 분쟁의 궁극적 이유가 종교의 차이에서 오는 것이 아니라
는 나의 주장은 마찬가지입니다. 그들은 같은 이슬람권이라 하여도 경제적 이

득이나 종족 간의 불화가 발생하면 전쟁을 일으킵니다. 그러니 종교적 이상주의에 의한 투쟁이라고 말하지는 말아주세요. 그리고 기독교를 비난하는 입장에서 왜 종교적으로 뒤틀린 이미지에 처한 이슬람을 계속해서 끌어들여 마치 같은 집단인 것처럼 몰아가는지요? 구약의 모세오경을 채택해서 받아들이는 집단이 있으면 모두가 기독교권이고 같은 신을 믿는 종교라고 누가 그러던가요? 이슬람교는 무하마드라는 상인이 자기 방식의 종교를 새로이 만들고서는 거기에 모세오경을 슬쩍 채택했을 뿐입니다. 몰몬교나 여타 신흥종교, 그리고 사이비 종교 집단들이 성경의 일부라도 자기네들 경전으로 채택하기만 하면 그것으로서 기독교가 되고 참된 유일신을 믿는 집단이 된다는 얘긴가요? 기독교를 제대로 비판하고 싶으시다면 그것만을 구체적으로 지적하셨으면 합니다."

# 종교 신앙을 버려야 한다는?

　"내 말뜻을 정말로 모르겠습니까? 우리가 이해하기 정말 어려운 점은 그들은 자신들이 믿는다고 말하는 것을 실제로 믿는다는 사실입니다. 그것은 우리에게 숙제를 안겨주는데, 바로 우리가 종교적 극단주의가 아니라 종교 자체를 비난해야 한다는 것입니다. 즉 끔찍하게 왜곡된 종교가 아니라 정상적인 종교 말입니다. 볼테르는 오래전에 그 점을 간파했습니다. 〈불합리한 것을 당신이 믿게끔 할 수 있는 사람은 당신에게 잔혹한 행위를 저지르게도 할 수 있다.〉 버트런드 러셀도 같은 말을 했습니다. 〈많은 사람들은 생각을 하느니 차라리 죽을 것이다. 그리고 실제로 그렇게 한다.〉 종교 신앙은 신앙이기 때문에 존중을 받아야 한다는 원칙을 우리가 받아들이는 한, 빈 라덴과 자살 테러범들의 신앙에 대한 존중을 유보하기도 어렵습니다. 너무나 평범하기에 굳이 강조할 필요도 없는 대안이 하나 있는데 그것은 종교 신앙을 자동적으로 존중하라는 원칙을 버리는 것입니다. 온건한 종교의 가르침은 바로 그 자체로는 극단적이지 않아도 극단주의로 이어지는 공개 초청장이 되는 것입니다."

　"믿는 것을 믿는데 실제로 믿으면 안 된다니 뭔 말인지 모르겠습니다. 정상적인 종교도 극단으로 이어지기 때문에 종교 자체를 비난해야 한다는 논리라면 인류의 모든 교육이 아예 폐기되어야 합니다. 종교 없어도 사기가 횡행하고 음모술수가 자행되고 성폭행과 살인을 저지르고 온갖 미신적 행태에 빠진 삶이 일어납니다. 민족정신이나 애국심은 인간의 가치 있는 미덕으로 오래전에 이미 굳어져 그것만으로도 모든 인간을 구렁텅이로 몰아가기에 충분합니다. 다윈진화론을 신봉하는 한국의 한 무신론자가 교회에서 나오는 어떤 부인을 무참하게 칼로 찔러 죽인 사건도 벌어졌습니다. 도킨스 당신은 무신론자에게 가하는 유신론자의 위협을 언급하였지만 말입니다. 붙잡힌 범인이 그랬습니다. 〈교회에서 나오는 꼴이 보기 싫어서〉 그랬다고요. 종교만이 아니라 어떤 사상이나 가치관이든지 인간 개개의 성향이 스스로 극단으로 몰아가면 정신질환적 몹쓸 지경에 빠져버리게 됩니다. 그러니 종교를 탓한다고 해결될 문제가 아니라는 것이지요. 인간의 근원적인 모순과 오류를 줄여나가기 위한 체계적인 교육이 오히려 어려서부터 필요하다는 얘기입니다. 종교와 철학, 도덕적 가치관을 부여할 교육과정을 학교에서 채택하여 정식으로 가르쳐야 한다는 게 내 생각입니다. 한발 더 나아가 모든 종교가 학교라는 울타리 속에 들어왔으면 하는 바람입니다만 그것까진 아무래도 현실적으로 무리이겠지요?"

"어찌 무리에 그치겠습니까? 진정으로 유해한 것은 신앙 자체가 미덕이라고 아이들에게 가르치는 행위입니다. 신앙은 그 어떤 정당화도 요구하지 않고 어떤 논증에도 견디지 못하기 때문에 악입니다. 의문을 품지 않는 신앙이 미덕이라고 아이들에게 가르치는 것은 아이들을 미래의 성전이나 십자군 전쟁을 위한 치명적인 무기로 자라도록 준비시키는 것입니다. 그리고 그들은 그런 것들을 극단적인 광신자에게서만 배우는 것이 아니라 예의바르고 점잖은 주류의 종교 교사들로부터 배웁니다. 신앙은 아주 위험하며 그것을 순진한 아이의 취약한 정신에 계획적으로 주입하는 짓은 몹시 잘못된 것입니다."

"암만 들어도 애국심을 들먹이는 주장으로 들립니다. 애국심은 점잖은 교사로부터 배우며 어떠한 경우이든 국가를 위해 충성과 희생을 다하도록 준비시키는 것입니다. 추악한 침략전쟁일지라도 자랑스럽게 출전할 용기를 갖는 근원적 힘이 되겠지요. 도킨스의 견해대로라면 애국심이 분명한 악이겠습니다. 즉 모든 국가의 모든 국민이 악한 존재라는 얘기가 되겠지요? 신앙은 결코 모든 의문을 땅에 묻고 정당화의 요구도 없는 낡은 박제가 아닙니다. 어떤 논증에도 견디지 못한다는 말은 더욱더 엉터리 소리입니다. 오히려 도킨스의 무신론이 자가당착에 빠진 이론인 것 같아 안타깝습니다."

# 종교는 아이에게 해로운가

　"무씨, 자신들이 무엇을 생각할지 판단하는 것은 아이들의 특권이지 부모의 특권이 아니라는 것입니다. 그리고 물론 그 아이들이 나중에 다시 부모가 되어 자신들이 배운 것을 전달할 입장에 선다는 것을 생각하면 그런 사실이 특히 더 중요하게 여겨집니다."

　"도킨스, 앞에서 충분히 설명한 내용을 다시 꺼내지 말았으면 합니다. 어차피 교육이라는 것은 공동체의 삶에 적당하게 어울릴 내용을 가르치는 것입니다. 그걸 포기하는 행위는 민족이나 공동체의 생존과 번성을 아무렇게나 방치하겠다는 짓거리에 지나지 않습니다. 또한 그것은 인류 전체의 불행이 될 것입니다. 말도 물가까지만 데려갈 수 있습니다. 물을 먹는 것은 말이 해야 할 일이지요. 어른이 아이에게 교육을 시켜도 습득과 판단은 전적으로 아이의 몫입니다. 제 아무리 세뇌처럼 보이는 교육이라 하여도 인간 본성에 도사린 자유의지와 이성적 판단을 어찌하지 못합니다. 백 년 가까이 독재와 무신론적 체제 속에 인간을 몰아넣은 공산주의도 하루아침에 무너졌습니다. 도도한 자유정신의 물결 앞에서는 세뇌도, 거짓도 한줄기 소용돌이에 물거품처럼 흩어지는 성벽이라는 얘기지요.

　역사적 사실들을 찬찬히 살펴보면 종교는 아이에게 세뇌시킨 덕분에 존속하여 내려온 사상과 체계가 아니라는 사실입니다. 다윈진화의 주장처럼 암석층의 화석 발굴이나 생물 종들의 다양한 조사와 발견을 통해서만 증거가 확보되는 것은 아니지 않습니까? 역사적 기록 속의 인간 발자취를 더듬는 것으로도 충분히 종교의 존재 당위성 파악과 입증이 가능하다고 할 수 있습니다. 종교성은 의식주처럼 인간의 육체와 정신에 달라붙은 생존 수단이자 생존 자체입니다."

"종교가 인간에게 버릇 같긴 합니다. 요즘의 매스컴 경향이, 각 민족 특유의 별스러운 종교 풍습들을 찬미하고 그들의 잔혹한 행위들을 정당화하는 경향을 종종 찾아볼 수 있습니다. 그것은 생각하기로는 고통과 잔혹함을 참지 못하지만 다른 한편으로는 다른 문화를 자기 문화에 못지않게 존중하라는 가르침을 받은 포스트모더니스트이자 상대론자인 우리 자유주의자들의 마음속에 갈등을 빚어내는 것이 사실입니다."

인류문명에 아무런 영향을 미치지 않을 것이 분명해 보이는 소규모 부족의 종교 풍속에 대해서는 무신론자들이 관대한 태도를 보인다. 아이의 육체를 학대하고 고통에 몰아넣는 미신적 행위에 대해서, 인류 모두의 진정한 진보를 바라고 아이의 자존을 존중하려는 마음이 정녕 있다면 이런 식으로의 미적거리는 언행이 어찌 심각한 문제가 아니겠는가? 기독교만 아니라면 미신이 인간성을 황폐화시켜도 물끄러미 바라보다가 고개를 돌려버릴 순간까지만 잠시 갈등해주는 수준에 그치고 있다. 이것이 무신론자들의 진정한 모습이던가? 이 문제도 그냥 지나칠까 하다가 넌지시 시비를 거는 무씨다.

"요즘의 지식인들 특히 언론매체에 종사하는 사람들이 원시부족을 대하는 행동패턴을 보면 분명히 미신적 행위이고 미개한 삶의 방식이라서 응당히 고쳐나가야 마땅함에도 그들의 고유한 민족적 풍습이며 독특한 문화라는 이유로 그냥 방치하는 모습을 발견합니다. 이제는 소수의 폐쇄적 버릇이기에 그냥 두어도 인류 전체로 봐서 아무런 탈이야 없겠지만 고대세계 같았으면 반드시 짚고 넘어가야 할 숙제였습니다. 인류의 온전한 변모를 위해 도저히 묵과할 수 없는 일이었겠지요. 솔직한 심정으로는 지금이라도 뜯어고쳐야 한다는 것이 내 생각입니다. 아무리 소수이고 그들 나름으로는 멋모르고 살아간다고 하더라도, 설령 그것이 자연 상태에서 누리는 순수한 행복일 거라고 언뜻 느껴져도 말입니다."

"그래서 내가 하는 말입니다. 종교 전통의 다양성을 보존하기 위해 누군가, 특히 아이들을 희생시키는 것은 비인간적일 뿐 아니라 대단히 철면피한 짓입니다."

"그렇습니다. 누구를 막론하고 모든 미신적 행위는 근절되어야 합니다."

누가 봐도 둘은 동상이몽에 빠진 모습을 얼핏 비쳤다.

# 종교의 역할

"종교는 인간의 삶에서 네 가지의 주요한 역할을 해왔다고 여겨집니다. 설명, 훈계, 위로, 영감이 그것입니다."

의례적인 종교의 역할에 대해 도킨스가 말하자 무씨가 이에 대꾸한다.

"삶에 있어 후손에게 들려줄 어른들의 의로운 행위네요. 그런 역할을 몸소 보이는 인류 유산들로 해서 인간이 고귀해지는 것이 아닐까요?"

"많은 무신론자들이 표현했듯이 우리의 목숨이 단 하나뿐이라는 것을 알면 그것은 훨씬 더 소중해집니다. 따라서 무신론적인 관점은 삶을 지지하고 삶을 고양시키는 한편, 삶이 그들에게 무엇인가를 빚지고 있다고 느끼는 유신론적 사람들의 자기 환멸, 안이한 생각, 은근히 스며드는 자기 연민에 결코 오염되지 않습니다. 신이 사라지면 틈새가 생길 것이고 사람들은 저마다 다른 방식으로 그것을 메울 것입니다. 나는 현실세계의 진리를 찾으려는 정직하고 체계적인 노력의 학문인 과학을 그렇게 활용하고 있습니다."

"유신론자들도 삶은 한 차례뿐이라는 사실을 잘 압니다. 그런 만큼 잘 살려고 노력합니다. 대다수의 유신론자들은 죄의식과 자기연민 속에 사는 것이 아니라 교만과 거짓을 버리고 즐거운 마음으로 살려고 하고 실제로 그렇게들 살아갑니다. 신이 마음속에 살아 있어 갖는 만족감을 모르는 자들은 신이 사라지면 그 틈새를 과학이 자연스럽게 메울 것이라 기대한다지만, 정신세계는 그런 성질의 것이 아닙니다. 뭐냐면 마치 콧노래 같은 것이지요. 생물을 연구하다가 무엇이 흥얼거려진다면 그게 정신일 거라 짐작하셔도 된답니다."

"나는 우주를 이해하려는 인간의 노력을 모형구축이라고 봅니다. 우리 각자는 머릿속에 이 세계의 모형을 구축하는데, 세계의 축소모형은 우리 조상들이 그 안에서 살아가기 위해 필요로 했던 모형입니다. 그 시뮬레이션 프로그램은 자연선택을 통해 짜이고 수정되었으며 우리 조상들에게 친숙했던 세계인 아프리카 사바나지역에 가장 잘 들어맞습니다. 즉 서로 어중간한 속도로 움직이는 어중간한 크기의 물체들이 주로 존재하는 삼차원의 세계 말입니다. 거기에 의외의 덤이 하나 따라붙었는데 그것은 우리 뇌가 우리 조상들이 생존하기 위해 필요로 했던 실용주의적 모형보다 훨씬 더 풍성한 세계모형을 담을 수 있을 만큼 강력하다는 것입니다. 예술과 과학은 이 덤이 제멋대로 활용된 사례들입니다. 이제 마지막 그림을 그려봅시다. 마음을 활짝 열고, 정신을 만족시키는 과학의 능력을 살펴보기로 합시다.”

　“좋습니다. 살펴봅시다. 그런데 말입니다. 당신이 주장하는 과학은 능력이라기보다는 능력에 의해 형성된 우주를 과학이 조금씩 발견해나간다고 해야 더 적절한 표현이지 싶은데요? 과학이 물질은 창조하여도 법칙을 창조하지는 못하잖아요. 발견에 만족해야 하는 과학이니 당연히 인간정신의 근원일 수가 없는 까닭이기도 합니다. 그리고 이 생각도 필요할 것 같군요? 다윈진화론자들이 인류 진화의 시작이라 추측하는 아프리카 사바나지역이 인간에게 가장 들어맞는다면서, 그런 가운데의 진화라면서 어찌하여 인간의 뇌세포만은 다른 성질의 물질처럼 취급하려고 하는지요? 어중간한 차원의 삼차원 세계에서, 거기서 진화한 뇌세포가 어떤 까닭에 훨씬 더 풍성한 세계모형 구축이 가능하다고 하며, 가능한 것에 만족하여 점진적 진화의 틀에 예외를 두다니요?”

# 부르카 안에서 바라본 세계

"무씨, 진화는 한순간에 우연의 혜택을 받기도 합니다. 그건 자연선택에 어울리는 작용이기도 하기에 다윈진화론에 모순되지 않습니다. 알아서 새겨들으시고 그동안의 내 주장에 대한 결론을 이제 이끌어내야 하겠기에 얘기를 마저 하겠습니다. 우리의 눈은 전자기 스펙트럼상의 좁은 틈을 통해 세계를 보는데, 표준 크기인 약 2.5센티미터의 눈구멍이 나 있는, 이슬람권의 여성들이 몸에 두르는 거대한 검은 부르카를 상상하면 됩니다. 가시광선이라는 폭 2.5센티미터의 창문은 치마 끝단에 놓인 전파에서 머리끝에 놓인 감마선에 이르기까지 스펙트럼의 비가시영역의 엄청나게 긴 검은 옷 전체로 볼 때 매우 작습니다. 과학이 하는 일은 우리를 가두는 검은 옷이 거의 완전히 벗겨질 정도로 넓게 창문을 열어서 우리의 감각이 상쾌하고 기분 좋은 자유를 느끼도록 해주는 것입니다. 하늘을 훑을 수 있게 해주고, X선이나 전파를 보며, 우리에게 풍요로운 다른 밤하늘이 있음을 알려줍니다. 사진기에 적절한 필터를 끼우면 자외선을 볼 수 있고, 마치 설계된 것인 양 곤충의 눈에는 보이지만 우리의 맨눈에는 보이지 않는 색다른 띠와 점이 박혀 있는 꽃 사진을 찍을 수 있습니다.

우리는 어중간한 것들만 인식하고 이해할 수 있는 감각기관과 신경계를 지닌 채 살아가고 있습니다. 우리는 전자를 양성자와 중성자라는 더 큰 공들의 집합체 주위를 도는 작은 공으로 시각화합니다. 하지만 실제의 전자는 우리가 인식하는 그 어떤 것과도 닮지 않았고 물질의 행동방식대로 움직이지 않습니다. 우리의 생각은 물질에 맞추어져 있을 뿐, 광속에 가까운 속도로 움직이는 물체의 행동도 제대로 파악할 수 없습니다. 상식은 우리를 낙심시킵니다. 아주 빨리 움직이는 것이 없고 아주 작거나 아주 큰 것도 없는 세계에서 진화했기 때문입니다."

"자신의 얘기가 인간의 한계를 설명하고 있음에도 불구하고 자기주장의 모순은 자각하지 못하는군요. 인간의 생각이 물질에만 고정되어 있고 크거나 작은 것에 대한 식별 능력 하나 없는 존재라면서 신에 관해서는 아주 잘 아는 것처럼 생각하다니요? 처음부터 인간으로 창조되었으니까 어중간한 속도와 어중간한 크기의 것들만 인식하면서 살아가는 것이 아닐까요? 다윈진화론자인 당신의 주장에 의한다면 인간은 아주 미세한 원소에서 단세포로, 거기에서부터 아주 점진적인 진화 과정을 거쳐 여기까지 왔는데 어째서 인간의 감각기관과 신경계가 어중간한 공간과 어중간한 속도에서만 살아왔다고 그러십니까? 그리고 인간이 바라보는 우주와 자연은 참으로 아름답습니다. 가장 황홀한 풍경을 바라보기에 적절한 눈을 지닌 인간이 다른 잡다한 벌레의 시각을 부러워하겠습니까? 인간 외의 시각으로 보는 세계는 혼탁하고 갑갑하며 무미건조하여 인간으로서는 이내 빈혈을 일으키고야 말 것입니다. 가장 아름다운 세계를 바라보기에 가장 적절한 인간의 시신경을 두고서 어중간하다며 투덜대다니 안타깝습니다."

"20세기 과학적 성취의 한 정점을 이루는 양자역학은 현실세계를 예측하는 데 대단한 성공을 거두어왔습니다. 리처드 파인만은 그 예측의 정확성을, 북아메리카의 폭을 머리카락 정도의 오차로 정확히 예측하는 것에 비유했습니다. 이 성공률은 어떤 의미에서는 양자론이 참이 분명하다는 의미로 들립니다. 그러나 양자론이 그러한 예측을 내놓기 위해서 필요로 하는 가정들이 너무나 수수께끼 같기에 위대한 파인만 자신도 이렇게 말할 정도였습니다. 〈당신이 양자론을 이해한다고 생각한다면, 당신은 양자론을 이해하지 못한 것이다.〉 양자론이 어찌나 기이한지 물리학자들은 그것의 여러 역설적인 해석 중 하나에 의지합니다. 의지한다는 말이 딱 맞습니다."

"양자론 같은 미시세계가 당신이 전공하는 거시세계의 시선으로는 기이하게 보이겠습니다. 더군다나 다윈진화론에만 전적으로 의지하는 입장에서는 원자의 독특한 세계에 당황하지 않을 수 없겠습니다. 점진적으로 진화했다는 거대 생물체의 몸이 텅 빈 공간을 떠도는 소립자들의 중력에 의해 형성되었다니 믿어지겠습니까? 과학 연구의 결과이니 믿어야 한다면 혹시 다윈진화론도 수정해야겠다는 생각이 들진 않는지요? 소립자들이 스스로 알아서 우리가 이렇게 저렇게 결합하여 물을 이루자, 세포를 이루자, 그랬겠습니까? 그랬대도 그건 자체 의지력을 가진 지성적 존재를 의미하는 것이 되어버립니다."

"무씨, 과학은 우리의 모든 직관과는 반대로, 결정이나 바위처럼 단단해 보이는 것들이 사실은 거의 텅 빈 공간으로 이루어져 있다고 가르쳐왔습니다. 그렇다면 왜 암석은 꽉 차고 단단하고 뚫을 수 없는 것처럼 보이고 느껴지는 것일까요? 진화생물학자로서 나는 이렇게 대답할 것입니다. 우리 뇌는 우리 몸이 활동하는 규모에서 몸이 세계를 헤쳐 나갈 수 있게 돕도록 진화했다고 말입니다. 우리는 원자들의 세계를 돌아다니도록 진화한 것이 아닙니다. 우리가 그런 식으로 진화했다면 우리 뇌는 아마 암석을 빈 공간이 가득한 것으로 인식할 것입니다. 우리 손이 뚫을 수 없기 때문에 암석은 우리 손에 단단한 것으로 느껴집니다. 손이 암석을 뚫을 수 없는 이유는 물질을 구성하는 입자들의 크기 및 간격과 관련이 없습니다. 그것은 고체 내에서 서로 멀찍하니 떨어져 있는 입자들이 빚어내는 자기장과 관련이 있습니다. 우리 뇌가 고체성과 불투과성 같은 개념들을 구축하는 것이 유용한데, 그런 개념들은 우리 몸이 서로 같은 공간을 점유할 수 없는 대상들이 있는 세계를 돌아다니는 데 도움을 주기 때문입니다."

"도킨스, 진화생물학 입장에서 보더라도 그렇습니다. 어차피 인간이 원자들의 세계를 돌아다닐 수 있는 미생물, 아니 원자 수준의 상태에서 출발했을 텐데 왜 빈 공간이 가득한 세계를 인식하지 못하는 쪽으로 진화했을까요? 미세한 것들의 위협에 굴복하여 곧잘 질병에 걸려 죽음에 이르는 진화는 분명히 생존에 유용하지 않을 것이고 행동반경에도 많은 불편을 초래할 텐데 말입니다."

"그래요, 우리 동물들이 중간계만이 아니라 원자의 미시세계에서도 살아남아야 한다는 것은 일리가 있습니다. 우리의 생각과 상상의 토대가 되는 신경 펄스 자체는 미시세계의 활동에 의존합니다. 하지만 우리의 조상들이 수행해야 했던 활동, 그들이 택해야 했던 결정 중에 미시세계를 이해한다고 해서 도움이 되었을 만한 것은 전혀 없습니다."

　"그렇습니다. 도킨스 당신이 말하는 중간계의 인간이 미시세계를 이해한다고 해서 물질적으로 도움이 될 만한 것은 없어 보입니다. 진화에도 별 도움이 되지 않았겠지요? 물질이 전부라고 생각하는 물질주의자의 뇌세포 작용은 분명 그러할 것입니다. 하지만 불교의 공사상이라든지 기독교의 성령과 같은 존재에의 자각은 이런 미시세계에 대한 사유에서 오는 인식의 결과입니다. 달빛을 향해 날아가는 물리적 작용의 부작용에 불꽃으로 산화하는 나방이 아니라, 미시적 사유의 깨달음에서 얻는 인간적 작용이 온전하게 우주를 향하는 원천이 되었습니다. 물질의 뇌세포가 포착 못할 세계인 것이지요."

　"현실세계에서 우리가 보는 것은 있는 그대로의 현실세계가 아니라 감각자료들을 통해 조절되고 조정되는 현실세계의 한 모형입니다. 즉 현실세계를 다루는 데 유용하도록 구축된 모형입니다. 그 모형의 특성은 우리가 어떤 동물이냐에 달려 있습니다. 공중을 나는 동물은 걷거나 기거나 헤엄치는 동물과 다른 종류의 세계모형을 필요로 합니다. 포식자는 먹이와 다른 종류의 모형을 필요로 합니다."

　"다윈진화론에 집착하는 무신론자들의 얘기를 들으면 들을수록 묘하게도 창조의 손길을 느끼게 됩니다. 우주만물들은 창조섭리 속에 마련된 자연법칙에 따라 진화의 길을 걷는 것이 분명하겠다 싶은데 유독 인간만은 창조 이후의 진화 과정에 있어 동물들에 비해 두드러지지 않는다는 확신까지 갖게 됩니다. 그 까닭은 신이 인간을 창조만 하고 법칙에 그냥 내버려둔 존재가 결코 아니라는 것이지요. 신의 우주창조 계획과 가장 관련되는 존재이기에 항상 신의 관심과 간섭 속에서 인류가 생존한다는 생각입니다. 성경에도 분명히 기록되었듯이 인간은 모든 우주만물과 구별되는 독특한 존재라는 확신까지 갖습니다. 지금도 시시각각으로 만물에 돌연변이가 생겨나고, 인간에 의한 것이지만 유전자의 재결합에 의해 다른 종자가 새로이 생겨나는 이런 세계에서, 진화의 흔적을 더듬기가 참으로 어려운 것이 인간임을 볼 때 그런 생각이 미치지 않을 수가 없습니다. 물론 일반 생물들도 다른 종으로의 진화를 찾아볼 수가 없긴 하지만 말입니다."

　"누가 뭐래도 인간은 중간계에서 진화했기에 우리는 지극히 비개연적인 사건을 다루는 능력이 떨어집니다. 그러나 중간계에서는 불가능해 보이는 사건들도 천문학적인 공간이나 지질학적 시간이라는 방대한 규모에서 보면 필연적인 것으로 드러납니다. 과학은 우리가 가능성의 스펙트럼을 내다볼 때 쓰는 익숙한 좁은 창문을 왈칵 열어젖힙니다. 계산과 이성을 통해 자유로워진 덕분에 한때 한계 너머에 있는 것처럼 보였던 가능성의 영역들, 용들이 살았던 세계를 찾아갈 수 있습니다. 우리가 교육과 실천을 통해 중간계에서 스스로를 해방시키고 우리의 검은 부르카를 찢고 아주 작고 아주 크고 아주 빠른 것들을 직관적으로 그리고 수학적으로 이해할 수 있는 날들이 오지 않을까요? 나는 답을 알지 못하지만 인류가 이해의 한계를 넓히고 있는 시대에 살고 있다는 사실에 전율을 느낍니다. 더 나아가 우리는 아예 한계가 없다는 것을 마침내 알아차릴지도 모릅니다."

"그렇습니다. 인류가 이해의 한계를 넓혀 한계를 모를 세계에까지 이르기를 바랍니다. 그것은 진화로서는 불가능한 영역이겠지요? 진화만으로는 동물적 속성과 능력의 한계에서 벗어나지 못합니다. 신의 형상을 지닌 창조적 인간이어야 가능할, 무궁무진한 세계 이해의 창조적 접근이 인류에게 무엇보다 필요할 것입니다."

무씨가 책을 덮고 미련 없이 자리에서 일어난다. 무신론자들이 갖는 생각의 일단을 엿본 도킨스와의 대화였다. 독서를 통한 사유의 결론은 시간이 흘러 때가 이르면 선명하게 밝혀질 수 있겠지만, 어쨌든 판단과 행동은 인간 각자의 몫이라는 생각이 든다. 어떤 결론에 이르든지!

무씨는 한가위가 다가오자 장경록에게 안부전화를 하였다.

"어떻게 지내셨어요?"

"재밌어. 가르치는 보람이 와 닿는 날들이지."

장경록은 학교생활이 만족스러운 듯 찬찬하게 이모저모를 알려주었고, 얘기 끝에 아내 홍정숙이 한가위 전후로 해서 이곳 부산에 들린다는 사실을 알린다. 시어머니의 병환이 깊어져 조만간 요양병원에 입원할지도 모른다는 얘기다. 자기는 학기 강의로 옴짝달싹하지 못한다며, 아내가 출발하는 날에 다시 연락하기로 하고 전화를 끊는다.

요즘도 명절이 되면 사람들은 제사상이나 차례를 치를 것이다. 연휴를 이용해 해외로 출국하는 이들이 많아졌다고는 하지만 여전히 조상의 음덕을 생각하는 제례의식을 치른다. 무씨도 몇 년 전까지는 성당에 다니는 모친의 주문에 의해 조촐하게 차려진 아침상에 부친의 사진을 놓고는 가족이 다함께 절을 올리고 찬송가와 기도문 낭송 등의 가톨릭 의식을 치렀다. 가톨릭은 조상을 추모하는 간단한 제사가 허용되니 자연스레 이런 모습이 연출되었다.

그러했던 제사 형태의 추모를 모친이 직접 나서서 없애버렸다. 자신이 만든 기묘한 제사 형식을 자신이 거둬들인 것이다. "음식 장만하기도 번거롭고 다 부질없는 짓이야. 내가 죽고 나거든 따로 제사 지낼 거 없다. 네 아버지 제삿날에 맞춰 성당 미사에 참석해서는 그때 같이 명단 올려 추모하면 된다." 여태까지 부친의 기일이 되면 참석은 하지만 제사 형식의 추도식에 건둥건둥 임하곤 했던 무씨는 이 같은 모친의 파격적인 변화를 환영하였다. 그날 이후로 무씨가족은 제삿날이 되어도 힘들여서 음식을 장만하지 않았고, 성당에 나아가 추모미사를 드렸으며, 미사가 끝나면 가족이 함께 외식하면서 즐거운 대화를 나눴다. 돌아가신 부모에 대한 추모는 추모대로, 가족 간의 대화와, 음식을 나누는 즐거움은 그것대로, 그것 역시 온전한 하나의 추모 형식이지 싶은 것이다. 전화를 끊고 생각에 빠진 무씨를 깨우듯 아내가 다가온다.

"언제쯤 장보러 갈까? 어머님이 이번에 올 때 포도 한 상자 사오라고 하시던데?"

"점심 먹고 나설까? 가까운 마트 들리지 뭐. 대충 간단하게 준비하자."

"일단 포도는 도매청과시장이 많이 싸니까 거기서 사고, 그 근처 마트 가자. 거기 할인쿠폰 받은 게 있어. 사용 기간이 다 되어가네."

아내와 함께 집을 나서면서 도킨스를 떠올린다. 그런데 갈수록 무씨의 뒷맛이 쓰다. '학생들을 가르치는 생물학자면 뭐하며 종교비판을 펼쳐 무신론사상을 강조한 책이 무신론자들의 환호를 받으면 뭐하리? 올바른 견해의 진리적 글을 쓰고 그 글에 의해 많은 사람들이 활기를 찾는, 올바른 삶의 발견이 소중한 가치이지 않겠는가?' 종교를 말살할 생각에 신의 부재를 강조하려다가 어이없이 인간의 존엄성마저 추락시킨 도킨스의 행위가 시간이 흐를수록 씁쓰레한 기억으로 남는다.

아내가 즐겨 찾는다는 단골 가겟집에서 포도 외에 이것저것 과일 가격을 알아보고 맛을 보고는 추가로 여러 종류의 과일을 한 상자씩 산다. 생각보다 싸니까 좀 많이 사놓고 먹자는 아내 얘기다. 계산을 치르면서 아내가 가겟집 주인 할머니에게 묻는다.

"아드님하고 며느리는 어디 갔어요? 바쁘신데 안 보이네요?"

"썩을 놈들! 세상천지 죄다 사기꾼이고 순 도둑놈들이고 믿을 놈 하나 없어."

"왜요, 할머니?"

갑작스런 얘기에 아내가 놀라 되묻자, 묵혀놨던 할머니의 응어리진 감정이 우박 쏟아지듯 토해진다.

"필요 없다 했거든. 내가 필요 없대도 난데없이 찾아와서는 일 돕겠다고 달라붙더니만 그 도둑놈이 내 돈 2천만 원 들고 내뺐잖아."

"누가요? 그래서 어찌 됐어요?"

"일꾼으로 한때 부려먹던 놈이야. 그놈이 도둑 짓거리하고 도망쳐버렸어."

"경찰에 신고는 안 하시고요?"

"했지. 해봐야 그 돈 찾을 수가 있어야지."

"아드님은 어쩌고요?"

"얘기도 마라, 죄다 도둑년 놈들이라니까. 어찌 하면 저 늙은 할미 돈 빼먹을까 그 지랄에 들러붙는 거라니까."

무씨는 과일 상자를 승용차에 옮기느라 할머니 얘기가 띄엄띄엄 들렸다. 할머니와 인사 나누고 동행석에 탄 아내에게 묻는다.

"무슨 일인데? 아들도 돈 빼돌렸나?"

"물어도 구체적으로 아들을 언급하지는 않으셨는데, 아들딸이고 친척이고 다 필요 없다는 말을 하신 걸로 봐서 그런 것 같네? 전에 왔을 땐 아들 내외가 일 거들고 그랬거든. 유순하고 부지런해 보였는데, 돈이 뭔지."

"그렇다면 보나마나 도와준다는 핑계로 찾아와서는 돈만 몰래 챙기고 가버린 거겠지. 그러니 죄다 사기꾼이라고 했겠지?"

"일전에 어머니도 그러시던데. 식당과 가게일 하면서 보니까, 어머니 자신을 제외하고는 죄다 돈 가져갈 궁리로 찾아온다고."

"믿는 도끼에 발등 찍힌다고, 아는 사람이 때로 더 무서워. 떠도는 말에, 아는 놈이 더 해먹는다잖아. 특히 상거래에 있어서 이래저래 바가지 쓸 경우가 많다고 하더라고."

"믿고 살기 힘든 세상이야. 온통 거짓말투성이니 어디에 중심을 둬야 할지 모르겠네."

아내의 넋두리 비슷한 소리에 대꾸할 수가 없다. 인간들의 삶에 있어 사실의 진위 파악이 쉽지 않으니까, 인간의 마음속을 도무지 알지 못하니까, 실마리는 선의 발견에 있겠지만. 멀리 대형마트 건물이 눈에 띈다. "저기 보이는 저 마트야?"

# 가톨릭 신부와 대화를

  성당의 미사는 교회의 예배와 비슷하면서도 다르다. 어느 방식이 더 낫다고 말할 수 없다. 가톨릭 미사는 신부의 설교가 짧고 찬송가를 많이 부르지 않는다. 졸고 앉았을 겨를이 없을 만큼 일어나는 동작의 횟수가 많고 기도문 암송이 많다. 영성체 떡을 떼러 앞으로 나가고 헌금하러 나간다. 미사포를 쓰기도 하고 성모상 앞에서 기도하기도 한다. 술과 담배를 먹어도 괜찮으며 성수를 이마에 적시고 고해성사를 치른다. 신부가 목사에 비해 평균적으로 교육 과정과 지적 수준이 높으며 결혼하지 않는다. 소정의 월급을 받고 주기적으로 성당과 보직을 옮겨 다닌다. 전체를 묶어보면 확실히 신부가 목사보다 성직자답다. 세속화된 목사에 비해 신부는 수행자에 어울릴 과정을 거치고 지속적으로 수행의 길을 걷는 위치에 놓였다고 보겠다.

  한국인이 가장 신뢰하는 종교로 가톨릭을 뽑았고 다음이 불교다. 그만큼 가톨릭교회와 신부들이 사회에 끼치는 영향이 건전하고 뚜렷하다 할까? 중세시대에 타락의 길을 걷던 가톨릭이 새로워졌고, 그 타락에 봉기하여 일어난 개신교가 타락의 늪에 빠져드는 묘한 모양새에 놓였다고 하겠다. 아무래도 루터 신부가 파계하여 수녀와 결혼하고 새로운 교리를 펼친 행적이 결정적일 것 같다. 독신의 포기는 수행자의 미덕이 아니다. 결혼은 자녀를 낳고 그것은 자녀에 대한 집착적 사랑과 불순한 경제생활을 불러와 결국 타락에 이를 가능성이 한층 높다. 중세시대 때 빚어진 독신자 신부의 음란이 미친 타락과 비교될 정도로 오류의 성직 생활이 되지나 않을까? 왜냐, 음란과 타락은 결혼 이후에도 끊임없이 찾아들 성질의 것이니까. 수행에 의해 결판나는 것이지 결코 배우자의 있고 없음에 따라 형성되는 사랑이나 음란이 아니니까 말이다. 루터는 분명 큰 실수를 저질렀다고 보는데 그것은 혹시 개신교의 발생에 있어 어떤 오류가 끼어들었을 가능성을 의미하는 것이 아닐까?

무씨는 형네 가족과 자기 가족 그리고 어머니와 함께 나란히 앉아 미사를 드리면서 그런 생각에 잠겼다. 개신교 신자가 가톨릭 미사에 참석해도 아무 문제가 되지 않는다. 같은 신이고 같은 진리를 추구하는 종교 집단의 예배이니까. 무씨는 동일한 신을 향하여 헌금하고 기도 올렸다. 무씨는 미사가 끝난 뒤에 어머니의 소개로 신부와 인사를 나눴고 간단한 다과를 베푸는 자리에 마주 서서 대화 나눌 기회를 갖는다. 30대 후반의 젊은 신부로 매우 활기찬 외모를 지녔고, 설교는 짧으면서 섬세한 구성에 비유를 섞어 성경 구절의 이치를 설명하였다. 그는 가톨릭 신부의 삶에 매우 만족한다는 듯이 평화의 미소를 머금었다. 무씨는 긴 대화가 신부의 일정상 어렵겠다는 생각이 들어 평소에 신부와의 대화를 통해 나누고 싶었던 의문 하나를 묻기로 한다.

"신부님, 사탄이 존재합니까?"

"타락한 인간이 있듯이 타락한 영들도 실제로 존재하고 이 세상에서 심술궂게 행동한다는 것이 성서와 교회의 가르침입니다. 루가복음 8장 29절 이하를 보면, 그리스도께서 인간의 몸에 붙은 귀신을   아내시고 그 귀신과 대화를 나누는 구절이 있습니다. 그 외에도 신구약에 걸쳐 사탄의 존재가 나타납니다. 하지만 교회는 사탄의 공포를 가르치지 않습니다. 교회는 하느님께 대한 성스러운 두려움과 고의적 악행에 대한 두려움만을 가지라고 권합니다. 왜냐하면 사탄의 영향은 온전히 하느님의 힘에 종속되기 때문입니다. 그리스도는 우리를 마귀의 지배와 죽음에서 구원하셨습니다. 그리스도의 구원사역으로 인해 악마가 자유롭게 행동하도록 허용하는 사람들만을 악마는 해칠 수 있습니다."

"그러니까 신부님, 사탄은 존재하되 독자적으로 인간에게 영향을 끼칠 수 있는 존재가 아니고, 인간 스스로가 사탄을 불러들이고 악을 허용할 때 비로소 사악한 힘을 드러낼 수 있다는 말씀입니까?"

"그렇습니다. 세상에는 심각한 악의의 흔적이 있습니다. 사탄의 신비가 어둡다는 것은 우리에게 잘 알려져 있지 않으면서도 악의에 차 있고, 언제나 악을 행할 준비가 되어 있으며, 하느님에게서 소외되었고, 그분에게 적의를 품은 산

존재들이 있습니다. 인간 역사가 슬프고 불합리한 풍조로 점철되는 것은 부분적으로 그런 세력 때문입니다. 하느님은 만물의 주님이시니 악마가 어떠한 힘을 갖고 있다고 할지라도 하느님의 섭리에 의해 제한을 받습니다. 최종적으로 모든 것은 하느님을 사랑하는 사람들의 선에 기여하기 위해 만들어졌습니다."

"그런데 신께서는 왜 그것들을 그냥 내버려두십니까?"

"사탄과 그 밖에 타락한 영들은 피조물들입니다. 하느님이 그들을 만드셨지만 그들이 악해지거나 악의 근원이 되라고 만드시지는 않으셨습니다. 본래 선하게 만드셨으나 그들 스스로 악하게 되었습니다. 하느님이 이런 악을 허용하시는 것은 어쩔 수 없기 때문이 아니라 전능하신 그분은 자유를 사랑하시기 때문에 이런 악을 허용하십니다. 하느님은 모든 악에서 더 큰 선을, 쓰라린 시련 속에서 완성된 인내와 사랑을 이끌어 내실 수 있습니다."

신자 여럿이 자기들끼리 웅성거리느라 천장 높은 홀이 메아리쳐 주위가 산만하다.

"탐욕적 이기심과 고의적 악의에서 사람들은 신께 저항하고, 그들 스스로 나쁜 길로 빠지며, 이 세상에 악을 가져옵니다. 전적으로 인간의 잘못에서 비롯되는 악의 발생을, 사람들은 사탄이니 마귀라고 하면서 인격체적 존재처럼 말들합니다. 나는 이런 견해를 거부하는데, 귀신이 없듯이 마귀니 사탄이니 하는 인격적 존재 역시 없다고 생각합니다. 불교가 그렇고 기독교 역시도 성경의 기록에 근거해 악마의 존재를 인정하고 있지만, 그럼에도 나는 왜 악마의 존재를 부정할까요? 나는 지금, 성경이 거짓을 기록했다는 주장을 하는 것일까요? 그렇지 않습니다.

내 생각은 이렇습니다. 성경에서 언급한 귀신이나 사탄의 존재는 오로지 진리의 말씀을 선포하려는 의도에서 비유와 상징으로 다뤄졌습니다. 없는 귀신을 수고하여 인간의 뇌리에서 사라지게 하기보다는 본질적 행위를 강조하고 다가서는 것에 우선을 두었습니다. 신약에서 자주 거론되는 귀신 이야기와 예수께서 직접 귀신을 쫓아내시는 모습들은 진리의 말씀을 널리 펼치기 위한 수단으로, 사람들의 사고방식에 깊숙이 도사린 귀신의 존재와 같은 기묘한 현상을 그대로 사용하셨다는 얘기입니다. 즉 인간의 질병은 죄로 말미암아 생기는 것이 아니며, 귀신이 들려 미친 짓을 하는 게 아니라, 치료에 의해 낫게 할 수 있으며, 반드시 인간의 모든 질병은 치료가 가능한 쪽으로 나아가야 한다는 메시지를 실제 행위로써 보여주셨습니다. 실제로 오늘날에 이르러 의학에 의해 무수한 질병이 치료되고, 이것이 죄로 인해 생겨난 질환이 아니라는 사실이 입증되었잖습니까.”

“그렇습니까? 흥미로운 주장이신데, 형제님의 방금 견해가 어떤 성경적 근거에 의해 도출된 것인지 여쭤보고 싶습니다만 아쉽게도 시간이 별로 없군요. 사실상 사탄의 존재 유무에 관해, 엇갈린 여러 견해가 세상에 퍼져 있긴 합니다. 제가 지금 바쁜 일로 이쯤에서 이렇게 정리해볼까요?”

신부는 머릿속에 머문 생각을 정리하는 듯 잠시 말을 멈췄다가 찬찬히 꺼낸다.

“어쨌든 악은 존재하고, 그것은 하느님으로부터 온 것이 아니며, 인간의 의지나 허용에서 일어나는 것이다. 이렇게 정리하겠습니다.”

신부는 대화를 더 잇지 못해 아쉽다며 무씨와 악수를 나눈다. 신자들이 모인 노출된 공간에서 낯선 자와 토론에 빠져드는 행위가 부담스러울지도 모르겠다. 비록 짧은 대화였지만 신부가 마지막에 정리해서 말한 내용은 압축적인 의미가 담겼다고 해야겠다. 어쨌든 무씨는 자신의 견해와 그다지 다르지 않은 신부의 마지막 발언에 만족스러워졌다. 다만 사탄을 실재하는 존재로서 파악한다는 점이 무씨와 확연히 다른 내용이지마는.

# 낙엽에 묻히는 도토리처럼

추석이 지나자 한 해도 다 간다는 생각에 쓸쓸해지는 무씨다. 나이가 한 살씩 더할수록 낙하하는 물체처럼 가속도가 붙는다는 말이야 실감한 지 이미 오래지만 그래도 덧없는 세월에 가슴이 철렁해져 벌써 추워진다. 무씨는 한동안 열어보지 않았던 메일을 확인한다. 아니 가끔씩 열어보기는 했지만 쓰레기처럼 나뒹구는 스팸메일 때문에 눈여겨보지를 않았다고 해야겠다. 오늘은 모처럼 잔뜩 쌓인 메일을 정리할 생각에 무심코 삭제를 눌러대다가, 한참 지나간 메일에서 누군가야의 편지가 먼지 쌓인 고문서로 눈에 띈다. 아! 심정이 뭐랄까, 만감이 교차하였다. '그녀는 끝내 이혼을 하였는가? 앞으로 어떠한 삶을 살겠다는 것인지!'

"이제 무엇에 걸려서 꼼짝하지 못하던 옛날을 벗어나서 무씨 당신에게 억지부린 내 마음을 살펴봅니다. 사랑? 그것이 내게 뭘 잘못했을까요? 그 이름에 걸렸던 내 탓입니다. 죽음? 나보다 일찌거니 이 지구에 살다가 가는 게 무슨 죄가 될까요? 사람마다 이 지구와 시절인연이 다른 것을. 이혼? 맺은 인연이 그런 것을. 그건 당사자끼리의 문제인 것을. 내게 무슨 상관이라고? 있는 그대로 보기. 생각이 빚어낸 숱한 그물에서 간신히 빠져나온 나를 자축하고 싶네요.

무씨, 당신은 어때요? 저 많은 그물 중 어디에 걸리나요? 혹시 전부 마음에 안 든다, 그리해도 그 말이 그 말입니다. 저런 모습을 가진 사람들을 통하여 나 혼자의 힘으로 헤쳐 나오기 힘들어했던 그 파도를 다시 탔던 것일까요? 아니 어쩌면 내가 가졌던 저런 조건에 빗대어 내가 살아온 날의 감상을 돌이켜보았을까요? 무씨 당신 앞에만 서면 가방끈을 만지작거리며 안절부절못하던 내 모습이 마치 무씨에게 털어놓은 내 옛날이야기가 한줌 재로 흩어지는 걸 보는 기

분이었다고 할까요. '부끄러웠다!' 내가 그동안 보냈던 문자와 목소리와 그 내용
대로. 그래도 걱정은 하지 않습니다. 세월의 흐름에 따라 내 마음에 담아놓았
던 여럿의 그 모습과 현실의 그 모습은 이제 같아졌다고 해야 합니다. 적어도
내게는 그렇습니다. 살면서 만나졌던 나이 이십대의 기억들, 그때 그 모습 그대
로. 30대와 40대의 기억들도 그때 그 모습 그대로입니다. 그건 나만 알겠지요?
　내 남편도 마찬가지입니다. 아무나 겪지 못하는 그런 일을 겪어내면서 남편
과 나는 이미 이 세상의 사랑 같은 것은 넘어섰다고 봅니다. 왜 만나져야 했고,
왜 헤어져야 했는가, 분명하게 안다는 것이지요. 내 속에 찌꺼기처럼 남은 이별
의 단상에 젖지 않는 이유는, 역시 모진 인생 때문이거나 아직도 남은 사랑의
열기 때문입니다. 이 열기가 죽음이라는 이별의 굴레에서 빠져나오지 못하던
나를 살린 것이나 마찬가지입니다. 무씨 당신에게 여러 얘기 보따리를 풀어놓
았던 내 모습이 오롯하게 무씨의 소설에서 새로운 모습으로 피어나길 기원하면
서, 이제 무씨 당신은 내 목소리와 내 모습에 속지 않으면 될 것이며, 내 성향에
속지 않으면 되겠지요? 어쨌거나 고맙습니다. 이만큼 살았던 세월의 흔적을 그
렇게 풀어놓게 만든 자리가. 잘 지내세요."
　편지를 읽는 무씨의 마음이 막막해진다. 오랫동안 생각하고, 오랫동안 고치
고, 마음을 추스르고 다져, 마침내 편지한 것 같은 고뇌의 흔적이 글에 잔뜩
묻은 듯하다. '누군가야는 죽으려는 것일까? 아니지! 삶에 초연해져 이제 새로
이 걸어갈 인생에 한결 충실하겠다는 뜻이겠지?' 마음을 억누르며 무씨는 전화
를 하지 않는다. 이미 번호도 삭제되었고 감정도 지워졌다. 풀무질로 이는 불
꽃처럼 심장이 불타오를지라도 그것은 찰나의 움직임이므로.

# 홍정숙을 만나다

간간이 먹구름이 비를 뿌리고 그때마다 기온이 뚝뚝 떨어졌다. 계절은 방금까지 고목에 나비를 날게 하다가는 금세 꽃이 시들고 낙엽을 떨군다. 시간이 재빨리 뜀박질을 하였나, 그게 아니면 뇌세포의 기억이 지난 것들을 날려버렸나? 벌써 가을의 끝자락이 해어질 날도 머지않았다. 무씨는 단풍이 북쪽에서부터 내려왔다는 기별이 실감나지 않는다. 기온이 오르락내리락하고 강수량이 들쭉날쭉하다보니 고목에 매달린 잎사귀들이 울긋불긋한 색깔 옷을 자랑하기도 전에 생기를 잃어버리고 말라 바스러진다. 아파트 입구 쪽 화단에 우뚝 선 목련나무는 벌써 잎이 져서 앙상한 가지를 드러내었다. 날씨 탓일까? 길을 걷는 인간의 육체와 정신마저도 헝클어져 뒤숭숭한 기색이다. 그래서인지 도처에 살인과 도둑질과 사기와 폭력으로 얼룩진 사회의 추악한 모습이 티비 뉴스의 전파를 타고 생생하게 나타난다. 이럴 때일수록 제각기 몸조심하는 수고 외에 달리 무슨 방도가 있을까? 악의 발생은 자연의 순환처럼 끊어낼 수 없는 하나의 흐름일 것만 같다.

무씨는 홍정숙을 만나러 가는 중이다. 그녀는 지금 남편의 본가에 머물면서 시어머니의 병치레를 받아내고 있단다. 연락을 주겠다고 하고선 통 소식이 없던 장경록이 한참이나 늦게야 전화로 안부를 물으면서 자기 어머니가 병원에 입원하게끔 도와달라는 부탁을 해왔다. 아내 홍정숙으로서는 이제 병간호에 한계가 왔다는 얘기다. 무씨는 인근에 위치한 요양병원으로 장경록 모친을 모셔가고 입원 수속을 도와주면 되는 일에 기꺼이 응했다. 이곳은 한때 부촌으로 소문났지만 후속 개발에 밀려 어느덧 고즈넉한 주택지로 퇴색된 동네다. '이 동네에서 사리풋타 스님도 어린 시절을 보내셨나, 아니면 시골마을에서 살다가

나중에 이곳으로 이사한 장경록 가족인지?'

골목길 한 모퉁이에 승용차를 세워놓고 주위를 둘러본다. 어디론가 전화를 걸면서 걷더니 어느 이층 주택 대문 앞에 서서 초인종을 누른다. 철문이 철커덕 열리고 모니터에서 귀에 익은 목소리가 흘러나온다. "안녕하세요? 들어오세요." 집 뒤로 가을빛 짙은 야산의 능선이 한눈에 들어온다. 앞뜰의 잔디를 밟자 저만치 현관문이 열리고 홍정숙이 앞치마를 두른 실내복 차림으로 모습을 드러낸다. 짧은 계단에 내려서서 옷매무새를 가다듬는 홍정숙의 얼굴이 밝게 웃는다. 비가 내린 뒤라 잔디가 파릇파릇하고 담벼락 따라 군데군데 심은 소나무들과 여러 낙엽수들이 시원하게 키를 우뚝 세웠다. 무씨는 정원수들 사이에 오밀조밀하게 놓여진, 비록 인간의 손길이 닿았을지라도 새치름한 자연미를 어쩌지 못하는, 분재들을 힐끔 둘러보며 홍정숙에게 다가선다.

"형수님, 반갑습니다. 참 오랜만이군요."

"어서 오세요, 기다리고 있었어요."

"집 주변이 고요하고 아늑합니다. 아파트와는 다른 정취가 느껴져 기분이 산뜻해지네요."

"그렇죠? 저도 이 집이 마음에 쏙 들어요. 번거롭게 오시라고 해서 어쩌죠? 어서 안으로 드세요."

간밤에 내린 비로 먼지가 말끔히 씻겨 마치 신라의 정원을 거니는 느낌으로, 시원하고 아늑한 기분이 여기서 새록새록 살아난다. 홍정숙은 맑게 내려앉는 오전 열시의 햇살 아래 하얗고 티 없는 피부를 드러내었다. 장경록 모친은 안방에서 곤히 잠든 상태다. 거기서 무씨는 돌아가신 장모의 모습을 떠올린다. 장모님도 이처럼 핏기 없이 쇠잔한 기력으로 잠드셨더랬지? 나이 한두 살 먹어 갈수록 지나간 세월이 뭐였든 엊그제 일만 같은데, 손가락으로 곰곰이 짚어보면 몇 년이 지나고 몇십 년이 지나갔다.

홍정숙은 무씨가 거실 소파에 기대앉자, 트인 맞은편 주방으로 가서 잠시 멈췄던 요리를 마저 하면서 이것저것 반찬가지를 챙기고, 따로 대접할 차를 준비하느라 분주해진다. 쇠잔한 시어머니를 모시는 효도가 참으로 버거울 텐데 그녀는 밝은 마음을 잃지 않는 듯하다. 남편과 멀리 떨어져 시어머니 댁에서 이러고 사는 게 즐겁기나 할까? 얼굴에 어두운 구석 하나 엿보이지 않으면서 깊은 눈매에서 묻어오는 빛이 서글서글하다.

"어머님이 치매가 약간 와서 더 모실 수가 없게 됐어요. 마음은 돌아가실 때까지 같이하고 싶지만 어쩔 수가 없어요. 전문적인 치료와 관리가 필요하다니 거처를 옮길 수밖에요."

감잎차가 담긴 찻잔을 테이블에 내려놓는다.

"모시고 갈 병원이 어딥니까?"

"거동이 불편한 노인분도 더러 계시겠지만 치매에 걸리신 분들이 요양하는 병동이래요. 얼마 전에 알아보러 다녀왔는데 거기 분위기가 많이 어색했어요. 멀쩡한 저도 왠지 갑갑해서 혼났는데 노인네가 어떨지 모르겠어요. 걱정되어요."

가만히 듣고 있을 수만은 없다. 이쯤에서 한마디 해야겠다.

"치매는 치료가 가능한 질병이라네요. 완치야 어렵겠지만 진행을 더디게 하는 약물치료가 있고 물리적으로 예방하는 방법도 있답니다. 자택에서 지내시는 것보다 적극적으로 전문병원에서 치료받는 게 나을지도 모르겠습니다."

"그랬으면 오죽 좋겠습니까마는 들리는 말에, 한번 병원에 입원하면 대개 오래 살지 못하고 죽는다는 얘기가 있었어요. 주변이 다들 노인분이라, 죽음을 목격해서 그럴까요?"

"설마 그럴까요? 때가 됐으니 그렇겠지요."

무씨는 장모님을 병원에 입원시키지 않고 끝까지 집에서 모신 사실을 하마터면 말할 뻔했다. 돌아가시기 며칠 전쯤, 검진을 받으려고 병원에 갔었다는 아내의 말이 생각나서다. "의사 선생님이 그러시더라고. 집에서 모시게 되면 이런 문제점도 있다면서, 엄마의 당뇨증세를 언급하셨어. 하루가 다르게 질환이 찾아올 수 있는데도 사람들은 이 년 전에 받은 건강검진만 믿고 아무 대책 없이 일상적인 방법으로 잘 모시기만 한다고. 그런데 그게 잘 모시는 방법인지는…….차라리 병원에 모셔서 건강을 꾸준히 관리하여 발생하는 질환을 신속히 찾아내는 요양생활이 나을 수가 있다면서, 일장일단이 있다는 말의 여운을 남기셨어." 아내의 이 말이 왜 불쑥 떠올랐는지 모르겠지만 노후의 건강관리 차원에서, 더군다나 치매를 치료하기 위해서는 불가피한 선택이겠다는 생각을 홍정숙에게 전하려고 했던 것일까? 입원을 결심하면서도 머뭇거리는 그녀의 말씨에 떠오른 생각이지만 입 밖에 꺼내지는 않았다.

"언제부터 여기 계셨어요?"

"여긴 자주 내려왔다가 가곤 했어요. 이번에는 추석 다음 날에 와서는 계속 있었어요. 어머님이 이따금 이상한 행동을 하셔서 두고 갈 수가 없더라고요. 남편에게 사실을 알리고 머물렀어요."

"그러셨군요. 많이 힘드셨겠습니다."

홍정숙이 찻잔을 들며 빙그레 미소 짓는다.

"처음엔 당황하지 않은 건 아니지만 제 주변에서 그런 모습을 많이 봐왔기에 별다른 문제는 없었어요. 여전히 좋은 어머님이신걸요."

"네, 그러시군요."

무씨도 짐짓 밝은 표정을 짓지만 할 말이 없어진 기분이 들어 머뭇거린다.

"남편이 우리 만났을 때의 얘기를 들려드렸다면서요?"

"네? 아, 그게!"

당연히 홍정숙도 알고 있는 얘기이건만 그녀로부터 생각지도 않은 말을 듣자, 은밀한 비밀을 들켜버린 사람처럼 순간적으로 난처해하는 무씨다.

"어머, 왜 그리 놀라세요? 무슨 안 좋은 얘기라도 있었어요?"

"아 아닙니다, 그럴 리가요. 갑자기 물으시기에 그만. 하하, 어떻게 두 분이 만나게 됐는지 궁금하다고 여쭸더니 여러 말씀을 해주시더군요. 아쉽게도 그날 짧게 끝난 것이, 참! 그렇군요. 이튿날에 형수님과 같이 만나기로 약속했다가 태풍으로 미뤄졌었군요."

"네, 기억나요, 그때가. 저는 딱히 할 말이 없는데 남편이 서둘렀어요. 들려줄 말, 잘 기억했다가 만나라고 말이에요. 말주변도 없는데 어찌나 긴장되던지 그날 태풍이 와서 살았다 싶었어요."

"형님은 그날, 주로 자기 관점에서 이야기를 엮었다면서 아내의 다른 시각에서 짚어가는 이야기가 자신도 궁금하다고 그러셨어요. 지난 일을 구체적으로 알아봤자 둘 사이에 문제 될 게 없는데도 한번 묻지 않으니 계속 덮어두고 살

아온 세월이 길었다면서, 이제는 물어봐야 흥이 나지 않을 것 같고 어쩌면 제
삼자에게 구술해야 새로운 기억이 흥미롭게 살아나지 않을까 하시더군요. 기억
을 끄집어내기 위한 긴장도가 형성된다고나 할까요?"

"그랬어요? 정말 그렇게 말하던가요? 남편은 결혼 초기에 몇 번, 과거의 삶이
궁금하다며 내게 물어오긴 했어요. 내가 대충 얼버무리자 그냥 넘어가곤 다신
언급하지 않았어요. 아마 내가 일부러 피한다고 생각했던 것 같아요. 나는 그
때 아이 딸린 과부 처지였고 남편은 총각이니 서로 어긋나게 여러 생각이 들었
을 거예요. 숨길 필요도 없는 거였는데 지금 생각하면 그땐 그랬어요. 말 꺼내
면 불화의 씨가 될지도 모르겠다, 그렇게요. 그게 하마터면 내 지난 삶의 모습
을 몽땅, 남편의 상상에 맡겨버리는 짓이 될 뻔도 했네요."

"그러셨어요?"

먹이를 발견한 짐승의 눈초리처럼 무씨의 신경이 날카롭게 그녀에게 쏠린다.
순간, 말을 잘못했나 싶어 몸이 쭈뼛해지는 홍정숙이다. 무씨가 얼른 말한다.

"하하, 이런! 형수님, 편하게 생각하세요. 아무렇게나 떠오르는 대로 일상사
얘기처럼 들려주시면 됩니다. 정 귀찮으시면 당연히 관두셔도 되고요."

"괜찮아요, 나중에 시간 나면 말씀드릴게요. 남편 권유도 있었지만 저도 싫
진 않아요. 어쩌면 자신의 거울이 될지도 모르죠."

"네, 잘 알겠습니다."

짧게 응답한다. 무씨는 자기가 걷는 인생의 길이 어떤 형태일까, 갈림길이 생
길 때마다 어느 방향으로 발걸음을 옮겨야 하나, 어떤 마음에 어떤 몸짓으로
움직여야 하나, 그렇게 자신의 사유를 짚겠다고 쓰기 시작한 소설일지 모른다.
그것이 그만 다른 사람의 삶까지 엿보는 바람에 마치 인생이 미궁에 빠져든 양
혼돈마저 맛보는 느낌에 놓였다. '타인의 삶을 통해 사람들이 얻을 수 있는 게
무엇일까? 과연 어떠한 사유들이 새로이 싹틀 수가 있을까?'

"식사시간이 훨씬 지났는데 오늘따라 곤히 주무시기만 하네?"

차를 마시며 다소 여유가 생기자, 홍정숙은 시어머니가 걱정되는지 자리에서
일어선다.

"어머님이 배고프실 텐데?"

홍정숙은 안방 문을 살짝 열고 안을 들여다보더니 조심스레 들어간다. 무씨는 바라보던 시선을 옮겨 주위를 둘러본다. 필요한 자리에 간단한 가구들이 놓여서일까, 깔끔하게 정리된 공간의 느낌이 단조로워서 좋다. 따사로운 오전 햇살에 깜빡 졸려도 좋겠다는 느낌이 마음속에 치밀어오는 순간에, 놀랐다! 고함소리가 터졌기 때문이다. 무씨가 정신을 차린다. 그 괴성은 더욱 커지고 안방에서 들려온다. 무씨는 서둘러 몸을 일으켜 허겁지겁 안으로 들어선다. 장경록 모친이 침소에 누운 채 바동거리며 허공에다 대고 삿대질을 마구 해댄다. 갑자기 어디서 저런 에너지가 생겨났는지 모르겠다.

"야, 이년아! 너 누고? 얼른 나가! 여긴 내 집이야! 내 아들, 내 아들은 어디가고 저 썩을 년이 여기 있냐? 야, 이년아, 썩 물러나래도!"

무씨가 얼른 판단이 서지 않아 홍정숙의 눈치를 살핀다. 장경록 모친의 행동을 제지할까 어찌할까를 놓고 주저하자 가만히 속삭이는 홍정숙이다.

"선생님, 건드리지 말고 가만 계세요. 이대로 잠시만 기다리면 바로 순해지십니다."

이미 이런 행동을 겪어서인지 차분하게 대처하는 홍정숙의 말대로 몇 분 지나지 않아 시어머니의 성질이 누그러진다. 그러자 홍정숙은 시어머니에게 다가가서 그녀를 천천히 끌어안는 자세로 일으켜 부축한다. 부축하는 손길에 무씨가 보태려고 하자 홍정숙이 서둘러 말한다.

"괜찮아요. 저 혼자 할 수 있어요. 이게 더 수월해요."

방금까지도 사나운 짐승처럼 으르렁거리던 시어머니가 걸음을 한 발짝 한 발짝씩 떼면서 아기처럼 말한다. "밥 줘! 나 배고파!"

"그래요 어머니, 지금 밥 먹으러 나가는 거예요. 된장국 냄새 나죠? 어머님 좋아하시는 된장국."

장경록 모친이 그 소리에 코를 찡그려가며 잇달아 콩콩 냄새 맡는 시늉을 해본다.

# 요양병원을 찾다

　홍정숙이 미리 알아봐 뒀다는 요양병원에 승용차가 도착하였다. 여기 오는 동안 장경록 모친은 잠잠하였다. 기력의 문제가 아니라 자신이 치매에 걸렸다는 사실을 어렴풋이 자각하는 듯하였다. 장경록 모친은 자기 현실에 대한 일말의 부끄러움과 절망감이 깃들어 지금은 말을 끊은 것이다. 장경록 모친의 눈동자가 잠시 잠깐 눈을 뜰 때마다 불안감에 휘둥그레진다. 정신이 돌아올 때마다 엄습하는 회한이 이만저만이 아닐 것이다. "어멈이 고생 많구먼. 내 땜에." 무씨가 장경록 모친을 병원 휠체어에 옮겨 앉히고 진찰대기실로 천천히 이동하는 동안에, 홍정숙은 재빨리 진료와 입원의 수속 절차를 밟는다.

　무씨 주변의 사람으로는 그의 어머니와 여러 친지 노인이 계시고 장모가 돌아가셨지만 모두가 치매와는 관련이 없다. 나중에는 어떻게 변화해갈지 모를 일이지만 현재로는 모두가 온전한 정신으로 생활하고 있다. 그러니 치매라는 노인성 질환에 대해 무씨는 생각할 겨를이 없었고 무심결에 들려오는 타국의 언어 같았다. 낯선 이가 중얼거리는 한숨 소리처럼 들렸던 치매라는 질병이 이런 것이었다니.

　치매란 정상적으로 활동하던 사람이 뇌의 각종 질환으로 인하여 지적 능력을 상실하게 되는 병인 줄은 알고 있고, 어쩌다가 병원을 방문할 일이 생겼을 때에 유사 상태의 환자와 스치듯 대면한 적이 있었지만, 이렇듯 눈앞에서 노골적인 행동과 맞닥뜨리게 되니 무씨는 무척 당황하지 않을 수가 없다. 처음 접하는 구체적 경험인데다가 일반병원과는 또 다른 이미지의 노인 상대의 요양병원이라는 특징적 모습 앞에, 그것을 물끄러미 바라보자니 황량한 마음이 더욱 깃드나 보다. 다양한 연령층의 환자들이 찾는 일반병원이 아닌, 비슷한 모습에 비슷한 행동패턴을 보이는 노인들의 병원. 본래 갖는 병원의 폐쇄적인 이미지에 겹쳐 황혼의 뒷그림자까지 쓸쓸하게 가슴에 와 닿는다. "나도 때가 되면 저리 되고 이리 오려나?" 무씨가 나지막하게 중얼거린다.

요양병원 원장이 형식상의 절차랄까, 장경록 모친을 진료할 참이다. 치매 판정은 종합병원 의사에 의해 내려진 상태다. 이제 진료가 끝나면 곧바로 입원할 것이고 이곳 생활에 적응해가면서 살아갈 것이다. 앞으로 며느리와 아들의 심경에 변화가 일지 않는 한, 여기서 노후를 보내다가 죽어갈 테지. 무씨는 그 생각에 미치자 마치 자기가 곧 그러한 상태에 처할 처지라도 되는 양 마음 한구석에 파고드는 허탈한 느낌에 무지 허(虛)하다. '이게 인생이라니?' 원장이 치매에 대해 보호자의 이해를 도울 생각에 친절하게 설명을 보탠다.

"치매는 다른 병들과 마찬가지로 조기에 발견하는 것이 매우 중요합니다. 치매 증상은 일반적으로 환자나 보호자가 눈치채지 못할 정도로 서서히 진행하는 경우가 많습니다. 그러니 치매환자들이 가지는 초기 증상들을 염두에 두셨다가 조금이라도 의심이 가면 진료를 받아 보시는 것이 무엇보다 중요하겠습니다. 아시다시피 우리는 일반노인의 요양 외에 전문적으로 치매 노인을 관리하는 병동이 따로 확보되어 있고 그 전문 인력이 돌보고 있습니다. 환자분이 쾌유하시면 좋겠지만 일단은 치매 증상이 더 이상 진행되지 않는 것이 중요하겠고 그것에 최선을 다하겠습니다.

치매 증상은 여러 유형이 있지만 대략 말씀드리자면 전형적인 행동으로는, 아무 의미 없는 일을 가지고도 자신뿐만 아니라 주위 사람들에게 난폭한 반응을 보입니다. 울고, 분통을 터뜨리고, 욕설하고, 안절부절못하고, 어떤 경우에는 때리거나 물고, 침 뱉고, 꼬집는 등의 신체적 폭력을 쓰기도 합니다. 이러한 치매 노인들이 보이는 난폭한 행동 양상이 자주 일어나지는 않고, 또한 대체적으로 빨리 끝납니다. 초기의 분노 에너지가 소모되면 치매 노인도 끝내고 싶어서 대개 싸우지 않고 포기합니다. 질병 초기에 짧게 나타났다가 사라지는 발병 과정의 한 부분이니까, 가족이 이 시기를 잘 견뎌내면 치매 노인은 수동적으로 바뀌어 상대하기가 쉬울 수 있습니다. 지금 보호자의 환자분이 이런 초기 상태에 놓인 것 같으니까, 우리 병원이 그 점에 유의해서 적절히 대처해나가도록 하겠습니다. 보호자께서도 우리 병원을 믿고 인내로 대해주시길 바라겠습니다."

"네, 감사합니다. 아무쪼록 제 어머니를 잘 보살펴주세요."

원장이 포근한 미소로 화답한다.

"걱정하지 마시고 마음 편히 먹으세요. 김간호사, 어머님 모셔오지요?"

"잘 부탁드리겠습니다." 홍정숙 곁에 선 무씨가 인사하고 진료실을 나선다. 부근에 대기 중인 간호사가 장경록 모친을 부축하여 데려온다.

복도로 나온 둘은 시누이의 친구라는 간호사를 만나려고 휴게실에서 기다린다. 시누이는 지금 남편과 함께 해외에 체류 중인데 몇 달 후에 귀국할 예정이라고 한다. 자기 어머니의 병환 소식을 듣고 시누이가 그랬다고 한다. 돌아올 때까지만 견디면 자기가 엄마를 보살필 수 있으니 여기 요양병원으로 모셔달라고. 전화로 그 부탁을 받고 남편과 상의 끝에 이곳에 들러 친구 간호사를 만났고 입원을 결정하게 되었다고 한다. 아무래도 딸의 친구가 간호사로 있는 병원에서 요양하면 자주 눈길과 손길이 닿을 수 있어 여러모로 도움이 되겠다. 체구가 크면서 뚱뚱하여 성격이 낙천적일 것 같은 간호사가 저편에서 배시시 웃으며 걸어온다.

"일찍 오셨네요." 자판기 커피를 뽑다 말고 반기는 홍정숙의 몸짓이 그새 둘이 친해진 듯하다. "여기 이분과 같이 왔어요." 무씨를 간호사에게 소개한 뒤, 홍정숙은 두 팔로 끌어안다시피 간호사를 의자에 앉히고는 이것저것을 묻는다. 이렇게 작정하고 말 많이 하는 그녀 모습은 처음이다. 이런 홍정숙의 느닷없는 수다에도 간호사는 미소를 입술에 머금고 눈을 시선에 맞추며 응답하는 것이, 참 착한 간호사 모습으로 있다. 무씨는 왠지 마음이 놓였다. 첨단 의료시설이 필요하고 정확한 진단과 치료도 중요하겠지만 인간이 인간을 대하는 포근한 간호가 얼마나 소중한지를. 간호사가 친절하게 얘기를 들려준다. 공격 성향의 행동을 보이는 치매 노인에 관한 내용이다.

"공격적인 노인은 이렇게 간병합니다. 우선은 자신을 보호하여 주먹과 발차기가 닿지 않도록 베개로 방어합니다. 소란을 피우면 행동에 대해 일절 말하지 않습니다. 방어하는 자세로 구석으로 몰아갑니다. 꾸중은 초조감만 높이니 말을 해야 할 상황엔 불안하지 않도록 낮고 단조로운 목소리로 말합니다. 모방적이기 때문에 상대방이 조용하면 따라 조용해집니다. 이렇게 안심시켜서 진정하면 대화합니다. 상황을 잘 몰라도 부드러운 목소리에 노인은 위협적인 몸짓을 그만둡니다. 평소에 생활을 단순하게 쪼개고 옷은 천천히 한 벌씩 입도록 하면서 해야 할 일을 이룰 수 있다는 확신을 줍니다.

난폭해지면 즉시 산만하게 되도록 관심을 끌만한 물건을 보여주고 말해줍니다. 티비를 켜거나 흥거운 음악을 틀고 아니면 같이 산책을 나가거나 어루만져주고 흔들어주어도 진정해집니다. 간병인은 온화한 표현에 천천히 움직여야 하고 욕구에서 오는 난폭한 행동은 때로 단순하게 무시하고 고함치거나 꾸짖어도 놔두며 계속해서 발작하지 않으면 신체의 구속을 삼갑니다. 필요하면 휘두를 만한 신체의 일부만 구속하고서 공격 성향이 사라질 때까지 접촉을 줄이는데 진정되지 않으면 병원이나 응급구조대에 구급차를 부릅니다. 거기엔 난폭한 치매 노인을 다루는 장비가 갖춰졌고 많은 경험을 지녔습니다."

얘기를 듣는 중에 아까 진료실의 간호사가 홍정숙을 찾는다. 진료가 끝났다고 한다. 예정대로 입원 절차를 거치겠지만 진료 결과에 따라 병실이 정해질 것이다. 다시 진료실을 찾은 홍정숙이 입구 쪽 의자에 시어머니와 같이 앉았다. 아까부터 침묵을 지키던 시어머니가 입을 뗀다.

"며늘아, 나는 정신 말갛다. 요 앞에 국세청에서 과태료가 날아왔는데 집을 불법으로 고쳤다지 뭐야. 그거 해결 짓느라 만신창이 되어서 그랬던 거지 이제 괜찮다. 좀 쉬면 나아져."

"네, 어머님 말씀대로 그래서일 거예요. 사람 정신이란 게 어디 그리 쉽게 흐트러지겠어요? 약 좀 드시고 몸 편히 해서 쉬시면 맑아지실 거예요."

"그 일만 아니면 이런 일도 없고 너도 이 고생도 않을 텐데 그랬네."

"괜찮아요, 어머님. 뭐 어때요, 이 기회에 잘됐다 생각하시고 좀 쉬세요."

"쉴 새가 어디 있어. 김장김치 얼른 담가야 아범도 먹고."

"또 그러신다, 김장 걱정은 마세요. 저도 이젠 잘 담가요."

"아범은 내가 담가야 잘 먹어. 내가 담근 김치라야 밥에 척척 얹어 먹지."

간호사가 문을 빠끔 열고 홍정숙을 부른다.

"어머님, 잠시만 그대로 앉아 계세요. 바로 올게요."

무씨가 부축하려고 옆으로 다가앉고 홍정숙은 진료실 안으로 들어간다.

"나는 이제 괜찮아. 집에 가서 쉬어야지." 혼잣소리로 중얼거리는 장경록 모친의 말을 묵묵히 듣기만 하는 무씨다.

홍정숙은 시어머니가 머물 병실 구석구석과 물품 이것저것을 꼼꼼히 확인하고 난 뒤, 마침내 시어머니를 쓸어안고는 작별 인사를 한다. 휴우! 홍정숙의 입에서 절로 한숨이 새어나온다. 무릎 위에 얹힌 손끝이 가냘프게 떨린다. 치매 현상이 시어머니에게서 조금씩 일어나는 것을 눈치챘지만 막상 원장으로부터 치매가 상당히 진행됐다는 얘기를 듣고는 새삼 두려움이 엄습하는 모양이다. 며느리의 태도에 장경록 모친의 눈동자가 휘둥그레진다.

"내가 어쩌다가 이 꼴이 됐는지 모르겠다."

지금은 정신이 말짱한 시어머니의 말에 그만 홍정숙이 울음을 터뜨린다. 하지만 이내 눈물을 훔치고 진정하면서, "어머님, 상심마세요. 아범 얼굴 보고는 바로 찾아뵐게요. 아이 고모도 곧 귀국한대요. 보고 싶어 했던 딸, 조금만 참으시면 볼 수 있어요." 한다.

시어머니의 손을 꼭 쥐고 조용히 눈을 감는 홍정숙이다. 말없이 머리를 손등에 기대는 모습이 아마 기도를 드리는 듯하다. 무씨는 숙연해져 무엇을 살피려는 양 가만히 천정을 올려다본다, 고부간에 위로하고 다독거리다가 한참 만에 병실 문을 나선다.

"선상님, 고맙구먼요. 힘든데 여까지 이 늙은일 데려오시고." 홍정숙을 따라나서는 무씨에게 장경록 모친이 인사를 빠트리지 않는다. "평안한 마음으로 잘 지내세요." 무씨는 가볍게 목례하고 문을 닫는다.

"돌아가서 남편에게 알리면 틀림없이 이번 주말에 찾아뵙자, 그러지 싶어요. 그때 뵈어요." 홍정숙은 바로 인천으로 올라가겠다고 한다. 공항까지 배웅하겠다는 무씨의 호의를 사양하였다. "그럼, 저기 버스정류장까지만 같이 걷죠."

병원을 빠져나와 도로변 인도를 걷자 홍정숙이 조용하게 말을 꺼낸다.

"시어머니가 아니라 엄마처럼 우린 다정했어요. 남편도 자상한 아빠이자 가장의 역할을 충실히 해냈어요. 여자 문제만 빼면요. 상당 부분이 여자의 직감이긴 하지만 남편은 여자가 많아요."

놀랐지만 대꾸하지 않고 따라 걷는 무씨의 어떤 응답을 기다리기라도 하는 것일까. 인도를 걸으며 버스정류장에 다가와 서는 동안, 그녀는 말을 잇지 않았다. 그러다가 정류장 푯말 밑에 서고 버스가 오지 않자 힐끗 무씨를 쳐다보고는 다시 말을 꺼낸다.

"그의 시를 좋아한다는 팬의 형식을 빌린 연애라서 뭐라 시비하기가 어렵고 또, 아까도 말씀드렸지만 애 딸린 과부를 받아준 남자에게 그 정도의 여유를 주지 못하면 어쩌겠나, 하는 심정이 있었어요. 그런데 남편은 때때로 자기의 행동이 도덕적으로 어떤 평가를 받는지 전혀 의식하지 못하는, 거기에 개의치 않으려는 눈치를 보일 때가 있어요. 그럴 때는 잠시 속상하기도 했지만, 오해이거나 타인의 성향을 부당하게 간섭하려는 삿된 행동이 아닐까 해서 머뭇거렸어요. 내 남편 장경록, 괜찮은 사람이겠지요?"

느닷없는 질문에 무씨가 약간 당혹스럽다.

"네? 아, 형수님. 그럼요. 형님은 의로운 분이실 겁니다. 사내로도 멋지시고요."

"저도 그렇게 생각한답니다. 좋은 사람이에요. 하지만 남자들의 바람 성향이 여자들의 유혹과 맞닥뜨려졌을 때 그걸 이겨내기가 쉽지는 않겠지요?"

"그, 글쎄요? 변수가 있겠지만 다들 지혜롭게 삶을 살아갈 겁니다."

"남편이 선생님께 우리 옛이야기를 들려준 까닭이 아마 어쩌면 그때로의 정서적 회귀를 간절히 꿈꾸는 건지도 모르겠어요. 서녘에 노을이 물들면 으레 그런 감정에 빠지기도 하니까."

더 나누고 싶은 대화지만 멀리 버스가 보이자 끊긴다. 침묵 속에 버스를 기다리고 그녀가 탄다. "조심해 가세요. 다음에 뵙겠습니다." 무씨의 인사말을 살짝 고개 돌려 듣고는 그대로 버스에 오른다. 몰입한 여러 생각에서 빠져나오지 못한 기색이다. 홍정숙의 야릇한 언급에 절로 혼선에 빠지려는 생각을 무씨가 차단한다. '지금은 아무 생각 말자. 남자의 일반적 성향을 토로한 탄식일 거야. 때로 여자는 그런 의혹의 감성에 빠지기도 하니까.'

무씨는 요양병원에 다시 들러 시누이 친구라는 간호사의 얘기를 마저 듣기로 한다. 점심을 같이하기 위해 식당으로 자리를 옮긴다.

# 치매 환자의 모습들

"제 얘기는 요양병원뿐만 아니라 일반 가정에서 노인을 모시는 경우에도 반드시 알아두어야 할 중요한 기초 사항입니다. 간단하지만 이것을 아느냐 모르느냐에 따라 노인과 가족 모두의 삶의 질이 달라질 수 있습니다."

그 말을 듣자, 무씨는 자기가 원하는 얘기를 듣기 위해 질문을 던진다.

"네, 이건 전에 들은 얘기인데 치매에 걸린 한 할머니가 오래전에 죽은 남편을 보고 그와 대화를 나눴다고 하더군요. 그리고 다른 할머니의 경우로, 이때는 침대 머리맡에서 저승사자를 봤다면서 병실을 바꿔달라고 했답니다. 곧 죽을 듯이 성화를 부리기에 방을 바꿔줬더니 그전 방의 어떤 할머니가 죽고, 옮긴 그 할머니는 멀쩡해서 잠시 의료진이 어리둥절했다더군요. 이런 현상이 왜 일어나는 것일까요?"

"환각 현상입니다. 환각은 거짓된 감각의 지각이고, 망상은 현실에 바탕을 두지 않고 객관적 근거와 마주쳐도 고집스럽게 밀어붙이는 고착된 사고입니다. 망상과 환각, 모두 말기의 특징으로 모두에게서 발생하진 않지만 이게 나타나면 삶이 힘듭니다. 이럴 때는 다투거나 그 어리석음에 대해 말하면 증상이 악화될 뿐입니다. 간병인은 환자를 편안함과 행복으로 이끄는 것이지 교육이나 재활에 이르게 할 수는 없습니다. 환각을 보이면 물건에 관심을 두게 하고 육체를 만지고 신선한 공기를 마시게 하고 얼굴을 씻깁니다. 물은 현실감을 찾는 데 좋은 효과를 주기도 합니다. 자연 치료로 낫지 않으면 항정신병제 치료를 선택할 수도 있는데 약물은 낮은 용량에도 환각 치료에 효과가 있을 수 있습니다."

"치매 환자의 행동에는 여러 유형이 있다고 들었습니다. 어느 할머니는 현재 남편이 집에 있는 상태에서 병동에 들어왔는데 어느 시기가 지나자 다른 병실의 할아버지를 꾀는 것을 목격했다고 합니다. 이것은 늙어 치매 상태에 빠져도 연애 감정이 있다는 얘길까요?"

"일단은 그렇다고 봐야겠죠? 하지만 다들 잊어먹습니다. 한 할머니는 자기가 할아버지를 상대로 연애 비슷한 감정을 가진 사실을 잊어먹고서 병실 침대에 누워 있는데 마침 그 할아버지가 찾아왔습니다. 할아버지는 할머니가 보이지 않자 여기저기 기웃거리며 찾아다니다가 들르게 된 것이죠. 그런데 병실 침대의 할머니는 자기를 쳐다보는 할아버지를 봐도 못 알아보고는, 〈저 미친 영감이 여긴 왜 왔누? 누굴 찾아왔나?〉 그러고는 도무지 모릅니다."

"할아버지의 마음이 서글펐겠어요?"

"그렇지는 않습니다. 정작 할아버지도 연애했던 할머니의 얼굴을 기억하지 못했습니다. 그 할머니는 휴게실 같은 데서 할아버지 아무에게나 다가가서는 사타구니를 만지작거리면서 이럽니다. 〈이리 작아가지고 어디 하겠더냐?〉 한번은 제가 물었습니다. 〈댁에 남편분도 계신데 아무 할아버지하고 이래도 되나요?〉 그러면 그럽니다. 〈우리 영감이 어디 살아 있다고. 내가 어디 시집이나 갔나?〉 그러다가 정신이 잠시 돌아오면 그럽니다. 〈우리 영감, 집에 있다.〉"

"할아버지들은 그럴 때 가만 있나요?"

"가만있습니다. 눈 멀뚱멀뚱 뜨고 모르는 척, 할머니가 하는 대로 가만 내버려둡니다."

이때, 저편 복도로 한 할아버지 환자가 몸을 흔들며 위태위태하게 걷는 모습이 보인다.

"가만, 저분은 몸을 떨며 간신히 걷는데 저것도 치매 현상인가요?"

"저 환자분은 파킨슨병에 걸렸습니다. 도파민 신경물질 분비와 전달이 잘 되지 않아서 생긴다고 합니다. 파킨슨병에 걸린 저 노인의 경우에 의식은 깨어있는데 걷기가 힘들고 얼굴이 매우 무표정합니다. 수발하겠다고 말하면 자존심에 자기가 알아서 먹겠다면서 밥 다 흘리고 그럽니다."

"치매도 단계별로 여러 등급이 있겠군요?"

"치매는 등급까지 나누지는 않습니다. 치매인가 아닌가, 초기 상태인가, 그 정도로만 나눕니다. 치매가 오면 기억나는 시점이, 강한 인상이 남았던 순간의 장면에 머무르는 것 같습니다. 한 할머니는 칠십 넘은 아들이 면회 오면 늙은 아들의 얼굴을 보고서 아들인 줄 알면서도 말투는 아들의 어릴 때 모습이 기억으로 남는지 〈어구, 우리 새끼 고추 함 보자, 얼마나 컸나.〉 그럽니다. 다른 할머니들이 눕는다고 방에 이불 펴놓고 있으면 〈일본 순사 온다. 대낮에 이불 펴놓으면 다 잡아간다. 이불 치워라!〉 그럽니다. 그럴 때는 할머니들이 아파서 누워 있고 싶어도 눕지를 못합니다.

한 할아버지는 버스회사 사장을 지냈다는데 평소에는 몸을 움직이지 못하다가도 한 번씩 벌떡 침대 위로 일어서서는 〈김양아, 월급 다 찾아놨나?〉 그렇게 과거에 직장 때의 일을 되풀이합니다. 동화책을 펴낸 초등학교 교장선생님이 계시는데 그 노인은 어느 방이든지 들어가서는 남이 먹는 음식을 보면 바로 시선을 고정시키고 온 신경을 거기에 쏟다가, 재빠르게 걸어가 낚아채서는 입에 쏙 넣고 돌아섭니다. 간병인이 기저귀를 갈던지, 밥 먹게 씻자고 하면 막 성질 내고 거부합니다. 그러면서도 간호사들이 〈선생님!〉 하고 아이처럼 행세하면 귀여워하면서 약 먹으러 같이 가고, 잘 먹고, 우리 머리를 쓰다듬어주고, 그럽니다. 〈교장선생님, 안녕하세요? 우리는 1학년 2반인데요.〉 그러면서 이것저것 챙기면 잘 따라주고, 〈선생님, 누가 이거 잡수시라는데요?〉 그러면 뭐든 잘 먹고, 그럽니다. 아마도 치매에 걸리면 얼굴이 나이대로 보이지 않나 봅니다. 자기 기억 시점에 멈추는 것이겠죠? 그런데 그 시절에 멈춘 상태라면 아들도 몰라봐야 하는데 장성한 아들이 면회 와서 보게 되면 〈오, 자네 왔는가?〉 그러면서 점잖게 뒷짐 지고 폼 잡습니다.

구십이 넘은 다른 한 할머니는 식사시간에 가장 먼저 배식해서 그 밥을 다 드시고는 저편 복도 끝에 배식을 끝낸 배식대가 보이면 그럽니다. 〈봐라 봐라! 밥 한 그릇 다오. 밥 좀 먹자.〉 밥을 더 줄 리가 없겠죠. 그러면 바로 탄성이 터져 나옵니다. 〈하날이시여! 저년들이 저거만 처먹고 늙은것이 배 쫄쫄 굶고 있는데. 하늘이시여, 저년들에게 말캉 날벼락을 내리소서. 하날이시여!〉"

"방금 먹고도 바로 허기를 느낄까요? 주면 또 먹을 수 있나요?"

"치매 환자는 죽음에 대한 공포는 없고, 아픈 것은 다 압니다. 가장 극심한 것이 배고픔입니다. 치매는 에너지 소모가 많은가 봅니다. 노인들이 정상적 체구의 남자들과 비교해도 많이 먹는 편이지만 살이 찌지 않고 마르고, 침상에 누워서도 배고프다며 소리 질러 밥 달라고 그럽니다. 반찬도 다 먹고 밥도 한 그릇 다 먹습니다. 간식도 먹지, 남들 뭐 먹으면 그것도 다 먹지, 그런데도 살이 찌지 않고 마르는 걸 보면 치매에서 발산되는 에너지양이 참 많겠다는 생각입니다.”

“옛날에 며느리가 밥 안 주고 굶긴다는 소문이 마을에 돌곤 했는데 이제 보니 치매로군요? 며느리가 자기를 때리고 가둔다는 노인의 하소연도 치매와 관련이 있겠습니다.”

“아마 대개는 그랬을 겁니다. 자꾸 밖에 나가려는 치매 환자가 있습니다. 고위공무원을 지낸 한 할아버지는 환자의 출입이 통제된 승강기를 다른 보호자에 섞여 몰래 타고 내려가서 사라진 경우가 있었습니다.

어느 전철역에서 환자복 입은 노인을 발견했다며 연락이 와서 데려온 적이 있는데, 말을 들어보니 옛날에 보증을 잘못 서서 처분된 그 집에 가려고 그랬답니다. 〈밖에 나갔더니만 차가 쌩쌩 달리고 사람들이 요래 날 쳐다보는데 무섭더라. 다신 안 나갈 거다. 억수로 큰 건물 앞으로 내가 지나가는데 사람들이 요래 쳐다보고.〉 그래도 감시가 뜸하면 또 나갑니다.

치매 상태가 꽤 심해진 환자라도 먹는 행위는 가능합니다. 그러나 자기 스스로 균형 있게, 규칙적으로 식사를 하지는 못합니다. 노인에게 필요한 하루 열량은 ‘1,500~1,600kcal’이지만 활동성이 많은 노인도 있으므로 열량 섭취와 소비의 균형이 맞도록 배려합니다. 치아가 없어도 위가 튼튼하면 주식은 부드러운 밥으로 하고 반찬도 잘게 썬다든가 으깨서 먹도록 도와줍니다. 식탁에 앉을 수 없으면 가벼운 식사, 김밥과 샌드위치 등을 손가락을 사용하여 먹도록 도와줍니다. 원인이 없는 거식 상태는 없으니 식사를 거부할 때에는 원인을 밝혀내야 합니다. 식사는 옆에서 지나치게 거들지 않는 것이 좋습니다. 방금 식사를 하고도 먹지 않았다고 재촉하면 〈식사를 만들어드릴게요.〉 그러고 함께 장을 본다든지, 같이 야채를 다듬는 것도 좋습니다. 또한 기분 전환이 되도록 산책이나 놀이, 가벼운 일을 함께 합니다. 아무리 시도해도 먹을 것을 찾을 때는 간식 같은 가벼운 음식을 줍니다. 음식이 아닌 것을 먹었을 때는 치아가 없으면 손가락을 집어넣어 이물질을 제거하고, 치아가 있으면 좋아하는 다른 음식과 바꿉니다."

"내가 아는 한 가정은 귀중품을 따로 보관해둔다고 하더군요. 돈, 보석 등이 없어져서 어디 갔나 했더니, 노인이 그것들을 잽싸게 화장실 변기에 몽땅 집어넣고는 흘려 내리더랍니다. 그래서 집 안에서 손댈 만한 곳의 문을 잠그고, 중요한 물건은 따로 보관한답니다."

"이런 할머니도 있습니다. 거만한 표정으로 팔짱을 끼고서, 너희들하고는 격이 다르다는 식으로 지내는 할머니인데 하루는 웃는 입을 보니까 허옇게 이가 다 빠져 있어 고상한 이미지가 깨질 정도였죠. 알고 보니 그 할머니가 똥을 누게 되면 화장실이 아니라 구석 어딘가에 항상 누는데 어디서 볼일 보는지 모르게 치른다고 합니다. 〈김여사가 떴다!〉 바지에 똥 찌끼가 묻고 냄새가 심해서 모두들 호들갑 떨며 찾다가 마침내 발견하는데, 헬스기구 삼각형 의자 위에다가 어찌 눴기에 똥이 하나 뭉개지지도 않은 채 그림처럼 동그랗게 꼬리를 끌며 싸놓고는, 마치 자기가 안 그랬다는 듯이 눈 흘기며 팔짱 끼고 돌아다닙니다.

그런데 이런 일화 외에도 상당수의 치매 노인들이 물건을 숨기거나 쌓아두기를 하는데, 악의적으로 저지르는 행동이 아니고 단순히 잊어먹은 것에 불과합니다. 자신이나 가족의 소유물을 숨기는 행동은 흔히 정신적 생존을 위한 애틋한 시도입니다. 이미 많은 기억, 지식, 사회생활을 빼앗겼고 남은 것은 유형의 소유물이니 이것만큼은 어떤 일이 있어도 지키려는 의도에서 비롯된다고 합니다. 이러니 쌓아두기는 서글픈 몸짓입니다. 이런 행동에는 이렇게 대처합니다. 은닉 장소를 알아두어 물건이 사라지면 바로 그곳을 살핍니다. 대부분 습관적으로 똑같은 장소에 숨깁니다."

"치매 환자가 갑자기 많이 생겼다는 소리를 주위에서 듣습니다. 인간의 수명이 길어져 고령화된 때문이라고 봅니다만, 육체의 병은 고치지만 뇌세포는 아직 고치지 못해서 그렇겠지요? 육체는 의술의 발달로 향상되지만 뇌세포는 붕괴되어도 속수무책이니까요."

"아내에게 치매가 오고부터 그 아내를 정성들여 보살핀다는 남편의 얘기가 매스컴을 타고 들려오기도 합니다. 대체적으로 치매는 여자에게 많이 생기는데 말씀대로 아무래도 오래 살아서이겠죠. 한편으로 여자는 억압된 생활을 오래해서 그렇다는 소문도 있습니다. 욕을 엄청 심하게 하는 할머니를 보면 그럴지도 모르겠다는 생각이 들곤 합니다. 평소에 그 정도로까지 욕을 할 사람은 아무도 없습니다. 어느 간호사가 그랬다죠. 〈만약에 내가 늙어 요양병동 간다면 거기서 욕으로 랭킹 1위할 거다. 들은 게 많아서야!〉 젊어서 조신했다는 여자가 욕하는데 가히 추종을 불허할 지경입니다."

"치매 노인에게 흔하게 볼 수 있는 증상으로 편집증이 있던데, 다른 사람이 자신의 물건을 가져갔다고 생각하거나, 남이 자신을 해치려 한다고 생각하더군요."

"편집 증상은 기억력 상실, 자아존중 등을 방어하려는 시도에 의해 나타납니다. 판단력과 자아 모두가 빨리 침식되는 알츠하이머병 환자는 자신의 곤경에 대해서 남을 탓하는 경향이 강하고, 이미 능력이 상실됐는데도 일의 처리를 강요받을 때 더욱 그렇습니다. 논쟁하거나 비난에 대꾸하면 더욱더 불신에 빠지고, 편집증을 지적하면 당황하여 잘못된 행동을 일으키게 됩니다. 편집증은 논리적 수준에서 처리합니다. 물건이 도둑맞았다 할 때를 대비해서 여분의 물건을 마련해둡니다. 어떤 활동을 할 때는 미리 설명하여 놀라지 않도록 해주고, 동정이나 감정의 발산으로도 편집증이 수그러듭니다."

"치매 환자는 죽음에 대한 공포가 없다고 하셨는데, 죽는 이웃을 봐도 그럴까요?"

"옆에 누가 죽어나가도 모릅니다. 그들은 밖에 나와도 할머니끼리 대화가 없습니다. 간호사가 묻는 말에 대답은 하면서도 그렇습니다. 의사소통이 되지 않는 이유는, 묻는 말에 대답은 해도 묻지를 않아서 그렇습니다. 티비를 봐도 뭐하는지를 모르고, 혼자 말하는 사람도 있고, 부끄러움도 모릅니다. 대소변을 가리지 못하는 환자에게 기저귀 갈러 방에 가자, 그러면 그 자리에서 바지를 내리고는 〈여기서 갈아라.〉 그럽니다."

"나이가 들면 기억력이 조금씩 떨어지는데, 혹시 건망증이 심해지면 치매 조짐으로 봐야 하나요? 분명히 히터를 껐는데 아무래도 안 껐다는 생각에 자꾸 돌아가서 확인한다든지, 차 문을 잠갔는데도 확인하러 다시 간다든지."

"단순한 건망증은 치매와 연관되지 않겠지만 기억에 장애가 온다고 생각되면 빨리 진단을 받는 것이 좋겠죠. 치매 환자는 한 사람이 행동하면 전부 따라합니다. 누가 〈철수야! 밥 먹자.〉 그러면 그날 그 방 할머니들은 종일 철수를 찾습니다. 간호사실에 와서는 〈우리 철수 냇가에서 잘 놀고 있는가?〉 그럽니다. 철수하고는 아무 관련 없는 노인인데도 말이죠. 하여간 아침에 누가 〈영자야!〉로 시작하면 그날은 하루 종일 영자를 찾습니다."

"치매 노인 중에는 손을 앞뒤로 계속해서 움직이거나, 끊임없이 머리칼을 쓸어 넘기고, 혹은 수백 번 앉았다 일어서거나, '카카카'나 '부르르'와 같은 의미 없는 음절을 끊임없이 발음하기도 하던데, 혹시 종일 꼼짝 않고 앉아 있거나 조는 행동으로 인해 휴식과 운동이 균형을 잃어 생긴 현상은 아닐까요?"

"상관은 없겠습니다만, 신선한 공기 속에 운동이 되는 산책과 같은 옥외 활동이 불균형에서 오는 불면증과 장애를 없앱니다. 치매 후기 단계가 되면 수다와 반복적인 행동을 하는데, 부조리하게 지껄이거나 같은 단어나 행동을 연속적으로 여러 번 반복합니다. 해가 되지 않으면 내버려둘 경우도 있습니다. 조용히 반복하는 모래 뿌리기, 때리기, 문지르기보다도 훨씬 불편한 것은 언어적 반복입니다. 때로 간병인이 손뼉을 치는 등의 소음을 내어 환자의 주의를 돌리는데, 억지로 교정하진 않습니다."

"자해하는 노인의 경우에는 어떡해야 할까요?"

"치매 노인은 종종 혼란한 에너지를 자신에게 적대적으로 향합니다. 자신의 입술이 회색의 잇몸으로 변할 때까지 입을 만지작거리거나, 벽에 자신의 머리를 치고, 머리카락을 뽑습니다. 피부 문지르기나 손톱과 손가락 깨물기도 흔하게 보입니다. 이럴 때는 손을 바쁘게 하는 것도 방법이 될 수 있어 그림을 그리게 하고, 재료를 접고, 동전을 쌓아올리게 합니다. 운동량을 증가시키면서 여분의 에너지를 모두 태워 없애도록 합니다."

"어쩌면 이러한 사실들을 아는 이들은, 잡다한 행동의 노인들과 섞이고 싶지 않아 그럴지도 모르겠습니다. 〈나는 자식보고 미리 이래야겠어. 미안하지만 절대로 요양병원에 넣지 말고 너희가 끝까지 나를 데리고 있어다오.〉 이러지 않을까요?"

"좋은 요양병원에 들어가면 됩니다. 치매가 있다가도 한 번씩 정신이 돌아올 때가 되면 〈내 신세가 왜 이렇지?〉 그러면서 하루쯤 밥 안 먹고 울고 투정 부리고 신세타령하는 할머니를 설득하다가 안 되면 그럽니다. 〈어르신 누가 이렇게 해줍니까? 어느 며느리 어느 자식이 따뜻한 밥 해가지고, 국을 내내 다른 걸로, 반찬을 내내 다른 것에다, 삼시 세 때, 그렇게 해줍니까? 서러워할 것 없습니다.〉 그러면 수그러듭니다. 죽 드실 때는 〈어느 누가 집에서 오늘은 잣죽에 땅콩죽에 녹두죽에 팥죽에 내내 바꿔가면서 해줍니까? 흰죽 끓여가지고 데워주는 것밖에 더 있습니까. 아무 불만 가질 것 없고 병원에 모시는 게 행복한 노인이다, 그렇게 생각하세요.〉 그러면 마음을 놓습니다."

"좋은 요양병원인지를 어떻게 알 수 있지요?"

"좋은 요양병원은 우선 시설이 좋아야겠습니다. 시설이 좋으면 투자비를 제대로 들인 만큼 아무래도 요양비가 비싸지겠지만 좋은 간호인이 많을 것이 분명합니다. 열악한 요양시설은 상가건물 등의 공간을 개조하여 노인들을 한군데에 뭉쳐놓고서는 간이벽 설치하고, 방문 하나 넣고서, 여기는 간호실, 여기는 약국, 무엇을 만들고, 다닥다닥 붙여서 방을 만듭니다. 처음부터 병원 용도로 지은 건물은 벽에 밸브가 부착되어 있기 마련인데 적어도 세 개 이상 보입니다. 거기서 산소가 나오고, 가래를 흡입하는 장치가 달려 있습니다. 환자의 개별 공간도 있습니다. 병원은 특수건물이니 되도록이면 병원용으로 시설을 갖춘 병동을 선택하는 것이 좋습니다. 식별 방법은 이렇게 벽에 부착된 시설과 또 하나 엘리베이터를 보면 대충 알 수 있습니다. 이동 침대가 들어갈 수 있는 넓은 승강기 구조로 되어 있어야 합니다."

"시설이 좋아도 거기 노인들이 나쁘면 곤란하지 않을까요?"

"치매 노인은 남을 건드리지 않습니다. 〈보소, 보소!〉 그러고는 관둡니다. 사람 얼굴을 그냥 멀뚱히 쳐다볼 뿐이고, 때로 순간적으로는 연애질 등 모든 짓을 다하는데 막상 돌아서면 끝납니다. 둘이 대화하는 투의 모습도 있는데 동문서답입니다. 전혀 상관없는 얘기를 주고받는 것이지요. 전부 자기 얘기만 합니다. 상대방의 말을 듣는 것 같아도 말이 끊기면 자기 얘기를 하고, 끊기면 다른 사람이 또 전혀 다른 얘기를 하고, 그럽니다."

"아까 얘기 중에 할아버지를 건드린 할머니의 경우는 무엇입니까?"

"둘이 앉아서 그러다가도 돌아서면 모릅니다. 만지고 좋은 듯이 그러다가도 〈식사하세요.〉 하고 떼어놓으면 밥 먹으러 간 후로는 또 모릅니다. 아까도 말했지만 그 할머니가 예전부터 음란하고 방탕하여서 그런 행동을 하는 것이 아닙니다. 오히려 조신하고 억눌린 여자에게서 그런 현상이 나타난다는 추측도 있습니다. 부적절한 성적 행위에 대해 좀 더 구체적으로 얘기하겠습니다. 성행위는 드물게 나타나는 증상이긴 하지만 전형적인 성적 붕괴로는 자위행위, 사람들 앞에서 옷 벗기, 그리고 성기 노출이 해당됩니다.

하지만 치매 노인은 대개 성 자체에는 관심이 없음을 인식해야 합니다. 비록 알몸 벗기나 자기 노출을 한다고 할지라도 이러한 행동이 반드시 성적 충동에 의해서 유발된다는 것을 의미하지 않습니다. 살펴보면 옷이 너무 꼭 끼기 때문에 옷을 벗거나, 혹은 사타구니가 간지러워서 방문객 앞에서 자신의 성기를 만지거나, 목욕하고 싶어서 옷을 벗는 행위가 일어날 수가 있음을 이해해야 합니다. 이렇게 자신의 속옷을 벗거나 자신의 성기를 만지는 것이 눈에 띌 때 〈손 치우세요!〉와 같은 중요한 말을 반복해서 사용하면 잘못된 행동을 방지할 수 있습니다. 약의 효과 때문에 이상한 성행위가 생겨날 수도 있으니까 환자가 새로운 약을 먹는지를 조사한 후에 의사와 상의합니다."

"식욕이 치매 노인에게 가장 원초적 본능으로 나타나듯이 성적인 행위 역시 성욕에서 비롯된 원초적 현상이 아닐까요?"

"글쎄요? 휴식시간이 되어 구십이 넘은 할머니 곁에 나이가 스무 살이나 어린 칠십 할아버지를 앉혔더니 뭐라는 줄 아세요. 다 죽어가는 쭈글쭈글한 할배를 자기 앞에 앉혔다고 불쾌해 하시더군요. 자기 늙음을 인지하지 못해서 그런 것이지만 그건 식욕처럼 절대적 본능은 아니라는 반증일 수 있겠지요?"

"듣고 보니 그렇습니다. 금강산도 식후경이라고."

"치매 노인들은 때때로 매우 과민해져서 안절부절못하거나, 강박적인 행동을 보이기도 하고, 방황을 하기도 하는데 특히 저녁시간에 빈도가 잦습니다. 이를 일몰증후군이라고 하는데 낮에는 유순하지만 밤만 되면 갑자기 침대 밖으로 뛰쳐나오거나, 옷을 벗고, 방을 왔다 갔다 하고, 문을 덜거덕거리거나, 바닥에 뒹굴고, 침대 위로 뛰어오르면서 밤을 보냅니다. 어떤 환자는 몇 시간 동안이나 음담패설을 하거나, 단일한 반복적인 구절을 외칩니다. 혹은 벽을 때리거나 문지르기도 하고, 밤새도록 밖으로 헤매면서 돌아다니기도 합니다.

이럴 때는 활기찬 활동으로 집 청소, 예술과 공예, 산책, 목욕 등 일거리를 주거나 환경의 변화를 위해 밖에 나가거나 하면 강장제가 되어 깊은 잠을 자게 되고, 팔과 손을 심하게 흔드는 습관 해소를 위해 고무공 쥐어짜기, 털 달린 인형 때리기, 콩 주머니 흔들기, 팽이 돌리기 같은 놀이가 안절부절못하는 에너지의 훌륭한 출구가 되기도 합니다. 그런데 그렇게 해서 효과를 보게 되면 좋겠는데 대개는 설명처럼 잘 되지 않습니다. 그럴 때는 진정제를 주어 잠을 재웁니다."

"아, 그런가요? 간병의 어려움은 알겠지만 그러다가 약에 중독되지 않을까요?"

"중독되지 않는 약물이 있습니다. 그걸 사용하니까 몸에 아무 지장이 없고, 노인들이 오히려 편안하게 잠을 취할 수 있어 차라리 낫습니다. 노인분이 야밤에 떠들면서 돌아다니면 간호사가 한 번씩 그럽니다. 〈안 자고 뭐 하누! 할매, 우리도 좀 살자!〉 때로 우리도 지치니까요."

"직업이라기보다는 봉사라 해야 어울릴 말이겠습니다. 사람은 사람에 의해 생명에 이르기도 하겠다는 생각이 듭니다."

"봉사와 희생의 정신이 없이는 정말로 힘들긴 합니다. 치매 노인의 초조감은 때때로 배고픔, 대소변을 싼 침구, 춥거나 더운 방, 또는 위통이나 요통 같은 실제적인 병 때문일 수도 있습니다. 잠들기 전에 화장실에 데려가고, 먹이고, 만성적인 통증에 대해 적절한 약을 먹인 후 편안하게 해줍니다. 소음은 없게 하고, 침대 옆에 매달려 있거나 부주의하게 내던져진 옷가지는 착각과 환각의 자료가 됩니다. 취침시간에 어깨를 쓰다듬거나 사랑스럽게 신체적 접촉을 하면서 저녁이 되었다고 말하고 어둡다고 말합니다. 그리고 자야 할 시간임을 암시합니다. 혼자가 아니라는 것을 연속해서 여러 번 반복합니다.

초조한 치매 노인의 행동에는 원인을 밝힐 수 있는 단서가 많습니다. 즉 점심

시간 이후에 특히 초조감을 보이면 식후에 낮잠을 자도록 하고, 방황할 경우에 팔을 잡고 신체적 접촉을 합니다. 조용히 말하면서 방으로 돌아가도록 부드럽게 인도합니다. 이런 식으로 하면 환자는 안전하고 보호받는다는 느낌을 갖게 됩니다. 대화할 때는 항상 꾸준히 눈을 맞추면서 앞쪽에서 치매 노인과 말합니다. 방황은 권태롭거나, 방에서 꼼짝 못하거나, 가정에서 격리되어 폐쇄된 곳에 있는 경우에 흔합니다. 그럴 때는 타인과 더 많은 오락 활동이 필요합니다."

"치매 노인을 대하면 측은해집니다. 안타깝게도 아직 치매약이 없다고 들었습니다. 사람들이 치매 치료제라고 말은 하는데 진행을 더디게 하는 약이지 결코 치료제가 아니라더군요. 치매가 뇌세포 속의 단백질 문제로 일어난다고 하던데, 치료 방법이 하루빨리 찾아져야겠군요."

"여러 가지 질환 중 퇴행성질환을 제외하고는 치료가 가능하거나 조기에 발견하면 더 이상의 진행을 막을 수 있는 치매도 있다고 합니다. 뇌에 물이 차는 수두증, 뇌 양성종양, 갑상선질환, 신경계 감염, 비타민 부족에 의한 치매는 전체 치매의 10~15%를 차지하고 완치될 수 있다고 합니다. 특히 한국에 많은 혈관성 치매의 경우에는 조기에 발견하면 더 이상의 진행을 막을 수 있고 예방이 가능하다고 말합니다.

치매를 예방하려면 고혈압을 치료하고, 당뇨병을 조절하고, 콜레스테롤을 점검해야 합니다. 절대로 담배를 피우면 안 되고, 심장병을 초기에 발견하여 치료받아야 하고, 비만을 줄이고, 적절한 운동을 꾸준히 하고, 머리를 많이 쓰고, 과음은 절대 금물입니다. 여성의 경우는 폐경기 후에 여성호르몬을 투여하면 치매를 예방할 수 있습니다. 우울증은 치료받고 많이 웃고 밝게 살아야 합니다. 성병에 걸리지 말아야 하고, 기억장애와 언어장애가 있을 때 빨리 검사를 받아야 합니다. 이렇듯 미리미리 노후 대책을 마련해야 합니다."

"얘기를 들으니 요양병원에 대한 인식이 달라지긴 합니다."

"요양병원은 돈을 지불하고 들어오는 사람이 있고 국가에서 지급하는 돈으로 들어오는 사람이 있습니다. 때로는 실비를 지불하고도 국비 환자에게 간식까지 뺏기며 지내는 할머니도 있긴 합니다. 마음이 여린 사람들은 이런 데서도 당하고 사는가 싶어 그땐 안쓰럽습니다. 하지만 대체적으로 시설이 좋으면 공간도 넓고 수준도 높고 거친 사람을 필요에 따라 격리도 하곤 하니까, 분명히 좋은 병원이 있습니다. 시립병원 같은 곳에서 정년퇴직한 간호부장이나 수간호사 출신들까지 요양병원에 다시 들어올 정도로 요양병원이 많아졌다는 얘깁니다.

이제는 목돈 주고 실버타운 들어갈 노인은 없습니다. 언제 죽을지 알아서요? 짓겠다는 건설업체도 없습니다. 제 바람은 요양병원이라는 병원의 이미지를 벗고 일반 가정 분위기의 요양원으로 새롭게 활성화되었으면 하는 것입니다. 서로 다른 이웃이 한집에서 대가족처럼 일상사를 살아갔으면 하는 것이죠. 목숨이 다하는 날까지 말입니다."

언론에서 제대로 다루지를 않았지만 몇 년 전부터 노인요양소 문제가 전국적으로 갈등과 분쟁의 씨를 뿌리고 있다고 한다. 아파트나 빌라의 실내를 개조해서 노인을 모시는 요양소로 꾸미려는 움직임에 대해 지역 주민이 강력하게 반발하고 있다는데 붉은 글씨로 거칠게 적고 눈에 잘 띄는 곳에 아무렇게나 갖다 붙인 그들의 주장은 이러하다. 〈노인들이 많이 모인 자리는 역한 냄새가 나잖아요. 그런데도 버젓이 아파트 입구에 들어서야 되겠어요?〉 〈그런 불결한 시설이 들어서도 좋다면 자기 집 앞에 우리가 유치해줄 테니까 거기다가 지으라고 하세요.〉 〈집값 떨어지고 속상해!〉

노인을 대상으로 하는 교육프로그램 중에는 사물놀이 등 시끄러운 소리를 유발하는 요소가 많고, 간병인과 보호자의 면회 등으로 해서 차량과 행인의 통행이 잦아져 주변 일대에 소음과 혼란이 발생하는 점도 무시할 수가 없다고 한다. 노령 인구가 지속적으로 증가하는 현실에서 이런 노인보호시설 등과 같은 사회복지에 대해 아무도 뚜렷한 해결점을 찾지 못하고 있다. 그것은 손을 놓은 정부도 마찬가지다.

# 과잉 진료

　일주일 뒤에 홍정숙은 자신의 얘기대로 이곳 본가에 왔다. 남편 장경록은 학교 일이 바빠 오지 못했다고 한다. 그녀와는 그리고도 일주일이 더 지나서야 간신히 만날 수 있었다. 커피 잔을 들고 뜰에 놓인 테이블 의자에 둘이 앉는다. 장경록의 여자 문제는 무씨가 쉽사리 먼저 입 밖에 꺼낼 성질이 못된다. 어쨌거나 홍정숙은 이전에 비친 고뇌에서 벗어났는지 아무 내색도 보이지 않는다. 저편에 첩첩이 들어선 하얀 고층건물들이 무씨의 눈에 들어온다.

　"그러고 보니 근처에 대학병원이 있었군요. 치매 검사, 다시 받아보면 어떨까요?"

　보름 전쯤에 홍정숙과 함께 요양병원을 찾았을 때 그녀의 시어머니는 일반인과 다름없는 뚜렷한 의식과 행동을 면회가 끝날 때까지 줄곧 유지하는 바람에 오히려 무씨가 당황했었다. 성한 사람을 강제로 집어넣는 꼴이 되는 게 아닐까? 무씨는 그게 못내 마음에 걸려 어수선했는데 마침 대학병원이 눈에 띠자 넌지시 그 문제를 꺼내보는 것이다. 그러나 의외로 홍정숙의 태도가 단호하다.

　"전에 보신 어머님 모습은 일시적입니다. 정신이 맑아졌다 흐트러졌다 그러세요. 이번에 시누이랑 면회 갔을 때는 딸은 아예 몰라보고 저만 어렴풋이 며느린 줄 알아보셨어요."

　'그랬구나. 요양병원은 잠시 머물 뿐이고 집에 모시려고 여동생이 귀국한다고 했는데 그게 포기된 모양이구나. 딸을 못 알아보는데 어찌 간호가 순조롭겠는가, 마음먹은 대로 움직여지겠는가.'

　"나는 저기 대학병원을 불신합니다. 저런 데서 검사 한번 받아보고 요양병원 가서야 마음 한구석에 미련이 없지 않겠나 싶지만 글쎄요, 비교적 명확하게 드러나는 질병은 어느 병원의 의사나 비슷한 소견을 갖습니다. 혹시나 하는 마음에 여러 병원을 드나드는 심정이야 이해가 되지만, 그러나 부질없는 짓을 끊는 의지가 더 필요하겠다는 생각입니다. 환자나 보호자나."

홍정숙, 그녀의 과거지사를 이루 다 헤아릴 수는 없겠지만 신혼 초에 불의의 사고로 남편을 잃은 사실 하나만으로도 그녀의 인생 역경, 결코 순탄치 않았을 그녀의 인생 고뇌가 이 짧은 한마디 말에 물씬 묻어나는 것 같다. 불신합니다!

"제 친정엄마 얘깁니다. 작년이었어요. 심심찮게 머리가 어지럽고 길을 걷다가도 한눈팔라치면 걸음이 비틀거려져서 동네 병원을 찾았답니다. 증세를 들은 의사의 권유로 MRI를 찍었는데 뇌혈관 하나가 풍선처럼 부풀었고 왼쪽의 귓속 가까이에 작은 혹이 하나 있었습니다. 의사는 자기 소견을 밝히고서 좀 더 자세한 진료를 원한다면 큰 병원을 추천하겠다며 이곳 대학병원과 교수를 소개하였고, 친정엄마는 근처에 시댁이 있는 나에게 연락하셨어요."

최초로 진단한 동네 의사의 소견이 우려할 만한 내용이 아니라기에 그다지 걱정되지는 않았지만 질환 당사자인 친정엄마의 막막한 불안을 덜기 위해 이곳에 모셔와 다시 검사를 받았다고 한다. 그래도 명색이 의과대학 부속병원이고 교수가 진료하는 대형병원이니만큼 섬세하고도 정확한 진료가 가능할 것이고, 혹시 그 뒤에 따를지 모를 수술에도 차질 없이 가동될 의료시설과 의료진이 준비되었을 거라는 기대감에 예약과 기다림 끝에 진료를 받았다고 한다. 의사는 의외로 젊었다고 한다. 그래도 대학교수라면 머리카락이 희끗할 노련미를 막연하나마 떠올렸는데 너무도 풋풋한 이미지에 다소 실망스러웠다고 한다.

사실 무씨 입장에서도 젊은 의사의 진료, 특히 큰 수술의 집도에 있어서는 막연한 의문을 보내는 심정이다. 그간에 살아오면서 치렀던 어머니의 몇몇 수술의 실패와 특히 목뼈디스크 수술의 부작용이, 같이 근무하던 원로 의사의 우려를 무시한 젊은 의사의 치기어린 자만심에 의해 비롯된 것이라서 실망을 넘어서는 분노가 치민 경험으로 있다. 더군다나 인턴의 판단미 숙으로 인해 아버지를 일찍 잃은 경험이 이에 더하지 않는가.

홍정숙의 얘기를 듣는 무씨는 이런 일들의 경험으로 해서 어떤 불쾌한 감정이 감도는 바람에 숨죽여 그녀의 입술과 눈망울을 연신 살폈다. 홍정숙은 마치 모노드라마 연극의 주인공처럼 감정을 섞어가며 잽싸게 말을 이어나간다. 평소 차분하고 말수가 적은 여자로만 알았던 무씨의 선입견을 여지없이 단번에 무너뜨리는 낯선 모습이다.

"나이는 알 수 없지만 무척 젊어 보이는 대학교수가 그러더군요. 〈부풀어 오르면 풍선처럼 혈관이 약해져 터질 수가 있듯이 이것을 뇌동맥혈이라고 하는데 내가 말할 수도 있지만 지금 다른 의사 한 분을 추천할 게요. 마치고 바로 가서서 의견을 들어보세요. 그리고 여기 귀 쪽에 수상한 것이 시커멓게 있는데 아무래도 확인이 필요하네요. MRI 사진을 찍어봐야겠습니다.〉 그러자 친정엄마가 그러셨어요."

〈그거 혹이라던데요? 찍었는데 또 찍어요?〉

"친정엄마의 얘기를 묵살하듯이 의사가 말을 덮으며, 〈아, 물론 혹이고 MRI 사진이 여기 있긴 하지만 좀 더 세부적으로 정밀하게 나눠서 또렷하게 찍는 거니까.〉 등장할 때를 안다는 듯이 간호사가 대뜸 나타나서는 뭐라 주절거리기에, 미심쩍은 심정이었지만 자리에서 일어날 수밖에 없었어요. 간호사가 일러주는 순서대로, MRI 사진을 먼저 예약하고 추천한 교수를 오늘 접수해서 들어보고 일주일 뒤에 MRI를 찍고 난 후 다시 여기서 교수님의 진료를 받을 수 있도록 미리 다 예약해놓으라고, 볼펜으로 안내 용지에 적어가면서 친절하고도 구체적으로 설명하는 거였어요.

친정엄마는 의사 얘기가 신통찮아서 별로 내키지 않는데 뭘 또 사진을 찍느냐며 투덜대지 뭐예요. 나는 돈을 아까워하는 노인네 넋두리 정도로 치부하고 별 개의치 않았어요. 〈뭐가 그리 비싸죠, 63만 원? 의료보험이 되는데 그래요?〉 나는 가격을 묻다가 생각지도 않은 액수에 깜짝 놀랐는데 간호사가 내 말에 더 당황하는 기색으로, 〈이건 보험이 되지 않는 MRI입니다. 혹시 나중에 남으면 돌려드릴게요.〉 순간 생각에, 보험이 되는 MRI는 어떤 거냐고 물으려다가 입을 닫았어요. 보나마나 앞서 찍은 MRI 같은 것이겠고, 보다 세밀한 사진을 지금 새로 찍자는 것이니까. 그런데 돈이 남는다는 건 무슨 말이지? 정찰제가 아니고 촬영이나 몸 상태에 따라 별도로 정산한다는 소린가?

나는 병원에 올 때마다 항상 낯선 세상에 온다는 느낌에다가 의사에 대한 막연한 신뢰감, 그것이 마음의 바탕에 깔리다보니 언뜻언뜻 치오르는 생각을 누르게 된답니다. 친정엄마는 뭐가 불만인지 예약을 하고 돈을 치르고 하는 동안에도 투덜대는 것이었어요. 〈엄마, 돈 아까워 마시고 그냥 의사가 시키는 대로 고분고분하세요. 우리가 지금 의사선생님 말 들으러 왔지 우리 고집 피우려고 온 게 아니잖아요. 우리가 병에 대해 아는 것도 아니고 그러니까.〉”

〈그래, 알겠다. 누가 뭐라나.〉

“건성이나마 수긍하기에 나는 예약 절차를 마저 마치고 추천받은 뇌혈관 의사에게로 갔어요. 공교롭게도 같은 연배의 젊은 의사였어요. 이 대학병원은 교수라는 의사들이 다들 왜 이리 젊나? 같은 동기라서 서로가 얽혀 추천해대는 게 아닐까 하는 생각이 미치면서 기분이 오그라든다고 할까요. 그러고 보니 동네 병원 의사로부터 이미 추천받은 뇌혈관 담당 교수가 따로 있다는 생각이 스쳐갔어요. 이러다간 중복진료 받겠는데?

나의 그런 묘한 기분은 그 당당하고 우쭐한 기운까지 엿보이는 교수의 입을 통해 확인이 되었습니다. 같은 대학에 같은 의료시스템에 놓인 상태에서 터득한 의술이라 그런 것인지 아까 진료한 교수의 설명과, 말의 토씨 하나조차 똑같다는 생각이 들 정도로 뇌혈관의 부푼 상태를 설명하더니, 〈자세히 진단하려면 이것저것 다시 꼼꼼히 파고들어가서 따져봐야겠지만 제출한 소견서에 환자분이 이미 더 이상의 진행을 바라지 않는다 하시니까 그냥 지켜보는 걸로 합시다.〉 나는 깜짝 놀랐어요. 세상에, 이런 말이 어디 있어? 의사가 이런 무책임한 소리를 하다니? 의자에서 일어서려는 의사를 제지하듯 내가 다그쳤어요. 〈잠시만, 소견서는 급히 오느라 저도 읽어보지 못했는데 그런 글귀가 있다고요?〉

책상에 놓인 소견서에서 의사가 손끝으로 가리키는 부분을 읽어봤지만 그것이, 더 이상의 구체적인 진료행위를 거절한다는 그 뜻인지가 애매하게 적혀 있었어요. 아무렴 그렇지, 친정엄마가 자기 죽을지도 모를 병을 놓고서 그런 소리를 했겠어요? 친정엄마랑 자청해서 여기 온 까닭이 뭐겠습니까? 〈의사선생님, 여기까지 온 이유는 병의 내용을 구체적으로 진단받고 치료받으려고 온 겁니다. 수술이 필요하면 당장 수술할 것이고 약으로 치료가 가능하다면 약을 쓸 것이고, 정확하게 말씀해주세요.〉 〈네? 아, 좋습니다. 그렇다면 다시 처음부터 차근차근 얘기합시다.〉 의자에 앉은 자세로 몸을 뒤적이며 오히려 교수님이 어수선한 기색을 보이더군요. 우리는 달리 얘기한 게 없었어요. 얘기 중간에 친정 엄마가 수술 말고 약으로 낫게 할 수 없느냐는 질문이 있었을 뿐, 뇌혈관에 대한 설명은 어차피 의사 몫이었어요. 그런데 뭘 또 다시 차근차근하게 설명하겠다는 것인지. 아까 들은 얘기를 다시 반복하더군요. 풍선이 어떻고.

이상하게도 결론을 내가 물어야 할 형편이라는 걸 눈치챘습니다. 〈교수님, 그렇다면 수술할까요?〉 〈아, 그건 허벅지로 넣어서 치료하는 방법이 있긴 한데, 다른 엉뚱한 혈관을 건드릴 위험이 더욱 높고.〉 〈그렇다면 수술하지 않아도 괜찮다는 말씀이세요?〉 〈풍선처럼 부푼 게 터질 수도 있고 괜찮을 수도 있고.〉 〈그럼 일찌감치 수술로 제거하는 게.〉 〈수술이 오히려 더 위험해요. 그냥 놔두는 것보다도.〉 〈당분간은 괜찮다는 얘기입니까?〉 〈괜찮긴 하겠는데 터질 수도 있고.〉 〈일단은 지켜보자는 말씀이군요.〉 〈그래요. 괜히 딴 혈관 건드릴 위험이 더 크고.〉 이번에는 간호사가 들어서기도 전에 내가 서둘러 진료실을 빠져나왔던 것 같습니다. 그런데 이때까지도 영문을 몰랐어요. 반사적으로 행동하고 말을 내뱉고 돌아서 나왔지만 뭔가 어리벙벙한 기분에 잠시 병원 중앙 홀에서 머뭇거렸습니다. 할 일을 놔둔 채 잠시 망각한 기분이랄까요.

"MRI 사진 그거 카드결제 했더냐?"

"〈네?〉 나는 친정엄마의 말이 무슨 뜻인지 어슴푸레 알 것 같았지만 주저하던 발길을 재촉해 병원을 빠져나왔습니다. 병원에 왔으면 의사 말을 따라야 해! 〈엄마, 의사가 일단 수술 안 해도 괜찮다고 했잖아요. 그게 어디야? 사진은 일주일 뒤에 세밀하게 찍어봅시다. 그깟 돈 몇 푼, 후회나 미련 남는 것보다 낫잖아. 안 그래요?〉 썩 내켜하지 않는 엄마의 기분을 묵살하고 터미널에 모셔다 드렸어요.

일주일이 지나야 다시 진료 받으니까 굳이 집으로 가시겠대요. 그리고 일주일이 후딱 지났어요. 우리는 예약된 시간보다 일찍 만나 잰 걸음으로 MRI를 찍고 기분 좋은 점심을 먹고 다시 교수 진료실에 자리했습니다. 담당 교수가 그러더군요. 〈전에 교수님이 뭐라던가요?〉 〈아, 저번에 교수님 말씀이세요? 별다른 건 없었고 수술이 더 위험하니 지켜보자는 표현을 하셨는데 그건 수술이 아직 필요하지 않을 정도의 상태라는 얘기로 새겨들었습니다.〉 묻는 교수나 답하는 나나, 너무 어설프다는 느낌을 감출 수가 없었어요. 같은 대학병원 교수라면서 서로 의견 교환 하나 없이 환자가 들은 대답에 의존한다는 게 우습지 않는가요? 아니면 자기가 정확하게 진단을 내려주던가.

그러고 보니 그랬어요, 좀 더 세밀하고 정확한 진단을 내리기 위해 새로 MRI를 찍는다고 하고선 그걸 왜 환자에게 물을까? 새로 찍은 사진에는 대체 어떤 영상이 담겨 있다는 얘기인지. 사진을 마우스로 클릭하여 빙빙 돌려보던 의사가 말하더군요. 〈여기 보면 이쪽 오른 쪽 부분은 신경이 세 가닥으로 정상적으로 보입니다. 그런데 여기는 두 가닥이 희미하게 보이고 여기 어둑한 부분이 혹이 생겨서 그렇습니다. 아직 혹이 매우 작기는 한데 수술하기는 아깝고 우리 병원에 기계로 간단하게 없애는 방법이.〉 의사의 말을 끊으며 친정엄마가 재빠르게 묻더군요."

〈의사 선생님, MRI를 또 찍은 건 왜 그렇습니까?〉

"교수가 그랬어요. 〈아니, 왜요?〉"

〈아니, 의사선생님 말씀하시는 게, 찍기 전이나 지금이나 똑같아서요.〉

"친정엄마의 말은 그런 소리였는데 그 말 중간에 의사가 다른 영상을 보여주면서 말을 묵살하였어요. 〈여기 다른 환자분의 사진을 보면 비슷한 지점에 혹이 커다랗게 생겼는데 이것이 자라면서 신경을 눌러 안면에 마비증상이 와서 이번에 수술로 깨끗하게 제거되어 없어졌어요, 바로 여기.〉"

〈수술 말고 약으로 치료할 수 있으면 그걸로 할게요. 수술에 이젠 진저리가 난다.〉

"〈약물 치료는 없습니다.〉 나는 친정엄마의 질문을 묵살하는 의사의 행동에 의문이 들었지만 엄마의 몸 상태가 좋아질 수 있는 치료 방법에만 집중하였어요. 그래서 물었습니다. 〈혹을 제거하면 부근의 신경이 살아날 가능성이 있겠습니까?〉 그런데 이번에도 듣는 둥 마는 둥 의사가 딴소리를 하는 겁니다. 〈수술할 것까지는 없고 간단하게 제거하는 방법이 있습니다. 이 혹을 놔두면 2밀리 정도 더 커질 수도 있고 그대로일 수도 있는데.〉"

〈수술은 더 이상 안 할럽니다.〉

"엄마의 완고한 소리에 바로 그러더군요. 〈심할 때는 5센티 정도로도 커져서 신경을 압박하면 안면에 이상이 와서 입이 심하게 떨리게 되고.〉 이때부터 나는 비로소 깨달았습니다. 이 의사의 지금 관심은 환자의 상태와 심리를 제대로 살펴서 진료하는 행위보다도 기계로 하는 수술인가 뭔가를 성사시킬 일에 골몰하고 있구나. 비싼 MRI 사진을 또 찍게 만든 것처럼. 〈선생님, 수술을 해야 할 상황입니까?〉 〈아, 수술을 해도 되고 안 해도 되고, 그렇습니다. 혹이 그대로 있을 수도 있지만 크게 자라날 수도 있고요.〉 〈수술해서 혹을 제거하면 아까 지적한 신경이 살아날 가능성이 있습니까?〉 〈아, 살아날 수도 있고 아닐 수도 있어요.〉 이게 의사인가? 이럴 수도 있고 저럴 수도 있다는 얘기는 저번 진료 때부터 줄곧 듣던 소리였어요. 일반의사도 이러지는 않을 텐데 하물며 대학교수라 일컫는 의사들이 이런 수준이라니? 완전 돌팔이 같아! 비슷한 소리가 반복되면서 뭔가 친정엄마를 압박하는 기색에 엄마가 그러더군요."

〈그렇다면 그 수술비가 얼마인데요?〉

"의사가 눈짓을 하자 바로 간호사가 다가와 440만 원이라더군요. 만약 한다면 이래저래 오백은 잡아야겠다는 생각이 들었어요."

〈약으로 하는 방법은 없어요?〉

"친정엄마가 같은 소리를 되풀이하자 비교적 인내심을 보이던 의사가 불쑥 귀찮아하는 몸짓을 비치더군요. 억양이 다소 높아지면서, 〈약으로 하는 치료는 없습니다. 그냥 지켜보셔도 되고 수술하셔도 되고 그렇습니다.〉 환자인 엄마 입장에서 선뜻 무슨 결정을 내리겠는가 싶어 내가 그랬습니다. 〈그냥 지켜보겠습니다. 일 년 뒤에 다시 사진 찍어보고 그때 판단하는 게 나을 것 같습니다.〉 언제 들어왔는지 언뜻 언성이 높아진 나를 견제하듯이 간호사가 내 앞을 스치며 그러더군요. 〈이제 나가서서 밖에서 기다리세요!〉 병동 에스컬레이터 앞에 서서 엄마가 나오기를 기다리는데 정말 벌레 씹은 기분이었어요. 친정엄마가 줄곧 투덜거린 감정이 이런 것이었구나 싶더라고요. 세상을 살면서 부딪친 무수한 인간들과의 얄궂은 갈등과 이해 다툼. 그것이 어쩌면 신성해야 할 의술에까지 미쳤나 싶어 세상이, 인간이 환멸 자체였답니다."

홍정숙의 말이 그친다. 이제 다했는가? 잠시 잔잔한 침묵이 흐르고 테이블에 놓인 찻잔이 식어버렸다.

## 있는 것들이 더한다니

"의사이고 대학교수라는 양반이 그 정도로밖에 뇌질환에 관한 설명을 못했을까요?"

의과대학이라면 두뇌가 우수하고 학업능력이 뛰어난 학생들이 진학하여 공부하는 곳으로 안다. 대체적으로 한국은 그런 의과대학의 정원을 다 채우고서야 일반대학으로 진학하는 경향을 띠는데, 그런 학생들이 공부하여 의사가 되고 더욱이나 치열한 경쟁을 뚫고 교수가 되었을 텐데도 이렇게 일반 환자의 입술에서 의사 개개의 실력이나 자질 등을 운운하게 된 까닭이 무엇일까? 대학에 처음 들어갈 때는 다들 비슷한 인재였어도 막상 배우는 학문체계의 영향에 의해 점차로 심각한 격차를 보이는 것은 혹 아닐까? 한국의 모든 의과대학과 병원들이 모두 이런 식으로 의술을 펼친다고는 도저히 상상할 수가 없기 때문이다.

그렇다면 유독 여기 대학병원 이곳의 의사가 그런 것이라고 편견을 가져봤을 때 당장에 떠오르는 생각 하나를 감출 수가 없다. 바로 보통대학의 대학병원이라는 거다. 모든 의대생 중에서 뒤떨어지는 학생들이 공부하고 뒤떨어지는 교수 밑에서 의술을 배우고 낙후된 의료 메커니즘을 붙들고서 기어코 환자를 다룰 때에, 각박해지는 의술에 더해 자신도 모를 무뎌진 양심의 존재로서 버티는 것은 혹시 아닐까? 사람들의 편견과 선입견이 왜 불붙듯 일어나는지 알 것만 같다. "사진을 재차 찍게 만들고 수술로 몰아가려는 상술이 앞서다보니, 더욱 많은 것을 알고는 있지만 구태여 환자에게 설명할 필요성을 못 느껴서일지도 몰라요."

"아, 그럴 수도 있겠네요. 그것은 어쨌든 친정엄마의 몸이 그다지 위험한 상태가 아니라는 뜻이 아니겠습니까? 위험하지 않는 환자를 상대로 잘됐다 싶어 잠시 돈벌이에 신경을 곤두세웠다고나 할까요. 친정엄마는 지금 어떠세요?”

“아직까지는 괜찮으세요.”

어쩌면 그 교수는 대학병원에서의 자기 입지를 강화하기 위해 환자들의 진료 횟수와 물질적 실적 쌓기에 몰두하는 출세지향적 인물일지도 모른다. 그게 아니면 뇌를 다루는 의료계의 전반적인 수준의 한계가 거기까지일 수도 있겠다. 아니면 그 대학병원 의사들이 정말로 수준 미달이든지. 어쨌든 하나 분명한 것은 보도용어의 표현을 빌려, 과잉 진료를 했다는 사실만큼은 숨길 수 없겠다. 허나 우울한 것은 배워먹은 자를 상대로 그럴듯하게 표현해줘서 그렇지 그게 어찌 과잉에 그치는 문제이겠나? 죽음을 눈앞에 둔 암 환자에게 아무런 효과를 기대할 수 없는, 의료보험이 적용되지 않는 비싼 기기를 사용하게끔 현혹시키는 광경을 우리는 보도 등을 통해 수시로 목격한다. 그것은 목숨을 내건 환자들을 상대로 엉뚱한 물건, 쓸모없는 지식의 쓰레기를 강매하는 저질의 사기 행각이 아니겠는가?

“병원에 고용된 의사는 일정액의 봉급을 받는데, 그 외에 환자를 상대로 진료해서 벌어들인 병원 수입의 몇 퍼센트를 수당으로 가져간다고 하더군요. 그래서 더러 무리한 진료 행위가 벌어지지 않나 생각됩니다.”

“누구든지 탐욕에 빠져들면 감각과 양심이 무뎌지나 봐요.”

“그런데 MRI는 어느 병원에서 찍든지 거의 비슷하다고 들었습니다.”

“저도 나중에 들어서 뒤늦게 알았어요. 심지어 사진 판독 결과가, 질병이 있는 경우에는 보험 처리가 가능해서 환불이 된다고 하던데 그걸 병원 측에서는 감쪽같이 감췄어요.”

“아, 나도 뉴스를 봐서 최근에야 알았어요. 환자 측이 병원에 청구하지 않으면 감추고 있다가 나중에 따로 심사평가원에 보험금을 청구해서, 국가에서 지급한 돈을 이중으로 챙겨먹기도 했답니다. 다수의 병원과 의사가 그 짓을 태연하게 해먹었더군요.”

“거지 같은 새끼들이야!”

무씨가 뜨끔 놀란다. 병원 얘기를 펼치면서 더러 격앙되고 감정 섞인 표현까지를 구사하는 홍정숙의 말투에도 낯설다는 느낌을 받았지만 이 정도의 격정적 억양은 상상조차 하지 못했다. 그것은 그만큼 무씨가 홍정숙이라는 인간에 대해 잘 모른다는 뜻이겠고 한편으로 그녀의 삶에서 오는 고뇌의 흔적이 어떠하겠다는 짐작이 가능해지는 것이겠다. 달뜬 목소리로 홍정숙이 말한다.

"비록 소수의 의사가 파렴치한 의술 행위를 한다고 하더라도 상대하는 환자의 숫자는 또 얼마나 많겠어요? 그 환자들의 호주머니에 있는 가난한 돈을 탈탈 털어서 가져간다고 생각해보세요."

"설마 그러기까지야 하겠습니까? 사람 봐가면서 과잉 진료도 하겠지요."

"늙어가는 엄마가 돈이 있음 얼마나 있겠어요. 주위 사람들 말을 들어봐도 그렇고, 서민이고 뭐고 가릴 것 없이 살살 사람들의 간을 봐서 먹히겠다 싶으면 영리하게 밀어붙일 인간들 같아요. 꼼짝 못하는 우리 같은 환자가 병신이겠지만 목숨을 담보로 쥔 의사 앞에서 뭘 어쩌겠어요?"

"아, 이제 생각나네요. 내 친형의 직장 동료가 저번에 비슷한 증세로, 뇌혈관이 부풀어 수술을 했다고 합니다. 허벅지로 뭔가 넣어서 부푼 혹을 제거했다는데 듣기로는 아주 간단하게 해치우고 바로 돌아와 업무에 복귀했다고 하는 얘기를 들었습니다. 다른 병원에서 했던데, 비교적 이름이 알려진 의사라던가? 아무래도 수술 같은 중대한 질환은 명의라는 평판을 받는 의사에게 집도를 맡기는 게 우선이지 않을까 싶네요."

"참, 그리고 그 뒷날에 동네 병원에 들러서 직접 의사로부터 진료 결과를 들었습니다. 엄마에게는 진작 들려주셨던 내용인데, 고혈압 약의 지속적인 복용과 아스피린 복용의 처방전을 내려주셨어요. 귀 쪽의 작은 혹은 종양이 아니니 당장 염려할 건 없고 뇌혈관의 물혹은 괜찮을 확률이 95퍼센트인데 매년 1퍼센트 가량, 확률이 떨어질 거라 그랬습니다. 자기가 내린 진단의 신뢰도는 92퍼센트 정도로 생각하면 된다고 했습니다. 혹과는 무관한 일시적 현상이었는지 그 후로 몸 상태가 아직까진 괜찮으세요. 노파심을 버리고 동네 의사의 소견을 신뢰하기로 했습니다. 당분간 지켜보려고요."

홍정숙은 속에 품은 이런저런 얘기들을 꺼내고서 마음이 편안해졌는지 안도의 한숨을 내쉬며 차분한 모습으로 의자 등받이에 몸을 기댄다.

"내가 이번 일 이후로 원칙이랄까, 하나 정한 것이 있어요. 우선 가벼운 질환이라 판단되는 것은 동네에서 괜찮은 병원을 주치의로 삼아 치료하기로 했습니다. 생명과는 그다지 상관없지만 나름 중한 질환일 경우에는 내가 사는 도시에서 가장 양질의 의료진과 시설이 갖춰진 병원과 의사를 찾는 것입니다. 그리고 목숨이 걸린 질환의 경우에는 무조건 서울부터 가서 최고의 의사를 만나는 수밖에는 없습니다. 우습죠? 하지만 이렇게 미리 마음으로 정해놓지 않으면 또 어떤 허튼 생각과 행동을 일으킬지 몰라서 그렇습니다."

"좋은 생각을 하셨네요. 나도 솔깃해지는 게 원칙을 익혀놔야겠습니다. 우리도 곧 늙어가니까요."

빈말이 아니라 참으로 좋은 생각이다. 사람들은 위기가 닥치면 생각을 접고 마구잡이로 병원을 선택하고 이곳저곳 옮겨가고 허둥댈 가능성이 높다. 실제로 내가 지켜본 주위의 친지나 이웃들이 그러하지 않던가. 결국에는 잘못된 치료나 때를 넘긴 수술로 곤욕을 치르다가 덧없이 목숨을 내놓는 순간의 모습을 종종 목격하는 것이다. 진리를 알아야겠다는 것은 이렇듯 육체를 온전히 유지할 주위의 조건을 파악한다는 것 역시 해당되지 않을까 하는 생각이 오늘 문득 드는 것이다.

"지금 생각하니, 그때 마음 불편하게 병원을 나서면서 절로 짜증이 일어나 엄마에게 마구 악다구니를 퍼부었어요. 줄곧 노기어린 친정엄마의 인상 때문에 그랬다지만, 의사에게 퍼부을 욕을 엉뚱하게 엄마한테 퍼부은 셈이죠. 왜 저는 가진 자들, 있는 것들에게는 자꾸만 패배의식에 사로잡히는지 모르겠어요. 제대로 얼굴을 노려보기가 힘들고 의문에 대꾸하기가 너무 힘들어요. 그들이 나에게 보이는 착한 미소와 선량한 직업 때문일까요?"

무씨는 부끄러워졌다. 그것은 무씨 자신도 그러하기 때문이다. 가난한 상인이 과자 값을 얼마 더 붙여 팔아도 온갖 군소리를 다하면서, 막상 권력의 선상에 놓인 자들을 향해서는 입을 다물지 않는가. 엉터리 의료 행위에 고통당하고, 부패한 정치에 세상이 썩고, 거짓의 언론이 진실을 가리고, 가진 자의 논리로 법의 심판이 돌아가더라도, 그리고 한국교회의 타락과 위선 앞에서 처절하게 무릎을 꿇지 않는가? 무씨는 자신의 심정을 감추고 싶은 것인지 별 의미 없어 보이는, 흔히 일어나는 세상사를 읊조린다.

"어느 조직이든 파벌이 형성되고 계파 간에 갈등과 알력이 존재합니다. 교수들 간에는 출신학교가 다르거나 학풍의 차이 등을 이유로 해서 다툼이 일어난다더군요. 웃기지도 않습니다."

사소한 얘기 같은데도 홍정숙의 표정이 더욱 착잡하게 다가온다.

"왜들 그리 서로 싫어하는지 모르겠어요. 대학교수직은 대개 같은 동문출신으로 이뤄진다면서요? 그러니 동떨어진 대학의 출신이 교수로 임용되어 오면 특히 끼리끼리 뭉쳐서 그리도 공격하고 미워한다는 소리는 들어봤어요. 많이 배우고 잘 알수록, 정글의 법칙 속에 놓여 움직이는 사람처럼 느껴질 때가 많답니다. 거짓말도 잘하고, 전에 어떤 변호사는 재판에 계류 중인 피의자를 단 한 번도 만나보지 않고 진술을 듣지도 않은 채 재판에 나서던 것을 지켜봤습니다. 구태의연한 변론 몇 줄을 읊는 걸로 마무리 짓던데 그런 자도 한때 영특하다는 소릴 들었겠지요? 그러면 뭐하겠어요, 피의자와는 다른 세상에 사는 고상한 존재라는 생각에서인지 뭔지. 피의자 가족에게는 몇 번이고 구치소에 들러 면회했노라고 변호사이면서 태연하게 거짓말을 즐겼다고 합니다. 인간은 동물에서 진화한 게 맞겠어요, 아무래도."

농담이 필요할 것 같아 무씨가 편한 몸짓을 지어보이며 대꾸한다.

"동물은 평화주의자가 없습니다. 다만 겁쟁이가 있을 뿐이지요. 그 겁쟁이들은 이내 도태되고 맙니다. 그래서 강자가 살아남는 약육강식의 세계가 펼쳐지고 다윈이 그 관찰에 의해 진화론을 들먹였던 것입니다. 하지만 실제 인간의 삶은 어떻습니까? 엄밀히 따져도 평화주의자가 존재하고 그들이 멸망이 아닌 번성으로 인류를 이끌어갑니다. 동물과 엄격하게 구분되는 요소이지요. 평화와 사랑은 진화로 이뤄지는 물질적 산물이 아니라 영혼의 영원성에 기초한 신의 정신인 것입니다. 인간은 늘 불안과 고뇌 속에 삶을 보내는 것 같아도 언젠가 때가 되면 늘 자기 곁을 떠나지 않은, 여태껏 머물었던 평화와 사랑의 느낌을 깨닫게 되리라 봅니다. 아직은 체험하지 못해 머릿속에 그릴 뿐이지만요."

홍정숙은 과거의 억울했던 사건에 대한 상흔이 여태 지워지지 않은 채 영혼에 낙인처럼 찍혀 있을 것만 같다. 하긴 뇌세포에, 또한 영혼에 깊숙이 골이 팬 쓰라린 기억들을 어찌 쉽사리 없앨 수 있을까. 상처는 받을수록 깊어져 마음이 얇아지는 것인데. 심장이 콩닥거려 뇌혈관의 부풀은 풍선 모양처럼 그것은 언제 터질지 모를 감정의 동맥혈인 것이다. 그렇지만 그것을 극복해야 인간이 살아가겠고 그 극복의 터득이 진리를 아는 것이며 진리가 인간을 자유롭게 만드는 것이 아니겠는가. 그것을 알고자 무씨가 진리를 찾아 이곳저곳을 기웃거리는 것인데 갈수록 진리는 윤곽을 잃고 흐릿해져가는 것이다. 그런 기분에 빠져드는 것이다.

"주제넘을 소리 같지만 전에는 형수님이 교회에 다녔던 걸로 압니다. 괜찮은 교회를 찾아서 다시 다닐 생각은 없으신지요?"

"교회를 다니지 않아도 하나님은 믿고 있습니다. 기도도 드리고요."

"아, 그렇습니까? 삶에 고뇌가 낄 때쯤 신을 향하는 우러름이 좋더군요. 가끔 인간을 내려놓고 집착과 탐욕까지 내려놓으면 그렇게 마음이 산뜻해질 수가 없습니다."

"후훗, 방금 하나님 들먹이시더니 웬 불교예요?"

"그렇습니까? 아마 장경록 교수님의 영향인가 봅니다. 하하."

"아무렴 그럴 리가? 하나님의 말씀에도 그런 구절이 있을 거예요. 그런 멋진 말씀을 신께서 모르실 리가 없으니까요."

"네, 형수님 말씀이 옳습니다. 그렇습니다. 그런데 혹, 장경록 교수님에게 뭔 일이 생긴 건 아니겠지요?"

"말을 안 해줘서 잘은 모르겠는데 많이 힘드신가 봐요. 아무래도 교수들과의 알력이 심한 눈치입니다."

"아, 그랬군요. 형님을 만나면 이것저것 여쭤보겠습니다. 어쨌거나 형님은 시련이 생기더라도 잘해나가실 겁니다."

사람은 수시로 감정의 굴곡과 마주하게 된다. 그것을 슬기롭게 헤쳐 나가는 지혜가 삶을 풍요로 이끌겠다. 홍정숙이 그런 면에서 삶의 고뇌를 딛고 선 성숙한 여인이겠다는 생각을 문득 해보는 것이다. 그녀의 과거를 떠올릴 얘기들이 오늘 이 시간에는 부적절할 것 같아 무씨가 몸을 일으켜 작별을 건네자 홍정숙이 대문 앞까지 따라나선다.

# 선과 악

무씨는 며칠 동안을 소설 작업에 몰두하였다. 그러면서 지금껏 어수선하게 뇌리에 나뒹굴던 상념들을 말끔히 주워 모으고 마음을 정갈하게 씻어 내렸다. 오늘도 그렇듯 마음에 와 닿는 착상 하나에 흥겨워져 서재의 창을 활짝 열고 호수처럼 고요한 바다를 바라보았다. 찰랑거리는 물결에 넘실거리는 고깃배들을 봤을 뿐인데 갑자기 누군가야가 보고 싶어졌다. '지금 어디에서 무엇 하며 사는 걸까? 여자 몸으로 삶이 쉽지 않을 텐데!' 무씨는 폰을 뒤적거려 통화 기록에서 그녀의 번호를 찾아낸다. 무심결에 눌러보는데, 신호가 간다!

"여보세요." 폰 너머에서 그녀의 맑은 목소리가 들려온다.

"나야. 반갑네, 전화 되니까."

"그래요. 목소리 들으니 참 기뻐요. 오늘이 무슨 날인가! 후훗."

그녀의 목소리가 의외로 생기로 넘쳐흘러 다소 마음이 놓인다.

"그동안 어찌 지냈나?"

"중국 가면서 세 준 집은 이번에 정리했어요. 먹고 살 터전을 아직 정하진 못했는데, 아마도 서울로 가지 싶어요. 거기가 일자리 많으니까. 우선 임시로 월세방에 있어요. 여긴 아직 부산이에요."

"뒤늦게 메일 확인하고 은근히 걱정됐는데 잘 지내는 것 같아 마음이 놓이네."

"걱정 말아요. 알아서 잘 사니까. 당신도 목소리가 편해 보여요. 다들 잘 살아야겠지. 요즘은 어디서 머물러요?"

"집이야."

"이제 완전히 돌아갔구나? 당신과 길게 통화하고 싶은데 어쩌지? 지금 운전 중이에요. 무슨 할 말 따로 있어요?"

"그냥 안부 전화한 거야. 다음에 통화하지 뭐."

"흠! 만나자는 소리가 없어 서운하지만 오늘은 용서할 게요. 전화한 게 어디야? 하하. 다음에 뵈어요. 끊어요."

끊자고 하고선 무씨가 먼저 끊기를 기다리는 기척 같아 무씨가 한마디 더 건넨다.

"좋은 사람 만나 행복하기를 기도할게. 우린 괜찮은 친구가 될 수 있을 거야."

조문주는 끊지 않으면서도 아무 말이 없다. 무엇을 생각하는 것일까? 무씨가 먼저 버튼을 눌러 끈다.

장경록이 뒤늦게 부산에 내려왔다. 자기 어머니의 건강을 살피고 나서 무씨에게 연락하였다.

"아우! 어떻게 지내는가? 우리 만나야지. 못 다한 얘기도 마저 나눠야 하고. 하하."

세상을 관조하는 고승이거나 권태에 젖어 외로워진 몸을 이끄는 노구이듯 한가하게 느릿느릿 약속한 길을 걷는 무씨다. 초겨울의 햇살을 음미하기에 좋은 시간대이긴 하다. 바닷가 기슭의 정자 난간에 장경록이 걸터앉아 책을 뒤적이고 있다.

"일찍 왔네? 가을바람이 스산해. 벌써 겨울이 온 건가?"

"내일 전국적으로 비 온답니다. 요즘 비가 잦네요."

장경록이 포근하고도 가벼워 보이는 재킷을 걸치며 짐짓 한차례 몸을 부들부들 떤다.

"으, 쓸쓸해. 그래도 부산은 눈이 오지 않아 좋아."

"눈길에 차량이고 사람이고 엉금엉금 기는 거 생각하면 좋긴 하지요. 겨울철 낭만이 사라질까 아쉬워 그렇지. 형수님은 병원에 계시나 봐요?"

"집에 바래다주고 왔어. 뭐 좀, 정리할 게 있다네."

"모친 몸 상태는 어떻습니까?"

"아직 초기라지만 병 자체가 치매라서, 당장에 더 나빠지진 않을 거라 하네만. 그럭저럭 괜찮긴 했어."

사회생활 속에서 만나는 대다수의 사람들은 쉽사리 종교 얘기를 꺼내지 않을 것이다. 종교라는 모양새 자체가 고리타분하고 까다로워 그만큼 무미건조한 애기일 수밖에 없는데다가 자칫 사상적 견해가 다를 경우에는 서로가 감정의 골이 깊게 패일 가능성이 농후하기에 그러하다. 무씨와 장경록도 마찬가지다. 이들도 각기 만나는 다른 사람들과 그 다양한 처지에 맞춰 여러 가지 주제를 놓고 대화를 펼칠 것이다. 그런데도 이 둘은 처음 만난 장소가 절이라는 공간이었고 계속해서 나눈 법담으로 인해 그것이 만날 때마다 상기되면서 자연스레 주된 대화로 굳어져버렸다.

"신은 왜 공들여서 세상을 창조해놓고는 이렇듯 종말을 부각시키는 것이지?"

"예수께서도 종말과 심판에 관한 언급을 하셨고 성경에도 기록되어 있는 만큼 결코 무시할 요소는 아닙니다. 그러나 심오한 비유를 허투루 다룬 것은 아닌지, 올바른 해석을 위한 정확한 고찰이 앞으로 뒤따라야 하겠지요. 어쨌든 나는 인류의 종말에 앞서 개별적으로 누구에게나 먼저 닥쳐오는 죽음에 관한 고찰이 중요한 것이지, 지금 우주의 붕괴를 걱정할 시점이 아니라는 것을 강조하고 싶네요. 돌아가는 현실을 짚어보면 이런 종말을 유난히 강조하여 전면에 부각시킬수록 사이비 종교 집단이거나, 어떤 의도된 목적을 이루기 위해 신자들의 불안 심리를 조장하려는 음흉한 술수의 움직임이라는 게 포착됩니다."

"그 술수란 게 구체적으로 뭐지?"

"순수한 전도가 아니라 교세확장, 헌금 착취의 압력, 절대복종 강요, 따위에 유용하게 써먹을 하나의 강력한 재료가 되는 것이지요."

"어딜 가나 다루는 인간들이 문제로군. 요새 유독 내가 계절을 타네? 이번 겨울엔 한파가 오려나, 어쩌려나? 참 자네, 스님이 여기 내려오신 거 아나?"

깜짝 놀라는 무씨다. "무슨 일이죠? 갑자기 어찌?"

"무슨 일은. 양산에 있는 사찰에서 무슨 법회가 열린다나? 알고 보면 스님들도 여기저기 다니는 데가 많아."

"그랬어요? 난 조문주의 이혼과 무슨 연관되는 일이라도 생겼나 하고요."

이 말에 뭔가 대꾸할 만도 할 텐데 일부러 회피하는지 자기 할 말을 한다.

"나중에 스님 얼굴이나 한번 보자. 약속 시간을 정해놨어. 우리가 불교 얘기, 어디까지 했더라?"

"불교 얘기에 끝이 있겠습니까? 그런데 형님께선 학교에 무슨 문제가 있는 건 아니겠지요?"

"문제? 학교는 끝이 있어, 하하. 곧 그만둘 거야, 원래 내가 누릴 자리가 아니었어."

"그래도 괜찮으시겠어요?"

"괜찮다마다. 아우야, 걱정 마, 먹고 살 정도는 되니까. 그거면 되잖나? 본래에 내가 있던 자리로 돌아간다고 생각하면 돼. 그런데, 얼마 전에 문주를 한번 만났어. 결국 이혼했다고 그러네. 자네에겐 무슨 기별 없었나?"

"네, 없었습니다."

짧게 대답한 무씨의 표정을 살피며 잠시 생각하는 장경록이다. 그러나 생각 끝에 꺼낸다는 얘기가 바로 종교 얘기다. 무씨는 얼핏 그가 문주에 관해 고민한다고만 생각했는데.

"음, 그러니까 기독교는 선악의 개념이 뚜렷하겠지? 사탄이라는 존재까지 구체적으로 등장하니까. 선악과를 따먹은 불경죄도 성경에 언급되잖나?"

"당연합니다. 선악을 아는 일은 지혜이고 인류 역사 이래로 항상 필요한 숙제였습니다. 선악을 모르고서는 인류의 실존에 한계가 오게 됩니다."

"그런데 신은 왜 인류가 선악을 아는 지혜에 이르기를 원하지 않으셨을까?"

"글쎄요, 왜 그러셨을까요?"

무씨의 생각은 그랬다. 신은 선악을 아는 신의 영역에 인간이 끼어들기를 바라지 않으셨다. 이유는 고유의 순수 상태에서 인간이 살기를 의도하였으니까. 선악을 안다는 것은 선한 행위와 악한 행위를 모두 저지를 수 있다는 얘기가 된다. 인간에게 자유의지를 준 마당이니 인간의 마음에 깃드는 선악의 개념과 의도와 행위를 얼마든지 자유로운 의사결정에 의해 시도할 수 있을 터이고, 신이 아닌 불완전한 성질을 가진 존재의 인간이라서 그것은 필히 일어날 수밖에 없을 것이다. 그러니 신은 인간의 선악 알기를 원치 않으셨으리라.

하지만 이것을 장경록에게 말하지 않는다. 자신의 어정쩡한 주장보다는 장경록이 말하는 불교의 선악에 대한 견해가 듣고 싶어서이다. 더군다나 그런 신이 왜 선악과를 인간 곁에 두었냐는 질문을 던지면 꿀 먹은 벙어리가 될 가능성에 무씨가 처음부터 입을 열지 않았을지 모른다. 그럼에도 인간 곁에 둔 까닭을 유추하자면 무씨의 입장은 그렇다. 선악을 모르는 동물적 무지의 상태보다는 비록 피조물이긴 하지만 진보하여 더욱 향상되는 모습의 인간으로 살아가기를 내심 신께서는 바랐는지 모른다. 하지만 말했듯이 자유의지에서 필시 빚어질 악의 실행을 염려하여 선악 분별의 선택권을 인간에게 맡겼을 것이라는 추측이다. 먹지 말라고 하였음에도 선택할 것인지를! 신의 방조에도 불구하고 그 책임은 인간의 몫인 것이다.

"그런데 본래 이 세상에는 선악도 없고 죄도 없어. 선악은 인간의 분별심이 만들어냈지 여기에 구분할 기준이 없어. 구별할 초월자도 존재하지 않아. 그러니 심판도 없고 처벌도 없어. 물리법칙처럼 오직 인과응보의 법칙만 존재하지. 이 업보의 원리는 자신의 행위가 상대방에게 고통인가 아닌가에 따른 작용과 반작용의 결과일 따름이야. 불교가 말하는 천국과 지옥은 유식설과 인연법, 제법실상에 어긋날 정신계의 일이 아니라 생명계에서 받게 되는 공덕과 업보를 말해."

"기독교와 불교가 유사성을 띠기도 하지만 이렇게 다를 경우가 많습니다. 천국과 지옥에 관한 메시지는 상징적 비유이긴 합니다만 이곳 생명계에서 나타나는 현상의 표현이 아님이 분명합니다. 죽어 내세에서 겪을 영혼의 상태를 상징하는 단어인 것이지요. 기독교뿐만 아니라 불교 역시도 지옥의 개념을 구체적으로 형상화할 정도로 이미 불자들의 인식에 깊숙이 자리하였다고 보는데 이런 징벌적인 묘사가 일어난 이유로는 무지한 사람들의 안일한 윤리관에 각성을 주려는 의도였다고 봅니다."

"그렇다면 아우는 지옥이 뭐라 생각하는가?"

"불자나 기독교인들은 지옥이 어떤 구체적인 공간이라고 생각들을 하는 것 같습니다만 나는 그렇게 보진 않습니다. 성경에 죄의 삯은 사망이라는 말이 있듯이 지옥은 죽음 자체입니다. 영혼이 생명을 상실하여 소멸하는 상태를 지옥이라 일러줬을 때 과연 그것을 실감할 사람이 몇이나 될까요? 또한 천국이 신의 세계로 나아가는 영혼의 상태를 의미한다고 보니까, 이것은 살아서 인간이 가질 공덕과 같은 현실의 상태일 수가 없지요.

　그리고 이 세계에는 선악도 없고, 죄도 없고, 그 기준조차 없다는 설명엔 많은 문제가 있어 보입니다. 불교 수행의 궁극적 목적이 해탈이라는 경지의 세계에 이르는 것이라지만 그 개념의 정의나 실현 가능성의 애매함으로 해서 불자들이 실제로 수행하는 데 있어 각기 혼선을 빚지 않을까요? 이렇듯 분별심을 버리라는 것도 자기의 집착에서 생겨난 사상을 기준으로 고집해서 사물의 현상을 저울질하지 말라는 뜻이라면 또 몰라도, 어찌 진리에 이를 선에의 사리 판단을 그만두라는 뜻이겠습니까? 어찌 물리법칙의 작용에 대한 반작용이 정신적, 도덕적 세계의 영역에까지 획일적이고도 자동적으로 이에 미치겠습니까?"

　동물들이 양심이 없어 일으키는 모든 행동들은 정당하다. 약육강식의 원리에 충실하려는 그것들의 본능에 뭐라 말할 수 없다. 하지만 인간에게는 이미 양심의 기준과 도덕률이 안겨졌으며 그것에 준해 행동할 것을 요구받는다. 이것이 불교 교리에 반하는 무씨의 생각이며 선악을 가려야 한다는 기독교의 뜻이다. 자연 상태의 동물 수준에게나 해당될 인과응보인 것이지 신의 섭리에 따르는 선(善)에의 희구 없이 어찌 진리의 파악이 가능하겠는가, 정녕코 진리에 이르겠는가?

# 영적 존재와의 교감

"의도하는 행위는 인간 의식의 발로이고, 영적 존재는 교감에 의해 영향을 미칠 뿐이야. 그 영향력은 영적 존재의 의지가 아니라 인간의 마음에 의해 그렇게 된 거야. 자신이 그들과 어떻게 교감하느냐에 따른 문제지."

"잠시만, 여기서 영적 존재라 함은 근원적 힘을 지닌 신적 존재를 말하는 것입니까?"

"그렇지. 종교는 개인의 체험에 기반을 두지. 요즘 들어 과학의 비판 공세에도 종교가 버티는 까닭은 신앙의 체험이 있어서일 거야. 영적 존재의 힘은 언제나 인간의 자유의지와 행동에 의해 작용하지. 만약 영적인 힘이 이 세상을 직접 주관한다면 그로 인한 모든 결과도 영적 존재가 책임져야 하잖아. 그러니 원인이 되는 인간이 책임지는 것이 인연법이야."

"그런데 영적 존재의 힘이 직접적으로 주관할 경우에 영적 존재가 책임을 져야 한다는 얘기는 무리가 따릅니다."

"어째서 그렇게 생각하지? 간단하게 풀릴 문제가 아니던가?"

"신께서 악을 행하겠습니까? 악으로 물든 인간들이 길을 잘못 걸어갈 때에 그 나아갈 길을 바로잡아 새로이 지평을 열면, 그 새로운 길을 인간들이 거듭 자유로이 걷지 않겠습니까? 그것이 인간의 책임이 아니고 무엇이겠습니까?"

"무씨 자네 얘기가 일면 수긍이 가긴 하네. 하지만 그런 간섭 없이도 인간은 스스로의 길을 뚜벅뚜벅 걸어가지 않겠나?"

"인간을 바라보는 관점에 차이가 있겠습니다만, 나는 항상 인간의 모순된 삶을 헤아려 봅니다. 나 자신이 그래서일까요? 어쨌든 한계의 인간이 알아서 터득하여 깨달음에 이르기는 어렵습니다."

"좀 더 궁리해야 할 숙제일세. 아무튼 내 얘기를 계속하지. 기도는 한 영혼의 염원이야. 이 염원은 집단영혼에게 영향을 끼치면서 그 반향에 의해 자기의 자성이 변화를 이뤄. 그 변화가 인연을 바꾸고 인연의 그물이 다시 짜지지. 연기의 바다는 고정된 그물이 아니라 전체의 날줄과 씨줄이 새로이 얽히는 운명의 그물이야. 그러니 기도는 우주에 도움이 되어야 해."

자성이 있기만 하다면 이것은 옳은 소리이긴 하겠다. 이기심을 버리고 이타심에 의하는 염원이야말로 가장 이상적인 기도가 되지 않겠는가. 하지만 전적으로 타인만을 위하는 기도가 불가능한 게 인간이다. 반드시 개인의 이기심이 충족될 기도가 뒤따르게 마련이다. 인간에게는 항상 불안과 회한과 고통의 어두운 그림자가 깃들기 때문이다. 그것의 기도 없이, 염원 없이는 극복 없기에.

## 염원과 업

"사람들은 언제나 바라고 이루기 위해 노력하지. 노력은 개인의 자유의지처럼 보이지만 실은 의식과 연결된 말나식, 아뢰야식의 작용이 바탕에 깔려 있어. 정신분석에서 잠재의식의 정체가 그것이야. 개인의 잠재의식은 집단영혼인 정신계의 일부로 존재하는 것이지 개인의 뇌에 존재하지 않아. 모든 영혼의 염원은 반드시 그에 상응하는 업을 만들어내고 업은 인연으로서 다시 그 영혼에 작용하지. 작용은 염원이고 반작용은 업이야. 염원이 서면 업이 뒤따라 우주 전체의 운명을 결정해가는 거야."

농담 같지만 염원이 반드시 업이 되고 그것이 우주 전체의 운명을 결정하는 게 사실이라면, 이미 이 우주는 붕괴되었어야 할 것만 같다. 지금껏 존재했고 앞으로도 존재할, 대다수 인간의 염원이야말로 가장 이기적이고 속물적이지 않겠는가? 이렇듯 설득력이 떨어지는 논리 전개라고 생각하면서도 무씨는 작용과 반작용의 물리적 법칙이 인간의 심리적 법칙에는 그럭저럭 유효하지 않을까 싶어 긍정의 눈빛을 보낸다.

"그런데 악업을 만들지 않는 염원이 있긴 해. 업을 짓지 않겠다는 염원은 전생에 지었던 악업으로 이생이 고달프니까 이제는 꼼짝하지 않고 그 어떤 업조차 짓지 않겠다며 자이나교처럼 고행하는 것이지만, 불교에서 말하는 업은 의도적 행위라서 선행은 해야 하기에 악행을 짓지 말자는 것이야. 수행자도 하루 종일 행위를 하는데 나와 남이 함께 잘되자는 선행은 이미 기본 바탕이 된 사람들이고, 내면행위를 분석하여 만약에 바르지 않은 내면행위라면 끊어내자는 이 염원이 바로 해탈심이지. 말하자면 선과 악이라는 테두리를 벗어난 차원에서 바름과 바르지 않음, 옳고 그름이라는 내면행위를 다루는 영역으로 진입하여 잘못된 업에서 벗어나고자 하는 것이지. 그러려면 업의 원인인 자기를 버리면 돼. 무아가 그렇겠지? 자기를 없애려면 자기의 모든 이기적인 염원을 버려야 해.

초기경전에 무원삼매가 등장하는데 수행자가 반드시 경험해야 하는 삼매지. 하지만 대개의 사람들에게 쉽지 않으니 일단 염원을 하나로 모우는 게 쉬운 방법이겠지? 수많은 더러운 염원을 모아서 하나에 담아가는 청소의 과정이 사성제요 팔정도야. 그 염원이 〈모든 사물에 내가 도움이 되리라. 나는 모든 사물에 대하여 한없는 이타행과 자비심으로 시종하리라.〉 하고 발원하는 것이야. 나의 성불이 아니라 모든 생명의 성불을 기도하는 염원이지. 이타행과 자비심도 염원이기에 업이라는 반작용은 있어. 그러나 그 염원으로 인해 고통 받는 상대가 없으니 그 선업은 공덕으로 쌓여. 이것이 불자의 마음이 되어야겠지."

이타의 염원과 선행으로 공덕을 쌓는 일은 참 좋다. 그러나 집단영혼이라는 우주의 정신계가 진여의 세계를 의미하는 것이라면 그것은 불성과 연결되고 성불에 대한 염원이라고 봐야겠다. 그렇다면 이 주장이 힌두교와 대체 뭐가 다를까? 브라흐만과의 합일을 바라는 아트만의 세계가 아닌가. 생각에 따라서는 기독교의 성령과도 연결될 만한 이런 주장이 얼마나 붓다불교에 근접되는 생각인 걸까?

고타마붓다의 가르침하고는 다른 주장을 펴는 한국대승불교이니 이것은 붓다 자체를 부정하는 것이다. 고의는 아니겠지만 불자들이 결과적으로 고타마붓다를 깨닫지 못한 자로 새겨 두고는 새로이 유신론에 입각하여 그들의 이론을 만들어냈다고 볼 수밖에는 없다. 이것이 어떻게 고타마붓다의 사상을 진일보시킨 불교의 진화가 되겠는가, 정당한 발걸음이라고 자신할 수 있을 것인가? 신이 없으면 종교가 되기 어렵고 우매한 중생을 포섭하기 힘들다는 자각에, 신적인 개념의 부처와 불성, 보살, 유식론과 여래장사상 등을 궁리하였다고 봐야 하지 않을까? 이리하여 자기 수행보다는 복을 비노라면 행운을 안겨줄 부처님이 떡하니 법당에 자리하게 됐지 않겠는가? 우매한 중생들을 힌두교의 세계로 슬그머니 도로 인도한 것이다. 이러한 행위를 합리화할 논리를 찾다보니 진여가 나오고 불성이 등장하여 결국 이상한 신을 만들었으니 이성적 작용이 없는 범신론적 개념의 부처신이 등장할 수밖에는. 신은 없다고 말한 석가모니는 이런 현상에 대해 뭐라 풀이할 것인가?

# 기란 무엇인가

　　사람들이 말하는 기(氣)는 생태계 전반을 두루 관통하는 우주적 생명력이라고 한다. 농경사회와 관련이 깊어 구름이나 바람과 같은 기상에 연관 지었다. 날씨와 계절의 변화, 천기(天氣)와 지기(地氣)가 결합하여 곡물이 생장하고, 동물은 그 식물의 생명력을 먹음으로써 생명의 활력이 된다고 생각했다. 그러니 인간의 생명 역시 기의 흐름이라는 생각이 들었다.

　　중국의 주희는 기가 존재를 구성하는 물질적 요소로 이해되었다. 기는 활동적이어서 음양(陰陽)과 오행(五行)으로 분화되고 이 음양오행의 갈등과 조화에서 모든 사물의 생성과 변화가 일어난다고 풀이하였다. 기의 운동과 변화에는 일정한 질서가 있기에 이 정합적 질서를 이(理)라고 하여 선하고 완전한 우주를 주재하는 원리로 생각하였다. 그러니 인간의 기에도 이가 있지만 인간 행위에 나타나는 불합리와 모순은 어쩌지 못하는 현실이기에 이(理)를 실현해야 할 이념으로 설정하여 인간의 타고난 기질(氣質)을 제어해야 한다고 말했다.

　　주자학은 그래서 성즉리(性卽理)다. 기가 아닌, 이가 인간과 만물의 본성이라고 주장하였다. 이에 따라 이황은 이(理)기(氣)는 분리될 수 있다고 하였으나, 이이는 한 몸이라고 주장하였다. 기가 구체적 현실이며 이는 현실의 원리라는 생각에 〈이기는 서로 떨어질 수 없으니 이가 선이라면 기 역시 선이다. 이(理)와 한 몸인 본연지기(本然之氣)는 흠이 없는데 기가 분화, 파생, 교섭하는 과정에서 바람직하지 않은 사태 또한 생길 수가 있다. 이것이 현실의 악(惡)이다.〉라고 주장하였다.

　　이이는 기의 잘못됨은 인간의 노력에 의해 본래의 순수로 되돌릴 수가 있고 그러한 인간의 고유한 능력도 기의 몫이라고 하였다. 본연의 기를 흩뜨리는 것도 기요, 그것을 회복하는 힘도 기다. 이후, 조선 말기에 최한기가 이르기를 〈인간의 타고난 천기가 곧 성이며 이가 아니라 기가 인간의 본성이다.〉라고 하였다. 개체는 각기 삶의 추구와 개성에 의해 행동하는데 그것을 먼저 인정하자는 얘기다. 여기에 충돌과 갈등이 있겠으나 갈등은 생명의 본질이요 기의 당연한 결과이니, 규칙이나 관행을 들이대어 강요할 게 아니라 사회관계에서 해결의 실마리를 찾아야 한다. 이 사회성에의 자각을 바탕으로 갈등과 긴장이 해소되는 사회를 이룰 수 있다. 현실의 기는 늘 움직이고 변하므로 과거에 마련한 잣대는 고쳐지고 달라져야 하며, 옛적과 지금을 참작하면서 문제를 직시한 현재적 사유에 진리가 있다고 하였다.

"선인들은 마음과 육신을 하나로 결합한 생명의 근원을 기라고 보았어. 기는 정보의 활동이야. 물질이 존재하는 데 필요한 두 가지 작용은 에너지와 정보야. 힘은 에너지로 측정되고 정보의 활동에서 기를 느끼지."

장경록은 기라는 것이, 고대인들이 생각한 우주적 근원의 생명력과 유식설로 설명되는 정신계의 식이 어우러진 생기의 활력을 말하는 모양이다. 하지만 무씨는 이 설명이 기의 실체를 적절하게 정의했다고 생각지 않는다. 앞서 언급한 성리학의 이기일원론 설명과 유사하달까.

"형님은 미국에서 무슨 전공을 하셨습니까?"

"나? 미국? 나는 유학 간 적 없어. 국내파야. 내가 외국 물까지 먹었다면 지금껏 시간강사로 떠돌았겠어? 요즘이야 유학이 흔한 시대라지만. 불문학 전공했지. 갑자기 왜?"

"아, 아닙니다. 얼핏 그리 들은 적이 있어서요."

"거참, 흠. 내가 하는 얘기는 별난 소리가 아니야. 시중에 떠도는 일반적인 것들이고 대승불자들의 주장이기도 해."

"조금 전에 형님의 발언은 고대인들, 특히 고대유럽의 인류가 절대적으로 신앙하면서 제사의식까지 치르던 토테미즘과 유사한 사상처럼 비쳤습니다. 정보나 정신이라는 단어를 사용하여 논리를 전개할 때는 언뜻 양자물리학에 연관되는 표현 같았지만, 여기서 기라는 단어를 내세워 정보의 발현이라고 하시니 불현듯 미신적 요소가 많은 견해가 아닐까 하는 생각이 들었습니다. 과학으로 드러난 전자기력 같은 것을 가지고 어떤 논리에 대입하려는 것인지요?"

"기를 놓고 막 얘기를 꺼냈어. 들어보고 반박해도 늦진 않겠지?"

"알겠습니다. 말씀 계속하세요."

"유기체로서의 통합성을 유지하는 정보는 신경망과는 별개라고 말했어. 생명체의 모든 세포 하나하나를 결합시켜 각기 그 맡은 역할을 다하도록 유지시키는 정보는 신경망보다도 훨씬 치밀하고 근원적이지. 정보망은 말나식이라는 생명력의 흐름이고 생명체의 모든 세포가 처한 상태를 파악하여 필요한 지령을 즉각 내리는 최상층의 명령자야. 말나식의 흐름인 기는 모든 자율신경계통과 면역체계까지 움직이고 혈관 속의 백혈구들을 지휘하기도 해. 이 기는 생명체라는 폐쇄회로를 지속적으로 돌면서 세포들에게 정보를 전달하지. 이 힘이 의식적으로 집중될 때 생명체의 전기적 특성을 강하게 만들어서 외부에 에너지장으로 표출되고 개인적 체험으로 기의 흐름을 느끼게도 만들어."

기라는 존재의 근거를 마련하기 위해 이번에는 슬쩍 세포 신경망과 분리되는 정보망을 설정하여 그것을 관리하고 지령하는 지휘자로서의 말나식을 내세운다. 장경록은 각각의 존재 근거를 설명할 때마다 자신이 지금껏 주장한 논리의 요소들을 왜곡시키는 자기모순을 빚고 있다. 이렇게 된 바탕에는 사리풋타처럼 물질과 정신에 대한 정확한 분석과 그에 대한 뚜렷한 신념이 없어서일 것이다. 영혼의 실체라 할 정보의 활동이 기라고 앞서 말해놓고는 이제는 말나식의 흐름이 기라고 설명한다. 자신의 주장대로라면 말나식과 아뢰야식은 엄연히 다른 성질의 정신이 아닌가? 물론 유식설에서 주장하는 후삼식의 정신에 같이 속하는 것이긴 하다.

한편으로 장경록은 물질과 정신의 상관관계로서 모든 만물의 이치와 원리를 설명하지 못한다면 진리가 될 수 없겠다는 강박관념에 빠져 모든 정신적 측면의 현상에 대해 무리한 설명을 시도하는 모양새다. 하지만 일관성 있게 풀어야 할 정신적 현상의 문제를 놓고서 억지스러운 해석에 몰두한다는 사실을 장경록은 아는지 모르는지. 물론 사물을 바라보는 시선의 다양한 각도가 필요하기는 하겠지만, 그럼에도 그가 갖는 문제점은 유식학에서 분류한 식의 존재와 그 개념에 위태롭게 매달렸다는 데 있다. 신체의 각 세포마다 구석구석 침투해 있다는 말나식의 활동이 기가 아니라면 생동감 넘치는 기의 감지가 불가능할 것이고, 아뢰야식의 활동이 기가 아니라면 만물에 퍼졌다는 기의 존재는 신기루가 되어버린다.

그러니 장경록의 입장에서 기라는 것은 말나식의 흐름이다가 아뢰야식의 활동이 되어야 하는 것이다. 자신이 말하는 주장이 이러한 모순적 오류에 빠진 사실조차 눈치채지 못할 가능성이 크겠지만 말이다. 왜 이럴까? 붓다사상에 충실한 사리풋타 스님의 견해에 발맞춰 그냥 물질과 정신의 미묘한 화합이 만물의 존재방식이라고 말하면 아니 되는 것일까? 유식학을 끝끝내 놓지 않으려는 집착이 기의 설명을 뒤죽박죽 만들어버리는 꼴이 아닌가. 묵묵히 얘기를 듣는 무씨의 이런 속마음을 알 리 없는 그가 계속해서 설명한다.

"생명이 물질의 본래적 성질에서 나타났으니 생명의 힘은 당연히 에너지와 정보의 상호작용에서 나오지. 생명력의 약화는 그러니까 에너지의 약화와 정보 흐름의 둔화라는 두 가지 측면에서 온다고 봐야 해. 신경이 마비되어도 말나식은 존재하지만 기가 정지하면 말나식은 소멸돼. 일반 물질은 말나식이 없어 생명체와 구별돼. 기는 말나식의 흐름이라서 의식과 밀접한 관계가 있지. 기는 의식에 영향을 주고 의식 역시 기를 조절하는 힘을 가지고 있어.

기의 흐름은 가시적인 세포조직을 통하는 게 아니라서 혈관이나 신경이 없는 미생물이나 식물에도 존재해. 감지기관인 신경망이 없어 뜨거움, 차가움, 통증 같은 것을 느낄 수 없어도 친근감, 적대감, 공포 등은 기로 감지되겠지. 두뇌와 같은 지령기관이 없어도 식물은 일조량이나 기온의 변화 또는 땅속의 영양분이나 수분의 정도를 자기 몸의 조직 전체에 전달하고 반응을 할 수 있잖아. 이것은 전오식과 의식이 없는 미생물이나 식물도 말나식만으로 하나의 의식체와 같은 면을 보인다는 것이지. 기는 반드시 인간이나 동물에만 있는 것이 아니라 모든 생명체가 가진 것이고 비생명체인 물질에서도 약하게나마 감지할 수 있어."

신체의 화학적 작용으로 에너지와 호르몬 등의 체내물질이 생성되고 활성화되면서 그것이 전자기적 성질의 힘을 띠게 되니 그것을 기라 하면 그건 그것대로 무방하겠다. 또한 말나식을 세포에 얽힌 식으로 단정한 것까지도 정보가 물질과 결합하여 나타난다는 측면에서 보면 그런대로 괜찮다고 본다.

하지만 물질과 떼어낼 수 없는 것이 정보라고 말했으면서도 기라는 것을 끌어들여 가시적인 신경계와는 별도의 분리된 정신계로 파악하는 이론은 아무리 봐도 억지스럽다. 식물과 같은 생명체가 두뇌의 지령기관이 없다고 하여 말나식이라는 묘한 식에다 기를 대입하는 자체가 무리이다. 혈관이나 신경망이 없다고 하여 그것을 기라고 하면 곤란한 것이니, 식물에는 모세혈관이 있고 엽록소, 미토콘드리아 등 각기 고유의 역할을 맡은 세포가 있으며 세포마다 고유정보를 담은 세포핵이 있다. 세포핵에는 유전인자인 핵산이 있어 식물의 생태를 조율하는 것이다.

이처럼 식물이나 미생물들은 각기 세포가 갖는 역할 분담에 따라 외부 환경에 대해 적절한 반응을 하면서 살아간다. 이것을 두고 의식이 없는 존재이니 말나식이 분명할 거라 추측해서는 곤란하며, 그 추측을 가지고 마치 말나식이 실재하는 존재처럼 단정 지어서는 아니 된다는 게 무씨의 생각이다.

"기가 실제로 드러난 현상을 어디서 어떻게 찾을 수 있습니까?"

"기 능력자들이 나타내는 현상의 유형에 따라 기를 열에너지, 전기에너지, 전자파 등으로 주장하는데 기의 본질을 몰라서 생기는 오류야. 그들에게서 감지되는 것은 기가 아니라 기가 일으킨 에너지야. 사물의 기는 상호 영향을 미치지만 주변의 에너지장에는 아무런 영향을 미치지 않고, 기의 작용에 의한 에너지의 변화는 사람만이 할 수 있어. 의식을 자기 의지로 통제할 수 있는 사람만이 발휘할 수 있는 능력이지."

장경록은 물질과 대별되는 영혼의 실체인 정보, 곧 아뢰야식의 활동이 기라고 하였다. 전통적으로 기는 드러나는 물질계의 현상으로 파악하였다. 그러한 기가 정신계의 작용이라 할 경우에 세상은 어떤 현상에 놓이는 것일까? 세상이 온통 귀신이나 영혼의 잔치판이 되지 않을까? 무심결에 뺨을 스치는 바람결에도 영혼의 손길을 느껴야 하는 것이다.

# 기는 수련하는가

"물질 간에 정보를 전달하는 매개체는 광자야. 광자는 일종의 파동으로 설명돼. 빛이든 전파든 소리든 모든 정보는 기본적으로 파동에 의해 전해져. 그 파동에 의한 정보를 수신하고 해독하기 위해서는 반드시 파동의 수신체가 필요하지. 공중에 퍼져 있는 전파가 전도체인 물질에 부딪히면 그 도체의 내부에 그 전파와 똑같은 주파수의 전파를 생성시켜. 이것을 공조라고 말하는데 우리 인간의 몸은 전파에 대해 전도체라서 쉴 새 없이 주변에서 방사되는 기를 공조하고 반사파를 내보내지만 그런 생명체의 주파수와 자신의 채널이 맞지 않아 느끼지 못할 뿐이지. 기는 감정과 가장 밀접해서 감정의 변화가 그대로 기에 반영되어 인간의 생명력을 좌우해. 그래서 불로장생은 감정의 제어와 마음의 평화를 통해서 이룰 수 있다고 말해."

광자에 의한 파동의 정보전달이라는 물리현상을 듣고 보니 새삼 무턱대고 기를 무시할 수만은 없겠다는 생각이 든다. 기척이라는 말이 있고 살기를 느끼듯이 어떤 기운이 분명 있는데 그것을 기라고 부르면 달리 할 말이 없다. 과학에서도 핵력, 전자기력 등의 용어로 설명하니까. 그런데 문제는 정신과 화합하여 결코 떨어질 수 없게 된 물질의 몸체에서 나오는 기를, 유식설에 의해 두 동강이 나버린 정신의 발현에 초점을 두고 이론을 전개하고 있으니 어찌 그의 말이 설득력을 더할 수 있겠는가? 장경록은 인간에게 유익과 위로에 적절한 소리를 전하기만 하면 더러 논리에 무리가 와도 괜찮다는 생각인지, 유식설의 끈질긴 수호를 자처한 것인지, 어쩌면 기독교의 설명처럼 영혼의 독자성을 믿는다는 얘기인지, 참으로 알다가도 모를 일인 것이다.

"기 수련을 기공이라고 하는데 그 실천 방법으로 선과 명상, 단전호흡, 요가,

고행 등이 있어. 위대한 성자의 기는 영겁을 건너 광대한 우주에 미치도록 충만하여 무수한 생명에게 자비의 가피를 베풀어주지. 전파는 한번 방사되면 소멸되지 않고 영원의 시간동안 우주 저편으로 퍼져나가니 그렇다고 봐야지. 그런데 막상 기에 대한 언급이 불교에는 나오지 않아."

"하하, 그런데도 왜, 기를 줄기차게 설명하세요?"

정신과 물질은 서로의 결합 없이는 공으로 머물 뿐이지 실재하지 않는다고 불교에서 누누이 말했다. 존재하여야만 드러나는 물리적 현상이 아직 정보의 상태에 머물 뿐인 위치에서도 우주 곳곳에 생명적 에너지를 퍼뜨릴 수 있는 말이 설득력을 가지는 것일까? 부처의 가피를 염두에 두고 그 타당성을 확보해보려는 궁여지책의 논리에 지나지 않는다. 말나식의 흐름이 기라면서 어찌 소멸에 이르지 않겠는가. 그것 때문에 아뢰야식의 활동으로도 기의 영역을 확장한 것이라면, 그리하여 드러나지 않는 정보의 상태로도 가피가 충분할 지경이라면 무엇 하러 고타마부처로 세상에 나타났겠는가? 고타마부처 당시에 실존했던 세계가 이제는 정보로 머물 수밖에 없는 세계보다도 형편없었나, 우월하였나? 무씨는 갈수록 의문이 쌓이지만 그의 얘기를 가로막을 수가 없다. 어떻게든 대승불자가 갖는 사상의 일단을 확인할 필요가 있는 것이다.

"앞서도 말했지만 기라는 것은 숨겨진 정보가 현상으로 드러나는 에너지라서 그 존재를 확실하게 각인시키기 위해서지. 구체적으로 기라는 용어가 불교에 없긴 하지만 기를 생성시킬 수련이 불교에 있어. 초기 근본불교의 선 이론인 사선론(四禪論)을 말하자면 초선은 가장 초보적인 생리적 욕구인 식욕과 음욕을 다스리고 마음을 한군데 정하여 마음의 들뜸을 피하는 경지에 이르는 수행이야. 제2선은 초선에서 닦은 마음의 경솔한 움직임을 완전히 그치게 하며 기쁘고 즐거운 생각이 쉴 새 없이 일어나는 가운데 마음을 고요하게 유지하는 경지야. 제3선은 2선의 경지를 더욱 깊게 해서 기쁘고 즐거운 감정의 물결조차 고요한 가운데 가라앉혀 적정을 느끼는 경지야. 제4선은 3선에서 얻은 경지마저 버리고 오로지 정념 한 가지에 집중하는 것을 의미하지.

석가세존 이전부터 인도에서는 세계를 구성하는 네 가지 원소를 지(地), 수(水), 화(火), 풍(風)의 사대로 설명하는 사상이 있었어. 지는 단단함으로 모든 물질알갱이를 의미하고 수는 흐르는 것으로 전류 같은 흐름을 말하고 화는 열기로 만물을 숙성시키는 기운이며 풍은 움직이며 살아 있는 힘을 의미해.

지수화풍의 네 가지 원소가 모여서 우주의 삼라만상을 이루었다고 하는 이론이 바로 적취설인데 불교는 이 적취설을 일부 계승하여 형태는 받아들였어. 반면에 사대사상인 적취설에 대립되는 또 하나의 이론인 전변설은 삼라만상을 구성하는 우주적인 실체가 있어 이를 범(梵)이라 하고 마치 입으로 무엇을 불어내면 원래 하나인 무엇이 수많은 요소로 불어나듯 브라만이 성질을 바꾸고 변화하여 만물을 생성시킨다는 이론이야. 불교는 세계를 이루는 근본요소에 대한 전래의 두 이론 중에서 적취설을 택하여 이 사대가 인연에 따라 뭉쳐서 나타나고 인연이 다하면 본래의 모습인 사대로 돌아간다는 인연법의 재료로 삼은 것이야."

이 얘기는 사리풋타의 견해와 거의 동일하다. 아마 사리풋타도 이 적취설에 근거한 붓다의 사상을 적용시켰기에 그러하리라. 하기야 그 물질원소들의 결합과 병합방식의 과정이 어떻게 다른가에 의해 유물론과 불교가 나눠지겠지만 말이다. 지, 수, 화, 풍, 네 가지 원소가 어떻게 조합하는가에 따라 4대 원소 또는 4대의 화합물, 그 4대조색(大助色)으로 된 만물의 형체가 달라질 것이니까. 그런 방식으로 오온의 색이 형성되고 그런 존재의 내면에 과연 어떤 사건이 발생했나를 살피면서 생명체가 어떻게 발생하고 소멸하는 것인가를 분석하는 것으로도 모든 삼라만상의 이치를 풀 설명이 가능하다며 사리풋타가 말하고 있으니까. 그걸 설명하는 붓다사상은 그런 측면에서 인연법으로 찾아야 할 터인데 끝까지 말나식이나 아뢰야식 같은 영혼의 개념을 붙들고 놓지 않는 까닭을 알다가도 모르겠다는 게 사리풋타의 지론이다. 유식설이 그 정도로 현대 과학에 어울릴 학설처럼 비쳐진다는 것인가?

## 인연에 의한 윤회

"인연법이라는 말이 다시 나왔으니 이 인연에 의한 윤회를 놓고 말해보세. 새로운 수정란에 영혼이 깃든다는 것은 전체가 다 들어간다는 의미가 아니라 인연의 끈으로 연결된다는 뜻이라 말했어. 식의 윤회는 모든 생명체에 공통되고 윤회는 보편적인 생명현상의 가장 기본적인 법칙이지. 육체의 진화는 영혼의 진화와 더불어 이루어지는데 육체의 진화 단계와 일치하는 영혼이 결합하여 생명체를 이룬다네. 한 생명의 자성은 아뢰야식에 훈습된 내용에 따라 변화하고 이 자성이 인연을 바꾸어 육도의 윤회를 결정하지. 그런데 인간 외의 생명들은 평생에 걸쳐서 아뢰야식의 내용을 크게 바꿀 일이 일어나기 어렵기에 인간의 수준으로 높아지려면 무수한 윤회가 있어야 해. 그렇듯 인간의 영혼이 일생의 내용만으로 곧바로 짐승으로 바뀌는 것도 드물겠지? 악업을 많이 쌓은 인간은 다시 인간으로 태어나서 받게 돼. 사실상 인간이 받는 업보가 짐승으로서 치르는 것보다 훨씬 더 고통스럽고 참혹할 수 있으니까."

"형님은 방금 인간의 아뢰야식으로 진화하려면 무수한 세월이 필요하다고 하셨는데 그러려면 인간의 육체 또한 그만큼의 점차적인 진화가 필요했겠지요? 하지만 그러한 진화 과정을 거친 인간을 화석에서 도무지 발견하지 못합니다. 인간의 진화가 동물에서 점차적으로 이뤄졌다는 학설이 과학에서조차 드러난 건 아무것도 없습니다. 그것은 인간이 점진적인 진화의 결과물이 아니라는 얘기입니다. 차라리 돌연변이로 급작스런 진화였다면 혹시 몰라도 말입니다."

"자네 말을 이해하겠어. 그런데 영혼이 지구에서만 윤회하는 것이 아냐. 생명체가 살고 있는 모든 천체가 육도윤회의 공간이라 봐야 해."

"다른 생명체가 우주에 존재한다는 말씀이네요?"

"그렇지. 어찌 이 광활한 우주에서 이 작은 지구 하나에만 생명체가 붙어 있겠나. 그리고 자네는 유식학의 주장을 묵살하고자 하는 근거로 영혼이 부재해도 생명체와 우주가 운행하는데 아무 문제가 없다는 것에 초점을 두고 말하고 있어. 그러나 그건 그렇지가 않아. 세계는 관찰자 없이는 존재하지 못하기에 필연적으로 관찰자를 만들었어. 통합된 우주에너지가 인이 되고 통합된 우주정보가 연으로 작용한 우주적 인연의 시작이 시공간을 만들면서 물리법칙이 지배하는 분신들을 쏟아냈어. 우주의 정보들이 원소의 입자들과 결합하여 그것들의 본유종자로 심어졌지. 허깨비처럼 보이는 원소들은 물질계와 정신계의 결합체라서 물질적 존재이면서 정신적 존재야."

하하하! 무씨가 한바탕 크게 웃자, 까닭을 모르는 장경록이 새침해진다.

"형님 얘기를 들으면서 계속 궁금했던 점은, 이렇듯 물질과 정신의 결합 상태여야 비로소 모습을 드러내는 원소인데도 굳이 분리되어 작용하는 영혼을 따로 강조하는 까닭을 알다가도 모르겠다는 얘깁니다. 영혼은 그냥 기독교 논리에 맡기시고 정신과 화합한 물질의 파악만으로 생명분석이 가능한 종교가 불교다, 그렇게 강조하심이 좋지 않을까요?"

"무슨 소리야? 원소만으로 생명이 태어나는 게 아니잖아. 생명은 물질과 정신의 만남이 일으킨 불꽃이야. 자아라는 말나식은 이 생명의 번갯불이 비칠 때만 존재하고 다음 순간에는 찾을 길이 없어. 구름 속에 뭉쳐진 전하의 입자들뿐이야. 영혼이라는 아뢰야식은 번개를 일으키는 구름 속의 전하들처럼 보이지 않는 생명의 근원이지. 영혼은 인연에 따라 시공간에 생명을 드러내는 순간에 말나식이라는 자기에의 집착을 만들어. 이 집착이 자아로서 나타나게 돼."

"왜? 생명으로 나타날 때에 말나식이 생성되어 자기에의 집착을 가질까요? 생명체가 살아남기 위해 갖출 수밖에 없는, 어찌하지 못하는 숙명적 이치일까요?"

"서글픈 생각이 들긴 하지만 생명의 속성 자체가 아닐까? 모든 생명체는 변화하지만 그 변화 속에서 자기라는 개체가 지속적으로 유지되기를 바라지. 그것에 부응하려면 결국 이기적이 될 수밖에 없지 않을까?"

그게 왜 생명체의 속성이 되어야 하느냐고 되묻고 싶지만 돌아올 답이 되물을 문제이겠기에 말을 멈추는 무씨다.

# 연기법의 철학적 해석

장경록의 얘기가 계속된다.

"연기법은 윤회론의 골자를 이루는 내용이야. 그래서 십이연기야말로 전생과 윤회라는 주제의 핵심이라고 할 수 있어. 십이연기는 무명에서 출발하여 무명으로 돌아와 끝나. 여기서 부처님이 무명을 모든 인연의 시작인 무엇으로 말씀하셨지. 따라서 무명을 없앤다는 것은 인연의 원인을 없애겠다는 것이며 소급해서 최초의 원인을 멸하겠다는 것이야. 인과론을 한마디로 하면 모든 것은 선행되는 이유의 결과로서 나타난다는 것이잖아. 그렇기에 최초의 이유가 있다면 그것은 논리적으로 인과론에 어긋나게 돼. 최초의 이유가 아무런 선행되는 이유 없이 일어났기 때문이지. 그렇다면 이 우주는 인과론적 우주인가, 아닌가? 의문하게 되는데 거시적으로는 분명히 인과론적 우주야. 하지만 미시적으로는 그렇지가 않아. 물질이 인과에서 벗어나서 존재하는 것처럼 보여. 물리적인 존재는 특정 순간의 위치와 속도를 나타내는데 미립자들은 이 두 가지를 동시에 보여주지 않아. 이것이 하이젠베르크의 불확정성의 원리야. 물질의 기본 단위인 미립자들이 전혀 선행하는 원인 없이 나타나기도 하고 사라져서 소멸하기도 해."

"놀랍지 않으세요? 불교의 인연법이나 인과론이 명확하게 이치에 들어맞는 법칙이 아니라는 사실 앞에서 말입니다. 미시세계뿐만 아니라 거시적으로도 인과에 들어맞지 않는 현상이 세상에 숱하게 일어납니다. 게다가 해탈을 이루거나 무명을 멸하겠다는 의도 자체가, 끝이 있으니 시작이 있다는 것이겠고 그것은 그대로 인과론에 어긋납니다. 논리적으로 어긋나면서도 인과법에 얽매어, 원인 없는 결과가 없다는 사상의 집착에 붙들린 것이 불자의 태도가 아닐까요?"

"거시적 세계에서 인과가 없는 현상이 뭐가 있지?"

"설마 불교의 인연법이나 인과론이 물질의 운동 작용만을 의미하는 건 아니겠지요? 물리 법칙도 상대성이론 등에 의해 결정론적인 인과가 절대적이 아니라는 사실에 놓였지만 말입니다. 내 말은 인간의 내면적 심리나 외부 환경과의 정신적 연관이 없는 무수한 우연성이 세상에 끊임없이 발생하고 있으니 그것이 바로 인과와 아무 상관 없이 빚어지는 현상이지요."

"우리 눈에 보이지 않는, 의식으로 파악하기 어려운 업력의 작용이 필히 있다고 나는 보지만 지금은 그걸 말하려던 게 아니니까, 하던 얘기를 계속하고 나중에 업력에 대해 설명하겠네. 물질세계는 아까 말한 미립자, 이런 허깨비들이 쌓아올린 허상의 세계야. 존재하지 않는 물질들인 미립자는 반드시 관찰자의 의식이 있어야만 존재하고 관찰자의 의식이 미립자의 선행원인으로 작용해서 미립자를 움직여.

이게 무슨 말이냐면 미립자를 관찰자가 찾아야만 그 모습을 비로소 드러내고, 또한 입자로 살피면 그렇게 되고 파동으로 살피면 또한 그리된다는 것이야. 이것이 물리양자론에서 밝힌 현상인데 이렇듯 시공간은 비인과론적 미시세계에서 출발해서 인과론적 거시세계를 이룬 것이지. 그렇다면 정신계도 비인과론적 낱낱의 정보에서 출발해서 인과론의 조직된 정보인 영혼으로 나타났다고 볼 수가 있어. 이 세계는 비인과론적 세계인 무에서 출발하여 인연의 세계를 거쳐서 결국 비인연의 세계인 공으로 돌아가는 세계야. 우주의 정신도 시작과 끝이 있고 윤회도 시작과 끝이 있다는 얘기지. 인연의 세계에서 벗어나 공으로 돌아가면 윤회도 끝나. 스스로 끝내지 못하면 억겁의 세월을 우주와 함께 유전하는 것이 영혼이야."

미립자들을 관찰한 결과, 비인과론적 움직임을 보였던 까닭에는 워낙 미세해서라는 의견이 있다. 미세한 입자를 관찰까지는 성공했어도 그것들의 움직임이나 위치에 관해서는 제대로 파악에 이르지 못해서일 뿐이다. 미립자가 위치에 급격한 변동을 보이는 것은 관찰자의 에너지가 작용하여 그 미세한 입자들을 밀어내거나 움직이게 만들었기에 그러하다는 주장이다.

이렇듯 과학의 실험조차 입증하기 어려운 추론적 개념의 원리를 놓고, 거기에 공의 개념 같은 불교의 법칙을 대입시켜 설명한다면 그것 역시 설득력을 얻기 힘들다. 그러나 그럼에도 관찰자의 입장에 맞춰 미립자가 입자이다가 파장이기도 하는 것을 보면 아무래도 관찰자의 의식에 따라 움직인다는 사실을 부정하기 어렵긴 하다. 그런데 인연에서 벗어나 공으로 돌아가서 윤회를 끝내면 대체 뭐가 좋은 걸까? 아무것도 아닌 존재로의 머묾이 생명체가 바라는 것일까? 이래서 결국은 부처가 머무는 다른 차원의 하늘공간을 설정할 수밖에 없었던 대승불교인지도 모르겠다.

"몸, 입, 마음의 세 가지 욕심으로 인해 짓는 죄업은 모두 아뢰야식에 훈습되어 전해지므로 생명계의 인연은 아뢰야식에 기억된 서로의 정보에 의해 맺어지는데, 정보의 선호도에 상관없이 관계의 강도에 따라 결합의 정도가 결정돼. 좋은 인연이든 나쁜 인연이든 그 성격을 따지지 않고 오직 관계의 강약이 있을 뿐이지. 그 인연을 담은 정보의 총체적인 성격이 자성이야. 그래서 자성은 인연을 결정짓고 인연의 그물망은 자성을 구속하여 그것의 방향에 영향을 미쳐.

인연은 이 세계의 원리 중에 가장 근본이며 정신계를 지배하는 중요한 법칙을 이루지. 그래서 불교에서는 인연법을 제법의 실상이라고 설명해. 불교 교리는 불립문자(不立文字)나 교외별전(敎外別傳)으로 말해지는, 직관적이고 실천적인 경험의 세계를 중시해. 인연을 불교용어 사전에서 찾아보면 능생조성(能生助成)으로 풀이하는데, 나게 만들고 이루어짐을 돕는 것이라는 뜻이야. 모든 것의 원인과 결과를 인과로 말할 때 원인으로부터 결과가 나올 수 있도록 도와주는 요인이 연이야."

"보아하니 인연과 창조는 극도로 대비되는 주장이네요. 우주가 창조되었다고 하면 차라리 쉬운 일이겠는데 인연에 의해 형성되었다고 하니까 참으로 어렵습니다."

"뭐가 어렵지?"

"인연이 다해 멸종하는 생명체를 되살리거나 자신의 생명을 끝까지 지속하려는 행위가 인연법의 이치에 어긋나보여서 그렇습니다."

"자성에 의해 인연을 바꿀 수가 있으니 그런 노력이 필요하기도 하잖나?"

"기독교는 우주만물의 운행을 예정과 자유의지로 나눠 고찰합니다. 신의 섭리에 의한 예정설이 우월적 위치를 차지하는 실정이지만, 내가 볼 때는 자유의 지에 의해 세상이 돌아가되 특별한 경우에 한해 신이 주관한다는 제한적 예정 설이 옳겠다는 생각입니다. 그런데 불교의 인연법을 들여다보면 삶과 우주의 질서가 운명 같다가 우연 혹은 자유의지에 의해 돌아가는 것처럼 보이는, 그런 애매한 위치에 놓였다고 생각됩니다."

"인연의 그물망을 새로 짤 수가 있는데 운명 같다니?"

"느슨한 운명론이랄까요? 운명 닮은 인연의 그물에 걸려 살다가 자성에 의해 벗어난다고는 하지만 큰 물줄기의 인연에 비해 자성의 변화가 대체 얼마나 클까요? 나비효과라는 말도 들려오지만 어쨌든 그로 해서 일어난 변화 역시 궁극적인 책임이 인간에게 돌아간다는 점에서 그것은 운명적이랄 수밖에 없습니다. 왜냐? 예를 들자면, 타인의 과실로 인해 죽음에 이르렀는데도 그 최종적인 책임을 죽은 자에게 돌린다는 사실 앞에서 그것은 슬프고도 처절한 운명일 수밖에요. 우연히 일어난 사고 또는 실수로 빚어진 불행의 결과를 외적 구조에서 찾지 못한다는 것은 잘못의 근원을 파악함에 있어 논리적이지 못하고 세상의 이치에 눈이 멀게 될 것 같습니다. 하지만 나의 우려와는 달리 불교에서는 나름대로 그 문제에 대해 잘 설명하겠지요? 인연으로 이뤄졌다고 설명하는 세상 구조가 부분적으로는 삶을 살아가는 데 긍정적 역할을 하는 모습을 곧잘 보니까요. 어쩌면 이 법칙을 정교하게 다듬는 것이 진리를 밝힐 한 열쇠가 될지도 모르겠다는 생각이 듭니다만."

"그런가? 타인의 과실이 또 다른 원인이 될 수가 있지 않나? 시작과 끝을 모조리 나의 원인에서 찾는다면 현재 상황이 원인이 되기도 하고 결과도 될 것이니까, 그렇게 스스로 책임진다는 것을 강조하여 인연법이 형성된 측면도 있겠지? 자네 말에 구체적으로 변론을 펴고 싶지만 내가 불교법에 익숙지 않아 달리 할 말은 없네. 연선이가 있었다면 어떤 식으로든 대꾸가 있었겠지? 아무래도 내가 불교 공부를 좀 더 해야겠어. 하하"

"별말씀을 다 하십니다. 말씀 계속하세요. 듣는 중에 내가 가끔 의문을 말하기는 하지만 불교에 대해 아직 잘 모릅니다. 불교의 기본을 듣고 싶어서 이럽니다."

"거참, 여태 달라붙은 잎사귀에 어슬렁어슬렁 돌아다니는 바람 기척을 보니

드라이브를 즐기고 싶어지네. 차 몰고 해안도로나 달려볼까? 약속 장소로 이동도 할 겸, 어때?"

"내 차로 가시죠. 저기 주차장에 대 놨어요."

길을 걸으며 무씨가 말을 꺼낸다.

"만약에 우주만물이 인연에 의해 돌아간다고 해도 낱낱의 모든 존재가 우주 전체의 에너지와 연계된다고는 생각지 않습니다. 개인의 염원이 우주의 정신계에 작용한다고 믿어야 불교나 무속신앙의 기도 행위가 힘을 얻게 되겠지만, 그런 이유 때문에 추론하여 확장한 이론이라는 의심이 들긴 합니다. 어쨌든 자연현상의 관찰로도 설득력이 떨어지는 주장입니다. 엄청난 위력의 허리케인이나 태풍조차도 감쪽같이 소멸되는 현상을 여태껏 봤잖습니까? 나타나는 물질현상의 움직임도 이러한데 어찌하여 입증되지 않는 정신적 갈망이 소멸 없이 널리 전파된다고 하겠습니까? 연기법 자체도 우주를 설명하기에는 무리가 따르건만 그 연기의 요소를 세분화하여 물질과 정신, 거시세계와 미시세계 등, 모든 만물의 이치를 연결하여 동일한 의미로 통합시키다니요?"

"내 얘기를 들어 봐. 인연론을 빌려서 이 세계를 설명함에 있어 처음의 무엇이 있어야 한다는 사실이야. 그것이 진여든 태극이든 공이든 불법이든 이데아든, 그 이름이 무엇이든 간에 무언가는 있어야 한다는 말이지. 우주의 원인이 있어야 그 다음에 무엇을 기대었는가 하는 것으로 나아가서 연을 말할 수가 있으니까. 모든 물질의 씨앗인 우주에너지를 인이라 한다면 그것에 작용해서 이 세계를 있게 만든 연이 있어야 해. 그것을 양자론의 업적에 힘입어 물질끼리의 관계를 결정짓는 정보에서 찾았지. 이 에너지를 인으로 하고 정보를 연으로 하여 생긴 결과가 이 세계라고 한다면 불교의 견해가 과학적 해석에서 어긋나지 않았다고 생각돼."

"형님이 같은 얘기를 반복해서 하니까 나도 자꾸 반복하게 됩니다. 처음의 무엇이 있어야 하는 것은 사실이겠지요. 그런데 우주에너지가 인이 되어야 하고 정보가 연이 되어야 하는 이유가 뭐냐는 것입니다. 그렇게 나눌 필요가 있느냐는 것이지요. 힌두교의 유신설이론이 물질과 정신을 분리해서 설명하고 그것이 하나의 불교 교리로 정착해버리니까 별수 없이 모든 불교의 이론이나 행위가 그 틀에서 놀게 된 것이 아니냐는 얘깁니다. 물질과 정신이 분리될 수 없는 단일실체라고 설정하면 굳이 우주에너지 따로, 정보 따로 있을 필요가 없다는 것이지요. 우주물질 자체에 이미 물질적 요소와 정신적 요소가 같이 결합되어 있지 않습니까? 빅뱅 직전에 특이점으로 이미 결합된 상태라고 형님 자신이 말했으면서 굳이 그것이 분리되어 우주에 펼쳐질 이유가 뭐냐는 것이지요. 분리 없어도 충분히 설명이 가능하다는 사리풋타 스님의 견해를 따르고 싶네요. 아무래도 한국불교는 유식설이 족쇄가 됐나 봅니다. 그 이론의 추종이 바로 대승불교의 치열한 집착 같아 보입니다. 금강경에서 그랬던가요? 법도 가지고자 하면 더 이상 법이 아니라고요. 깨달음 없이 집착하는 법은 없어지는 것이 이럴 때는 나을 것 같습니다."

"그래, 그것도 아우의 주장이지. 우주적 실체는 아직 누구에게도 드러난 것이 아니니까."

"하긴 뭐, 그러네요. 계속 말씀하세요."

## 중력장과 업장의 바다

"그러지. 근데 아우는 내 말에 대해 반론할 게 없나 궁리하면서 듣는 것 같아. 하하"

여기서 둘은 한바탕 웃어젖힌다.

"하하, 형님에게 시비 걸려는 게 아니니까 말씀하세요. 사실 내가 매사에 비판적이긴 한데 비판정신 자체는 어떤 근원의 뿌리를 뽑아내자는 게 아닙니다. 썩은 줄기를 도려내는 것이어야 하지요. 근본이 썩었다면 없애버려야겠지만 그건 비판의 여지조차도 없겠지요? 예수의 유대교 비판이 그 핵심이라 할 성경의 진리를 건드린 게 아니라 진리를 왜곡시켜 전달하는 무리를 향한 비판이었듯이 말입니다. 무엇을 무작정 박멸한다면 그 박멸 뒤에는 이을 싹이 돋지 않습니다."

"어쨌든 불교 얘기지만 귀담아듣게나. 물질계란 다른 말로 시공간이야. 시공간이라는 물질계가 거대한 중력장의 바다라면 정신계는 업장의 바다라고 할 수 있어. 시간과 공간은 힘이 아니고 존재하는 힘은 중력이듯이 인연과 자성도 힘이 아니고 존재하는 힘은 업력이야. 세계는 중력과 업력이라는 두 개의 힘에 의해 유지돼. 중력은 모든 시공간을 끌어당기는 힘이고, 업력은 인연으로 모든 영혼들을 얽어매는 힘이야. 업력에 의해서 인연으로 연결된 자성들은 업장의 바다에서 소용돌이치는 구름이야. 업장의 바다는 시공간과 인연의 끈으로 연결되어 있을 뿐이지 시공간에 존재하는 위치가 아니기에 크기도 거리도 위치도 없는 세계야. 인연의 끈이 닿으면 지척에 있는 것이고, 그 관계가 끊어지면 이 우주의 끝보다 멀리 있어. 이러니 물질계와 대별될 정신계가 따로 존재하여야 해. 정신이 물질과 화합한 상태에서 도무지 떨어질 수 없는 존재라면, 드러나는 물질만을 주장하는 유물론자들과 대체 무슨 차이가 있겠나?”

무씨의 승용차가 굽이지는 해안도로를 달린다. 오른쪽으로 막막하고 거친 파란 바다가 펼쳐지고, 차창을 열자 차가운 바람이 물결치듯 쏟아진다. 팔을 창밖으로 쭉 뻗으며 동행석에 앉은 장경록이 한마디 한다.

“아! 시원해. 속이 다 후련하네, 하하. 바다를 달릴 땐 가끔 이렇게 손을 내밀어 줘야 해. 그래야 바다에 대한 예의지, 하하.”

“하하하, 예의까지나? 팔엔 눈이 없답니다. 조심하세요. 형님 말씀 중에는 업장의 바다라든가 인연의 끈이라든가, 그 같은 용어가 참 듣기 좋습니다. 낱말 자체에서 아늑한 고향 같은 정서를 느낍니다.”

“따지고 들어가면 고향이지, 원초적 고향. 우주의 특이점은 삼켜진 모든 시공간과 빨아들인 업의 압축물이야. 중력과 업력만이 남은 그곳을 태극이라 하고 불교에서는 진여(眞如)라 말해. 진여는 우주만유의 본체를 의미하는 말인데 무명의 굴레를 벗지 못한 중생이든 우주 최고의 법신을 이룬 부처님이든 모두 똑같아서 나거나 죽는 것이 없다는 불생불멸, 늘어나거나 줄지 않는다는 부증불감, 더럽고 깨끗함이 없는 불구부정을 말하는 법으로서, 모든 존재가 다 똑같은 모습으로 존재하는 것을 의미해. 자기(自己)라는 것은 본래 존재하지 않으니 공(空)에서 난 것임을 바로 보고 이 허망한 자기가 나타나게끔 작용한 인연을 소멸시킨 여래의 법신만을 진여라고 하지. 불교의 목적은 허망하고 거짓된 자기를 벗어버리고 진여의 몸으로 돌아가는 것이야. 그러기 위해서는 있지도 않은 진아라는 집착의 망상에서 깨어나 무아의 깨달음을 얻는 것이 필요하다고 하지.”

“우주만유의 본체로 돌아가면 뭐가 좋습니까?”

“인연을 소멸시켜 윤회를 끊으니 좋은 거겠지.”

“인생은 고(苦)라지만 그것조차도 사유하면 즐길 만한 대상인데 굳이 무아의 바다에 빠져 뭐 하지요? 그리고 어쩐 일인지 방금 형님께서 붓다정신을 되찾는 말씀을 하신 걸로 들렸습니다. 결국 모든 주장의 이론이 자기라는 허상에 의해 초래된 제법무상, 곧 공이라는 말씀이신가요? 유식설도 허망할 뿐인?”

“글쎄? 그런 뜻이었나? 아무튼 자꾸 그리 물으면 내가 말할 게 없어지잖아.

난들 거기까지 어찌 알겠나? 하하, 그리고 무아의 바다는 빠져봐야 좋은지 어떤지를 알겠지 뭐. 하긴 거기는 좋고 말고가 없겠네?”

“그런데 과학에 의해 밝혀진 중력을 놓고 빗대어 업력을 내세우는데 그게 과학적 근거 하나 갖겠습니까?”

“물리학자들은 질서의 양을 측정하기 위해 엔트로피라는 가상의 수학적 단위를 고안해냈지. 엔트로피는 물질을 구성하는 입자의 배열이나 질서의 정도를 나타내는 단위야. 엔트로피가 높을수록 무질서가 증가하는데 열역학의 제2법칙에 따르면 엔트로피는 독립적인 물리 공간 내에서는 언제나 증가하고 그 반대의 경우는 결코 일어나지 않는다고 해. 엔트로피가 낮아지려면 즉 무질서가 감소하고 질서가 증가하려면 반드시 증가한 질서의 양만큼 에너지가 소비되어야 하지.

그러므로 외부에서 에너지가 추가로 공급되지 않는 한 독립적인 물리 공간 내에서는 시간이 흐를수록 엔트로피가 증가해. 우주를 하나의 닫혀 있는 물리 공간으로 보고 열역학의 제2법칙을 적용시킨다면 이 우주는 최초엔 최대한 질서 상태를 갖추고 있다가 점차로 무질서해져야 한다는 결론이 나와. 그런데 우주는 갈수록 조직적이며 질서 있는 천체의 운행을 보여주고 우주에서 탄생한 생명은 고도로 질서 잡힌 존재야.

이러한 의문에 물리학자들이 제시하는 답은 두 가지지. 하나는 우주가 팽창한다는 사실이고 다른 하나는 중력의 존재야. 중력의 존재 때문에 마치 외부로부터 에너지가 끊임없이 공급되는 상태처럼 질서를 창조할 수 있다는 것을 알게 되었지. 우주의 시공간은 중력이 만들어낸 질서라고 할 수 있어. 물리계에서는 중력의 힘이 최대한의 무질서에서 질서를 창조했듯이 정신계에서도 최초의 단순한 인연에서 오늘날의 복잡한 인연의 그물이 짜지도록 작용한 힘이 업력이야. 중력은 모든 물질을 서로 끌어당기는 힘으로 나타나고 업력은 모든 존재가 서로 관계를 맺도록 강제하는 힘으로 나타나. 중력이 물질을 모을수록 별이 만들어졌다가 그 중력이 너무나 강해지면 별을 우그러뜨리고 마는 것처럼, 업력은 모든 인연을 얽어매어 생명의 윤회를 일으키지만 마침내 얽힌 인연이 감당치 못하면 모든 인연을 삼켜버림으로써 하나의 세계를 원점으로 되돌려버려.”

뉴턴법칙에 의하여 중력은 물질 간에 서로 끌어당기는 힘이라는 것이 사실처럼 되었다. 그러나 아인슈타인의 일반상대성이론에 의하자면 중력은 물질이 갖는 질량이 공간을 휘게 만듦으로서 생기는 현상이라는 것이다. 과연 정신의 영역을 물질에 대비하여 설명이 가능한 것일까?

## 시공간과 정신계

　자성은 불교 종파에 따라 여럿의 내용으로 분류하기도 하는데 대체적으로 공통되는 개념으로는 다른 것과 혼동되지 않으며 변하지도 않는 독자적인 본성이나 실체를 의미한다. 특히 능가경 같은 경전이 자성을 칠종자성으로 나누어 자세히 설명하는 반면에 중론에서는 일체의 현상계는 인연을 따라 이루어지므로 무자성(無自性)이라고 해서 자성을 부정하기도 한다.

　사리풋타와의 대화를 통해 지금까지 붓다사상을 익힌 바로는 생명체에 결코 자성이라는 놈은 존재할 수가 없다. 무아론에 정면으로 위배되고 누가 봐도 자성이라는 것은 힌두교의 아트만과 다르지 않다. 기독교의 영혼과도 흡사해지는데 어찌해서 이토록 비슷해졌단 말인가? 불성을 주창한 중국 혜능의 단경 이후로 유사한 교리체계가 갖춰지기라도 했다는 것일까, 아니면 이것이 진리로 향하는 길목이기에 저절로 그리되었다는 소리일까?

　장경록은 자성을 아뢰야식에 연결시킨다. 대승불교가 주창하는 불성이 사실상 아뢰야식에 속한다. 자성은 어떤 현상의 고유한 성질로서 사물 자체의 본성이며 본래부터 저절로 갖추고 있는 부처의 성품이고 태어날 때부터 갖추고 있는 청정한 성품을 의미한다고 한다. 그러니 당연하게도 자성이 불성이 되는 것인데 이것은 힌두교에서 범아일여를 이루려는 실재아를 자성이자 불성이라고 표현한 것에 다름 아니다. 장경록은 이분법적 상대성의 사고방식에 의해 물질과 정신으로 나누다보니 중력과 업력, 시간과 공간, 그러다가 이제는 그만 인연과 자성으로까지 엮고 있다. 차가 모퉁이를 돌면서 속력을 내자 장경록의 얘기가 덩달아 바빠진다.

　"시공간은 시간과 공간 중에서 어느 한쪽 값이 영이 되면 동시에 공(空)으로 돌아가고 정신계는 인연과 자성 중에서 어느 한쪽이 소멸되면 전체가 무(無)로 돌아가. 시공간과 정신계는 공간과 인연, 시간과 자성이 각각 결합하여 증감을 같이하므로 탄생, 성장, 소멸의 운명을 같이하게 돼. 생명계가 윤회의 고(苦)에서 벗어날 수 없는 것은 이러한 상대성의 세계에 상대적인 존재로 나타났기 때문이야. 따라서 윤회의 세계에서 진여의 세계로 돌아가는 해탈이란 이 상대성을 극복하여 절대성으로 회귀하는 것이야.

이것이 가능할, 한 가지 길은 정신계의 두 축에 있어 자성 값이 극대화되면 인연 값은 극소로 변하니 자성이 무한대의 값을 갖는 순간에 인연 값은 영이 될 것이고 비로소 상대성의 굴레가 사라지면서 우주 본연의 모습인 진여로 돌아가게 될 것이야. 해탈이란 자성의 힘으로 인연을 소멸시키는 과정이고 절대성의 세계로 돌아간 그 자리가 열반적정(涅槃寂靜)의 자리야. 해탈은 한 존재에 있어서 현상계의 종말이고 우주의 붕괴야. 시간과 공간, 인연과 자성의 모든 것이 진여의 하나로 돌아가는 것이지.”

인연과 자성이 어떻게 상대성 원리를 갖는지 이해되지 않는다. 더구나 공간과 인연, 시간과 자성이 각각 결합하여 증감을 같이한다는 이 주장이 사실이 되려면 현재도 계속적으로 우주공간이 팽창하고 있으므로 시간이 느려지고 자성의 값 혹은 강도가 줄었어야 한다. 그러나 인류와 물질의 증가로 해서 자성 그러니까 아뢰야식이라는 정보의 양이 가일층 진화하여 복잡해졌을 것이 분명하므로 상대적 증감이라는 설명이 어긋나버린다. 최소한 인연의 증가가 분명하니 이에 자성의 값이 줄어야 하는데도, 살펴보면 인연과 자성이 똑같이 증가하는 모양새가 아닌가? 무씨는 장경록이 물리이론에 기초한 주장을 포기하든지 아니면 자성, 불성, 아뢰야식 같은 개념을 버리든지 해야 그의 논리가 그나마 설득력을 갖겠다는 생각을 다시금 떠올리게 된다.

“얘기를 들으니 장엄하면서도 무시무시하군요. 해탈의 경지가 그 정도일 줄은 몰랐습니다. 한 인간의 힘으로 우주를 붕괴시킬 수 있다는 말씀이 아득한 원초의 세계로 나를 몰아넣는 기분입니다. 저 검푸른 바다, 어둑한 심해 속으로 내 몸이 숨 쉴 틈 없이 잠겨드는 느낌과 비슷할 것 같네요. 그런데 말입니다, 한 존재의 종말이자 붕괴가 우주 자체에 영향을 미친다고 보기 어렵습니다.

그러니 존재의 해탈 또한 그다지 의미를 갖기가 어렵지 않을까요?”

이제는 무씨가 말 중간에 껴들던 말든 신경을 끊은 것 같다. 일일이 대응하기도 귀찮고 애매한 질문에 애매한 답을 해본들 그게 의미가 있을 것 같지 않아서일 게다.

한편으로 생각해 보건대, 붓다라는 한 성자의 생사해탈로 인하여 그 후 수많은 수행자가 그 길을 걷는다는 것은 한 존재가 다른 존재에게 절대적 영향을 미치는 것이 틀림없겠다. 또한 붓다가 거론하는 법의 통치왕인 전륜성왕이 통치하는 세상에서 비로소 국민들이 평안하여 행복해진다면 그것 역시 뛰어난 한 사람이 사회구성원들에게 끼치는 영향을 보여주는 것이다.

그것을 일러 언젠가 사리풋타가 말하기를, 불교는 영웅주의라고 했던가? 고타마붓다가 발견한 법칙성을, 이 겁에 서로 인연이 되어 붓다의 발자취를 더듬어가는 무씨가 우주만물의 생성과 전개와 소멸에 관한 대화를 사리풋타와 나누는 것만 보더라도 붓다의 힘이 우주를 붕괴시켰던 그 소식은 현재의 무씨에게 영향을 준다는 것이 아닌가? 이것은 부정하지 못할 사실이겠다.

“뉴턴 역학의 물리적인 인과율에 의해 세계가 결정론에 머물렀을 때 자유의지라는 것은 착각처럼 보였어. 양자론과 상대성이론은 물리적 세계가 반드시 인과율을 따르는 건 아니라는 사실을 알아내어 어떤 물리법칙도 절대성을 갖지 않는다는 사실을 밝혔어. 비인과론적이고 상대적으로 밝혀진 이 세계는 비로소 자유의지가 숨 쉴 수 있는 곳으로 살아남았지. 인연은 이 세계가 인과론에 따라 결정되는 것으로 보이도록 하는 축이면서 자유의지의 자성과 상호관계를 이루고 있어. 인연 따라 움직이는 자성은 결정론적 존재이지만 자성은 인연을 바꿀 수 있어서 자신의 운명을 결정지을 수가 있어. 운명을 바꾸려면 인연을 변화시켜야 하고 인연을 변화시키려면 자기의 자성을 바꿔야 해. 해탈하려면 인연을 완전히 소멸시키거나 자성을 무한대로 강화시키는 거야. 자성의 강화는 자기의지의 힘으로 업력을 구부릴 수 있는 데서 생겨.”

기독교는 칼빈에 의해 결정론적 예정설이 굳어진 상태다. 물론 웨슬리는 인간의 자유의지에 의한 구원의 선택이 가능하다고 주장하였지만 그 자신조차 성화에 이르렀는지 확신할 수 없다는 기독교계의 비관적 시선에 의해 자유의

지설은 힘을 얻기 힘든 신학이론에 놓인 상태다. 무씨는 이것을 회의하여 사유하고 관찰한 결과, 자유의지가 삶의 주체이면서 부분적으로 신의 간섭이 이뤄진다는 믿음을 갖고 있다. 이러한데 불교가 비록 일부분에 그치지만 무씨와 비슷한 사고체계의 교리를 갖고 있다니 어찌 반갑지 않으랴.

그러다가 무씨는 문득 사리풋타가 붓다사상을 설법하면서 그렇게 말하지 않았다는 생각이 드는 것이다. 스님이 말하길, 세상의 흐름은 한 차원에서 인과에 의해서만 움직인다고 강조했던 것 같다. 그럴 때에 무씨는 우연이 때로 존재한다는 사실을 예를 들어가며 강조했고 그럴 때마다 사리풋타는 우연으로 보이는 그 상황 자체가 원인이 되어 다른 일들이 발생할 테니까 어차피 인과의 굴레라는 입장은 같다고 강조하던 기억이 있다. 하긴 지금 장경록의 얘기도 우연을 다루고 있지 않다. 운명과 의지인 것이지 우연의 실재함은 배제하는 것이다. 무씨는 우연이야말로 실재하는 현상이라는 생각에서 물러서지 않는다.

# 마음을 알기 위해 갖는 수행

"여기서 잠시 쉬어갈까? 경치가 참 좋네."

무씨 승용차가 언덕배기 공터에 멈춰 선다. 바다 물살이 살 돋는 질감으로 두 눈을 덮친다.

"자연 속을 거닐 때는 자연만 바라봐야 좋더군요."

"상념을 떨치고 자기마저 잊어버린 채 바람결에 노닐어야지."

정말 그들은 그렇게 하겠다는 양, 그런 자연을 누린다는 듯이 말을 잊고 몸을 잊은 채 한참을 바다만 바라보았다. 폰이 울린다. 잠에서 깬 사람처럼 장경록이 전화를 받는다.

"스님이 벌써 어쩐 일이십니까, 전화를 다 주시고? 아, 알겠어."

듣기만 하다가 짧게 한마디 던지고는 전화를 끊는다.

"그만 갈까? 스님이신데 모임 시간이 바뀌어 좀 일찍 만났으면 한다네? 낌새가 아무래도 나보다도 자넬 찾는 거겠지?"

"스님이 우리가 같이 있는 걸 아세요?"

"예전에 자네랑 같이 술 마시고 아가씨랑 노닥거린 것까지 다 알던데?"

'어떻게 안다는 것일까? 장경록이 말해주지 않은 한, 도무지 알 수 없는 일이 아닌가?'

"같이 만나서 술 먹을 거라고 귀뜀해줬지, 하하. 참! 누군가가 도마복음서를 역주했던데 아우는 읽어봤는가?"

"도마복음서는 위경이 분명하고, 게다가 그다지 가치 없는 책인데도 역주했더군요. 읽어보긴 했습니다."

"그래? 그 책에 대해 간략하게나마 소감을 듣고 싶은데?"

"처음엔 호기심에 차근차근 읽었어요. 점점 건성으로 읽어나갔고, 전체 소감은 이렇습니다. 그 문서를 쓴 사람이 설령 도마라고 인정할지라도 일개 제자에 불과합니다. 그런데도 역주자는 마치 도마가 예수의 쌍둥이 동생인 양 처음부터 단정 지어 몰아가더군요. 예수의 신성 훼손이 역주의 목적인 듯했습니다. 멋모르는 독자가 읽었을 경우에 그 왜곡된 지식의 흡수가 미칠 영향이 심히 우려되더군요. 어쨌거나 그 문서의 전체 내용은 힌두교적 메시지로 가득하더군요. 더러 불교의 가르침이 연상되기도 했습니다.

역주자는 그 도마복음서라는 책이 예수의 제자가 기록한 기존의 4대복음서보다 연대가 앞서는 고유의 예수어록이라고 주장합니다만, 그건 기존 복음서의 가치와 예수의 신성을 훼손하려는 억지 궤변에 불과합니다. 그 문서를 만든 도마라 일컫는 사이비 교주는 사대복음서에 나타나는 예수의 일부 말씀에다가 자기의 주장을 펼치기 위해 창작한 글귀들을 이리저리 조합하여 어록의 형식으로 엮은 게 분명합니다. 왜냐, 예수의 말씀이 선포될 당시의 배경적 설명 없이 말씀의 일부만을 떼어내어 일관성 없이 이것저것 작성하여 배열했다는 것은, 당시의 예수 발자취와 주변 상황을 목격한 제자의 입장에서 결코 있을 수 없는 일입니다.

마치 사이비 집단이 어떤 목적의 필요에 부합될 내용을 창작해서 적은 후에 그 글의 신뢰성을 확보하기 위한 수단으로 복음서에 기록된 예수의 말씀을 일부 차용한 문서에 불과하더군요. 외래사상에 흠뻑 취한 어느 소규모 종교 집단의 교주가 자기 신자들에게 자신의 뜻을 전수하기 위해 편찬한 황당한 사이비 복음서이고, 그 역주라는 사실을 자신할 수 있습니다."

"그런가? 그래 어쩐지 도마복음서 속의 예수가 불교 신자처럼 마구 비쳐지고 그랬네, 하하하. 아쉽구먼! 그건 그렇고 하나 더 물어보세. 기독교는 하나님을 믿고 순종해야 한다면서 그러려면 그가 세우신 지도자들에게 순종하는 삶을 살아야 당연한 이치라고 하던데, 그게 무슨 뜻이지?"

"대체 누가 그런 소리를 하던가요?"

"자네가 믿는 기독교 목사로부터 들은 얘기야. 그게 기독교에서 흔히 강조하는 주된 가르침이 아니던가?"

“일부 목회자들이 그런 소리를 버릇처럼 하긴 하더군요. 하나님을 믿고 그 뜻에 순종하는 것이 올바른 신앙인의 삶이긴 하지만 그게 바로 지도자들에게도 순종해야 한다는 의미가 되는 것은 아닙니다. 구약에서 신께서 내세운 모세 같은 지도자를 두고 그런 유추를 하는 것 같은데 그것은 그렇게 세우신 지도자에게나 해당될 얘기입니다. 자기에게 무턱대고 복종을 다할 신자들을 거느리고픈 독선적 횡포의 발언이지요.”

“사회의 지도자나 교회의 목사 같은 경우에 어찌 신이 내세우지 않았다고 장담할 수 있겠는가?”

“이런 그릇된 주문에 홀려 다수의 신자들이 사이비 교주나 거짓 선지자의 탐욕에 희생되곤 합니다. 어찌 신께서 모순으로 가득한 인간을 믿고 그것에 순종하라고 하시겠습니까?”

“그렇다면 자네는 그런 가르침을 부정한다는 얘긴가? 하나님을 믿고 순종해야 하겠지만 인간에게 그 모습을 결코 드러내지 않으니 자연히 신의 뜻을 살펴 설교하는 자의 말씀에 어찌 의존하지 않을 수 있다는 것인지?”

“하나님은 언제나 인간의 곁에서 모습을 드러내십니다. 진리의 말씀이 그렇고 진리적 삶이 그렇습니다. 사람들은 그러한 진리에 순종하면 됩니다. 어찌해서 거짓을 말하는데도 단지 지도자이거나 목회자라는 이유만으로 순종이 가능하겠습니까. 그게 어찌 신의 뜻이겠습니까.”

“그것은 신의 예정과 주관이 세상에 두루 미치지 않는다는 소리로 들리는데, 내 생각이 맞나?”

“당연히 그렇습니다. 세상을 관찰하면 누구나 쉽게 알 수 있는 것들이 아닌가요? 설령 신의 주관이 개개 인간에게 고루 미친다고 하더라도 그것이야말로 더욱더 한 지도자에게 매달릴 이유가 없다는 뜻이 됩니다.”

“그러하다면 무지한 자들이 목사의 설교에 의하지 않고도 성경에 적힌 신의 말씀을 알아차릴 정도로 쉽게 쓰인 성경이던가?”

“비유가 많아 알아차리기가 쉽지 않습니다. 그러니까 올바른 목사로부터 옳은 가르침을 받아 그것에 순종하고 익혀야겠지요. 그러나 이 또한 성경의 말씀에 국한될 문제이지 목회자의 일상적 주문이나 행위의 요구에까지 따라야 한다는 의미가 결코 될 수 없습니다."

"알겠네, 스승의 위치를 존중하는 불교래도 스님의 설법을 듣고 깨닫되 그 존재까지 추앙할 수는 없다네. 하물며 신을 믿는다는 기독교가 그럴 순 없겠지? 하하, 차에 오를까?"

승용차에 오르자 이야기를 마무리 지을 심산으로 장경록이 서두른다.

"기독교와 달리 옛날부터 동양에서는 인생 자체가 마음에 달렸다고 봤어. 그래서 마음을 알려는 수행이 일어났는데 선(禪)은 부처님께서 정각을 이루기 위해 실천한 방법이야. 독자적 명상으로 선의 수행을 전달하셨고 제자들에게 권하셨지. 선은 욕망과 집착에서 벗어나 마음의 평온을 얻자는 것이 근본 뜻이야.

사성제의 진리는 생명체의 모든 고뇌와 고통은 마음에 원인이 있음을 말해. 선에서도 인욕(ksanti)이라는 용어를 사용하지. 참아내는 것. 어떤 해답을 찾기 바로 거기까지 집중하여 좌선에 들어 참아낸다는 것일까. 자기와 마음의 싸움은 무엇이 자기이며 마음이 무엇인지를 알게 해줘. 마음을 이기려면 우선 마음이 어디 있는지, 어떤 것인지를 관찰해야 해. 이를 위해서 자기와 마음을 둘로 분리시켜야 하지. 즉 관찰하는 자기와 관찰되는 자기로 나뉘게 돼. 여기서 관찰하는 자기를 뚜렷하게 정하는 것이 화두(話頭)야."

언제부턴가 선은 이론과 실천 양면에 걸쳐 변질되었다고 사리풋타가 말했다. 선의 변질이 무엇을 말하는 것인지 무씨는 어느 정도 알고 있다. 붓다불교가 중국으로 넘어오면서 불교의 많은 요소가 중국화 된 과정을 두고 하는 말일 것이다. 일찍이 사리풋타가 한국불교에 관해 비판하는 이유가 무엇일까를 알아보기 위해 따로 여러 가지를 살펴보았던 기억이 새삼 떠오른다. 그때 사리풋타는 중국불교의 선정 역시 비판했다. 그때의 기억으로는 이렇게 말했던 것 같다.

〈명상 또는 좌선이라고도 하는 원어 dhyāna는 조용하게 생각한다는 뜻으로, 중국에서 선(禪)으로 표기하였습니다. 고대 인도문명은 명상의 실천과 함께 일어났는데 기원전 3000년경의 모헨조다로에서 출토된 인장에서 동물 모습의 어떤 신이 좌선하는 모양이 있는 걸로 봐서 이미 그때부터 인도 원주민은 요가를 수행하고 있었다고 추정합니다. 나중에 이곳을 침략해 들어온 아리안족속이 요가를 수용하여 리그베다경전에 수록하였고 기원전 3세기의 브라만교 문헌인 우파니샤드에 이르러서는 초자연적 신통력을 얻기 위한 방법으로서, 오늘날과 동일한 좌법과 마음가짐을 기록하였습니다. 요가는 명상에 의해 정신의 통일을 구하는 방법인데 정신과 육체의 이원론적 입장에서 육체를 괴롭힘으로써 정신의 자유를 얻으려는 고행(苦行)사상과 결부되어 특이하게 발전하였습니다.) 이런 생각에 무씨가 묻는다.

"붓다는 인도의 요가수행 방식을 수정하여 새로운 선을 제자에게 알렸다고 합니다. 그런데 그 후에 중국으로 넘어오면서 무척 달라졌다고 하는데 그것에 대해 아십니까?"

"물론 선 수행을 하는 과정에서 보다 나은 방식의 개발이 가능하겠지?"

"석가모니가 출가하셔서 두 선인으로부터 선정을 배웠으나 그것이 육체에 고통을 주어 사후의 해탈을 구할 뿐, 현세에서의 해탈을 이룰 수 없다는 사실을 알고는 홀로 명상에 잠겨 깨달음을 얻었다고 합니다. 선은 몸과 마음이 하나라는 입장에서 일상생활 중에 해탈을 실현하고자 하였지요. 붓다는 지적 요소를 심화시켜 인도의 선 수행과는 다른 독자적인 선 사상을 낳아 계정혜(戒定慧)의 삼학이나 사선팔정(四禪八定)의 체계를 세웠는데 이것은 인도종교가 가진 선의 고행이나 승천 같은 신비적인 요소의 추구를 부정하는 불교 고유의 자각적인 깨달음의 한 방법이 되었습니다. 그런데 이것이 중국을 거치면서 붓다의 고유한 가르침의 선 수행이 변질되었다고 하던데요?"

"자네가 그렇게 말하니 잠시 그것에 대해 몇 마디 할까 하네. 기원 1세기경에 중국인이 불교를 수용했을 때 그 나라에는 신선신앙과 노장사상이 있었어. 그런데 이것과 유사한 선 수행이 소개되자 이에 대한 흥미가 불교의 토착화를 부추겼지. 불자가 기본적으로 수행해야 하는 선의 내용을 설명하자면, 계(戒)·정(定)·혜(慧)의 삼학(三學), 자(慈)·비(悲)·희(喜)·사(捨)의 사무량심(四無量心), 신(身)·애(愛)·심(心)·법(法)의 사념처(四念處), 그리고 고(苦)·집(集)·멸(滅)·도(道)의 네 진리라는 사성제(四聖諦)와 팔정도(八正道), 즉 정견(正見)·정사(正思)·정어(正語)·정업(正業)·정명(正命)·정정진(正精進)·정념(正念)·정정(正定) 등이 모두 선(禪) 수행 방법의 하나로 간주되지.

하나씩 대략 설명하자면 이래. 계(戒)는 신체와 언어의 혼란을 진정시키고, 정(定)은 마음을 조정해서 본래의 자기를 자각하는 방법이며, 혜(慧)는 그 성과야. 사선(四禪)은 그런 정혜의 경지를 더욱 세분화해서 초선부터 제4선에 이르는 최후에 그들의 감정과 의식 모두가 사라지고 수행자의 마음의 움직임이 완전히 멸한 경지에 도달한다고 해. 팔정(八定)은 사선이 더욱 심화되어서 유상보다 무상에 철저한 과정을 나타내며, 최후에 형이상학적인 비상비비상정(非想非非想定)에 도달하는 것이라고 하지. 그런데 대승불교는 이를 다시 현실의 수행으로 끌어당겨 이타의 정신에 입각한 행위로서의 선바라밀(禪波羅蜜)이 강조되어 선정이 능동적인 것으로 되었어. 이러한 점은 지(止)와 관(觀)이 동시에 수행되어야 한다는 점에 잘 나타나 있지. 원래 '지'는 선정을, '관'은 지혜, 즉 반야(般若)를 의미해.

한편 대승기신론에서는 진여연기(眞如緣起)에 근거한 자리(自利), 이타(利他)를 삼매(三昧)의 체험으로 파악하고 있어. '지'는 자리 즉 자신의 이익을 철저히 하는 것이며, '관'은 이타 즉 공덕과 이익을 베풀어 중생을 구제하는 것과 교화의 활동을 철저히 하는 것이야. 전자에서는 소승적 선관을 답습하면서도 후자에서 생사의 고해에 빠진 중생을 관조하여 대비관(大悲觀)을 갖고 그들을 구제하려는 서원을 세우는 것이지. 이러한데 어찌 대승불교의 선이 붓다의 가르침을 훼손하고 변질로 이끌었다고 말할 수 있겠는가?"

"중국의 선종은 서역에서 화북에 온 달마를 초조로 하고 그 6대라고 하는 조계 혜능이 대성을 이루었다더군요. 그때부터 선종의 선은 좌선이나 지관이 아니라, 사람의 마음 그 자체라던데요?"

"인도의 단순한 명상법인 선이 현재는 불교의 깊은 뜻이 되었는데 불교의 경전과 수행법은 중생의 병에 대한 약방에 지나지 않아. 정법은 본래 건강한 인간의 대화로서 직지인심하고 견성성불하는 것인데 거기에는 인간의 본성을 선으로 하는 중국인의 사고가 크게 작용하고 있지. 당나라 승려 종밀은 과거에 중국에서 행하여진 선의 역사와 사상을 분류해서 외도선, 범부선, 소승선, 대승선, 최상승선의 5가지로 나눴는데, 처음의 세 가지가 초기의 선, 대승선이 천태지관, 최후의 최상승선이 달마의 선종이라고 했어. 최상승선은 일체중생이 본래 청정하며 어디에도 번뇌가 없고 오염되지 않은 지혜의 빛이 항상 빛나고 있는 것을 자각하는 것으로, 그런 근원의 마음이 부처이며 이를 일상생활에서 발휘하는 것이 여래청정선(如來淸淨禪)이라고 하였어."

# 화두란 무엇인가

화두는 이야기다. 기본적으로 어떤 물음에 대한 대답이라는 형식을 띠고 있다. 그 물음이란 불교의 근본진리 혹은 붓다사상의 핵심은 무엇인가 하는 것들이다. 가장 보편적인 형태로는 〈이 무엇고?(是甚麼)〉 하는 것이다. 여기서 이것이 가리키는 것은 불성이다. 즉 선불교에서 수행의 핵심은 불성을 보는 것, 견성(見性)이기 때문이다.

화두를 크게 두 가지로 구분하면 하나는, 일상적 사물을 그대로 가리키는 것이고 다른 하나는, 비논리적 언어를 구사하는 것이다. 화두를 '참구' 한다는 것은 이치를 따진다는 의미가 아니고 오직 스승의 화두 자체를 의심하는 것만이 요점이 된다. 선불교가 마음의 가르침인 까닭은 이렇게 화두를 통해 스승의 마음을 전수하는 것이기 때문이다. 전통적으로 이 화두를 가지고 공부할 때는 간절한 마음으로 정진하기를 요구한다.

조선의 휴정은 선가귀감(禪家龜鑑)에서 〈닭이 알을 품을 때에는 더운 기운이 지속되며, 고양이가 쥐를 잡을 때에는 마음과 눈이 움직이지 않으며, 주린 때에 밥 생각, 목마를 때에 물 생각, 아이의 엄마 생각은, 모두가 진심에서 우러났고 억지로 지어낸 마음이 아니므로 간절한 것이다. 참선에 있어 이렇듯 간절한 마음 없이 깨친다는 것은 있을 수 없다.〉라고 하였다. 간절함(切)이 화두를 드는 데 있어 가장 중요하며, 간절한 일념으로 크게 의심해 나가야 하고, 크게 의심하는 가운데 대오(大悟)가 일어난다고 한다.

"삼매의 초기 단계에서는 아무렇게나 떠오르는 상념들을 그대로 관조함으로써 객관화시키지. 그러면 자아로부터 생각의 분리가 가능해져. 생각을, 관찰의 대상으로 삼아 객의 위치에 놓을 수 있어. 그런데 분리하기에 가장 힘든 게 육신의 욕구야. 이것은 대상이 되려고 하지 않아. 전오식까지 연결되는 말나식의 욕구에 격렬한 고통이 일어나지. 끝끝내 이것을 견뎌내야만 비로소 말나식이 객관화가 되어 주체의 정신에 종속되는 것이야."

"다양한 질문을 통해 그 해답을 찾는 것이 화두라면 효용적 가치를 긍정하겠습니다. 하지만 화두라는 것이 단지 불성에 관한 고찰의 범주에 묶어둔 질문이자 사유라고 한다면 그것이 어찌 진리를 찾는 길에 도움 하나 얻을 수 있겠습니까? 없는 불성을 있다고 단정한 전제 자체가 심각한 오류에 빠진 상태이니까요. 대승불교가 여전히 불성을 확신한다면 그것은 신성이고 신의 존재를 믿는다는 의지라고 봐야겠습니다. 한마디로 붓다사상에 정면으로 반기를 들었다고 해야겠지요."

"이보게 아우, 나도 불성은 없는 거라고 말했어. 선불교가 불성을 강조하여 화두에 큰 비중을 두기에 그냥 참고하라고 말하는 것일 뿐이야. 인도에서 불교와 비슷한 시기에 발생한 자이나교의 가르침을 보자면, 진리를 찾는 데에 한 가지의 절대적인 길은 없고, 모든 견해는 보는 시각에 따라 달리 이루어지니 상대적이고, 영원부터 축적된 카르마의 결과에 따라 살아간다고 했어. 인간은 카르마, 이 업장이 가져온 미망 때문에 물질세계의 향락을 추구하며, 탐·진·치와 여러 악행에서 벗어날 수가 없다고 해. 이러저러하게 계속 악업을 쌓으니까 끝없는 악순환이 있을 수밖에 없다는 것인데, 자이나교는 해탈에 이르기 위해서는 상해를 모든 죄 가운데 가장 큰 죄로 여겨 어떤 생명이든지 해롭게 하거나 죽이지 못하게 규정하고 있어. 다음으로 금식을 포함하는 고행(tapas)인데 그 목적은 카르마가 이 욕망이라는 더러운 길로 인간의 영혼에 들어오기 때문이라는 것이지.

어쨌든 여러 종교의 이런저런 사상과 행위와 사유를 살펴보건대, 지금 내 생각에 사상 자체는 별 의미가 없어. 초기경전에 매달린 공부든, 화두를 붙잡은 선 수행이든 뭐든, 진리에 대한 발견과 성찰이 중요해. 자기의 아집을 붙들고 살아온 어리석음에 대한 반성이지. 인간을 깨우쳐 선한 삶으로 인도할 수행들이 필요한 게야. 마음은 수시로 바뀌어 항상 착하거나 악한 사람이란 없어. 집착과 욕망을 끊어야겠지만 태어난 이상 불가능해. 마음의 이탈은 잠시일 뿐, 생사의 초극이 뒤따라야 해탈심이며 열반이라 말할 수 있어. 이러니 범부의 인간들이 선택할 길이 무엇이겠어? 마음을 잘 다스려 평화로운 삶을 꾸리는 것이야. 그러니 우리가 종교를 가짐은 관계의 인연을 아름답게 엮고자 함이야."

하긴 그렇다. 인간이 살아가는 자체가 소중하고 어떻게 살아가야 할지의 자세가 중요하다면 사상이 뭐 대단하고 종교의 선별이 무슨 의미를 갖겠는가? 살아가는 관계의 인연이 아름다워지려면, 그것이 삶의 전부라면 말이다.

# 반야심경의 가르침

장경록의 이야기가 마무리를 향해 달려간다.

"반야심경(般若心經)은 대반야바라밀다경의 요점을 간략하게 설명한 짧은 경전으로 당나라 삼장법사인 현장(玄裝)이 번역한 것이야. 한국불교에서 가장 많이 독송되는 대승불교 반야사상의 핵심을 담은 경전인데 완전한 명칭은, 마하반야바라밀다심경(摩訶般若波羅蜜多心經)이야. 그 뜻은 〈지혜의 빛에 의해서 열반의 완성된 경지에 이르는 마음의 경전〉으로 풀이할 수 있어. 심(心)은 일반적으로 심장(心臟)으로 번역되는데 이 경전이 크고 넓은 반야부(部) 여러 경전의 정수를 뽑아내어 응축한 것이라는 뜻을 포함하지. 심을 핵심, 진수라 하여 곧 〈큰 지혜로 열반에 이르는 부처님의 진수의 가르침〉이라는 뜻이기도 해. 반짝이는 지혜를 얻어 근심 걱정이나 번뇌 고액이 없는 청정무구한 열락의 경계에 들어가는 길이 바로 반야심경 경문에 달려있다는 말이지. 반야심경은 260여 글자에 지나지 않는 짧은 경이지만 팔만대장경의 진수 중의 진수이고, 석가세존 45년 설법의 결론이라고 할 수 있어. 불경 중에서 가장 짧은 것이 반야심경이고 가장 어렵다고 하는 것이 반야심경이야."

반야심경의 중심사상은 공(空)이다. 공은 아무것도 없는 상태라는 뜻에서 시작하여 물질적인 존재는 서로의 관계 속에서 변화하는 것이므로 현상으로는 있어도 실체, 주체, 자성(自性)으로는 파악할 길이 없다는 그런 뜻으로 쓰인다.

이 경전구절의 〈색즉시공 공즉시색(色卽是空 空卽是色)〉은 널리 알려진 구절이다. 산스크리트본을 그대로 번역하면 〈현상에는 실체가 없다. 실체가 없기 때문에 현상일 수 있다.〉 현상은 무수한 원인과 조건에 의하여 시시각각으로 변화하는 것이므로 변하지 않는 실체란 있을 수 없고 또 변화하기 때문에 현상

으로 나타나며 중생은 그것을 존재로서 파악할 수 있다는 뜻이다. 이 경전에서
갈파한 반야바라밀다나 공은 개개인의 참된 마음이다. 걸림 없는 마음, 공포가
없는 마음, 교만하지 않는 마음, 영원히 맑고 마르지 않는 샘물과 같은 마음이
며 부정을 겪어 그것을 넘어선 대긍정의 마음이다.

경전의 끝에는 본문의 내용을 총괄적으로 신비롭게 나타낸 진언(眞言)인 〈아
제 아제 바라아제 바라승아제 보리 사바하〉가 있다. 예로부터 진언은 그 신비
성을 깨뜨릴 우려가 있다는 이유로 번역하지 않았으나 인도의 제바보살(提婆菩
薩)은 〈간다, 간다. 저쪽으로 간다. 결단코 피안에 갔다. 도심(道心) 있는 중생이
여.〉라고 하였고, 신라의 원측법사(圓測法師)는 〈훌륭하도다. 훌륭하도다. 저 피
안은 훌륭하도다. 각(覺)이 다 끝났도다.〉 이렇게 번역하여 반야심경의 성격을
드러내었다.


마하반야바라밀다심경

관자재보살 깊은 반야바라밀다 할 적,
오온 공함 비춰 봐 일체 고액 건너라.
사리자여, 색이 공과 다르지 않고, 공이 색과 다르지 않아,
색 곧 공이요, 공 곧 색이니 수 상 행 식 역시 이럴러라.
사리자여, 이 모든 법 공한 상은 나지도 않고, 멸하지도 않고,
더럽지도 않고, 깨끗하지도 않고, 늘지도 않고, 줄지도 않나니,
이 까닭에 공 가운데 색 없어 수 상 행 식 없고 안 이 비 설 신 의 없어
색 성 향 미 촉 법 없되, 안계 없고 의식계까지 없다.
무명 없되 무명 다 됨 역시 없으며, 노사까지 없되 노사 다 됨 역시 없고,
고 집 멸 도 없으며 슬기 없어 얻음 없나니, 얻을 바 없으므로
보리살타가 반야바라밀다 의지하는 까닭에 마음 걸림 없고,
걸림 없는 까닭에 두려움 없어, 휘둘린 생각 멀리 떠나 구경열반이며,
삼세제불도 반야바라밀다 의지한 까닭에 아뇩다라삼먁삼보리 얻었나니,
이 까닭에 반야바라밀다는 이 큰 신기로운 주며, 이 큰 밝은 주며,
이 위 없는 주며, 이 등에 등 없는 주임을 알라.

능히 일체고액을 없애고 진실하여 헛되지 않기에
짐짓 반야바라밀다 주를 설하노니 이르되,
아제 아제 바라아제 바라승아제 모지 사바하 (3번)


장경록이 반야심경의 내용을 해석한다.

〈관자재보살이 깊은 반야바라밀다를 수행하시어 오온이 모두 공인 것을 살펴보셨으며 일체 고액에서 벗어나 저 언덕으로 건너간다는 것을 깨달으셨다.〉

"오온개공(五蘊皆空)을 깨닫게 하는 것이 반야바라밀의 수행이라고 말하고 있어. 오온은 부처님이 사람의 다섯 가지 구성 요소를 설명한 것이지. 색은 인체를 구성하는 모든 물질적 요소들을 말하는데 그 물질은 완성된 신체의 전체 형상이겠지만 신체의 무수한 세포들을 비롯해서 그 세포의 최소 단위가 되는 원소들의 개념까지 포함돼."

장경록은 여전히 정신적 요소와 화합된 상태의 물질을 인정하지 않고 있다. 그가 말하기를 오온은 사람의 다섯 가지 구성 요소를 설명한 것이라고 했다. 그렇다면 그가 여태껏 피력한 물질과 정신의 상호작용 설명에 따라 인간의 몸은 물질과 정신의 결합에 의해 이뤄진 것이라야 한다. 세포 하나하나마다 깊숙이 박혀 있는 말나식과 전오식, 의식이 바로 정신이 아니면 무엇이겠는가? 물질과 정신의 결합체인 신체와 세포이거늘, 여기서는 다시 물질적 요소로만 취급한다. 그가 이러는 까닭은 한국불교가 주장하는 내용을 그대로 답습한 결과라고 봐야겠는데 줄곧 강조한 자기의 견해를 슬그머니 숨겨, 유식설의 오류를 덮으려는 꼼수처럼 느껴진다. 설령 인간을 자연과 동일하게 다룬다 해도 똑같은 얘기다.

"수는 물질적 요소가 외부로부터 받아들이는 모든 유형의 힘, 정보, 관계 등을 포함하는 것이야. 육근은 색이지만 외부와의 관계를 통해 6경을 받아들이는 작용은 수야. 색과 수는 모든 물질계의 법칙이며, 이 두 가지를 물질이라고 말하지. 에너지는 색이고 정보와의 관계가 수라고 보면 돼. 색과 수의 결합체인 물질이 오온의 상을 가질 때에 생명이 돼."

사람을 이루는 구성 요소가 오온이 아니라 모든 만물이 오온으로 짜여 있다고 사리풋타가 일찍이 설명하였다. 그가 잠시 말실수를 하였던 것일까? 이제는 만물의 구성 요소로서 오온을 설명한다. 어쨌거나 한국불교는 일반적으로 색만을 물질로, 나머지 4온은 정신적 요소로 다루는 것에 반하여 장경록은 색과 수의 결합 상태까지를 물질로 파악한다. 아마도 그것은 철저하게 유식설에 입각하여 말나식과 아뢰야식을 염두에 둔 분류로 보인다.

"상은 색이 받아들인 수를 감지하여 반응하는 것을 말해. 행이 없이 색, 수에 상이 더해져 있는 생명을 미생물에서 식물까지로 보면 돼. 여기에 행이 더해지는 생명체가 동물이라 부르는 것들이야. 행은 상으로 말미암아 나타나. 상이 행을 일으키는 것이지. 상에 무조건 반응하여 일으키는 행을 본능적 행위라고 말해. 상은 색이 외부에서 받아들이는 모든 것에 대하여 선악과 좋고 싫음의 판단을 하지 않으며 그 반응에 예외를 두지 않아. 짐승의 행위는 상에 대한 무조건적 반응이야. 따라서 색, 수, 상에 행이 더해진 것이 짐승들이야. 그리고 여기에 오온의 마지막 요소인 식이 더해질 때 그 생명체를 인간이라고 부르지. 즉 인간은 식을 가진 존재야."

설명에 이의를 제기하고 싶지만 쭉 설명을 전개하는 중이라 대꾸를 삼가는 무씨다. 동물도 행동에 앞서 여러 가지 생각을 한 후에 움직이는 다양한 경향이 관찰된다. 먹이를 주면 무조건 달려들어야 상에 무조건 반응하는 행일 텐데, 가만히 살피고 이득을 따져 접근 여부를 결정하는 무수한 동물들을 목격한다. 그러니 여기의 상은 모양의 상이 아니라 생각의 상이어야 적당하겠다. 식물은 색과 수로도 충분하다. 사리풋타가 이미 상은 생각을 말하는 것이라고 언급하지 않았던가. 내처 생각하자면 만물이 오온의 결합일진대 어찌 분리하여 생명체를 나누려는 것인지?

"식은 오온의 다섯 가지 중에서 가장 탁월한 존재이지. 왜냐하면 행은 상을 쫓아 일어나지만 식은 행으로부터 나오지 않고 오히려 행을 일으키는 상의 내용을 검증하고 타당성을 판단하여 상이 일으키는 행을 제어하고 통제하는 능력을 가지고 있어. 물질에서 생명체, 동물까지의 진화 과정은 순차적이지만 동물에서 인간으로의 진화는 전혀 다른 차원의 도약임을 알게 해주는 중요한 개념이야. 식을 가진 인간만이 선악을 판단하고 본능의 요구에 대해 타당성을 검증해."

다른 차원의 도약! 불교를 공부하다 보면 이렇듯 무심결에 신의 인간 창조 섭리에 이르기도 하는 것일까? 어쨌거나, 상이 생각이라면 여기의 식은 의식이 아니라 식별이다. 의식은 동물들도 이미 가지는 성질인 것이고 인간에 유독 두드러지는 독특한 성질은 사유에서 오는 식별의 능력이 아니겠는가? 사리풋타는 분명하게 식별을 말하였다. 그러면서 스님은 한국불교의 오온 설명을 두고 이렇게 낮은 소리로 읊조렸다. 〈한국불교의 해석이 붓다의 진실한 뜻과 가까운지 먼 것인지는 수행자 각자가 스스로 내면에서 법을 파악하여 알아낼 테지만.〉

"그런데 오온이 모두 공임을 깨닫게 되면 일체의 고액에서 벗어난다는 가르침은 역으로 말해 일체의 고액은 오온이 공임을 모르는 데서 비롯된다는 얘기야. 인간 자체가 공이라고 할 때 이 세상에서 우리가 집착할 것은 아무것도 없어. 그리하여 집착하여 구할 것이 없을 때 일체의 고액도 없다는 가르침이야. 이 세상에 진실로 '나'라고 할 것이 없다는 깨달음만이 일체의 고액을 벗어나는 길임을 밝히고 있어. 오온이 공일 때 나는 공일 것이며 내가 공이라면 내가 구하고자 하는 모든 것이 공일 것이다. 이것을 알면 구할 것이 없고 구할 것이 없으면 집착할 것도 없다. 집착할 것이 없으면 고액 역시 없을 것이라는 가르침이지."

물리학은 물질의 최소 단위인 원자 내부가 단단히 채워져 있지 않고 빈방처럼 허공이라는 사실을 발견하였다. 원자 내부는 빈방 안에 떠도는 연기 같은 알갱이들의 중력에 의해 고체처럼 견고해 보일 뿐이다. 이에 일부의 불자들은 〈물질(色)로 보이는 것들은 실제로는 비어(空) 있다. 반야심경은 이렇게 물질과 비물질 사이의 경계가 모호한 사실을 알리고자 한 것〉이라고 말한다. 그러나 이것이 억지라고 말하는 불자들도 있는데 왜냐면 무엇보다도 불교는 물리적 대상의 원리를 다루는 과학이 아니라 심리적 주체인 나와, 너라는 현실에 대한 통찰의 철학이기에 그러하다는 것이다. 한편으로 평소에 사리풋타가 강조한 붓다불교는 마음만을 분석하는 한국불교와 같지 않고 생명체 일체를 분석하는 종교라고 말해왔으니 물리학에서 밝히는 물질의 원리와는 아예 무관하다고 할 수 없을지도?

"불교는 말하지. 인간의 시각에서 바라보는 세상은 결국 자기의 그림자일 뿐이라고 말이야. 내가 보는 세계는 내 안의 욕망과 관심이 투영된 이미지야. 이 사실을 사람들이 잘 모른다는 것이지. 정도의 차이가 있지만 자기가 보는 세상이 객관적이라 착각하며 살기에, 언제나 너는 틀렸고 내가 옳다고 우기는 것이야. 인간이 사는 세상은 이렇듯 서로 다른 자아의 이해관계가 충돌하는 마당이고 그들이 만든 그림자의 이미지들이 뒤섞여 어지러운 혼돈 상태에 놓였다고들 말하지."

그럼에도 불교가 이들의 서로 다른 자아의 이해관계를 산술적으로 조정하거나 엇갈리는 가치의 세계관에서 오는 충돌에 대해 일일이 토론하고 그 명제를 내려 규격화하지는 않는다. 불교의 해법은 근본을 짚어보는 데 있다는 것이다. 인류가 무수한 세월 동안 지녀온 낡고 오랜 습성을 뜯어고쳐야 한다는, 이것이 이뤄지려면 어떻게 해야 할까? 자기 집착의 욕망과 이기적 행동을 끝내고 자신이 형성한 이미지의 세계를 부숴야 한다고 말한다. 하지만 자기의 욕망 분출은 활화산 같고 자기의 방어기제 또한 휴화산 같아서 이 욕망의 화산을 벗어나기가 힘들다. 게다가 이 활동은 무의식적 왜곡을 동반하기에 도무지 자신은 알지도 못한다.

"불교의 커다란 지혜(般若)는 바로 이 인간의 행동에 영향을 주는 심리적 작용이나 원리를 뚜렷하게 파악하는 것이지. 진리를 알고서 무명을 깨뜨려야 해탈에 이른다고 보는 것이야. 불교는 마음속에 깊숙이 가려진 심리적 동인과 무의식적 행위를 관찰하고 파악하여 오온을 새롭게 함으로써 오랜 윤회의 질곡을 벗어나 해탈에 이른다고 가르치고 있어. 색즉시공 공즉시색은 그 진리를 깨달은 자들의 웃음이거나 눈물이야."

"각자가 거치는 선 수행을 통해 오온을 새롭게 하는 불교와, 회개하여 인간을 창조한 당시의 형상으로 돌아가기를 바라는 기독교의 가르침이 서로 연결된다고 볼 수 있겠습니다. 잘못된 구조를 깨뜨리는 것, 잘못된 흐름을 순리대로 흐르게 만드는 것, 인간의 잣대로 파악한 죄의 속성을 돌이키는 것, 이 모두가 한결같이 본래의 올바른 무엇인가가 있어야 한다는 의미를 갖게 되는군요? 그 무엇이라는 게, 신이든 선이든 명이든 불성이든 간에 말입니다."

"대승사상이 불성을 거론함으로써 일면 유신론 또는 유심론적 색채를 띤다고 하여 그게 잘못된 길로 들어섰다거나 부처님으로부터 멀어졌다고 생각하지 않아. 해탈하여 윤회의 덫을 끊었다는 소리가 완전 소멸을 말하는 것이 분명 아니잖나? 소멸이 해탈이 아니라면 그것은 무엇을 의미하는 것이겠어. 열반을 이룬 석가모니는 어딘가에 머문다는 것이고 부처님으로서 인간세계에 어떠한 형식으로든 관계한다는 것으로 봐야지. 그래야 선이 존재하고 실재하는 진리의 파악이 가능한 것이잖아."

"사리풋타 스님이 이 자리에 계신다면 어떤 견해를 드러낼지 매우 궁금해집니다. 나로서야 기독교 신자인 입장에서 이와 유사한 사상의 견해 피력을 마다할 이유가 없겠지요? 이것이 대체 어느 정도의 타당성을 갖는지는 차치하고서 말입니다."

"하하, 일단 말이 막 나가버린 마당에 다른 견해를 하나 알려주지. 색즉시공, 이 문장을 두고서 많은 불교학자들이 연구한 결과로 다양한 견해들이 쏟아졌는데 그중에는 붓다사상에 어울릴 주장들이 간간이 나타나. 잘 들어보게나. 색(色)이란 자아의 중력으로 휘어진 세계, 바로 그렇게 자아의 투영으로서 드러난 세계를 가리킨다고 해. 공(空)이란 그 이미지와 환상의 세계가 바로 주관적 편견과 이해관계의 산물이라는 뜻이야. 그러니 실재하지 않는 것들이라 색은 곧 공이다. 이런 자기의 주관성을 자각하고 사는 사람이 많지 않은데 바로 이 오랜 무의식적 습성이 바뀌어야만 진정한 진여의 세계가 나타난다는 것이야.

이 세계를 반야심경은 공즉시색이라고 불렀다네. 그렇다면 주관적 집착에 빠진 자아의 흔적을 지운(空) 뒤에, 새로이 눈에 드러나는 세계(色)는 과연 어떤 모습일까? 바로 평등(平等) 혹은 뜰 앞의 잣나무, 그 여여(如如)한 세계라는 것인데 그것은 바로 코앞에 선명하게 있기에 누구나 볼 수 있어. 그렇지만 이 세계만큼 아득히 먼 것도 없다고 말해. 왜냐하면 우리는 무시(無始) 이래의 무명(無明)에서 벗어나기가 거의 불가능하기 때문이야.

하나의 요소(法)는 다른 요소와 인연(因緣)에 의해 모여 잠정적 행태(行)를 형성했다가 찰나에 멸하면서 이어져. 그리하여 우주는 찰나에 멸하는 법들의 연기적 과정으로 이루어져 있어. 그것은 거기 그렇게 흘러간다. 이런 우주적 과정의 인식에서 만물은 법(法)에 있어 가치의 우열을 매길 수 없다는 중요한 귀결이 도출되지. 불교는 이것을 평등(平等)이라는 말로 불렀어. 본시 이 말은 불교가 사물들의 절대적 무차별을 나타내기 위해 썼던 말이야."

〈사리자여 모든 법이 공한 것이어서 나지도 멸하지도 않으며 더럽지도 깨끗하지도 않으며 더해지지도 줄어들지도 않느니라.〉

"제법은 불법을 포함한 모든 세계의 원리와 원칙 일체를 포함해. 제법이 공하다는 것은 불법조차 공하다는 것이며 부처님의 깨달음과 가르침, 그 가르침을 좇고자 하는 노력, 깨달음으로의 구도, 이 모든 것이 다 공하다는 것이야. 여기서 근본적인 모순에 부딪히게 되는데 반야바라밀다를 깊이 행하면 오온이 모두 공인 것을 깨닫게 돼. 그런데 그것을 깨닫게 되면 제법이 모두 공임을 알게 되므로 반야바라밀다 역시 공이 되고 말아.

그렇다면 반야바라밀다는 공인 제법을 초월하는 법인가 아니면 그것 역시 공이라고 하는 제법에 속하는 것인가? 불교의 위대함은 바로 이 궁극의 차원인 더없이 뛰어난 깨달음조차도 모두 공임을 인정하는 데 있어. 제법무상을 가르치는 설법 자체가 제법으로서 무상한 것에 포함되므로 무상한 것이 무상을 가르치는 무상함에 지나지 않아. 이것은 모순인데, 존재하면서도 그 본질이 공이어서 존재한다고 증명할 수 없는 세계 속에 존재하는 인간의 세계를 파악하는 데 따르는 필연적인 모순이야.

그렇다면 모든 것이 공이고 모든 것이 무상하며 일체가 무인 이 세계에서 대체 불교의 존재 이유가 무엇이고 깨달음의 가치와 수행의 의미가 무엇일까? 불교는 말하지, 세상은 평등하다고. 거기에는 높고 낮음이 없고 길고 짧음도 없으며 좋아하고 싫어함도 없고 명예도 좌절도 없어. 한 걸음 더 나아가 삶도 죽음도 없다고 말해. 생사(生死), 즉 삶과 죽음의 구분은 삶을 좋아하고 죽음을 꺼려하는 인간의 자아가 움직인 것이고 세계에 대한 마땅찮은 참견이야. 선사들은 그래서 여기 생사(生死)는 없다고 말하길 즐겨 했지. 그리고 불교는 없다며 〈색즉시공이라, 인간이 손대고 덧붙인 모든 흔적은 허망하다. 삶과 죽음조차도 그렇다. 삶도 죽음도 없는 판에 불교가 어디 있겠으며 사성제(四聖諦) 12연기(緣起)며 오온(五蘊) 육식(六識)이며 연기법이며 화엄의 이치인들 어디 있겠는가.〉

그렇게 노래하지."

반야심경 사상이 불교의 최종적 가르침이라는 얘기를 곧잘 듣는다. 반야심경에서는 삶에 대한 집착은 물론이고 그것을 넘어서고자 불교에 의지하려는 모든 인간적 시도까지를 거절한다. 그래서 말한다. 불교는 없다고! 그런데 그걸로 끝나는 것이 아니다. 불교는 바로 그렇게 모든 것을 내려놓을 때, 그때 비로소 어느 것에도 제약되지 않는 진정한 해방을 얻는다고 말한다.

"이 세계는 공이라서 언젠가 없어질 무엇이 아니라고 관자재는 말해. 없어질 무엇이 생겨난 적이 없기 때문이지. 만약 언젠가는 없어질 것이라서 공이라고 한다면 없어질 때까지는 존재한다는 뜻이 되지. 부처님은 이 세상에 영구불변한 것은 없고 인연법에 따라 잠시 나타난 것이라 헛되고 헛되다고 가르쳤는데, 여기 반야심경을 설한 관자재보살은 영구불변하지 않고 언제나 변화하는 것이기에 헛된 것이 아니라 애초에 헛되고 말고 할 것이 생겨난 적이 없다고 말하고 있어. 생겨나서 스러져가는 존재가 헛되고 무상한 것이지 생겨나지 않은 것이 무상할 리가 없잖아. 생겨난 적이 없다! 이 한마디가 모든 것을 말하는 것이야."

깨닫는 것도 없고 그리하여 얻는 것도 없으니 요컨대 모든 것은 이미 이루어져 있다. 이 진실을 알게 될 때 마음속의 장애물이 사라지고 내적 혼란과 존재의 오랜 불안으로부터 자유로워진다. 그때 세상은 자아의 투사가 아니라 본래의 형상으로 드러날 것이니 그때 비로소 인류를 옭아매던 개인적, 집단적 착각의 그물망으로부터 벗어나게 된다. 그것이 구경열반(究竟涅槃)이다.

〈아제 아제 바라아제 바라승아제 모지사바하〉

"이것은 속세의 중생이 외울 소리가 아니라 부처가 되고자 결심한 구도자의 주문이야. 뜻은 〈가세 가세 어서 가세 저 피안을 향해서 구경열반의 세계로.〉 대충 이러한데 이런 주문은 고대인도의 언어를 한자로 표기한 것이고, 부처의 어떤 뜻이 담겨 있지만 사람들이 노랫소리 자체에서 힘을 얻듯이 한국불교는 주문을 해석하지 않아. 오로지 화엄의 바다에 배를 띄워 저 피안을 향하여 떠나는 구도자에게 힘이 되기를 바라는 것이지."

갑자기 뭔가 떠오른 듯 무씨가 서둘러 말을 꺼낸다.

"잠시만! 불교는 사람들에게 아무것도 판단하지 말라고 가르치면서 세상에는 궁극적으로 아무런 구분이 없다고 하는데, 이것이 무엇에 기초한 가르침이 겠습니까?"

"살펴보면 우리가 행동을 선택해야 하는 한, 시시각각으로 판단의 시험대 위에 서게 돼. 불교는 이것을 오랜 이기적 습성에 따라하지 말라고 말하는 것이야. 그 관성에 끌려 다니며 살지 말라는 뜻이야."

"그렇군요. 공(空)은 그런 점에서는 비이기적 삶의 태도를 가리킨다고 하겠습니다. 그럼 그 원리를 받아들인 사람들은 현실에서 어떤 삶을 살아가게 되나요?"

"불교는 공(空)을 지혜로 삼지. 그런데 여기서 한 걸음 더 나아가야 한다고 가르쳐. 그 지혜가 다른 사람을 위해 유익하게 쓰이지 않는다면 그거야말로 이기적 습성을 버리지 못한 증거라고 보는 것이지. 그래서 네 가지 무한한 마음인 사무량심(四無量心)을 선포하였어."

"불교가 지극히 개인적인 은둔적 가르침이고 그런 모습이 실제로 관찰되지만, 그렇게 이타를 살펴볼 경우에는 사회정의 및 공적 윤리와도 결합된다고 볼 수가 있겠군요?"

"대승의 정신을 표상하는 사람이 바로 보살(菩薩)이야. 다만 실제의 삶이 이런 원리를 항상 구현하지 않는다는 데 심각한 문제가 드러나긴 하지."

"이론이나 원리가 현실화되지 못하는 현상을 하루 이틀 보는 게 아니고 정작 나 자신부터 그러합니다. 육신이 피곤하고 나약한지라 인간의 한계가 절절히 드러나는 찰나적 삶을 첩첩히 살아가지요. 지금은 대다수가 기껏 신에게 용서를 구하고 부처에게 참회의 기도를 올리는 행위에 머물 뿐입니다. 더 이상 어떤 해결책이 있을까요?"

"아뇩다라삼먁삼보리를 이뤄야겠지? 이 뜻은 아라한이 이루는 생사해탈과 또는 보살의 수행인 구경열반보다 더 높은 붓다경지의 깨달음으로서, 더 이상 없는 바르고 원만한 깨달음의 무상성등정각(無上性等正覺)으로 더 이상 위로 올라갈 경지가 없는 가장 높은 경지의 깨달음을 말해. 중생의 계도가 불교의 목적이기에 불교의 지혜를 말하는 바라밀은, 중생이 구하는 지혜와 보살이 가는 지혜가 따로 있어. 이 중에 반야바라밀다를 삼먁삼보리라고 일컫는 이유는 바로 부처가 되고자 하는 보살들이 열반에 이르는 데 필요한 도구이기 때문이야. 중생은 사성제, 팔정도, 삼학, 오온 같은 내용을 배우면 되는 것이지, 오온이 공이고 십이연기와 사성제는 헛것이며 불법조차도 공이라는 일체개공을 깨닫는 지혜는 자칫 중생을 허무로 몰아갈 우려가 있어. 물론 이것을 익히지 않아 삼세제불에게 복을 빌기만 하는 신앙에 빠질 수도 있겠지만. 어쨌든 반야는 보살이 추구할 최고 경지의 깨달음이야. 부처가 되는 순간은, 부처라는 것이 존재하지 않음을 알고 해탈을 하겠다는 자신의 정진조차 공으로 사라져야 해. 일체 공, 일체 무의 세계에 삼먁삼보리의 꽃이 피게 돼. 불교는 석가세존 45년의 모든 설법조차 얻을 것이 없고 얻으려 할 것도 없으며 제법이 공이라 불법도 공이라는, 극한의 긍정을 말하지. 이렇게 부처의 길을 열어놓으면서 그 부처를 초월하는 유일한 지혜가 바로 이 반야바라밀이야. 이것이 아니었다면 불교는 부처라는 신과 그 신에 머리를 조아려 복을 비는 유신론적 종교로 타락했을 거야. 오직 반야의 횃불이 있어 공허한 어둠을 헤쳐 나갈 올곧은 길을 비추고 있지. 내 얘기 끝났어." 장경록의 길고 긴 얘기가 끝난다.

"말씀, 정말 감사합니다. 수고하신 이 은혜를 어찌 다 갚아야 할지요?"

"하하, 은혜는 무슨. 수업료는 드라이브로 충분했어. 같이하니 나도 즐겁네 그려."

사리풋타와 만나기로 약속한 사찰의 주차장에 도착하자 장경록은 갑자기 무슨 생각이 들었는지 사리풋타와의 합석을 극구 사양한다.

"아무래도 나는 다음에 만나야겠어. 지금 만나봐야 별로 흥미로울 것 같지 않아."

"형님답지 않게 왜 그러세요? 그냥 같이 만나봅시다."

"사실은……."

사실은, 그렇게 운을 떼고서는 잠시 주위를 둘러보다가 결심한 듯 말을 잇는다.

"사실은, 조문주라는 여자와 갈등에 빠질 만한 일이 있었어. 나로서는 불가피했고 나름 최선을 다한 짓이었다고 판단했지만, 그 순간은 그렇게 생각했지만, 어쨌든 그 일로 해서 카르마가 뒤틀려버린 거 같다. 그래도 자네는 같은 남자로서 나를 이해해 주겠지? 자세한 것은 추후에 알게 되겠지만 우선은 나의 행위가 이기심이나 충동에 의해 비롯된, 유치한 것이 아니었다고만 알아줬으면 하네. 다음에 보세."

손을 내미는 그의 오른손을 무씨가 양손으로 꽉 붙든다.

"대략 짐작은 하겠고, 무슨 일이든 형님의 올바른 처신을 믿겠습니다. 학교 문제도 잘 풀려나가고, 마음이 늘 평강하시기를 빕니다!"

"하하, 고마우이. 확실히 자네야. 내가 사람은 잘 봤어."

둘은 훗날을 기약하며 아쉬운 작별을 나눈다. 일주문을 돌아나가는 장경록을 묵묵히 바라보고는 발길 돌려 사찰로 향하면서 무씨가 생각한다. '선(善). 선의 추구. 선(善)으로 이끄는 것들이 진리이다. 인간에게 선이라는 가치보다 더욱 필요한 무엇이 혹시 있는 것은 아닐까? 순(順). 순리(順理). 언젠가 사리풋타가 그랬던 것 같다. 역류(逆流)가 아닌 순류(順流). 그것이 무명의 잘못된 구조를 깨고, 잘못된 흐름을 바로잡는 길이라는 것을.'

# 사리풋타와의 재회

사찰 경내 찻집에 사리풋타가 다소곳이 앉았다. 무씨를 반기는 스님의 표정은 여전히 담담하다.

"결국 장경록 거사님은 뺑소니를 치고 말았군요?"

"무슨 사고라도 친 모양이지요?"

뺑소니라는 말에, 농담처럼 건성으로 건넨 말인데 사리풋타의 표정이 일순 어두워진다. 얼른 화제를 바꿔야겠다는 생각에 그가 주위를 둘러보면서 말을 덧붙인다.

"이것저것 형님과 많은 대화를 나눴습니다. 특히 여기 오는 길에 들은 반야심경 내용이 압권이었습니다."

그 소리에 사리풋타가 몸가짐을 슬쩍 바로하고는 무씨에게 찬찬히 들려준다.

"여기 온 이유가 거사님의 얼굴을 한번 볼까 하는 단순한 일상이었는데 또 설법을 하게 만드시는군요. 거사님과의 불교 대화가 어떠한 버릇이 되려고 이러나 봅니다. 물론 이것은 좋은 버릇이겠지요. 그럼 시작하겠습니다. 반야심경 해설을 들으시면서 주의할 점은 오온에 대한 해석을 잘해야 합니다. 그러자면 반야부(部) 법문 이전으로 초기경전 아함에 나타나는 오온에 대한 확증이 필요할 것입니다. 반야심경에서는 오온의 자성이 비어 공하다고 설법하시지만 아함에서는 오온이 무아라는 사실을 바르게 보는 것을 8정도의 정견이라고 할 정도입니다. 공하다 혹은 비었다는 것과 무아는 다른 차원의 얘기입니다. 한편으로 오온을 물질과 정신으로 구분하여 인식론적으로 해설하는 한국불교식의 해석은 틀렸습니다. 거사님, 잘 들으세요. 설명을 해보겠습니다."

"반야심경, 마하반야바라밀다심경은 반야바라밀을 완성하여 마치 심장처럼 반야바라밀다의 핵심을 들려주는 경입니다. 반야심경의 구도는 어느 날 붓다 께서 지혜제일 존자 사리불에게 보살의 경지에 대하여 법문을 하시는데,

〈사리불이여. 들어보아라. 성스러운 구도자 관자재보살이 생사해탈 아라한 을 이룬 다음에 벽지부처가 되어서 12연기를 확증했고 다시 또 일승의 길을 계 속 걸어 구도자보살이 되었다. 구도자보살 수행으로 깊은 반야바라밀다를 향 하여 가는데 그 차원에서 본 것은 오온의 자성이 비어 공하다는 것이다. 법칙 성으로 공성은 이 우주의 근본실상인데 이전에 들려준 오온법문에 나타난 오 온의 5가지 지분, 색·수·상·행·식은 모두 공의 자리에서 보아 빈 것이다. 뿐 만 아니라 일체의 법은 공성의 현상이고 특징이다. 그래서 공성이라는 실상에 서 보면 태어나고 죽는 생멸도 없다. 눈 내지 뜻도 없고 색(형체) 내지 사물도 없다. 아함 차원에서 실상이었던 18계층마저 없다. 4성제로 괴로움을 해결해주 겠노라고 선언했었지만 공성이라는 근본실상에서 보면 생사 과정에 겪는 괴로 움과 괴로움의 집합과 괴로움을 소멸했다는 것과 괴로움을 소멸하는 길에 들 었다는 것까지 원래 없다. 아함 차원에서 노력에 노력으로 수행에 정진력을 다 하여 끊어내려고 애를 썼던 수많은 허상에서 오온뿐만 아니라 12연기 각 지분 도 공성에서 보면 원래 없다. 12연기 지분에서, 무명 내지 늙음과 죽음까지 아 함에서는 문제로 보고 절멸시키려고 수행을 했지만 공성에서 보면 무명 내지 늙음과 죽음은 원래 없었고 그 늙음과 죽음을 소멸시켰다는 늙음과 죽음의 절 멸 역시 없다. 생사에 기대어 얻은 열반 A, 열반 A에 기댄 열반 B, 열반 B에 기 댄 열반 C……. 계속 서로 기댄 상태에서 얻어지는 수많은 열반 역시 스스로

홀로 서는 자성이 비었기에 없는 것이다. 마치 환자가 없으면 의사가 없는 것처럼 마치 도둑이 없으면 경찰이 없는 것처럼 서로 기댄 것은 자성이 없기에 홀로 서지 못한다. 그렇게 생사가 없었다면 생사를 극복한 열반도 없다. 그런 열반이 다하여 궁극으로 얻은 구경열반은 열반이라는 상태가 비로소 끝나 궁극의 열반 경지를 얻었다는 것인데 그것은 공성과 같다. 그것은 대명(大明)이다. 그것은 피안에 이른 것이다. 이런 반야바라밀다에서 얻은 공성의 경지를 통한 수행의 단계를 반드시 거쳐야 한다. 공성 혹은 구경열반을 얻으려고 그 경지에 머무는 것은 구도 자보살의 수행 과정이다. 하지만 부처경지는 반야바라밀다를 완성하고 나아가 더 이상 없는 바르고 원만한 깨달음을 얻은 것이다. 이렇게 구도자보살과 부처경지는 다르다. 출가하여 수행 정진한 끝에 아함 차원에서 거론된 생사의 괴로움은 해결되었고 이제 보살의 괴로움마저 해결했기에 드디어 일체 괴로움(sarva duhkha)을 소멸한 것이다. 처음에 사리불이 출가했을 때 내가 강조했던 그 모든 괴로움을 해결해주겠다던 약속을 이제야 내가 지켰다. 그러므로 반야바라밀다에서 주문을 외워라. 피안으로 가야 하기에. 다음과 같이 외우길 바란다.〉

반야심경에 나타나는 법을 살펴보면 모두 이전 법문에 나타난 법들입니다. 6근, 6경, 6식, 18계층, 4성제, 5온, 12연기, 열반 등등입니다. 그건 붓다의 논리가 진전되었다는 것입니다. 이전에 이미 설파했던 법문을 바탕으로 뭔가 더 나아간 설법이 생겼다는 것입니다. 반야심경에 나타나는 법들은 이전 차원에서 모조리 분석을 마쳤던 실상과 허상과 수행론이 다시 나타납니다. 그야말로 요약본이지요. 그 짧은 문장에 붓다께서 설법하시고자 하는 핵심적 요소를 모두 드러내셨다는 것입니다.

그런데 반야심경은 이전에 마련된 그 모든 법을 부정하는 것입니다. 왜 그럴까요? 생명체의 감각기관은 눈·귀·코·혀·몸·뜻의 6가지 감각기관입니다. 그런데 반야심경에서는 그 감각기관이 없다는 의미심장한 설법을 하지 않습니까? 뭔가 이유가 생겨서 부정한다는 것입니다. 논리에서, 부정하려면 이전에 긍정했던 무엇을 부정하는 것이니까요. 오온은 눈·귀·코·혀·몸·뜻에 더하여 형체·소리·냄새·맛·촉감·사물까지 일체 12처를 다시 깊게 분석한 것이기에 그대로 물질과 정신의 화합 상태입니다. 말하자면 색·수·상·행·식, 이 5가지 지분 전체가 물질과 정신의 화합 상태이며 존재의 잘못된 구조이고 허상입니다. 가짜 나입니다. 눈·귀·코·혀·몸·뜻을 가진 생명체가 그 감각기관으로 형체·소리·냄새·맛·촉감·사물대상을 인식할 때, 일체는 그 차원에서 한바탕 분석됩니다. 6근과 6경의 존재가 무엇인가를 분석하고 존재와 존재의 관계가 무엇인가를 분석하고 그 관계에서 발생한 모든 사건을 다 분석합니다. 눈·귀·코·혀·몸·뜻과 형체·소리·냄새·맛·촉감·사물의 차원에서 나와 너, 일체에 대한 모든 소식이 등장하겠지요? 그런 다음에야 6근과 6경을 더욱 세밀하게 마치 전자현미경으로 본 것처럼 파악하여 일체가 4대 혹은 4대의 조합인데 이 차원에서 오온이 등장합니다. '오온사제법문'으로 진입한 것입니다.

초기경전 아함에서는 〈오온은 무아다.〉로 밝혀진 것이 다음 차원인 반야부(部)에 진입하여 〈오온은 자성이 비어서 공이다.〉라는 것입니다. 오온은 물론이고 그 이전에 거론했던 눈·귀·코·혀·몸·뜻과 형체·소리·냄새·맛·촉감·사물이 모조리 없다는 것이라면, 더하여 무명이라는 번뇌까지 없다는 차원이라면, 이건 뭔가 붓다께서 색다른 말씀을 하시는 것입니다. 어떻게 우리 존재에 눈이 없고 귀가 없고 코가 없다는 것입니까? 부처님의 논리를 배제하면 말이 안 되는 소리입니다.

붓다께서는 아함 차원에서 4성제를 거론하시고 괴로움을 전면에 내세우셨는데 무슨 까닭인지 반야심경에서는 괴로움, 괴로움의 집합, 괴로움의 소멸, 길이 없다고 하십니다. 심지어 늙음과 죽음까지 없었다는, 이 뜻은 뭘까요? 반야심경에 나타나는 공(空)은 두 종류인데 '비었다'와 '빈 것'입니다. 빈 것은 궁극적 실상입니다. 끝났다는 것입니다. 반야바라밀다에서 '다'는 끝났다는 뜻입니다. 우리말도 그렇지요? 문장의 끝에 사용하는 '다'처럼, 반야용선을 타고 파라다이스를 향하여 가던 길이 끝났다는 것입니다. 거부하지 못하는 원리원칙이라는 것입니다. 공성(空性)이지요. 금강경에서는 직접적으로 공이라는 용어를 사용하지 않지만 또 다른 차원의 법성이라고 표현하시는 붓다의 뜻을 파악해야 할 것입니다. 공성은 법칙성의 하나입니다. 이런 내용의 반야심경과 금강경을 서로 맞춰보는 것이 가능합니다.

금강경에서는 해공제일 수보리존자가 부처님께 다음과 같이 질문을 던집니다. 〈부처님이시여, 보살이라는 탈 것에 처음으로 나아가 선 구도자보살은 어떻게 나아가야 하며 어떤 마음가짐을 가져야 합니까?〉 구도자보살의 경지가 여러 단계로 나뉜다는 암시를 합니다. 구도자보살 경지는 4단계입니다. 초발의 보살, 행 육바라밀보살, 불퇴전보살, 일생보처보살입니다. 반야심경에서 주문으로 〈가서 가서 건너가서 건너편에 가 닿는다.〉 하면서 왜 굳이 4단계로 설정을 했을까요? 한 단계 한 단계가 구도자보살의 수행을 나타내는 것이 반야심경의 주문입니다. 4번 건너가자는 말을 의미심장하게 받아들여야지요. 심장처럼 핵심만 설법하신 그런 경에 꼭 필요한 용어만 나열하신 부처님의 뜻을 살펴야 할 것입니다.

그리고 그 주문에 등장한 깨달음은 구도자보살 경지의 깨달음이라는 것입니다. 불교의 깨달음은 여러 가지입니다. 아함 차원에서는 수행자 결과로 아라한을 얻는 깨달음을 언급하지만 반야부(部)에 진입하여 구도자보살의 깨달음을 드러내고 그 다음에 부처의 깨달음이 설정되어야 할 것입니다. 그것이 성문승, 연각승, 보살승을 거론하는 것입니다. 부처가 되는 한 줄기 길, 일승입니다. 부처님께 법을 듣고 수행하는 성문이 탈 것과 구도자보살이 탈 것은 배 자체가 다르다는 것이지요. 아, 연각은 독각이라고도 하는데 연각의 한자 번역 뜻은 12연기법을 파악하여 깨닫는다는 것이지요. 그러니까 당연히 아라한은 명(明)을 확증해야 합니다. 그런 다음에 명(明)을 착각하여 배반하고 집착하여 12연기의 허상에서 무명부터 생겼다는 부처님 논리가 옳다는 것이 증명됩니다. 불교 성자는 아라한을 이루고 그 다음에 벽지부처가 된다는 말이기도 합니다. 성문승과 연각승과 보살승의 순서를 지킨다는 것이지요. 스스로 혼자 깨닫기에 독각이라고 번역을 했지만 실제는 그 이전에 붓다의 설법을 모조리 파악한 상태의 아라한이기에 그제야 혼자 이시길리 산에서 벽지부처(pratieka buddha)로 수행하는 것입니다.

실제 초기경전에는 이시길리 산에서 혼자 수행하는 수많은 벽지부처의 이름이 거론됩니다. 명(明)이라는 실상을 확증하여 아라한이 되면 그 성자의 별명은 '무학'이라고도 불립니다. 그런 다음에 벽지부처가 혼자 공부한다는 것은 논리적으로 명쾌한 것입니다. 이와 같이 부처가 되는 한 줄기 길, 일승 역시 점진적입니다. 초기경전에서 고타마붓다는 미리 강조를 하신 것이지요. '수학자 목련 경'에서 불교 수행의 점진적 차례를 언급하시는 부처님이십니다.

　이런 내용을 살펴보려면 무엇보다 선행되어야 할 점이 반야심경을 통하여 부처님의 심오한 뜻을 파악하기 이전에 일단 읽기에 편안하게 한글 번역을 하는 게 옳습니다. 인간은 문자를 사용하여 내면의 소식을 표현할 줄 아는 뛰어난 고등동물이며 그 문자에는 의미가 포함되었고 그 의미가 바로 붓다께서 우리들에게 설명하시고자 하는 반야심경의 뜻이기에 그렇겠지요. 한자 번역에 나타나는 단어만 갖고 해설을 했기에 장경록 거사님이 〈관자재보살이 깊은 반야바라밀다를 수행하시어 오온 모두 공인 것을 살펴보셨으며〉라면서 반야바라밀다를 수행하신다고 언급을 했지만 사실은 그 원어가 Prajna Paramita caryam caramano입니다. 반야바라밀다를 향하여 간다는 뜻입니다. 수행의 원어는 bhavana이니까요. 간다는 carya와 다르지요? carya는 반야심경 주문에 등장하는 간다는 gate의 gam과도 다른 단어입니다. 고대 인도어는 사물을 명확하게 표현할 줄 아는 단어로서, 간다는 단어도 여러 가지라는 것입니다. 뭔가 다른 형태로 간다는 것이겠지요? 부처님은 그렇게 뛰어난 고대인도 문자를 법으로 적절하게 사용하신 것입니다.

　이렇게 원래 부처님께서 무엇이라고 설법을 하셨는지 모르는 상태에서 어떻게 부처님의 진실한 뜻을 파악하는 게 가능하겠습니까? 반야심경의 핵심은 '시제법공상'입니다. 일체 법은 공성(空性)의 현상(특징, laksana)이라는 것입니다. 근본실상으로 공성을 지닌 존재가 그 실상을 착각하여 집착하고 배반하여 현재 오온이라는 작용으로 가짜 나로서 아집을 유지하며 산다는 것이지요. 밖으로는 눈·귀·코·혀·몸·뜻을 갖고 멋대로 세상을 보면서 마치 돼지 눈에 돼지가 보이는 것처럼 실상을 몰라보고 산다는 것입니다. 그럼 반야심경에서 범어 번역본을 들려드리겠습니다. 범어경전 서두에는 일체 지자이신 붓다께 절한다는 인사가 등장합니다."

Prajna Paramita Hrdaya Sutram
<반야바라밀을 완성한 심장 같은 경>

모든 것을 아는 부처님께 절하옵니다.
거룩한 관자재보살이 한없이 깊은 반야바라밀다를 향하여 가실 때 다섯 근간은 그들 성품이 모두 비었음을 보셨느니라.
여기에서 사리불아, 물질적 집착은 빈 것이요, 빈 것은 곧 물질적 집착이니. 물질적 집착 떠나서 빈 것 없고, 빈 것 떠나서 물질적 집착 없어 물질적 집착이 바로 빈 것이요, 빈 것이 바로 물질적 집착이다. 느낌 생각 결합 식별 또한 이와 같다.
여기에서 사리불아, 모든 법은 빈 것을 나타내나니
발생 또는 소멸이 없었고
더러움 또는 깨끗함이 없었고
모자람 또는 가득함도 없었다.
그러므로 사리불아, 빈 것에는 물질적 집착이 없고
느낌 생각 결합 식별이 없다.
눈 귀 코 혀 몸 뜻이 없고
형체 소리 냄새 맛 촉감 사물이 없다.
눈의 계층 없고 이어 의지의 식별계층까지 없다.
무명도 없고 무명의 절멸도 없으며
늙음과 죽음도 없고 늙음과 죽음의 절멸도 없다.
괴로움 괴로움의 집합 괴로움의 소멸 길이 없다.
앎이 없고 얻음과 혹은 얻지 않음도 없다.
따라서 보살은 반야바라밀다를 의지하여 머무나니
마음에 가림이 없다.
마음에 가림이 없으므로 두려움도 없고
뒤바뀐 생각을 넘어서서
열반을 다하였다.
삼세 모든 부처님은 반야바라밀다에 의지하여
더 이상 없는 바르고 원만한 깨달음을 이루셨다.
그러므로 마땅히 알라.

반야바라밀다의 큰 주문,
큰 밝힘의 주문,
더 이상 없는 주문,
동등함이 없는 주문은
모든 괴로움을 없애주는
진실로 반야바라밀다에서 설한 주문이니
그것은 다음이다.

가테 가테 파라 가테 파라삼가테 보디 스바하
Gate gate para gate para samgate bodhi svha
가서 가서 건너가서 건너편에 가 닿으니 깨달음이 있네.

## 사리풋타와 거닐다

행사를 앞둔 사찰이라 그런지 스님들이 자주 눈에 띈다. 대웅전 뒤쪽으로 나 있는 오솔길을 거니는 둘의 모습이 한가롭다.

"거사님, 소설은 잘되어 가세요?"

"네, 스님의 여러 설법에 힘입은 바가 큽니다."

"그 소설에는 여러 내용들이 담기겠지만 사랑도 일정 부분을 담당하리라 여겨집니다. 사랑의 궁극은 세속의 사랑이 아니라 우리가 공통적으로 찾아가는, 사랑이 뭘까에 대한 결론으로 진리적 사랑입니다. 세속의 사랑은 반드시 미움이라는 반대 개념을 갖고 때로 이별하는 상대적 사랑입니다. 그에 비하여 진리의 사랑은 사랑과 미움을 벗어난 절대적 사랑, 어쩌면 기독교에서 언급하는 예수님의 사랑이겠지요? 그 진리의 사랑을 불교에서는 담담한 마음이라고 표현합니다. 대상을 향하여 평정심을 갖는다는 것이지요. 거사님의 소설에 등장하는 사랑에 대한 해답이 필요하다면 그것은 이런 진리의 사랑일 것입니다. 사리풋타는 그런 진리의 사랑을 원합니다. 진리의 사랑은 세속의 아내와 비교할 것이 없으며 세속의 애인과 분별하여 저울질하지 않아도 되겠지요. 진리의 사랑은 이별에 아파할 필요가 없습니다. 진리의 사랑은 상대방을 위한, 상대방을 있는 그대로 볼 줄 아는 힘을 갖습니다. 욕심을 버렸다는 것이지요. 저는 그것을 우정이라 말하지만."

저편에 스님 여럿이 사리풋타가 눈에 띄자 손을 들어 인사한다. 사리풋타도 반갑게 답례하고는, 며칠 전에 모처럼 시를 적어봤다며 무씨에게 낭송하듯이 들려준다.

겨울 산 능선의 바람은 말한다.

산이 흔들리는 것은 내 발자국 때문이다
파도치는 저 능선도 내 걸음 때문이다

보려면 보려 할수록 눈 어둡던 세상
들으려면 들으려 할수록 귀 어둡던 세상에서

사랑의 짐 한 덩이
밀어내기에 힘겹던 발자국은
어긋난 화살표를 그리며
여기서도 길을 잃는다.

삶의 등성이는 얼마만큼 높이인가
오를수록 내려가는 일만 남은
산 위에서

순백의 눈살 위에 흔적을 남긴
날짐승의 날개는 가볍기만 한 것을
산은 더욱 꼿꼿한 길을 내는 것을

그물에 걸리지 않는 바람처럼
소리에 놀라지 않는 사자처럼
무소의 뿔처럼……

……혼자

걸어야 하는
저 길, 나는 아는가.

"정말 아름답고도 고귀한 소리로 내게 들려옵니다. 스님께서 걸어야 할 수행의 궁극이 이 영혼에 와 닿습니다. 잊지 않도록 고이 간직하겠습니다."

이제 둘은 작별을 고할 시간이 되었다. 사리풋타는 미소를 지어보이며 합장하고 돌아서다가 머뭇거린다.

"참! 고향 오빠에게 전해주시겠어요? 제발 그 여자와의 관계를 잇지 말라고 하세요. 끊겨야 할 인연을 붙든다는 것은 서로가 불행일 뿐이라고 꼭 전해주셨으면 합니다. 나무 석가모니불!"

아까보다 더욱 몸을 숙여 합장하는 사리풋타의 간절한 모습에 같이 합장하는 무씨의 몸짓이 어수선해진다. '무슨 일이 생겼구나!'

해후

무씨는 며칠을 착잡한 기분에 빠져 허우적거렸다. 짐작컨대 장경록과 누군가 야는 얼마 전에 다시 만났고 장경록의 표현에 의하면 둘은 긴밀한 육체적 욕구 에까지 이르렀다는 얘기처럼 들렸는데, 특히 사리풋타 스님의 우려 가득한 부 탁이 귓가에 여직 맴도는 걸 보면 보통을 넘어선 위험한 지경일지 모른다는 생 각이 무씨를 압박하였다. 아내 홍정숙의 달라진 모습과 건넸던 얘기들이 바로 여자의 직감에서 감지되는 미묘한 기운의 반응일 수 있다. '남편은 때때로 자기 의 행동이 도덕적으로 어떤 평가를 받는지 전혀 의식하지 못할 때가 있어요. 그랬다!' 이전에 자기를 만났을 때 여자들과의 접촉이 잦은 남편을 두고 걱정과 불쾌감을 토로한 것이 아무래도 이번 누군가야와 어떤 연관이 있을지도 모른 다는 생각에 이르렀다.

서재 창틀에 달라붙어 윙윙거리던 차가운 북풍이 막 열어젖히는 그의 얼굴 을 후려친다. 온몸에 덕지덕지 엉킨 희뿌연 권태가 눈뜨기에 족하다. '아, 정말 귀찮아! 사는 게 왜 이리 시시하지?' 간밤에는 이상한 악몽에까지 시달려 그의 육체를 들뜨게 만들더니 그래서일까. 어스름이 세상에 끼자 결국 몰려오는 피 로를 견디지 못해 노트북을 닫고는, 내려앉는 눈꺼풀을 받치겠다는 듯이 턱을 괸 채로 하늘을 바라보는데 전화가 걸려온다.

"여보세요?"

"나야, 누군가야."

가라앉던 실눈이 단박에 커진다.

"아! 그러네. 소식이 궁금했었어."

"나 좀 만나줄 수 있어요?" 권태로 찌들던 느릿한 몸짓이 번쩍 살아난다.

"어디서 볼까?" 생각할 여지없이 번개 치듯 말이 튀어 나왔다. 만나서 어쩌자는 것인지.

"바로 나올 수 있어요? 지금 집 앞 주차장에 있는데."

집 앞에 이미 와 있다는 소리에 정신까지 번쩍 든다. "나갈 수야 있지만, 여길 어떻게?"

"당신이 해 질 녘이면 걷던 바닷가를 나도 한번 걷고 싶어졌어요. 당신을 불러내보고 아님 혼자라도 걸을 참이었어요."

"잠시만 기다려, 바로 나갈게."

전화를 끊고는 멍한 기분에 우두커니 섰다. '장경록에 얽힌 얘기를 꺼내선 안 되겠지? 어쨌거나 여기까지 찾아온 속사정에 아무 얘기도 없진 않을 것이다.'

"여긴 바람이 참 많네요? 속까지 시원해!"

동행석에 무씨가 앉자 누군가야가 꺼낸 첫마디다. 아직까지 띄엄띄엄 차가 놓였을 뿐인 휑한 주차장에 그녀의 승용차가 섰고 거기에 스스럼없이 올라탄 무씨였다. 입심 센 아낙들이 장보고 돌아올 시간대이지만 그 시선을 꺼릴 이유가, 아니 그러고픈 마음 자체가 없는 무씨라서 온몸의 말초신경을 오로지 누군가야에게만 집중한다.

"길을 가르쳐 줄래요?" 대답이 바로 없자 이어 말한다. "걸어서 갈까요?"

"아니, 차로 가자. 거기 차 델 데가 있어."

아내가 돌아올 시간이 멀었고 주위의 시선을 의식하지 않는다지만 그래도 누군가야의 흔적을 이곳에 남겨두고 싶지가 않다. 아내의 생활공간 반경에다 한때 연인이었던 여자의 체취를 차마 뿌려둘 수 없는 것이다. 열렸던 차창이 스르륵 닫히면서 승용차가 움직인다.

서녁 하늘을 붉게 물들이며 겨울바다에 잠기는 노을이, 할퀴는 바람에 떠밀려 누군가야의 얼굴을 눈빛에 녹아들며 눈물지게 만든다.

"혼자서 걸어도 좋은 이 길을 나란히 걷고 있네요. 노을에 패인 얼굴이 놀라워라, 눈앞에 있어요. 초승달이 비친 눈빛 속에 샛별처럼 머물고 싶어도 허락하지 않겠죠, 당신은?"

나란히 서서 노을 지는 하늘과 바다의 빛깔에 묻혀간다. 마치 향기에 취한 듯 코끝을 무씨 뺨에 간질이며 넋두리처럼 웅얼거리자 그녀의 어깨를 가볍게 감싼다.

"힘들지?" 그 소리에 무너져 그의 몸을 세차게 붙들며 얼굴을 가슴팍에 묻는다.

"그냥 이대로 죽으면 좋겠어요! 이렇게 떠날 수만 있다면!"

그녀의 목소리가 심연에서 허우적거리는 몸짓처럼 아득하게 들려왔다. 할 말을 찾지 못해 한참을 그러고 있다가 무씨가 마침내 누군가야를 돌려 안는다.

"정녕 남들처럼 쉬엄쉬엄 살아갈 수 없는 것일까? 누군가야의 삶을 들여다보면 늘 안타까워 죽겠어. 내게 깃드는 죄책감, 이것은 당연한 결과이겠지? 어쨌든, 지금까지의 삶이 어찌 됐건 삶은 살아가야 해. 살다보면 좋은 날도 있을 게고 행복해질 날들이 생길 테지. 나는 누군가야가 지금껏 내린 결정을 존중해. 불가피한 선택도 있었겠지. 하지만 끊겨야 할 인연을 붙든다는 것은 피차 불행일 뿐이라고 누가 그러더라. 짧은 인생, 이런저런 역경을 헤쳤으니 앞으로 잘해낼 거야, 누군가야는!"

눈가에 맺힌 눈물을 무씨의 팔에 훔치며 그녀가 천천히 품에서 떨어진다.

"그냥 서 있으면 주저앉을 것 같아. 걸어요, 우리."

어느덧 노을빛이 엷어져가는 바닷가 모래톱을 나란히 걷는다. 무씨의 손을 놓치지 않겠다는 듯 여전히 그녀는 꼭 쥔 손을 붙들고 있다. 어디선가 갈매기 우는 소리가 들린다 싶더니 저편 검푸른 바다 물살을 가르며 고깃배가 바위섬 쪽으로 향하고 갈매기 떼들이 날갯짓을 하면서 쫓는다.

"그동안 어떻게 지냈니? 미안해, 여태껏 도움 하나 주지 못해서."

"무씨에게 이 말을 해도 되는지 감을 잡지 못하겠어. 그래도 할래. 오늘 밤에 어떤 이를 만나기로 약속했어요. 어떤 이의 집에서요. 당신과 헤어지면 곧바로 어떤 이를 만나러 간답니다."

놀랐지만 무씨는 섣불리 말을 꺼내기가 어렵다. 말의 의미를 파악하기 전에 불쑥 끄집어내어 또다시 질투 닮은 실수를 반복할 수 없는 까닭이다. 무씨가 이에 대해 아무런 말이 없자 걷던 걸음을 늦추며 그의 얼굴을 살핀다. 무씨는 속마음을 헤아리기 힘든 표정으로 그녀를 바라볼 뿐 여전히 말을 잃었다.

"당신 마음 헤아리기 참 힘들지만 그래도 괜찮아요. 내 삶의 걸음이 어디를 향하고 어떤 결정을 내려야 하는지를 이제 아니까요. 그리고 무씨와는 그다지 상관없을 일일 테니까. 나는 약속대로 어떤 이를 만날 테고, 만나면, 만나면, 그를 죽일 겁니다. 죽일 거라고요!"

무씨의 무감각한 신경에 자극을 주려고 거듭 강조하지만 여전히 실감하지 못하는 표정에 그녀가 그만 맥이 풀려버린다.

"그래요. 나도 도무지 실감나지 않아요. 정말 그럴 건지, 그럴 수 있을지! 이 세상의 온갖 악연을 끊고픈 마음 하나야 절절하지만, 그랬지만."

누군가야의 미묘한 표정을 읽은 무씨가 와락 그녀를 끌어안으며 더듬더듬 말을 뱉는다.

"누군가야의 심정, 충분히 알겠다. 많이 힘들겠다는 것도. 고뇌 없는 사람이 없다지만 문주가 힘들어하는 모습, 바라보기 참 힘들다. 여태까지 쌓은 기억 따위, 다 내려놓고 새로이 힘을 내라. 나도 힘껏 도울 테니까, 소망을 가지고 살아보자. 응!"

무씨는 어떻게든 그녀의 삶에 새로운 의지를 불어넣을 생각으로 가득 차서 격려할 뿐, 그녀의 돌발적 살인 발언에 대해서는 의미를 두지 않는다. 살인은 사탄의 사주에 놓인 것들이나 저지를 몹쓸 짓이지, 인간이 여자의 몸으로 그것도 사랑한다는 남자를 향해 일으킬 충동이 결코 아니며 일어날 행위가 아니라는 생각에서일까? 그가 소설에 담으려 한다는, 섹스와 돈과는 아무 연결고리도 찾을 수 없다는 것인지? 모든 추악한 범죄는 나를 떠난, 나와는 거리가 먼 영역의, 남에 속한다는 잠재된 버릇에서 기인한 무신경 탓일지도 모른다. 무씨는 끝내 그녀의 살인 발언에 대해 입을 다물었다.

"이렇게 같이 바닷가를 걸을 수 있어 정말 행복했어요. 언제까지고 기억하게 될 거예요. 예쁜 당신, 그만 갈게요."

누군가야는 말없이 한참 동안을 걸으며 이곳저곳에 시선을 주다가 주위 풍경이 어두운 세계로 바뀌자 그렇게 말을 꺼냈다. 물살 쓸리는 파도 소리가 더욱 크게 들려올 즈음에.

"날이 많이 차갑다. 건강 잘 챙겨요."

누군가야가 운전석에 앉고 차밖에 우두커니 선 무씨가 작별 인사를 건넸다.

"잘 지내세요, 당신."

짧게 인사말을 던지고 누군가야가 시동을 건다. 승용차가 움직여 서서히 멀어지자 무씨가 손을 들어 가볍게 흔든다. 마치 백미러로 그녀가 바라본다는 것을 아는 양.

# 장경록, 의문의 죽음

무씨는 이것저것 치고 올라오는 잡생각을 억누르며 돌아오는 길에 아내와 마주친다. 아파트 입구 정류장, 시내버스에서 내린 아내가 먼저 발견하였다.

"어이구, 마중 나왔나 싶어 좋아했더니만 그게 아닌데? 산책 다녀온 거야?"

"응, 좀 늦었어. 오늘따라 노을이 예쁘더라."

아파트 보도블록을 걷다가 무씨가 입을 연다.

"여보, 미안해!"

"엉? 왜?"

"그냥. 내가 하는 일이 온통 미안투성이라 그렇지 뭐."

아내가 무씨의 팔에 매달린다.

"아, 배고파. 오늘은 어찌나 바빴던지 점심도 걸렀네. 얼른 저녁 먹어야지."

무씨의 겸연쩍은 언사를 건너뛰며 바람이 차가운지 아내가 옷깃을 여민다.

'어떤 이를 죽일 거예요!' 저녁식사를 마치고 소파에 앉은 무씨가 점차 자기 귀를 의심하기에 이르렀는데, 아까는 별로 염두에 두지 않았던 누군가야의 소리가 갈수록 그의 귓가에 맴도는 것이다. '〈집에서 만나기로 어떤 이와 약속했어요.〉 그 어떤 이는 장경록을 이름이 분명할 테다. 하지만 그가 여기 부산에 있을 턱이 없지 않은가. 전화를 해볼까? 아니다, 본가에는 아내 홍정숙이나 시누이면 몰라도 남자 혼자 거기 머물 까닭이 도무지 없는 것이다! 누군가야는 순간적인 억한 감정에 그만 충동적 발언을 주체하지 못했을 게다. 그러고서 이내 자기의 말을 넋두리로 돌렸지 않은가. 더구나 연약한 여자의 몸으로 건장한 사내를 죽인다는 행위가 어찌 무모하다 하지 않을 수 있으랴!' 무씨의 상념은 아내가 차려온 과일 접시로 해서 일찌감치 깨어진다. 아내가 티비까지 켜는 것이다.

　다음 날 오전까지도 뉴스에 아무런 사건의 언급이 없자 무씨는 비로소 안도의 한숨을 내쉬었다. 설마가 사람 잡는다는 속담에 코가 꿴 형국 같아 내심 초조감을 떨치지 못한 것이었다. 그렇게 마음을 푹 놓을 즈음에 홍정숙에게서 전화가 온다.

　"형수님이 전활 다 주시고, 다들 평안하시지요?"

　"네, 잘 지냅니다. 그런데 형님과 같이 계시는 게 아니에요?"

　"네? 형님은 인천에 계시지 않나요? 여긴 나 혼자 있습니다."

　"그러세요? 나 먼저 어제 올라오고 연홍이 아빠는 오늘 아침에 출발하기로 했는데 계속 전화를 받지 않으세요. 배터리가 꺼져 있어 혹시 같이 계시나 했어요."

　불길한 예감이 무씨의 뇌리를 강하게 후려치고 지나갔다. '예고가 실현됐다는 말인가!' 그가 말을 잇지 못하자 갑자기 불안에 잠겨 홍정숙의 말이 떨려 나온다.

　"어쩌지요? 한번 본가에 가 보실래요? 아님 경찰에 신고할까요? 어쩌지?"

　무씨의 입에서 본가에 들러보겠다는 소리가 나오지 않는다. 혹시 나뒹굴고 있을지도 모를 참혹한 시신들과 마주할 용기가 나지 않는 것이다. 무씨의 입술이 갑자기 마른다.

　"겨, 경찰에 신고하세요. 설마 별일이야 있겠습니까만, 일단은 확실한 절차를 밟아야 할 것 같습니다."

　"아, 너무 힘들어! 알겠어요. 112로 연락할게요. 다시 연락드릴게요."

　"형수님, 바로 연락 주세요."

　전화를 황급히 끊고 난 그 후로 홍정숙의 연락이 다신 없었다. 소리 없는 침묵이 그렇게 하루를 더 잡아먹은 다음 날 아침에 살인을 알리는 사건 보도가 지역뉴스를 타고 떠올랐다.

　"본가를 찾은 나이 50대 중반의 남자가 어제 오후 3시경, 아내의 전화 신고를 받고 출동한 경찰에 의해 욕탕에서 숨진 채로 발견되었습니다. 경찰은 시신의 목 부위에 생긴 상처로 인한 과다출혈이 사망의 직접 원인인 것으로 파악하고 있으나 정확한 사인 규명을 위해 국과수에 부검을 의뢰해 놓았으며, 경찰 초동 수사에서 범행도구로 보이는 과도가 현장에서 발견되고 외부인의 침입 흔적이 있었던 걸로 파악됨에 따라 경찰은 살인사건에 무게를 두고 주변의 CCTV를 확보하는 등 본격적인 수사에 들어갔다는 소식입니다. 범행이 발생한 추정 시각은……."

결국 허튼소리가 사실로 이어진 현실 앞에 무씨가 망연자실한다. 누군가야는 결국 악연을 끊고자 장경록을 살해하였고 두려움에 쫓기듯 어디론가 달아났다는 얘기가 된다. "왜? 대체 왜! 뭐가 어때서, 어쨌기에 그런 몹쓸 짓을! 아아!" 무씨는 고함을 지르다가 바닥에 드러누워 숨을 고른다. "오, 주여! 이게 어찌 된 일입니까? 어떻게 이런 일이 일어날 수 있는 건가요?" 무씨는 차분해져야 했다. 한참을 그대로 누운 채로 불어 닥친 사건을 추리해야 했다. '그래! 그래!' 혹시라도 누군가야가 장경록을 죽이지 않았다면 자기에게 알렸거나 경찰에 신고했어야 했다. 그런데도 조용했고 이제 세상이 떠들썩하여도 그녀로부터 아무런 연락이 없다. 그것은 그녀의 살인 행각이 분명하겠다는 심증을 굳히기에 충분하겠다. '아아, 대체 왜 그런 무모한 짓을 저질렀단 말인가! 대체 무엇이 너를 억눌렀기에, 숨도 쉬지 못할 지경으로 남의 생명까지 찬탈했다는 것이지? 아아!' 바로 이때 무씨는 자기의 귀와 눈을 일순간 의심하였다. 폰이 울리고 그것은 누군가야의 전화가 확실하였다.

"여, 여보세요!" 폰 너머로 기진맥진한 목소리의 누군가야가 숨차 괴로운지 허겁지겁 말한다. "아무 말 말고 내 말 들어주세요! 나는 어떤 이를 죽이지 않았어요! 장경록, 그자를 결코 죽이지 않았다고요! 내 이 말을 부디! 당신이 믿는 신을 당신이 믿듯 나를 믿어주세요. 당신의 신에게 내가 맹세할 게요. 죽어도 나는 죽이지 않았답니다! 이만 끊어요!"

"잠시만! 누군가야, 잠시 기다려!"

"왜요? 나, 괴로워 죽을 것 같아! 어서 말해요. 왜요?"

"진정하고 차분히 얘기해. 숨을 고르고 가만히 내 말 들어."

무씨는 그러면서 자기의 가쁜 숨을 고른다. '아아! 하나님 아버지시여. 나로 하여금 진실을 알게 하시고 진리로 이끄소서!' 속으로 기도하면서 솟구치는 영혼을 가라앉히려고 애쓴다.

"누군가야! 내가, 이 무씨가 딱 하나만 물을게. 장경록, 그분을 문주가 죽이지 않았나?"

의외로 그녀의 목소리가 가라앉았다. "네, 죽이지 않았어요."

무씨가 거실 바닥에서 벌떡 일어난다. '오! 하나님, 감사합니다!'

"지금 어디야?"

"왜요? 어쩌려고요?"

"나랑 만나자. 그리고 같이 경찰을 찾아가자."

"아, 그게 나을까? 나를 의심할 텐데?"

"문주가 죽이지 않았다면 진범이 잡히거나 숨겨진 사실이 밝혀지겠지. 문주는 지금 도주하는 게 아니잖나?"

"그래요. 내가 도망칠 이유가 전혀 없어. 만나서 같이 가요."

"지금 어디지? 알려 줘."

"가만, 여기 찾아오기 힘들 거야. 꼬불꼬불한 골목길이라 나도 여기가 헷갈려. 내가 당신 집 앞으로 갈게요."

"그래, 그러자. 가까이 오면 전화해. 준비하고 있을 테니까."

전화를 끊자 무씨는 바로 아내가 떠오른다. '전화해서 이 상황을 알려야 하지 않나? 뭐라 말하지?' 어쩔까 주저하는데 인터폰이 울린다. 모니터 화면에 잠바 차림의 사내 둘이 버티고 서 있다.

"조문주라는 여자, 아시죠? 다 알고 왔으니까. 일단 무시종씨는 참고인으로 조사하려는 거니까 아무쪼록 수사에 적극 협조해 주셨으면 합니다." 문을 열기가 바쁘게 형사라고 자기 신분을 밝히고는 다짜고짜 준비된 말을 던졌다. 그러고는 무씨가 안내하는 소파에 앉아 짐짓 정중한 태도로 질문을 던지기 시작했는데, 그러나 태도와는 달리 그들의 언어는 상대를 위압적으로 다루면서 이미 조문주를 범인으로 단정 짓는다는 표현까지 서슴지 않았다. 생각하기로는 무씨를 지목하여 살인사건의 공모자로 몰아가려는 인상마저 갖게 만든다.

"용의자 조문주가 지금 도주 중에 있습니다. 곧 잡히겠지만. 그 여자와 이번 살인사건 전후로 서로 연락 취한 적이 있습니까?"

"있습니다."

순순히 대답하는 그의 행동에 마치 의외라는 표정으로 재빨리 묻는다. "그게 언젭니까?"

무씨가 잠시 망설이자 형사가 압박한다. "이거, 다 알고 왔거든요. 어차피 다 밝혀질 거 숨길 생각은 안 하시는 게 나을 겁니다."

"이틀 전인가, 초저녁에 잠깐 만났습니다." 조금 전에 전화 온 사실을 알리지 않는다.

"아, 그러시군요. 그날 조문주와 어디서 무슨 얘기를 나눴습니까?"

"이곳 노을이 보고 싶다기에 바닷가에 산책 나갔습니다."

뭔가 낌새를 맡기라도 했다는 듯 얘기 중에 동료형사가 일어나 거실을 어슬렁거린다.

"그렇군요. 두 분이 어떤 관계인지는, 보나마나 친구 사이일 테니 당장은 묻진 않겠습니다. 그런데 조문주가 이번에 일어난 살인사건에 대해 미리 어떤 암시랄까, 그걸 던졌을 텐데? 범인들은 대개가 사건을 꾸밀 때는 미리 언질을 주려는 심리를 갖거든요?"

여기서 무씨는 찰나였지만 심각하게 갈등하였다. 장경록을 죽이겠다는 그녀의 언급이 있었다고 형사에게 말하면 누군가야는 즉각 유력한 용의자로 수사 선상에 올라 심한 자백의 강요는 물론이고 피의자로 확정 지을 근거까지도 획책하려 들 게 분명해보였다. 그런 직감에 몸서리쳐져 주저하는 것이다. 경찰이 무수한 사건들과 맞닥뜨려 사실을 밝히는 가운데 빚어질 시행착오와 인간적 실수에, 바로 누군가야가 그 덫에 걸려들게 내버려둘 수는 없었디. 홍정숙 전남편은 교통사고 가해자로 몰고 간 억울한 재판뿐만이 아니라, 세상에 떠도는 소문의 확인만으로도 억장이 무너질 무수한 죄 없는 생명들이, 홀렁 사형대의 이슬로 사라졌다지 않는가. 앞으로도 얼마나 수많은 인생들이 거짓된 수사와 재판에 의해 빚어진 억울한 삶을 견디어내어야 하는 것인지!

"형사양반, 뚜렷한 증거 없이 사람을 범인으로 몰고 가려는 인상에 벌써부터 심장이 두근거립니다. 내가 아는 조문주는 사람을 죽이고 어쩌고 할 여자가 못됩니다. 그날도 일상적인 모습으로 나와 같이하다가 평온한 모습으로 돌아갔습니다. 그리고 돌아가신 장경록 형님은 평소에 나와 허물없이 지내던 사이였습니다. 범인이 하루속히 잡혀 억울한 죽음이 되지 않길 나도 바라고 있습니다. 더 이상 할 말이 없겠군요."

무씨의 이 말에 형사들의 태도가 즉각 거칠어진다.

"어허, 왜 이러시나. 조사하면 곧 다 밝혀진다고 해도 그러시네. 범인 은닉은 중범으로 처벌받습니다. 모르고 빠뜨린 기억이 없나 잘 생각해보세요."

생각해보라는 형사의 말에 무씨는 곧 이곳에 올 누군가야의 생각에 미쳤다. 처음에 무씨는 형사가 찾아온 것에 고무되어 바로 누군가야와 함께 경찰서로 나아가 그녀의 무혐의를 밝히려고 작정하였다. 그런데 형사들과 면담조사가 진행되면서 이내 의혹에 잠겨들며 이들을 불신하기에 이르렀다. '당장은 이들로부터 누군가야를 보호해야겠다. 어설프게 이들과 얽힐 문제가 지금은 아니다. 내가 좀 더 진실을 알아내야 하겠다. 그리고 결정지어야겠다.' 무씨는 누군가야가 처한 이 위기를 자기가 해결해야 한다는 심정에 자리에서 몸을 일으킨다.

"나는 나가봐야 합니다. 선약 없이 찾아오셨으니 실례가 되는 건 아니겠지요? 다음에 시간 나거든 그때 다시 협조하겠습니다."

"알겠습니다. 혹시 조문주와 연락이 닿거든 즉시 신고해 주시기 바랍니다."

형사들은 무씨의 단호한 태도에 순순히 물러난다. 그러면서 조만간 참고인 소환이 있을 테니 그때 반드시 응하길 바란다는 언질을 던졌다. 그들을 현관 밖으로 보낸 무씨가 서둘러 아내에게 전화를 걸지만 받지 않는다. '수업 중이겠지?' 어떤 예감에 문자를 보낼 수가 없다. 그리고 다시 조문주에게 전화를 건다.

"나예요. 지금 가고 있어요."

"문주야, 지금부터 내 말 잘 들어. 형사들이 방금 다녀갔어. 잠복하고 있을지도 몰라."

"어마나, 왜요?"

"상황이 심각해. 문주를 피의자처럼 다루고 있어. 지금은 자수하고 어쩌고 할 상황이 아닌 거 같다."

"내가 자수를 왜 해? 난 내 결백을 알리려는 거야!"

"그게 그거야. 어쨌든 생각할 시간이 필요하니까 여기로 오지 말고 앞서 만난 바닷가 주차장 알지? 거기서 기다려. 끊자." 전화를 끊고 잠시 길게 심호흡을 한다.

무씨가 현관을 나서고 승강기에서 내려 아파트 입구에 다다를 때까지 아무런 추적의 낌새를 느끼지 못한다. 아마도 형사들은 이번 사건을 쉽게 마무리 지으려는 것일까? 허점은 검찰이 보완할 테고 재판이 알아서 처리해줄 거라 믿는다는 것일까? 무씨는 혹, 미행할지도 모를 그림자를 노려보겠다는 듯 좁은 골목길을 이리저리 휘젓다가 마침내 누군가야 승용차 앞에 당도하였다.

"무서워! 난 내가 무슨 짓을 저지르려고 했었는지 알겠어. 그건 끔찍한 악몽이야!"

식은땀이 삐져나올 정도로 자기가 긴장하고 있다는 사실의 자각에 무씨가 움찔한다. 어찌됐건 살인의 의도를 품었던 누군가야가 지금 자기 앞에서 내뱉는 말과 표정을 직접 살피니 새삼스레 새로운 의혹에 빠져든다. '지금 내 앞의 누군가야가 혹, 거짓을 말하는 것은 아닐까? 아니라고 어떻게 확신할 수 있는가?' 장경록과 누군가야와의 연결고리에는 많은 의혹과 수수께끼가 담쟁이덩굴처럼 얽혔고 그것은 풀리지 않은 채로 늘 자기를 괴롭혔다는 생각이 그를 휘감았다.

"문주야! 이번 사건, 겪은 그대로 하나도 숨기지 말고 얘기해 봐."

"어디서부터 뭘 얘기해야 하지? 정신이 다 나간 것 같아!"

"차분히 잘 생각해서 내가 묻는 말에 사실대로 대답해."

어둑한 승용차 안에서 무씨가 마치 심문하듯이 묻는다.

## 조문주에게 불어 닥친 기억들

"정말 죽이지 않았어?"

"죽이지 않았어!" 단호하게 즉각 말을 내뱉는다.

"그럼 어떻게 된 거야, 누가 죽였지? 가니까 죽어 있었어?"

좁은 공간에 숨소리가 거칠게 들려온다.

"그런 거 같았어."

"그런 거 같다니? 그럼 죽은 모습을 못 봤다는 거야?"

"거실에 불은 켜져 있었지만 그가 없어 한참 기다리다가 욕실에서 기척을 느꼈어."

"기척이라니?"

"무슨 소리가 들렸나 싶어서 안방 근처로 가까이 다가갔는데, 거기 욕실에 불이 켜져 있고 물이 뚝뚝 흐르는 소리에 그만 무서워져 집을 빠져나왔어."

조문주의 이 말에 무씨의 안색이 새파래진다.

"그게 말이나 돼? 그분을 만나러 간 사람이 그분이 눈앞에 있는데도 피했다는 얘기가? 더구나 죽이러 갔댔잖아. 그보다 좋은 기회가 어디 있다고?"

"생각은 그랬지만 막상 닥치니 무서워지는 걸 어떡해? 나는 무서워하고 달아나면 안 되는 거야?"

"오, 맙소사! 살릴 수 있었을지도!" 무씨가 가쁘게 숨을 들이쉬더니 이어 말한다. "어쨌거나 영락없이 얽혀든 몰골이로군. 어떻게 이 문제를 풀지? 누가 봐도 문주를 범인으로 단정하겠어. 집 부근 감시카메라에 찍혔겠고 주거지를 침입했고 이런 유력한 용의자에다가, 직업 없고 이혼했고 주거까지 불안정한 상태이니 구속수사일 게 분명해. 손발이 꽁꽁 묶이는데 무엇으로 자기의 결백을 주장하겠어? 백도 없고 돈이 많은 것도 아니면서!"

"당신 얘기 듣자니 내 인생이 참으로 한심하네. 이러자고 여태 살았나? 후후."

무씨는 그녀의 자조 섞인 웃음소리에 힐끗 쳐다보다가 시선을 바로 하곤 곰곰이 생각에 잠긴다. 말없이 침묵이 길어지자 답답한 듯 그녀가 말을 꺼낸다.

"당신도 이제 날 의심하는 거야? 그렇지?"

"아니! 뭐가 최선인가를 생각 중이야."

"쓸 데 어디 있다고 나를 믿는다는 거야?"

"글쎄, 느낌이었을까?" 그러면서 홍정숙에게 전화를 걸지만 그쪽에 신호가 가도 받지 않는다. '충격에 넋을 잃으셨나!' 그는 아내에게 다시 전화를 거는데 마침 받는다. "수업은 이제 없는데 연구과제 땜에 계속 바빠. 오늘도 집엔 늦을 거야. 근데 무슨 일 있어?"

"급한 일이 생겨 며칠간 집을 비워야겠네. 누가 찾더라도 일 때문에 지방에 갔다 그러고 잘 모르겠다고만 말해."

"또 어디 가? 어디 가는지 뭐 하는지 여태 모르고 살았는데 알아야 말하든가 하지. 이번엔 언제 오는데?"

"집을 떠나는 게 아니고, 아는 사람의 일로 잠시 가는 거야."

"알겠어. 그럼 지금 출발한 거네?"

"차는 두고 기차로 다녀올게."

"바람 안 쐰 지 오래됐긴 하다만 그리도 나가고 싶을까." 갑자기 폰 너머로 아이들의 소리가 왁자지껄하게 들려오고 덩달아 아내의 말이 다급해진다. "전화 오래 못 하겠네. 하여튼 조심해서 다녀오고, 끊어요."

"되도록 빨리 돌아올게." 통화를 마치고 생각하듯 천천히 폰을 내린다.

대화를 물끄러미 지켜보던 그녀가 말한다. "당신 부인은 좋은 사람일 거야."

"장경록 부인은 어떤 사람일 거 같니?"

"무씨도 그 여자를 의심하는구나?"

무씨는 이게 뭔 소린가 싶어 의아하다.

"그 여자를 먼발치서 여러 번 봤는데 보통내기가 아니라는 느낌이었어. 여자끼리는 뭔가 짚이는 게 있거든."

무씨는 조문주의 얘기를 귀담아듣지 않는다. 질투의 시선으로, 좋게 보일 여자가 있기나 할까? "위치가 추적될지도 모르겠어." 그러면서 무씨는 거치대에 놓인 그녀의 폰에서 배터리를 빼버린다. "문주야, 생각해봤는데 일단 여기를 뜨자. 고속도로를 타는 게 좋겠어."

"어디 가려고?"

"일단 여기서 되도록 멀리 벗어나야겠다. 시간을 벌어야 해."

무씨는 마치 전장으로 떠나는 기사의 몸짓처럼 비장해진다.

"나는 모르겠어. 시키는 대로 할 수밖에는."

말은 그렇게 했지만 그녀는 자기를 죄는 이상야릇한 분위기에 점차 불안과 불쾌감이 교차하면서 표정이 짜증으로 바뀌어간다. "내가 진짜로 범인 같네?"

볼멘소리를 내며 그녀가 시동을 건다. 차가 슬슬 움직이자 그제야 생각난 듯 그가 묻는다.

"참! 거긴 어떻게 들어간 거야?"

"대문 열쇠, 내가 가졌어. 왜요?"

"아! 정말 단단히 엮였구나!" 신음처럼 내뱉는 소리에 그녀가 차를 끽! 세운다.

"어서 가자. 가면서 얘기하자."

"이건 아니야!" 그녀가 절망에 휩싸이는 듯 숨을 길게 내쉰다. "그냥 자수하자!"

무씨가 운전대를 꽉 붙든 그녀의 손을 매만지며 짐짓 목소리를 낮추어 말한다.

"문주야, 이건 치열한 현실이야. 거짓이나 왜곡된 얘기는 우리에게 아무 쓸모없어. 대체 무슨 일이 일어났던 거지? 누가 죽이고 누가 달아나야 하는 것인지를!"

"나도 모르겠어! 느닷없이 닥친 일이라 숨이 막히지만 그래도 내 잘못이 큰 거 같아. 내가 죽이려고 했고 나 때문에 죽은 것 같으니까. 내가 그만 자수할래. 당신은 돌아가요."

"문주야, 살인의 충동이나 의도가 지금 중요한 게 아니야. 양심의 가책도 지금은 사치야. 행위가 미친 결과에만 주목해! 그날, 문주는 열쇠를 가지고 그 집

대문을 열었어. 거기서부터 차례대로 기억을 더듬어 봐라.”

“내가 본 것만 말하라고?”

“그래, 문주는 대문을 열고 들어가서 약간 경사진 돌계단을 밟고 올라갔어. 소나무 분재와 고목들이 담벼락 따라 쭉 늘어선 어둑한 뜰을 걸어갔겠지.”

“그래요. 주변 건물들의 불빛에 뜰이 어둡지는 않았지만 나는 조금 불안했어요. 계속 그자에게 전화를 했지만 그는 받지를 않았지. 당신을 만난 그날에, 그자의 본가에서 밤 9시에 만나기로 한 게 분명했는데도. 후! 그로서는 사랑이거나 장난, 낭만과 같은 심정이었을지 몰라도 나는 그의 목숨을 노리고 간 게 틀림없어. 그를 죽이고 나도 죽자, 그게 분명했어요. 대문 앞에 서서 아무리 벨을 누르고 전화를 걸어도 소용이 없어 그 얼마 전에 지갑 속에 넣어두었던 열쇠가 생각나서 그걸로 대문을 따고 들어갔던 거예요. 집에 아무도 없다면 소용없을 짓인데도 망설이지 않고 그때 왜 그랬는지 모르겠어요.”

조문주의 얘기가 그날 벌어졌던 사건으로 파고든다.

뜰을 지나 현관문 앞에 이르자 조문주는 장경록과의 통화 시도를 포기하고 전화를 끊는다. 현관문 안쪽에서 비치는 전등의 불빛 때문일까, 기웃거려지는 마음의 충동에 그녀의 손길이 현관 문고리로 슬쩍 가 닿는다. 문이 저항 없이 삐꺽 열리자 그녀가 가만히 안으로 들어선다. 사람의 기척이 없는 거실에 전등이 덩그러니 밝혀져 있고 저기 어둑한 주방 싱크대 위에는 과일이 담겨진 접시가 하나 놓여 있다.

그녀는 잠시 거실 한편에 우두커니 섰다가 마치 들키지 않으려는 사람처럼 조심스레 소파에 기대앉는다. 거실의 벽시계가 9시 30분을 가리킨다. “휴우!” 그녀는 한숨을 몰아쉬다가 어디선가 새어 들어오는 바람의 냉기에 머릿결을 쓸어내리며 일어나 주방으로 향한다. 접시에 담긴 포도송이와 조각난 과일들. 근처에는 치우지 않은 깎인 과일 껍질이 엉켰고 과도가 그곳에 팽개친 듯이 놓였다. 고개를 갸웃하며 시선을 옮기는 그녀의 앞에 깨어지고 금이 간 유리창이 나타난다. “이상해! 무슨 일이 생긴 거 아냐?” 깜짝 놀라 떠오른 생각이 독백처럼 새어나왔다.

“아얏!” 창 쪽으로 한걸음 내딛다가 소스라치게 놀란다. 주방 바닥에 너부러

진 유리파편을 밟았다. 물러서며 바닥에 주저앉아 발바닥에 박힌 작은 유리조
각 하나를 빼자 찢긴 스타킹에 피가 살짝 묻어난다. 피가 맺힌 것에 불과했지
만 그녀는 손가락으로 상처를 꾹 누르고 있다가 문득, 깨진 유리창에 엉겨 붙
는 스산한 바람과 자기를 옭는 냉랭한 실내 분위기에 마음이 언짢아진다. '어
유, 바보 같은 년이라고! 이게 무슨 꼴이람?' 자책감을 뿌리치듯 고갯짓하며 수
도꼭지에 손을 씻다가 껍질 위에 놓인 과도에서 뭔가를 발견한다. 불현듯 그녀
의 눈빛이 흔들리면서도 집요해진다. 천천히 집어 드는 과도의 끝에 묻은 선홍
빛 자국! 그녀는 그제야 뚜렷하게 와 닿는 현실의 두려움에 가만히 과도를 도
로 내려놓는다.

뒤이어 물소리가 들려왔다. 진작부터 들렸을 소리가 지금에야 들려온다는 것
일까? 이게 물소리가 맞긴 할까? 그녀는 여러 의문이 들면서 어쩌면 장경록이
목욕 중일지 모른다는 생각에 조심스런 걸음이 욕실로 향하지만 점차 걸음이
느려지고 살짝 열린 욕실 문에서 삐져나오는 불빛이 결국 걸음을 멈추게 만든
다. 그녀는 무엇을 생각한다는 것일까? 천만에, 아무 생각도 없는 하얀 백지상
태의 멍청이가 되어 뒷걸음치는 것이다. 그녀는 뛰었다. 현관문을 열어젖히고
대문을 열어젖힌 채 정신없이 달아나는 것이다. 문들은 서서히 닫혀갔지만.

얘기를 다 들은 무씨가 갑자기 신음 소리를 내며 훌쩍거린다.

"왜 그래요? 당신, 울지 말아요!"

느닷없이 무씨가 울자 그녀가 당황한다. 처음 맛보는 그의 낯선 모습에 이것
이 뜻하는 바를 궁리하는 듯하다. 울음을 그치며 어디론가 전화를 잇달아 해
대던 무씨가 그녀를 바라본다.

"가자, 문주야! 어떡하든 홍정숙을 만나야 해. 지금은 전화를 받지 않지만 형
수로부터 자백을, 아냐, 아니지! 부부간에 무슨 일이 일어났는가를 듣지 않는
한, 이 엉킨 문제를 풀기 힘들어. 어디든 그녀가 있는 곳으로 가자. 그러다가 안
되면 그때 새로이 일을 꾸미면 되니까."

"지금 이것이 도주인가요?"

"여행이야. 우린 피의자도 아니고 체포하겠다는 통보를 듣지도 못했어. 어디
로든 달려갈 완전한 자유의 몸이야. 그렇지 않나?"

“그래, 맞아요! 내가 무씨를 만난 모든 시간 중에서 가장 멋진 오늘이야, 당신은 모를 테지만. 안전벨트 매요.”

승용차가 저편 큰 도로를 향해 달려간다. 그 어둠의 길에서 그녀가 말한다.

“열쇠가 어디서 났는지 궁금하지 않아요?”

“장경록, 그 형님이 줬겠지.”

잠시 말이 끊겼다가 잇는다.

“이제는 그를 형님이라 그러는구나? 인생은 짧은 시간에도 많은 일들이 벌어지곤 하니까, 종종 그러니까.”

묵묵히 도로를 주시하는 무씨를 힐끗 보다가 작심한 듯 말한다.

“지금 이 마당에 감출 게 뭐 있겠어. 그자와 나는 사랑하는 감정에 놓였던 건 분명했지만 악연에 가까웠어. 골이 패인 욕망의 그물에 걸렸다고 봐야겠지? 두 달 전쯤인가, 그가 본가에 왔고 마침 혼자 있다는 사실을 알고는 찾아갔어요. 멋진 모습을 이참에 보여줘야 한다는 생각에 그가 좋아하는 짧은 치마와 헐렁한 얇은 티를 걸쳤지. 내가 거는 전화에도 순순히 응했고 찾아가겠다는 말에도 순순했으니, 그날이 나로서는 엄청 기분 좋아 영혼이 들뜨기에 족할 날이었죠. 하늘이 뭉게구름으로 떠 있고 미소가 절로 번질 만한 바람까지 솔솔 내 뺨을 간질이던 기억이!”

조문주가 초인종을 누르고 옷매무새를 살피는데 대문이 열리면서 장경록이 셔츠에 반바지 차림으로 나타난다.

“어서 와요.”

침을 꿀꺽 삼키며 어색한 미소를 지어 보이는 조문주다. 인사를 해야 하는데 선뜻 입에서 말이 떨어지지 않는 모양이다. “안녕, 하세요?”

“올라와요. 들어가서 차나 한잔합시다. 안에 아무도 없어요.”

상냥하게 대하는 그의 뒤를 조문주가 주춤 따른다. 무씨를 상대할 때의 그녀가 아닌 것 같다. 장경록 앞에서 머뭇대며 움츠러드는 모습으로 있다. 현관문을 열고 그가 안쪽으로 들어서자 더욱 머뭇거리는 그녀다. “괜찮아요. 들어와요.” 그가 미소 지으며 손짓하자 눈을 부릅뜨며 그녀가 말한다.

“갑자기 이런 생각이 들어요. 남자만 있는 남자의 집에 외간 여자가 들어간다는 의미가 뭘까 싶어요. 들어가기 망설여지네요.”

그제야 그도 생각하는 표정이 되어 잠시 동안 그녀를 진지하게 바라본다.

“우리가 좋은 인연은 아니라는 생각이지만 여태 가졌던 인연의 시간만큼은 한참 흘렀어요. 남녀가 가질 육체적 욕망의 충족도 없었고요. 키스나 스킨십, 그런 나눔이 있은 기억은 어쩌지 못하지만 그런대로 우리 관계는 건전했다고 할 수 있겠지요? 그런데도 오늘 새삼스레 주저하는 이유를 모르겠군요. 배우자가 있는 지금도 아니면서 말이지요.”

“그래서 더 조심된다면 어쩌시겠어요? 이젠 질투로라도 나를 지켜줄 사람 하나 없는데요? 선생님이 오늘 갑자기 내게 존댓말을 쓰는 이유가 뭔지 그것을 물어봐도 될까요?”

“조심하기 위한 예의 갖춤이라 생각하세요.”

“안으로 들어가면 차를 마실 게고, 그러고 나서 뭣을 하실 건가요?”

“뭐가 하고 싶으세요?”

“사랑을 나누고 싶어요. 그것이 선생님과 저와의 관계에서 그렇게 어려운 주문인가요?”

“문주, 그건!”

“그것이 어렵다면 섹스는 어떠세요?”

그가 동요를 일으키는 기색이 완연하다.

“섹스까지 거부한다면 그건 나의 육체에 대한 엄청난 모독이 될 거예요. 뭇 여자들과 무수한 섹스를 마치 고대의 축제처럼 치르면서도 나를 또다시 잔인하게 내팽개칠 생각은 말아주세요.”

“문주, 어쩔 때는 나를 보고 벌레 대하듯 몸서리치기까지 하면서 오늘은 또 이렇게 나와의 섹스를 갈망하는 이유가 뭐지? 대답해 주겠나?”

“선생님의 사랑을 얻을 수 없다면 그 육체만이라도 가져보고 싶은 거예요.”

“그래서 얻는 게 뭐지? 돌아서면 허망할 뿐인 육체의 쾌락에서 대체 무엇을 기대한다는 것이지?”

“아악!” 갑자기 그녀가 이를 악물며 분노한다.

“기대가 아니라, 그래도 모르겠어요? 얻겠다는 게 아니라, 버리려는 몸부림이라면 어쩌시겠어요! 이 지긋지긋한 욕망의 덩어리로부터 달아나고 싶어서랍니다! 다 끊어내고 싶어, 뿌리를 다 뽑아버리고 싶다고요!"

그녀의 거친 호소에 그의 눈빛이 점점 번뜩인다.

"그러니 들어 와. 나도 바라던 바야."

부들부들 떨리는 몸을 진정시키려 애쓰던 그녀가 마침내 현관문을 잡은 채 묵묵히 서 있는 그의 앞을 스쳐 안으로 들어간다.

"아앗! 왜 이래요?"

거실에 들어서자마자 그녀의 육체를 그가 뒤에서 거칠게 끌어안는다.

"섹스하자면서!"

그의 두 손이 유방을 움켜쥐고 입술이 그녀의 목덜미를 탐한다. 그가 치르는 뜻밖의 움직임에 놀랐으나 그녀는 이내 그의 행위를 받아들인다. "서두르지 말고 천천히 하세요. 아, 아파! 팔이 꺾였어."

그녀의 얘기에 아랑곳없이 그는 거친 숨을 몰아쉬며 그녀의 몸을 소파 등받이에 밀어붙여 짓누른다.

"잠시만! 왜 이래요? 아, 제발 그만둬요!"

그녀의 요구에 붙든 팔을 풀어주자 황급히 몸을 일으켜 피하며 그로부터 거리를 둔다. 그녀가 고개를 가로저으며 불만을 토로한다.

"거친 애정 표현이 잘못됐다는 건 아니지만 이건 너무 심해요. 내가 창녀도 아니고 이런 무례할 수도 있을 섹스를 가지려 했던 게 아니에요. 정상적으로 은밀하게 감정을 찾고 싶은 거예요."

그녀의 말에 무슨 대꾸를 할만도 한데, 그것을 그녀는 원했을 텐데, 장경록은 말없이 뒷걸음치는 그녀를 향해 나아간다.

"선생님, 이러지 마세요! 이건 내가 원하는 섹스가 아니라고요!"

주방의 식탁에 걸려 더 이상 물러날 자리가 없다. 아까와는 달리 좀은 부드럽게 두 손으로 그녀의 얼굴을 어루만진다. 그러고 턱을 들어 키스를 한다. 뜨거운 키스에 빠져들면서 그녀의 눈이 스르르 감기고 온몸이 풀려나간다. 그가 입술을 떼자 실눈을 뜨며 그녀가 읊조린다. "침대로 가요. 당신을 끌어안고 한숨 자고 싶어요." 주문과는 달리 그녀의 몸을 식탁에 쓰러뜨리자 그녀가 외친다. "여기서는 싫어!" 몸을 일으키려는 그녀를 뒤집어 누르며 거칠게 짧은 치마 속의 팬티를 끌어내린다. "아! 이러지 말라니까!" 그러나 그는 이미 그녀의 말을 묵살하기로 작심한 모습이다. "뒤로는 정말 싫어!" 그녀의 꿈틀대는 몸부림을 제압하면서 거칠게 섹스를 치른다. "아악!" 전율하는 신음에 땀내로 뒤범벅된 요란한 섹스가 끝난다. 뭐든 끝이 있는 법이다.

식탁 의자에 다리를 꼬고 비스듬히 앉은 장경록이 평소에 피우지 않던 담배를 물었고, 소파에서는 조문주가 화장을 고치고 있다. 그녀의 얼굴이 엉망이지만 제대로 고쳐지지 않는다. 화장을 고치던 떨리는 손을 접고 자리에서 일어난다. 둘은 아무 말이 없는 것이다. 현관에 내려선 그녀가 신발장 위 거울 속에 비친, 눈물로 얼룩진 자기 얼굴과 눈가를 거듭 확인하며 휴지로 훔쳐내는, 거기 신발장 위에 열쇠가 놓여 있다. 열쇠를 손에 움켜쥐고 저편에 여전히 목석처럼 앉은 그를 쳐다보지만 타들어가는 담뱃재 위로 피어나는 연기에 얼굴이 뿌옇게 일렁거릴 뿐, 아무 움직임을 보이지 않는다.

# 도피 여행

조문주가 무씨의 표정을 조심스레 살핀다. 한참을 말없이 어두운 도로의 풍경을 바라보던 무씨가 생각난 듯 꺼 놓은 폰을 켜고 버튼을 더듬더듬 누른다.

"이형, 나야. 여전히 잘 살지요? 어디라고, 순천?" 이형이 아내의 고향마을로 식당을 옮겼다고 한다. 주유소 주인이 바뀌고 거래가 끊기는 바람에 마지못해 선택한 낙향이었는데 뜻밖에 관광객의 왕래가 잦아지면서 살림 형편이 전보다 나아졌다고 한다. 빈말인지도 모를, 놀러오라는 얘기에 얼른 말을 꺼낸다. "지금 가도 되겠소? 밤이 늦었긴 한데." 선뜻 반기며 기다리겠다는 이형이다. "일행이 한 사람 더 있어요." 남자 둘이서 이것저것 잡담을 한참이나 늘어놓더니 마침내 전화를 끊는다. "저기 휴게소에 잠시 들르자. 이제부턴 내가 운전할게. 여기서 멀지 않아."

이형 부부가 둘을 반갑게 맞아들인다. 꽤 늦은 시간인데도 둘을 위해 음식을 준비해놓았다. 물론 술을 빠뜨릴 이형이 아니다.

"참! 양군이라고 알지요? 식당 일손이 딸리고 해서 지금 데리고 있어요."

"그래요? 이형과는 사이가 별로였지 싶은데?"

"어쩌겠어요. 푼수처럼 아무 데나 죽치는 걸 두고 볼 수가 있어야지. 그래도 애가 싹싹하니까."

곁에서 가만히 듣던 순천댁이 한소리 거든다.

"우리가 아쉬워서 불렀지 뭔 소리예요? 새벽같이 장 봐 와서 음식 재료 만들고 있어도 주인이라는 양반은 그때까지도 코골고 한밤중이니, 걔들 없었으면 이만큼 하지도 못해요."

"어허 당신은! 내가 어쩌다가 그런 거지. 양군 이 녀석이 보면, 요리에 소질이

다분해요."

"양군은 지금 여기 없는 모양이죠?"

"자러 갔어요. 시내 쪽에 방 얻어놓고 사는데, 부려먹기 불편해서 원, 그래서 이참에 양자로 호적에 올릴까 하고 있어요."

"당신은 참! 같은 말이래도 좋게 하면 어때서 그래요. 선생님도 아시잖아요, 우리 부부가 늦게 결혼하는 바람에 아이 가질 기회도 놓쳤고. 그리고 우리 준구가 좀 부지런해요, 싹싹하고 착하잖아요. 그래서 둘이 의논해서 아들 삼기로 결정했답니다. 우리 준구도 어찌나 좋아하던지. 호호."

"아, 정말 잘됐군요. 근데 같이 지내던 여자애는 어쩌고요?"

"우리 아들, 호적 올리고 바로 결혼식 치를 거랍니다."

"무형, 이걸 두고 호박이 넝쿨째 굴러들어온 거라 말하지 않던가요? 하하."

얼핏 티격태격하는 부부의 모습처럼 비치다가도 그간의 삶이 두둑했는지 부부의 정이 근근하게 배인 듯하다. 이들은 이제 아들과 며느리까지 둔 정말 오붓한 가족으로 살겠다 싶어 마음이 흐뭇해진다.

"저, 한잔 드시지요? 집사람이 직접 담근 동동주라 맛있습니다."

처음에 인사 나눌 때뿐, 줄곧 침묵만 지키는 조문주에게 이형이 술을 권하자 무씨가 사발을 들어 건배를 청한다. "자, 다들 한잔합시다."

어쩌지 못해 조문주가 어색한 미소로 사발을 든다. "당신하고 처음으로 먹는 술이네?"

술자리가 이내 파한다. 도피자도 쉬어야 하고 생활자도 내일을 준비해야 하니까.

"무형, 여분의 방이 하나뿐이라 나하고 같이 잘까요?" 곁에 선 순천댁이 팔로 툭 치며 눈치를 준다.

"아까 보니까 근처에 민박집이 더러 있던데 거기서 잘게요. 이곳저곳 구경하면서 며칠 묵어야겠어요."

민박집을 안내하고 만류에도 수속까지 챙긴 이형이 짓궂게 무씨의 어깨를 툭 친다.

"뜨끈뜨끈하게 군불 때라고 해놨어요. 아침밥 드시러 오슈."

그가 싸리문 뒤로 걸음을 재촉하였고, 둘은 그간 줄곧 같이 있었음에도 이렇듯 민박 단칸방에 덩그러니 놓이자 어색한 기운이 감돌아 행동이 서투르다.

"먼저 씻을까요?"

"어, 그래요."

조문주가 주섬주섬 세면도구를 챙겨들자 무씨가 방문을 열고는 마당으로 내려선다. 둘러보는 밤하늘이 뭇별로 총총하다. '신은 어드메 계십니까? 어느 별 어느 하늘에 계시기에 혼돈과 절망을 내버려두십니까?' 고개 돌려보면 벌레들의 아우성이 풀빛에 서럽게 맺혔다.

"어르신! 여기 어쩐 일이세요? 뵙게 되어 정말 영광입니다."

아침 일찍 소식을 들은 양군이 민박집까지 찾아왔다. 무씨는 작은 산새들이 지저귀는 소리와 새벽의 선선한 감촉에 눈이 깨어, 토담의 황톳길 따라 산책에 나섰다가 마침 돌아오던 참이다. 곁에는 말로만 듣던 여자애가 섰다.

"반갑네, 양군아!" 다가가 그의 손을 꼭 잡아준다. "여기서 잘 살고 있다는 소식 들었다. 옆은 아내?"

"예! 제 집사람입니다. 인사해, 전에 내가 얘기했지? 그 어르신이셔."

"아이쿠, 집사람이 뭐야? 안녕하세요. 준구씨 아내, 정소영이라고 합니다. 잘 부탁드릴게요." 티 없이 발랄한 모습으로 인사하고는 얼른 양군의 팔짱을 낀다.

"어르신, 아직 아버지한테는 말 안 했는데요. 집사람이 애기를 가졌대요. 킥킥!"

"아, 정말!" 말이 끝나기도 전에 양군의 입을 손으로 막으려는 여자애다. "부끄럽게! 아직은 말하지 말래도!" 쑥스러워 자리를 피하는 여자애를 따라가며 양군이 소리친다. "엄마가 얼른 오시래요. 된장국을 맛있게 끓여 놓으셨대요."

너무나 달라 보이는 양군의 모습에 무씨가 멋쩍다. '하긴 그때도 착하긴 했지.'

무씨가 방문을 덜컹 당기자 조문주가 그제야 곤한 잠에서 깨어나 몸을 뒤척인다. 손을 뻗어 얼굴을 비비는 그녀의 몸짓이 악몽을 잊은 듯하다.

# 재벌이 죽음 직전에 던진 의문들

아침을 먹고 점심까지 챙겨먹고, 가까운 곳의 풍경 속을 조문주와 함께 거닐다가 홍정숙과의 통화를 시도했지만 폰이 꺼져 있다. 조문주가 순천댁과 어울려 음식 장만에 나서는 것을 보고는 이형의 컴퓨터를 빌린다. 지방의 사소한 살인사건쯤은 아무도 관심이 없는지 인터넷이 조용하다. 무씨는 그것에라도 안도하며 자기 메일을 열어본다. 장경록! 그가 메일을 보내왔다. 허겁지겁 열어보니, 그건 그가 죽기 전에 보낸 편지였다.

"아우야! 조만간에 우리 만나서 불교 얘기를 계속 잇자고. 자네와 나누는 법담이 참으로 즐거우이. 자네에게 보내는 이 글은 내가 벌써부터 암만 궁리해도 답을 알 수 없어 내버려뒀다가 오늘 문득, 자네에게 보내는 것이야. 이 글에 답을 주어 나를 즐겁게 해주게나. 설령 그 답이 어리숙하면 또 어떨까, 인간은 누구나 다 그런 것을. 그러니 얼른 답을 주게나. 그리고 우린 곧 만날 수 있을 거야. 그동안 잘 지내시게나."

무씨는 당혹감에 빠져 메일을 천천히 읽어 내려간다. 그것은 수십 년 전에 어느 재벌 총수가 가톨릭 사제에게 묻기 위해 작성한 글이었으나 갑자기 죽는 바람에 그동안 쭉 묻혀 있다가 인터넷을 통해 근래에 세상에 알려졌던 질문서라는 사실을 눈치챘다. 무씨는 이것이 세상에 떠돈다는 사실을 진작 알고 있었다. 하지만 그는 풀려고 하지 않았고 문제가 뭔지조차 일부러 회피하였다. 아직 풀어볼 때가 아니라는 막연한 생각이 뇌리에 스쳐서이다. 그랬던 무씨가 죽은 장경록으로부터 이 질문서를 받자 이제는 구체적으로 살펴보지 않으면 안 되겠다는 생각이 불뚝 차오르는 것이다. 재벌 총수가 가톨릭 사제에게 물었던 질문을, 무씨 자신이 이제 장경록에게 답하는 것이다. 어떻게 보면 현재 무씨 자신이 가지는 기독신앙관이 어떤 색깔인지, 그리고 이 답변을 읽을 기독교인들은 어떤 관념에 휩싸일 것인지를 새삼 확인하고 싶기도 하는 것이다. 또한, 죽어 영혼이 되어버린 대승불자 장경록이 이것을 궁금하게 여겼다는 사실 앞에서!

〈신의 존재를 어떻게 증명할 수 있나? 신은 왜 자신의 존재를 똑똑히 드러내 보이지 않는가?〉

"일반 사람들이 원하는 방식으로의 증명은 불가능하다. 눈앞에 나타나야 증명이 된다고 주장하기 때문이다. 성경이 사실과 진실에 입각해서 기록된 역사서와 같은 성격의 책이라면, 그 성경을 통해 얼마든지 증명이 가능하겠고 이미 입증되었다고 할 것이다. 기독교인들은 성경을 신뢰하므로 그 성경 속에 나타나는 성부, 성자, 성령의 존재를 확인하고 믿을 수 있다. 신은 선과 진리라는 본질을 지닌 인격체이시다. 바로 그러한 신이 창조한 피조물이기에 우주만물에 깃들인 진리적 법칙과 선한 기운의 형성이 가능할 수 있었다. 이렇듯 우주의 질서와 만물의 이치를 바라보면 신이 보이는 것이다. 신이 자신의 존재를 똑똑히 드러낸다는 것은 인류의 죽음을 의미하는 상황이 되지 않을까?

신의 존재가 확인된 순간부터 인간의 삶은 순수한 자유의지의 세계를 떠나며, 삶의 무의미성에 시달리게 될 것이다. 사나 죽으나, 존재 자체에 어떠한 실존적 상징성도 가지지 못할 테니까. 인류는 죽어서 신과 대면하게 된다. 죽어 알게 될 신의 존재를, 삶을 사는 동안에 기어코 확인하려는 심리는 무엇일까 하고 되짚게 된다. 인류는 성자 예수가 이 땅에 오셨어도 존재를 부정하였고, 인류의 타락은 신과 대면하던 인류 초기의 역사 때부터 시작되었다. 이렇듯 진리를 모르고 선의 추구를 곧잘 망각하는 인류에게 신과의 물질적 대면은 부질없는 짓이 된다. 오로지 마음과 영혼의 각성을 통해서 접근하여야 하는 존재가 신이기에 그렇다."

〈신은 우주만물의 창조주라는데 무엇으로 증명할 수 있는가?〉

"우리 눈에 보이는 우주만물 자체가 그 증거물이다. 어떻게 없었던 것이 저절로 만들어질 수 있다고 생각하는가? 그렇게 만들어지는 제품이 하나도 없듯이, 모든 물질도 그러하다. 처음부터 물질의 재료인 원소가 있었다는 발상은 어리석다. 어찌 그 원소 물질이 존재하게 된 원인이 없이 결과로서만 존재하겠는가? 그리하여 그 원소 물질 자체가 신이라고 말하겠는가."

〈생물학자들은 인간도 오랜 진화 과정의 산물이라고 하는데, 신의 인간 창조와 어떻게 다른가? 인간이나 생물도 진화의 산물이 아닌가?〉

"다윈진화론은 많은 한계가 있다. 우주만물은 물론이고 생명체가 존재하게 된 근원조차 제대로 설명하지 못하는 형편이다. 만약에 창조 없이 진화의 법칙으로 만물이 이뤄졌다면 생명체에만 다윈진화의 이론을 들이대는 짓은 불합리하다. 같은 원소 물질에서 형성된 만물인데 어찌 생명체라 부르는 것들에게만 진화의 법칙이 따로 움직일 이유가 있을까, 그런 법칙의 분류를 누가 있어 나눴겠나? 물은 물로서만 있고 진화하지 말라며, 대체 누가 물을 붙들어 맸다는 것인지?

양보하여 무생물을 제외한 모든 생명체가 진화의 길을 걷는다고 하자, 그러면 대체 물고기는 왜 여태 물고기에 머물러 있나? 박테리아와 원생세포 등, 모든 것들이 제자리를 지키고 있지 않는가. 그런데 왜 유독 인간만은 박테리아에서 어류로 파충류로 원숭이에서 인간으로까지 다양한 과정을 거쳐 진화하였다며, 그 증거 하나 없이 고집을 부리는지 모르겠다. 같은 종류의 물고기가 다양한 형태를 띤다고 해서 그것이 다른 종으로의 진화까지를 내포한다고 말할 수가 있겠는가. 그것은 같은 종류 안에서의 변화이고 당연히 일어날 수 있는 현상이다. 다양하게 펼쳐진 환경에 다양하게 적응하면서 살아가야 할 생명체이니까, 그래야 생육하고 번성할 수 있으니까 말이다.

인간을 비롯한 모든 생명체들은 창조되었고, 그 창조 섭리 안에서 변화와 다양성의 길을 걷는다. 신은 말씀으로 만물과 생명체의 탄생을 알렸지만 특히 인간과 동물은 상징성을 띤, 흙으로 빚었고 영혼의 입김이 인간에게 더해졌다. 흘러내리고 부스러지는 우주만물의 모든 물질을 흡수하고 포함시키는 성질이 흙이듯이, 인간의 물질에 대한 포용과 주관의 능력을 드러낸 표현이라고 봐야겠다."

〈언젠가는 생명의 합성, 무병장수의 시대도 가능할 것 같다. 이처럼 과학이 끝없이 발달하면 신의 존재도 부인되는 것이 아닌가?〉

"과학이 아무리 발달해도 무병장수는 불가능하다. 다치지 않고 죽지 않고 소멸하지 않는 물질이 어디 있단 말인가. 아직 박테리아 하나도 만들어내지 못하는 과학이다. 과학에의 맹신을 경계하여야 한다. 과학이 양자이론을 구축하고 우주의 비밀을 밝혀낼수록 신의 존재 가능성 역시 높아지는 양상이다. 과학은 어쩌면 신의 존재를 파악하는 지경에까지 이를지도 모르겠다."

〈신이 인간을 사랑했다면 왜 고통과 불행과 죽음을 주었는가?〉

"성경에 기록된 선악과 사건이 암시하듯이 인류의 탐욕이 절망을 불러왔다. 하지만 예수가 오셔서 건져내셨다. 영원한 고통과 죽음이 아닌, 영원한 생명을 약속하신 것이다. 그 약속은 이 땅에서의 짧은 삶이 끝났을 때 비로소 이루어지는 세계다. 이 땅에서의 고통과 불행은 인간 스스로가 풀어야 할 숙제라 봐야겠다. 의술과 복지, 진리에의 추구와 수행으로 점차 나아져야겠다."

〈신은 왜 악인을 만들었는가? 예를 들면, 히틀러나 스탈린 또는 갖가지 흉악범들.〉

"신은 악인을 만들지 않는다. 인간 스스로가 악의 길을 선택했을 뿐이다. 인간의 자유의지는 이렇듯 선을 향하기도 하고 악에 빠지기도 한다. 선악을 알게 하는 선악과를 먹기로 결심한 상태처럼 언제든지 악에 물들 수가 있다."

〈예수는 우리의 죄를 대신 속죄하기 위해 죽었다는데 우리의 죄란 무엇인가? 왜 우리로 하여금 죄를 짓게 내버려두었는가?〉

"먹지 말라는 신의 말씀을 어기고 선악과를 따먹은 불순종과 교만에서 비롯된 인류의 죄의 삯은 사망이었다. 그 사망을 이기고 영원한 생명으로 인류를 이끌기 위해 대속하셨다. 인류에게 무조건적 사망은 이제 없다. 신에게 불순종하여 빚어진 인류의 영원한 사망의 죄과를 용서하신 것이다. 현세에서 죄란 인류 본연의 양심에 어긋나고 올바른 이치의 법에 저촉되는 행위들이 아니겠는가. 선악과 사건의 상징적 이야기에서 알 수 있듯이 인간의 무지와 탐욕에서부터 죄악이 파생되어간다. 인간은 꼭두각시로 만들어진 존재가 아니기에 신의 특별한 섭리가 아니고서는 인간 각자의 행위에 대해 어떠한 간섭도 하지 않으신다."

〈성경은 어떻게 만들어졌는가? 그것이 하느님의 말씀이라는 것을 어떻게 증명할 수 있나?〉

"진리이신 신으로부터 받은 감동에 의해 사실과 진실에 근거하여 선지자에 의해 기록되었다. 인간이 직접 손으로 작성하여 대대로 이어져 내려온 책이기에 시대에 따라 약간의 수정과 편집이 덧붙여진 부분도 있을 것이다. 그럼에도 경전의 가치를 지니는 까닭은 그것 역시 신의 뜻과 감동에 의해 기록되어진 진리의 말씀이기에 그러하다. 말씀하시는 하나님을 직접 눈앞에 부를 수 없기에 증명 역시 성경에 기록된 내용으로서 파악할 수밖에는 없다. 성경 기록의 내용이 사실과 진실에 근거를 둔 진리이기에 신의 말씀이 분명하다. 신은 진리이시니 그러하다."

〈종교란 무엇인가? 왜 인간에게 필요한가?〉

"종교란 진리의 신을 발견하고 인간의 영혼을 깨우는 도구이다. 인간은 불완전한 존재라서 삶이 부조리할 수밖에 없으며 항상 불안과 두려운 마음속에 행동한다. 이러한 인간의 마음을 위로하고 바로잡을 최적의 방법은 진리를 파악하는 것이며, 그것을 용이하게 하는 수단이 종교이다. 종교는 진리이자 선자체인 신을 만날 수 있는 가장 근접된 시공간이기 때문이다. 인간은 종교에서 밝히는, 오랜 경험에 의해 축적된 지혜의 가르침과 수행을 거쳐야 비로소 거듭 새로워질 가능성이 높다."

〈영혼이란 무엇인가?〉

"신의 입김과 같아서 죽으면 신에게로 다시 돌아갈 영적 존재이다. 인간의 육체와 함께 심어지고 자라났다가 행위의 결실에 맞는 열매를 맺는다."

〈종교의 종류와 특징은 무엇인가?〉

"종교는 인간의 원망과 무지에 의해 버릇처럼 만들어진 것도 있고 철학적 요소에 바탕을 둔 정신 체계의 것도 있다. 인류에게 위로와 가르침을 주고 내세의 존재를 강조한다."

〈천주교를 믿지 않고는 천국에 갈 수 없는가? 무종교인, 무신론자, 타 종교인들 중에도 착한 사람이 많은데 이들은 죽어서 어디로 가는가?〉

"믿지 않아도 천국에 갈 수 있다. 천국은 믿는 자들이라고 해서 무조건 갈 수 있는 곳이 아니다. 신의 선택에 달렸다. 또한 인간 판단에 의해 착하다고 해서 갈 수 있는 곳이 아니다. 천국은 진리를 추구하고 양심에 따라 의로운 길을 걷는 자에게 그 문이 넓게 열렸다고 봐야겠다."

〈종교의 목적은 모두 착하게 사는 것인데 왜 천주교만 제일이고, 다른 종교
는 이단시하나?〉

"착하다는 기준이 애매하지만, 착하게 살려고 종교가 생겨난 것이 아니다. 착
한 자는 고통이 없고 불행이 없고 죽음이 없는가? 종교의 목적은 신을 경외하
고, 신의 뜻에 합당한 진리적 삶을 살도록 하기 위해 만들어졌다. 다른 종교도
진리를 향하는 것이라면 이단이 되지 않는다. 어떤 종교가 신의 뜻에 가장 합
당한 메시지를 인류에게 던지는가에 따라서 판가름이 나겠다. 사이비 종교는
결코 진리를 향하지 않으니까."

〈인간이 죽은 후에 영혼은 죽지 않고, 천국이나 지옥으로 간다는 것을 어떻
게 믿을 수 있나?〉

"인간의 눈에 보이는 물체는 소멸이 아니라 해체가 있을 뿐이다. 해체된 모든
물질은 단번에 소멸되지 않는다. 이렇듯 물질도 죽는 것이 없는데 어찌 영혼이
죽겠는가. 육체가 해체되면 물질은 우주로 흩어지고, 영혼은 본래 속했던 공간
으로 돌아간다. 그곳이 천국이다. 지옥은 구체적 장소가 있는 것이 아니라 원
래의 공간으로 돌아가지 못하는 상태, 즉 죽음에 머무는 것을 말한다. 즉 흩어
지는 물질처럼 영원히 흩어져버린다. 그 소멸, 죽음의 상태가 지옥이다. 믿지
않고 천국을 소망하지 않는 무신론자들은 그런 점에서 죽음, 곧 흩어졌다가 소
멸에 이르게 된다. 신께서는 누구나 구원에 이르기를 바라지만 스스로가 그렇
게 원하였으므로 그러하다. 그렇다고 해서 신께서 심한 차별을 두었다고 생각
할 것까지는 없다. 천국으로 가는 영혼도 인격체가 아니므로 개체적 자기 존재
를 인식하지 못하니까. 나중에 신께서 그 영혼을 어떻게 사용하실 것인가 하
는 문제가 남긴 하겠지만."

〈신앙이 없어도 부귀를 누리고 악인 중에도 부귀와 안락을 누리는 사람이
많은데, 신의 교훈은 무엇인가?〉

"신께서는 인류 모두가 진리 가운데 선한 삶을 살기를 원하시지만, 그것이 물
질적 부귀의 축복까지를 의미하는 것은 아니다. 부귀와 안락은 신께서 인류
모두에게 뿌려준 선물이니, 누구든지 기회를 얻어 그 축복의 은혜를 누릴 수

가 있다. 쥐구멍에도 볕들 날이 있다는 우리네 속담이 이를 웅변하고 있지 않는가. 절망 속에 빠져 허우적거리더라도 누구든지 애써 지혜를 구한다면 반드시 헤쳐 나올 힘을 얻는 것이다. 그러니 때에 따라 악인에게도 비를 내려주시는 신의 사랑에 의해 누구든지 물질적 부귀를 누릴 수가 있다. 하지만 악인은 마음의 평화까지를 누리지는 못한다. 성경에 악인의 꾀를 좇지 말라는 말씀이 있다. 꾀를 부려 물질적 부귀와 쾌락을 획득할 수는 있지만 물질적 풍요가 행복의 원천이 아니라는 사실은 다들 경험하여 알고 있지 않는가? 물질만을 추구하는 자의 안락은 피상적으로 그리 보일 뿐이다. 신은 참된 진리를 소망하는 자들의 삶에 진정한 평화와 생명의 기쁨이 깃들게끔 이끄신다. 그것이 신의 뜻이지만 사람들이 쉽게 깨닫지 못한다."

〈성경에 부자가 천국에 가는 것을 낙타가 바늘구멍에 들어가는 것에 비유했는데, 부자는 악인이란 말인가?〉

"착하거나 신을 믿는다고 해서 반드시 천국에 가는 것이 아니라고 앞서 말했다. 그렇듯이 천국에 못 간다고 해서 반드시 악인이라는 의미는 아니다. 그런데 부자가 천국에 들어가기 어려운 것은 사실이지 않겠는가. 부를 축적하는 과정에서 그만큼의 부패나 비리에 연루될 가능성이 높으며, 부를 지닌 자가 갖는 향락이나 타락에의 유혹이 그만큼 가깝다. 부자는 물질을 풍족하게 소유한 자를 말하는 것이니 그러한 자의 마음이 가난하기가 쉽지 않다. 물질에 대한 집착과 탐욕을 버리지 않는 한, 맑은 영혼을 유지하기가 어렵다."

〈이태리 같은 나라는 국민의 99%가 천주교도인데 사회 혼란과 범죄가 왜 그리 많으며, 세계의 모범국이 되지 못하는가?〉

"그들의 부모가 믿는 종교를 버릇처럼 따라 믿었을 뿐이다. 마치 조상의 성을 저절로 물려받듯이 그러했기 때문이다. 종교를 가져도 모두가 선하게 살아가지는 않는다. 개개인의 자유의지에 따라 선택하고 결정하여 행동하는 것이므로. 인간은 악적 요소에 쉽게 이끌리는 성향을 지녔기에 혼란과 죄의 발생이 끊임없이 일어난다. 종교는 그러한 인간의 약점을 회개시키고 선한 변화를 이루게 하여 인간이 원래 가졌던 신의 형상을 닮게 하는 데 있다. 하지만 그것의 이룸이 매우 어렵다."

<신앙인은 때때로 광인처럼 되는데 공산당원이 공산주의에 미치는 것과 어떻게 다른가?>

"뭐든지 광적인 상태가 지속되는 것은 나쁘다. 신앙은 진리를 제대로 알고 실천하는 것에 의의가 있다. 신에 대해 잘 아는 자들은 절대로 광적인 상태에 빠지지 않는다. 그러므로 광인 같은 태도는 신앙인의 참모습이라고 할 수 없다. 공산당원은 공산주의라는, 근본이 잘못된 사상에 휘둘린 자들이기에 그들의 광적인 자세는 악에 속한다고 볼 수 있다. 광신이라는 점에서는 서로 같지만 믿는 주체의 근본 사상과 체계가 다르기 때문에 실제로 드러나는 행위에도 많은 차이를 보인다."

<천주교와 공산주의는 상극이라고 하는데 천주교도가 많은 나라들이 왜 공산국이 되었나? 예를 들면, 폴란드 등 동구제국, 니카라과 등.>

"인간들은 종교와 정치 또는 경제를 나눠 생각하고 행동한다. 천주교는 종교로서 이미 뿌리를 내렸던 것이고, 공산주의는 하나의 정치체계로서 민중의 물질 경제적 이해득실과 맞물려 접근한 것이다. 경제적으로 취약하고 억눌린 삶을 사는 국민이 많은 국가일수록 공산국가로 전락하였다. 이에 동구제국 등이 해당되었을 뿐이다."

<우리나라는 두 집 건너 교회가 있고 신자도 많은데 사회 범죄와 시련이 왜 그리 많은가?>

"앞서 이태리가 모범국가가 아닐 수 있는 이유와 비슷하다. 교회와 신자의 숫자가 사회 범죄와 시련의 많고 적음을 결정짓지 않는다. 범죄의 발생과 시련은 현실사회가 갖는 삶의 질이 어떠한가에 달렸다고 해야 좋겠다. 그 삶의 질은 국가에서 실시하는 정책과 깊은 연관이 있겠고, 종교와는 그다지 상관되지 않는 형편에 처해 있다. 종교는 궁극적으로 영성의 형성을 추구하지만 그것을 이해하고 따를 자들이 많지 않음으로 해서 그러하다. 배부를 빵은 국가의 몫이지 않겠는가."

<로마 교황의 결정엔 잘못이 없다는데 그도 사람인데 어떻게 그런 독선이 가능한가?>

"누가 잘못이 없다고 하던가? 교황도 사람이라서 잘못과 실수를 하겠지. 전

체 공의회를 통한 결정조차도 응당 잘못될 가능성을 갖는다고 봐야겠다."

〈신부는 어떤 사람인가? 왜 독신인가? 수녀는 어떤 사람인가? 왜 독신인가?〉

"신부와 수녀는 신을 사랑하는 자들로서 신을 경외하는 미사를 집전하고 신의 말씀을 선포하는 존재이다. 독신이어야 오롯이 신을 섬기기에 적절하여서 그러하다."

〈천주교의 어떤 단체는 기업주를 착취자로, 근로자를 착취당하는 자로 단정하여, 기업의 분열과 파괴를 조장하는데 자본주의 체제와 미덕을 부인하는 것인가?〉

"천주교 등의 종교 집단은 자본주의를 부정하지 않는다. 악덕 기업주를 나무라고 약자의 입장에 처한 노동자의 인권을 존중하는 행위 자체는 종교인이 마땅히 지녀야 할 본분이라고 본다. 그러한 사회정의의 구현 자체를, 기업주라는 입장에 서서 막연히 반발해서는 곤란하다. 양심적 기업주는 여전히 세상으로부터 존경받는다."

〈지구의 종말은 오는가?〉

"때가 되면 온다. 끝이 없고 소멸이 없는 물질은 없으니까. 문제는, 그 종말이 성경적 종말이겠느냐는 것인데 명확한 성경 해석이 아직 없으므로 뭐라 장담할 수는 없지만 인간 개개의 종말, 즉 죽음만큼은 확실히 온다. 그 개별적 인간의 죽음이 일차적으로 개별적인 지구의 종말이다. '나' 없는 지구가 아직 종말이 오지 않았다고 말할 수 있겠는가? 나는 요한계시록에 기록된 인류의 마지막 심판은 환상과 꿈을 통해 나타난 상징적 표현이라고 본다. 죽음 이후의 공간에서 갖는 신의 결정이 궁극적 종말을 의미하는 것이 아닐까?"

무씨는 질문서에 자기 사유의 답변을 다 적고는 받지도 않을 장경록에게 메일을 부친다. 창문 밖에 묵화처럼 펼쳐진 나뭇가지들 사이로 이름 모를 잡새들이 푸드득 몰려와 목청껏 우지진다. '아, 쌀쌀맞은 바람이 아니라 어느덧 모조리 춥구나! 여기저기 일렁이는 햇살이 실상은 떨고 있는 거나 아닌지.' 시 구절 하나 줍지 않을 정도로 허망하게 가을을 떠나보냈고, 이 초겨울날도 기척 없이 안으로 안으로만 자기를 몰아가는 것은 아닌지. 그런 허탈한 기분에 자꾸만 숨어들고 싶은 무씨인 것이다.

# 돌아가는 삶

   며칠이 훌쩍 지나갔다. 새벽부터 퍼붓던 겨울비가 잦아들며 민박 초가집 처마 끝으로 방울져 떨어진다. 방문을 열어젖혀 잔기침에 아침을 맞는, 안색이 창백해진 무씨가 결국 사리풋타에게 전화를 건다. 스님이어서일까, 처음 띄우는 전화이지만 언제든 전화하면 기꺼이 받을 스님으로 와 닿는다. 무씨는 잠긴 목을 가다듬느라 답이 늦었다. "스님, 접니다."

   "거사님, 어디세요?"

   장경록은 자살이었고 내일 장례를 치른다는 거다.

   "그게 무슨 말씀이세요? 어떻게……."

   장경록의 죽음을 자살로 결론지은 데에는 아내 홍정숙의 진술이 영향을 끼쳤다. 홍정숙이 수사팀을 찾아가서 부부간에 있었던 다툼을 실토하였다. 그것이 이번 사건과 연관이 깊을지 모른다는 생각에서다.

   "그날은 시어머니의 면회를 끝내고 남편과 인천으로 같이 돌아가려던 참이었어요. 점심을 집에서 간단히 먹는데 여자로부터 전화를 받고는 뭔가 약속을 하는 거였어요. 같이 갈 준비까지 다했는데 불쑥 일방적으로 먼저 올라가라니, 속이 상할 수밖에요. 더구나 여자의 전화질에 넘어가서는 말이죠. 순간적으로 참았던 화가 터져버려 접시를 아무렇게나 집어던졌는데 파편에 유리창이 깨져버렸어요. 정신이 번쩍 들어 마음을 가라앉혔어요. 자기 엄마의 병세가 깊어져 아들까지 못 알아보니 남편은 그게 속상해 그렇겠구나, 그렇게 이해하려고 애썼어요. 게다가 학교 일도 불거지고, 엄마의 병고에, 주위에 무엇 하나 남편을 편안하게 만들어주지 못하는 게 사실이기도 하니까요.

   '나라도 잘하자, 저 사람을 편안하게 해주자.' 상을 치우고 설거지를 하고 그

러고는 과일을 깎는데 남편이 불쑥 뒤로 다가와 나를 끌어안는 거였어요. 〈손,
치워요!〉 저는 순간적으로 뿌리치려다가 손에 쥔 과도로 남편의 목덜미에 상처
를 내버렸어요. 저는 많이도 놀랐지만 남편은 의외로 태연하게 상처를 거울로
살피더니 아무렇지 않다는 거예요. 〈살짝 스쳤네? 약 바르고 밴드로 붙이면 되
겠어.〉 남편은 방으로 들어가서 말한 대로 약과 밴드를 붙였고 저는 경황이 없
어 우두커니 바라보기만 했어요. 다시금 여자들의 일이 떠올라 분노가 채 가
라앉지 않은 탓도 있었어요. 남편은 자기가 치우겠다며 마음을 삭히고 먼저 가
라고 저를 재촉했어요. 자기는 허드레를 마무리 짓고 내일 비행기로 집에 오겠
다면서요.

저는 남편의 의사를 받아들여 먼저 집을 나섰어요. 남편은 보나마나 여자를
만나겠지만 한두 번의 일도 아니고, 그럼에도 곧잘 태연할 수 있었던 문제였으
니까요. 제가 아내라서 갖는 생각이겠지만 남편은 그때 자살을 결심했던 것 같
습니다. 욕실 탕 속에 몸을 기대고 잠자듯이 죽은 사진을 바라보는 순간, 그런
확신이 생겼습니다. 〈자살은 때로 나쁜 것이 아니야. 최선의 선택일 수도 있을
의도적 행위의 하나이지.〉 언젠가 내게 하던 남편의 그 말이 머릿속에 맴돌더
군요. 형사님, 이번에 몇몇 사람이 용의자로 몰렸나 보던데 아무쪼록 잘 헤아려
주셨으면 합니다.”

한참 동안 말하는 홍정숙의 진술을 묵묵히 듣기만 하던 형사가 입을 열었다
고 한다.

“그렇지 않아도 국과수의 판단에 따르면, 목의 상처에서 조금씩 흘러나온 출
혈이 과다하여 사망에 이르렀다고 합니다. 사건이 일어난 장소의 제반 정황을
봐서도 피해자가 얼마든지 응급조치를 취할 수가 있고 구조를 요청할 수 있는
상황이었음에도, 그것을 포기하고 욕탕의 물속에 앉아 스스로 죽음을 기다렸
다는 결과에 이르게 됐습니다. 참으로 유감입니다.”

이렇게 하여 수사팀은 바로 해체되었고 사건이 종결된 것이다.

장경록은 사리풋타의 요구와 그의 종교 성향에 맞춰 불교의식으로 장례가
치러졌다. 그의 유골은 이곳 본가 뒷산에 수목장으로 묻혔다.

“먼저들 내려가세요. 나는 이 오라버니를 위해 염불을 따로 더해야겠습니다.”

손수건으로 연신 눈물을 훔치는 홍정숙과 여동생이 산길을 내려가고, 조문주와 무씨가 그 뒤를 따른다. 스님의 청아한 염불 소리가, 때가 되면 이 겨울 산을 깨울 테지.

"문주는 이제 어떻게 할 거야?"

"전남편 곁으로 돌아가고 싶어. 나를 받아들일지, 나를 어찌 생각할지, 두려움이 없는 건 아니지만 무릎을 꿇어서라도 한 남자의 아내로 돌아갈 수만 있다면, 그리되면 좋겠어요."

산길을 다 내려올 때까지도 사리풋타의 염불은 그치지 않았다.

집으로 돌아온 무씨는 참으로 오랜만에 안식처를 찾은 사람처럼 기분이 들떠 이것저것을 어루만지며 살펴본다. 그리고는 책상에 앉아 노트북을 가만히 여는데, 서재 문을 열고 들어서는 아내가 빙그레 웃으며 말한다.

"무사히 살아서 돌아왔네? 경찰 말로는, 아리따운 아가씨랑 좋아죽어 달아났다더니만. 에구, 고거 하나 간수 못하고!"

"어쩌나 싶어 그들이 떠본 소리야."

"알지, 내가! 근데 누명쓴 그 여자랑은 아무 일도 없었던 거야?"

"응, 없었어."

"대답이 시원찮네? 참, 내일 큰애가 집에 온대. 한 사흘 있을 거라네."

"애가 왜?"

"왜긴, 엄마 아빠가 보고 싶어서겠지. 내일은 어디 안 갈 거지? 잠깐, 옷 좀 바꿔 입고."

아내가 문 뒤로 사라진다. 무씨는 편안한 기분이 되어 노트북으로 시선을 옮긴다.

# 에필로그

　사유를 곰곰이 하면 깨달음에 이르고 그것이 삶을 풍요롭고 자유롭게 만든다는 사실을 강조하는 무씨다. 그의 체험에서 나온 이런 주장들을 모아 이야기로 엮었다. 사유가 기도의 원천이자 힘이라는 것이다. 기독교와 불교의 세계를 다룬 종교 이야기가 일반인에게는 다소 어려울 거라 생각되지만 이것을 거듭 반복해서 읽다 보면 점차 지혜의 싹이 영혼에 깃들게 될 거라는 생각을, 이야기를 마칠 때쯤 해서 소쿠리씨도 감히 떠올린 직관인 것이다.

　돈오(頓悟)라!